grafit

Chemnitzer Str. 31, 44139 Dortmund
Internet: http://www.grafit.de
E-Mail: info@grafit.de

Umschlaggestaltung: Dorothea Posdiena,
www.posdiena-wrobel-kommunikationsdesign.de,
unter Verwendung der Fotos von © Natika – Fotolia.com
und © yuliaglam – Fotolia.com
Druck und Bindearbeiten: CPI – Clausen & Bosse, Leck
ISBN 978-3-89425-617-3
1. 2. 3. 4. 5. / 2016 2015 2014

Ilka Stitz

Harzblut

Historischer Roman

grafit

Ilka Stitz, geboren 1960, lebt in Köln. Sie studierte Kunstgeschichte, Germanistik und klassische Archäologie. Nach dem Studium folgte eine Ausbildung zur Journalistin für Presse- und Öffentlichkeitsarbeit. Derzeit arbeitet sie als freie Journalistin und Autorin.

Gemeinsam mit Karola Hagemann hat sie, auch unter dem Pseudonym Malachy Hyde, zahlreiche historische Romane veröffentlicht. Nach *Wer Fortuna trotzt* ist *Harzblut* nun der zweite Roman, den sie im Alleingang geschrieben hat.

www.ilkastitz.de

Federico

Venedig, Ende Februar 1493

Aus den Augenwinkeln gewahrte Federico eine Bewegung im Canale. Ja, da schwamm etwas, eine Möwe sicherlich. Nein, es war zu groß für einen Vogel. Schwer zu erkennen, um was es sich handelte, die Mauer des Palazzo Ducale warf auf dieser Seite einen breiten Schatten über den Canale. Mitten auf der Brücke, die den Canale Orfano überspannte, blieb Federico stehen, beugte sich über die Brüstung und starrte hinunter. Etwas Graues schimmerte unter der Wasseroberfläche, näherte sich ihm. Ein Kleidungsstück, das Hemd eines Mannes, der bäuchlings im Wasser lag.

Federico wandte sich ab. Nicht zum ersten Mal sah er in diesem Canale unmittelbar neben dem Dogenpalast einen Leichnam. War es Zufall, dass der Tote in dem Moment vorübertrieb, als er die Brücke überquerte? Pertuzzi – war es möglich, dass er …? Unsinn, er nahm sich zu wichtig. Andererseits, seit Giovanni Pertuzzi dem Rat der Zehn vorsaß, schien die Luft im Palazzo um einige Grade kälter, wehte ein rauer Wind.

Federico wechselte an das gegenüberliegende Brückengeländer, sah dem Leichnam nach, der gemächlich schaukelnd das offene Wasser des Bacino erreichte, von den Wellen erfasst und vom Ufer des Markusplatzes fortgezogen wurde, immer weiter und weiter hinaus, bis er im Dunst verschwand.

Über ihm strahlte der Himmel in winterlichem Blau. Doch am Horizont zogen dunkle Wolken auf, kündigten Regen an. In der Ferne hörte Federico Donner grollen. Das Wasser in der Lagune kräuselte sich unter dem aufkommenden Wind, die Gondeln zogen als bunte Farbtupfer vorüber, Fischer warfen ihre Netze aus. Eine trügerische Idylle. Federico fröstelte, angesichts des drohenden Unwetters sollte er sich beeilen. Doch er konnte sich nicht losreißen, stützte seine Hände auf die Brüstung der Brücke und blickte auf den Bacino di San Marco. Gischt krönte die Wellen, die sich vor dem Wind aufbäumten. In der Ferne ahnte er die Isola di San Giorgio Maggiore mehr, als dass er sie sah, die Giudecca war schon fast völlig im Dunst versunken. Schwarze Wolken drängten über den Himmel in Richtung Stadt, zwischen ihnen strömten breite Bahnen schwefeligen Sonnenlichtes über die Lagune, deren Wasser jetzt wie geschmolzenes Blei schimmerte. Gondeln und Schiffe flohen vor dem Unwetter an das Ufer. Die dunkle Wolkendecke schluckte das Licht, es war kaum Mittag, und doch schien die Nacht hereinbrechen zu wollen. Eine Windböe ließ seinen Mantel flattern. Jeden Augenblick konnte es beginnen zu regnen.

Federico senkte seinen Blick hinunter auf das Wasser des Canale Orfano, in Gedanken noch immer bei dem treibenden Leichnam. Zweifellos ein Opfer des Rates der Zehn, heimlich verurteilt, erdrosselt und entsorgt, sollte die Leiche den Bürgern der Serenissima das Fürchten lehren. Ein schreckliches Schicksal, im Canale entsorgt zu werden wie Küchenabfall. Federico starrte in die dunstige Dämmerung, die den leblosen Körper verschlungen hatte. Würde er ebenso enden? War es klug, seinen Plan weiterzuverfolgen? War dieser Tote ein Zeichen des Himmels? Eine Warnung? Federico rang den Zweifel nieder. Lange genug hatte er die Risiken abgewogen, die Entscheidung war getroffen, der Leichnam würde daran nichts ändern. Heute endlich wollte er Massimo seinen Plan anvertrauen, der Rat seines Freundes, seine Erfahrung waren ihm wichtig. Und dann wartete ein neues Leben auf ihn.

Tropfen, die in sein Gesicht klatschten, rissen ihn aus den Gedanken. Er flüchtete unter einen Balkon, der nur unzureichend Schutz vor dem Regenguss bot, und hoffte, dass es sich um einen schnell vorüberziehenden Gewitterschauer handelte. Das Wasser rauschte von den Dächern, durchnässte seine

Schuhe, Blitze zuckten ringsum, als wollten sie die Stadt in Schutt und Asche legen.

Er hatte sich nicht getäuscht, ebenso plötzlich wie der Regen begonnen hatte, hörte er auf. Es wurde heller, über den Inseln ließ sich bereits blauer Himmel sehen. Ein Regenbogen spannte sich über die Lagune. Die Wintersonne fand hier und da schon wieder den Weg zwischen den Wolken hindurch.

Zügig durchquerte Federico das Viertel von San Marco und lief das letzte Stück am Ufer der größten Wasserstraße Venedigs entlang. Die dunklen Wolken waren längst weitergezogen und die Marmorfassaden der Palazzi glühten im Sonnenlicht. Das Wasser im Canale Grande schimmerte milchig blau.

Was Massimo wohl zu seinen Plänen sagen würde? Ganz sicher hätte er Verständnis. Von allen Mitgliedern des Rates der Zehn war er der Einzige, dem Federico vertraute, von dem er nichts zu befürchten hatte. Dennoch, und da machte sich Federico nichts vor, indem er den Freund ins Vertrauen zog, unternahm er den ersten entscheidenden Schritt auf einem Weg, von dem er nicht wusste, ob er angenehm und sicher oder holprig und gefährlich werden würde. Und für Letzteres standen die Zeichen gut. Er dachte an seinen neuen Vorgesetzten … und an den unbekannten Toten im grauen Hemd.

Verfolgte ihn jemand? Federico schaute sich um, doch er sah nur Passanten, die nach dem Unwetter ihre Geschäfte wieder aufnahmen. In dieser Stadt beschlich ihn stets das Gefühl, von tausend Augen beobachtet zu werden. Und niemand wusste besser als er, wie berechtigt diese Sorge war. Diese Gewissheit war ebenfalls ein Grund für seinen Entschluss, Venedig den Rücken zu kehren. Um ihn in die Tat umzusetzen, brauchte er Massimos Fürsprache. Reichte dessen Einfluss im Rat der Zehn nicht aus, wäre Federico nie mehr sicher, nirgends auf der Welt. Und dann wären es nicht nur tausend Augen, die ihn beobachteten, sondern Messer, die sich in seinen Rücken bohrten, Schlingen, die sich um seinen Hals zusammenzögen. Noch nie war ihm die Tatsache, künftig jederzeit mit einem Anschlag auf sein Leben rechnen zu müssen, so gegenwärtig gewesen wie jetzt in Venedig. Und nie war die Wahrscheinlichkeit größer als unter seinem Vorgesetzten, dem derzeitigen Vorsitzenden des Rates der Zehn, Giovanni Pertuzzi. Des Rates, der Hochverräter entlarvte und richtete, den Staat schützte, der aber auch Männer wie ihn in die Welt schickte, als Sammler von Erzen, Nachrichten und Geheimnissen.

Federico verlangsamte seinen Schritt, ließ den Blick über die Fassaden schweifen. Der Canale Grande, die schönste Straße der Welt, hieß es, die mit ihren Prachtbauten, mit denen die Nobilität der Stadt sich gegenseitig zu übertreffen versuchte, Einheimische wie Fremde beeindruckte. Auf einer Dachterrasse des gegenüberliegenden Gebäudes bemerkte er eine Dame im Pelz, die schon die Februarsonne nutzte, um ihr Haar zu bleichen. All das würde er nie wiedersehen. Federico konnte es verschmerzen.

Kurz vor der Rialtobrücke wurden die Straßen belebter, die bunten Gondeln schaukelten auf den Wellen kreuz und quer, von Ufer zu Ufer. Am Riva del Ferro entlud ein Dutzend Männer einen Kahn, Eisenerz aus Deutschland, für den benachbarten Fondaco dei Tedeschi bestimmt. Hinter dessen rotbrauner Fassade wohnten die deutschen Kaufleute und trieben ihre Handelsgeschäfte, nur dort war es ihnen gestattet.

Federico beobachtete das Treiben stets mit einer gewissen Wehmut. Es ließ ihn an seine Anfangszeit als Sensal zurückdenken, seine erste Aufgabe in den Diensten der Serenissima. Die bestand zunächst darin, Deutsch zu lernen, um sich im Umgang mit den Nordländern zu üben. Später hatte er die deutschen Händler unterstützt, ihnen Kontakte vermittelt, übersetzt und bei den Zollformalitäten geholfen. Er musste sie und ihre Waren kontrollieren, die Zollabgaben ermitteln, vor allem jedoch sollte er sie bespitzeln.

Er hatte die deutschen Kaufleute schätzen gelernt und soweit er es beurteilen konnte, war auch er bei ihnen beliebt gewesen. Insgesamt hatte er sie als integre, ehrliche Leute erlebt. Einen einzigen Gesetzesverstoß hatte er aufgedeckt. Und so war es gekommen, dass er einem Ballen Seide seinen Aufstieg verdankte. Den hatte ein angesehener deutscher Kaufmann damals am Zoll vorbei gen Norden schmuggeln wollen. Was aus dem Kaufmann geworden war, wusste er nicht, denn kurz darauf bekam er andere Aufgaben zugewiesen.

Eine Windböe fegte am Ufer entlang, wirbelte Stofffetzen und welke Blätter auf. Federico zog seinen Mantel enger, ihn fröstelte. Kurz hinter der Biegung, die der Canale hinter der Rialtobrücke beschrieb, lag der Palazzo seines Freundes Massimo Barbarini. Ebenfalls ein imposantes Bauwerk, mit seinen Arkaden und fünf Stockwerken wohl eines der eindrucksvollsten, was aber nur von der gegenüberliegenden Seite des Canale richtig zur Geltung kam. Dieser Prachtbau war einer von mehreren der Familie Barbarini, die über die Stadt verstreut lagen. Anders als seine eigene Familie war das Geschlecht seines Freundes weitläufig und seit Generationen vermögend und einflussreich. Ein Großteil von Federicos Familie hingegen war der Pest zum Opfer gefallen, nur sein eigener Zweig der Manzonis hatte überlebt, war damals allerdings vollkommen verarmt. Federico dachte an seinen geliebten Großvater, der – immer einen Scherz auf den Lippen – das gesamte Familienvermögen verspekuliert hatte, wodurch die Familie in die Bedeutungslosigkeit gesunken war. Vermutlich hatte diese Schuld und nicht nur das Alter den Großvater kurz darauf ins Grab gebracht. Federicos Vater war ein Neuanfang gelungen, sein Bruder Carlo folgte ihm auf seinem Weg als Kaufmann, während die Serenissima Interesse an Federicos Fähigkeiten zeigte.

Damals betrachteten die Manzonis es als Ehre, dass Federico dem Staat dienen werde, man große Aufgaben für ihn vorsah … Immerhin, seither verfügte die Familie über ein solides Auskommen, nannte seit Neustem einen Palazzo nahe der Kirche San Polo ihr Eigen und sein Bruder Carlo hatte Aussicht auf ein politisches Amt im Senat. Den hohen Preis dafür hatte, wie sich zeigen sollte, vor allem Federico zu zahlen.

Trotz oder gerade wegen ihrer unterschiedlichen Herkunft hatte seine Freundschaft mit Massimo alle Höhen und Tiefen überdauert. Deswegen sollte er als Erster von Federicos Entschluss erfahren. Obgleich Federico ihm gegenüber mehrfach Andeutungen gemacht hatte und der Freund klug genug war, die richtigen Schlüsse zu ziehen. Nicht von ungefähr war er ein Teil des Spinnennetzes, das die ganze Stadt überspannte und jede Bewegung darin registrierte. Ohne Wissen und Gunst der Spinnen in diesem Netz konnte in Venedig – und nicht nur dort, sondern weit darüber hinaus – niemand leben. Umso besser, unter diesen Spinnen einen Freund zu wissen, er selbst war ja nur ein dünner Faden in ihrem Netz.

Federico mischte sich unter das Volk, das von der Rialtobrücke auf die Uferstraße drängte, bog in die Gasse ein, die seitlich am Fondaco entlangführte, und näherte sich dem Palazzo seines Freundes von der Rückseite.

In der schmalen Gasse roch es feucht, nach Moos und Pilzen. Die Februarsonne gelangte nicht in diese Häuserschlucht und der Wind erschien hier um einige Grade kälter.

Roberto, Massimos rechte Hand, öffnete die unscheinbare Hintertür, grüßte ihn erfreut und schickte ihn in die zweite Etage, in das Studiolo. Giovanna werde ihm sogleich Wein dorthin bringen und Messer Barbarini käme ebenfalls sofort, erklärte er mit einer seiner ausladenden Gesten, die auf Federico immer ein wenig gekünstelt wirkten.

Federico liebte das kleine Studierzimmer, in das Massimo sich gern allein oder mit engen Freunden zurückzog. Zwei gepolsterte Scherensessel und ein rundes Tischchen bildeten das bescheidene Mobiliar. An den Wänden zeigte sich der wahre Luxus, in dem die Barbarinis lebten. Große und kleine Gemälde hingen dicht an dicht, eines prächtiger als das andere. Massimo war ein großer Förderer der Kunst, vor allem des Nachwuchses.

Ah, das dort mussten seine Neuerwerbungen sein, Massimo hatte ihm von seiner Entdeckung vorgeschwärmt. Ein sehr junger Künstler mit großer Begabung, von dem er zwei kleine Bilder hatte kaufen wollen. Wie hieß der Junge noch? Giorgione oder so ähnlich. Er selbst liebte die Kunst, kannte sich aber nicht sonderlich damit aus. Entweder ein Bild gefiel ihm oder es gefiel ihm nicht. Er betrachtete eine der Neuanschaffungen und erkannte David, der seine Schleuder gegen Goliath erhob, gleich daneben hing eine Darstellung von Judith, in der Hand das Haupt des Holofernes. Wie passend für seine Situation. Er straffte die Schultern.

»Federico, mein Freund. Wie ich sehe, hast du meine neuen Schätze schon entdeckt! Sind sie nicht wundervoll?« Massimo trat neben ihn und betrachtete verzückt die kleinen Bilder, die aus der Nähe ein wenig unfertig auf Federico wirkten. Dennoch, sie gefielen ihm, vor allem von Farben schien dieser Giorgione etwas zu verstehen.

»Es sind Studien für ein Fresko, für das der junge Mann noch Auftraggeber sucht.« Massimo prophezeite dem Künstler gestenreich eine große Zukunft und war untröstlich, dass er in keinem seiner Palazzi eine freie Fläche zur Verfügung hatte.

Federico traute ihm durchaus zu, allein deswegen einen neuen zu bauen, wenn es ihm nicht augenblicklich an Bargeld mangelte. Seine Bauvorhaben hatten ein Vermögen verschlungen, hatte er Federico kürzlich geklagt, und die Geschäfte liefen auch nicht wie gewünscht. Bis zur Jahresmitte müsse er sich gewaltig einschränken, ungewohnt für seinen Freund.

»Aber was ist mit euch? Der neue Manzoni-Palazzo hat doch sicher noch ein freies Plätzchen für meinen lieben Giorgione?«

Federico lächelte und winkte ab. Sie konnten sich derlei erst recht nicht leisten, wie Massimo sehr wohl wusste.

»Was mich vor allem freut, bei dieser Anschaffung«, Massimo lächelte breit und rieb sich die Hände, »war der außerordentlich günstige Preis, zu dem ich ihm die Bildchen abschwatzen konnte. Du weißt ja, eigentlich … Nun ja, es sind nur Entwürfe, aber dennoch haben sie mich verzaubert. Sie wirken so luftig, so lebendig, findest du nicht?« Massimo legte einen Arm um seine

Schulter. »Ins Grab kann ich meinen Reichtum schließlich nicht mitnehmen, nicht wahr?«

Federico lächelte gequält, der Tod war ein Thema, das ihm heute nicht behagte.

»So, mein Lieber, lass uns erst einmal anstoßen, auf meine Neuerwerbungen und auf die Belebung der Geschäfte natürlich, die mir meine Spielereien erst ermöglichen. Salute!«

Der Wein funkelte rubinrot im Glas und rann die Kehle hinab wie Samt. »Schönes Kristall, wie geschaffen für diesen edlen Tropfen!« Sagte Federico das, um sein eigentliches Thema hinauszuzögern?

Massimo hielt den Pokal gegen das Licht und prüfte die Farbe. »Wie geht es Carlo, Laura und Mimmo?«

»Gut, danke.«

»Und deinem Luca?«

»Er macht Carlo und mir viel Freude.«

Massimo nickte zufrieden und stellte sein Glas auf dem runden Tischchen ab, das zwischen ihnen stand. »Also dann, was führt dich zu mir? Wie kann ich dir helfen?«

»Ich komme gerade aus dem Palazzo Ducale.«

»Du hast mit Pertuzzi gesprochen?«

»Nein, nur mit seinem Sekretär, wegen meiner kommenden Reise.« Federico räusperte sich und imitierte Livio Santinis Falsett: »Signore Giovanni Pertuzzi erwartet Euch Ende nächsten Monats zu der üblichen Besprechung.«

Massimo lächelte, wurde aber schnell wieder ernst. »Was ist los, mein Freund? Ich sehe dir doch an, dass dir etwas auf dem Herzen liegt.«

Federico trank einen Schluck. »Du ahnst es doch längst. Nach zwanzig Jahren im Dienst der Republik möchte ich mich zur Ruhe setzen. Lange genug habe ich für Venedig mein Bestes gegeben, den Reichtum der Stadt vermehrt, ihre Macht gefestigt. Ich denke, das genügt.«

Massimo nickte und lehnte sich zurück. »Nicht, dass mich das überrascht. Und nicht, dass ich dich nicht verstehen würde,

Federico. Ich verstehe dich sogar sehr gut, wir werden schließlich alle nicht jünger. Und diese Reisen in den Norden … mir graut es, wenn ich allein daran denke.« Massimo strich sich über das Kinn. »Was erwartest du von mir? Wie du weißt, bin ich nicht derjenige, der dich aus den Diensten Venedigs entlassen kann. Zudem bist du nun einmal der beste Prospektor, den wir je hatten, die Stadt kann nicht auf dich verzichten. Deine Nachrichten und vor allem das Mangan und Kobalt, das du jedes Jahr bringst, sind von bester Qualität und sichern unsere Macht und unseren Wohlstand. Der Reichtum Venedigs beruht nicht zuletzt auf den florierenden Glashütten Muranos und die benötigen diese Erze. Außerdem kennst du den Norden und bist unser einziger Kundschafter in dem Gebiet, das politisch von großer Bedeutung ist, aber das weißt du selbst.«

»Du übertreibst. Seit Jahren habe ich nichts von Wert erfahren. Und du stellst dein Licht unter den Scheffel. Sehr wohl hast du Einfluss auf die Entscheidungen des Rates der Zehn, du kannst ihn überzeugen. Und was das Erz betrifft, so kann Luca meine Arbeit als Prospektor übernehmen. Er weiß alles, was ich weiß, er ist jung und sehr begabt für Mineralien. Er ist ein kluger Kopf, kennt die Region naturgemäß und hat Fähigkeiten, die schon jetzt die meinen weit übertreffen, allein was kaufmännische Belange angeht; und es zeichnet sich ab, dass die immer wichtiger werden.«

»Hm, Luca«, murmelte Massimo.

»Ja, Luca ist nicht nur ein ausgezeichneter Nachfolger, er ist überdies absolut integer. Er wäre eine gute Wahl und ich würde ihn natürlich nach Kräften unterstützen.«

»Ich glaube dir unbesehen, dass er all die Qualitäten besitzt. Vielleicht wäre es tatsächlich eine gute Lösung …«

»Unbedingt!«, bekräftigte Federico, der nicht auf eine so wohlwollende Entgegnung gehofft hatte. »Und wenn du dich für ihn einsetzt, dann muss der Rat der Zehn mich doch in Ehren entlassen. Ich kann also auf dich zählen?« Federico atmete auf, ihm schien eine Last von den Schultern gefallen zu sein.

»Du kannst immer darauf zählen, dass ich mich für dich einsetze, so ich nur kann. Aber hinsichtlich meiner Möglichkeiten irrst du dich in diesem Fall gewaltig, lieber Freund. Die Zeiten haben sich geändert.«

»Wie meinst du das?« Federicos Last war ihm ebenso schnell wieder aufgebürdet, wie er sie abgeworfen glaubte.

Massimo schnaubte. »Als wüsstest du das nicht. Ich sage nur: Pertuzzi! Er …«

»… wird meinem Wunsch nicht zustimmen«, ergänzte Federico schärfer als beabsichtigt.

Massimo deutete ein Nicken an. »Es ist ein denkbar schlechter Zeitpunkt, Federico. Warte noch ein Jahr oder zwei, bis jemand anderes den Vorsitz übernimmt oder Pertuzzi die Altersmilde überkommt.«

Federico presste die Lippen aufeinander. Also war es entschieden.

Massimo hob die Hände. »Selbst wenn ich für dich spreche, selbst wenn ich alle anderen überzeugen kann – und dessen bin ich mir sicher –, wegen Pertuzzi werden wir in dieser Sache nicht die erforderliche Einstimmigkeit erreichen.«

»Und wenn ich dafür sorge, dass Pertuzzi zustimmen muss?«

»Wie willst du das anstellen?«

Federico stand auf, ging auf und ab und blieb schließlich vor dem großen Madonnenbild neben der Tür stehen, die Hände hinter dem Rücken verschränkt. »Du weißt doch auch, dass er ein Betrüger ist.«

Massimo sah auf und drohte ihm mit dem Zeigefinger. »Oh, das weiß niemand mit Bestimmtheit. Du, ich, wir beide vermuten es, aber zumindest ich konnte bislang nichts finden, das ihn belastet.«

»Und wenn ich es könnte?« Was sagte er da? Ein Mitglied des Rates auszukundschaften, grenzte an Hochverrat.

»Das wäre … Nun, ich sehe, du weißt es.« Sein Freund fasste ihn ins Auge, trank einen Schluck und stellte das Glas sacht wieder ab. »Jetzt schau mich nicht so an! Und setz dich wieder hin, ich bekomme einen steifen Hals, wenn ich so zu dir aufsehen muss. Federico, ich mache mir Sorgen um dich! Pertuzzi ist ein unberechenbarer Gegner, ein gefährlicher Gegner. Außerdem solltest du Folgendes bedenken: Falls Pertuzzi als Kaufmann ein Betrüger ist, wird er auch sein Amt skrupellos ausüben. Und du solltest bei deinen Überlegungen einbeziehen, dass er dort viel größere Möglichkeiten hat, dir und deiner Familie zu schaden.«

Das hatte sich auch Federico bereits gedacht. Doch er traute sich zu, es mit Pertuzzi aufzunehmen, wusste er Massimo hinter sich. »Für mich ist nur eines von Bedeutung: Kann ich auf dich vertrauen?«

»Natürlich.« Massimo zögerte. »Ja, natürlich werde ich versuchen, die Stimmung für dich günstig zu beeinflussen – aber nur, wenn du mir schwörst, nichts zu unternehmen. Es wäre für dein Vorhaben nicht nur hinderlich, sondern sogar gefährlich, glaube mir.«

Nicht nur für ihn selbst, auch für Massimo, also nickte Federico, wenngleich widerstrebend. »Ich verspreche es dir.«

»Gut. Ich denke, wenn alle im Rat der Zehn Druck auf Pertuzzi ausüben, muss er schon sehr überzeugende Gründe vorbringen, will er sich gegen uns durchsetzen. Das hoffe ich jedenfalls. Und ich hoffe ebenso, dass mein Wirken dir nicht mehr schadet als nützt. Bei Pertuzzi kann man nie wissen, der zieht an Fäden, von deren Existenz wir gar nichts wissen. Außerdem werde ich meine Nachforschungen über ihn verstärken, diskret.«

»Danke, mein Freund.«

»Mehr kann ich derzeit wirklich nicht für dich tun.«

Warum war Federico jetzt enttäuscht? Hatte er sich den Verlauf des Gesprächs nicht genauso vorgestellt? Wenn er ehrlich war, bot sein Freund mehr an, als er gehofft hatte. Tja, Pertuzzi – seit letztem Jahr war er zwar sein Dienstherr, doch hatte er bis jetzt noch nicht viel mit ihm zu tun gehabt. Seltsam, dass Carlo nicht erwähnt hatte, in welchem Maße Pertuzzis Einfluss in der kurzen Zeit offenbar gewachsen war, denn der Kaufmann war oft genug Gesprächsthema bei ihnen. Seit sie ihn kannten – nunmehr rund zwanzig Jahre –, war Pertuzzi ihnen nicht wohlgesinnt. War es der Neid gegenüber Aufsteigern? Konkurrenten im Geschäft? Damals hätte niemand an den neuerlichen Aufstieg der Manzonis in die bessere Gesellschaft geglaubt. Andererseits war es kaum vorstellbar, dass er ihnen noch immer den Erfolg ihres geschäftstüchtigen Vaters verübelte, der den Pertuzzis ein paar rentable Geschäfte abgejagt hatte, die den neuerlichen Wohlstand der Familie Manzoni begründeten. Oder missgönnte Pertuzzi insbesondere Federico seinen guten Namen und sein Ansehen im Rat der Zehn? Tatsache war jedenfalls, dass Pertuzzi sich stetig in den Ämtern der Stadt emporarbeitete und den Manzoni-Brüdern seit Anbeginn ihrer Bekanntschaft Steine in den Weg legte, wo er nur konnte. Zweifellos würde Pertuzzi die Macht seiner kürzlich erlangten Position erst recht dazu nutzen, dem Hause Manzoni zu schaden. Aber bei Lichte betrachtet, legte Pertuzzi eigentlich jedem gegenüber Missgunst an den Tag, vielleicht entsprach das einfach seiner Natur.

Federico trank seinen Wein aus, versprach Massimo, in den nächsten Tagen zu einer Partie Schach vorbeizukommen und verabschiedete sich.

Die Sonne war ein gutes Stück tiefer gesunken, als er den Rückweg antrat, der Wind hatte weiter aufgefrischt. Dick vermummte Fußgänger kamen ihm in der Gasse entgegen, duckten sich unter der Kälte und eilten an Federico vorbei. Einer grüßte ihn, er erkannte ihn nicht.

Etwas streifte sein Bein, Federico sprang zur Seite und hob die Fäuste zur Abwehr, doch es war nur eine Katze, die in eine Seitengasse huschte und in einem Hauseingang verschwand. Über ihm kreischten ein paar Möwen.

Serenissima, du Prächtige! Federico lachte lautlos.

ANNA

Harz, Elbingerode, Anfang März

Anna schauderte, die Wärme des gusseisernen Ofens gelangte nicht bis nach oben in ihr Schlafgemach. Aber es war nicht allein die Kälte, die sie tiefer in das Federbett kriechen ließ. Fünf Monate war Paul nun fort ... Manchmal glaubte sie fast, dass ihn wirklich der Wilde Mönch geholt hatte, wie der Kerl von der Köhlerhütte neulich behauptet hatte. Was für einen Unsinn die Leute redeten, wenn sie über Monate einsam im Wald lebten. Der Wilde Mönch, der die bösen Kinder holte ...

Sie schüttelte den Kopf, die Daunen im Kissen raschelten leise. Nein, sie sollte sich damit abfinden, dass Paul sie verlassen hatte. Sie drehte sich um, zog einen Zipfel der Decke unter das Kinn. Paul, der Freund aus Kindertagen, immer war er für sie da gewesen. Als sie ihn brauchte, hatte er sie gegen den Willen seines Vaters geheiratet. Wo steckte er nur?

Das Licht des vollen Mondes fiel durch die Ritzen der Fensterläden. Anna starrte zur Decke. Eine Spinne schien über ihr zu schweben, sank an ihrem seidigen Faden herunter, hielt inne, schaukelte in einem Luftzug. Es musste ihm etwas zugestoßen sein. Ein Unfall ... eine Gewalttat ... Längst gab es Gerüchte. Neulich in der Kirche hatte sie die Blicke der Leute im Rücken gespürt, fragend, vorwurfsvoll. Nein, er hätte sie nie verlassen, trotz allem nicht. Nicht ohne ein Wort.

Wenn nur Federico endlich käme! Er musste etwas wissen, er war mit Paul zusammen gewesen, kurz bevor der verschwand.

»Federico ...« Leise flüsterte sie den Namen und das Bild des Venedigers stieg in ihr auf. Ein wenig kleiner war er als Paul, schmaler, dennoch kräftig; funkelnde, bernsteinfarbene Augen, ein energisches Kinn mit einer kleinen Kerbe. Nur an seinen dichten und noch immer schwarzen Locken verriet sich der Südländer, diese Locken, die immer ein wenig nach Thymian rochen … Er war ganz das Gegenteil zu dem großen, kräftigen Paul.

Als Fremder wurde Federico im Harz noch immer mit Misstrauen betrachtet, obwohl er sich hier Friedrich nannte und schon seit so vielen Jahren zu ihnen kam. Die Leute nannten ihn Venediger, brachten Geschichten über ihn in Umlauf, eine abenteuerlicher als die andere. Die Harzer verstanden nicht, was der Mann aus dem fernen Italien bei ihnen suchte. Sie hielten ihn für einen Magier, der es verstand, Gold aufzuspüren, der in die Berge schauen konnte, der wusste, wo Schätze schlummerten. So einer war mit dem Teufel im Bunde, schreckte auch vor Mord nicht zurück …

Anna schloss die Augen und sah ihn vor sich, Kinn und Wangen von einem kurzen Bart überschattet, den er sich hier immer wachsen ließ und der ihm etwas Verwegenes gab. Seine leicht geschwungene Nase, die sich kräuselte, wenn er lachte, das Muttermal unter dem Auge, das Lächeln seiner fein geschwungenen Lippen, und diese Augen, in denen goldene Sprenkel glimmten, wenn er sie ansah … Wie immer bei diesen Bildern flatterte in ihrem Inneren eine Taube auf, kitzelte sie mit ihren Flügelspitzen. Heilige Mutter Maria, was hatte sie wieder für Gedanken?

Sie riss die Augen wieder auf. Schon war es hell geworden, längst Zeit, aufzustehen. Herr Jesus, so viel gab es zu tun und sie lag im Bett und träumte. Sündige Träume noch dazu! »Muttergottes, bitte für uns!«, betete sie inbrünstig und verscheuchte das Bild des Venedigers.

»Du bist spät«, sagte Berta und streute getrockneten Thymian in den Haferbrei.

Ausgerechnet Thymian! Anna stopfte hastig ihr Haar unter die Haube und warf die Zipfel über die Schultern zurück. »Ich habe schlecht geschlafen.«

Die Magd zog einen Lappen hervor – irgendeinen Stofffetzen hatte sie sich immer unter ihren Gürtel geklemmt – und wischte damit über den Tisch. »Plagten dich wieder üble Träume?«

Nein, die Träume, die Berta meinte, waren diesmal nicht der Grund gewesen. Anna wandte sich ab, sie spürte, wie sich unter dem durchdringenden Blick aus Bertas hellgrauen Augen ihre Wangen röteten, das musste die Magd nicht sehen. Sie setzte sich und aß von dem Brot, das Berta ihr fürsorglich hingestellt hatte.

»Es ist eine harte Zeit für dich.« Die alte Magd nickte schwer, dann drehte sie sich zu Anna um, ihre spitze Nase zuckte. »Hast du Lukas geschrieben?«

Anna schüttelte den Kopf. Bei all den Gedanken, die ihr vorhin durch den Kopf gegangen waren, hatte kein einziger ihrem Sohn gegolten. Sie war lieblos und ungerecht, das wusste sie. Und deswegen quälte sie stets ein schlechtes Gewissen, der Junge konnte schließlich nichts dafür. Er war hübsch, liebenswert, klug, von einnehmendem Wesen, so hatte Federico ihn immer beschrieben und bestimmt hatte er recht damit. Sie war einfach nur froh gewesen, als er ihn mit sich genommen hatte. Froh, erleichtert und tieftraurig zugleich.

Berta schöpfte Brei in eine Schale, die sie Anna reichte. Er roch köstlich, denn Berta würzte ihn mit getrockneten Kräutern, die Federico ihnen immer mitbrachte. Ihre Küche war berühmt, manche Leute kamen allein wegen des guten Essens zu ihnen ins Wirtshaus und wegen des würzigen Bieres, das sie selber brauten.

»Du musst Lukas endlich schreiben.« Bertas beträchtlicher Leibesumfang geriet in Wallung.

»Ja, natürlich.« Aber nicht heute.

»Anna?«

»Hm.«

»Ist der Venediger Lukas' Vater?«

Anna schreckte hoch und starrte Berta an. »Was?«

Die Magd lächelte. »Nun, wenn ich mich nicht täusche, war er gerade zur fraglichen Zeit hier. Er war doch schon mit deinem Vater gut bekannt und da dachte ich … Hat Paul es vielleicht herausgefunden und ist deshalb weg?«

Anna schwieg, rührte mit dem Löffel in der schleimigen Masse. Wenn selbst Berta einen Zusammenhang zwischen dem Venediger und Lukas herstellte, dann würden andere das auch. Nicht auszudenken. Heute schmeckte die Grütze bitter, Anna schob die Schale von sich.

»War er deswegen in letzter Zeit so aufbrausend?«

»Nein!« Anna versuchte, ihrer Stimme einen festen Klang zu verleihen.

»Paul hegte keinen Verdacht? Bist du sicher?«

»Federico ist nicht der Vater von Lukas. Paul ist sein Vater.«

»Ist ja gut, ich dachte nur, weil sie sich so ähnlich sehen.«

»Wie bitte?«

Berta nickte und widmete sich den Linsen, die sie vor sich ausgeschüttet hatte, um die Steinchen auszulesen. »Ja, die Locken, der Schnitt des Gesichts, der schlanke Wuchs, sofern man das bei einem Zehnjährigen schon beurteilen kann … Gott, so lange habe ich den Jungen nicht mehr gesehen. Bestimmt ist die Ähnlichkeit mittlerweile noch größer, jetzt, wo er fast zwanzig ist.«

Anna erschrak. Es stimmte, zwanzig Jahre war ihr Sohn jetzt alt, so wie *er* damals …

Lukas – alle hatten gesagt, er ähnele ihr, mit seinen runden, staunenden Augen, den braunen Locken … Sie erinnerte sich nur an einen Jungen, der mit ernstem Gesicht den Worten des Venedigers lauschte, ihn mit Fragen plagte und oft genug mit ihm durch die Gegend streifte. Immer hatte er etwas für sie mitgebracht, einen schön gemusterten Kiesel, eine seltene Blume.

Irgendwo musste noch dieser golden glänzende Stein sein, den Lukas ihr geschenkt hatte, in jenem Herbst, in dem Federico ihn schließlich mit nach Venedig genommen hatte. Wo war dieser Stein nur geblieben? Nie hatte sie ihn besonders beachtet. Ihr Blick schweifte über das Bord an der Wand, zur Anrichte, zu den Regalen auf der anderen Seite.

Da war er. Sie nahm ihn vom Bord, wog ihn in der Hand. Schwer war er, fast wie richtiges Gold. Lukas hatte damals kein Wort herausgebracht, gekeucht hatte er, war den ganzen Weg zurückgerannt. Sie lächelte bei der Erinnerung.

»Warum war Paul dann so gereizt?« Berta ließ nicht locker.

»Ich denke, es machte ihm zusehends zu schaffen, dass wir auf die Zuwendungen des Venedigers angewiesen waren.«

Berta sah von ihren Linsen auf. »Meinst du?«

Anna nickte. »Er hat es angedeutet. Zuletzt immer häufiger. Er schien darunter zu leiden, dass er als einfacher Köhlergehilfe das Geld für das Lehen niemals aus eigener Kraft hätte aufbringen können. Meinetwegen hat seine Familie ihn enterbt und er nahm das Elend in Kauf. Schließlich hätte er ein ebenso angesehener Zimmermann werden können wie sein Vater.«

»Ach, sein Vater wollte eure Heirat nicht?«, Berta hatte die Hände vor sich gefaltet. Ein ungewohntes Bild der üblicherweise stets beschäftigten Magd.

»Wusstest du das nicht?« Anna hätte schwören können, dass Berta über all das bestens unterrichtet war, sie hatte viele Freunde in Elbingerode und in Wernigerode, wo Paul herkam. Berta schüttelte den Kopf. »Als ich zu euch kam, wart ihr längst verheiratet und Paul sagte, seine Eltern seien gestorben.«

Ja, Paul hatte diese Geschichte erzählt, um unliebsamen Fragen auszuweichen. Tatsächlich wussten sie erst seit dem letzten Jahr, dass seine Eltern an einer Seuche gestorben waren und sein jüngerer Bruder das Erbe innerhalb kürzester Zeit durchgebracht hatte. Er hätte sich deswegen einer Söldnertruppe angeschlossen, hieß es.

»Paul muss dich sehr geliebt haben, wenn er alles für dich aufgab«, sagte Berta mit heiserer Stimme.

»Ja, das hat er.« Anna wurde bewusst, dass sie von Paul wie von einem Toten sprachen.

Berta riss sie aus den Gedanken. »Und dann? In Wernigerode konntet ihr also nicht bleiben.«

»Nein. Wir sind zu meinem Vater gezogen, meine Mutter

war ja auch längst tot und Vater war glücklich, Gesellschaft zu haben. Vor allem aber war er glücklich über Pauls Tatkraft und Fleiß. Die schwere Arbeit als Köhler fiel meinem alten Vater zusehends schwerer.«

»Jetzt kommt der Venediger ins Spiel?«, fragte Berta.

»Federico hatte meinen Vater kennengelernt, kurz bevor ich Paul heiratete. Vater kannte den ganzen Oberharz so gut wie den Inhalt seiner Kleidertruhe, konnte Federico viele nützliche Hinweise geben. Sie haben sich von Anfang an gemocht, glaube ich. Paul und ich waren schon über ein Jahr verheiratet, als sich die Gelegenheit bot, das Lehen für das Gasthaus *Zum Bären* zu bekommen. Der vorige Wirt war ja an der Pest gestorben und niemand wollte das Seuchenhaus übernehmen. So stand es längere Zeit leer. Als Federico davon erfuhr, riet er uns, dem Grafen zusätzlich zu den Abgaben eine gewisse Summe Geldes anzubieten, und schlug vor, den Betrag vorzustrecken. Paul zögerte zuerst, aber mein Vater war gerade gestorben, und Paul hatte nichts als die trübe Aussicht, bis an sein Lebensende als Köhler zu arbeiten.«

Sie waren zunächst zum zuständigen Hauptmann nach Wernigerode gegangen. Der hatte sie angehört und sich schließlich für sie beim Grafen verwendet. Und so waren sie zu ihm nach Stolberg gereist. Anna war das Treffen mit dem Grafen noch gegenwärtig. Ein wenig war sie von ihm enttäuscht gewesen. Aus der Ferne hatte er immer so imposant gewirkt, stattlich, mächtig, ein wahrer Herrscher, aus der Nähe war er nur ein älterer Mann, dem die Jahre auf dem Pferderücken sichtlich zugesetzt hatten. Ihre Begegnung hatte nicht länger als zehn Paternoster gedauert und schon war er wieder fort gewesen. Paul hatte erst seine Hände in die des Grafen gelegt, wie es Brauch war, und anschließend das bedeutend aussehende Pergament entgegengenommen, das ein Gasthaus samt Brauerlaubnis verhieß und damit ein Leben, eine Zukunft. Ein Augenblick, der Glück verheißen hätte, wäre da nicht Federico gewesen, dem sie das alles zu verdanken hatten. Er hatte ihnen das

Geld gegeben, aus Zuneigung zu ihrem Vater, so hatte er seine Hilfe damals begründet.

Sie wusste es besser.

Berta räusperte sich in ihre Gedanken hinein. »Lukas muss da ein gutes Jahr alt gewesen sein. Wenn ich mich nicht irre, kam er ja recht bald nach eurer Hochzeit auf die Welt …«

Anna zog die Breischüssel wieder zu sich heran und stocherte mit dem Löffel darin herum. »Lukas kam zu früh.«

»Hm.« Berta nickte vor sich hin.

Die Magd würde nachfragen und Anna überlegte, was sie ihr antworten sollte.

Berta legte ihre Hand auf Annas. »Paul trug Verantwortung, natürlich nahm er Federicos Geld.«

»Ja.« Anna schwieg ein paar Atemzüge lang und dachte mit aufkeimendem Unbehagen an damals. »Wir schulden Federico viel. Und er entlohnte uns weiterhin für die Unterkunft, für Rat und Hilfe, die ihm zuerst mein Vater, später auch Paul zukommen ließen.«

»Und für Lukas …«, fügte Berta hinzu.

Anna zog ihre Hand unter Bertas weg. »Was soll das heißen?« In ihr brodelte es. »Lukas hat alles, was er braucht, ihm geht es gut in Italien. In Venedig kann er es weit bringen, dort steht ihm eine Welt offen, von der er hier nicht einmal hätte träumen können.«

»Meinst du nicht, es fehlt ihm dennoch etwas? Die Liebe einer Mutter womöglich?«, fragte Berta leise.

Anna unterdrückte die Tränen, die ihr in die Augen stiegen. »Was weißt du schon von der Liebe einer Mutter? Du hast keine Kinder.«

Ein vermummter Mann trat in die Gaststube. Als er seinen Mantel ablegte, erstarben die Gespräche, unbehagliches Schweigen machte sich breit. Der Neuankömmling grüßte in die Runde und setzte sich. Die Gäste am Nachbartisch warfen hastig ein paar Münzen auf den Tisch und verabschiedeten sich. Hans

Wedige war nicht sonderlich beliebt. Mit seiner vorgewölbten Brust wirkte er aufgeblasen, mit schief gelegtem Kopf schien er einen jeden misstrauisch zu begutachten. Beides war zwar nur seinem verwachsenen Rücken geschuldet, entsprach aber durchaus seinem Charakter. Seine langen dünnen Haare ließen ihn älter wirken, als er war, überdies war sich Anna sicher, dass er sie mit Walnusssud und Zwiebelschalen färbte, so gescheckt wie sie aussahen. Zwischen den Strähnen ragten seine Ohren heraus, wie Vogelnetze ausgespannt, fingen sie jeden noch so unbedeutenden Gesprächsfetzen auf.

Hans Wedige sah sich um, niemand erwiderte sein Lächeln. Ein jeder wusste, dass er, der Bote des Grafen, jedes Wort aufsog wie ein Schwamm und wenn möglich zu seinem Vorteil wendete.

Die alte Ida schnalzte abfällig mit der Zunge, als sie ihn erkannte, wandte sich wieder Anna zu und fuhr in ihrer Rede fort. Die Witwe vom Schneider saß wie immer am Ofen und schüttete Anna ihr Herz aus. Nach zwölf Geburten nur noch zwei lebende Kinder, der Sohn in Diensten des Grafen von Schwarzburg, die Tochter in Quedlinburg verheiratet, einzig ein Bruder lebte noch in Schierke. Ida war einsam, alt und krank, das Reißen in den Gliedern, jeder Schritt eine Qual, die Zähne mürbe. Dennoch wusste sie viel, hatte einen klaren Blick auf Land und Leute.

»Du bist die Einzige, die sich das Gackern von einem alten Huhn wie mir noch anhört«, zischte sie und bleckte die Eckzähne für ein Lächeln. »Und weißt du was? Ich glaube, du hörst mir sogar gern zu.« Sie kicherte und tätschelte Anna die Hand.

Ja, es stimmte. Und darum wusste Anna inzwischen so viel, nicht nur über die alte Ida, sondern auch über fast jeden Bewohner dieses Fleckens, der an der befahrenen Hauptstraße, einen kurzen Fußmarsch von dem nahe gelegenen Elbingerode entfernt, um ihr Gasthaus herum entstanden war. Ida kam regelmäßig, saß dann in einer Ecke und freute sich über den Wein, den Anna ihr hin und wieder spendierte, und die Aufmerksamkeit, die sie der Alten schenkte, wenn sie die Zeit dafür fand. Dann erzählte Ida den jüngsten Klatsch über den Schmied, den Bäcker, den Stellmacher.

Es waren solche Abende, die ein wenig Licht in ihren trüben Alltag brachten, versicherte Ida oft. Vielleicht spürte die Alte, dass Anna ihr wirklich zuhörte. Jeder spüre das, hatte ihr Berta versichert und gesagt, dass so mancher Gast nicht wegen des Essens käme, sondern um bei ihr sein Herz zu erleichtern. Und da die Leute gut für Essen und Trinken zahlten, nahm Berta die zusätzliche Arbeit gern in Kauf, wenn Anna wieder von einem Gast aufgehalten wurde.

Anna konnte sich nicht erklären, warum ihr manche Leute schon bei ihrer ersten Begegnung Familiengeheimnisse offenbarten. Das war ihr selbst unheimlich, wenn sie darüber nachdachte, und manche Geheimnisse wollte sie auch gar nicht wissen. Dennoch konnte sie nicht anders, als allen ihr Ohr und ihre Anteilnahme zu schenken, und hin und wieder auch einen Rat.

Es war schon seltsam: Warum sah sie, die sich selbst so wenig verstand, bei anderen so viel klarer?

Heute jedoch mochte sie nichts hören, so schwer war ihr ums Herz. Sie strich Ida liebevoll über die Schulter und zog sich hinter den Ausschank zurück.

Ein Mann betrat die Gaststube. »Was für ein Wetter, und das im März.«

»Gott zum Gruße, Thomas«, rief ihm Anna zu, die ihn erst auf den zweiten Blick erkannte, so vermummt hatte sich der fahrende Händler. Er kehrte auf seinen Wegen regelmäßig in ihrem Gasthof ein.

»Eine Wohltat, endlich im Warmen zu sein. Verfluchte Kälte draußen. Man könnte meinen, es herrschte ewig Winter.« Thomas hielt seine Hände vor den Ofen.

»Was möchtest du trinken?«

»Heißer Most, wenn es nicht zu viel Mühe macht, wäre mir eine Wohltat. Und eine Kleinigkeit zu essen würde ich auch nicht abschlagen.«

Als Anna den heißen Holundermost brachte, saß Thomas bereits mit ein paar anderen Gästen zusammen. Die Füße vor dem Ofen ausgestreckt, genoss er die Fragen nach dem Woher und Wohin. Als fahrender Händler kam er viel herum, erfuhr so dies und das. Gerade im nachrichtenarmen Winter lechzten die Leute nach Neuigkeiten.

Thomas unterbrach sein Gespräch, als Anna wenig später das Holzbrett mit Brot, Schinken, Würsten und Gurkenschnitzen vor ihm abstellte. »Wenn dies eine Kleinigkeit ist, dann wäre ich gern Gast bei deinem nächsten Festmahl!« Mit seinem Messer schnitt er sich ein Stück Schinken ab und stopfte es in den Mund. »Hm, der zergeht auf der Zunge«, nuschelte er kauend.

»Ja, nicht wahr? Der Schinken kommt aus Nordhausen.«

»Nordhausen? Tatsächlich?« Der Mann schluckte. »Daher komme ich gerade. Allerdings bekam ich in dem dortigen Gasthaus kein auch nur annähernd so schmackhaftes Essen.« Er säbelte sich ein weiteres Stück ab. »Ja, ein Segen, dass die Streitigkeiten zwischen dem Stadtrat und dem Grafen beigelegt sind. Es ist eine Schmach, wie die Herrschaften miteinander umgehen. Raubritter allenthalben, da nehme ich die feinen Städter nicht aus«, polterte der Händler.

Anna nickte höflich. Nordhausen war eine Tagesreise entfernt, zumindest bei gutem Wetter, sie war erst einmal dort gewesen. Von den Zänkereien zwischen dem Stolberger Grafen und der Stadt hatte sie nur gehört, weil auch im Gasthaus die Gespräche gelegentlich darum kreisten.

Hans Wedige am Nachbartisch horchte auf. Die ganze Zeit hatte er schweigend vor seinem Becher gesessen, sich hin und wieder das Haar zurückgestrichen. Doch seine Augen huschten emsig von einem zum anderen, nichts schien ihnen zu entgehen.

Anna sollte sich eigentlich freuen, als gräflicher Bote kam Hans Wedige viel herum und kehrte stets bei ihr ein, wenn er in der Gegend war. Nie gab er Grund zu Klagen und seine Zeche bezahlte er reichlich. Allerdings wusste Anna sehr wohl, dass er ebenfalls Anwärter auf ihren Gasthof gewesen war, und empfand seine Besuche oft als eine Art Drohung. Paul hatte darüber gelacht.

»Die Nordhäuser und der Graf haben ihren Streit schon seit Jahren beigelegt«, ließ er nun mit seiner hohen Stimme vernehmen. »Sie halfen dem Grafen sogar kürzlich erst mit einem Turnierpferd aus.«

»Aber gerade gab es doch diesen Zwischenfall«, unterbrach ihn eine Frau, die mit ihrem Mann in Annas Herberge für eine Nacht Obdach gesucht hatte. »Sie haben einen Herumtreiber aufgegriffen, hieß es. Und? Haben sie ihn in ihr Verlies geworfen?«, fragte sie an den Händler Thomas gewandt, ihre Stimme bebte vor wohligem Schaudern.

»Ja, das haben sie.«

Anna stand am Nebentisch und hörte den letzten Teil des Gesprächs. Sie trat näher. »Die Nordhäuser haben einen Gefangenen gemacht? Weißt du etwas über den Mann?« Sie konnte das Zittern in ihrer Stimme nicht verhindern. Ihre Hände krampften sich um das Tuch, mit dem sie eben eine Weinpfütze aufgewischt hatte.

Der Händler wiegte den Kopf. »Nicht viel. Es heißt, er habe sich vor der Stadt herumgetrieben. Zur Sicherheit haben die Nordhäuser ein paar ihrer Ritter losgeschickt, ihn aufzulesen. Das Letzte, was ich hörte, war, dass sie ihn eingesperrt haben.« Er trank einen Schluck. »Unsichere Zeiten sind das. Allerdings ist es schon verwunderlich, dass die Nordhäuser mit dem Mann nicht lange gefackelt haben. Aber falls er ein Stolberger ist, weiß der Graf sicher schon Bescheid und wird ihn auslösen.« Der Händler lächelte wohlwollend und biss in das letzte Würstchen.

War der Gefangene ihr Paul? Hatte die quälende Ungewissheit ein Ende? Anna wrang das Tuch zwischen den Händen. »Weiß man, wie der Mann heißt?«

Der Händler schüttelte den Kopf.

Sie brauchte gar nicht lange zu überlegen, ihr Entschluss stand fest: Sie würde nach Nordhausen fahren.

Berta schlug die Hände über dem Kopf zusammen, als Anna es ihr in der Küche erzählte. »Du bist verrückt, Anna. Denk an deinen Ruf! Dann dieser weite Weg, allein womöglich, bei der Kälte! Es wird wieder schneien, ich spüre es in den Knochen. Du wirst verunglücken, überfallen, was weiß ich ... Raubritter streunen durch die Gegend, Wölfe sind gesehen worden, Bären ...« Berta schüttelte den Kopf. »Wenn es Paul ist, wirst du früh genug davon erfahren. Ach, du wüsstest es doch längst. Sicher hat sich der Graf bereits des Mannes angenommen.«

Und wenn, Anna wollte nicht warten, bis es dem Grafen einfiel, ihr jemanden zu schicken. Hatte nicht der Herr es gefügt, dass die Nachricht von diesem Gefangenen sie erreichte? Sie musste mit eigenen Augen sehen, ob es Paul war oder nicht. »Ich werde fahren.«

Sie brauchte Gewissheit und würde nicht ruhen, ihn zu finden, das war sie ihm schuldig. Selbst wenn sie begreifen musste, dass er sie verlassen hatte.

Berta schüttelte den Kopf. »Und im Falle, dir stößt etwas zu? Was wird dann aus Lukas?«

»Das wird nicht geschehen. Außerdem ist der Junge alt genug, er wird damit zurechtkommen.«

Berta winkte ab und ging wortlos hinaus.

Luca

Venedig, Anfang März

Zwanzig Dukaten fehlten. Luca zählte das Geld in der Schatulle noch einmal. Ja, es war zu wenig. Er knallte den Deckel der Lade zu. Mimmo! Kein Zweifel, dass Carlos Sohn sich schon wieder aus den Einnahmen bedient hatte. Und natürlich würde er ihn, Luca, des Diebstahls bezichtigen. Onkel Carlo hatte Luca beim letzten Mal unter vier Augen versichert, dass er sehr wohl wisse, wer der Schuldige sei. Mimmo betrachte Luca als lästigen Nebenbuhler, als Konkurrenten, und Onkel Carlo hatte versprochen, auf seinen Sohn einzuwirken. Nun, Carlos Bemühungen fruchteten offenkundig nicht.

Luca ging in seine Kammer, die er abschloss, seit er Mimmo einmal dabei erwischt hatte, wie er in seinen Sachen wühlte. Da waren die Pferde mit ihm durchgegangen und er hatte sich mit Mimmo geprügelt. Viel schmerzhafter als die Schläge, die er von Mimmo hatte einstecken müssen, war die Enttäuschung Federicos gewesen, der natürlich davon erfuhr. Der väterliche Freund hatte so viel Zeit darauf verwendet, Luca zu Besonnenheit und Milde anzuhalten. Auf die Macht des Verstandes und der Worte zu setzen, statt auf die der Fäuste. Noch immer schmerzte Luca sein Versagen, wenn er daran dachte, nie wieder wollte er sich derart gehen lassen.

Luca zog ein Kästchen unter dem Bett hervor und öffnete es. Darin befanden sich genau einhundertsechsundachtzig Dukaten. Sein ganzer Besitz, ein Vermögen, angespart in den vergangenen zehn Jahren. Er zählte zwanzig Dukaten ab und verstaute das Kästchen wieder unter dem Bett. Sorgfältig verschloss er die Tür und kehrte zurück in Carlos Arbeitszimmer, um den Fehlbetrag auszugleichen.

Bevor Onkel Carlo zurückkehrte, musste Luca noch die Korrespondenz und anstehende Rechnungen erledigen – deswegen war ihm die Unstimmigkeit in der Kasse überhaupt aufgefallen. Auch Mimmo war heute Vormittag unterwegs. Carlo hatte ihm aufgetragen, sich im Hafenamt nach der nächsten Muda zu erkundigen. Die Stimmung im Hause war merklich gelöster, wenn Mimmo nicht anwesend war.

Wo war die vermaledeite Quittung, die er heraussuchen sollte? Er blätterte durch einen Stapel Unterlagen, sie war nicht darunter. Die Tür öffnete sich und ausgerechnet Susanna störte ihn.

»Ein kleiner Imbiss«, meinte die Magd und streckte die Brüste heraus.

Susanna mochte ihn. Luca hingegen wünschte, die Dienstmagd wäre dem Sohn des Hauses zugeneigter, der dem Mädchen bei jeder Gelegenheit nachstellte. Stattdessen beklagte sie sich ausgerechnet bei ihm über Mimmos Zudringlichkeiten und gab in aller Deutlichkeit zu verstehen, dass eine Annäherung seinerseits hingegen durchaus erwünscht wäre. Luca hielt es für das Beste, ihre Andeutungen und scheinbar zufälligen Berührungen nicht zu bemerken, allein um Mimmo nicht zu weiteren bösen Einfällen anzuspornen. Das fiel ihm wahrhaft nicht leicht, Susanna verfügte über sehr offensichtliche Reize.

Jetzt lächelte sie ihn auf diese gewisse Weise an, Luca senkte den Blick und bemerkte dennoch, dass sie ihr Hemd nachlässig geschnürt hatte. Als sie sich nun vorbeugte, um ihm Wein einzuschenken, starrte er auf ihre Brüste, die ihm entgegenwallten, Himmel, er konnte nicht anders, als sie anstarren. Wundervolle Brüste, ein ähnliches Vorbild musste König Salomo für sein Hohelied vor Augen gehabt haben.

Susanna bemerkte seinen Blick, richtete sich auf und zupfte an ihrem Ausschnitt, der nun noch weniger verbarg. Luca senkte den Kopf tief auf seine Unterlagen, weil er spürte, wie ihm das Blut ins Gesicht schoss.

Kichernd und mit wiegenden Hüften tänzelte Susanna hinaus. Ihr Duft verblieb im Raum. Luca schnupperte ihm mit geschlossenen Augen nach. Nein, er durfte sich nicht gehen lassen, es würde das ohnehin angespannte Verhältnis zwischen Mimmo und ihm nur noch verschlechtern. Er öffnete das Fenster, um jegliche Erinnerung an Susanna zu vertreiben und einen klaren Kopf zu bekommen. Er atmete tief durch.

Nun aber an die Arbeit. Er zog sich noch einmal die Geschäftsunterlagen heran, die er heute Morgen schon studiert hatte, und überflog sie erneut.

Das erhoffte Wunder war ausgeblieben. Dass die letzten Jahre für die Manzonis nicht rosig gewesen waren, war ihm nicht verborgen geblieben. Aber dass sie kurz vor dem Bankrott standen, hatte er bis heute Morgen nicht gewusst.

Luca lehnte sich zurück und verschränkte die Hände hinter dem Kopf. Dieses Schiff, das Onkel Carlo im letzten Sommer gekauft hatte, bedeutete ein großes Risiko. Im letzten Mai hatten sie darüber gesprochen. Luca hatte sich gewundert, dass Carlo ihn bei seinen Überlegungen hinzugezogen hatte. Und Luca, nach seiner Einschätzung gefragt, hatte von dem Erwerb abgeraten. In diesem Jahr ginge es wieder aufwärts, ganz sicher! Doch Carlo hatte die einzigartige Gelegenheit nutzen wollen. Gut, das Schiff war äußerst günstig zu haben gewesen. Luca hatte seinem Onkel letztendlich vertraut, schließlich verfügte der Kaufmann über jahrzehntelange Erfahrung.

Aber das Schiff kehrte nicht zurück, vor Zypern sei es auf Grund gelaufen, hatte Luca gehört. Es wäre schwer beschädigt, zusätzliche, nicht kalkulierte Kosten entstanden durch die Reparaturen und die lange Liegezeit. Stürme hinderten überdies auch die venezianische Handelsflotte am Auslaufen, fest eingeplante Einkünfte der Muda blieben damit ebenfalls aus. Übel kam immer zuhauf.

Er sollte das Unglück nicht berufen. Jetzt war erst Anfang März, nicht mehr lange und die Schiffe konnten wieder auslaufen. Träfen sie erst in Venedig ein, machten die Gewinne den Verlust wieder wett. Sie könnten die Schulden bezahlen und hätten sogar noch einen erklecklichen Betrag übrig. Wenn alles glattlief.

Was war das? Ein Blatt steckte zwischen den Unterlagen, heute Morgen musste er es übersehen haben. Luca zog das Schriftstück heraus, überflog es und hielt den Atem an. Ein Schuldschein, unterzeichnet von Onkel Carlo und einem Stefano Dolceto, über den Betrag von zehntausend Dukaten. Dolceto, Dolceto … der Name kam Luca bekannt vor. »Zehntausend«, flüsterte er vor sich hin. Eine gewaltige Summe. Carlo hatte ihm nichts von einem weiteren Kredit gesagt. Zehntausend … Nun, wenn die Schiffe endlich kämen, wäre es nicht schwer, den Betrag zurückzuzahlen.

Luca ließ das Blatt sinken. Hm, Dolceto, wo beim Barte des

Herrn hatte er den Namen gehört? Einerlei. Sicher war der Schuldschein nicht dringend, es war keine Frist angegeben, seltsam eigentlich. Ja, ihm fehlte einfach der nötige Überblick, die Erfahrung, um die Lage richtig einzuschätzen.

Ohne sein Zutun pochte sein Zeigefinger auf den Tisch. Carlo würde über Rücklagen verfügen, von denen er nichts wusste. Der Gedanke beruhigte ihn etwas. Und wären die Schiffe erst da ... Er würde einfach mit Carlo sprechen, ja, gleich heute Abend, wenn er ihn denn antraf. In letzter Zeit hatte er ihn kaum zu Gesicht bekommen, ständig war er unterwegs. Angesichts der neuen Erkenntnisse wunderte sich Luca nicht mehr darüber.

Er biss in eines der Brote, die Susanna gebracht hatte, und trank einen Schluck Wein. Warum nur hatte er ein derart schlechtes Gefühl? Nun, eine Schuld von zehntausend Dukaten konnte einem schon auf den Magen schlagen. Liefe jetzt auch nur eine Kleinigkeit schief, bedeutete das den Ruin. Mögen der Himmel und alle Heiligen es verhüten!

Der Wein stieg Luca die Kehle hinauf und brannte. Er sollte sich ein Bild von der Lage am Markt verschaffen, herausfinden, mit welcher Gewinnspanne bei ihren Waren zu rechnen war. Im günstigen Fall hätten sie bei weiteren Krediten eine bessere Verhandlungsposition. Er beschloss, zum Fondaco dei Tedeschi zu gehen, eine ausgezeichnete Quelle für Informationen und Neuigkeiten.

Als er auf der Straße hinter ihrem Palazzo stand, atmete er auf. Draußen in der frischen Brise schienen seine Befürchtungen sogleich zu verfliegen. Das dunkle Arbeitszimmer war ihm aufs Gemüt geschlagen.

Er war schon lange nicht mehr im deutschen Handelshaus gewesen und freute sich, wieder einmal die vertraute Sprache zu hören und zu sprechen. Vielleicht traf er sogar Sandro, seinen Freund, der durch seine weitläufigen Beziehungen stets auf dem Laufenden war.

Auf der Rialtobrücke drängten sich die Passanten, bei diesem schönen Wetter schien Luca das Treiben noch lebhafter als üblich. Wann baute die Stadt endlich weitere Brücken, so dass man sich nicht länger in einer Menschenmenge über diese einzige Verbindung von einem Ufer zum anderen quälen musste oder auf eine der Gondeln angewiesen war? Die Gondoliere machten gute Geschäfte, nicht nur wenn die Brücke gerade abgebrannt war. Abgesehen davon stünde der Stadt gut zu Gesicht, ließe sie endlich ein angemessenes Bauwerk aus Stein errichten, dieses feuergefährdete Holzkonstrukt sah wirklich schäbig aus.

Am Ufer reihte er sich in die Kolonne von Lieferanten ein, die Waren in den Fondaco schafften. Zwei Herren mit schwarzen Baretten und Mänteln mit Pelzkragen schlenderten vor ihm her und hielten den Verkehr auf.

»... völlig überteuert, diese Tuche von Di Lorenzo ... aber ausgezeichnete Qualität ... höchstens die Hälfte ... einen Schluck Wein ...« Die deutschen Wortfetzen wärmten Luca das Herz. Ein Lastenträger fluchte hinter ihm, Luca ließ den Mann vorbei, der dann laut schimpfend von den Deutschen wieder gebremst wurde, bis die Herren durch das Portal des Fondaco entschwanden.

Luca blieb hinter dem Eingang stehen, beobachtete einen Moment die Betriebsamkeit im Innenhof. Wie in einem Bienenkorb wimmelten die Menschen herum, dennoch ahnte er den Plan hinter dem nur scheinbar wirren Hin und Her.

War das dort nicht Sandro? Tatsächlich. Etwa zehn Schritte entfernt stand sein Freund mit zwei Männern zusammen.

»Salve, Sandro!«, rief Luca zu ihm hinüber und winkte.

Sandro blickte sich suchend um und als er ihn erkannte, zuckten seine Brauen in die Höhe. »Ah, Luca! Salve!« Er redete auf die beiden Herren ein, deutete auf etwas, das Luca nicht sehen konnte. Mit einer Geste hieß er die Männer, an Ort und Stelle zu warten, und kam zu ihm. »Schön dich zu sehen! Aber du kommst leider ein wenig ungelegen. Ich muss eigentlich ...«

Er legte ihm einen Arm um die Schultern und raunte ihm ins Ohr: »Ach, weißt du was, die Herren kann auch Silvestre übernehmen, der Faulpelz schuldet mir noch was. Warte hier, ich gebe ihm schnell Bescheid, dann gehen wir etwas trinken. Aber du zahlst!«

Sandros drahtige Gestalt schlängelte sich zwischen den Händlern und Knechten, den Ballen, Kisten und Fässern hindurch. Güter aus Deutschland, die im Fondaco gelagert und gehandelt wurden, unter den wachsamen Augen von Sandro und den anderen Sensalen.

Luca schlenderte derweil durch die Gänge, hielt Ausschau nach bekannten Gesichtern. In den zehn Jahren, die er nun schon bei den Manzonis lebte, hatte ihn Carlo oft mitgenommen, wenn er Verhandlungen mit den Deutschen führte. Zuerst hatte er kontrollieren sollen, ob die Sensalen Carlos Worte richtig übersetzten, später hatte Luca gelegentlich sogar kleine Geschäfte selbstständig abwickeln dürfen. Welch großes Vertrauen Carlo ihm damit bewies, war Luca bewusst.

Eine Weile lauschte Luca dem Gespräch zweier Händler, dem Dialekt nach offenbar aus Süddeutschland. Sie gehörten zu dem bedeutenden Handelsunternehmen der Fugger aus Nürnberg, hörte Luca heraus. Ihr Thema war König Maximilian. Der sollte bald Erzherzog von Österreich werden. Ob das wichtig war? Die Fugger waren ja auch im Bergbau umtriebig, Federico berichtete gelegentlich darüber. Waren die nicht in Polen oder Ungarn zugange?

Luca spitzte die Ohren, ob er mehr aufschnappen konnte. Jetzt ging es um König Karl. Stimmt, der Franzosenkönig hatte einen Anspruch auf Neapel, behauptete er wenigstens. Wollte er den jetzt mit Gewalt durchsetzen? Neapel, das war für die Manzonis ohne Bedeutung, anders Frankreich, da konnten sich Schwierigkeiten auf dem Landweg ergeben, schlecht für den Warentransport nach Flandern … Hm, falls sich eine Allianz gegen Karl zusammenschloss, wäre vielleicht auch Venedig dabei, dann gäbe es Krieg.

Die Kaufleute redeten jetzt mit gesenkten Stimmen, aber tatsächlich hörte er einmal »Neapel« heraus und »... der Papst verfolgt eigene Interessen, allein wegen ...«

Wäre der Papst an einem Zusammenschluss gegen Frankreich beteiligt, würde es Luca nicht wundern. Schließlich hieße der Heilige Vater nicht von ungefähr nach Alexander dem Großen, hatte Federico neulich gemeint, diese Namenswahl wäre sicher kein Zufall. Dem spanischen Borgia-Papst traute kein Italiener über den Weg. Nicht nur der Orgien wegen, über die hinter vorgehaltener Hand eifrig getuschelt wurde, gelegentlich auch neidvoll, wie Luca bemerkte. Wäre der Papst beteiligt, stünde auch das spanische Königspaar Ferdinand und Isabella an seiner Seite und als Landsleute wurden sie von Alexander begünstigt. Luca fragte sich, auf welcher Seite Venedig stünde, käme es zum Krieg. Wie auch immer, ein Krieg versprach gute Geschäfte.

Bevor Luca mehr über die Pläne des französischen Königs in Erfahrung bringen konnte, wandten die Herren sich ab und gingen getrennte Wege. Bestimmt wusste Sandro mehr darüber. Luca schlängelte sich weiter durch die engen Gassen zwischen den gestapelten Waren in Richtung Treppenhaus. Er stieg die Treppe hoch und trat auf einen der Arkadengänge hinaus, die auf jedem Stockwerk den Innenhof umgaben. Hinter ihm eilte eine Schar Angestellter den Gang entlang, manche mit Unterlagen in den Händen. Einer balancierte ein mit Gläsern und Krügen beladenes Tablett ein Stockwerk höher. Luca stützte seine Ellbogen auf das Geländer und schaute hinunter. Stimmen hallten zu ihm herauf, Träger und Laufburschen riefen und schimpften durcheinander. Irgendwo quietschten die Räder eines Handkarrens. Ballen wurden angeliefert oder abtransportiert. Manchmal logierten bis zu zweihundert Kaufleute hier, so viele waren es aber wohl derzeit nicht.

Luca ließ seine Blicke schweifen und sog die Aromen ein. Er roch das gelagerte Eisenerz, das sogleich die Erinnerung an seine Heimat, den Harz, in ihm wachrief. Mineralien, Steine,

Erde, damit hatte Federico ihn von Kindesbeinen an vertraut gemacht. Außer diesen Gerüchen konnten auch der Duft frisch geschlagenen Holzes oder einer gemähten Wiese Heimatgefühle in ihm wecken. Und der Gesang einer Amsel hatte ihn schon zu Tränen gerührt. Wie es seinen Eltern wohl ging? Ob sie sich noch an ihn erinnerten? Ihn vermissten?

Luca presste die Lippen aufeinander und konzentrierte sich wieder auf das Hier und Jetzt. Unten im Getümmel entdeckte er Sandro, der mit wedelnden Händen auf einen untersetzten Jüngling einredete, der ihn mit Kuhaugen anglotzte. Sandro klopfte ihm mit der Hand auf die Schulter, wies dann auf eine Gruppe Männer in dunklen Mänteln, der sich die beiden Herren von eben zugesellt hatten, und schob ihn in deren Richtung.

Luca atmete noch einmal tief ein und ging dann wieder hinunter.

»Da bist du ja!«, rief sein Freund ihm zu und kam ihm entgegen. Sandro war ein Stück kleiner als er, dunkler, mit tiefbraunen Augen und unerschütterlich guter Laune. Vor allem bei den Mädchen war er beliebt, weswegen er auch bei den Jungen Ansehen genoss. In Sandros Kielwasser fiel für jeden eine Eroberung ab. Luca bewunderte den Freund für sein offenes Wesen. Er selbst war ganz anders und manchmal wunderte er sich, dass Sandro sich überhaupt mit ihm abgab.

Der strahlte ihn an. »Komm, lass uns gehen. Madonna, ich bin vielleicht durstig!« Er nahm Luca am Arm und zog ihn mit sich. Kurz hielt er inne und sah über die Schulter zu Silvestre und den Deutschen.

Luca folgte seinem Blick. »Willst du dich doch lieber selbst um die Herren kümmern?«

»Er muss es einmal lernen, ich kann ihn nicht ständig in Schutz nehmen. Und die Herren sind sehr duldsam und freundlich, da kann eigentlich nichts schiefgehen.«

»Hoffentlich bekommst du meinetwegen keinen Ärger.«

»Ach was, Silvestre ist nicht so blöde, wie er aussieht. Der macht das schon. Außerdem muss er sie nur zu den Visdomini bringen und ihnen die Zollrichtlinien erklären. Die Herren sind zum ersten Mal hier.«

So recht überzeugt von Silvestres Fähigkeiten schien Sandro jedoch nicht zu sein, denn noch immer zögerte er und beobachtete seinen Kollegen. Erst als der mit den Herren in einer der Kammern verschwand, strebte er zum Hinterausgang.

Sandro schlug eine etwas abgelegene Taverne im Nachbarviertel vor. In der Nähe des Canale Grande fürchtete er, Bekannte zu treffen. »Es muss nicht sein, dass mich einer dabei erwischt, wie ich mit dir herumlungere.« Er grinste und zwinkerte Luca zu.

Wie lange kannte er Sandro jetzt? Gut acht Jahre dürften es sein. Luca hatte ihn kennengelernt, als er am Ufer sitzend zusammenhanglose deutsche Wörter vor sich hin gemurmelt hatte. Es hatte sich herausgestellt, dass Sandro in einer nahe gelegenen Schule die deutsche Sprache lernte, weil er einen Posten im Fondaco anstrebte, für den Sprachkenntnisse gefordert waren. Fortan hatte Luca Sandro bei seinen Deutschstudien unterstützt, im Gegenzug trug Sandro dazu bei, dass Lucas Venezianisch bald von dem der Einheimischen nicht mehr zu unterscheiden war. Ganz beiläufig waren sie innerhalb kurzer Zeit Freunde geworden.

In der Taverne bestellte Sandro Wein. »Der hier zahlt!«, rief er dem Wirt gut gelaunt zu und zeigte auf Luca.

Sofort kehrte Lucas Sorge zurück. Vielleicht beunruhigte ihn der bevorstehende Ruin auch, weil er dann nach Deutschland zurückkehren müsste; weil er Sandro vermissen würde, seine Leichtigkeit, seinen Frohsinn.

Nein, er gehörte längst nach Venedig, hier hatte er Freunde, die Manzonis waren seine Familie, Venedig war seine Heimat. Mit seiner richtigen Heimat war diese Stadt nicht zu vergleichen.

»Was schaust du so finster, mein Freund?«, fragte Sandro und hob den Becher, den der Wirt gerade gebracht hatte.

»Ach, nichts.«

»Na dann«, antwortete Sandro und trank. Mit dem Handrücken wischte er sich über den Mund und schaute sich um. »Oh! Sieh mal, wer da ist«, raunte er Luca zu und nickte in eine entlegene Ecke, in der ein junger Mann in einer Runde Gleichaltriger saß.

»Dass der sich in solch niedere Gasthäuser begibt, sieht ihm gar nicht ähnlich.« Luca flüsterte, obgleich Mimmo ihn schwerlich hören würde, angesichts der vielen Gäste und des Geräuschpegels. Wahrscheinlich vertrank er gerade mit seinen Freunden das dem Vater entwendete Geld.

»Und wer sind die anderen?«

Luca musterte die Begleiter. Mit einem von ihnen, dem großen mit der hellen Narbe auf der Wange, hatte er Mimmo schon häufiger beobachtet, die anderen kannte er nicht. Aber schon dieser eine war ein unangenehmer Bursche, dem seine Freunde vermutlich in nichts nachstanden. Richtig, Paolo hieß er, und es ging das Gerücht, er habe schon im Gefängnis gesessen. Luca hätte Mimmo unlängst fast auf dessen Freundschaft zu dem Schläger angesprochen, es dann aber doch lieber unterlassen.

»Ist er immer noch so ekelhaft zu dir?«, fragte Sandro und leerte seinen Becher.

»Hm.«

»Wir sollten ihm einmal eine tüchtige Tracht Prügel verpassen. Filippo, Vico, du und ich, was meinst du?«

Luca lachte und winkte ab.

»Kommt jetzt wieder der Lobgesang auf Mimmo? Wie schwer der es hat, diesen Fremden vor der Nase zu haben, dessen Fähigkeiten die seinen weit übertreffen und der seinen Aufstieg auf den Gipfel der Macht behindert?« Sandro runzelte die Stirn und blickte verstohlen zu Mimmos Gesellschaft. »Das Schlimmste für ihn ist doch, dass dieser ausländische Schlingel auch noch bei den Mädchen mehr Anklang findet als der hübsche Mimmo, trotz seiner engelsgleichen Gestalt! – Ach, hör mir nur damit auf! Mimmo ist ein übler Wicht, bösartig und unberechenbar. Und vom Handel versteht er so viel wie die Maus vom Melken.«

»Unterschätze ihn nicht. Außerdem liebt Onkel Carlo ihn über alles und fördert ihn, wo er nur kann. Mimmo kann oder will das allerdings nicht sehen. In seinen Augen werde ich bevorzugt, vielleicht stimmt es ja sogar. Ich kann seinen Zorn auf mich verstehen.«

»Der Arme!«, jammerte Sandro mit fiepsiger Stimme. »Ich werde in San Salvador ein Paternoster für ihn beten und eine Kerze anzünden.«

»Mach du dich nur lustig«, murmelte Luca, der es nicht leiden konnte, wenn sein Freund ihn nicht ernst nahm.

»Luca! Was will er denn noch?«, fragte Sandro jetzt wieder mit normaler Stimme. »Er ist ein gut aussehender Bursche, hat eine einnehmende Gestalt. Er ist der Manzoni, nicht du. Er ist der Erbe des Hauses, nicht du.«

Luca spürte, wie sich ihm bei Sandros Worten die Kehle zuschnürte. »Womöglich ist es bald aus mit dem Handelshaus.«

Normalerweise hätte sein Freund über den schlechten Reim gelacht, doch jetzt starrte er ihn ungläubig an. »Mach nicht solche Scherze!«

Luca hob den Becher und bedeutete dem Wirt, neuen Wein zu bringen. »Ich hoffe, du hast recht und es stellt sich am Ende als Scherz heraus.« Er beugte sich zu seinem Freund. »Du musst mir dein Ehrenwort geben, dass du es niemandem erzählst.«

»Ehrensache, ich schweige wie ein Grab.«

»Carlo hat einen horrenden Kredit aufgenommen. Es steht wirklich auf Messers Schneide, Teufel auch.« Die letzten beiden Worte waren ihm auf Deutsch entschlüpft, was ihm nur noch selten passierte. Er vertraute dem Freund an, was ihn schon den ganzen Tag beschäftigt hatte. »Wenn jetzt noch irgendetwas schiefgeht …«

»Kann ich etwas tun?«, fragte der Freund.

»Es wäre gut zu wissen, womit man demnächst hohe Preise erzielen kann, dann können wir kalkulieren, wie viel unsere

Waren einbringen werden. Man könnte zur Not vorzeitig Anteile davon verkaufen. – Ach, ich weiß es auch nicht, ich hoffe immer noch, ich habe mich geirrt und Carlo hat Absprachen mit seinen Gläubigern oder es gibt noch irgendwo Geld, von dem ich nichts weiß.« Luca starrte in seinen Becher, als läge ein verborgener Schatz darin.

Sandro legte seine Hand auf Lucas Schulter. »Du siehst zu schwarz. Aber für alle Fälle werde ich tatsächlich in San Salvador eine Kerze anzünden und zum heiligen Judas beten. Der hilft auch in aussichtslosen Fällen. Oder nein, ich bete zu den Nothelfern oder besser zu allen gleichzeitig«, unternahm Sandro einen Versuch, ihn aufzuheitern.

»Na, dann kommt sicher alles in Ordnung!« Luca quälte sich ein Lächeln ab, aber auch dem Freund sah er an, dass ihn die schlechte Nachricht bedrückte. Das mochte er so an ihm, dass es sich mit ihm nicht nur lustig sein und feiern ließ, sondern er auch Leid mit ihm teilen konnte, ohne sich dabei einfältig vorzukommen. »Lieber wäre mir, du würdest dich umhören, jede Kleinigkeit könnte wichtig sein.«

»Das werde ich.«

Eine Weile saßen sie schweigend nebeneinander und starrten vor sich hin.

»Luca!«

Luca zuckte zusammen. Allmächtiger, Mimmo war zu ihnen getreten und lächelte süßlich. Mit den rotblonden Haaren und blauen Augen, den rosigen Lippen und Wangen glich er tatsächlich einem der Engel, die auf manchen Gemälden zu sehen waren. »Salve, Mimmo.«

»Ein schöner Zufall! Ich wollte ohnehin mit dir sprechen.« Mimmo bedachte Sandro mit einem abschätzenden Blick. »Verschwinde, Pfaffenbastard!«

Luca biss die Zähne zusammen, um Mimmo für diese Beleidigung nicht auf der Stelle niederzustrecken.

»Lass!«, sagte Sandro und drückte seinen Arm. »Es lohnt nicht.« Vorsichtshalber stellte er sich zwischen ihn und Mimmo.

»Verzieh dich endlich, Hundsfott«, zischte Mimmo und stieß Sandro zur Seite.

Luca atmete tief durch, spürte erst jetzt, dass er die Fäuste kampfbereit geballt hatte. Nur Federicos und Carlos wegen ließ er sie sinken. Gott allein wusste, wie schwer ihm das fiel. Aber es war eine kluge Entscheidung, denn auch wenn er bei Mimmo selbst kaum mit Gegenwehr rechnen musste, waren da ja noch dessen Kumpane, die aufgesprungen waren und das Geschehen von ihrem Tisch aus beobachteten. Rückzug war angebracht.

»Geh bitte, wir treffen uns später«, presste er mühsam beherrscht heraus.

Mimmo grinste Sandro triumphierend an. Der bedachte erst Mimmo, dann die anderen mit einem finsteren Blick, bevor er die Taverne verließ.

Plötzlich schien die Lautstärke im Raum anzuschwellen.

Mimmo ließ sich auf dem Stuhl nieder, auf dem eben noch Sandro gesessen hatte. »Na, du kleines Turteltäubchen?«, flüsterte er mit schwerer Zunge. »Habe ich eure traute Runde gestört? Verschwendest du gerade meines Vaters Geld mit deinem Liebhaber? Was gibst du ihm dafür, dass er dir sein Ärschlein herzeigt? Oder bist du es etwa, der Spaß daran hat, es besorgt zu bekommen? Ts, ihr solltet euch ein stilleres Plätzchen suchen für euer Stelldichein.« Mimmo kicherte und tätschelte Luca die Wange. Er schien schon etliches an Wein getrunken zu haben, was seine schleppende Sprechweise, das gerötete Gesicht und die blutunterlaufenen Augen verrieten.

Luca zog die Unterlippe zwischen die Zähne, faltete die Hände unter dem Tisch, rührte sich nicht und schwieg. Nein, er würde seinen Schwur nicht brechen, er würde Mimmo nicht verprügeln, einerlei was der sagte.

Mimmo vergewisserte sich mit einem Blick über die Schulter der Unterstützung seiner Freunde, dann verzog er seine fein geschwungenen Lippen verächtlich. »Wann verschonst du meine Augen endlich mit deinem Anblick, meine Nase mit deinen viehischen Ausdünstungen, du deutsches Schwein. Ich wünschte dir die Pest! Aber diese Hure von einer Krankheit musste dich ja verschonen. Jeden Tag verfluche ich dich, aber der Herr und seine Heiligen halten offenbar ihre Hände schützend über dich.«

Mochte Mimmos Stimme durch den Weingenuss verschwommen klingen, seine Worte waren deutlich genug. Luca musste Mimmo beruhigen, bevor die Auseinandersetzung aus dem Ruder lief. »Ich weiß ja ...!«

Mit einem Handstreich beendete Mimmo Lucas Einwand. »Nichts! Nichts weißt du, du tumber Waldmensch.«

Mimmos Weindunst stieg Luca in die Nase. »Aber dein Vater liebt dich doch, er fördert dich, er würde dir mit seinen Beziehungen alle Wege öffnen. Du kannst dir leicht den dir gebührenden Platz im Handelshaus Manzoni erwerben. Wie ist dein Gespräch am Hafen gelaufen? Günstig?« Luca bereute die Frage sofort, denn es war ja offensichtlich, dass der Bursche, statt seine Pflicht zu erfüllen, lieber mit seinen Freunden Wein trank.

Mimmo schlug mit der Handfläche auf den Tisch, so dass die Gläser hüpften. »Ich muss mir den Platz nicht erwerben, ich habe nämlich ein Anrecht darauf. Ich! Nicht du.«

Mittlerweile hatten sie die Aufmerksamkeit einiger Gäste erregt und, spätestens seit Mimmo auf den Tisch geschlagen hatte, auch die des Wirtes. Luca sollte Mimmo zum Gehen bewegen, sonst konnte wer weiß was geschehen. »Lass uns zu Hause weiterreden. Wir holen deinen Vater hinzu, lass uns gemeinsam überlegen ...«

»Da gibt es nichts zu überlegen, hörst du mir nicht zu? Ein Wir oder ein Uns gibt es schon gar nicht. Und warum nicht?« Mimmo hob einen Finger, drehte seinen Kopf von Luca weg, behielt ihn aber dennoch im Blick, so dass er fast nur noch das Weiße in dessen Augen sah. »Es gibt kein Wir mehr, weil du verschwinden wirst. Verstehst du?« Er lachte kurz auf, wendete seinen Kopf wieder Luca zu und sah ihm geradewegs in die Augen. »Nein? Ich will es dir erklären: Du bist ein – Sodomit.

Meine Freunde sehen das ebenfalls so«, eine fahrige Geste deutete in Richtung seiner Kumpanen. »Außerdem nutzt du uns aus, um für deine Leute in Deutschland zu spionieren.« Er rülpste leise, weinsaurer Atem wehte Luca an, während Mimmo seinen Mund nah an sein Ohr brachte. »Ich mag mir gar nicht vorstellen, was du mit deinem hübschen Sandro so alles treibst. Du siehst ein, als treuer Bürger Venedigs müsste ich das anzeigen.« Mimmo seufzte, legte dabei einen Arm um Lucas Schulter, drückte ihn an sich. »Aber eine Familie muss zusammenhalten, meinst du nicht?«

Inzwischen beachtete sie niemand mehr, da Mimmo zuletzt nur noch geflüstert hatte.

Luca schüttelte seinen Arm ab, starrte ihn an. Was sollte das? Drohte Mimmo ihm, ihn beim Rat der Zehn zu verleumden? Allein die Anklage wegen Sodomie wäre sein Todesurteil. Nein, das würde selbst Mimmo nicht tun, das hatte er nur gesagt, um ihn zu erschrecken.

Mimmo klopfte ihm noch einmal auf die Schulter. »Du weißt nun, was ich von dir erwarte.« Er stand auf und ging zurück zu seinen Freunden. Die nahmen ihn johlend in Empfang, Mimmo warf ein paar Münzen auf den Tisch und rief zum Wirt: »Alles auf meine Rechnung, auch das, was die beiden da drüben hatten.« Er deutete in Lucas Richtung, seine Lippen verzogen sich zu einem Lächeln.

Alle sechs gingen ganz nah an ihm vorbei, Paolo rempelte ihn an.

Lina

Venedig, Anfang März

Das Schiff legte an der Mole an und Lina sprang an Land. Ein Matrose warf ihr das kleine Bündel hinterher, sie fing es auf. Es war angenehm, stets mit kleinem Gepäck zu reisen, sie brauchte nicht viel.

Sie schob ihre neue rote Mütze zurück, die sie in Ungarn gekauft hatte, legte den Kopf in den Nacken und spürte den Sonnenschein im Gesicht. Der Himmel war von diesem besonderen, lichten Blau, das den Frühling ankündigte. Sie blähte die Nasenflügel, sog die Luft ein, die schon nach den ersten süßen Blüten duftete.

Dort, wo sie gerade herkam, herrschte tiefer Winter, hier indes summten die Bienen und Lina roch den Frühling. Größer konnte der Gegensatz nicht sein.

Sie warf ihr Bündel über die Schulter, sah über die belustigten und abschätzigen Blicke der Leute hinweg und folgte dem Canale, der in die Stadt führte. Es war noch ein gutes Stück zu laufen, aber nach der langen Reise, oft genug zusammengepfercht wie die Sardinen im Fass, war es eine Wohltat, durch die Gassen zu schlendern. Obwohl sie die Blicke der Leute in ihrem Rücken spürte. Bestenfalls weckte sie Neugier, schlimmstenfalls diente sie als Sündenbock, wurde gehänselt, beschimpft, belächelt. Nun, sie hatte ihre Methoden dafür, dem zu begegnen.

Eigenartig, blieb sie der Stadt zu lange fern, zog es sie mit Macht zu ihr zurück. War sie zu lange in Venedig, drängte es sie mit zunehmender Kraft fort. Sie war eben eine unstete Person, das hatte Pertuzzi schnell erkannt. Sollte sie noch heute zu ihm gehen? Er wartete vermutlich schon ungeduldig auf ihren Bericht. Seit er dem Rat der Zehn vorsaß, war er noch unerträglicher als üblich, auch wenn der Posten des Oberspitzels ihm förmlich auf den Leib geschneidert war. Nein, sie würde nicht zu ihm gehen, im Dogenpalast, wo er jetzt residierte, erregte sie noch größeres Aufsehen … Ach, vermutlich erwartete sie zu Hause die Nachricht, wie sie zusammenkommen würden.

Am Palazzo Ducale verlangsamte sie ihren Schritt. Es bereitete ihr eine gewisse Genugtuung, am Dogenpalast entlangzuspazieren, ohne dass Pertuzzi von ihrer Anwesenheit wusste.

Pfützen von dem letzten Regenschauer standen noch auf dem Pflaster. Lina umrundete eine und ließ ihren Blick über die Piazetta San Marco schweifen. Mit einem Stirnrunzeln bedachte sie die Säulen der Heiligen Markus und Theodorus, zwischen denen ein Mann mit an den Füßen gebundenen Seilen kopfunter hing. Ein Rabe klammerte sich mit den Krallen an seine Schulter, hackte mit dem Schnabel auf den Körper ein.

Während oben der Hingerichtete baumelte, tummelten sich am Fuße der Säule sehr lebendige Glücksspieler auf der Suche nach Leichtgläubigen, denen sie die Münzen aus der Tasche ziehen konnten.

Ein junger Mann erregte Linas Aufmerksamkeit. Er stand in der hinteren Reihe und reckte sich, um das Spiel zu beobachten. Lina wollte vorübergehen, da wandte der Jüngling sich von dem Spiel ab, schlenderte auf sie zu. Ein außerordentlich hübscher Kerl, rötliche Locken, volle Lippen, glatte Haut. Im Näherkommen bemerkte er sie, musterte sie. Lina kannte diesen Ausdruck: die sich spitzenden Lippen, langsam sinkende Mundwinkel, das gereckte Kinn. Langsam verzog sich sein Mund zu einem verächtlichen Lächeln. Als sie auf gleicher Höhe waren, sah er auf sie herab. Ihr fielen seine blutunterlaufenen Augen auf, sein schwankender Gang. Und das Stück Papier, das er mit der rechten Hand umklammerte. Plötzlich wandte er den Kopf ab.

Ein ebenso hübscher wie übler Bursche, vor dem musste man sich in Acht nehmen. Jetzt hatte er andere Missetaten im Sinn, sonst wäre gewiss sie sein Opfer geworden. Nein, besser gesagt, er ihres. Lina sah dem Burschen nach. Wie sie vermutet hatte, verschwand er im Dogenpalast. Kein Zweifel, was er vorhatte. Er brachte Pertuzzis Schergen neue Nahrung, auch wenn er sich dafür hatte Mut antrinken müssen. Jeder wusste, wie leicht man in die Fänge dieser unheimlichen Männer geraten konnte. Es brauchte nicht viel, nur eine anonyme Anzeige eines solchen Bastards – was sonst sollte dieses Papier in seiner Hand gewesen sein? – aus einer Laune heraus in eines der Löwenmäuler geworfen, die hier im Dogenpalast, aber auch sonst überall in der Stadt solche Verleumdungen fraßen. Und dann begannen die Mühlen zu mahlen. Was schließlich mit den armen Denunzierten geschah, darum rankten sich zahllose Gerüchte.

Lina ging langsam weiter, erklomm die geschwungene Brücke zum Canale Orfeo. Oben stellte sie sich auf die Zehenspitzen und sah aufs Wasser hinunter. Wie viele Leichen waren durch diesen Canale wohl schon ins Meer getrieben? Menschen, deren Namen niemand je erfahren würde, geschweige denn, warum sie hatten sterben müssen. Jeden konnte es treffen, jederzeit, ohne Grund. Einzig dies war gewiss. Und diese Gewissheit schürte die Angst, der Nächste zu sein, jederzeit, ohne Grund, auf dieser Angst basierte die Macht des Rates der Zehn.

Eine Gondel zog an Lina vorüber, ein junges Pärchen darin. Die Häuser auf der anderen Seite des Canale lagen in der Sonne, wie Wasserpflanzen schienen sie aus den Kanälen zu wachsen, dem Himmel entgegen, ohne ihn zu erreichen. Lina lächelte. Eher würde die Lagune ihre Bewohner verschlingen, als dass auch nur einer ihrer Bewohner in das Himmelreich einging. Manchmal glaubte sie fast, die Verderbtheit dieser Stadt riechen zu können, aber der Gestank kam wohl nur von Schimmel, Unrat und den Rattenkadavern, die in den schmalen Nebengassen und stehenden Kanälen verrotteten.

Und dazwischen wehte der liebliche Odem der Versuchung: der Geruch frischer, honigsüßer Backwaren, der aus Ladentüren quoll, der Duft rosenschwerer Parfums edler Damen, die im

Vorübergehen ihre prallen Brüste edel gekleideten Passanten entgegenstreckten. Ja, das war Venedig. Dagegen verblassten der hohe Himmel Ungarns, die Weite Polens natürlich.

Auf welch seltsame Gedanken sie immer kam, wenn sie von ihren Reisen heimkehrte. Heim? Das war zu viel gesagt, zurückkehrte träfe es besser. Schließlich bewohnte sie nur eine winzige Kammer nahe des Bankenviertels an der einzigen Brücke über den Canale Grande. Vermutlich sicherte sie ihrer Vermieterin, einer alten Witwe, den Lebensunterhalt. Es hätte Lina nicht gewundert, wenn ihre Wohnung in ihrer Abwesenheit Liebesdienerinnen eine kurzzeitige Heimstatt bot. Allmächtiger, warum auch nicht. Sie war ja kaum dort.

Wo war er denn diesmal? Ah, da, in einer windgeschützten Ecke hatte sich der Obsthändler mit seinem Stand eingerichtet. Wie immer kaufte sie bei ihm ein paar Orangen. Die würde sie zu Hause verspeisen und wissen, dass sie wirklich angekommen war. Dieses Ritual pflegte sie seit einigen Jahren, wenngleich es sonst meist zu Anfang des Winters war, dass sie heimkehrte.

Sie stieg die Treppe, die sich außen an das Haus klammerte, zu ihrer Kammer empor, nur eine Frage der Zeit, bis sie hinabstürzte. Sie stöhnte und knarrte zum Gotterbarmen. Aber immerhin konnte sie kommen und gehen wie sie wollte, auch des Nachts. Und heimliche Besucher gelangten nicht ungehört zu ihr hinauf. Das allein war ihr jedes Risiko wert. Die Tür war verschlossen, ihr Verdacht, die Alte verkaufte ihre Kammer als Liebesnest, bewahrheitete sich nicht. Die winzige Daunenfeder, die über dem Schloss steckte, befand sich noch an ihrem Platz. Nicht, dass sie etwas von Wert in der Kammer aufbewahrte, aber sie wollte wissen, ob jemand bei ihr einkehrte.

Die monatelange Verriegelung hatte ihren Preis. Zwar war alles unangetastet, doch die Kammer roch muffig, nach Winter und ungelüfteter Wäsche. Lina holte sich einen Hocker und stieg darauf, um die Fensterläden aufzureißen und auf die Gasse zu spähen.

Gegenüber wohnte eine Familie mit drei Kindern, er war Ballenbinder im türkischen Handelshaus. Eine unauffällige Nachbarschaft. Der junge Mann in der Kammer darunter spielte Flöte, herzzerreißend manchmal, erst recht, wenn sein Freund bei ihm war, der sang wie eine Nachtigall. Aber jetzt war dort drüben alles still. Es war früher Nachmittag, eine ruhige Zeit.

Lina setzte sich auf den Hocker, zog ihr Messer aus dem Stiefel und schälte eine Orange. Schon der Geruch der berstenden Schale erfüllte sie mit Wohlbehagen und freudiger Erwartung. Ganz langsam steckte sie die erste Spalte in den Mund, zerdrückte sie mit der Zunge und genoss es, den süßen Saft im Mund herumzurollen, als koste sie edlen Wein. Dieser erste Bissen war ihr der Wichtigste, mit ihm ließ sie sich Zeit. Spürte dem Geschmack mit allen Sinnen nach, bis er sich nicht einmal mehr erahnen ließ.

Erst jetzt war sie zurück.

Als Nächstes suchte sie ihre Vermieterin auf. Lina mochte die Alte, die sie nie fragte, wo sie war und wie lange sie blieb. Immer schien es, als hätte sie gerade gestern vorbeigeschaut.

»Salve, Serafina!«

»Komm, Mädchen, nimm dir von den Mandelplätzchen, die Chiara vorbeigebracht hat. Sie behauptet, sie hätte sie selbst gebacken ...« Serafina schien ihr Gesicht in der Mitte zusammenziehen zu können, so dass ihre Falten unterhalb der Nase sternförmig zusammenliefen. »Ich weiß genau, dass sie die Dinger bei Giuseppe kauft. Das dumme Ding.«

Serafina schien sich in all den Jahren, in denen Lina bei ihr wohnte, nicht zu verändern. Vielleicht krümmte jedes weitere Jahr ihren Rücken ein wenig stärker, aber das Gesicht, runzlig wie ein Winterapfel zu Christi Himmelfahrt, schien unverändert, ebenso wie ihre glasklaren, hellblauen Augen, mit denen sie bis in Linas Innerstes hineinsehen zu können schien. Manchmal dachte Lina, dass Serafina genau wusste, wo sie war und was sie dort tat – und für wen.

Das Mandelgebäck schmeckte herrlich. Auch dies war eine Art Ritual, denn Serafina hatte stets einen Teller mit diesen

Keksen vorrätig. Unerklärlich, woher die Alte sie hatte, denn soweit Lina wusste, bekam die Witwe nicht oft Besuch, geschweige denn, dass ihr jemand Süßigkeiten mitbrachte, Chiara schon gar nicht. Serafina wurde allgemein gefürchtet, sie habe den bösen Blick, hieß es. Eine Eigenschaft, die Gesellschaft nicht gerade anzog.

Aber Serafina beklagte sich nie. Dennoch war sie dankbar, dass Lina ihr ab und zu etwas mitbrachte, wenn sie – selten genug – in Venedig war. So schenkte sie ihr auch diesmal zwei Orangen, die die Alte wie selbstverständlich und ohne ein Dankeswort entgegennahm. Aber so, wie sie die Früchte vor sich auf den Tisch legte und ihre von Gicht gekrümmten Finger die Schale liebkosten, war ihre Freude unverkennbar.

»Hat jemand nach mir gefragt oder etwas für mich abgegeben?«

Serafina schüttelte den Kopf.

Also keine Anweisungen von Pertuzzi. Vielleicht sollte sie sich doch bei ihm melden. Er wäre bestimmt verärgert… Seit Pertuzzi seinen neuen Posten innehatte, hatte sie sich mehrmals gefragt, wie lange sie ihm noch dienen sollte, dienen wollte. Ihre Dankbarkeit hatte sie ihm schließlich lange genug bewiesen. Andererseits konnte sie nicht klagen. Und was sollte sie sonst machen? Wen kümmerte schon das Wohl und Wehe einer Zwergin.

Serafina plapperte derweil über die Neuigkeiten aus der Nachbarschaft. Lina nahm sich ein weiteres Plätzchen.

Wo wäre sie denn ohne Pertuzzi, ohne seine schützende Hand? Vermutlich längst tot. Er hatte sie damals von Schaustellern gekauft, sterbenskrank war sie gewesen. Irgendwo im Osten musste es gewesen sein, sie erinnerte sich nicht mehr. Hätte er sie nicht mit sich genommen, die Leute hätten sie, die Missgeburt, ohne zu zögern, im Straßengraben liegen gelassen, dieses Jahrmarktsgesindel! Erst hatten sie sie kreuz und quer durch die Welt geschleppt, reichlich an ihr verdient und sie dann bei der ersten Schwierigkeit einfach weggeworfen.

Noch jetzt wurde Lina der Mund trocken, wenn sie daran

dachte. Die Krümel des süßen Gebäcks knirschten wie Sand in ihrem Mund. Sie brauchte einen Schluck Wasser. Doch wie vermutet, war der Krug leer, das hieß, sie musste ihn erst draußen am Brunnen auffüllen. Die Leute aus der Nachbarschaft grüßten sie beiläufig, mittlerweile hatten sie sich an ihre merkwürdige Nachbarin gewöhnt.

Sie goss sich und Serafina die Becher voll. Endlich konnte sie die Erinnerungen mit den Krümeln zusammen hinunterspülen. Immerhin, das durfte sie nicht vergessen, hatte sie während der Zeit bei diesen Leuten viel gelernt, das ihr nun nützte. Pertuzzi waren ihre Fähigkeiten nicht lange verborgen geblieben. Seitdem arbeitete sie für ihn, gemäß eines stillschweigenden Abkommens, von dem niemand etwas wusste. Seit fünf Jahren nunmehr, fünf abwechslungsreichen Jahren.

Als sie von Serafina zurückkam, saß vor ihrer Tür ein Junge, acht oder neun Jahre alt, barfuß und schmutzig. Abwesend kaute er an dem Nagel seines Zeigefingers. Sein Mund rundete sich bei ihrem Anblick, seine Brauen zuckten hoch, verschwanden unter seinem Haarschopf, der ihm ins Gesicht hing. »Lina Tozzi?«, brachte er schließlich heraus.

»Ja.«

Der Bursche sprang auf. »Nächste Woche sollst du am Mittwoch in der Mittagsstunde zu dem Signore Pertuzzi kommen.«

»Hat er gesagt, wohin ich kommen soll?«

Der Junge schüttelte den Kopf. Er trat von einem Fuß auf den anderen, wich ihrem Blick aus.

Lina ging beiseite und erleichtert rannte der Junge davon. Sie sah ihm nach, spürte einen Stich in der Brust, längst nicht mehr so schmerzlich wie früher. Drinnen trug sie ihren Hocker zum Fenster, stieg darauf und sah auf die Gasse. Links, rechts, kein Mensch war zu sehen. Während sie die Straße beobachtete, summte sie ein Tanzlied vor sich hin, das sie während ihrer Reise gehört hatte und ihr seither nicht aus dem Kopf ging.

Woher zum Teufel wusste Pertuzzi, dass sie in der Stadt war?

Federico

Venedig, Anfang März

Die Scheiben klirrten leise, als Federico die Tür seines Arbeitszimmers hinter sich zuschlug. Er nahm eine Karaffe mit Wein und ein Glas von der Anrichte, stellte sie auf den Schreibtisch und ließ sich dahinter in seinen Sessel sinken. Von unten schallte ein Lied herauf, Passanten diskutierten laut, eine Welle schlug rauschend ans Ufer. Die Nachmittagssonne schien herein, Staubkörner tanzten im Lichtstrahl wie Goldkörner.

Seine Gedanken kreisten seit Tagen um das Gespräch mit seinem Freund Massimo. Ihm war klar, dass der Rat der Zehn so leicht keinen aus seinen Klauen entließ und ihn erst recht nicht. Ihn, der so viel beigetragen hatte zum Wohle der Stadt, der so viel wusste.

Bald war es wieder Zeit aufzubrechen, zum letzten Mal, so oder so. Ließen sie ihn nicht in Frieden ziehen, ginge er eben im Unfrieden. Mit dem Geld, das er beiseitegelegt hatte, könnte er den Rest seines Lebens auskommen, er brauchte nicht viel. Und hetzte man ihm Verfolger hinterher, würde er auch damit fertig. Alles war vorbereitet, er musste nur noch Taten folgen lassen. Allein seine Familie zu verlassen, fiel ihm schwer.

Seine Kehle war wie ausgedörrt und er griff nach Karaffe und Glas. Das Kristall wirkte zerbrechlich in seinen Händen, rau waren die und groß. Er schenkte sich ein und stürzte den Wein hinunter. Sogleich füllte er nach, drehte das Glas zwischen den Fingern, hielt es gegen das Licht, wie um die Farbe des Weins zu prüfen. Als spielte sie eine Rolle, er spürte ja nicht einmal den Geschmack auf der Zunge. Selbstverständlich war es ein guter Tropfen, sein Bruder legte Wert auf Qualität. Carlo würde seine Entscheidung nicht verstehen. Hier in Venedig lebte er in einer Weltstadt, in einem neuen Palazzo, genoss Musik, Theater, Kunst ... Er aber fühlte sich wie in einem goldenen Käfig, überwacht, geknechtet und verfolgt. Und dort? Federico starrte aus dem Fenster und dachte an Deutschland.

Bislang war sein Aufenthalt im Norden stets zeitlich begrenzt gewesen, wie würde es sein, dort für immer zu leben?

Blutrot funkelte der Wein in der Karaffe, die vor ihm auf dem Schreibtisch stand. Mit der linken Hand strich Federico über die polierte Fläche. Das Holz der Kirsche, eine Farbe, die dem Auge schmeichelt, hatte sein Bruder Carlo gemeint und ihm das Stück geschenkt. Als benötigte Federico einen Schreibtisch. Dieser Raum war nur eine Fassade, wie alles hier. Sogar er selbst. Wie all die Palazzi am Canale Grande, hinter deren Prunk die Kosten den Bauherren die Kehlen zuschnürten. Venedigs Ruhm sank unaufhaltsam. Das Geld floss in immer größeren Strömen auf das Festland ab, dort wurde gearbeitet, hier gelebt. Auf dem Festland florierten die Geschäfte, in Venedig indes bauten die Reichen immer prächtigere Palazzi.

Federico roch noch den feuchten Putz und die frische Farbe der Fresken. Aus seiner Sicht wäre ein Neubau nicht nötig gewesen, doch Carlo hatte darauf bestanden. Und wenn schon nicht am Canale Grande, neben den Häusern der Familien Corner oder Dario, dann wenigstens ein Palazzo hier in San Polo. Wer in den Senat einziehen wollte, musste zeigen, was er hatte. Jeder sollte sehen, dass es der Familie Manzoni wieder gut ging.

Federico ließ den Wein im Glas kreisen. Ein zögerndes Klopfen zwang ihn, den Kopf zu heben. Jetzt nicht, wollte er rufen, sein Kopf schmerzte. Das Klopfen wurde lauter. »Federico?«

Carlo, warum klopfte er an? »Tritt ein!« Widerwillig stellte Federico sein Glas ab.

Sein Bruder öffnete die Tür und kam herein. Ein Sonnenstrahl, Spiegelung irgendeines Fensters wohl, kreuzte den Raum und ließ Carlo blinzeln.

»Was gibt es?«, fragte Federico. Sein sonst so forscher Bruder war erstaunlich zögerlich. Üblicherweise war er um diese Zeit damit beschäftigt, sich nach der Abfahrt des staatlichen Schiffskonvois zu erkundigen oder Frachtraum auf einem der venezianischen Handelsschiffe zu ersteigern. Für eine Plauderei am Nachmittag hatte er normalerweise keine Muße. »Also?«

Carlo ließ sich auf dem Stuhl vor Federicos Schreibtisch nieder und legte ein zusammengerolltes Dokument vor sich hin. Er seufzte, bemerkte das gefüllte Glas auf dem Schreibtisch und griff danach. Ohne den feuchten Ring zu beachten, den es auf der Holzfläche hinterlassen hatte, trank er.

»Carlo?« Wo blieb die übliche Ermahnung, das teure Stück gefälligst sorgsamer zu behandeln? Die Stirn in Falten trank der Bruder, stellte den Pokal vor sich hin. Ein Rinnsal roten Weines lief an dessen Stiel hinab.

Jetzt begann Federico, sich ernsthaft zu sorgen. »Um der heiligen Madonna willen, rede endlich! Ist etwas mit Mimmo? Oder Laura? Geht es womöglich um Luca?« Erleichtert nahm er auf, dass Carlo den Kopf schüttelte.

»Nein, nein, ihnen geht es gut. Luca kümmert sich um die Buchführung. Ein guter Junge. Wirklich, ein guter Junge, so tüchtig«, murmelte er abwesend. Dann straffte er sich. »Nein, Federico, es ist ... aber was soll ich lange herumreden: Wir sind am Ende, ruiniert, bankrott. Unser Geld ist verloren.« Carlo schloss die Augen, atmete tief ein und aus. Dann straffte er den Rücken, wich aber Federicos Blick aus. »Ich habe in ein zusätzliches Schiff investiert, auf eigenes Risiko, außerhalb der Muda. Und jetzt bekam ich dies hier.« Er schob das zusammengerollte Schreiben zu Federico herüber. Carlo musste es eine Weile mit sich herumgetragen haben, es war feucht und zerknittert. Federico strich es glatt. Die *Guendolina* war vor der Küste Istriens gesunken, stand darin. Die gesamte Ladung war verloren.

»Was heißt das?« Federico erinnerte sich, dass sein Bruder im letzten Winter angemerkt hatte, mit einem privaten Schiff wäre mehr Profit zu erzielen. Damals hatte er ihn jedoch so verstanden, als seien ihm Risiko und Preis zu hoch. Wie es schien, hatte er seine Meinung geändert. Allerdings war es ein alltäglicher Vorgang, ein Schiff auch außerhalb des Schutzes einer Muda auszusenden. Natürlich war die Strecke weit und gefährlich und es kam vor, dass ein Schiff sank oder Beute der Seeräuber wurde. Das war Alltag, den Verlust müssten sie verschmerzen können. So war es jedenfalls die letzten zehn Jahre immer gewesen.

Federico schob seinem Bruder das Schreiben über den Tisch zurück. »Was heißt das?«, wiederholte er, als Carlo beharrlich schwieg.

»Du hast es doch gelesen«, antwortete der Bruder düster. »Das Schiff ist gesunken, die Waren sind weg und damit auch unser Geld.« Carlo griff nach dem Glas, um zu trinken. Endlich sah er Federico in die Augen. »Auch dein Geld ist weg.«

Er musste Carlo falsch verstanden haben. Federico hatte sein Vermögen auf der Bank des Enzo Galvari deponiert. Seit einer Ewigkeit schon. Carlo hatte zwar eine Vollmacht, doch nur für den äußersten Notfall. So war die Abmachung.

Der Bruder schien unter Federicos Blick zu schrumpfen. »Ich hätte es nicht anrühren dürfen. Aber«, Carlo hob die Hände, »im vergangenen Juni, du warst schon weg, bot sich mir diese einmalige Gelegenheit. Ich konnte das Schiff eines anderen Händlers zu günstigen Konditionen übernehmen. Die *Guendolina* sollte in die Levante segeln. Weihrauch aus Arabien, Seide aus China, ein Vermögen stand da zu erwarten. Als Geschäftsmann musste ich die Gelegenheit ergreifen. Diese herrliche Galeere! Aber unser Geld steckte bereits in der Muda, der Neubau des Palazzo war teurer als erwartet, also musste ich alles von Wert beleihen ... Nur ein vorübergehender finanzieller Engpass, dachte ich, wir haben dergleichen schon oft überbrückt. Es galt, zügig eine Entscheidung zu treffen, das Schiff sollte so schnell wie möglich auslaufen, es war ja schon Juni. Im November erwartete ich es zurück und unsere Geldsorgen hätten ein Ende gehabt. Anfang November erhielt ich Nachricht aus der Levante, die *Guendolina* sei vor Zypern auf Grund gelaufen und schwer beschädigt, die Reparatur zöge sich bis zum Frühjahr hin. Das beunruhigte mich noch nicht. Aber nun ist sie offenbar zu früh ausgelaufen und in einen elenden Sturm geraten.«

Federicos Mund war trocken, er griff sich das halb volle Glas und stürzte den Wein die Kehle hinunter, seine Hand krampfte sich um den zarten Pokal. Er hatte seinem Bruder vertraut! »Du hast mich hintergangen.«

»Ja«, sagte Carlo leise.

Federico starrte in das leere Glas, stellte es schließlich vor sich auf dem Tisch ab. Konnte es sein? Seine Zukunftspläne, sein Traum von einem freien Leben – ausgeträumt.

Carlo räusperte sich.

Hatte er ihm noch nicht alles gebeichtet? Was konnte es noch geben, jetzt, da er ihr gesamtes Vermögen verspekuliert hatte? Er fasste seinen Bruder ins Auge und begann, das Ausmaß der Katastrophe zu ahnen.

»Ein Wechsel wird in Kürze fällig.«

»Wie hoch ist die Schuld?«, fragte Federico leise und überlegte, was sich verkaufen ließe, um an das Geld zu kommen.

»Zehntausend Dukaten.«

Federico wiederholte den Betrag stumm. »Was ist mit der Muda, an der du dich beteiligt hast? Würde der Gewinn ausreichen?«

»Das würde er wohl, läge der Konvoi nicht wegen der Stürme seit Wochen vor Rhodos fest. Erst kürzlich kam die Nachricht, er könne seine Reise in ein paar Tagen fortsetzen. Leider für uns zu spät.« Carlo hob die Hand und ließ sie kraftlos sinken.

Da waren wirklich unglückliche Umstände aufeinandergetroffen, als hätte der Teufel von langer Hand geplant, die Familie zu ruinieren. Obwohl ihm vor der Antwort grauste, fragte Federico: »Wann werden die Zehntausend fällig?«

»Ende der nächsten Woche.« Sein jüngerer Bruder wirkte plötzlich wie ein alter Mann.

»Bei wem hast du das Geld geliehen? Bei Enzo Galvari?« Federico lehnte sich zurück. »Der wird uns mehr Zeit …«

»Nein«, unterbrach ihn Carlo. »Nicht bei Galvari. Bei einem Bekannten des Kaufmanns, dem das Schiff gehörte. Der bot sich an, als er von dem Engpass erfuhr.« Er hob das Glas an die Lippen, musste jedoch feststellen, dass es leer war. Mit einem Seufzen stellte er es wieder hin. »Leider hat er unsere Tratte weiterverkauft …« Mit beiden Händen rieb sich Carlo über die Schläfen. Endlich gab er sich einen Ruck und sagte: »Wir schulden das Geld jetzt Pertuzzi.«

»Pertuzzi!« Plötzlich roch dieses Geschäft wie ein verwesender Fisch. Schon häufiger war es im Umfeld des Ratsherrn zu mysteriösen Bankrotterklärungen, ja sogar Selbstmorden gekommen, doch hatte Federico leider nicht den geringsten Beweis für Pertuzzis Mitwirken daran. Auch diesmal nicht. Wie hatte er es angestellt? Pertuzzi wird das Schiff wohl kaum mit eigener Hand versenkt haben. »Wie heißt der Mann, dieser Bekannte des Schiffsbesitzers, der dir das Geld geliehen hat?«

»Stefano Dolceto. Ich hatte mich natürlich über ihn erkundigt, er genießt einen tadellosen Ruf. Er war gerade aus Syrien zurück, wo er als Handelsagent arbeitete.«

Wenigstens das.

»Natürlich wollte ich mit ihm sprechen, ob er mir Aufschub gewährt, aber er war abgereist, zurück nach Syrien, weswegen er wohl auch die Tratte weiterverkaufte.«

Federico nickte. Das klang nachvollziehbar, machte die Sache aber nicht besser. »Wahrhaftig, Pertuzzi wird uns keinen einzigen Dukaten stunden. Unser erneuter Ruin wäre ein Fest für ihn.« Federico kämmte sich mit den Fingern die Haare aus dem Gesicht. Er fühlte sich unendlich müde.

»Ich weiß, ich weiß es doch«, stöhnte Carlo. »Du kannst mir glauben, wie schwer ich mir die Entscheidung gemacht habe, seither habe ich keine Nacht mehr ruhig geschlafen. Federico, was soll ich sagen … Du weißt es nicht, aber wir standen zuletzt nicht mehr so gut da, wir hatten Verluste, es ging bergab.

Schon die Beteiligung an der Muda letztes Frühjahr war schwierig zu finanzieren. Mit den Gewinnen aus dem Schiff wäre es schnell wieder bergauf gegangen.«

Federico schüttelte den Kopf. »Warum hast du nie etwas gesagt? Die ganze Zeit wähnte ich mich im Glauben, uns ginge es gut!«

»Kannst du nicht mit Pertuzzi …?« Carlo knetete seine Hände, sein Gesicht wirkte grau, Schatten lagen um Augen und Mund.

Federico war versucht, das Glas gegen die Wand zu schmettern, ja, lieber noch Carlo wie einem Zehnjährigen ein paar Ohrfeigen zu verpassen. Er faltete die Hände, allein, um seinen Gedanken keine Taten folgen zu lassen, und stützte sein Kinn darauf. Leichteren Herzens ginge er in die Hölle, um dem Teufel eine Seele zu stehlen, als zu diesem Mann. »Wenn es nötig ist, werde ich mit Pertuzzi sprechen.« Federico fühlte plötzliche Kälte aufsteigen, angesichts der Hoffnung, die er in den Augen seines Bruders aufscheinen sah. »Aber zunächst will ich versuchen, einen anderen Weg zu finden.«

Anna

Elbingerode, Mitte März

Der Weg nach Nordhausen war weiter, als Anna ihn in Erinnerung hatte, es mochte aber auch am Wetter liegen. Der Ochse mühte sich nach Kräften, dennoch war der Wagen zweimal steckengeblieben, ein anderes Mal auf vereistem Geröll weggerutscht. Der alte Messerschleifer kannte die Strecke im Schlaf und behielt die Ruhe.

Nachdem sie den Entschluss gefasst hatte, nach Nordhausen zu gehen, hatte sie sich jedoch eine geraume Weile gedulden müssen, bis sie ihn schließlich in die Tat umsetzen konnte.

Denn der von Berta angekündigte Schneefall hatte in derselben Nacht noch eingesetzt. Der und die anschließende Eiseskälte hatten das Reisen für etliche Tage unmöglich gemacht. Und kaum, dass ein Durchkommen war, trafen natürlich auch Reisende ein, um die sie sich hatte kümmern müssen. Aber als der Messerschleifer auf dem Weg nach Nordhausen an ihrem Gasthaus vorbeigekommen war und anbot, sie mitzunehmen, hatte Anna es als einen Wink des Himmels betrachtet.

Außerhalb ihrer Siedlung waren sie kaum mehr einer Menschenseele begegnet. Der Weg zog sich durch den Wald, im Schatten von Fichten und Tannen türmten sich rechts und links noch die Schneemassen. Obwohl die Fahrrinne leidlich befahrbar war, gebahnt von unerschrockenen Händlern mit ihren Wagen und festgetreten von den Kiepenfrauen, die das ganze Jahr über ihre Lasten über den Harz schleppten, kamen sie nur langsam voran. Die noch immer schneebedeckten Fichtenzweige bogen sich unter der weißen Last manchmal bis auf ihre Köpfe nieder. Krähen kreischten, die kahlen Äste der Buchen und Eichen standen wie Schattenrisse vor dem grauen Himmel, Nadelbäume warfen undurchdringliche Schatten.

Das Knirschen der Wagenräder auf dem verharschten Schnee war das einzige Geräusch. Bis das ferne Geheul von Wölfen die Stille durchschnitt. Anna fuhr zusammen und begann, ihren Entschluss zu bereuen.

»Keine Sorge, das Rudel, das eine Weile um Elbingerode herumgestrichen ist, sei nach Westen weitergezogen, hörte ich«, versicherte der Alte. »Ich habe seit Wochen keine der Bestien zu Gesicht bekommen. Und wenn, so scheuen sie meist den Menschen. Jetzt, bei diesem Wetter allerdings … Nun, zur Not habe ich den hier.« Er zog einen Stecken heraus und schüttelte ihn drohend.

Der Wagen rumpelte weiter, das Heulen verstummte.

Nach Einbruch der Dunkelheit suchten sie sich eine geschützte Stelle für die Nacht. An des Messerschleifers Seite, bedeckt von einem Fell und wollenen Decken, hatte sie es sogar leidlich warm. Der Alte schnarchte sogleich, doch Anna fand lange keinen Schlaf. Todmüde hockte sie am nächsten Morgen neben ihm, als sie beim ersten Tageslicht ihren Weg fortsetzten.

Nach einer Ewigkeit, so schien es Anna, lichtete sich der Wald und vor ihren Augen öffnete sich eine weite Ebene. Hinter ihnen wölbten sich unter tief hängenden Wolken die Ausläufer des Harzes wie ein schlafender Bär.

Es dämmerte, vor Einbruch der Dunkelheit würden sie Nordhausen schwerlich erreichen, hoffentlich nicht zu spät, um noch etwas über Paul in Erfahrung zu bringen. Wenn es denn Paul war, der im Nordhäuser Gefängnis saß. Anna zog ihren Mantel enger um sich, legte sich ihren Umhang darüber und zog ihn über den Kopf. Die Decke, die Berta ihr mitgegeben hatte, raffte sie unter dem Kinn zusammen, dennoch pfiff der Wind hindurch. Ihr Atem dampfte, ihre Hände waren eiskalt, die Füße spürte sie schon nicht mehr.

Sie musste immer an den vergangenen Oktober denken. Tagsüber war es zwar warm gewesen, doch die Nächte schon bitterkalt. Paul wollte Federico nur ein Stück des Weges begleiten, hatte er gesagt, in ein, zwei Tagen wäre er wieder zurück ... Nach zwei Tagen hatte sie die ganze Umgebung nach ihm abgesucht, jeden, der zu ihr in das Gasthaus kam, nach ihrem Mann gefragt, nach einer Woche war sie zum Hauptmann nach Wernigerode gelaufen. Aber auch dessen Männer waren ratlos zurückgekehrt. Paul blieb spurlos verschwunden. Hätte sie ihm reinen Wein eingeschenkt, wäre alles vielleicht anders gekommen. Anders, aber besser?

Sie hauchte in ihre Hände und fragte den Messerschleifer, wie weit es noch sei.

»Wir sind gleich da. Hingen die Wolken nicht derart tief, wir könnten die Stadt schon sehen.« Der Alte brummte etwas vor sich hin. »Hast du keine Angst, man nimmt dich gefangen? Die Nordhäuser sind unberechenbar.«

»Im Moment seien sie gut Freund mit dem Grafen zu Stolberg, hörte ich«, entgegnete Anna.

»Hm, deswegen setzen sie einen der Stolberger Untertanen fest«, brummte der Alte.

Ja, das war seltsam und beunruhigte auch Anna. Natürlich fürchtete sie sich, sie schlotterte förmlich bei der Vorstellung, in einem feuchtkalten Verlies gefangen gehalten zu werden. Aber sie fürchtete sich noch viel mehr davor, alles zu verlieren, was ihr Sicherheit gegeben hatte. Paul, das Gasthaus – wenn es nötig war, setzte sie dafür Himmel und Erde in Bewegung. Das war sie Paul schuldig.

»Schneite es gleich, würde es mich nicht wundern«, brummte der Messerschleifer mehr zu seinem Ochsen als zu ihr. »Solch ein Wetter, noch Mitte März.«

Dauerte der Winter nicht schon lang genug? Die anhaltende Kälte zehrte an ihren Kräften. Aber sie hatte es ja so gewollt.

Nach zwei Tagen auf dem Karren, steif gefroren, zwischen Schleifsteinen, Körben und Kisten eingepfercht, musste sie sich eingestehen, dass sie ein Dummkopf war. Der Gefangene konnte unmöglich Paul sein, wo sollte er denn den Winter verbracht haben, bevor er den Nordhäusern über den Weg gelaufen war? Und wenn er verletzt herumgeirrt wäre und erst jetzt …? Den ganzen langen Winter über …? Sie nährte eine eitle Hoffnung, zweifellos.

Aber was sonst blieb ihr?

Am Marktplatz verabschiedete sie sich von dem freundlichen Alten. »Ich danke dir.«

Der Messerschleifer winkte ab. »Im Gasthaus dort drüben«, er zeigte mit seiner Peitsche auf ein Haus an der Ecke, »findest du eine Bleibe für die Nacht und sicher auch jemanden, der dich morgen mit zurücknehmen kann.«

»Ja, danke«, wiederholte Anna.

»Oder du wendest dich an die Schwestern von Sancta Maria Virginis in Monte, allerdings ist es ein gutes Stück Weges zu laufen. Die Schwestern werden dir ebenfalls Unterkunft gewähren – und Trost spenden.«

Anna hoffte, dass sie dessen nicht bedürfte. »Ich werde das Gasthaus aufsuchen. Gott schütze dich, guter Mann.«

Der Messerschleifer winkte zum Abschied, gab dann dem Ochsen die Peitsche und das Fuhrwerk verschwand knarrend in der Dunkelheit.

Sie sah sich um, Fachwerkhäuser drängten sich zusammen, schienen gemeinsam Wind und Wetter zu trotzen. Alle Fensterläden waren geschlossen, niemand ging zu dieser Stunde mehr auf die Straße. Kein Wunder, der Wind hatte aufgefrischt, es war bitterkalt und jeden Augenblick konnte es schneien.

Nur zwei Fackeln flackerten gegen Dunkelheit und Kälte an, sie erhellten den Eingang eines trutzigen Baus, der wie eine Glucke zwischen seinen Küken hockte. Kein Zweifel, das musste das Rathaus sein. Langsam ging Anna darauf zu. Das Licht der Fackeln reichte nicht weit und sie prallte gegen einen schlanken Steinpfahl. Der Boden war glatt, sie suchte an dem Pfosten Halt. Es klirrte leise. Kettenglieder froren sofort an ihrer Hand fest, sie riss sich los. Herr Jesus, der Pranger, dem Herrn sei Dank leer. Anna kehrte um, setzte vorsichtig einen Fuß vor den anderen, um nicht noch einmal auszugleiten. Jetzt fiel ein zuckender Lichtschein durch die runden Butzenscheiben eines Fensters nach draußen.

Die Treppenstufen waren glatt, vorsichtig stieg sie hinauf, blieb vor der Tür stehen. Die Hand schon zum Anklopfen erhoben, hielt sie inne. Fast hätte sie es vergessen. Sie schnürte ihren Beutel vom Gürtel und zählte drei Gulden heraus. Falls ihre Verzweiflung allein nicht ausreichen würde, um ihr Zutritt zu verschaffen. Drei Gulden, ein Vermögen für sie, das sie leichten Herzens hergeben würde.

Sie klopfte. Das dumpfe Pochen verhallte, niemand öffnete. Ratlos starrte sie auf die Holztür. Es musste jemand da sein, ein Büttel, wenigstens ein Knecht, der den Gefangenen bewachte und das Feuer hütete.

Womöglich war ihr Klopfen zu leise gewesen. Sie hämmerte mit der Faust gegen das Holz und tatsächlich öffnete sich die schwere Tür. Ein Knecht trat heraus, hob eine Lampe und sah sie missmutig an. »Was wollt Ihr zu dieser Stunde? Kommt zur Amtszeit wieder.«

Schon wollte er die Tür zuschlagen, doch Anna drückte mit aller Kraft ihre Hände dagegen. »Gott zum Gruße, guter Mann. Bitte! Hört mich an!«

»Was soll das, Weib?«, rief der Knecht, dem der nächtliche Dienst ganz offensichtlich die Laune verdarb.

»Ich muss wissen, ob Ihr meinen Mann gefangen haltet. Ich hörte, dass Ihr jemanden aufgegriffen habt, einen Elbingeröder. Bitte, ich muss ihn sehen! Lasst mich zu ihm!«

Der Mann hob die Lampe näher an ihr Gesicht und musterte sie. »Also seid Ihr eine Stolbergerin? Aus Elbingerode? Ein weiter Weg …«

Anna nickte und zog ihren Umhang vom Kopf. Sie spürte, wie ihr Tränen in die Augen stiegen. Würde er sie jetzt gefangen nehmen?

»Wie heißt Ihr überhaupt?«, fragte er, nicht mehr ganz so barsch.

»Anna.«

»Frau Anna, selbst wenn jemand vom Rat anwesend wäre, ließe man Euch nicht zu dem Gefangenen.«

»Dann sagt mir wenigstens seinen Namen.«

»Das kann ich nicht.«

Fast meinte Anna, ein wenig Bedauern aus seiner Stimme herauszuhören. Ja, es konnte ihr gelingen, sein Herz zu erweichen, spätestens die Gulden würden ihn umstimmen. »Bitte! Ich muss wissen, ob es Paul ist. Mein Mann, Paul Barth, verschwand vor mehr als vier Monaten spurlos … Bitte, helft mir!«, flüsterte sie und schluckte die erneut aufsteigenden Tränen hinunter.

»Hm.« Der Mann rieb sich das Kinn und stützte sich mit der anderen Hand an der Türlaibung ab. »Es ist nicht so, dass ich Euch den Namen nicht sagen will. Ich kann es nicht, er hat uns nicht gesagt, wie er heißt. Er ist …«, der Knecht machte eine kreisende Bewegung neben seinem Kopf, »... verwirrt. Der Mann spricht nicht viel. Außerdem ist er ziemlich verwildert.«

Anna sah zu ihm auf, der Mann war fast einen Kopf größer als sie. »Also ist er gar nicht aus Elbingerode?«

Er zuckte die Schultern. »Unsere Ritter haben ihn vor der Stadt aufgestöbert und wir haben ihn erst einmal festgesetzt. Es streunt ja viel Gelichter hier herum, da kann man nicht vorsichtig genug sein.«

»Hatte er einen Unfall?«

»Einen Unfall, ein Überfall, was weiß denn ich? Ich schiebe ihm ja nur das Essen in sein Verlies.«

Anna schauderte bei dem Wort. Sie war noch nie in einem Verlies gewesen, allein bei dem Gedanken an Feuchtigkeit, Kälte, Ketten, Folter überlief sie eine Gänsehaut.

»Lasst mich zu ihm, bitte.«

»Das darf ich nicht, gute Frau.«

Anna konnte die Tränen nicht mehr aufhalten. Das erste Mal seit so vielen Monaten bestand tatsächlich die Aussicht, dass ihr Mann noch lebte. Dort unten saß er in dem kalten, feuchten Kerker in der Dunkelheit. Sie musste ihm beistehen, ihm helfen, das zumindest.

»Bei Eurem Seelenfrieden, um der Heiligen Jungfrau Maria wegen, des Blutes, das die Heiligen für unseren Glauben haben vergießen müssen, flehe ich Euch an, lasst mich den Mann sehen!« Sie schluchzte. »Könnt Ihr Euch vorstellen, wie finster das Leben ist, wenn man nicht weiß, was dem Gatten widerfahren ist?« Sie trat auf ihn zu, reckte das Kinn zu ihm empor. »Wenn Ihr mich nicht zu ihm lasst, bleibe ich hier stehen bis in alle Ewigkeit.«

»Ihr werdet erfrieren.«

»Sei es.« Anna verschränkte die Arme vor der Brust und gab dem Knecht zu verstehen, dass sie nicht von der Schwelle weichen würde.

»Weib, Weib, Weib!« Wieder rieb sich der Mann das Kinn, es kratzte leise. »Ihr werdet ohnehin nichts sehen, dort unten ist es finster wie in der Hölle. Kommt doch besser morgen, bei Tageslicht. Ein kurzer Besuch wird sich schon einrichten lassen.«

Anna stellte sich auf die Zehenspitzen und flüsterte: »Jetzt. Einen Gulden, wenn Ihr mich ihn sehen lasst. Es wird niemand erfahren, ich verspreche es. Außerdem könnt Ihr mich ja begleiten, wenn Ihr mir nicht traut.« Unterdessen hatte Anna einen Gulden aus dem Ärmel gezogen und drückte ihn dem Büttel in die Hand.

Sein Abwägen währte nur kurz. Der Knecht beugte sich vor, blickte nach links und rechts und zog sie ohne ein weiteres Wort hinein. »Teufel auch, ich werde meine Stellung verlieren, wenn das jemand erfährt«, murmelte er, während er den Gulden einsteckte.

Er führte Anna einen Gang entlang. Vor einer Tür blieb er stehen, nestelte einen Schlüssel von seinem Gürtel und schloss auf. Quietschend öffnete sich die Tür zu einem weiteren, kurzen Gang, an dessen Ende eine Treppe in die Tiefe führte.

Kalte Luft wehte sie an, Anna zog ihren Umhang enger um den Leib.

»Habt Ihr ihn gefoltert?«, fragte sie flüsternd und versuchte, die Finsternis des engen Stiegenhauses zu durchdringen. Sie meinte, der Geruch von Blut und Schweiß läge in der Luft. Stöhnen hörte sie, Wimmern. Ihre Nackenhaare richteten sich auf.

Der Knecht zog die Brauen zusammen. Im Lampenschein ähnelte er den Waldgeistern aus den Kindermärchen, die Anna früher schlaflose Nächte bereitet hatten. »Was Ihr nun wieder denkt. Natürlich unterstellen uns die Stolberger alleweil derart ruchlose Taten. Aber ich frage Euch: Warum wohl hätten wir ihn foltern sollen? Er hat ja kein Verbrechen begangen. Wir hoffen auf ein anständiges Lösegeld. Oder wir tauschen ihn ein gegen einen unserer Leute, die Euer Graf gefangen hält. Wenn ihn überhaupt jemand zurückhaben will. Schließlich …« Er betrachtete Anna mitleidig, so, als könnte sie froh sein, den Irrsinnigen los zu sein. »Na ja, verrückt wie er ist, will ihn womöglich keiner haben. Vielleicht könnt Ihr ja tatsächlich zur Aufklärung beitragen.«

»Wenn es mein Mann ist, werde ich alles tun, was in meiner Macht steht, um ihn freizubekommen.«

Der Knecht lachte schallend. »Nun, das wird nicht viel sein.« Er schritt voran und deutete die Treppe hinunter. »Da unten ist er, gleich die erste Tür linker Hand. Aufsperren werde ich keinesfalls, da könnt Ihr noch so jammern. Aber Ihr könnt durch die Öffnung in der Tür schauen, vielleicht erkennt Ihr ja was. Hier habt Ihr eine Lampe.« Er nahm eine Laterne von einem Brett oben an der Wand, entzündete sie an seinem Licht und reichte sie Anna. »Ich bleibe hinter Euch und behalte Euch im Auge. Nicht, dass Ihr dem Gefangenen noch eine Waffe oder dergleichen zusteckt.«

Vorsichtig stieg sie die enge Stiege hinab, jeder Schatten an der Wand, jedes Knirschen und Knarren der Stufen jagte ihr einen Schauer über den Rücken. Bei jedem Schritt schien es kälter und feuchter zu werden, die Luft war stickig, jeder Atemzug kostete sie Mühe. Etwas huschte über den Boden, hoffentlich nur eine Maus. Vor Ratten fürchtete Anna sich zu Tode, mehr als vor dem schauerlichen Verlies.

Im Gang am Fuß der Treppe gingen links und rechts niedrige Türen ab, deren eiserne Riegel ein Mann allein kaum bewegen konnte. Vor der ersten zu ihrer Linken blieb sie stehen. Sie beugte sich zu der vergitterten Öffnung hinunter, die tief an der Tür angebracht war, hielt die Lampe an das Fensterchen und spähte in die Zelle. Es war finster darin und es stank, nach Schweiß, Moder und üblen Winden. Hinter ihr schnaufte der Knecht. Etwas streifte ihren Fuß, o Gott, eine Maus, nur eine Maus. Das Tierchen flüchtete.

Sie beugte sich wieder zu der Öffnung. Nichts, nicht einmal ein Schemen zeichnete sich ab. Sie hielt die Lampe näher, hoffte, dass ihr Schein die Dunkelheit durchdränge.

Ein Gesicht zuckte vor die Öffnung und verschwand ebenso schnell wieder. Fast hätte Anna die Lampe fallen lassen. Sie atmete durch, dann hatte sie sich wieder gefangen. Barmherziger, hatte der Mann sie erschreckt!

»Hab ich es nicht gesagt? Ein Irrer«, murmelte der Knecht hinter ihr.

Anna beugte sich wieder vor, das Gesicht ganz nah an der Öffnung. Der faulige Geruch ließ sie würgen, jeder Atemzug kostete sie Überwindung. »Paul?«, flüsterte sie zaghaft in die Stille und versuchte wieder, mit ihrer Lampe die Zelle ein wenig zu erhellen, immer darauf gefasst, dass das Gesicht plötzlich vor ihr auftauchte. Doch nichts geschah, kein Laut, keine Regung. »Paul, bist du es?«

Kichern, das plötzlich aus dem Loch drang, verursachte ihr eine Gänsehaut.

»Paul, Paul, Paul!«, kreischte der Gefangene.

O Gott, die Stimme klang ähnlich ... War er wirklich verrückt geworden? Anna war versucht, sich die Ohren zuzuhalten, fürchtete, seine Dämonen könnten auch von ihr Besitz ergreifen. Rasch schlug sie ein Kreuz.

»Beim Wilden Mönch, beim Wilden Mönch!« Kichern folgte den gestammelten Worten.

Wenn er sich doch nur sehen ließe. Sie wartete, doch nichts geschah.

Der Knecht hinter ihr scharrte mit den Füßen. »Es tut mir leid, dass Ihr vergebens gekommen seid. – Beim Wilden Mönch. Ja ja, wenn einer mal verschwindet, heißt es immer, der Wilde Mönch habe ihn geholt. Ihr glaubt doch nicht etwa dieses Geschwätz?«

»Geschwätz, natürlich. Der Wilde Mönch, ein Kinderschreck. Nichts weiter als ein Märchen.« Anna senkte den Kopf, zögerte. Einen letzten Blick noch, dann würde sie gehen.

Schemenhaft zeichneten sich die Umrisse der Zelle ab. Ein Luftzug streifte ihre Wange.

Da, Augen! Seine Augen ganz nah vor ihrem Gesicht! Nun wusste Anna Bescheid.

Federico

Venedig, Ende März

Ohne Geld kein neues Leben. Federicos Zukunft, an der er seit mehr als einem Jahr gearbeitet hatte, lag in Trümmern. Seit den Eröffnungen seines Bruders fühlte er sich wie ausgehöhlt. Vorhin war er bei Massimo gewesen, dem Einzigen, dem er sich anvertrauen wollte. Einen derart hohen Betrag konnte nicht einmal der in der Kürze der Zeit flüssigmachen. Abgesehen davon, hätte Federico sein Geld auch nicht annehmen mögen, wusste er doch um die momentane Knappheit des Freundes.

Federico saß an seinem Schreibtisch – der künftig nicht mehr seiner war, sondern irgendeinem unbekannten Gläubiger gehören würde –, trank und starrte auf die Wandtäfelung. Anna, wie oft hatte er in den letzten Wochen an sie gedacht? Bald würde er sie wiedersehen. Ein Lichtblick, wäre da nicht die Sache mit Paul gewesen. Mit gemischten Gefühlen sah Federico seiner nächsten Harzreise entgegen.

Federico ging zeitig zu Bett, fand aber auch heute keinen Schlaf. Ununterbrochen dachte nach über das, was Carlo ihm erzählt hatte, die Geschehnisse, die so logisch und nachvollziehbar waren – und doch, und doch … Federico ahnte hinter allem Pertuzzis lenkende Hand.

Was zunächst nur eine Vermutung gewesen war, hatte sich durch die Erkenntnisse der letzten Tage zur Gewissheit gefestigt. Pertuzzi hatte jüngst eine Glashütte übernommen. Er brauchte das blau färbende Kobalt, aber vor allem Mangan. Denn nur mithilfe dieses Erzes, der Glasseife, ließ sich das berühmte Glas herstellen, das klar wie Kristall funkelte und dem Venedig seinen Reichtum verdankte. Zwar genügte für diese Prozedur, gerechnet auf die Gesamtmenge, der hundertste Teil an Mangan, der jedoch war entscheidend. Aber dieses Erz zu besorgen war schwierig, in Italien so gut wie ausgeschlossen. In Deutschland hingegen gab es reiche Vorkommen, im Harz zumal von außerordentlich guter Qualität. Es war das Erz, das Federico Manzoni und ein paar andere Kundige alljährlich in Deutschland für den venezianischen Staat beschafften. Denn der kontrollierte die Glasproduktion ebenso streng wie die Preise der Rohstoffe und Glaserzeugnisse. Gelänge es Pertuzzi also, an der staatlichen Obrigkeit vorbei an Mangan und Kobalt zu gelangen, könnte er natürlich viel größere Gewinne erzielen als seine Konkurrenten. Und kaum besaß Pertuzzi eine Glashütte, spielten ihm günstige Umstände ausgerechnet die Tratte der Manzonis in die Hände, zu deren Familie einer der Mangansucher gehörte ... Das Fatale war, dass Pertuzzi ihn im Würgegriff hielte, ob er sich auf einen Handel mit ihm einließe oder nicht. Er musste einen Weg finden, dem zu entgehen.

Die Zeit war knapp und Federico wollte nichts unversucht lassen. Kurz nach Sonnenaufgang brach er auf und diesmal war es nicht nur ein Gefühl, sondern Gewissheit, dass ihn jemand durch die Gassen der Stadt verfolgte. Der Passant, der länger als notwendig die Auslage eines Geschäfts studierte, der Bettler, der, ohne die Hand für ein Almosen zu heben, an einem teuer gekleideten Bürger vorüberging.

Ganz eindeutig, Pertuzzi ließ ihn beobachten bei seinen Versuchen, Geld zu beschaffen. Vergeblichen Versuchen, wie Federico sich am Abend eingestehen musste, als er sich mit schmerzenden Füßen im Bett ausstreckte, um sich eine weitere Nacht lang von einer Seite auf die andere zu wälzen. Die Banken konnten oder wollten nicht helfen. Ob Pertuzzi seine Finger im Spiel hatte? Aber wie es schien, stimmte das Gerücht, dass die goldenen Zeiten für das venezianische Finanzwesen der Vergangenheit angehörten. Eine einzige Bank hätte ihm einen Kredit gewährt, doch ohne Pfand hatte auch der stadtbekannt reichste Bankier Dolci nur die Hände gehoben und den Kopf geschüttelt. Ohne Pfand kein Kredit. Nun, ein Eisen hatte Federico noch im Feuer, morgen früh hatte er einen Termin bei Enzo Galvari.

Wie erwartet, war auch das Gespräch mit Galvari enttäuschend verlaufen. Der hätte sogar geholfen, wenn er könnte. Doch etliche Schuldner waren mit ihren Rückzahlungen im Verzug, offenbar waren einige Kaufleute durch die Verzögerung der Muda in Schwierigkeiten gekommen. Geld war derzeit knapp in der Serenissima, gestand ihm Galvari mit Sorgenfalten auf der Stirn.

Übermorgen lief die Frist ab, Federico war gescheitert, die Manzonis waren wieder einmal ruiniert. Das bedeutete, Carlo musste von vorn anfangen und Federico seine Zukunftspläne begraben. Nun, für ihn bliebe alles, wie es war, vielleicht das kleinere Übel.

Und wenn Pertuzzi tatsächlich neue Kredite verhinderte und damit noch weitergehende Absichten verfolgte? Dass der das Handelshaus Manzoni zu guten Konditionen übernehmen könnte, war nur ein Aspekt, der Federico bei seinen nächtlichen Überlegungen durch den Kopf gegangen war. Vielleicht böte das bevorstehende Gespräch mit Pertuzzi einen Anhaltspunkt, um ihm das Handwerk zu legen.

Federico verließ das Bankhaus Galvari an der Ruga degli Oresi, der Hauptstraße des Rialto, und wandte sich in Richtung San Polo. Unter den Arkaden dieses Viertels wusste er die Stände der Geldverleiher, bei denen man auch ohne Pfand Kredit bekommen konnte, allerdings gegen horrende Zinsen. Konnte man die nicht zurückzahlen, drohte noch größeres Ungemach, als ihr Haus schon jetzt erwartete, und es würde seinen Untergang nur hinauszögern. Ganz zu schweigen davon, dass es die Manzonis noch den letzten Rest an Würde kostete. Nein, es war sinnlos.

Der Rückweg schien ihm länger, der Wind kälter. In der Nähe läutete eine Glocke. Galvari hatte ihn am frühen Morgen empfangen, Federico hatte noch nichts gegessen, aber er war auch nicht hungrig. Die Vorstellung, Pertuzzi ausgeliefert zu sein, schlug ihm auf den Magen.

Kaum hatte er ihren neuen Palazzo betreten, erschrak er. Das ganze Haus war in Aufruhr, Laura kam auf ihn zu, bleich wie ein Leintuch, und Luca stand betreten im Schatten der Treppe. Die stieg gerade ein dunkel gekleideter Herr hinab, in der Hand eine Ledertasche. Dottore Hemberger, wie Federico erkannte. »Was in Gottes Namen ist geschehen?«, fragte er Laura und ergriff ihre Hände.

Die entzog sich ihm und eilte auf den Dottore zu. »Wie geht es ihm?«

Hemberger wiegte den Kopf. »Ah, Federico, gut, dass Ihr da seid. Ich bin wegen Carlo gekommen.«

»Carlo? Was ist mit ihm?« Wenn seine Schwägerin es für nötig befunden hatte, den deutschen Arzt zu rufen, dann musste Carlo ernsthaft erkrankt sein. Dottore Hemberger genoss einen ausgezeichneten Ruf, vor allem bei den Deutschen natürlich, neuerdings aber auch bei den Venezianern.

Laura rang die Hände. »O Gott, wird er sterben, Dottore? O Madonna, steh uns bei!«

Hemberger legte eine Hand auf Lauras Arm und wandte sich zu Federico um. »Euer Bruder erlitt einen Schlag.«

»Schlag? So plötzlich? Er hat nie etwas gesagt ... Ich wusste nicht ...«

Hemberger nickte. »So etwas kommt immer sehr unerwartet.« Er nickte Laura aufmunternd zu. »Carlo ist zwar sehr schwach, aber er lebt.«

Laura schluchzte. »Wird er wieder genesen? Wird er ...?«

Hemberger nestelte an seiner Tasche, wiegte den Kopf. »Wir müssen auf Gott vertrauen. Betet für ihn, stiftet Kerzen, lasst eine Messe lesen. Ich jedenfalls habe getan, was ich konnte.« Der Arzt zog ein Fläschchen aus seiner Tasche, das er Laura reichte. »Von diesem Stärkungsmittel verabreicht Ihr ihm dreißig Tropfen in einem Glas Wasser. Und meidet jegliche Aufregung. Er braucht Ruhe.«

»Madonna!«, klagte Laura wieder und eilte die Treppe hinauf an das Bett ihres Mannes.

Federico verabschiedete sich mechanisch. Carlo hatte der Schlag getroffen! Ihn nicht aufregen! Beim Bart des Schöpfers, wie sollte das gehen, jetzt, da ihre Familie vor dem Ruin stand?

Carlos Zustand blieb unverändert. Er sah schrecklich aus, seine linke Gesichtshälfte war gelähmt, Lid und Mundwinkel hingen herab, als wären sie vom restlichen Körper abgeschnitten worden. Er rührte sich nicht, sprach nicht. Ob er es nicht konnte oder nicht wollte, Hemberger war sich nicht sicher. Der Arzt hielt es für möglich, dass die Misere – Federico hatte ihm gegenüber Andeutungen gemacht – für seinen schlechten Zustand ursächlich war. Am Abend ging Federico zu seinem Bruder, hielt seine Hand, Worte des Trostes fand er nicht. Lieber schwieg er und ihm schien es, als wäre Carlo froh darum.

Noch wusste keiner in der Familie um ihre finanzielle Not. Federico hatte es nicht fertiggebracht, Laura reinen Wein einzuschenken. Mimmo hatte er schon länger nicht gesehen, der Neffe kam offensichtlich nur noch zum Schlafen nach Hause. Wenn er von der Krankheit seines Vaters überhaupt schon wusste, schien sie ihn jedenfalls nicht über die Maßen zu berühren. Luca hingegen hatte Carlos Krankheit sehr mitgenommen. Er führte jetzt die Geschäfte, war er doch der Einzige, der dazu imstande war. Federico musste mit ihm sprechen, allein damit der sich im Geschäftsalltag darauf einstellen konnte, dass es kein Geld gab, aber wahrscheinlich überblickte der kluge Junge die Finanzlage längst. Wenn das mangelnde Geld nur Federicos einzige Sorge wäre. Nun, heute Abend würde er klarer sehen, da wüsste er, ob sich seine Ahnung, was Pertuzzi als Gegenleistung von ihm verlangen würde, bestätigte.

Luca saß an Carlos Schreibtisch bei der Arbeit, Federico hatte es nicht anders erwartet. »Du siehst müde aus.«

»Mag sein, ich habe in den letzten Wochen kaum geschlafen.« Luca fuhr sich mit der Hand über die Stirn, so dass seine braunen Haare in die Höhe standen.

»Wir müssen reden.« Federico zog sich einen Sessel neben ihn und erzählte ihm, was er von Carlo erfahren hatte.

Lucas Blick wanderte über die Papiere auf dem Tisch. »So sind wir also wirklich bankrott?«

Federico wiegte den Kopf. »Jedenfalls gibt es kein Geld, von dem du nichts weißt. Aber ich werde gleich mit Pertuzzi sprechen und bin sehr zuversichtlich, dass ich mit ihm übereinkommen werde.«

»Tatsächlich? Wenn dir das gelänge!« Luca schien ihm zu glauben. Eifrig schob er die Papiere zu einem ordentlichen Stapel zusammen, seine Wangen glühten. »Wenn Pertuzzi auf die sofortige Rückzahlung verzichtet, haben wir gute Aussichten, die stürmischen Zeiten zu überstehen. Carlo hat in die richtigen Waren investiert, die Nachfrage ist über den Winter ungeheuer gewachsen. Sobald die Muda zurückkehrt, sind wir gerettet.«

»Wenn sie zurückkehrt.«

»Weißt du mehr als ich?«, fragte Luca. Er zog die Unterlippe zwischen die Zähne, wie immer, wenn er besorgt war.

»In Rom ist der Teufel los in Gestalt eines Spaniers, der gerade Papst geworden ist. Das spanische Königspaar hat einen Genuesen losgeschickt, einen Seeweg nach Indien zu entdecken, und die Venezianer werden bereuen, ihn nicht selbst in ihre Dienste genommen zu haben, falls die Expedition glücklich verläuft. Ganz zu schweigen von den Portugiesen, die sich ebenfalls ärgern werden, da sie des Cristoforo Colombos Ansinnen brüsk zurückgewiesen haben. Das alles birgt Risiken.«

Luca entspannte sich. »Ach das meinst du. Nun, allenthalben kriselt es irgendwo, gerade das belebt doch die Nachfrage. Und der Seeweg nach Indien birgt ganz neue Möglichkeiten.« Lucas dunkle Augen leuchteten auf, jedoch nur kurz. »Das Wetter bereitet mir mehr Sorgen, ich hörte von weiteren Stürmen im östlichen Mittelmeer, die Muda wird frühestens in diesen Tagen auslaufen können.«

Wie sich der scheue Knabe, den er vor zehn Jahren aus dem deutschen Harz in die Großstadt Venedig mitgebracht hatte, verändert hatte. Federico betrachtete stolz den hochgewachsenen Jüngling, dem schon der Bart spross. Wenn Anna ihren Sohn jetzt sehen könnte!

»Warum lächelst du so?«, fragte Luca.

Federico tätschelte seine Hand. »Das Geschäft weiß ich bei dir in guten Händen. Aber meine Abreise steht kurz bevor, da gibt es noch anderes zu besprechen.« Der Junge kannte sein Vorhaben, sich in Deutschland zur Ruhe zu setzen. Jetzt vertraute er Luca an, dass er den Plan aufgeschoben hatte und so lange in Venedigs Diensten bleiben würde, bis das Haus Manzoni von den Schulden befreit wäre. »Ich erzählte dir, dass ich deinem Vater meine Aufzeichnungen zur Verwahrung übergab. Mein Vermächtnis für dich quasi, zurzeit habe ich ja kaum mehr als dieses Buch zu vererben.«

Luca sah ihn ernst an. »Bist du denn in Gefahr?«

Federico winkte ab. »Ich glaubte meine Aufzeichnungen dort sicherer als hier, denn ich befürchtete Schwierigkeiten, allerdings von anderer Art als die augenblicklichen.«

Federico wollte Luca nicht unnötig beunruhigen, zumal er selbst nicht mit Sicherheit wusste, was ihn erwartete. »In dem Buch habe ich alle Fundorte im Harz verzeichnet. Alle, nicht nur die von Mangan und Kobalt. Es gibt in der Region außer Eisenstein auch Silber und hier und da ein wenig Gold. Die Entfernungsangaben und Himmelsrichtungen sind verschlüsselt, das Prinzip habe ich dir einst erklärt. Die Himmelsrichtungen sind im Uhrzeigersinn um ein Viertel verschoben. Steht im Buch Norden, dann geh nach Osten. Was die Längenangaben betrifft, so habe ich dir meine Tabelle mit dem System gegeben.«

»Die beiden Zahlenreihen, die um drei Zähler gegeneinander verschoben sind, ich weiß.«

»Präge es dir gut ein, es ist ja so schwer nicht.«

»Das habe ich bereits.«

»Ausgezeichnet. Wie man prospektiert, habe ich dich gelehrt, du wirst die Stellen erkennen. Falls mir also etwas zustößt, nutze dieses Buch, um für dich und deine Eltern zu sorgen. Wenn möglich, kümmere dich bitte auch um Carlo und die Seinen.« Federico stand auf und wanderte im Raum hin und her.

»Selbstverständlich.« Luca sah düster zu ihm auf. »Du rechnest wirklich damit, dass venezianische Schergen dich in den Harz verfolgen? Nur weil du aufhören willst? Ist es wegen Pertuzzi? Natürlich!« Lucas Gesicht hellte sich auf. »Wenn du weg bist, werde ich ihn im Auge behalten und helfen, ihn zu überführen.«

»Das wirst du ganz sicher nicht!« Federico hatte die Stimme erhoben. Um den Ausbruch abzumildern, fügte er hinzu: »Dein Mut ehrt dich, aber du bist Pertuzzi nicht gewachsen. Derartige menschliche Abgründe sind dir fremd und dafür danke ich dem Herrn jeden Tag aufs Neue.« Federico lächelte seinen Ziehsohn aufmunternd an. »Massimo wird sich um unseren Freund kümmern. Er hat ganz andere Möglichkeiten als du. Gemeinsam werden wir ihn überführen.« Federico blieb vor Luca stehen und sah auf ihn hinunter. Es half nichts, der Junge musste vorbereitet sein, wer konnte wissen, was Pertuzzi plante und ob es Gelegenheit zu einem weiteren Gespräch geben würde. »Hör mir gut zu, mein Junge. Ich rechne bei Pertuzzi mit allem. Und dir ist klar, dass du im Falle meines Todes nach Deutschland zurückmusst. Denn solange Pertuzzi noch am Ruder ist, wärst du in Venedig ebenfalls nicht sicher. Falls ich also bis Ende Oktober nicht zurück bin, verlässt du die Stadt. Aber rede mit niemanden darüber, kündige nichts an, verabschiede dich nicht, nicht von Carlo, nicht von Mimmo oder sonst wem. Versprichst du mir das?«

»Ja, Federico, natürlich. Aber …«

Federico setzte sich wieder neben Luca und drückte seinen Arm. »Nur einer Person kannst du dich anvertrauen: meinem Freund Massimo. An ihn wende dich, falls du in irgendeiner Form Hilfe brauchst.«

Pertuzzi erwartete Federico in dem großen Saal des Dogenpalastes in allen Würden. In seiner Amtstracht, der schwarzen Tunika, die seinen hageren Körper bei jedem Schritt umflatterte, glich er einer Krähe. Die trotz seiner fast sechzig Jahre noch kaum ergrauten, pechschwarzen Haare passten zu diesem Bild. In der Mitte gescheitelt, reichten sie ihm fast auf die Schultern. Der präzise Schnitt schmeichelte dem schmalen, blassen Gesicht nicht und die lange, spitze Nase unterstrich das Vogelähnliche noch. Mit federndem Gang führte Pertuzzi ihn den Korridor entlang zu seinem Arbeitszimmer.

Federico verstand recht gut, was das Oberhaupt des Rates der Zehn ihm damit zeigen wollte, dass er ihn gerade hier empfing. Von diesem Gang zweigten die Korridore ab, die zu den Verhörräumen und Gefängnissen führten. Auf seine Art ließ Pertuzzi die Muskeln spielen, die Muskeln seiner Macht.

Zur Begrüßung hatte er noch in aller Herzlichkeit die Arme ausgebreitet, doch hier in seinem Amtszimmer musterten Federico die schwarzen Augen ohne Gefühlsregung.

»Nun, mein Lieber, was führt Euch zu mir? Unser nächster Termin war ja erst für kommende Woche vorgemerkt …«

Als ob er es nicht wüsste. Doch Federico musste dieses Spiel, dessen Regeln nicht die seinen waren, mitspielen, wenn er etwas erreichen wollte.

»Ihr wirkt bedrückt. Aber nun«, Pertuzzi verzog seine schmalen Lippen zu einer Art Lächeln und zeigte seine weißen, ebenmäßigen Zähne, »kein Wunder, ich hörte es bereits. Wie geht es Eurem Bruder?« Endlich deutete er auf einen Sessel und ließ sich selbst hinter dem Schreibtisch auf den Polsterstuhl sinken. Er faltete seine Hände und stützte sein Kinn darauf, zwischen den schwarzen Haaren, die Finger und Hände bedeckten, leuchtete schneeweiße Haut.

Federico zog den Sessel näher und setzte sich. »Carlo ist sehr schwach, wir beten für ihn.«

Pertuzzi löste seine ineinander verschlungenen Finger und schob ein paar Papiere aufeinander, er schien überhaupt nicht zuzuhören. Dann plötzlich fasste er Federico ins Auge. Diese Wendung von scheinbarem Desinteresse hin zu größter Aufmerksamkeit war eine von Pertuzzis vielen Spezialitäten, mit denen er sein Gegenüber zu verunsichern suchte. Federico schwieg und sah seinem Vorgesetzten in die Augen, ohne mit der Wimper zu zucken.

»Aber die Krankheit Eures Bruders ist wohl kaum der Grund, warum Ihr so dringlich um einen Termin ersucht habt. Nun, ich sehe es Euch schon an, Ihr könnt Eure Schulden nicht zurückzahlen.« Er hob die Hände, als wolle er Federico segnen. »Die Madonna ist mein Zeuge, dass niemand dies mehr bedauert als ich. Ja, Gottes Wege sind schwer verständlich, nur er weiß, warum es gerade die Familie Manzoni so hart trifft. Doch wurde nicht auch Hiob vom Herrn geprüft? Und dennoch verlor er den Glauben nicht. Möge der Allmächtige Euch die Kraft schenken, in diesem Ungemach im Glauben zu bestehen. Und heißt es nicht, dass in jedem Unglück auch immer ein Körnchen Glück steckt? Wenn wir es nur finden wollen …« Mit dem Singsang, in den Pertuzzi bei seinen letzten Worten verfiel, wirkte er wie eine missglückte Imitation des Papstes.

»Ehrenwerter Pertuzzi, ich bin gekommen, um Euch zu bitten …«, unternahm Federico einen Vorstoß, die Litanei zu unterbrechen.

Sogleich hob Pertuzzi seine Rechte und brachte Federico damit zum Schweigen. »Ich weiß, warum Ihr gekommen seid«, sagte er scharf. Er wiegte den Kopf und bedachte ihn mit einem durchdringenden Blick.

Federico hielt ihm stand. Irgendwann würde er ihn entlarven. Wäre der Tag doch nur schon gekommen!

»Nun, was stellt Ihr Euch vor?« Schon verwandelte sich Pertuzzi wieder in den liebenswürdigen Herrn, den er bei öffentlichen Anlässen gern zur Schau stellte.

»Ich wollte Euch inständigst bitten, die Schulden zu stunden.« Federico fiel es nicht schwer, den Demütigen vorzugeben, ebenso wenig wie seinem Gegenüber den unnachgiebigen Gläubiger. Er musste sich nur gedulden, früher oder später würde Pertuzzi sagen, was er wirklich wollte.

Pertuzzi nickte, seufzte, lächelte schmal. »Federico, das kann ich nicht, es tut mir leid.«

»Aber …«

»Es ist unmöglich!« Pertuzzi hatte seine Stimme erhoben, um Federico das Wort abzuschneiden. »Ich brauche das Geld, und zwar unverzüglich.«

»Ich bitte Euch, sobald die Muda eintrifft, bekommt Ihr Euer Geld mit Zins und Zinseszins zurück.«

Pertuzzi neigte sein Haupt. »Ich kann Euch nicht helfen, Manzoni. Ich bin mir sicher, dass Euer Freund, mein werter Kollege Massimo Barbarini, gern einspringen wird.«

Natürlich wusste Pertuzzi, dass er Massimo aufgesucht hatte. Und tatsächlich hatte Massimo sogar erwogen, seinerseits einen Kredit aufzunehmen, doch Federico hatte dies abgelehnt, er wollte die Freundschaft nicht ausnutzen. »Massimo kann uns nicht helfen.«

Pertuzzi hob die Hände, seufzte tiefer, neigte das Haupt. »Wahrhaftig, Ihr werdet härter geprüft als Hiob. Mein Mitgefühl ist Euch gewiss.«

Wieder dieser Singsang, der pure Hohn. Wann rückte Pertuzzi endlich mit seiner eigentlichen Forderung heraus und bereitete dieser Komödie ein Ende? Federico las von seinem Gesicht ab, wie er den Triumph genoss. Der Vorsitzende des Rates der Zehn war nicht nur ausgezeichnet im Verhören von Verdächtigen, er war auch ein ebensolcher Menschenkenner, wie er von Massimo wusste. Einmal hatte sich Federico selbst ein Bild davon machen können, allerdings gehörte Pertuzzi damals noch nicht dem Rat der Zehn an. Keiner verstand es so wie er, Gesten, Blicke und Körperhaltungen zu deuten und sie selbst entsprechend einzusetzen. Außer Federico, aber das würde Pertuzzi nicht wissen, dazu war er zu sehr von sich eingenommen und zu wenig an den Fähigkeiten anderer interessiert. Pertuzzi wähnte sich in überlegener Position, ein guter Zeitpunkt. Federico beschloss, den Sprung nach vorn zu wagen. »Also, was kann ich tun?«, fragte er.

Kaum merklich zuckten Pertuzzis Mundwinkel, beiläufig hob er ein Schreiben an, überflog es und schob es von sich. Er schenkte ihnen beiden Wein ein. »Ausgezeichnet«, sagte er, nachdem er getrunken hatte.

Ja, der Wein war ausgezeichnet, aber Federico bezweifelte, dass Pertuzzi den gemeint hatte.

»Wir haben im Rat der Zehn über Euch gesprochen. Über Euch und Euren Wunsch, die Arbeit für die Serenissima zu beenden.« Pertuzzi trank einen weiteren Schluck.

Also war der Stein, den er angestoßen hatte, tatsächlich ins Rollen gekommen. Jetzt, wo sein Wunsch Makulatur war.

»Ich muss Euch nicht sagen«, fuhr Pertuzzi fort, »dass wir, vor allem ich, Eurem Anliegen nicht freudig entsprechen konnten. Wir brauchen Euch, Manzoni.« Pertuzzi nickte und bleckte seine Zähne. »Aber dennoch wollen wir Euren Antrag noch einmal ausführlich und gebührend prüfen.«

Aha, sie kamen zum Kern der Sache. Federico faltete die Hände im Schoß und wartete.

Pertuzzi stellte sein Lächeln wieder ein, trank erneut einen Schluck und hob sein Glas dann gegen das Licht. »Seht Ihr dieses Funkeln? Diese Transparenz?« Pertuzzi stellte das Glas auf den Tisch, schob es von sich. »Lassen wir diese Plänkelei«, sagte er plötzlich und sein Blick gefror. »Ich werde Eurer Entlassung zustimmen, in allen Ehren, ich werde sogar den Kredit auf unbestimmte Zeit stunden, bis Ihr Manzonis wieder zahlungsfähig seid.« Er presste die Lippen aufeinander.

»Unter welcher Bedingung?« Federico spürte, wie seine Kehle enger wurde, jetzt trank er doch einen Schluck, der Wein fraß eine Spur bis zum Magen.

»Vielleicht können wir uns zunächst darauf einigen, dass mein Handelsunternehmen einen Anteil an den künftigen Gewinnen des Hauses Manzoni erhält, sagen wir ein Zehntel.«

»Ein Zwanzigstel.«

Pertuzzi runzelte die Stirn. »Ein Fünfzehntel, nicht weniger.«

»Auf zehn Jahre.«

Pertuzzi nickte.

Gut, das war zwar immer noch viel, aber Federicos Verhandlungsposition war auch denkbar schlecht. »So viel kann ich auch im Namen meines Bruders zusagen.« Aber das war noch nicht alles und Federico ahnte bereits, was kommen würde. »Außerdem?«

»Außerdem ...?« Pertuzzi zog einen Lederbeutel hinter einem Papierstapel hervor und legte ihn vor Federico hin. »Hier, Reisegeld für Euch, Ihr seid ja im Augenblick etwas knapp.«

Federico ignorierte Pertuzzis Grinsen, nahm den Beutel und wog ihn in der Hand. Schwer wie er war, musste er etliche Münzen enthalten.

Pertuzzi klatschte gedankenverloren die Handflächen gegeneinander. »Richtig«, fuhr er schließlich fort, »die Bedingung. Keine Sorge, Federico, es wird Euch ein Leichtes sein, sie zu erfüllen – allerdings ist es in diesem Fall nicht nur in meinem, sondern sehr wohl auch in Eurem Sinne, darüber Stillschweigen zu bewahren.« Pertuzzi neigte sein Haupt und lächelte.

Anna

Elbingerode, Ende März

Anna hielt inne, stützte sich auf den Besen, streckte den Rücken. Sie fühlte sich wie zerschlagen. Seit sie vergeblich in Nordhausen gewesen war, tat sie nachts kein Auge zu. Wieder und wieder fragte sie sich, was aus Paul geworden war, wie es ohne ihn weitergehen sollte, hoffte insgeheim immer noch, er würde plötzlich in der Tür stehen. Sie hätte es nicht erwartet, aber er fehlte ihr, seine Wärme, seine Zuneigung, die Vertrautheit, erwachsen aus jahrelanger Gewohnheit. Paul war ein guter Mann, sie hätte sich mehr bemühen müssen, ihn zu lieben. Ihr schlechtes Gewissen ließ ihr keine Ruhe, sie hatte so vieles gutzumachen. Und jetzt war es wohl zu spät.

Berta hatte recht, sie musste sich damit abfinden, dass er tot war. Aber das konnte sie nicht. Irgendjemand musste doch etwas wissen. Federico? Es war Ende März, bald müsste er kommen. Ihr Herz klopfte schmerzhaft in der Brust. Sie setzte sich auf die Bettstatt. Es war Federicos Bett, seine Kammer, die sie für seine Ankunft vorbereitete. Nur er schlief hier, wenn er bei ihnen eine Rast einlegte, selten genug. Anna starrte auf das Kopfkissen und sah sein Gesicht vor sich. Unwillig stand sie auf und bückte sich, um unter dem Bett zu fegen. Spinnweben kamen zum Vorschein, ein schwarzer Apfelgrips rollte hervor, gedankenverloren hob sie ihn auf und warf ihn in den Kehrichteimer. Sie musste sich beeilen, es war noch reichlich zu tun, in der letzten Zeit ging ihr die Arbeit jedoch nur schwer von der Hand. Vieles war liegen geblieben über den Winter. Reparaturen, die Paul üblicherweise erledigte. In der Küche zog es durch ein Fenster eisig herein, wenn der Wind ungünstig stand, wie meist. Im Nebenraum klemmte eine Tür. Sie brauchte Hilfe. Im Dorf wäre sicher jemand zu finden, den sie als Knecht einstellen könnte. Das Geld dafür hatte sie beiseitegelegt. Und wenn der Venediger kam … Der Venediger, Federico …

Sie hob den Eimer auf und eilte hinaus, um ihn auszuleeren, hastete derart die Treppe hinunter, dass sie fast gestürzt wäre. In der Küche hörte sie Berta rumoren, sie lief an der Tür vorbei, hinaus, nur hinaus, weg von den Erinnerungen, den Gedanken, der Sünde.

Mit dem leeren Eimer in der Hand blieb sie stehen, blickte über den Hof, der schneebedeckt im Sonnenlicht funkelte. Der Himmel war leuchtend blau, wie selten in dieser Jahreszeit. In einem Baum saß eine Krähe, als sie von Ast zu Ast hüpfte, rieselte Schnee von den Zweigen. Es war so still.

Heute war ein schöner Tag. Der erste seit Oktober, ein Tag, an dem sich der Frühling erahnen ließ, auch wenn der noch knöchelhoch liegende Schnee Zeuge des herrschenden Winters war. Anna hielt ihr Gesicht in die Sonne, sog tief die kalte Luft ein, glaubte schon, einen Hauch von Erde zu riechen.

Der Moment der Gedankenlosigkeit währte nur kurz. Ungefragt drängte sich der Verdacht auf, hielt sie umklammert. Hatte Federico tatsächlich etwas mit Pauls Verschwinden zu tun? Wenn ja, käme er dann überhaupt? Aber wenn er käme, zeigte es vielleicht nur, wie kaltblütig dieser Venediger war. Federico war nicht zimperlich, einmal hatte er einen Gast überwältigt, der nach übertriebenem Weingenuss erst gepöbelt, dann randaliert und um sich geschlagen hatte. Ohne Zögern hatte Federico zugelangt und den Mann in Windeseile hinausbefördert. Paul wusste um seine Wehrhaftigkeit, er hätte es nicht darauf ankommen lassen.

»Ach, hier bist du! Stehst da in der Kälte.« Berta schaute zur Tür heraus und winkte ihr hineinzukommen. »Ich suche dich schon überall, Anna, stell dir vor, der Marschall kommt! Gerade hat ihn ein Bote angekündigt!«

»Wo ist der Mann?«

»Der Bote? Schon wieder fort.«

»Und er sagte wirklich, der Marschall des Grafen werde persönlich herkommen? Heinrich Knauth?«

Berta nickte mit wichtiger Miene. »Er sei gerade in der Gegend, hieß es.«

Aus Gewohnheit schaute Anna in die Gaststube, als sie die Treppe hinaufstieg, sie war leer. In ihrer Kammer holte sie den Spiegel aus der Truhe – ein Geschenk Federicos. Sie sah ein blasses, schmales Gesicht, eingefallene Wangen, tiefe Schatten um Augen ohne Glanz, dunkle Locken, die unter der Haube hervorlugten, immerhin waren die Wangen ein wenig gerötet, wohl von der kalten Luft. Sie strich mit der Fingerspitze über die Narbe an ihrem Mundwinkel. Längst verheilt, trat sie nur noch bei Kälte so deutlich hervor wie jetzt. Sie verrieb etwas Salbe auf ihre aufgesprungenen Lippen, viel half es nicht. Eine müde alte Frau war sie geworden. Der Venediger würde sie nicht mehr wiedererkennen.

Anna zog die Haube vom Kopf, löste ihren Zopf und kämmte das Haar mit den Fingern, flocht den Zopf neu und bedeckte sich wieder. Die Bänder verknotete sie fest unter dem Kinn, irgendwie gab ihr das Halt, ein Gefühl der Sicherheit, und die brauchte sie.

Berta saß in der Küche und traf Vorbereitung für das Mittagsmahl. Ein Berg Rüben lag vor ihr und wartete darauf, geschält und geschnitten zu werden. Sie setzte sich dazu und nahm sich ebenfalls ein Messer. »So geht es nicht weiter, Berta.«

Die Magd nickte, den Blick auf die dicke gelbe Rübe in ihrer Hand gerichtet. Deren Schale ringelte sich in Spiralen herunter, so flink wie Berta war Anna darin noch immer nicht.

»Ich habe beschlossen, einen Knecht einzustellen.«

»Gut«, antwortete Berta.

»Weißt du jemanden, der infrage kommt?«

Berta griff die nächste Rübe. »Hier?« Sie zuckte die Schultern. »In Elbingerode wird es nicht schwer sein, jemanden zu finden. Matthias vielleicht, oder Rudolf. Ich höre mich einmal um.«

»Ja, und wenn nicht einer der beiden, dann jemand anderes. Du kennst doch viele Leute.«

»Gut, ich gehe gleich morgen oder übermorgen in den Ort. Es kann aber einen Tag dauern, kommst du so lange allein zurecht?«

»Natürlich.«

»Ach, es gibt noch so viel zu tun, der Marschall kommt schließlich nicht jeden Tag.« Berta senkte den Blick wieder auf ihre Rübe. »Hast du Lukas endlich geschrieben?«

Anna umklammerte das Messer.

Berta seufzte. »Er sollte endlich wissen, dass sein Vater verschwunden ist. Er muss zurückkommen, du kannst den *Bären* nicht länger allein führen. Sicher kommt Knauth persönlich, weil der Graf dir das Lehen aberkennen will.«

Erschrocken blickte Anna auf. Was sollte sie tun, wenn man ihr den *Bären* nahm? Hilflos sah sie sich um. Der dunkle Raum mit der lodernden Feuerstelle, die Schankstube, hier im Gasthof fühlte sie sich geborgen. Seit mehr als zehn Jahren wohnte und arbeitete sie hier, nichts anderes konnte sie sich vorstellen. »Sie können mir den *Bären* nicht wegnehmen! Paul ist schließlich nicht tot.«

Berta lächelte bitter. »Mit Lukas an der Seite wären deine Aussichten besser.«

Anna wählte eine neue Rübe aus. »Das Schreiben geht mir nicht leicht von der Hand, das weißt du.« Federico hatte Paul und ihr zwar Lesen und Schreiben beigebracht, aber während Paul beides recht gut beherrscht hatte, fiel ihr das Schreiben noch immer schwer.

»Lukas wird es verwinden, wenn du Fehler machst, glaube mir.« Berta nahm ihr das Messer aus der Hand. »Lass gut sein, das gibt nur Unheil. Hast du überhaupt schon etwas gegessen heute? Wie du aussiehst – so blass und abgemagert.« Sie stand auf, schöpfte eine Schale voll Brei, der noch vom Morgen übrig war und am Ofen warm stand. Berta stellte die Schale vor sie hin, wischte sich ihre Hände an einem Tuch ab und setzte sich wieder. »Oder frag den Pfarrer Sievert, der übernimmt das sicher gern.«

»Ach der.« Anna aß einen Löffel. »Ich werde Lukas selbst schreiben, gleich morgen.«

»Nein, jetzt. Schieb es nicht länger auf.«

»Heute schaffe ich es wirklich nicht. Wir müssen in diesen Tagen mit den ersten Gästen rechnen. Der Saal und die Kammern müssen gekehrt, die Betten hergerichtet, Brot gebacken, Speisen vorbereitet werden. Und jetzt kommt auch noch der Marschall! Es gibt so viel zu tun! Zumal, wenn du einen Tag ausfällst.«

»Ein Grund mehr, den Brief sofort zu erledigen. Die Arbeit wird morgen und übermorgen nicht weniger werden. Anna, schreib ihm jetzt! Ich komme solange auch gut allein zurecht.« Wie zum Beweis nahm sich Berta eine neue Rübe und schälte sie so schnell, dass Anna währenddessen kaum einen Löffel Brei zum Mund geführt hatte.

Berta hatte gut reden, sie hatte Lukas immer geliebt wie einen Sohn, den sie nie hatte. Die alte Magd vermisste den Jungen mehr als sie, seine eigene Mutter. Heilige Jungfrau Maria, wie war das möglich? Aber hatte die nicht den Herrn Jesus unbefleckt empfangen? Welch ein Glück! Nur, wie sollte die Gottesmutter dann verstehen, was in ihr vorging? Oh, die Gottesmutter weiß alles und versteht alles. Außer, diese Ketzer hätten doch recht und die Jungfrau und alle Heiligen waren nichts als schierer Aberglaube. Welche Hoffnung hätte sie dann noch? Sie schauderte.

»Ist dir kalt?«, fragte Berta und legte ihr eine Hand auf die Stirn. »Du wirst doch nicht etwa krank? Ich habe ja gleich gesagt, diese Fahrt nach Nordhausen …«

»Nein, nein. Alles ist gut.« Wenn es doch so wäre, dachte Anna. Nichts war gut.

Und wenn Lukas nun zurückkehrte, dann fingen die Albträume erst recht wieder an.

Die Männer in der Gaststube sahen sie an. Anna spürte ihre Blicke auf sich wie glühende Lanzenspitzen. Gern hätte sie Berta geschickt, aber die suchte einen Knecht.

Seit einiger Zeit schon kam es Anna vor, als bohrten sich die Blicke der Gäste förmlich in sie, wenn sie sich nach ihrem Mann erkundigten und Mitleid heuchelten. Und wo war Hildegard? Wenn es darum ging, dass Hildegard über ihren untreuen Gatten klagte, über das wenige Geld, das er ihr zugestand, die Prügel, die er ihr fast täglich angedeihen ließ, war Anna als geduldige Zuhörerin willkommen, aber jetzt, wo sie selbst einmal Zuspruch gebraucht hätte, ließ die Freundin sich nicht blicken. Seit dem letzten Herbst ward sie nicht mehr gesehen. Hildegard wusste genau, wie schwierig es für Anna war, den Gasthof zu verlassen. Vielleicht blieb sie nur ihres Mannes wegen fern. Womöglich war sie schwanger und scheute den Weg im Winter. Hildegard wünschte sich so sehnlich ein Kind, es wäre ihr zu gönnen.

Oder war ihre Freundin nicht anders als die anderen Leute, denen ihr Misstrauen nur zu deutlich anzusehen war? Noch zeichnete sich nicht ab, dass Gäste fernblieben, seit der Pest war ihr Haus an der Fernstraße, die quer durch den Harz führte, weit und breit die einzige Herberge. Aber es tat nicht gut, wenn die Leute aus der Umgebung sie scheel ansahen. Als dächten sie, sie hätte ihrem Mann etwas angetan. Aber so etwas würde man ihr wohl kaum zutrauen.

Sie stellte den Männern die Krüge mit Bier auf den Tisch und bemerkte, dass einer mit zusammengezogenen Brauen daran roch.

»Ich habe das Bier selbst gebraut, ist es nicht recht?«, fragte Anna.

»Das weiß ich noch nicht«, erwiderte der Mann. »Man hört ja so allerlei.«

»So? Was hört man denn?« Wollte der Kerl andeuten, sie hätte Paul vergiftet? Anna stemmte die Fäuste in die Seiten und trat näher. Sie kannte den Mann flüchtig, er arbeitete in einer

Sägemühle in Elbingerode, war viel in den Wäldern unterwegs und kehrte gelegentlich bei ihnen ein. Ihr war es immer gleichgültig gewesen, wenn er seinen Lohn bei ihnen in Bier umsetzte. Besser er ließ ihn bei ihr, als dass er das Geld zu den Weibern in eines der Frauenhäuser trug. »Denkst du, ich habe etwas in das Bier gemischt? Wenn deine Frau es bislang noch nicht versucht hat, welchen Grund sollte ich dann haben?«, zischte Anna. Sie spürte, wie Ärger von ihr Besitz ergriff, ein neues, willkommenes Gefühl nach der langen Zeit der Mutlosigkeit und Schwäche. Sie fühlte ihre alte Tatkraft zurückkehren, ihren Mut, ihre Zuversicht, ihren Kampfgeist. Zu lange hatte sie gezaudert und gezagt. Sie sollte diesem Wicht dankbar sein für seine Anschuldigung, mit der er sie aus ihrer Melancholie gerissen hatte. Sie sah ihm in die Augen und lächelte. »Zum Wohle, der Herr!«

Der Mann hielt ihrem Blick eine Weile stand, dann trank er zögernd einen Schluck.

Sie ging in die Küche, stützte die Hände auf den Spülstein, senkte den Kopf und atmete tief durch. Es war ein Fehler gewesen, sie durfte es sich nicht mit den Leuten verderben. Aber sie bereute es nicht. Sollten sie doch denken, was sie wollten, ihr Gewissen war rein. Und wo sollten die Männer schon hin? Sie kämen ja doch wieder. Oder war sie zu hoffärtig?

Es half nichts, sie musste das Essen für die Männer richten und wieder hinaus zu den Gästen. Noch einmal durfte sie sich nicht gehen lassen. Paul würde die Kerle schon in die Schranken weisen. Sie schloss die Augen. Wäre Paul hier, wäre sie derartigen Reden nicht ausgesetzt. Ihr Hochgefühl verflog so schnell, wie es aufgekommen war.

Gerade schnitt sie eine Scheibe Schinken ab, als es an der Tür klopfte. Marschall Knauth stand vor ihr. Ausgerechnet jetzt.

»Ist es erlaubt? Gott segne Euch, Frau Anna. Man sagte mir, dass ich Euch in der Küche antreffen würde. Ich hoffe, man hat mich angekündigt? Gut.« Er trat näher. »Ihr wisst sicher, warum ich Euch aufsuche. Wegen des Lehens ... Mit Verlaub, wäre es recht, dass wir uns unter vier Augen besprechen? Wo ist denn die Magd, kann sie nicht …?«

Anna wischte sich die Hände an ihrem Kittel ab. »Herr Knauth, bitte, nehmt Platz.« Sie rückte ihm den Stuhl zurecht.

Sie selbst blieb stehen. Ihre Knie waren butterweich. Damit ihre Hände nicht zitterten, richtete sie ihre Haube, schob eine Haarsträhne darunter und knüpfte die Bänder neu. Am liebsten hätte sie sich auf der Suche nach etwas Halt an der Tischkante festgeklammert. Nicht, dass sie sich vor Herrn Knauth fürchtete. Als sie das Lehen übertragen bekamen, war er zugegen gewesen, von daher kannte sie ihn. Ein stattlicher Ritter, trotz fortgeschrittenen Alters von aufrechter Haltung und einst drahtiger Gestalt, die sich mittlerweile um die Leibesmitte zu runden begann. Er genoss das volle Vertrauen des Grafen und hatte sich stets als streng, aber gerecht erwiesen.

Knauth ließ sich nieder, faltete die Hände vor sich auf dem Tisch. Aufmerksam sah er sich um. »Hübsch habt Ihr das Haus hergerichtet. Das Gebäude hatte damals ja einige Zeit leer gestanden, nicht wahr?« Wohlwollend musterte er Anna.

»Ja, wir haben getan, was wir konnten, das Gasthaus wohnlich zu gestalten.« Sie hielt den Blick gesenkt. Einen so bedeutenden Herrn hatten sie noch nie beherbergt. Sie musste ihn bewirten, aber was mochte man einem edlen Ritter wie ihm wohl anbieten? »Mögt Ihr etwas essen, gnädiger Herr, einen Becher Wein dazu?«, fragte sie schließlich.

Beim heiligen Balthasar, hatten sie überhaupt Wein? Ganz selten nur wurde welcher verlangt und um die Bestände hatte sich Paul gekümmert. Sie würde in den Keller gehen müssen und da gab es Ratten.

Ein Strahlen erschien in den kleinen Äuglein des Ritters. »Etwas zu essen, das würde mein Herz erfreuen, gute Frau. Aber macht Euch nur keine Umstände, ah, wie ich sehe, habt Ihr Pasteten gebacken! Die sehen sehr wohlschmeckend aus. Wenn Ihr eine davon entbehren könnt, wäre mir schon gedient. Aber keinen Wein, danke. Habt Ihr etwas Warmes für mich?«

»Ich habe stets heißen Holundertrunk auf dem Feuer, gnädiger Herr. Oder lieber einen Kräutersud?«

»Nein, nein, keine Kräuter, lieber den Holunder.«

»Und Ihr wollt wirklich hier ...?« Anna sah sich beschämt um, ihre Küche war zwar ihr Heim und gewiss behaglich, aber eines so feinen Ritters durchaus nicht würdig.

»Hier ist alles recht.«

Anna füllte schweigend den Most in einen Becher, legte eine Pastete auf ein Holzbrett und stellte beides vor Knauth hin. »Gestattet mir, rasch den Herrschaften draußen ihre Mahlzeit zu bringen.«

Knauth rieb sich die Hände, während er die Pastete an die Nase führte. »Köstlich, dieser Duft«, murmelte er. »Äh, was? Ja, natürlich, geht nur, gute Frau, geht nur.«

Anna brachte das Essen hinaus und diesmal waren die Blicke der Männer eher neugierig. Ein jeder fragte sich, was der Marschall von ihr wollte, was es so Geheimes zu besprechen gab. Wahrscheinlich stellten sie auch Vermutungen an, ob er sie mitnehmen und in ein Verlies werfen würde.

Als sie in die Küche zurückkam, wischte sich Knauth bereits mit leuchtenden Augen und glänzenden Fingern Fett und Krümel aus den Mundwinkeln. »Eure Pastete ist eine Sünde wert«, meinte er mit verschmitztem Lächeln. »Ich hörte bereits von eurer ausgezeichneten Kochkunst. Ihr verwendet seltene Würze, heißt es.«

»Ja, unsere Berta ist sehr kenntnisreich in der Hege und Pflege unseres Kräutergartens.« Sie wies auf die getrockneten Kräutersträuße, die von der Decke hingen. Dass ein guter Teil der Kräuter aus Venedig stammte und diese für die seltene Würze verantwortlich waren, verschwieg sie wohlweislich. »Sie trocknet sie für den Winter, so dass wir immer versorgt sind. Mögt Ihr noch eine Pastete?«, fragte Anna, die sich in Gegenwart dieses nun sehr vergnügt blickenden Herrn nicht mehr ganz so unsicher fühlte.

»Mögen tät ich schon, allein ich soll mich zügeln, mahnte

mich der Herr Pfarrer kürzlich.« Knauth räusperte sich. »Es gibt keine Neuigkeiten von Eurem Mann, nicht wahr?«

Anna schüttelte den Kopf, faltete die Hände vor sich und blickte starr auf ihre verschränkten Finger.

»An sich könnte es dem Grafen einerlei sein, wer den Gasthof führt, das Lehen ging zwar an Euren Mann, aber wenn Ihr für den Betrag aufkommen könnt, nun denn. Unter den gegebenen Umständen allerdings ist die Sache so einfach nicht, da wir ja über Paul Barths Verbleib nichts wissen. Nur weil er verschwunden ist, muss das ja noch nichts heißen, und dann … Eine wirklich diffizile Angelegenheit, fürwahr. Euer Mann … nun, es wird schwer, ihn für tot zu erklären, ohne Gewissheit, also ohne seinen – verzeiht die klaren Worte – seinen Leichnam. Könntet Ihr wieder heiraten, hätte alles seine Ordnung. Aber so – eine wirklich vertrackte Sache. Der Graf fürchtet, dass Ihr der Verantwortung für das Gasthaus nicht gewachsen seid, nun, wenn wir ehrlich sind, sorgt er sich um den Zehnt.«

»Oh, ich kann bezahlen«, versicherte Anna. Also schien es nicht so aussichtslos, wie Berta unkte. Dem Grafen ging es um sein Geld, und das würde er bekommen. »Ich kann mir sogar eine zusätzliche Hilfe leisten, meine Magd Berta ist schon auf der Suche nach einem Knecht, nur deswegen bin ich heute ausnahmsweise allein.«

»Gut, gut. Wenn Ihr Euch sogar einen Knecht leisten könnt … Euer Gewerbe scheint zu florieren, das freut mich. Dennoch, liebe Frau Anna, alles wäre viel einfacher für Euch und für uns, wäre ein männlicher Anverwandter von Euch im Hause. Ihr habt doch einen Sohn, nicht wahr?«

»Ja«, sagte Anna leise, sie ahnte bereits, was der Marschall vorschlagen würde.

»Ich habe ihn noch nie zu Gesicht bekommen. Ist er krank?«

»Nein, er ist … er hat … Nun …«

Knauth lächelte. »Er wird ja wohl irgendwo sein. Oder ist er auch verschwunden?« Das Lächeln Knauths erstarb. Eine Falte erschien zwischen seinen Brauen.

Anna hob die Hände und sah den Marschall erschrocken an. »Aber nein, wo denkt Ihr hin! Er ... er ist in der Fremde.«

»Ah! Wo weilt er denn?« Knauth sah sie durchdringend an, sofort ließ Anna ihren Blick wieder sinken. Warum sagte sie ihm nicht einfach die Wahrheit? Es war doch nichts Verbotenes daran, dass Lukas in Italien war. Daran nicht. Nur Federico durfte sie nicht erwähnen. Sie straffte die Schultern und erwiderte Knauths Blick in aller Offenheit. »Unser Sohn Lukas ist in Italien. Er lernt dort in einem Handelshaus.«

»Was Ihr nicht sagt. Soso«, murmelte Knauth und sah sie nun sehr aufmerksam an. »Das ist fürwahr erstaunlich. Italien, sieh an. Wie kommt es?«

»Ein reisender Händler bot ihm an, ihn mitzunehmen. Ihr wisst doch selbst, dass im Harz das Leben hart ist. Das Gasthaus wirft gerade genug ab, um den Zehnt aufzubringen und die Ausgaben für meinen Mann und mich, eine Magd und einen Knecht zu bestreiten. Das Angebot des italienischen Händlers war ein großes Glück für Lukas und für uns. Wenngleich ...« Immerhin war das nicht gänzlich gelogen. Dennoch erschrak sie, wie leicht ihr die Halbwahrheiten über die Lippen gingen. Sie senkte wieder den Blick, zupfte an einem Fädchen, das sich von dem Saum ihres Ärmels gelöst hatte.

Knauth nickte. »Natürlich schmerzt Euch seine Abwesenheit, nur verständlich. Aber welch eine günstige Fügung für den Jungen. Wie alt ist er?«

»Zwanzig Jahre zählt er nächsten Monat.«

»Und ein Reisender nahm ihn mit sich, sagtet Ihr?«, fragte Knauth mit hörbarem Misstrauen. »Ihr ließet Euren Sohn mit einem Fremden ziehen? Mit einem Südländer?«

Anna sah ihm an, dass er dies nicht billigte. Aber was sollte sie entgegnen? Federico hatte sie gebeten, Stillschweigen über seine Anwesenheit und Angelegenheiten zu bewahren, auch wenn natürlich in der Gegend nicht verborgen geblieben war, dass er regelmäßig kam. »Oh, ein Freund meines Mannes knüpfte damals die Verbindung«, log Anna und war froh, dass ihr dieser Gedanke gekommen war, Paul konnte der Marschall ja schlecht befragen. Wegen der Lügen würde sie vor dem Schlafengehen einen zusätzlichen Rosenkranz beten müssen.

»Nun gut. Sorgt dafür, dass Euer Sohn zurückkommt, dann übertragen wir das Lehen auf ihn und Ihr könnt den Gasthof behalten. Oder …« Knauth runzelte gedankenverloren die Stirn, »… Ihr bringt genug Geld auf, ihn zu kaufen. Ich könnte mir vorstellen, dass diese Lösung dem Grafen ebenfalls zupasskäme, allerdings wäre auch da die Anwesenheit Eures Sohnes vonnöten. Wie auch immer. Ich gebe Euch ein paar Monate Zeit, Eure Angelegenheit zu ordnen. Spätestens am Tag des heiligen Laurentius im August soll er beim Hauptmann Claus von Arnswald in Wernigerode vorsprechen, ich werde ihn in Kenntnis setzen. Dann werden wir weitersehen. Alles Gute und Gottes Segen, Frau Anna.«

Die Tür schloss sich hinter Knauth und Anna sank auf den Stuhl nieder. Sie konnte es nicht länger aufschieben. Bis Laurentii sollte Lukas zu Hause sein. Noch fünf Monate, Zeit genug. Wenn er denn zurückkommen wollte … Sie sah ihren Sohn vor sich, wie sie ihn damals verabschiedet hatten. Paul hatte ihm die Hand auf die Schulter gelegt. Und sie? Sie hatte stumm dagestanden, den Blick zu Boden gesenkt, um die Tränen in den Augen ihres Sohnes nicht sehen zu müssen, den Vorwurf darin, den Kummer eines kleinen Jungen, der sich als das fühlte, was er war: ein Verstoßener.

Anna seufzte, nahm ein Papier zur Hand und die Feder, das Tintenfass. *Mein lieber Sohn*, schrieb sie ungelenk und hielt inne.

LINA

Venedig, Mitte April

Lina ging den Korridor entlang zu dem Amtsraum, den Pertuzzi während seiner Zeit als Vorsitzender des Rates der Zehn für sich beanspruchte. Sie ignorierte die Blicke der Räte, der Sekretäre und Dienstboten, die ihr begegneten. Einige kannte sie vom Sehen, die meisten Gesichter sagten ihr nichts. Sie erregte wie immer Aufmerksamkeit, natürlich, deswegen kam sie so selten hierher.

Begegnete man ihr auf den Straßen mit Neugier oder Befremden, sah sie bei den Räten und ihren Angestellten zumeist nur eine einzige Gemütsregung: Abscheu. Die Ministerialen bedachten sie mit einer hochmütigen Miene und gespielter Gleichgültigkeit. Einer, den sie flüchtig kannte, grüßte unverhofft, lächelte gar. »Schöne Mütze!«, rief er ihr hinterher. Lina sah ihm nach, bis er um eine Ecke verschwunden war. Häme und Abscheu kannte sie, es machte ihr nichts mehr aus, doch war jemand freundlich, witterte sie Hinterlist.

Sie war zu früh. Sie kam immer zu früh, um sich einen Überblick zu verschaffen, eine alte Gewohnheit. Die hatte sich bewährt und Lina vertraute selbst dann auf diesen Brauch, wenn sie die Räumlichkeiten kannte und, wie hier im Dogenpalast, keine Bedrohung fürchten musste. Außerdem hielt Pertuzzi seine schützende Hand über sie. Sie musste grinsen, als sie sich in Gedanken das Bild ausmalte.

»Ah, wen haben wir denn da? Die Zwergin beleidigt wieder unser Antlitz!«, zischte ihr ein Entgegenkommender zu und wandte sogleich den Blick ab. An seinem purpurroten Mantel erkannte Lina ihn als ein Mitglied des Senates. Der eitle Storch in seinen bunten Strumpfhosen hatte gut daran getan, sie hier im Palazzo Ducale zu beleidigen. Sie würde sich sein Gesicht merken und, der Herr steh ihm bei, sollte sie ihm je in einer dunklen Gasse begegnen ... Ach was, so ein Wicht war es nicht wert, dass sie sich an ihm die Hände beschmutzte.

Sie stand vor Pertuzzis Zimmer, klopfte – nichts. Unschlüssig schaute Lina den Gang entlang, Pertuzzi war nicht in Sicht und auch sonst niemand.

Plötzlich herrschte Stille, keine Schritte hallten von den Wänden wider. Mittagszeit. Lina drückte die Klinke, zu ihrer Überraschung war die Tür nicht abgeschlossen, und sie schlüpfte in den Raum. Eine gute Gelegenheit, sich einmal bei Pertuzzi umzusehen.

Der Geruch staubiger Akten und polierter Hölzer schlug ihr entgegen. Im Kamin flackerte ein frisch angefachtes Feuer, wie die gerade aufgelegten Holzscheite verrieten. Lina öffnete ihren Mantel und lockerte die normalerweise lang herabhängenden Zaddeln ihrer Mütze, die sie vorhin wegen des Windes um den Hals geschlungen hatte. Neugierig sah sie sich um. Die dunkle Wandtäfelung ließ das Zimmer dämmrig erscheinen und auch die durch das Fenster eindringende Mittagssonne vermochte es kaum aufzuhellen.

Vor knapp einem Jahr war sie schon einmal hier gewesen, nichts hatte sich seitdem verändert. In Regalen Akten und Bücher, nahe des Fensters der imposante Schreibtisch, dahinter der gepolsterte Sessel, Pertuzzis Arbeitsplatz. Der schlichte Scherenstuhl in einigem Abstand davor, um Besucher und Bittsteller auf Distanz zu halten. An der Wand ein Bild, was es darstellte, konnte Lina nicht erkennen. Eine sumpfige, braungraue Farbsoße überdeckte jegliche Kontur. Alt musste es sein, hatte wohl schon Generationen an Räten kommen und gehen sehen, so dunkel wie es war.

Auf der Anrichte eine Karaffe, daneben vier Gläser, alles aus feinstem Kristall. Ja, die Senatoren und Räte im Dogenpalast wussten zu leben. Hier blieb alles beim Alten, für die Ewigkeit.

Lina überlegte, sich ein Glas einzuschenken, wollte Pertuzzi jedoch nicht unnötig gegen sich aufbringen.

Dann eben die Korrespondenz. Die Unterlagen auf dem Schreibtisch wären natürlich aktuell. Lina trat heran und warf einen Blick darauf, zog aus einem Stapel ein Schreiben heraus, ein Arbeitsvertrag mit einem Glasbläser, Vincenzo Bondi aus Murano. Sie blätterte den Stapel durch, überflog ein paar Zeilen. Urteile, Protokolle von Verhören, daneben erhob sich ein ganzer Packen der berüchtigten Denunziationen ehrenwerter Venezianer, die sich eines unliebsamen Nachbarn entledigen wollten. Arme Schweine wie der hier, Luciano Simonetti. Das Dokument lag so, als hätte Pertuzzi es soeben unterzeichnet. Ein Urteil, überschrieben mit *Streng vertraulich*. Simonetti war des Hochverrates angeklagt und einstimmig verurteilt worden, die Strafe ging aus dem Schreiben nicht hervor. Doch Lina wusste nur zu gut: Die Schergen des Rates würden ihn insgeheim erdrosseln und ebenso in den Canale Orfano werfen wie viele andere zuvor. Womöglich war es längst geschehen.

Lina legte das Papier zurück, lauschte, und als sie nichts hörte, blätterte sie durch ein paar achtlos aufeinandergelegte Schreiben. Eines stach aus den akkurat beschriebenen Blättern heraus. Es war mit liederlich hingeworfenen Zeilen bedeckt, ein Brief offenbar, jedoch ohne Anrede. Es ging um ein Schiff, eine Galeere … Die *Guendolina* lag wie befohlen im Hafen von Rhodos, hieß es da. Hm, Geschäftspost sicherlich, doch warum verwahrte Pertuzzi die nicht in seinem Handelshaus, sondern im Dogenpalast? Lina nahm den darunterliegenden Bogen auf, auch hier war die *Guendolina* genannt. Die Kopie eines Schreibens an den Kapitän der *Guendolina* von Pertuzzis Hand. Die Galeere solle vor Rhodos ankern, bis Pertuzzi ihr Auslaufen gestatte. Seltsam, was wollte er damit bezwecken? Ein Schiff, wie es schien auf dem Rückweg aus der Levante, bedeutete Geld. Kein Handelsmann verzögerte die Heimfahrt seines Schiffes, so ein durchtriebener wie Pertuzzi erst recht nicht. Durchscheinende Schrift wies auf weitere Zeilen auf der Rückseite. Lina trat an das Fenster, um besser sehen zu können, drehte das Blatt um und fand nähere Angaben zur *Guendolina:* Fracht, Zielhafen, Mannschaftsstärke … Lina ließ das Blatt sinken und schürzte die Unterlippe. Sie konnte sich keinen Reim darauf machen, was Pertuzzi damit bezweckte.

Schritte näherten sich.

Lina knüllte das Blatt zusammen und schob es in ihren Hemdausschnitt. Lautlos huschte sie zu dem Besucherstuhl, fand eine halbwegs bequeme Position, halb sitzend, halb liegend, so dass ihre Füße den Boden erreichten. Sie schob sich ihre Mütze in die Stirn, schloss die Augen und wartete.

Die Tür öffnete sich, Pertuzzi trat ein. Er musste es sein, denn wer außer ihr wäre sonst so dreist, einfach in das Amtszimmer des Vorsitzenden des Rates der Zehn einzudringen? Sie schreckte hoch, ihre Mütze fiel zu Boden, das kostbare Stück aus Ungarn hatte ein Vermögen gekostet. »Signore! Madonna, habt Ihr mich erschreckt! Ich war zu früh und muss sogleich eingenickt sein. Ihr verzeiht, aber ich bin seit dem Morgen auf den Beinen.« Sie gähnte und angelte nach ihrer Mütze, klopfte den Staub vom roten Samt.

Pertuzzi musterte sie eindringlich. Ohne ein Wort trat er an den Schreibtisch, kontrollierte seine Dokumente und heftete seinen Blick dann auf Lina. »Wer hat dir erlaubt, hier einzutreten?«

Lina zuckte die Achseln. »Die Tür war offen, ich wähnte Euch beschäftigt, sah nach, fand Euch nicht und beschloss, hier zu warten. Ich glaubte, es sei in Eurem Sinne, wenn man mich nicht vor Eurer Tür herumlungern sieht.«

Pertuzzi presste die Lippen zusammen und nickte. »Da magst du recht haben.« Beiläufig schob er die Dokumente auf dem Schreibtisch zusammen.

Lina hielt den Atem an, merkte er, dass sie gestöbert hatte? Würde er das Fehlen des Briefes entdecken? Na und wenn, jeder hätte in Pertuzzis Abwesenheit das Schreiben entwenden können. Dennoch wäre es ärgerlich, zumal Lina nicht einmal wusste, was sie mit dem Brief anfangen sollte. Nun, zurücklegen konnte sie ihn jetzt nicht mehr. Aber Pertuzzi schien nichts zu bemerken. Sein Augenmerk galt dem Urteil, das er schnell in einem Aktenstapel verschwinden ließ. Dann erst setzte er sich, faltete die Hände vor sich auf dem Tisch und sah sie an. Seine schwarzen Augen funkelten finster.

Der Leibhaftige persönlich. Lina kannte diese Art Mann. Skrupellos, machtgierig, immer bestrebt, Einfluss und Reichtum zu mehren.

»Wir haben uns lange nicht gesehen, Angelina Tozzi.«

Hörte Lina etwa einen Vorwurf heraus? Er selbst hatte doch ihren Termin zwei Mal verschoben.

Pertuzzi hob auffordernd die Hand. »Nun, berichte von deiner Reise, Angelina Tozzi.«

Lina erzählte von Johann Thurzo, dem begnadeten Ingenieur, der die abgesoffenen Gruben in Ungarn trockenlegen wollte. »Wenn das jemandem gelingt, dann ihm. Bislang setzt aber noch niemand rechtes Vertrauen in seine Fähigkeiten, es fehlt ihm an Geldgebern.«

»Und du meinst, er ist der Aufgabe gewachsen.«

Lina nickte. »Jakob Fugger war bei ihm und erkundete mit Thurzo zusammen die Gegebenheiten. Ihr kennt die Familie?«

Pertuzzi winkte ab. »Emporkömmlinge in Augsburg.«

»Täuscht Euch nicht in Jakob Fugger.«

Pertuzzi wedelte mit der Hand, um Lina voranzutreiben. »Was also?«

»Thurzo braucht Geld, so schnell wie möglich. Jeder, der seine Arbeit unterstützt, ist ihm recht. Ihr, also Venedig, solltet ihm schnellstens ein Angebot unterbreiten, andernfalls bindet ihn Jakob Fugger an sich. Bedenkt, die Gruben in der Gegend sind berühmt, das ist die einhellige Meinung der Kundigen. Ich hörte von vielen, dass sie investieren würden, hätten sie genug Geld. Da schlummern große Schätze, heißt es. Und wer auf diese die Hand hält, der besitzt künftig die Macht.«

»Du übertreibst, meine Liebe. Aber ich werde es überdenken.« Pertuzzi schwieg einen Augenblick, als müsse er sich sammeln. Er räusperte sich. »Jetzt habe ich eine neue Aufgabe für dich.«

Lina nickte, setzte sich aufrecht hin und schaukelte mit den Füßen, die nun nicht mehr auf den Boden reichten. »Ich höre.«

Pertuzzi stand auf, ging ein paar Schritte auf und ab, die Hände hinter dem Rücken verschränkt. Vor dem Fenster blieb er stehen, sah hinaus, hüllte sich in Schweigen.

Lina wartete. Sie hatte Geduld. Außerdem kannte sie Pertuzzis Ritual. Vermutlich pflegte er sein Gegenüber auf diese Weise zu verunsichern. Allerdings dürfte Pertuzzi wissen, dass seine Taktik bei ihr nicht aufging. Gerade deshalb schätzte er ihre Dienste ja.

Pertuzzi drehte sich um, fasste sie ins Auge, sein Mund zeigte ein Lächeln, die weißen Zähne blitzten. »Du kennst Federico Manzoni?«

»Ich habe viel von ihm gehört. Er arbeitet als Prospektor im Auftrag des Rates der Zehn, in Deutschland. Er gilt als sehr erfolgreich, nicht nur bei der Beschaffung von Mangan und Kobalt. Soweit ich weiß, ist er im Harz unterwegs, vor allem im Gebiet des Grafen zu Stolberg. Der Graf zu Stolberg, ein ebenso unauffälliger wie einflussreicher Fürst, ist mit allen bedeutenden Köpfen des Deutschen Reiches verbunden: Er ist Lehnsmann des Kurfürsten von Sachsen, des Markgrafen von Brandenburg und des Bischofs zu Magdeburg, er ist der Schwiegervater Wilhelms von Braunschweig und der Schwager von Eberhard dem Bärtigen von Württemberg ... Von ihnen wird die deutsche Politik maßgeblich beeinflusst. Womöglich kommt der nächste deutsche König aus dem Hause der sächsischen Wettiner oder der brandenburgischen Hohenzollern – nein, die eher nicht, vom Brandenburger Kurfürsten Johann heißt es, er leide an Fettleibigkeit und sein Gesundheitszustand ließe zu wünschen übrig.«

Pertuzzi nickte. »Soweit stimmt es. Manzoni ist kürzlich nach Deutschland aufgebrochen. Er soll für, äh, für die Serenissima einen Sonderauftrag erfüllen.«

Lina schlenkerte mit den Füßen. Nach Deutschland wollte er sie also schicken, schön. »Ich soll sicherstellen, dass Signore Manzoni seinen Auftrag erfüllt?«

Pertuzzi nickte.

»Wann soll ich los?«

»Nicht so voreilig, alles der Reihe nach. Du musst wissen, dass Manzoni sich zur Ruhe setzen will.«

Ach, das war Lina neu. Manzoni galt als der beste Mann, den der Rat der Zehn im Einsatz hatte.

»Wir werden ihm den Wunsch gestatten, wenn er zurückkehrt.«

Lina war die seltsame Betonung des Wortes *wenn* nicht entgangen. »Sofern er seinen Auftrag zu Eurer Zufriedenheit erfüllt hat, nehme ich an. Darf ich erfahren, um was für einen Auftrag es sich handelt?«

»Er soll uns ein Verzeichnis seiner Fundstellen übergeben, so dass wir ohne Zeitverzögerung einen Nachfolger entsenden können.«

Manzoni beschaffte Mangan zur Herstellung des klaren Kristallglases und Kobalt für die tiefblau schimmernden Pokale. Für deren Beschaffung bediente sich die Serenissima einer Reihe von Prospektoren wie Federico Manzoni. Die Stadt schickte sie überall dorthin, wo diese Erze zu finden waren, in die Alpen, in den Schwarzwald, ins Erzgebirge oder eben in den Harz. Dort schürften sie insgeheim und gut getarnt, denn die Bodenschätze gehörten den jeweiligen Landesherrn und die Prospektoren standen immer mit einem Bein in deren Verlies. So gesehen, hatte das von Pertuzzi verlangte Verzeichnis lohnender Fundstellen sicher einen gewissen Wert. Doch die Übergabe eines profunden Verzeichnisses zu garantieren, dazu brauchte er nicht jemanden wie sie. Warum rückte Pertuzzi nicht einfach damit heraus, was er wirklich von ihr wollte? »Soll ich prüfen, ob Manzonis Angaben stimmen?«

Pertuzzi wiegte den Kopf. »So einfach ist es nicht. Derzeit ist die Lage für die Manzonis etwas angespannt. Federicos Bruder

Carlo ist schwer erkrankt, die Familie steht vor dem Ruin, weil Carlo sich verspekuliert hat ...«

Irrte sie sich oder strahlten Pertuzzis Augen plötzlich heller?

»... Ich habe Grund zu der Annahme, dass Federico Manzoni seine Familie womöglich im Stich lässt und nicht zurückkehren wird.«

»Obgleich sein Bruder das Bett hütet und die Familie vor dem Ruin steht?«, fragte Lina. Das passte nicht zu dem, was sie über Federico Manzoni wusste. Außer, Pertuzzi setzte ihn unter Druck ... Lina begann zu ahnen, worauf das Gespräch hinauslaufen würde.

Pertuzzi breitete die Arme aus, eine Geste, die er oft anwendete. Vermutlich hatte er sie zu Hause einstudiert. Langsam führte er seine Hände zusammen, um sie andächtig gefaltet vor sich abzulegen.

»Obwohl Federico seine Familie sehr am Herzen liegt und er in der Vergangenheit dem Staate treu ergeben war, halte ich es für nicht ausgeschlossen, dass er in gewissen Situationen sein eigenes Wohl über das seiner Familie stellt. Zumal er durchaus über Freunde, Mittel und Wege verfügt, auch aus der Ferne unterstützend einzugreifen. Du weißt um Federicos Qualitäten. Mit etwas Glück könnte er innerhalb eines Jahres die Finanzlage der Manzonis sanieren, ohne auch nur einen Fuß nach Venedig zu setzen.«

Lina hörte Pertuzzis Ausführungen zu, ohne eine Miene zu verziehen. Ihr war klar geworden, worum es tatsächlich ging: Pertuzzi fürchtete sich vor Manzoni. Der Ratsvorsitzende setzte den Prospektor zwar mit irgendetwas unter Druck, aber er fürchtete Manzonis Gegenschlag. Und das vermutlich aus gutem Grund, nach allem, was Lina über Federico Manzoni wusste.

Pertuzzi räusperte sich erneut. »Auch wenn du Manzoni nicht kennst, kennst du vielleicht seinen deutschen Ziehsohn, Luca?«

Lina schüttelte den Kopf. »Ich weiß nur, dass Federico vor Jahren einen Jungen aus Deutschland mitgebracht hat, der bei seinem Bruder das Geschäft des Kaufmanns lernt. Gesehen habe ich ihn noch nie. Was ist mit ihm?«

Pertuzzi blätterte einen Stapel Unterlagen durch. Neugierig beobachtete Lina ihn dabei. Es war derjenige der Denunziationen. Ein Blatt wählte er aus, legte es vor sich auf den Tisch. »Wir haben eine Anzeige gegen Luca vorliegen. Er wird der Sodomie und des Hochverrates beschuldigt.«

»Ach! Ist da etwas dran?«

»Und wenn, hat dich das nicht zu interessieren.«

Warum sagte er es ihr dann? Allmählich hatte Lina wirklich genug. Pertuzzi sollte sich in Acht nehmen, sonst wäre sie es, die von einem Auftrag nicht zurückkehrte. Sie hatte Besseres zu tun, als ihn beim Spreizen seiner Flügel zu bewundern.

Pertuzzi legte seine Hände nun zu einem Dach zusammen und stützte sein Kinn auf die Fingerspitzen. »Luca wird Federico Manzoni nach Deutschland folgen.«

»Ihr nehmt an, er flieht vor der Anklage? Er dürfte davon doch noch gar nichts wissen.«

»Oh, eine Flucht wäre wohl kaum möglich. Nein, ich werde ihm selbstverständlich Anlass und Gelegenheit dazu geben. Federico wird davon ausgehen, dass man ihn verfolgt. Er soll sich in Sicherheit wiegen. Umso größere Sorge wird ihn befallen, wenn Luca bei ihm eintrifft. Und um Lucas Willen wird er alles preisgeben, was wir wissen wollen.«

Lina nickte. »Ihr bedient Euch seiner, um an Federicos Wissen zu gelangen.«

»Du wirst dich seiner bedienen, um sicher zu sein, dass es sich bei seiner Niederschrift wirklich um das Protokoll seines Wissens handelt und nicht um ein Produkt seiner Fantasie. Luca gegenüber wird er die richtigen Angaben machen.«

»Verstehe.« Lina durchschaute Pertuzzis Plan jedoch noch nicht in Gänze. Was war zum Beispiel diese Aufgabe, die Manzoni zu erledigen hatte? Die Niederschrift seiner Fundplätze wohl kaum. Es musste noch mehr dahinterstecken. Auch war es sicher nicht der Rat der Zehn, der die Aufgabe gestellt hatte, sondern Pertuzzi würde sich persönlich einen Vorteil verschaffen wollen, auf Kosten Federico Manzonis oder eben Lucas. Ah, natürlich! Hatte sie nicht gerade zwischen den Unterlagen einen Vertrag gesehen, mit dem er Vincenzo Bondi für sich verpflichtete? Richtig, Pertuzzi hatte kürzlich eine Glasbläserei auf Murano gekauft. Wenn sie in Venedig war, beobachtete sie ihren Arbeitgeber ab und an, aus Neugier, um in Übung zu bleiben – und weil sie ihm nicht über den Weg traute. Natürlich, damit lag es auf der Hand: Federico sollte für Pertuzzi persönlich – also an der staatlichen Aufsicht vorbei – Mangan beschaffen. Das war Hochverrat! Pertuzzi hatte den der Serenissima durch und durch ergebenen Federico Manzoni dazu gezwungen, für ihn das Gesetz zu brechen. Respekt.

»Aber es geht nicht allein um sein Wissen. Also hör mir gut zu. Deine Aufgaben, Angelina Tozzi, bestehen zum einen darin, ab sofort Luca, Federicos Ziehsohn, nicht mehr aus den Augen zu lassen. Es könnte sein, dass der ahnt oder sogar weiß, dass Federico ein wenig, nun, unter Druck steht. Und er hat dafür sicher einen Verantwortlichen im Auge. Es ist schließlich kein Geheimnis, dass das Haus Pertuzzi und das der Manzonis nicht gerade freundschaftlich verkehren. Es liegt also nahe, dass der Junge den Schuldigen an ihrem Unheil zu kennen glaubt und meint, etwas unternehmen zu müssen, um Federico – zu retten.« Seinen letzten Worten ließ Pertuzzi ein lautloses Lachen folgen.

»Nun, dem werdet Ihr ja einen Riegel vorschieben, indem Ihr ihm die Anschuldigung präsentiert.«

Pertuzzi neigte zustimmend den Kopf. »Aber der Junge ist nicht zu unterschätzen. Du wirst ihn beobachten, mir über jeden seiner Schritte Bericht erstatten. Sobald er nach Deutschland flieht, bleibst du ihm auf den Fersen. Du gewinnst sein Vertrauen, hilfst ihm, seinen geliebten Federico in den Wäldern des Harzes zu finden, und vor allem sorgst du dafür, dass ihm während der gefahrvollen Reise und in den unwirtlichen Bergen Deutschlands nichts zustößt. Du beschützt ihn so lange, bis du

Federicos Aufzeichnungen besitzt und überprüft hast. Nun beginnt der zweite Teil deines Auftrages: Du stellst sicher, dass Federico das geforderte Mangan und Kobalt zusammengetragen hat. Wenn nötig, hilfst du ihm dabei. Besorg ihm die Esel, einen Wagen oder was auch immer er braucht, um das Erz zu transportieren. Dann schaff alles nach Venedig. Ob Federico dir den Weg weist, wie die Ladung unauffällig nach Venedig gebracht wird, oder ob du selbst kundig bist, interessiert mich nicht, da lasse ich dir freie Hand. Darüber hinaus sammelst du Neuigkeiten über die örtlichen Grafenhäuser und zu den Erzvorkommen und Bergbauvorhaben in der Region. Dass du alle Erträge deiner Reise ausschließlich an mich persönlich zu liefern hast, brauche ich ja nicht zu sagen. Und zwar unverzüglich nach deiner Rückkehr.«

Lina übersah seine gerunzelte Stirn. Sie schaukelte mit den Füßen und nickte. »Eine überschaubare Aufgabe. Und wenn ich das Buch, die Erze und die Informationen habe, überlasse ich die beiden dann ihrem Schicksal? Was ist, wenn etwa Federico zurückkommt?«

»Sofern deine Mission erfolgreich verläuft – wovon wir beide ausgehen, nicht wahr? –, ist die Anwesenheit Federicos in Venedig nicht mehr erforderlich, ebenso wenig die von seinem Ziehsohn Luca. Wie sich das einrichten lässt, überlasse ich dir, Details brauche ich nicht zu wissen. Für mich zählt nur das Ergebnis.«

Lina wiegte den Kopf. »Hm, gut und schön. Aber meint Ihr wirklich, ich bin dafür die Richtige?«

»Traust du dir die Aufgabe nicht zu?«

Lina zuckte die Schultern. Ihr war nicht wohl bei der Sache. Sie war ein Einzelgänger, hatte noch nie mit jemandem zusammengearbeitet oder auch nur die Nähe eines anderen Menschen auf längere Zeit erduldet. Aber wenn sie Luca beschützen sollte, wäre eine gewisse Nähe unabdingbar. »Schon. Aber bin ich nicht ein wenig zu …«, sie zögerte.

Er lachte keckernd. »Zu auffällig meinst du?«

Lina lehnte sich zurück. »Eine Zwergin ist nicht gerade unsichtbar. Üblicherweise erledige ich Aufgaben, wo diese Tatsache keine Rolle spielt oder sogar zweckmäßig ist, wie Ihr wisst.«

»Oh, und ich denke, genau dies ist sie in diesem Fall auch. Denn, meine liebe Angelina Tozzi, wer denkt denn bei dem Anblick einer Zwergin nicht an so wundervolle Dinge wie Jahrmärkte, Feuerschlucker, Sänger oder Gaukler? Es käme doch niemand auf den Einfall, dass ein solcher Winzling, noch dazu eine Frau, für den Vorsitzenden des Rates der Zehn arbeitet? Nur – auf deine außergewöhnliche Mütze solltest du bei diesem Auftrag wohl besser verzichten.«

Luca

Venedig, Ende April

Wie jeden Abend begab sich Luca an Carlos Krankenlager. Vor der Tür hielt er einen Moment inne, wappnete sich für den täglichen Besuch, der ihm von Tag zu Tag schwererfiel. Er atmete tief durch und klopfte.

Laura stand auf, mit einem kurzen Blick auf ihren reglos daliegenden Mann kam sie Luca entgegen, schloss ihn in die Arme und strich ihm zart über die Wange. »Gut, dass du kommst, dein Besuch freut Carlo, da bin ich sicher.«

Luca bezweifelte, dass Carlo ihn überhaupt bemerkte. Ob er überhaupt irgendetwas bemerkte. Aber es sollte ihm genügen, dass seine Anwesenheit für Laura eine Erleichterung bedeutete. Sie drückte ihm noch einmal die Hand und verließ das Zimmer. Für sie war diese Zeit die einzige Möglichkeit, sich um den Haushalt zu kümmern, ihren Pflichten nachzukommen. Ihr Sohn Mimmo war ihr in dieser schweren Zeit keine Stütze, nicht ein Mal hatte er sich blicken lassen.

Eine Weile hielt Luca Carlos Hand, berichtete ihm den Stand seiner Geschäfte – das Gleiche wie gestern und den Tag davor, Carlo schien es nicht aufzufallen. Wie ein toter Fisch fühlte sich seine Hand an, kühl, schlaff und weich. Der rechte Mundwinkel zuckte, der andere hing herab. Luca tupfte ihm mit einer Serviette einen Speichelfaden vom Kinn.

Für morgen Nachmittag hatte sich Dottore Hemberger angekündigt, um nach Carlo zu sehen. Selbst er war mit seinem Latein am Ende, wusste nichts anderes zu empfehlen, als für den Kranken die Gnade des Herrn zu erbitten. Eine Messe hatte Laura bereits lesen lassen, vier Gulden hatte sie gekostet samt ein paar Kerzen für die Kapelle. Zu dem Zeitpunkt hatte sie noch nicht gewusst, dass sie ab jetzt jeden Gulden dreimal herumdrehen mussten.

Immerhin, Pertuzzi hatte ihnen einen weiteren Kredit gewährt, damit sie die laufenden Kosten bestreiten konnten, bis ihr Geld wieder floss. Ein geringer Kredit, gerade ausreichend für das Nötigste. Damit Laura ein wenig Luft hatte, überließ Luca ihr sein Erspartes. Er hatte es ihr förmlich aufdrängen müssen, denn sie war entschlossen, auch im Mangel zu bestehen.

Wenn Federico nur hier wäre!

Leise öffnete sich die Tür und Laura trat ein. Sie legte ihre Hand auf seine Schulter und schenkte ihm ein trauriges Lächeln. »Luca, gut dass du noch da bist, ich muss mit dir reden.« Sie setzte sich auf einen Stuhl neben ihn, faltete die Hände in ihrem Schoß, ließ den Kopf sinken. »Ich weiß nicht, wie es weitergehen soll.«

Ihre Stimme klang belegt, so als benötige sie alle Kraft, die Tränen zurückzuhalten. Luca umschloss Carlos Hand fester und nahm mit seiner anderen Lauras, drückte sie. »Er wird wieder gesund.«

Laura seufzte, senkte den Blick auf ihren Mann. »Der Pfarrer muss gleich kommen, bleibst du noch zum Gebet?«

»Wenn Ihr es wünscht.«

»Ja, bitte, bleib.«

Luca nickte schweigend und blieb sitzen. Arme Laura. Bis vor ein paar Tagen war sie noch mindestens einmal am Tag zum Beten in die Kirche gegangen, aber inzwischen hatte es sich in ihrem Viertel herumgesprochen, wie es um das Haus Manzoni stand. Die mitleidigen Blicke, schlimmer noch die Schadenfreude der Nachbarn, waren ihr unerträglich. Der Pfarrer von San Polo verstand ihre Not und schaute fast täglich zu einem gemeinsamen Gebet vorbei.

Wenn Luca nur irgendetwas tun könnte, den Ruf des Hauses retten, eine Handhabe gegen Pertuzzi auftreiben, irgendetwas. Er stand den Manzonis gegenüber in der Pflicht, musste ihnen ihre Güte vergelten, die sie ihm seit nunmehr zehn Jahren angedeihen ließen, sein magerer Beitrag von hundertsechsundsechzig Dukaten fiel da nicht ins Gewicht. Er musste Pertuzzi des Betruges überführen. Morgen würde er sich wieder an seine Fersen heften, ihn beobachten, wie schon die Tage zuvor.

Die Gegenwart des reglosen Carlo und der betrübten Laura schlugen ihm wie immer aufs Gemüt. Sein Freund Sandro, mit dem er sich für den Abend verabredet hatte, würde ihn hoffentlich aufheitern. Luca hatte den Freund gebeten, sich über Pertuzzi umzuhören, vielleicht brachte er schon Neuigkeiten mit. Die Gewissheit, auch in schlechten Zeiten in ihm einen treuen Freund zu haben, richtete ihn auf.

Es klopfte, Susanna kündigte den Geistlichen an. »Donna Laura, habt Ihr Luca von dem Brief erzählt?«

Laura stand auf. »Jesus im Himmel! Der Brief! Den habe ich völlig vergessen. Ja, Luca, du hast Post aus Deutschland, der Brief liegt unten auf der Anrichte.«

Ein Brief aus Deutschland? Sein erster Gedanke galt Federico, der Freund brauchte ihn, rief ihn zu sich. Wer sonst sollte ihm schreiben? Seine Eltern? Das wäre das erste Mal. Außer, es war etwas geschehen, jemandem war etwas zugestoßen. Ein Brief aus Deutschland verhieß schlechte Nachrichten, es drängte ihn nicht, diese zu lesen.

Pfarrer Sebastiano schwebte lautlos herein, nickte ihnen grüßend zu. Sie knieten nieder und sprachen gemeinsam das Paternoster. Nach den Bußpsalmen folgte ein Gebet für Carlos Genesung.

»Müssen wir mit dem Schlimmsten rechnen?«, fragte Pfarrer Sebastiano nach einer Weile des Schweigens, ohne Donna Laura anzusehen.

»Ihr meint wegen des Sakramentes?«

Der Pfarrer nickte.

Laura seufzte. »Morgen kommt Dottore Hemberger. Ich werde mit ihm sprechen und dann entscheiden. Ihr kommt doch am Abend wieder zu uns?«

»Morgen geht es nicht, aber übermorgen stehe ich Euch wieder zur Seite.«

Laura nickte ergeben. »Ich werde Euch dann meine Entscheidung mitteilen.«

Luca war früh dran, als er zu der Verabredung mit Sandro aufbrach. In den Sommermonaten trafen sie sich häufiger als im Winter. Vermutlich brauchte er in den Monaten von Federicos Abwesenheit den Zuspruch des Freundes mehr als sonst. Mit ihm würde er auch über den Brief sprechen können, den er natürlich schweren Herzens doch noch gelesen hatte. Er spürte das Papier unter seinem Hemd.

Die Taverne, in der er mit Sandro verabredet war, lag in einer schmalen Seitengasse, in die sich nur selten Fremde verirrten. Sandro wohnte in der Nachbarschaft und gehörte zu den Stammgästen. »Wie geht es Carlo?«, fragte er, kaum dass Luca sich gesetzt hatte.

»Unverändert.«

»Es ist ein Jammer.« Sein Freund übernahm die Bestellung und, wie er ankündigte, heute auch die Bezahlung. »Das sollte aber nicht die Regel werden!«

Luca zog die Unterlippe zwischen die Zähne und zuckte die Achseln. Bald würden sie sich ohnehin mit Wasser aus einem

Brunnen begnügen müssen, Sandros Einkommen war nicht besonders hoch, dass er diesmal die Rechnung übernahm, musste zwangsläufig eine Ausnahme bleiben.

Ein Mädchen stellte den Wein vor ihnen ab. »Na, Sandro, du warst aber lange nicht mehr hier. Und einen Freund hast du mitgebracht?« Sie musterte Luca, nickte ihm zu, warf Sandro noch einen schmachtenden Blick zu und ging.

»Eine deiner Freundinnen?«, fragte Luca und sah dem Mädchen hinterher, das an den anderen Tischen leere Becher einsammelte.

»Eine von ihnen, ja.« Sandro lächelte vielsagend. »Jedenfalls die Hübscheste.«

Luca prostete seinem Freund zu und sie tranken einen Schluck.

»Du Glücklicher«, murmelte Luca. Nur kurz hatte der Augenblick gewährt, in dem er seine Sorgen vergessen hatte. Steif drückte sich eine Ecke des Briefes in seine Brust und brachte sich damit wieder in Erinnerung. Wie gern würde er sich mit Federico beraten, der wüsste, was er zu tun hätte. Nun, er war nicht da. »Sandro …«

Der Freund wusste seinen Ton richtig zu deuten, ernst sah er ihn an, schwieg.

Luca nestelte den Brief hervor und legte ihn vor sich auf den Tisch.

»Ein Brief von Federico? Ist ihm etwas geschehen?« Sandro tippte mit dem Finger auf das Schreiben, das zerknittert zwischen ihnen lag. »Ruft er dich nach Deutschland?«, fragte er dann leise.

Luca zog den Brief zu sich heran. Es war nicht recht, Sandro mit seinen Angelegenheiten zu belasten. Und nicht nur das, wer konnte wissen, ob er den Freund nicht in Gefahren hineinzog, die er selbst nicht abschätzen konnte.

»Luca, was soll das? Warum zeigst du mir diesen Brief, wenn du gar nicht darüber sprechen willst? Traust du mir nicht?«

Luca hörte einen gekränkten Ton aus Sandros Stimme heraus. »Doch, natürlich. Aber ich will dich nicht damit behelligen.«

»Nicht damit *behelligen*, also wirklich …« Sandro betonte das Wort wie ein Schimpfwort. »Ich dachte immer, dass wir einander vertrauen.«

Luca seufzte. »Natürlich vertraue ich dir. Der Brief ist von meiner Mutter.«

»Daran ist wahrhaftig nichts Geheimnisvolles«, sagte Sandro enttäuscht. Aber dann sah er auf. »Oh, sie hat dir doch noch nie geschrieben – oder hast du es mir nur nicht erzählt?«

In Sandros Stimme schwang Misstrauen mit, so weit war es also schon gekommen. »Nein, es stimmt, dies ist der erste Brief, den ich je von meinen Eltern erhalten habe.«

Sandro nickte. »Und? Was schreibt sie? Es wird doch etwas geschehen sein, wenn sie zu Feder und Tinte greift.«

»Mutter schreibt, mein Vater sei verschwunden, schon seit vergangenem Oktober.« Luca faltete den Brief auseinander, sah auf die ungelenken Zeilen. »Verschwunden seit Oktober!« Obwohl er den Brief nun schon etliche Male gelesen hatte, war er noch immer fassungslos, dass seine Mutter sich erst an ihn gewandt hatte, als sie Gefahr lief, den Gasthof zu verlieren … Was mochte seinem Vater widerfahren sein? Niemals war er länger als ein paar Tage fort gewesen, schon gar nicht ohne ein Wort. Luca fürchtete das Schlimmste, er musste tief durchatmen, um weitererzählen zu können. »Als Federico sich auf den Heimweg nach Italien machte, begleitete Paul, mein Vater, ihn bis zu einer Wegkreuzung, dort trennten sie sich. Seitdem wurde mein Vater nicht mehr gesehen.«

»Es ist doch kalt bei euch, der Schnee liegt meterhoch erzählst du immer. Glaubst du …«

Luca trank einen Schluck Wein. »Es muss ihm etwas zugestoßen sein, ein Unfall, ein Überfall, ohne Zweifel. Und jetzt will meine Mutter, dass ich zu ihr zurückkehre, damit ich das Lehen übernehmen kann. Dem Grafen sei es recht, heißt es.«

»Das Gasthaus, von dem du mir erzählt hast.«

Luca nickte.

»Und? Was wirst du tun?«

Luca zuckte die Achseln. »Natürlich muss ich zurück, aber …«

In Lucas Schweigen hinein sagte Sandro: »Ich habe mich immer gewundert, dass du so wenig von zu Hause erzählt hast und nie einen Brief deiner Eltern erwähntest oder den Wunsch äußertest, sie einmal zu besuchen.«

Luca presste die Lippen aufeinander. Er schämte sich vor seinem Freund. »Es fällt mir nicht leicht, darüber zu reden. Ich fürchte, es wird sich undankbar anhören.«

»Ich kenne dich gut genug und Undankbarkeit gehört nicht zu deinen Untugenden«, sagte Sandro.

»Weißt du, ich kenne Federico von klein auf. Er besuchte meinen Großvater schon, als ich noch nicht geboren war, er schätzte und unterstützte ihn, wie nach seinem Tod auch meine Eltern. Ich habe ihn fast als Familienmitglied, als Onkel betrachtet, mit ihm den Harz erkundet, viel von ihm gelernt. Wenn ich mit ihm unterwegs war, in seiner Nähe, liebte ich ihn wie einen Vater. Als ich kaum zehn Jahre alt war, bot er meinen Eltern an, mich mitzunehmen, für eine Ausbildung zu sorgen und meinen Unterhalt zu bestreiten. Das war wie ein Traum! Meine Eltern hatten damals den Gasthof noch nicht lange und die Möglichkeiten, die sich mir in Venedig boten, übertrafen die im Harz bei Weitem.«

»Aber das war doch sehr freundlich von deinen Eltern, dass sie dir diese Möglichkeit gegeben haben. Es fiel ihnen sicher schwer.«

Luca trank einen Schluck. Allein bei dem Gedanken an seine Eltern, vor allem seine Mutter, wurde er schon schwermütig. Jetzt, wo er über sie sprach, spürte er, wie sich seine Kehle zusammenschnürte. Er nahm einen weiteren Schluck, doch der Wein verschaffte ihm keine Linderung, seine Stimme knarzte, als hätte er in den vergangenen Monaten ein Schweigegelübde erfüllt. »Ich wäre viel lieber bei meinen Eltern geblieben und mein Vater hätte mich auch gern in Elbingerode behalten, aber meine Mutter schickte mich fort.«

»Wie meinst du das? Eine Mutter gibt ihren Sohn nicht leichten Herzens weg, niemals. Sie liebt dich doch.«

Luca räusperte sich. »Ich weiß nicht, wie ich es dir erklären soll. Meine Mutter hat immer gut für mich gesorgt, aber selbst wenn sie mich umarmte, fühlte es sich an, als erfüllte sie nur eine Pflicht. Ich hatte immer das Gefühl, mein Anblick macht sie schwermütig. So bin ich dann auch mit Federico weggegangen, weil ich dachte, für meine Mutter bedeutete es eine Erleichterung.«

»Hm. Meine Mutter überschüttet mich mit ihrer Liebe, wenn ich sie besuche, ich bekomme Süßigkeiten und Geld zugesteckt und werde den ganzen Tag ausgefragt, getätschelt und geherzt, so dass ich froh bin, wenn ich wieder gehen kann. Aber wenn ich mir jetzt vorstelle, sie täte es nicht, o Gott, würde es mir fehlen! Ich kann mir vorstellen, wie es dir ergangen ist. Und wie war das Verhältnis zu deinem Vater?«

Jetzt, da er einmal begonnen hatte, war es Luca, als wäre ein Damm gebrochen, und die Flut der lange aufgestauten Gefühle quoll hervor. »Mein Vater ist ein zurückhaltender, schweigsamer Mensch. Aber meine Mutter liebt er über alles. Ich weiß von meinem Großvater, dass mein Vater meine Mutter damals gegen den Willen seiner Eltern geheiratet hat. Sie war ja nur eine einfache Köhlerstochter und Paul, mein Vater, der Sohn des angesehenen Zimmermannes Johannes Barth aus Wernigerode. Seine Eltern hatten für ihn ein Mädchen aus guten Verhältnissen ausgesucht. Aber er liebte meine Mutter und widersetzte sich seinen Eltern – die ihn daraufhin enterbten.«

Sandros Augen leuchteten, er schwärmte für solche Geschichten. »Seine Liebe zu deiner Mutter muss wahrhaft unermesslich groß gewesen sein …«

»Oh, im wirklichen Leben ist es nicht wie in einem dieser Romane, die du verschlingst. Mein Vater verlor durch die Heirat alles. Das war schrecklich für ihn, kaum schrecklicher, als tot zu sein.«

»Ah, du hast recht, entschuldige. Und dann?«

»Mein Vater arbeitete bei meinem Großvater als Köhler mit, aber das reichte kaum zum Überleben. Ich habe dir ja mal erzählt, dass der Bergbau in meiner Heimat fast zum Stillstand gekommen war, weil ganze Gebiete durch die Pest entvölkert wurden, es schlicht an Arbeitern fehlte. Ohne Gruben wird kein Erz gefördert und wenn keine Erze verhüttet werden müssen, braucht man keine Holzkohle für die Schmelzöfen, somit auch keine Köhler. Mein Großvater war einer der letzten im Harz und sein Einkommen reichte gerade zum Überleben.«

»Ach ja, und dann bot sich deinen Eltern die Gelegenheit, den Gasthof *Zum Bären* zu übernehmen.«

»Ja, es war ein Glücksfall. Es gibt nicht viele Herbergen, geschweige denn in so günstiger Lage an einer der Hauptverkehrsadern, die das Gebirge durchqueren. Als meine Eltern von dem leer stehenden Gasthaus erfuhren, war Federico gerade bei ihnen. Er streckte ihnen das Geld vor und der Graf gab ihnen den Zuschlag. Seitdem haben meine Eltern ein gutes Auskommen und trotzdem hat sich mein Vater nie mit seinen Eltern versöhnt. Und als Federico dann mit dem Vorschlag kam, mich mitzunehmen, konnte er sich dem Wunsch meiner Mutter nicht widersetzen. Er wolle meiner goldenen Zukunft nicht im Wege stehen, sagte er mir zum Abschied. Ich sah ihm an, wie schwer es ihm fiel, mich gehen zu lassen. Meine Mutter hingegen wirkte beim Abschied, als fiele eine Last von ihr ab. Du kannst es dir nicht vorstellen, noch immer schnürt es mir die Kehle zu, wenn ich an zu Hause denke oder darüber spreche. Und nun werde ich meinen Vater wohl nie mehr wiedersehen.«

Sandro drückte seinen Arm und die Geste tröstete Luca.

»Dennoch«, sagte Sandro nach einer Weile und lehnte sich zurück, »es ist deine Mutter, die dich zu sich ruft. Du solltest zu ihr gehen, vielleicht hat sie sich ja längst besonnen. Sicher vermisst sie dich inzwischen.«

Luca hob die Hand. »Aber gerade jetzt? Messer Carlo ist krank. Er und Donna Laura sind in den letzten Jahren fast meine Eltern geworden, sie lieben mich, haben schon so viel für mich getan. Soll ich sie in der Stunde der Not einfach im Stich lassen? Andererseits muss ich meiner Mutter ebenfalls beistehen. Herr im Himmel, ich weiß einfach nicht, was ich tun soll.«

»Was die Manzonis betrifft, die haben einen Sohn, vergiss das nicht. Es ist Mimmos Aufgabe, sich um seine Eltern zu kümmern.«

Die Bedienung musste ihnen in der Zwischenzeit ein Körbchen mit Brot und einen Teller mit Oliven und Wurst hingestellt haben, ohne dass Luca es bemerkt hatte. Jetzt erst entdeckte er die Köstlichkeiten und den Berg Krümel, der sich vor ihm aufhäufte, von einem Brot, das er gedankenverloren zerbröselt hatte. »Mimmo …«, murmelte er.

»Ja, Mimmo! Ein Sohn soll sich um seine Eltern kümmern. Da fällt mir ein: Was hatte er eigentlich von dir gewollt, neulich?«

Luca neigte sich Sandro zu, flüsterte: »Er will mich loswerden.«

»Na, das ist doch keine Überraschung«, stieß Sandro aus und lehnte sich zurück.

Luca zog ihn am Hemd wieder näher und raunte ihm Mimmos Drohung ins Ohr.

»Heilige Madonna!«, fuhr Sandro auf. »So ein … Und? Hast du schon etwas gehört? Ach, eine dumme Frage, dann säßest du kaum hier. Beim heiligen Judas, das sind ja wirklich reichlich viele schlechte Neuigkeiten. Kein Wunder, dass du so bedrückt wirkst.« Sandro umschloss seinen Becher mit beiden Händen und trank. »So ein elender Hundsfott!«, stieß er hervor.

Wenn ihn nicht Mimmo ins Verderben stürzte, so übernähme dies sein einziger Freund, wenn der sich weiter so erregte. Luca fasste ihn am Arm. »Nicht so laut«, zischte er, obwohl niemand in ihrer Nähe saß und keiner sie beachtete, wie ein prüfender Blick in die Runde bewies. »Mimmo würde so etwas nie tun, es waren nur leere Worte.«

»Du musst es wissen«, brummte Sandro.

»Niemand hat mich geholt, ich habe nichts gehört und Mimmo hat nie wieder auch nur ein einziges Wort mit mir gewechselt. Eine Denunziation beim Rat der Zehn würde selbst Mimmo nicht wagen.«

Sandro wiegte den Kopf. »Hast du denn Federico davon erzählt? Der hätte dem Burschen den Kopf tüchtig gewaschen!«

»Nein.«

»Wie bitte?« Sandro donnerte seinen Becher auf den Tisch, Wein spritzte heraus. »Sag, welcher Teufel reitet dich eigentlich? Warum teilst du deine Sorgen – berechtigte Sorgen – nicht mit Menschen, die dir helfen können? Du bist ein furchtbarer Geheimniskrämer! So kenne ich dich gar nicht.«

»Zuvor war ich auch noch nie in solch einer Lage«, verteidigte sich Luca. Natürlich verstand er Sandro, er selbst hatte es ja schon oft genug bereut, Federico nicht eingeweiht zu haben. »Jetzt ist es nun einmal so, dass ich es ihm nicht gesagt habe. Federico hatte schließlich genug eigene Sorgen, außerdem, wie du jetzt siehst, war es auch nicht nötig.«

»Allein für eine derartige Drohung hätte der Wicht eine Tracht Prügel verdient. Mit so etwas treibt man keinen Schabernack, nicht mit so etwas!« Sandro schnaubte vor Wut. »Und dir ist die ganze Zeit natürlich übel vor Angst, sie kämen dich holen.«

Sandro kannte ihn gut, musste Luca einräumen. Ja, diese Furcht begleitete ihn noch immer.

Luca knabberte ohne Appetit an einer Scheibe Wurst. Der Wein ging zur Neige und Sandro spendierte einen weiteren Krug, diesmal ohne ein Wort darüber zu verlieren. Es war an Luca, das Schweigen zu brechen. »Hast du Gelegenheit gehabt, dich ein wenig über Pertuzzi zu erkundigen?«

»Dieser Pertuzzi ist nicht zu greifen. Er treibt Handel mit den Deutschen, ganz den Vorschriften entsprechend. Seine Angestellten sind überaus korrekt, ich habe keine geheimen Absprachen entdecken können, seine Leute agieren vor aller Augen. Nein, der heilige Nikolaus ist mein Zeuge, es gibt nichts Verdächtiges.«

Luca formte die Brotkrumen zu einer Pyramide. »Ich beobachte Pertuzzi seit ein paar Tagen.«

Sandro hob die Brauen. »Und?«

»Es ist, wie du sagst. Er spricht nur mit Leuten, mit denen er offiziell zu tun hat, Händler oder Ratskollegen, keine verdächtigen Unbekannten darunter.«

Sandro hielt seinen Becher fest im Griff. »Hm. Falls du dich mit deinem Verdacht nicht irrst, dann arbeiten angesehene Männer für ihn. Und wenn er wirklich etwas Ungesetzliches macht, dann entweder von zu Hause, seinem Handelshaus oder vom Dogenpalast aus.«

»Den Dogenpalast halte ich für unwahrscheinlich.«

Sandro kratzte sich am Kopf. »Manchmal ist das Unwahrscheinliche gerade deswegen das Bevorzugte. Wo sonst hätte Pertuzzi die Möglichkeit, Unterlagen unter Verschluss zu halten? Ich meine nicht, weggeschlossen in irgendwelchen Kisten oder Kästen, Schatullen oder dergleichen. Ich meine, wirklich weggesperrt, so dass niemand, gar niemand ohne Pertuzzis Erlaubnis herankommen kann. Das könnte er nur in den Kammern des Rates der Zehn im Dogenpalast. Die sind darauf spezialisiert, Geheimnisse zu bewahren.«

Luca legte die Stirn in Falten. »Meinst du?« Was ihm auf den ersten Blick so abwegig erschien, gewann bei näherem Nachdenken an Wahrscheinlichkeit.

»Wenn dem so ist, dann ist da kein Drankommen, schätze ich«, meinte Sandro, schob sich ein Stück Wurst in den Mund und kaute gründlich. »Mir scheint«, schlussfolgerte er, kaum dass er den Bissen hinuntergeschluckt und mit Wein nachgespült hatte, »vieles spricht dafür, dass du dem Ruf deiner Mutter folgen solltest. Dort wärst du jedenfalls in Sicherheit vor den Nachstellungen des Rates der Zehn.«

Luca zerstörte seinen Brotkrümelberg, indem er mit dem Finger kreuz und quer Furchen hindurchzog. »Darüber habe ich auch schon nachgedacht. Glaub mir, ich bin hin- und hergerissen.«

»War denn Federico schon im Harz, als deine Mutter ihren Brief schrieb?«

»Ich glaube kaum, jedenfalls erwähnte sie ihn nicht. Warum?«

»Nun, dann hätte sie in ihm sicher eine Hilfe.«

»Zumal Federico mir ans Herz gelegt hat, nur dann nach Deutschland zu gehen, wenn er nicht nach Venedig zurückkehrt, also nicht vor Oktober. Sandro, du siehst, ich bin in einer rechten Zwickmühle.«

»Hat dir Federico noch weitere Ratschläge gegeben, bevor er aufgebrochen ist?«

Luca zerbröselte ein weiteres Brotstück. »Doch, schon«, erwiderte er gedehnt.

»Ach?«, Sandro umfasste seinen Becher, als wollte er ihn erwürgen. »Was zierst du dich wie eine Jungfrau vor der Hochzeitsnacht? Muss ich erst eine Kerze stiften und ein Gebet sprechen, bevor du endlich redest? Heiliger Zacharias, der du deine Stimme auch wiedererlangtest, hilf meinem Luca!«

»Federico untersagte mir, Pertuzzi nachzustellen.«

»Aber du tatest es dennoch.«

Luca nickte. »Ich will ihm helfen.«

»Das verstehe ich. Aber natürlich hat Federico ebenfalls recht – mit Pertuzzi ist nicht zu spaßen.«

»Ich weiß. Ich habe ja nichts weiter gemacht, als ihm nachzulaufen. Und herausfinden konnte ich nichts.«

»Und weiter? Was hat Federico dir noch mit auf den Weg gegeben?«

Wie hatte er das vergessen können! »Dass ich mich bei Schwierigkeiten an Massimo Barbarini wenden könne, seinen besten Freund.«

Sandro lehnte sich zurück und verschränkte die Arme vor der Brust. Er triumphierte, als hätte er den Vorschlag selbst unterbreitet. »Aha.«

»Ich habe gar nicht mehr daran gedacht«, gestand Luca.

»Genau das wirst du tun. Sehr gut, ausgezeichnet! Barbarini ist ein integrer Mann, er wird dir helfen. Ah, warte … Barbarini ist ebenfalls Mitglied im Rat der Zehn … Dann solltest du die Angelegenheit mit Mimmo ihm gegenüber besser nicht erwähnen.«

»Aber er könnte mir Gewissheit geben, ob eine Anzeige von Mimmo vorliegt, und ich könnte endlich wieder ruhig schlafen.«

Sandro rückte wieder näher an Luca heran. »Ich weiß nicht, Luca«, flüsterte er. »Die Männer im Rat der Zehn sind ganz durchtriebene Burschen. Barbarini hätte es nicht dorthin gebracht, besäße er nicht ebenfalls ein gerüttelt Maß an Gewissenlosigkeit, das solltest du bedenken, wenn du mit ihm sprichst.«

»Er ist Federicos bester Freund!« Fast wäre Luca aufgesprungen, wie konnte Sandro so etwas auch nur andeuten! »Nein, Massimo Barbarini ist nicht von dieser Art.«

Sandro schüttelte den Kopf, schwieg jedoch.

»Gut. Ich werde ihn aufsuchen. Ob ich ihm von Mimmos Drohung berichte oder nicht, werde ich noch entscheiden.« Eigentlich bestand keinerlei Notwendigkeit dazu. Wenn der Rat der Zehn in all den Wochen nicht tätig geworden war, konnte er wirklich gelassener sein. Andererseits rührte ihn auch Sandros Sorge – nun, er würde es sich überlegen.

Die sonst bei ihren Treffen übliche Heiterkeit wollte sich nicht wieder einstellen. Doch nicht nur aus diesem Grund verabschiedete sich Luca bald. Wollte er noch zu Barbarini, dann sollte er nicht allzu spät bei ihm vorsprechen, das sah auch Sandro ein. Die Bedienung hatte offenbar Lucas zeitigen Aufbruch erfreut registriert. Als er sich noch einmal umdrehte, konnte er beobachten, wie sie ungefragt einen frischen Becher Wein vor Sandro abstellte. Der zwinkerte ihm zu, während er dem Mädchen einen Arm um die Hüfte legte und sie an sich zog.

Federico

Harz, Ende April

Federico erklomm die letzte Anhöhe, nun war es nicht mehr weit. Dem Himmel sei Dank, dass er es wieder einmal geschafft hatte.

Jedes Mal, wenn der Wald sich öffnete und den Blick freigab, hatte Federico innegehalten und die Aussicht der vertrauten und ihm doch immer noch so fremden Landschaft aufgesogen. Welch ein Gegensatz zu dem pulsierenden Leben Venedigs, dem Trubel, dem bunten und lauten Treiben der Menschen aus allen Teilen der Erde. Doch dieses besondere Gefühl der Freiheit, das er in all den Jahren im Harz so genossen hatte, blieb diesmal aus. Obwohl Pertuzzi ihm wider Erwarten keinen Spion nachgeschickt hatte. Die ersten Tage hatte er noch in jedem Mitreisenden einen Spitzel vermutet, aus Vorsicht kaum geschlafen, seine Nerven waren Tag und Nacht zum Zerreißen gespannt gewesen.

Spätestens in Augsburg wäre ihm ein Verfolger aufgefallen, denn da hatte ihn ein Fieber ans Bett gefesselt. Eine Woche hatte es ihn gekostet.

Immerhin war eine Herberge in der Nähe gewesen, in der er sich mithilfe eines Kachelofens, der die Kammer wärmte, und einem dicken Federbett, das ihn schwitzen ließ, in Ruhe auskurieren konnte. Kachelöfen, Federbetten – Komfort, der dem Italiener fremd war, den Federico jedoch in Deutschland sehr zu schätzen gelernt hatte. Seine baldige Genesung verdankte er auch den Unmengen an Hühnersuppe, die ihm die Herbergswirtin, eine Witwe namens Gundula, eingeflößt hatte. Das Beste, was man bei Verkühlung zu sich nehmen kann, so hatte er sich die Bedeutung ihrer Worte zusammengereimt, manche Dialekte verstand er noch immer nicht ganz.

Der Wind blies kalt hier oben auf dem Berg. Federico beschleunigte seinen Schritt. Ein paar Tage der Ruhe, ein prasselndes Feuer im Ofen der Gaststube, ein warmes Essen, dazu ein heißer Trunk lockten. Und das Strahlen in Annas Augen. Diese wundervollen, unergründlichen Augen, mit der Unschuld eines Kindes und der Weisheit einer Greisin im Blick.

Er lauschte, alles war still. Jedenfalls einen Augenblick lang, denn im nächsten krächzte eine Krähe, raschelte es in einem Busch neben ihm, vor ihm fiepte eine Maus unter dem braunen Laub.

Der Blick reichte nicht weit, ohnehin zumeist verstellt durch Berge und Wälder, heute war die Höhe zudem von Nebel verhüllt. Nur wenn ein Windstoß die Nebelschwaden lichtete, bot sich durch eine Schneise gelegentlich die Aussicht auf sanfte Täler und Bäume mit erstem Grün.

Je näher er dem Harz gekommen war, desto unwegsamere Strecken wählte er, mied Dörfer und Siedlungen. Er sah sich um, hielt seine Nase in den Wind, kein Rauch von Feuerstellen, keine Spur einer menschlichen Seele war auszumachen. Deshalb bevorzugte er diesen Weg, weit abgelegen von jeglicher Behausung, je weniger Leute er unterwegs traf, desto besser. Aber selbst wenn, er war vorbereitet. Zur Tarnung hatte er eine Kiepe auf den Rücken geschnallt, gefüllt vor allem mit leichten Waren: Gewürze und Kräuter, aber auch allerlei Borten und Bänder aus Samt und Seide, venezianische Ware guter Qualität. Als Händler erregte er keinen Verdacht und mit der Kiepe konnte er die Erze von seinen Bergwerken zu den geheimen Sammelstellen entlang des Weges transportieren, wo er sie vor seiner Rückreise einzusammeln pflegte.

Hier im Harz war es nicht sonderlich schwer, Begegnungen zu vermeiden, die Pest hatte ganze Arbeit geleistet. Kam Federico an einem der nun schon seit Generationen verlassenen Dörfer vorüber, die sich die Natur zurückeroberte, schnürte sich ihm beim Anblick der Ruinen die Kehle zusammen. Er eilte dann, den verfluchten Ort rasch hinter sich zu bringen. Ganz langsam erholte sich die Gegend von dem Zorn Gottes, der so teuflisch gewütet und alles leer gefegt hatte. Günstig für seine Arbeit.

Abseits der begangenen Wege war das Fortkommen beschwerlich, zumal bei dem Wetter. Dieser Winter sei über Gebühr hart gewesen, hatte er die Menschen unterwegs oft klagen hören. Die Tage waren fast die ganze Reise über gleichbleibend kalt und trübe, regnerisch und stürmisch gewesen. Eigentlich kein Wunder, dass die Sorge um seine Familie ein ständiger Begleiter blieb. Und die Sorge, wie man ihn in Elbingerode erwarten würde ... diese Sache mit Paul belastete ihn mehr, als er sich bislang eingestanden hatte.

Was die finanziellen Sorgen der Manzonis betraf, blieb er zuversichtlich, dass sie sich wieder aus dem finanziellen Tal emporarbeiten würden. Die Lage war diesmal längst nicht so aussichtslos wie damals, als sein Großvater bankrottgegangen war. Luca würde jede sich bietende Gelegenheiten zu nutzen wissen. Luca – der Junge sollte endlich einmal seine Eltern besuchen. Nun, wenn seine schlimmsten Befürchtungen wahr würden, dann kehrte Luca schon bald zurück.

Hoffentlich dehnte Pertuzzi seine Aufmerksamkeit nicht auf den Jungen aus, skrupellos wie er war, traute Federico ihm dies ohne Weiteres zu.

Aus dem Nebel löste sich ein steinernes Kreuz. In seinen ersten Jahren hatte er dort dem Herrn stets ein Dankgebet gesprochen, für die Reise, die er gesund und unbeschadet bewältigt hatte. Mittlerweile hatte er erkannt, dass der glückliche Ausgang weniger der göttlichen Vorsehung als vielmehr seiner Erfahrung, einer umsichtigen Reiseplanung, einer guten Waffe und seiner Vorsicht unbekannten Reisegefährten gegenüber zuzuschreiben war. Solange der Glaube an Gottes Walten im Himmel und auf Erden von Kirchenfürsten bestimmt wurde, die mit Ausschweifungen, Völlerei und ihrer Gier nach Macht und Geld prahlten, wollte er keinen Gedanken daran verschwenden. Er war ein Mann der Wissenschaft, als solcher sah man ohnehin vieles anders, als es Bibel und Priester lehrten. Zumal wenn man viel in Wald und Bergen unterwegs war, in der Heimat von Gnomen und Elfen. Und dem Reich der Venediger. Federico lachte leise.

Neben dem Kreuz auf der Bergkuppe hielt er inne, blickte sich um. Obwohl es wegen des Nebels nicht viel zu sehen gab, erfreute er sich an den Hügelketten, die hier und da hervorlugten, um sich wie scheue Jungfrauen flugs wieder in ihrem duftigen Gewand zu verhüllen. Finster breitete sich das Grün der Tannen ringsum auf den Hängen aus, durchsetzt von dem Grau entlaubter Bäume, deren Äste sich wie Brabanter Spitzen vor dem Himmel abzeichneten, bevor der Nebel sie wieder verschlang. Nur der Kundige wusste den zarten grünen Schleier, der über den Wipfeln lag, als Frühlingsboten zu deuten. Fürwahr, man musste schon entschlossen sein, die Schönheit dieses Gebirgszuges zu entdecken, denn dieser Tage zeigte sich der Harz nicht von seiner besten Seite. Im Winter mussten die Stürme heftiger gewütet haben als sonst, zahllose abgerissene Äste und Felsbrocken blockierten den Weg.

Ein Windstoß blähte Federicos Mantel, wirbelte die Nebelschwaden durcheinander, längst nicht mehr so schneidend kalt wie in den vergangenen Tagen. Auch hier auf der Höhe verabschiedete sich der Winter endlich, nur konnte er sich vom Harz schwerer trennen als von Venedig, wo er schon bei seiner Abreise Vergangenheit war.

Federico sog die Luft ein. Wie er diesen Duft liebte! Er nahm jetzt eine Spur von Rauch wahr, der sich unter dem Nebel durch das Tal zog und den Gasthof von Paul und Anna ankündigte. Wie oft hatte er an dieser Stelle gestanden und einen ersten oder letzten Blick auf die kleine Siedlung geworfen, die sich um das Gasthaus schmiegte. Jedes Mal mit Wehmut. Heute war wegen des Nebels zwar nichts zu sehen, aber er wusste, dass das Gasthaus dort unten lag, in einer Weitung des Tals, normalerweise ließen sich von hier oben sogar schon die Dächer Elbingerodes erkennen.

Es drängte ihn, sich zu beeilen, aber seine Beine waren wie gelähmt. Die letzten Schritte waren am schwersten – seit er sich seiner Gefühle für Anna bewusst geworden war. Und ihrer Unerreichbarkeit. Dessen ungeachtet, zwang ihn eine unbekannte Macht stets aufs Neue zu ihr. Zwang ihn zu einer Nähe, die er schwer ertrug. Doch fern von ihr auszuharren, war weitaus unerträglicher, in Venedig brannte sein Herz von Monat zu Monat lodernder.

Federico sammelte sich. In diesem Moment fühlte er sich wie ein Jüngling auf dem Weg zum ersten Treffen mit dem Mädchen seines Herzens. Ihm, einem gestandenen Mann, der die Vierzig überschritten hatte, einem gefürchteten Agenten der Serenissima, der mit allen Wassern gewaschen, im Zweikampf erprobt war, zitterten die Knie.

Schmal war sie geworden, nahezu durchscheinend wirkte sie. Fast noch schöner. Das zarte Kinn, die vollen Lippen, die hohen Wangenknochen, die mandelförmigen Augen, die ihr ein slawisches Aussehen gaben, die vollen, dunkelbraunen Locken, die wie so oft auch heute unter ihrer Haube hervorlugten, ihre kühn geschwungenen Augenbrauen über diesen wundervollen Augen, tief und unergründlich wie ein tiefer See, überschattet von langen Wimpern. Wie eine der Heiligen auf den Bildern in Massimos Studiolo. Wäre da nicht ihre kecke Nase mit den Sommersprossen, die ihrem Gesicht etwas Spitzbübisches gab. In seiner Erinnerung jedenfalls, denn jetzt wirkte ihre Haut bleich, fast wächsern, so dass die feine Narbe an ihrer Lippe wie ein roter Winkel hervortrat, und ihre müden Augen zeugten von durchwachten Nächten.

»Gott zum Gruße, Anna«, sagte er, als er in die Küche trat.

Anna kam ihm entgegen und erst jetzt bemerkte er die von der Herdwärme geröteten Wangen, die in ihrem bleichen Gesicht fiebrig wirkten, die Schatten um den Mund, die kleinen

Fältchen in den Augenwinkeln. Veränderungen, wie sie ein großer Kummer hinterlassen konnte. Was mochte ihr nur Schreckliches widerfahren sein? Am liebsten wäre er auf sie zugestürmt, hätte sie in die Arme geschlossen, sie an sich gedrückt und nie wieder losgelassen.

Drei Schritte vor ihm blieb sie stehen, das Lächeln auf den Lippen eingefroren. Sie trocknete ihre Hände an einem Tuch, trat noch einen Schritt näher, nickte ihm zu.

Irgendetwas war geschehen. Er hatte bereits beim Betreten des Hofes bemerkt, dass etwas nicht stimmte. Üblicherweise herrschte in und um den Gasthof peinliche Ordnung und Sauberkeit. Heute jedoch standen Besen und Eimer im Weg, der Efeu an der Fassade, sonst akkurat geschnitten, hatte die Fenster zugewachsen und rankte schon bis auf das Dach, eine Kutsche blockierte fast den Zugang zur Herberge, ein Pferd hatte vor dem Tor etliche Pferdeäpfel hinterlassen. Normalerweise hätte Paul das Ärgernis sofort beseitigt, dieser Haufen hingegen schien schon eine ganze Weile dort zu liegen, denn mitten durch ihn hindurch verlief die Spur von Wagenrädern.

»Federico, du bist da.«

Ihre Worte waren eine Feststellung. Kein Gruß, kein Wort der Freude, keine Frage nach seiner Reise. Federico spürte, wie sich ein Senkblei an seine Seele heftete.

Sie wirkte wie erfroren. Als stünde eine Mauer aus Eis zwischen ihnen. Wo war die Wärme, ja, die Zuneigung, die in all den Jahren zwischen ihnen gewachsen war? Dass sie seine Gefühle erwiderte, davon war er seit Jahren überzeugt, diese Gewissheit hatte ihn doch immer wieder zu ihr hingezogen.

»Ja«, erwiderte er, »da bin ich.« Gerade wollte er sie fragen, was sie bedrückte, da drehte sie sich weg von ihm, winkte ihm, ihr zu folgen.

»Du kannst dein Gepäck stehen lassen, Berta kann es bringen.«

»Das wird nicht nötig sein«, versicherte er eilig. So weit käme es, noch nie hatte er sich sein Gepäck von einer Frau nachtragen lassen. »Wie steht es …«

»Deine Kammer ist vorbereitet, wie immer. Niemand hat sie seit deiner Abreise benutzt. Deine Gerätschaften sind in der Truhe verstaut, du wirst sie so vorfinden, wie du sie hinterlassen hast.«

Als hätte er je daran gezweifelt. Seine Habseligkeiten waren hier ähnlich sicher verwahrt wie die Akten im Archiv des Rates der Zehn.

Sie ging schnellen Schrittes ins Treppenhaus, lief die Stiege hinauf wie ein junges Mädchen. Im ersten Stock angekommen holte er sie ein, fasste ihren Arm. »Warte.« Er zog sie so nah an sich heran, wie es die Schicklichkeit erlaubte, jeden Augenblick konnte Berta, die Magd, erscheinen oder ein Gast. Dennoch konnte er ihren Duft wahrnehmen, einen Lidschlag lang. »Sprich Anna, was ist denn passiert?«

»Als wüsstest du es nicht!« Sie riss sich von ihm los, ging voraus in seine Kammer, trat ans Fenster, öffnete den Laden. Licht und Luft quollen herein. »Nur für einen Augenblick, es riecht etwas muffig hier oben, der ewige Regen …«, murmelte sie.

Er folgte ihr, ließ die Tür offen, es kam schnell Gerede auf. Achtlos warf er seinen Mantelsack auf den Boden, seine Kiepe mit den Waren aus Italien hatte er unten stehen lassen. In seiner Kammer sah es aus wie immer, alles war vertraut, das Bettgestell, die Truhe mit seinen Werkzeugen, Hammer, Schlegel und Eisen, das kostbare Probierkästchen, ein Geschenk seines Meisters … In der Ecke stand die Hacke, geputzt und geölt, wie er sie zurückgelassen hatte. Das alles bedeutete ihm Heimat.

»Was soll ich denn wissen?«, fragte er. Unschlüssig, wie er sich verhalten sollte, ohne sie zu bedrängen, zog er Anna einen Stuhl heran, mangels einer weiteren Sitzgelegenheit nahm er auf dem Bett Platz. »Setz dich und sag mir, was geschehen ist.«

Anna ließ sich nieder, blieb jedoch still und wich seinem Blick aus. Ihm schien fast, als fürchte sie sich vor ihm.

»Paul ist verschwunden«, sagte sie schließlich.

»Was sagst du da?« Federico wagte es, ihre Hände zwischen seine zu nehmen, sie waren kalt und trocken. Er rieb sie, streichelte sie, sah Anna an – und schämte sich wegen der Hoffnung, die in ihm keimte.

Sie nickte, schluckte. »Ja.« Dann senkte sie ihren Blick, schien jetzt erst zu bemerken, dass er ihre Hände hielt. Sie räusperte sich, zog sie wie zufällig aus den seinen und faltete sie im Schoß. »Ich hatte gehofft, du weißt etwas über seinen Verbleib …«

»Wie könnte ich? Seit letztem Herbst habe ich weder von dir noch von Paul gehört. Wann ist er überhaupt verschwunden?« Ah, natürlich, nur wenn Paul seinerzeit im Oktober nicht zurückgekehrt war, konnte Anna auf den Gedanken kommen, er wisse etwas darüber. Dann war sie seit Monaten allein mit ihrer alten Magd.

Sie strich sich eine Haarsträhne unter die Haube, eine Geste voller Anmut. Er riss sich zusammen. »Seit wann ist er verschwunden?«, wiederholte er seine Frage. Sein Blick suchte den ihren, sie sah ihn an, aber in ihren Augen fand er nicht das Vertrauen und die Zuneigung, die er sonst darin lesen konnte.

Anna straffte den Rücken. »Paul hat dich doch auf deinem Weg begleitet, du erinnerst dich.«

Federico nickte mechanisch, natürlich erinnerte er sich, dieser Streit; Paul, der ihn voller Zorn angeschrien hatte …

Das Geräusch leise knisternden Stoffes riss ihn aus seinen Gedanken. Anna rieb sich über die Arme, als friere sie. Leise sagte sie: »Seit du mit ihm fort bist, habe ich ihn nicht mehr gesehen. Es gibt keinen Hinweis auf seinen Verbleib.«

»Warum hast du nicht geschrieben? Ich wäre viel früher gekommen, ich hätte …«

Sie zuckte die Schultern. »Ich hoffte doch immer, Paul kehrt zurück. Ich wusste nicht …«

Er ahnte, was sie hatte sagen wollen. »Was kann geschehen sein?«, murmelte Federico mehr zu sich selbst denn zu Anna. Ihr Verdacht kränkte ihn bis ins Mark. Dennoch musste er sie berühren, sie trösten, ihr nah sein.

Er wagte es, umfasste erneut ihre gefalteten Hände, drückte

sie. Anna ließ es zu, erwiderte jedoch seinen Druck nicht. »Hatte er sich verändert? Ist dir irgendetwas aufgefallen? Mir schien er während der letzten Tage meines Aufenthaltes gereizt zu sein, aber das muss ja nichts bedeuten.«

Anna nickte. »Wegen jeder Kleinigkeit geriet er in Wallung, das kannte ich so gar nicht von ihm. Er war oft in Gedanken versunken und noch schweigsamer als sonst.«

»Du weißt nicht, was ihn derart beschäftigte?«

Anna schloss die Augen, langsam schüttelte sie den Kopf. »Nein. Nein, er hat nichts gesagt.«

Federico sah sie an, spürte einen Stich im Leib, als hätte sie ihm einen langen Dorn in die Brust getrieben. Sie verbarg etwas vor ihm, vertraute ihm nicht.

»Du hast ihn zuletzt gesehen.« Ehe sie fortfuhr, holte sie tief Luft. »Wo wollte er anschließend hin? Womöglich Besorgungen erledigen, jemanden besuchen, wovon ich nichts weiß? Hat er dir irgendetwas gesagt?« Ihr Ton wurde mit jedem Wort drängender.

Federico schüttelte den Kopf. »Nein, er hatte unterwegs in einem Weiler etwas zu erledigen, er sprach mit jemandem und ich wartete ein Stück außerhalb auf ihn. Danach sind wir zusammen weitergegangen, bis zur Straße nach Nordhausen. Dort verabschiedeten wir uns und jeder ging seiner Wege. Ich nahm an, er kehrte zu dir zurück.« Das entsprach wenigstens halbwegs der Wahrheit und Federico hatte nicht vor, Anna unnötig zu beunruhigen.

»Ich weiß nichts davon, dass er jemanden besuchen wollte. Wen denn? Was wollte er dort?«

»Das kann ich dir nicht beantworten. Er hat nicht darüber gesprochen. Das Treffen hat nicht lange gedauert und er war guter Dinge, als wir weitergingen.« Das war eine glatte Lüge, nach dem Besuch im Weiler hatte es in Paul gebrodelt wie in einem Vulkan kurz vor dem Ausbruch. Der erfolgte dann am Ende ihres gemeinsamen Weges. Paul hatte ihn verflucht, ihn angeschrien und war so erregt gewesen, dass Federico trotz seiner guten Deutschkenntnisse kaum ein Wort von dessen Gebrüll verstanden hatte, nur etliche Schimpfwörter und dass er sich nie wieder bei ihnen blicken lassen sollte. Das hatte Paul mehrere Male wiederholt. – Jetzt, da Federico wieder daran dachte, war er ebenso ratlos wie seinerzeit im Oktober. Natürlich hätte er Paul befragen müssen, ihn keinesfalls in seinem Zorn gehen lassen dürfen. Doch Paul war einfach davongestürmt. Gut vorstellbar, dass er in blinder Wut verunglückt war, in einem Gebirge lauerten viele Gefahren. Während man an dem einem Berghang nichts Böses ahnte, konnten auf der anderen Seite Regengüsse niedergehen, Sturzbäche die Hänge hinabfluten und alles hinwegspülen, was sich ihnen in den Weg stellte. »Gab es damals vielleicht ein Unwetter? Trieben sich Räuber hier herum, streunende Ritter, Wölfe vielleicht?«

Anna zuckte die Achseln und zog ihre Hände aus seinen. »Der Winter kam früh, aber das ist nicht ungewöhnlich. Und wäre Paul das Opfer eines Überfalls oder wilder Tiere geworden, hätte ihn doch jemand finden müssen.«

Nicht immer wurden Verunglückte gefunden, Federico hatte schon menschliche Überreste entdeckt, die jahrelang am Fuße einer Felswand gelegen haben mussten. »Man hat also nach ihm gesucht?«

»Natürlich, Leute des Grafen waren in der ganzen Gegend unterwegs, ohne Erfolg.«

Federico schüttelte den Kopf. Diese Männer des Grafen waren allesamt Nichtsnutze, denn hätten sie ihre Arbeit ordentlich gemacht, wären sie auf die Leute in dem Weiler gestoßen.

»Es gibt viel Gerede, natürlich. Paul wäre bei dem Wilden Mönch, hieß es mehrfach, denke nur! Ein Waldarbeiter behauptete, die Geister des Harzes hätten Paul entführt – zu denen sie wahrscheinlich auch dich zählen, es gibt schon genug Gerede deinetwegen. Es kann nicht mehr lange dauern und sie beschuldigen erst mich und dann dich.«

Ja, das würde nicht ausbleiben. Die Menschen suchten nach Erklärungen und die Ehefrau war immer ein passender Sündenbock. Erst recht galt das für ihn selbst. Dass sie über ihn redeten, wunderte Federico nicht. Dass ihn jemand beobachtete, ließ sich auch im Harz nicht gänzlich vermeiden. Und wenn ihn jemand darauf ansprach, was er da mache und er wahrheitsgemäß antwortete, nämlich dass er besondere Steine suche, glaubten sie ihm nie. Wer kam schon aus der Ferne, nur um braune Klumpen zu sammeln? Die Einheimischen waren davon überzeugt, er suche Gold und Silber. Federico ließ sie in ihrem Glauben, der auch umfasste, dass man ihn mit geheimen Kräften ausstattete. Da war es nur ein kleiner Schritt, ihn auch für einen Geist zu halten. Er wurde gefürchtet, die Leute gingen ihm aus dem Weg. Das kam ihm und seinem unerlaubten Treiben gelegen, hätte er damit nicht auch Paul und Anna in Gefahr gebracht, die ihn beherbergten und von manch einem ebenso misstrauisch betrachtet wurden wie er. Zumal auch wieder Ketzer in der Gegend umtriebig sein sollten, da reichten schon leise Andeutungen, um Öl in ein Feuer zu gießen, das bislang nur schwelte. War hier eine Spur zu finden? Wie dem auch sei, Pauls Verschwinden brachte Anna zusätzlich in Gefahr, ergo musste er Paul finden. Es wurde Zeit, anzusprechen, was Federico bislang nur im Stillen vermutete: »Kann es sein, dass Paul mich – äh, uns – verdächtigte, dass wir …« Er brach ab, er konnte nicht aussprechen, von dem er wünschte, es wäre wahr.

Anna starrte ihn an, die Augen weit aufgerissen. »Du meinst … Nein, nein! Niemals. Das hätte er mir gesagt und es gibt doch keinen Grund, du weißt es selbst. Keinen Grund und keine Gelegenheit. Du warst meist unterwegs und hier im Gasthaus war Paul stets anwesend.« Annas Arme hoben und senkten sich, wie die Flügel eines Vogeljungen. »Hat er dergleichen zu dir gesagt?«, fragte sie, die Wangen gerötet.

Federico schüttelte den Kopf. Warum verheimlichte Anna ihm etwas? Er war ziemlich sicher, dass genau diese Vermutung Paul so erzürnt hatte. Aber wäre er deswegen einfach so gegangen, ohne ein Wort?

»Jeden Tag denke ich, er hat mich verlassen.« Anna saß still vor ihm, den Blick zu Boden gerichtet. Plötzlich hob sie den Kopf, sah Federico an. »Das hätte er niemals, er hätte mit mir gesprochen.«

»Aber das hat er nicht?«

»Nein«, sagte sie mit fester Stimme. »Ihm muss etwas zugestoßen sein.«

Federico versuchte vergeblich, in ihren Augen die Wahrheit zu lesen. »Also gut. Seit Oktober ist er nun verschwunden, den ganzen Winter über – ich denke, es besteht kaum Hoffnung, dass er noch lebt.«

Sie hob die Schultern. »Vielleicht doch. Kürzlich klopfte jemand von einer Sekte hier an, fragte nach einer Spende und erkundigte sich nach Paul. Da fiel mir ein, dass der Mann schon im vergangenen Jahr mit einigen seiner Leute bei uns gewesen war und sich eine Weile mit Paul unterhalten hatte.«

Paul ein Ketzer? Federico glaubte das nicht. »Hätte der Mann dann nicht wissen müssen, wenn Paul sich ihnen angeschlossen hätte?«

»Er sagte, er kenne nicht alle Anhänger, da sie in mehreren kleinen Gruppen im ganzen Harz und darüber hinaus unterwegs seien. Dass wisse nur ihr Oberhaupt.«

»Nun gut, aber hätte Paul dir in diesem Falle nicht eine Nachricht zukommen lassen?« Vermutlich nicht, wenn er sie der Unkeuschheit verdächtigte.

Anna verschränkte die Hände im Schoß. »Vielleicht zwingen die Prediger ihre Gefolgsleute, mit ihren Familien zu brechen. Es ist immerhin eine Hoffnung.«

Klammerte sie sich wirklich an diese Möglichkeit? Trauerte sie deswegen nicht so, wie es zu erwarten stand? Auf Federico wirkte sie eher verzweifelt als traurig, kein Wunder, wenn eine ungewisse Zukunft wartete, weil der Gatte verschwunden war. Und was wäre, sie setzte ihre Hoffnung auf ihn? Fast könnte man glauben, sie wäre nicht unschuldig an Pauls Verschwinden, doch dann würde sie sich ihm gegenüber zugeneigter zeigen. Er räusperte sich. »Wie nennt sich diese Sekte denn?«

»Es sind Anhänger eines Doktor Schmidt. Viel mehr weiß ich nicht.«

Von solch einer Glaubensgemeinschaft hatte Federico noch nie gehört. Aber gut, Sekten gab es wie Tauben in Venedig. Federico dachte an diesen Mönch Savonarola, der zurzeit in Florenz die Massen begeisterte, indem er den Lebenswandel der Kirchenfürsten anprangerte. Ja, der Papst, die Bischöfe und Kardinäle, die in Prunk und Pracht lebten, ihre Macht ausspielten und das gemeine Volk knechteten, forderten ketzerisches Gedankengut geradezu heraus. Umso unerbittlicher verfolgten sie ihrerseits Abweichler vom rechten Glauben und verbrannten sie auf dem Scheiterhaufen. Federico war überzeugt, dass auch Savonarola dieses Schicksal früher oder später ereilen würde. Hier allerdings wäre es wohl Tagesgespräch gewesen, hätte man Ketzer gerichtet.

Gut, ein solches Schicksal war Paul wenigstens erspart geblieben. »Du vermisst Paul wohl sehr …«

Sie zog die Schultern hoch, als fröre sie. »Aber ja, er ist mein Mann!«

Nein, sie vermisste Paul nicht, sie brauchte ihn. Wie dem auch sei, es würde nicht lange dauern und erste Verdächtigungen machten die Runde. Über kurz oder lang galt er als Mörder und Anna als Mittäterin. Um dieses Gerücht schon im Keim zu ersticken, musste Federico Pauls Schicksal klären. Selbst wenn dies den Tod seiner Hoffnung bedeutete, falls Paul wider Erwarten noch lebte. »Ich werde versuchen, etwas über seinen Verbleib in Erfahrung zu bringen.«

Anna hob die Brauen. »Das würdest du tun?«

Sie zweifelte noch immer an ihm, verdächtigte ihn, etwas mit Pauls Verschwinden zu tun zu haben. Ein eisiger Ring schloss sich um seine Brust … Oder hatte sie bemerkt, dass er ihr etwas verschwieg? Überrascht spürte er ein schlechtes Gewissen. Ein ungewohntes Gefühl, normalerweise befielen ihn keine derartigen Skrupel. »Du glaubst, ich hätte Paul etwas angetan«, flüsterte er schließlich und sah ihr fest in die Augen.

Sie schwieg, konnte aber seinem Blick nicht standhalten. »Nein! Aber nein!«

Was für ein Tag! Seine Ankunft hatte er sich wahrhaftig anders vorgestellt. Dann gab er sich einen Ruck, legte seine Hand an Annas Kinn, zwang sie, ihn anzusehen. Eindringlich sagte er: »Ich schwöre dir, Paul war guter Dinge, als ich ihn verließ.« Seine Hand brannte von der Berührung und er zog sie zurück.

Anna nickte.

Federico stand auf, trat ans Fenster. Die Sonne schien herein und der Wind hatte sich für den Moment gelegt. »Also gut. Irgendwo auf dem Rückweg muss er verschwunden sein. Irgendjemand muss ihn gesehen haben. Ich werde herausfinden, was mit ihm geschehen ist; und wenn er lebt, werde ich ihn zurückbringen.« Bei allen Heiligen, was versprach er da? Eine derartige Suche kostete Zeit, die er nicht hatte, erregte Aufmerksamkeit, die er vermeiden musste. Doch jetzt konnte er nicht mehr zurück, außerdem war er es Paul schuldig, er hatte ihm viel zu verdanken, mehr als der selbst ahnte. Und nicht alles war mit Geld aufzuwiegen. Die Liebe zu Luca nämlich, und dass er ihn in seiner Nähe haben durfte. Erst jetzt fiel Federico das Buch ein, das er Paul für seinen Sohn zur Aufbewahrung gegeben hatte, sein Vermächtnis für den Ziehsohn. Hatte Paul es hier bei Anna gelassen oder bei sich getragen? Federico wandte sich zu ihr um. »Letztes Jahr hatte ich Paul kurz vor unserem Aufbruch ein Büchlein gegeben. Weißt du, wo es ist?«

»Ein Büchlein?« Anna sah zu ihm auf. »Davon weiß ich nichts. Ist es wichtig?«

Federico winkte ab.

»Es mag bei deinen Sachen in der Truhe liegen.«

»So wird es sein.« Andernfalls hatte Paul es bei sich gehabt. Wenn nötig, würde er es eben noch einmal schreiben. Vorerst war das nicht wichtig, mit seinen Notizen konnte niemand etwas anfangen, der den Schlüssel nicht kannte.

Er wandte sich zu Anna, sie hatte sich erhoben, stand einfach da und sah ihn an. Endlich lächelte sie, in ihre Augen trat eine

Ahnung des ersehnten Leuchtens. »Du wirst herausfinden, was Paul geschehen ist, gut.«

Eine Bewegung auf dem Hof erregte Federicos Aufmerksamkeit. Tatsächlich, ein Mann, die Kapuze seines Mantels tief in das Gesicht gezogen, verschwand im Stall. Wie ein Gast wirkte er nicht. Federico nickte hinunter. »Wer war das?«

Anna trat neben ihn, doch der Hof war nun menschenleer, nur ein paar Hühner pickten im Lehm. »Wen meinst du?«

»Ein Mann ist gerade in den Stall gegangen.«

»Ach, das wird Matthias gewesen sein, unser neuer Knecht.«

»Ihr habt ihn wohl noch nicht lange.«

»Erst seit zwei Tagen. Er ist sehr fleißig und kommt dennoch mit der Arbeit nicht nach. Zu viel ist liegen geblieben in den letzten Monaten ...«

Anna stand dicht neben ihm, er glaubte, ihre Wärme zu spüren, roch ihren Duft, nach Holzfeuer und Kräutern. Er hatte es versprochen und er würde alles in seiner Macht Stehende unternehmen, um Paul zu finden. Und bräche es ihm das Herz.

Luca

Venedig, Ende April

Luca hatte seinen Besuch bei Massimo Barbarini bis zum nächsten Abend aufschieben müssen. Bei Sonnenuntergang endlich hatte er sich aus Donna Lauras Obhut befreien und zum Barbarini-Palazzo eilen können. Massimos Sekretär Roberto ließ ihn ein und führte ihn kurz darauf in das Studiolo, wo ihn Messer Barbarini erwartete.

Der saß mit dem Rücken zur Tür an einem niedrigen Tisch und brütete über einem Schachspiel. Als er Luca bemerkte, erhob er sich und kam mit ausgebreiteten Armen auf ihn zu.

»Luca, mein Junge! Mit deinem Besuch machst du mir eine große Freude!« Massimo drückte ihn auf einen Polsterstuhl, nahm ein weiteres Glas von der Anrichte und ließ sich wieder in seinen Sessel sinken. »Spielst du Schach?« Prüfend hielt er die Karaffe gegen das Licht und schenkte ihnen beiden ein.

Luca schüttelte den Kopf. »Federico versuchte vergeblich, mir das Spiel beizubringen. Trotz seiner geduldigen Unterweisung blamierte ich mich stets schmählich. Mir fehlt die Gabe des strategischen Denkens, meint er, und auch wenn er einräumte, dass es nur das Schachspiel betrifft, liegt er mit dieser Einschätzung leider richtig.«

Massimo schmunzelte. »Ja, das hat er mir erzählt. Er wunderte sich oft darüber, denn im Handelsgeschäft legst du durchaus vorausschauendes Denken an den Tag, so seine Worte.« Er rieb sich das Kinn, ließ seinen Blick noch einmal über das Spiel gleiten und lehnte sich dann zurück. »Schade, in Federicos Abwesenheit hätte ich mich über einen Ersatzspieler sehr gefreut. So bleibt mir nur, die Partie, die wir zuletzt spielten, unermüdlich zu wiederholen, um meine Fehler zu studieren und herauszufinden, wie Federico mich derart hat schlagen können. Vielleicht überlegst du es dir noch einmal, gegen mich hättest du offenkundig eine reellere Chance.« Er lachte.

Luca rutschte unbehaglich auf seinem Stuhl herum. Auch Massimo musste es aufgefallen sein, denn er musterte ihn eindringlich. »Aber du bist nicht hier, um mit mir zu plaudern, merke ich. Nur heraus, Junge, was bedrückt dich?«

Luca räusperte sich. »Federico meinte, ich könne mich an Euch wenden, Ihr wüsstet über all seine Belange Bescheid.«

Massimos Miene wurde ernst. »Ja, und glaube mir, es schmerzt mich zutiefst, dass ich nicht helfen kann.« Er schürzte die Lippen und wollte Wein nachschenken, als er bemerkte, dass Lucas Glas noch unangetastet war.

»Ihr kennt auch seinen Verdacht gegenüber Pertuzzi. Er hält ihn für einen Betrüger und ich ebenfalls.«

»Was ist mit Pertuzzi, macht er dir Schwierigkeiten?« Massimo nippte an seinem Weinglas. »Hm, seit Federicos Abreise habe ich gar nichts gehört, was mit deiner Familie in Zusammenhang stünde ...«

Luca fiel ein Stein vom Herzen. So brauchte er das Thema Mimmo gar nicht anzusprechen, denn von einer Anzeige hätte Massimo gewusst. Luca gelobte, dem heiligen Judas eine Kerze zu stiften. Dem Retter in aussichtslosen Lagen hatte er täglich ein Stoßgebet gesandt, mit der Bitte um Hilfe.

Massimo ermunterte Luca, den Wein zu kosten, und hob sein Glas. »Nun zu deinem Problem. Betrifft es eure Handelsgeschäfte? Fordert Pertuzzi vorzeitig sein Geld?«

»Nein, das ist es nicht. Aber ich habe Pertuzzi – gegen Federicos Anweisung – beobachtet. Vergeblich. Nichts habe ich herausgefunden, gar nichts. Es ist zum Verzweifeln.«

Massimos Hände schnellten in die Höhe, Wein schwappte über den Rand des Glases, eilig setzte er es ab und wischte sich die roten Spritzer von der Brust. »Dem Himmel sei Dank!« Massimo stand auf und ging auf und ab, soweit die Enge des Raumes es zuließ. »Mit Pertuzzi ist nicht zu spaßen, Luca. Federico hat dir nicht ohne Grund verboten, etwas zu unternehmen. Aber ich bin derweil nicht untätig und nutze die Zeit bis zu seiner Rückkehr, indem ich Erkundigungen einziehe und Pertuzzi im Auge behalte.« Unmittelbar vor Luca blieb Massimo stehen und sah ihn ernst an. »Mittlerweile kommt es mir vor, als habe er Verdacht geschöpft, denn auch meine Nachforschungen kommen zu keinem Ergebnis, und ich verfüge über wahrhaft effektive Möglichkeiten. Pertuzzi ist ein Fuchs, da braucht es Geduld, wir müssen abwarten, bis er aus seinem Loch kommt und sich verrät.« Massimo ließ sich wieder auf seinem Sessel nieder. »Einfach abzuwarten, fällt dir offenbar genauso schwer wie Federico!«

Luca straffte den Rücken. Allein, dass Federicos Freund ihm sein Ohr schenkte, ihn ernst nahm, erfüllte ihn mit Zuversicht. Massimo würde auch Rat wissen, wie er sich aus seiner Zwickmühle befreien konnte. Luca erzählte ihm von dem Brief seiner

Mutter. »Federico hat mir ausdrücklich gesagt, ich solle bleiben und nur, falls er bis Oktober nicht zurück sei, schnell nach Deutschland reisen, ohne jemandem etwas zu sagen. Bis Oktober ist es noch lange hin … Außerdem werdet Ihr verstehen, dass ich die Manzonis jetzt nicht allein lassen kann.«

»Was ist mit Mimmo? Es ist seine Aufgabe, den Eltern in der Not beizustehen.« Massimo durchfurchte mit den Händen die Luft. »Ah, sag nichts, ich weiß schon.«

Luca zuckte die Schultern und biss sich auf die Lippen, um Massimo nicht doch von seiner Sorge wegen Mimmo zu erzählen.

»Traurig, traurig.« Massimo beugte sich vor, um sich nachzuschenken. Er lehnte sich wieder zurück und drehte den Stiel des Weinglases zwischen den Fingern. »Federico wird für diese Weisung seine Gründe haben … Nun …«, er hielt inne, das Drehen des Glases wurde merklich schneller, »… dann schreibst du deiner Mutter, dass du bereit bist, die Verantwortung zu übernehmen, sie kann mit deiner Rückkehr Ende des Jahres rechnen. Diese Zusicherung sollte ausreichend sein und du gewinnst Zeit. Zeit, die du jedoch nicht mit unnützem Herumspionieren vergeuden solltest, sondern dafür, das Handelshaus Manzoni wieder auf einen erfolgreichen Weg zu bringen. Ich helfe dir dabei, so gut ich kann. Und ebenso wie ich es Federico garantiert habe, garantiere ich auch dir, mich um Pertuzzi zu kümmern. Ich nehme aber auch dir das Versprechen ab, nichts gegen Pertuzzi zu unternehmen. Nun?«

Luca wich Massimos Blick aus. »Ich verspreche es«, presste er heraus.

Vögel zwitscherten von einem Gesims und die Sonne brach durch dicke Wolkenmassen. Luca schwitzte, allein von der Bewegung war ihm warm geworden, denn bislang zeigte sich der Tag eher feucht und kühl, zudem waren seine Füße nass und der Saum seines Mantels klatschte ihm bei jedem Schritt feucht an die Waden, längst waren seine Strümpfe durchtränkt.

Er schlenderte an der Fassade entlang, hielt sich im Schatten der Arkaden des Markusplatzes, jeder Nerv zum Zerreißen gespannt.

Pertuzzi blieb unvermittelt stehen.

Luca sprang hinter eine Säule. Hatte der Ratsherr ihn gesehen? Vorsichtig lugte er aus seinem Versteck, beobachtete, wie Pertuzzi weiterging, langsam den Markusplatz am äußersten Rand umrundete, in dem vergeblichen Versuch, trockenen Fußes die andere Seite zu erreichen. Das Acqua alta hatte die Herrschaft über die Stadt übernommen, an manchen Stellen des Viertels San Marco stand das Wasser knöchelhoch oder höher. Pertuzzis schwarzer Mantel schwang ihm ebenfalls schwer vor Nässe um seine Beine und behinderte ihn beim Gehen. Eine Schar Tauben hatte sich auf einem trockenen Flecken versammelt und flatterte auf, als er vorüberschritt.

Luca mischte sich unter eine Gruppe Ratsherren, die soeben aus dem Dogenpalast gekommen waren und sich nach kurzem Zögern in ihr Schicksal ergaben, durch das Wasser zu waten. Das nasse Leder seiner Schuhe schmiegte sich eng an seine Füße, sie quietschten leise bei jedem Schritt. Nur gut, dass die Sonne schien und das Ziegelpflaster ihre Wärme speicherte, so dass das Wasser nicht mehr gar so kalt war. Wegen des schlüpfrigen Bodens kam er nur langsam voran. Luca musste achtgeben, wohin er trat, kurz senkte er seinen Blick.

Mist, wo war Pertuzzi hin? Nur einen Augenblick hatte er nicht aufgepasst. Santa Madonna, er war einfach nicht geübt, Menschen zu verfolgen, andererseits war es ihm bislang ganz gut gelungen …

Ah, dort war er ja. Luca atmete auf. Soeben entschwand das schwarze Gewand des Ratsvorsitzenden zwischen den Arkaden der Procuratia di San Marco, kurz darauf sah er ihn durch das Eingangsportal in das Gebäude treten. Was wollte Pertuzzi dort? Eine Stiftung gründen? Etwa für den Bau einer Pilgerstätte? Wohl kaum. Wie Luca Pertuzzi einschätzte, legte der dort eher die Fundamente für ein neues Amt. Jeder wusste, wie einflussreich die Prokuratoren waren, viele Dogen hatten diesen Posten bekleidet, bevor sie an die Spitze der Stadt stiegen.

Luca wartete. Das war das Unangenehme an seiner selbst gestellten Aufgabe: Massimo hatte den Nagel auf den Kopf getroffen, Geduld war seine Sache nicht. Massimo, nur nicht an ihn denken ... Dieses endlose Warten. Den ganzen Tag schon tat er nichts anderes. Wenigstens hatte der Regen aufgehört und an den feuchten Mantel, die aufgeweichten Schuhe und nassen Füße hatte er sich mittlerweile gewöhnt. Seit Tagen folgte er nun Pertuzzi, so oft, wie er es einrichten konnte, oh, er wünschte, er hätte andere Pflichten. Dies war immerhin eine Beschäftigung. Bei den Manzonis gab es kaum etwas für ihn zu tun, solange die Schiffe nicht zurückkehrten und kaum Geld vorhanden war. Den Mangel zu verwalten, war eine undankbare Aufgabe. Erstaunlicherweise hatte sich Donna Laura darin als sehr umsichtig und erfindungsreich erwiesen. Sie kam überraschend gut mit dem wenigen Geld zurecht, das ihr blieb. Sie hatte Luca sogar seine hundertsechsundsechzig Dukaten zurückgegeben, sie ihm aufgezwungen mit dem Auftrag, sie gewinnbringend anzulegen. Das war schnell erledigt, Luca konnte sich an einer Warensendung nach Flandern beteiligen. Darüber hinaus besaß das Handelshaus jedoch keinerlei Spielraum, Luca war zur Untätigkeit, zum Abwarten verdammt, beides kam ihn hart an. Pertuzzis Verfolgung, so öde sie war, schien Luca eine willkommene Abwechslung. Doch derart langweilig hatte er sich diese Aufgabe nicht vorgestellt. Zudem plagte ihn sein Gewissen noch mehr als sonst, handelte er doch nun nicht allein Federicos Befehlen zuwider, sondern brach überdies sein Versprechen, das er Massimo erst gestern gegeben hatte.

Während er den Eingang beobachtete und darauf lauerte, dass Pertuzzi wieder zum Vorschein kam, schweiften seine Gedanken wieder zu Laura. In ihr hatte er sich wirklich getäuscht. Wie rührend sie sich um ihren Mann kümmerte, obwohl sie von Federico wusste, dass der die Schuld an ihrer Misere trug. Wenigstens schaute Mimmo neuerdings bei seinem

Vater vorbei, das hatte ihm Susanna erzählt. Luca schlug nach wie vor einen Bogen um den Sohn des Hauses, der seinerseits keine Anstalten machte, ihr Gespräch von vor einigen Wochen fortzusetzen. Falls sie sich doch einmal im Hause begegneten, beschränkte sich der junge Manzoni auf ein Lächeln, bei dem es Luca stets kalt überlief, so auch jetzt, da er nur an ihn dachte. Immerhin zuckte Luca nicht mehr bei jedem Klopfen an seiner Tür zusammen, wie in den ersten Tagen nach Mimmos Drohung, als er noch bangend darauf gewartet hatte, dass der Rat ihn holte. Hatte er Sandro gegenüber den Zuversichtlichen nur gespielt, wuchs in ihm mittlerweile tatsächlich die Überzeugung, dass Mimmo ihn nur hatte einschüchtern wollen.

Luca blinzelte in die Sonne, die schon tief stand. Der Himmel wölbte sich wie eine blaue Kuppel über den Platz. Keine Wolke erinnerte mehr an die Regengüsse des Vormittags.

Gab es einen Heiligen, der half, Geduld zu üben? Madonna, Luca kannte keinen, aber die heilige Mutter Maria anzuflehen, war nie verkehrt. Was machte Pertuzzi nur so lange da drin? Seit einer Woche lief er dem Mann nun schon wie ein Hündchen hinterher, ohne etwas Ungewöhnliches zu bemerken. Vom Handelshaus zum Dogenpalast, zur Bank, zurück zum Dogenpalast, zum Handelshaus. Hin und wieder eine Taverne, des Mittags oder Abends, darüber hinaus pflegte Pertuzzi einen überraschend soliden Tagesablauf. Nur einmal hatte Luca ihn verloren, als Pertuzzi am Bacino ein Boot bestieg. Ungeduldig hatte Luca auf seine Rückkehr gewartet und wenigstens in Erfahrung bringen können, dass Pertuzzi auf Murano gewesen war. Nicht ungewöhnlich, der Rat der Zehn hatte ein strenges Auge auf die dort ansässigen Glasbläser. Weil sie um das Geheimnis wussten, wie das kristallklare venezianische Glas hergestellt wurde, waren sie begehrte Arbeitskräfte, die ausländische Produzenten gern abgeworben hätten. Eine solche Konkurrenz trachtete die Serenissima selbstredend zu behindern. Und der Rat der Zehn besaß offenbar die richtigen Druckmittel, denn soweit Luca wusste, gab es anderswo noch immer kaum Glashütten, deren Produkte an die Qualität der venezianischen heranreichten.

Da kam er. Luca bückte sich und nestelte an seinen Schuhen. Der Rat ging achtlos an ihm vorbei, nur getrennt durch eine Säule, die Luca halb verdeckte.

Pertuzzi trat hinaus auf den Platz, durchpflügte achtlos das Wasser, das heute länger als üblich brauchte, um abzulaufen. Er prüfte den Stand der Sonne und eilte durch einen Torbogen. Luca setzte ihm nach, fürchtete einen Augenblick lang, ihn verloren zu haben, doch da tauchte er hinter einer Gruppe heftig gestikulierender Männer wieder auf. Luca schloss näher auf.

An einem Kanal bestieg Pertuzzi eine Gondel. Luca erwischte eine, der gerade ein Ehepaar entstieg und ließ sich ebenfalls übersetzen. Die ganze Zeit behielt er Pertuzzi im Auge. Er drückte dem Gondoliere ein Geldstück in die Hand und eilte los, bemüht, den Abstand wieder zu verkürzen.

Als hätte Pertuzzi auf ihn gewartet, stand er ein paar Gassen weiter plötzlich auf einem Campo und studierte die Auslage eines Buchhändlers. Überrascht, ihn so dicht vor sich zu sehen, drückte Luca sich hinter einen Stapel Bretter. Nur gut, dass überall in Venedig die Palazzi wie Pilze aus dem Boden schossen, die Gerüste und Baumaterialien hatten ihm während seiner Verfolgung schon oft Deckung geboten. Er schlich sich näher heran, fand Schutz hinter einigen Gewändern, die ein Schneider dem Staub zum Trotz als Muster vor seinem Geschäft ausgehängt hatte. Er war froh, dass Pertuzzi bald das Interesse verlor und langsam weiterging, bevor der Eigentümer des Ladens herbeieilte, um Luca seine Waren anzudienen.

In den schmalen, düsteren Gassen dieses Viertels lief Luca verstärkt Gefahr, entdeckt zu werden, zudem versperrten hier oftmals Gerüste den Blick. Vorsichtshalber vergrößerte er seinen Abstand. Im Zickzack ging es weiter, Pertuzzi hastete voraus, Luca blieb knapp zwanzig Schritt hinter ihm.

Auf der anderen Seite des Campo San Stefano blieb Pertuzzi vor einem Durchgang stehen und sah sich suchend um, als erwarte er jemanden. Sein Kopf ruckte plötzlich. Luca versuchte zu erkennen, wen Pertuzzi wohl entdeckt haben mochte. Noch nie hatte der sich mit jemandem getroffen, seit Luca ihn beobachtete. Für einen Augenblick schien es ihm, als kreuzten sich ihre Blicke. Luca floss der Schweiß in Strömen am Körper herab. Er atmete auf, alles war gut, Pertuzzi wandte sich ab.

Nun beugte der Verfolgte sich zu einem Kind hinunter, das wie aus dem Boden gewachsen vor ihm stand. Es trug einen abgewetzten dunklen Mantel, der ihm bis zu den Knöcheln reichte, die Kapuze war über den Kopf gezogen, das Gesicht konnte Luca nicht erkennen. Der Rat beugte sich tiefer, gestikulierte, wirkte erzürnt. Das Kind hob die Hände, zupfte die Kapuze zurück, etwas Rotes schimmerte hervor.

Was hatte Pertuzzi mit einem Kind zu schaffen? Er hatte zwar Frau und Kinder, soweit Luca wusste, aber dieser Begegnung fehlte es an familiärer Herzlichkeit. Andererseits war Pertuzzi nicht von dieser Art. Also doch seine Tochter? Luca beobachtete, wie Pertuzzi der Kleinen etwas gab, einen Beutel wie es schien, und dann eilig weiter seines Weges ging. Von dem Mädchen sah Luca nur noch den Rücken.

Eine milde Gabe? Pertuzzi als Wohltäter? Schwer vorstellbar. Ah, wahrscheinlich hatte er das Kind nur mit einem Botengang beauftragt. Vielleicht wäre es lohnend, zu sehen, wohin es ging? Luca rannte über den Platz zu dem Durchgang. Als er am Ort des seltsamen Treffens ankam, sah er Pertuzzi die Gasse entlangschlendern, als hätte er alle Zeit der Welt. Von dem Kind hingegen fehlte jede Spur.

Anna

Elbingerode, Anfang Mai

Anna steckte ihre Nase in das Bündel getrockneter Thymianzweige, weitere Säckchen häuften sich auf dem Tisch, gefüllt mit Salbei, Muskat, Nelken, und dazu ein kleiner Tiegel kostbaren Safrans. Aber ihr war der Thymian am liebsten. Zerrieb sie das Kraut zwischen den Fingern, erschien unweigerlich Federicos Bild vor ihrem inneren Auge – und war er noch so lange fort. Nun schon fast zwei Wochen. Ach, wie gern hätte Anna ihn länger in ihrem Haus beherbergt, ihn in ihrer Nähe gewusst, auch wenn allein sein Anblick ihr die Luft zum Atmen raubte.

Sie band die Thymianzweige zusammen, stieg auf einen Hocker und hängte das Sträußchen unter die Küchendecke neben die anderen Kräuter, die den Raum mit ihren köstlichen Aromen erfüllten.

Beim heiligen Judas, es durfte nicht sein. Und die heilige Mutter Maria sollte sie endlich vor der Sünde bewahren, dieser Sünde, die sie in den letzten Nächten immer wieder heimgesucht hatte, wenn sie sich schlaflos im Bett wälzte. Wenn sich Federico in ihre Gedanken drängte. Federico, nicht Paul.

Heute Abend würde sie wieder zehn Paternoster beten, mit Inbrunst und Andacht, fünf mehr, als ihr der Pfarrer nach der Beichte aufgetragen hatte. Sie hatte ihm nicht alles anvertraut, deswegen würde sie zur Sicherheit noch zehn Mariengrüße anschließen. Ohnehin erhoffte sich Anna von der Gottesmutter mehr Verständnis. Maria hatte die Gnade gehabt, dass der himmlische Herr ihr seinen Sohn durch einen Engel schenkte, oder wie auch immer, jedenfalls nicht auf irdische Weise. Sie selbst dagegen … Anna schob den Gedanken fort, es reichte, quälte sie sich in ihren Albträumen mit der Erinnerung. Ach, Paul! Sie hatte ihn nicht verdient. Ihn nicht und niemanden sonst. Sie war und blieb eine Sünderin, die in der Hölle schmoren würde. Einen Ablass hatte sie zwar gekauft, aber es wäre besser, der Kirche noch etwas zu stiften, Kerzen vielleicht. Ach, so viel Geld besaß sie gar nicht, als dass sie durch Ablässe oder Spenden ihre Seele reinwaschen könnte.

Und dann ihr Misstrauen gegen Federico – wie hatte sie nur denken können, Federico hätte etwas mit Pauls Verschwinden zu tun? Ihre Hände in seinen, erste Wärme nach langer bitterer Kälte. Und sie? Sie hatte gefürchtet, er würde ihr einen Mord gestehen, zugeben, dass er Paul getötet hatte. Nein, dann hätte er niemals so vor ihr stehen können, sie nicht mit diesem Blick ansehen, nicht ihre Hände streicheln können …

»Anna, träumst du?«

Sie erschrak und wurde sich bewusst, dass sie noch immer auf dem Hocker stand und ins Leere starrte.

Berta ging zur Feuerstelle und stocherte in den Flammen. »Hast du etwas von Federico gehört?«

Fahrig rieb sich Anna ihre Hände am Kittel ab. »Nein, ich hätte es dir gesagt.«

»Hm«, brummte Berta und warf ein Holzscheit ins Feuer, dass die Funken stoben. »Meinst du, er sucht wirklich nach Paul?«

Anna räumte den Hocker beiseite. »Natürlich.«

»Du glaubst ihm also?«

Seit Anna ihrer Magd von dem Gespräch mit Federico erzählt hatte, stand Berta der Zweifel ins Gesicht geschrieben. Für Berta, die den Italiener all die Jahre glühend verehrt hatte und ihn noch immer für Lukas' Vater hielt, war es offenbar eine ausgemachte Sache, dass Paul wegen Federicos vermeintlicher Vaterschaft fortgegangen war. – Oder dass es zwischen den beiden zum Streit gekommen war, in dem Federico Paul eben doch getötet hatte. O Gott, Anna mochte nicht daran denken, wollte nichts mehr davon hören. Sie ging in den angrenzenden Vorratsraum, nahm den vorletzten Kohlkopf aus dem Korb, zählte aus Gewohnheit die geräucherten Mettwürste, die von der Decke hingen und den kleinen Raum mit ihrem strengen Geruch erfüllten. Den Kohl legte sie auf den Küchentisch und machte sich schweigend an die Arbeit.

Berta begutachtete indes die Kräuter und Gewürze, die noch immer auf dem Tisch ausgebreitet lagen. »Diesmal hat Federico aber eine schöne Auswahl mitgebracht, damit werden wir köstliche Gerichte zubereiten können. Hoffentlich spricht es sich herum, zusätzliche Gäste könnten wir gut gebrauchen, bei Jesu Lockenpracht. Es lässt sich diesmal sehr zäh an.«

Ihre Lebensmittelvorräte waren während des langen Winters fast verbraucht, viel mehr als gesalzene Heringe, Kohl und Brei konnten sie ihren Gästen derzeit nicht bieten. Außer den Würsten hingen immerhin noch eine schmale Speckseite und ein Rest Schinken von der Decke der Vorratskammer. In den Regalen lagerten zudem noch einige Käse in verschlossenen Tontöpfen, deren Aroma trotz der Deckel bis in die Küche zog, um sich dort mit dem Kräuterduft zu mischen. Berta war eine Meisterin in der Käseherstellung, ein Grund mehr, warum sich Anna glücklich schätzte, sie bei sich zu haben. Wenn im Sommer ihre beiden Kühe reichlich Milch gaben, verarbeitete die Magd einen Teil davon zu Butter, das meiste aber zu jenem fetten, kräftigen Käse, der nicht nur von ihren Gästen, sondern auch den Nachbarn geschätzt wurde und dessen Verkauf ein Zubrot einbrachte. Wenigstens die Hühner hatten wieder zu legen begonnen, so dass sie regelmäßig Eier hatten.

Anna schnitt den Kohl für den Eintopf in Streifen. Was Berta gesagt hatte, gab auch ihr zu denken. Die Händler, die sich früh im Jahr auf ihre Reisen kreuz und quer durch den Harz machten und üblicherweise in ihrem Hause einkehrten, blieben aus. Das konnte nicht am Wetter liegen, nicht daran, dass der Frühling sich bislang nur von einer kalten und feuchten Seite zeigte. Das war auch in der Vergangenheit gelegentlich vorgekommen und hatte die Händler nicht hindern können. Aber in diesem Jahr waren bislang fast nur Fremde bei ihnen eingekehrt.

»Gott zum Gruße! Ist jemand da?«, schallte eine schrille Stimme aus dem Gastraum zu ihnen. Berta wollte aufstehen, doch Anna war froh um die Unterbrechung. Kochen war nicht ihre Leidenschaft, das überließ sie Berta nur zu gern.

Mit einer Kanne heißem Kräutersud und zwei ineinandergestapelten Bechern ging Anna in die Schankstube. Ein Ehepaar stand vor dem gusseisernen Ofen und wärmte sich. Die Frau wohlgerundet, ähnelte mit ihrem ausladenden Barett und dem weiten Mantel einem Fass mit Deckel, während sich der Mann an ihrer Seite nicht allein seines dunkelgrünen Mantels wegen wie eine hochgeschossene Fichte ausnahm.

»Gott grüße Euch! Darf ich Euch zum Willkommen einen heißen Kräutertrunk anbieten?«, fragte Anna und trat näher.

Die Frau wandte sich zu ihr um, musterte sie versonnen, streichelte dabei mit der rechten Hand über den Fellkragen ihres Mantels.

Der Mann trat einen Schritt auf Anna zu, sein asketisches Gesicht durchzogen tiefe Falten, eine besonders tiefe bildete sich jetzt zwischen den Brauen. »Macht Euch keine Umstände. Unser Pferd lahmt, wir haben es gerade noch zu Euch geschafft. Euer Knecht schaut gerade nach dem Gaul. Wenn Ihr also erlaubt, wärmen wir uns ein wenig an Eurem Feuer und setzen dann unsere Reise fort.« Der Mann hatte eine unangenehm hohe Stimme und lispelte ein wenig beim Sprechen.

»Wie Ihr meint«, antwortete Anna und stellte die Kanne in einer der Nischen des eisernen Ofens warm und die Becher auf einen der davorstehenden Tische. »Wenn Ihr es Euch überlegt, bedient Euch. Auch Essen kann ich Euch anbieten oder ein Bett für die Nacht, falls Euer Pferd so schnell nicht auf die Beine kommt.« Anna wollte hinausgehen und nach Matthias sehen. Wahrscheinlich hatte ihr Knecht es gut gemeint und gehofft, die Reisenden wären freigiebige Gäste. Bei allem Fleiß, den er an den Tag legte, er war zu gutmütig und vertändelte seine Zeit mit dem Pferd dieser Leute, während seine eigentliche Arbeit liegen blieb. Sollte dieses seltsame Paar sich doch Hilfe beim Schmied kaum hundert Schritte weiter suchen.

Anna hatte gerade die Tür erreicht, da flüsterte die Frau so laut, dass die Worte bis zu ihr drangen: »Ist das wohl die Frau, von der es heißt, sie habe ihren Mann umgebracht?« In ihrer Stimme schwang gleichermaßen Grauen und Entzücken.

»Kunigunde!«, zischte der Mann.

Annas Befürchtung war also Wirklichkeit geworden, die Verdächtigungen machten bereits die Runde. Anna wandte sich um und ging zu dem Paar zurück. »Wer sagt das?«, fragte sie. »Ah, verschmäht Ihr deswegen meinen Trank, weil Ihr denkt, ich hätte Gift daruntergemischt?« Anna spürte Hitze in ihre Wangen schießen.

»Meine Frau hat ein loses Mundwerk«, versuchte der Mann zu vermitteln, der sich sichtlich unwohl in seiner Haut fühlte. »Wir werden draußen bei unserer Kutsche warten …«

Anna hob die Hand und der Mann verstummte. »Nein, nein, ich möchte es hören. Wer behauptet so etwas?« Sie zwang sich zur Ruhe.

Die Frau strich schneller über das Fell an ihrem Kragen, Eichhörnchen, registrierte Anna, Schwarzware von besonderer Qualität, der Mantel selbst aus feiner dunkelroter Wolle, zu der ihr ebenfalls eichhörnchenfellbesetztes Barett trefflich passte. Sichtlich ein wohlhabendes, einflussreiches Paar. Die Gegenwart so feiner Leute war Anna nicht gewohnt, doch der Zorn verdrängte ihre Zurückhaltung. »Man sagt also, ich hätte meinem Mann das Lebenslicht ausgelöscht?«

»Ja«, bestätigte die Frau.

Anna bemerkte bei der Dame ein leichtes Zucken um die Mundwinkel. Empfand sie etwa Vergnügen ob ihrer Demütigung? Vor wenigen Tagen noch wäre Anna wie ein geprügelter Hund in die Küche geschlichen und hätte Berta gebeten, sich um die Gäste zu kümmern. Mag sein, dass es Federicos Rückkehr war, die ihr Mut gab. Sie reckte das Kinn und sah der Frau in die Augen. »Möge der Himmel verhüten, dass Euch dergleichen widerfährt! Mein Mann ist verschwunden, ich bete jeden Tag für seine gesunde Rückkehr.«

»Verzeiht das Benehmen meiner Gemahlin. Möge der Herr samt allen Heiligen Euren Gatten wohlbehalten zu Euch zurückgeleiten«, lispelte der Mann mit einem Seitenblick auf seine Frau, die Anna noch immer betrachtete, als handele es sich bei ihr um eine seltene Tierart.

Jetzt hob sie beschwichtigend ihre Hand. »Ja, natürlich, verzeiht. Ich wollte doch nur sehen …«

»Ja?«, fragte Anna.

»Nun, ich wollte wissen, was es mit dem Gerede auf sich hat. Ganz offensichtlich sind es üble Gerüchte, die über Euch in die Welt gesetzt werden. Es tut mir leid, wenn ich Euch gekränkt habe.«

Die Wärme in ihrer Stimme und das Lächeln, das auf ihrem Gesicht erschien, verrieten, dass ihre Anteilname von Herzen kam.

»Wenn Ihr mir nur sagt, wo Ihr dergleichen gehört habt«, bat Anna.

»Ihr müsst wissen, wir kommen aus Stolberg und …«, hob der Mann an, und sein Lispeln verstärkte sich.

»Mein Mann ist Hans von Bleicherode, Ritter des Grafen zu Stolberg«, unterbrach ihn seine Frau mit leuchtenden Augen. »Er ist in seinem Auftrag zum Bischof von Halberstadt unterwegs.«

»Da seid Ihr aber recht weit vom Wege abgekommen«, bemerkte Anna und das Lächeln der Frau schien sich plötzlich in eine teuflische Fratze zu verwandeln. Sie logen, waren nur wegen des Gerüchtes hergekommen … Was hatten sie erwartet, hier anzutreffen? Eine Bestie, die ihren Mann abschlachtete und Gäste vergiftete? Himmel!

»Ja«, brummte der Mann. »Unser Kutscher, dieser Tropf, hat irgendwo den rechten Abzweig verpasst.«

»Unterwegs fragten wir in einem Weiler. Ein Mann half uns

weiter, er erwähnte Euer Gasthaus und – ja, ich will es frei heraus sagen – warnte uns. Albernes Geschwätz, wie ich jetzt feststelle, nicht wahr, Hans? Ach, wie erschöpft ich bin. Komm, lass uns hier vor diesen prachtvollen Ofen setzen, wir haben lange genug herumgestanden. Es scheint ja doch eine langwierigere Prozedur zu sein, das Pferd zu kurieren. Und gern nehme ich nun Euer Angebot an, der Trunk verbreitet wahrhaftig einen köstlichen Duft. Vielleicht habt Ihr auch eine Kleinigkeit zu essen? Unsere Wegzehrung ist angesichts des Umweges arg geschrumpft.«

»Natürlich, ich werde Euch etwas richten.« Anna ging in die Küche. Vielleicht irrte sie sich und die beiden Reisenden erwiesen sich als eine göttliche Fügung. Sie sollte nicht immer so misstrauisch sein, nicht jedes Wort auf die Goldwaage legen, sondern stärker auf Gott vertrauen. Immerhin würde sie an den beiden verdienen und es war gut, dem Gerede etwas entgegenzusetzen.

Dennoch, sie sollte sich nichts vormachen, künftig würden sie noch sparsamer wirtschaften müssen. Vor Marschall Knauth war sie noch so zuversichtlich gewesen, den Zehnt auch ohne Paul aufzubringen, inzwischen überkam sie der Zweifel. Wenn weiterhin die Gäste fernblieben, wäre ihr Geld in einem Jahr aufgebraucht. Sie könnte Matthias und Berta nicht mehr bezahlen – und sie selbst musste dann sehen, wo sie unterkam. Als Kiepengängerin würde sie enden … Bei den Locken im Barte des Herrn, nicht auszudenken!

»Nun?«, fragte Berta und sah von ihrem Schneidewerk auf. Kohl mischte sich mit gelben Rüben. Wo hatte Berta die noch gefunden?

»Sie wollen etwas essen.«

»Fein, das wurde auch Zeit.« Berta holte Brot und Speck aus der Vorratskammer. »Der Kohleintopf dauert noch, aber es gibt Gerstenbrei. Ich habe ihn mit Kümmel und Lauch gekocht, das wärmt die Seele in dieser kalten Zeit.«

»Ich werde ihn empfehlen.« Anna setzte einen Kessel mit

Wasser auf, der Kräutersud ging zur Neige, sie wollte neuen ansetzen. »Es gibt Gerede«, sagte sie.

»Natürlich gibt es Gerede, was denkst denn du?« Nachdem Berta mit dem Messer ein Kreuzzeichen über den Brotlaib gezeichnet hatte – die Dämonen hüpften gern beim Essen in den Mund, dagegen helfe nur ein Kreuz, predigte sie gern –, drückte sie ihn vor ihre üppige Brust und schnitt zwei dicke Scheiben herunter. »Die Leute suchen nach Erklärungen, wen wundert es? Üblicherweise verschwindet ein Mensch nicht einfach so. Irgendeine Spur hinterlässt er immer, jetzt, da Schnee und Eis geschmolzen sind, taucht sicher ein Hinweis auf. Und wenn man gar Pauls Leichnam fände …« Berta säbelte auch von dem Speck zwei dicke Streifen ab und legte sie auf die Brotscheiben.

Anna teilte Bertas Zuversicht nicht. Was half es ihr, würde Pauls Leiche tatsächlich gefunden? Würde sie dieser Umstand von jeglichem Verdacht reinwaschen? Könnte man denn überhaupt noch feststellen, ob er verunglückt war oder jemand Hand an ihn gelegt, ihn getötet hatte?

Sie fror trotz des warmen Herdfeuers.

Im Gastraum wurden Stimmen laut, das würde Matthias sein, der den Eheleuten Auskunft über ihr Pferd gab. Anna nahm die Holzbretter mit den Broten und noch einen weiteren Becher für Matthias, bevor sie nach nebenan ging.

Tatsächlich, ihr neuer Knecht streckte die Hände vor dem Ofen aus. Für Anna noch immer ein ungewohnter Anblick. Es war erstaunlich, dass er ein Verwandter Bertas war, denn es gab keinerlei Ähnlichkeit zwischen den beiden. Bei Bertas Geschwistern war die Abstammung unverkennbar, alle zeichnete ein spitzes Kinn, blassgraue Augen und eine gedrungene Gestalt bei kaum fünf Fuß Körpergröße aus, genau wie der Vater. Matthias hingegen, der Sohn von Bertas jüngstem Bruder, war nicht nur einen Kopf größer als seine Tante, sondern auch rank und schlank, gar hager, so dass ihm der Kittel um den Leib schlotterte. Dennoch verströmte er die ungebändigte Kraft der Jugend und war zudem hübsch anzusehen, mit seinen dunkelblauen Augen und dem kräftigen, breiten Kinn, das in der Mitte ein Grübchen kerbte. Wirklich eine stattliche Erscheinung, ihr Knecht, und Anna würde es nicht wundern, wenn ihm bald zahllose Verehrerinnen aus den umliegenden Weilern zu Füßen lägen. Wenn sie auf diese Weise zu Gästen kämen, sollte es ihr recht sein.

Ohne Matthias zu fragen, füllte Anna ihm einen Becher und reichte ihm von dem noch heißen Trank. Matthias lächelte und umschloss das Gefäß mit beiden Händen. »Danke!« Dann wandte er sich an den Herrn. »Wie gesagt, das Pferd ist in Ordnung. Ein Dorn im Huf quälte das arme Tier. Vielleicht lasst Ihr es noch ein wenig ausruhen, bevor Ihr weiterreist.«

Unschlüssig setzte der Mann sich wieder. »Wenn Ihr meint.«

»Gern«, sagte seine Frau. Sie zog den Mantel aus, faltete ihn ordentlich zusammen und legte ihn neben sich auf die Bank. Im Gegensatz zu ihrem teuren, aber schlichten Mantel war ihr dunkelgrünes Samtkleid umso auffallender. Ihren Hals schmückte eine dreireihige Perlenkette.

»Wirklich ein wunderbarer Ofen, den Ihr hier habt«, sagte die Frau und betrachtete das gusseiserne Kunstwerk, das fast ein Drittel der Wand einnahm.

»Ja, wir sind auch sehr stolz darauf. Vor allem wegen der Nischen, in denen man gut Speisen und Tränke warm halten kann. Er ist der größte und kunstvollste der ganzen Gegend.«

»So einer würde sich auch bei uns im Haus gut machen. Wir nennen ja nur einen schlichten Kachelofen unser Eigen. Natürlich leistet auch er gute Dienste, aber so ein Prachtstück ... Hans, was meinst du?«

Ihr Mann brummte etwas Unverständliches.

Matthias leerte seinen Becher. »Ich werde dann mal das Küchenfenster richten. Ah, der Kutscher würde sich bestimmt auch gern ein wenig aufwärmen.« Er nickte zur Tür. »Im Hof weht ein eisiger Wind. Der Arme war eben schon ganz durchgefroren.«

»Wahrhaftig, ich erinnere mich nicht daran, dass je ein Mai

derart frostig war. Bitte den guten Mann nur herein«, erwiderte Anna.

Matthias ging hinaus und kehrte kurz darauf mit einem kleinen Männchen zurück, das in einem dünnen Wollmantel schier zu versinken schien. Das Gesicht rot vor Kälte, die Hände unter den Achseln verborgen, trat er unter Verbeugungen näher. »Der Herr möge es Euch vergelten, gute Frau!«, murmelte er mit gesenktem Kopf und setzte sich in einigem Abstand zu den Herrschaften an den Ofen.

»Ich hole Euch einen Becher, wartet.« Anna eilte in die Küche. Im Kessel siedete bereits das Wasser, mit dem sie einen neuen Aufguss bereiten konnte. Mit dem gefüllten Krug ging sie zurück.

»... schönes Pferd, das Ihr da habt!«, hörte sie Matthias gerade sagen.

»Ross und Wagen gehören dem Grafen«, lispelte der Mann, der sich ein dickes Stück Speck abgeschnitten hatte und in den Mund schob.

»Der hat sicher einen ganzen Stall voll prächtiger Pferde, wenn er ein so schönes Tier als Zugpferd verwenden kann. So, jetzt muss ich aber ...« Matthias verschwand in der Küche.

»Ein tüchtiger Bursche, Euer Knecht«, meinte der Ritter kauend und nickte Matthias anerkennend hinterher. »Die Knechte des Grafen sind nicht so flink, wenn es ans Arbeiten geht.«

»Ein ansehnlicher zudem«, ergänzte seine Gattin mit vollem Mund und schluckte den Bissen hinunter. »Hm, köstlich.«

Ansehnlich? Wie sollte Anna das verstehen? Aber die Frau redete unverdrossen weiter, sie schien sich nichts Schlechtes bei ihrer Bemerkung zu denken.

»Er ist sicher eine wertvolle Stütze, jetzt, da Euer Mann mit ungewissem Schicksal verschollen ist.« Die Frau hielt im Essen inne und sah blicklos in die Ferne.

»Kunigunde, was redest du nur immer für dummes Zeug!« Ihr Mann runzelte die Stirn. »Das Leben dieser Frau hat keinerlei Ähnlichkeit mit dem der Damen in diesen Romanen, die du neuerdings ständig liest. Lesen, wie oft soll ich dir das noch sagen, ist Teufelswerk! Die Fantasie eines Fremden ergreift Besitz von dir, verstellt deinen Blick auf das einzig Wahre, Wertvolle, Wichtige. Statt zu lesen und den Tag zu verträumen, solltest du lieber dem Herrn Pfarrer in aller Demut zuhören, der derlei Tand und Teufelswerk ebenso verdammt wie ich. *Ora et labora* – bete und arbeite, sage ich nur. Ein wenig davon stünde auch dir gut zu Gesicht.«

»Mag sein. Allerdings sind die Schriften der heiligen Brigitta wahrhaftig kein Tand. Auch sie mahnt zur Andacht. Überhaupt: *Ora et labora*, empfiehl das nur auch deinem Bischof! Der scheint diese Tugenden vor lauter Völlerei und Prasserei vergessen zu haben, nach allem, was man so hört«, sagte seine Frau und widmete sich wieder ihrem Brot.

»Kunigunde! Was soll die ketzerische Rede? Du versündigst dich!« Dann mäßigte er seine Stimme. »Schweig endlich. Oder willst du noch auf dem Scheiterhaufen enden?«

»Mein Mann weiß, dass ich recht habe. Aber er steht treu zu Graf und Geistlichkeit. Er hat sehr altmodische Ansichten, so ist er nun einmal.« Sie tätschelte ihrem Mann die Schulter wie einem Ackergaul. »Sticken und spinnen ist nun einmal nicht meine Begabung, was soll ich also machen?« An Anna gewandt fuhr sie fort: »Die Gelegenheit, meinen Mann zu begleiten, habe ich nämlich so gut wie nie. Diesmal fügte es sich glücklich, dass meine Schwester kürzlich nach Blankenburg geheiratet hat, ich besuche sie, während mein Mann weiterfährt und seinen Geschäften in Halberstadt nachgeht. Sonst habe ich nicht viel Abwechslung.«

Ah, jetzt verstand Anna, was diese Frau umtrieb, warum sie sie anfangs so angestarrt und mit derart leuchtenden Augen ausgefragt hatte. Aus Langeweile. Anna schüttelte den Kopf und ging in die Küche zurück.

Sie war froh, als der Kutscher auf der Schwelle stand und ankündigte, dass die Herrschaften die Rechnung zu begleichen wünschten.

Wenigstens zeigten sie sich sehr großzügig, Anna konnte nicht klagen.

Der Ritter ging voraus, seine Frau folgte ihm, hielt auf der Schwelle inne, während ihr Mann bereits auf die Kutsche zusteuerte. Langsam wandte sie sich zu Anna um. »Liebe Frau, ich wünsche Euch wirklich von Herzen, dass sich alles zum Guten für Euch wendet. Ich werde für Euch beten und eine Kerze stiften.« Ihr Blick ruhte auf Anna, etwas schimmerte in ihren Augen. Von draußen rief ihr Mann nach ihr, eilig wandte sie sich um. Dann nickte sie Anna noch einmal zu. »Wenn Ihr einmal Hilfe braucht, dann lasst es mich wissen.«

Luca

Venedig, Mitte Mai

Sie kamen früh am Morgen, noch vor Sonnenaufgang. Laura rang die Hände, Susanna schlug Kreuze auf ihren wogenden Busen, Mimmo ließ sich nicht blicken.

Zwei Schergen des Rates der Zehn zerrten ihn aus dem Haus, hin zum Canale, stießen ihn in eine Gondel, die sie zum Palazzo Ducale brachte. Gottlob waren zu dieser frühen Stunde nur wenige Passanten unterwegs, deren teils mitleidige, teils neugierige Blicke dem Boot folgten.

Luca wagte es kaum aufzuschauen. Seine Zähne klapperten, die Knie waren baumwollweich, in seinen Ohren rauschte es. Sein Herz klopfte, als wollte es seine Brust sprengen, als wollte es in seinen letzten Stunden die Herzschläge eines ganzen Lebens vollziehen.

Er stand reglos in der Mitte eines hohen Saals, in dem die Schritte hallten. Ein Tisch, ein Polstersessel und ein hölzerner

Klappstuhl bildeten außer den Regalen mit Akten und Folianten das karge Mobiliar.

Lucas Knie zitterten, er konnte sich kaum auf den Beinen halten. Seine Kehle wurde enger und enger, das Tosen in seinen Ohren schwoll zu einem Orkan an, vor seinen Augen wurde es schwarz. Alles in diesem Raum verströmte Angst, Todesangst. Sie nahm ihm die Luft, schien durch jede Pore seines Körpers zu dringen, um sein Inneres auszufüllen und – seltsam – seine körperliche Hülle gleichzeitig schrumpfen zu lassen. Kalter Schweiß trat ihm auf die Stirn. Jeder Atemzug, den er sich abrang, schnürte ihm die Kehle enger zu, das Leid, die Furcht, die Tränen, die Seufzer aller jemals angeklagten Elenden schienen hier versammelt, hatten zwischen diesen düsteren Wänden nur auf ihn gewartet. Waren ihm Mahnung, Drohung, Strafe zugleich.

Er mochte gar nicht daran denken, was ihn erwartete, in dieser düsteren Vorhölle, dem Saal des Zehnerrates. Wieder und wieder überliefen ihn Schauder und doch hetzte sein Blick durch den Raum, irgendwo hier musste er sein, der Eingang zu den wirklichen Schrecken, der Eingang zur wahrhaftigen Hölle, dem Folterkeller der Serenissima.

Luca zwang sich, dem Mann in die Augen zu sehen, der ihn hierherbefohlen hatte: Pertuzzi. Der Vorsitzende des Rates der Zehn blickte ihn schweigend an, die Lippen geschürzt.

Pertuzzi war allein, stellte Luca mit den wenigen klaren Gedanken fest, die er fassen konnte. Er hatte den gesamten Rat der Zehn erwartet, hatte das vertraute Gesicht von Massimo erhofft, seine Fürsprache, wenigstens Trost, Mitgefühl. Und nun stand er nur Pertuzzi gegenüber. Doch nein, die beiden Wachen flankierten die Tür, verschmolzen fast mit der düsteren Täfelung der Wände.

»Luca, Luca …«, murmelte Pertuzzi und ließ sich in den Sessel sinken. Mit weiter Geste deutete er auf den Stuhl vor dem Tisch. »Setz dich.«

Mit einem Anflug von Dankbarkeit ließ Luca sich nieder, seine Beine hätten ihn kaum länger getragen.

Pertuzzi zog das einzige Schriftstück zu sich heran, das auf dem Tisch lag. Ein unscheinbares Papier, das mehrfach gefaltet gewesen war, wie die Knicke verrieten. Mimmos Brief, sein Todesurteil. Der kalte Schweiß strömte Lucas Hals hinab, nässte seinen Kragen. Übelkeit stieg in ihm auf, er schluckte. »Was wirft man mir vor?«, krächzte er. Er schämte sich seiner Schwäche, wo waren sein Stolz, sein Mut, sein Einfallsreichtum? Eigenschaften, die Federico oft an ihm gerühmt hatte. Er atmete tief durch, versuchte, sich für Pertuzzis Antwort zu wappnen.

Pertuzzi schwieg, las mit zusammengezogenen Brauen das Schreiben. Endlich hob er den Kopf, sein Zeigefinger klopfte auf das Schriftstück, das Pochen hallte in dem großen Raum leise nach. »Was denkst du?«

Heiliger Judas hilf! Luca räusperte sich. »Ich weiß es nicht.« Seine Stimme klang fester. Tatsächlich wusste er nicht, was Mimmo letztlich gegen ihn vorgebracht haben mochte. Den Vorwurf der Sodomie? Des Hochverrates?

Unermüdlich klopfte Pertuzzis Finger auf den Tisch. Luca folgte wie gebannt der gleichförmigen Bewegung. Pertuzzis ausgedehntes Schweigen begann, ihn zu zermürben. Luca schauderte, schon sah er sich im Verlies, spürte fast die Schmerzen der Folter, der Peitschen, die seine Haut zerfetzten, das Dehnen der Sehnen auf der Streckbank, das Zerren der eisernen Haken, die sein Fleisch von den Knochen rissen.

Schluss damit! Er gebot seiner ausufernden Fantasie Einhalt und zwang sich, an Federico zu denken, versuchte, sich seine Bemerkungen, Andeutungen, Ratschläge zu vergegenwärtigen – nie hatte er geglaubt, sie einmal so dringend zu brauchen. Auf eine derartige Situation hatte ihn der väterliche Freund natürlich nicht vorbereitet, dennoch, er musste sich erinnern … Er riss sich von Pertuzzis klopfendem Finger los, straffte den Rücken und fixierte das Schreiben auf dem Tisch.

Lass dich nie von Angst beherrschen!, schoss ihm plötzlich ein Satz Federicos durch den Kopf. Angst lähmt den Verstand! Mit diesen Worten hatte Federico ihn gerettet, als sie plötzlich vor einem Abgrund standen und Luca ins Taumeln geriet. Fast wäre er hinuntergefallen, weil ihm schwarz vor Augen geworden war, er nicht sah, wohin er die Füße setzte. Federico hatte ihn festgehalten, dann näher an den Schlund geschoben, nah, ganz nah, so dass seine Zehen schon über den Fels hinaus in das Nichts ragten, unter ihnen schier endlose Tiefe. Federico hatte hinter ihm gestanden, ihn an den Armen gehalten und gezwungen hinabzusehen. Damals hatte er sich ähnlich gefühlt wie jetzt. Federico hatte ihm Halt gegeben und er hatte es geschafft. Seither war seine Angst zwar nicht geschwunden, aber er geriet nicht mehr so außer sich in großen Höhen. Eine weitere Bemerkung Federicos fiel ihm jetzt ein: atmen, gleichmäßig, tief, ein und aus, das beruhige. Luca versuchte es, sog die Luft tief ein und ließ sie langsam wieder heraus. – Pertuzzi sei ein Meister im Verhören, hatte das Federico gesagt oder war es Massimo gewesen? Einerlei. Wichtig war, dass derjenige auch gesagt hatte, wie ihm das gelang, nämlich durch Schweigen und Abwarten. Kaum jemand hielt die Stille lange aus und so redeten sich die Angeklagten irgendwann um Kopf und Kragen. Seltsam, nun, da er den Zweck des Schweigens durchschaute, fiel es Luca leichter, ihm standzuhalten. Er konzentrierte sich auf seinen Atem und spürte nach einer Weile Ruhe in sich. Dass Pertuzzi noch immer nichts sagte, fiel ihm kaum auf. Er hielt den Blick auf das Schreiben gerichtet, ohne es wirklich zu sehen, und wartete.

Pertuzzi hüstelte. »Nun, mein Junge, du weißt es also nicht. Dann will ich es dir sagen.« Endlich hielt sein Finger still, Pertuzzi ließ seine Hand drei Lidschläge lang über dem Schreiben schweben, dann legte er sie darauf ab, verdeckte fast völlig die wenigen Zeilen. »Hierin heißt es, du seiest ein Sodomit.«

Luca schwieg.

»Ist das wahr?«

»Nein.«

»Was meinst du, wie kommt derjenige darauf, so etwas zu behaupten?«

»Ich weiß es nicht.«

»Ahnst du, von wem diese Anschuldigung stammt?«

»Nein.«

Pertuzzi neigte den Kopf, die Augen schmal, eine Falte zwischen den Brauen. »Du bist sehr wortkarg, mein Junge. Siehst du nicht, dass es hier um dein Leben geht? Du wärst gut beraten, erzähltest du mir alles. Du kannst mir vertrauen …«

»Es gibt nichts zu erzählen. Ich bin kein Sodomit.«

»Hmm.« Pertuzzi schüttelte den Kopf, als missbillige er Lucas Verstocktheit. »Ist es nicht wahr, dass du mit deinem Freund zusammen warst? Man hat euch gesehen, sehr vertraut …«

»Mit wem soll ich zusammen gewesen sein?«

»Stimmt es also nicht?«

»Das kann ich nicht beantworten, solange ich nicht weiß, um wen es sich handelt. Mit wem also soll ich so vertrauten Umgang gepflegt haben, wo und wann?« Konnte es sein, dass Pertuzzi nicht viel mehr wusste als diese vage Anschuldigung?

»Zudem steht hier …« Der Vorsitzende lehnte sich zurück. Der Blick aus seinen schwarzen Augen bohrte sich in Lucas. Langsam neigte er den Kopf. »Lassen wir das Herumgetändele. Wir haben den Namen deines Freundes und ziehen bereits Erkundigungen ein. Wenn wir etwas finden wollen, werden wir etwas finden … Du kannst dich glücklich schätzen, dass ich dir wohlgesonnen bin, diesmal kommst du davon, aber ab sofort haben wir ein strenges Auge auf dich, also betrachte dies als eine Warnung. Vorerst lasse ich dich gehen, aber halte dich zu unserer Verfügung.«

Luca hielt Pertuzzis Blick stand, während Schweiß seinen Rücken hinunterrann.

»Du wirst Venedig nicht verlassen«, sagte Pertuzzi mit sanfter Stimme, doch seine Augen schienen sich bis in Lucas Gedärme zu brennen.

Was sollte das bedeuten? Luca hatte sich schon im Verlies gesehen, sich in Erwartung der Folter gewappnet, und jetzt ließ Pertuzzi ihn frei? War das eine Falle?

Pertuzzi nickte in Richtung der Wachen und Luca fühlte sich an den Armen gegriffen, wenige Augenblicke später taumelte er unter den Arkaden des Dogenpalastes und blinzelte in die Sonne. Hatte er geträumt?

Passanten gingen vorüber, beachteten ihn nicht. Einer rempelte ihn an, rief: »He, pass doch auf!« Unter den Säulen saßen zwei Taschenspieler und betrogen frühe Passanten. Alles sah aus wie immer und doch war alles verändert.

Wie im Traum bewegte sich Luca über den Campo San Marco, das Ziegelpflaster glühte in der Sonne wie Feuer vor seinen Augen. Ziellos setzte er einen Fuß vor den anderen.

Er war frei. Noch nie hatte man gehört, dass der Rat der Zehn jemanden nach kurzem Verhör gehen ließ. Der eiserne Ring um seiner Brust, der ihm jeden Atemzug zur Qual werden ließ, zog sich enger zusammen.

Er lief und lief, stolperte durch Gassen, an Kanälen entlang, gelangte in Viertel, die er nie zuvor betreten hatte. Seine Füße setzten sich voreinander, einerlei wohin, nur weg. Am liebsten fort aus dieser Stadt – aber das durfte er nicht. Zu spät, Mutter, rauschte es in seinem Kopf, es war zu spät zu gehen.

Er strauchelte, fast wäre er gefallen. Den Holzstapel, der in die Gasse hineinragte, hatte er nicht bemerkt. Luca rieb sich die Zehen, der Schmerz brachte ihn wieder zur Besinnung. Er stand vor der eingerüsteten Fassade eines Palazzo, die Bretterstapel dienten offenbar als Verschalungen für Maurerarbeiten. Von innen drangen Rufe, Hämmern und Knirschen heraus, als würden Steinquader gegeneinander verschoben.

Langsam ging er weiter, umrundete einen Sandhaufen und einen Karren mit weiteren Brettern, immer auf der Suche nach einem Orientierungspunkt. Hinter der nächsten Ecke öffnete sich ein Platz. Ah, dort drüben, die Kirche kannte er doch. Unbemerkt war er ganz in die Nähe von Massimo Barbarinis Palazzo gelangt. Ein Wink des Schicksals? Luca humpelte weiter, der große Zeh schmerzte bei jedem Schritt. Er biss die Zähne zusammen. Wenn ihm überhaupt jemand helfen könnte, dann Massimo. Er würde wissen, was Pertuzzi gegen ihn in der Hand hatte, wie ernst die Anklage war, was Luca zu befürchten hatte. Wollte er sich nicht weiter mit den Schreckensbildern seiner Fantasie quälen lassen, musste er sich Klarheit verschaffen.

Massimo saß in einem der kleineren Säle und hatte gerade sein Frühstück beendet. Ein Glas vor sich, brütete er über einem Dokument, nebeneinanderstehende Zahlenkolonnen deuteten auf Buchführung.

»Luca!« Massimo sah auf, winkte ihn zu sich.

»Signore Massimo ...«

»Setz dich, mein Junge. Du siehst blass aus, geht es dir nicht gut?« Massimo beugte sich vor, fasste ihn ins Auge. »Ist etwas mit Carlo? Ist er etwa ...?«

Luca schüttelte den Kopf. »Nein, Carlo geht es sogar besser, er reagiert langsam auf uns, obgleich er noch immer nicht spricht.«

Massimo seufzte. »Möchtest du einen Schluck Würzwein? Natürlich. Roberto!«

Sofort erschien der Gerufene und trug bereits ein Tablett mit Karaffe und Glas herbei. »Möchtest du auch etwas essen?«

Luca verneinte, allein der Gedanke verursachte ihm einen sauren Geschmack im Mund und ließ seinen Magen brennen.

Massimo winkte Roberto hinaus und schenkte selbst ein. »Es ist ein sehr leichter Wein, er wird dir schmecken.«

Luca wäre ein Becher Quellwasser lieber gewesen, aber er hob den Becher, allein aus Höflichkeit. Der Wein tat ihm gut, wider Erwarten linderte er die Übelkeit. Er sah auf und bemerkte, dass Massimo seinem Blick auswich. Ganz offensichtlich wusste er Bescheid.

Massimo räusperte sich. »Du siehst aus, als wärst du einem Ungeheuer begegnet. Und ich kann mir nur zu gut denken, welcher Gestalt dieses Ungeheuer war. Pertuzzi hat dich befragt, nicht wahr?«

Luca nickte und zog die Unterlippe zwischen die Zähne.

»Hat er es also wirklich getan ...«, murmelte Massimo und rollte sein Glas in den Händen. »Das ist wahrlich eine delikate Angelegenheit.« Er räusperte sich erneut, atmete tief aus und stellte den Kelch vor sich ab.

Luca sah Massimo an, wie sehr ihn die Neuigkeit beunruhigte. »Was steht in dem Schreiben, weswegen ich vorgeladen wurde?«

Massimo hob die Hände, seufzte und ließ sie wieder sinken. Er schürzte die Lippen, kreiste mit den Händen in der Luft, als helfe ihm die Bewegung beim Denken. Es war ein Zeichen seiner Ratlosigkeit, Luca kannte diese Gesten gut genug.

»Also, was soll ich sagen ... Luca, mein Junge, ich weiß nicht im Einzelnen, was gegen dich vorliegt. Ich selbst habe das Schreiben nie zu Gesicht bekommen, ich erfuhr nur zufällig davon, denn es liegt dem Rat wohl schon seit etlichen Wochen vor. Seinerzeit hatte Pertuzzi es sich zur Aufgabe gemacht, alle Anzeigen persönlich zu sichten. Und Luzifer muss es gefügt haben, dass ihm ausgerechnet die dich betreffende in die Hände fiel. Ich weiß es nur, weil er kürzlich in meinem Beisein versehentlich deinen Namen murmelte, als ihm das Schreiben in die Hände kam. Seitdem hält er es unter Verschluss.«

»Darf er das denn?«

Massimos Hände flatterten. »Darf, darf ... Was heißt das schon? Der Rat der Zehn nimmt sich der Anzeigen an, wer im Einzelnen, ist beliebig. Wenn Pertuzzi beschließt, sich selbst darum zu kümmern, entspricht dies nicht eigentlich seinen Aufgaben als Vorsitzender, aber ausgeschlossen ist es nicht. Kurz gesagt: Er muss nicht, aber er kann sich darum kümmern. Ebenso wie er gelegentlich Kontrollen auf Murano bei den Glaswerkstätten selbst durchführt, obwohl wir dafür Leute haben.« Massimos Hände beschrieben immer größere Kreise. »Da ihm die Anzeige offenbar schon einige Wochen vorliegt, hatte ich nicht damit gerechnet, dass er dich noch vorladen lässt. Und dass er dich nicht bestraft, grenzt an ein Wunder. Ich frage mich, was er damit beabsichtigt ...« Massimo schürzte die Lippen.

»Du wusstest von der Anzeige?«, fragte Luca und spürte einen Kloß im Hals. Warum hatte Massimo ihn nicht gewarnt?

»Ja. Heilige Madonna, aber erst seit wenigen Tagen. Und ich Dummkopf glaubte, ich könnte dich schützen.« Grimmig leerte Massimo sein Glas. »Vorsitzender hin oder her, Pertuzzi hätte uns über sein Vorgehen informieren müssen. Er hat uns bei seiner Entscheidung übergangen, dadurch seine Befehlsgewalt überschritten und die Würde des Rates der Zehn missachtet. Ich gebe zu, damit habe ich nicht gerechnet.«

»Könnt ihr ihn dann nicht belangen?«

Massimos Mundwinkel sanken nach unten, er winkte ab. »Oh, das können wir und das werden wir auch. Nur hilft dir das jetzt nicht. Es wird einige Zeit dauern, bis der Senat und der oberste Rat sich der Sache annehmen, so lange hat Pertuzzi freie Hand und du bist in Gefahr. Hat dich jemand verfolgt?«

»Nein, ich glaube nicht.«

»Du bist dir also nicht sicher?« Massimo schien plötzlich um Jahre gealtert.

»Nein, ich war ... mir ist ...«

Massimo wischte mit der Hand über den Tisch, fast hätte er sein Glas umgestoßen. »Selbstverständlich lässt Pertuzzi dich beobachten, wenn er nicht schon seine Meuchler auf dich angesetzt hat ... Das erschwert die Sache natürlich.«

»Sache? Welche Sache?«

»Deine Flucht natürlich.« Massimo wedelte ungeduldig mit der Hand. »Ich weiß, Pertuzzi hat dir befohlen, die Stadt nicht zu verlassen. Dennoch, der Notfall, den Federico befürchtet hat, ist jetzt da. Dir bleibt nichts übrig, als zu verschwinden, und ich werde dir dabei helfen.«

»Aber ...«

Massimo hob erneut die Hand und brachte Luca zum Schweigen. »Es ist nicht ohne Risiko, hoffen wir, dass der Allmächtige auf deiner Seite steht – auf unserer.« Er bedeutete Luca zu warten, während er selbst aufstand und den Raum verließ.

Luca saß da wie betäubt. Jetzt wurde es also ernst. Wie Federico ihm gesagt hatte, musste er Venedig verlassen, ohne sich zu verabschieden. Darauf war er nicht vorbereitet. Was würde Donna Laura von ihm denken, und Sandro …?

Massimo kehrte zurück, einen Beutel in der Hand, den er vor Luca auf den Tisch stellte. Es klirrte leise. »Reisegeld.«

Luca wehrte ab, das konnte er nicht annehmen.

»Keine Widerrede, das ist das Mindeste, was ich tun kann.«

»Ich werde dir jeden Dukaten zurückzahlen …«

»Hör mir zu: Steck das Geld jetzt ein, ein wenig Kleidung, einen Mantel und Proviant bekommst du noch. Roberto sucht gerade das Nötige zusammen. Wie Federico gesagt hat, wirst du ihm nach Deutschland folgen. Dort bist du in Sicherheit. Die Reise wird gefährlich werden, pass gut auf dich auf.«

»Kann ich …«

»Nein. Du wirst sofort aufbrechen.«

»Sollte ich dann nicht besser warten, bis es dunkel wird?«

Massimo schüttelte energisch den Kopf. »Nein. Du gehst jetzt. Am hellen Vormittag herrscht Betrieb auf den Straßen und Kanälen, viele Menschen sind unterwegs, in der Menge kannst du dich unauffälliger bewegen. Außerdem werden deine Verfolger davon ausgehen, dass du des Nachts fliehen wirst, und die Kontrollen verstärken. Nein, nein, jetzt, da sie denken, du suchst bei mir Zuflucht, ist genau der rechte Zeitpunkt.«

Luca trank einen Schluck Wein, ohne ihn zu schmecken. Sein Herz sank bei dem Gedanken, Venedig zu verlassen, ohne ein Wort des Abschieds, des Dankes für die ihm Liebgewordenen. »Und was ist mit Donna Laura? Sagst du wenigstens ihr, wohin ich gehe?«

Massimo lehnte sich im Sessel zurück, starrte an die Decke, scheinbar eine Ewigkeit.

Er seufzte, schüttelte langsam den Kopf. »Nein, aber ich werde sie natürlich nach Kräften unterstützen. Doch sie in unseren Plan einweihen? Nein, Luca. Ich werde niemandem ohne Not von deinem Besuch bei mir und unseren Absprachen erzählen. Auch Roberto wird schweigen, ihm können wir vertrauen.«

Lucas Enttäuschung und Trauer währte nur kurz. Himmel, wie hatte er das vergessen können? »Massimo, eines noch: Ich fürchte, Pertuzzi will auch meinen Freund Sandro der Sodomie anklagen. Es scheint, sein Name fällt ebenfalls in dem bewussten verleumderischen Schreiben.«

»Mach dir keine Sorgen, darum kümmere ich mich. Ich verspreche dir, Sandro wird nichts geschehen. Also gut, wie gehen wir jetzt in deiner Sache vor? Pertuzzis Leute werden vor der Tür auf dich lauern. Unmöglich, ihnen ungesehen zu entkommen ...« Er tippte mit dem Zeigefinger gegen sein Kinn und blickte auf einen Punkt über Lucas Kopf. Dort hing ein Bild von einer Kathedrale, an der eifrig gebaut wurde. Plötzlich weiteten sich seine Augen, straffte er seinen Rücken. »Ha!« Und mit einem Ruck fuhr er auf. »Ich denke, der Himmel ist mit dir! Es gibt einen Weg. Komm!«

Vor der Tür stand bereits Roberto, in der Hand einen Beutel, unter dem Arm einen zusammengerollten Mantel, verschnürt mit einem Lederriemen. Luca nahm beides entgegen. Der Mantel war aus fein gesponnener Wolle. Er fühlte sich glatt und weich an.

»Roberto, falls jemand fragen sollte, so hat Luca zwar hier vorgesprochen, mich jedoch nicht angetroffen, und so ist er wieder gegangen.«

Roberto nickte.

Luca musterte ihn, den ein wenig untersetzten Mann mit den klugen Augen und Tintenflecken an seinem rechten Zeigefinger. Zuvor hatte er Massimos Angestellten nie beachtet und jetzt ruhte sein Schicksal auch in dessen Hand. Nun, letztlich lag es in Gottes Hand ...

»Komm schon«, rief Massimo, der bereits den Gang entlangeilte, der in den rechten Seitenflügel führte.

Roberto nickte ihm zu. »Viel Glück und Gott mit dir!«

»Danke«, stammelte Luca. Er wusste nicht, wie ihm geschah,

sein Herz klopfte wie eine Pochmühle. Doch Zeit, um über sein künftiges Schicksal zu grübeln, blieb nicht. Massimo war kurz stehen geblieben, winkte ihm, eilte weiter.

»Wohin gehen wir?«

Sie gelangten in ein kleines Treppenhaus, Massimo nahm eine Lampe an sich, die auf einer Anrichte stand, und stieg hinunter.

Was hatte er nur vor? Im Erdgeschoss wandte sich der Freund nach rechts, ging einen schmalen Korridor entlang, der nach wenigen Klaftern endete. An der Stirnseite stand eine Eichentruhe, in der man die Aussteuer von vier Töchtern hätte verstauen können, rechts und links davon kaum eine Handbreit Platz. Der Gang war offenbar eine Sackgasse, was sollten sie dann hier?

»Komm, hilf mir«, sagte Massimo und unternahm einen Versuch, die Truhe von der Wand abzurücken. Sie war schwer und an ihren Rändern fand Luca kaum Halt, zudem waren seine Hände vor Aufregung schweißnass, glitten ständig von dem polierten Holz ab. Quietschend bewegte sie sich endlich drei Finger breit über den Ziegelboden. Jetzt kamen sie mit den Händen dahinter und sie konnten sie immerhin eine Armspanne weit vorziehen. »Noch ein Stück weiter vorrücken.« Massimo deutete auf die linke Seite. »Und jetzt drehen und an diese Wand.«

Luca wischte sich die Hände an der Hose ab und bemerkte im selben Moment eine Luke, die von der Truhe verdeckt gewesen war. Eine niedrige Tür, verschlossen mit einem Eisenriegel.

»Noch ein kleines Stück, dann sollte es gehen.«

Mit einem Ruck zogen sie die Truhe weiter zurück. Massimo drückte sich an dem Möbelstück vorbei, zog den Riegel zurück und die Tür schwang ohne einen Laut auf.

Der Tunnel dahinter war schmal, niedrig und dunkel, der Boden feucht, Schimmel zog sich die Wände hinauf.

Massimo bat Luca, die Lampe zu halten, damit er sie anzünden konnte. »Wir haben ihn bei meinen Umbauarbeiten entdeckt, es ist eine Art Geheimgang.« Massimo grinste. »Er war völlig zugeschüttet, das Mauerwerk begann, durch die Feuchtigkeit zu zerfallen. Wir legten ihn frei, um den Schaden zu begutachten. Der Architekt empfahl zwar, den Gang zuzuschütten, aber ich ließ das Mauerwerk erneuern.«

Luca begutachtete die Ziegelwände, die den Geruch feuchten Zements ausdünsteten. Gute Arbeit, wenngleich der Architekt angesichts des Schimmels recht gehabt hatte. Jetzt allerdings war Massimos Fehlentscheidung sein Glück.

»Ich weiß, was du denkst. Aber ich beabsichtigte zu der Zeit den Erwerb des Nachbarhauses, zu dem dieser Gang führt. Es liegt auf der Rückseite meines Palazzos und so ein Gang wäre für gewisse Transporte günstig gewesen. Er mündet sehr günstig, nahe der hauseigenen Anlegestelle.«

»Aber du hast das Haus nicht gekauft.«

»Nein. Der Eigentümer und ich haben zäh verhandelt, aber dann hatte ich einige Verluste hinzunehmen. Der Besitzer hingegen wollte sich durch den Verkauf des Palazzos aus einer finanziellen Misere retten und überschätzte den Wert des Gebäudes. Kurz gesagt, wir kamen nicht zueinander.«

»Aber was, wenn uns der Besitzer bemerkt?«

Massimo drehte sich zu ihm um, ein feines Lächeln auf den Lippen. »Oh, das wird er nicht. Das Haus steht seit Längerem leer. Niemand ist derzeit in der Lage, den wirklich riesigen und mittlerweile sehr heruntergekommenen Palazzo zu erwerben. Du weißt es selbst: Die Banken geben nicht mehr so leicht Kredite wie unlängst. Und wer Geld hat, steckt es in einen Neubau oder investiert auf dem Festland. Kurzum, er ist sein Haus nicht losgeworden, seine Kosten wachsen dem guten Mann über den Kopf, er muss auf dem Land leben und der Palazzo verfällt allmählich. Trotzdem gibt er einfach nicht nach, dieser Sturkopf.«

Massimo ging voran und seine Stimme klang dumpf in dem niedrigen Tunnel. Der Gang war nicht sehr lang, schon nach dreißig Schritten tauchte im Schein der Lampe eine weitere Tür auf. Luca hörte Massimo hantieren, Metall rieb auf Holz, ein leises Knarren folgte und schon fiel Licht herein.

»Gottlob, sie war noch offen.«

Massimos Seufzer ließ erkennen, dass er eine Veränderung der Besitzverhältnisse doch nicht gänzlich ausgeschlossen hatte. Entsprechend vorsichtig traten sie hinaus und gelangten auf einen gepflasterten Hof, der auf drei Seiten von dem Palazzo, auf der vierten – der zum Canale liegenden – von einer überwucherten Mauer eingeschlossen war. Links von ihnen machte Luca im Gestrüpp einen Durchgang aus, den eine Gittertür verschloss. Nein, hier war offenkundig schon lange keine ordnende Hand mehr tätig gewesen. Zerbrochene Krüge und Blumentöpfe lagen zwischen herabgefallenen Steinen herum, alles überrankt von Efeu, Geißblatt und wildem Wein. Luca ließ seinen Blick über die Fassade schweifen. Die Fenster waren allesamt mit Läden verrammelt. Nichts wies darauf hin, dass das Gebäude bewohnt war. Hier und da klafften Löcher im Putz, die dem Haus etwas Verwundbares gaben.

Das metallische Quietschen von Scharnieren riss Luca aus seiner Betrachtung.

»Ah, ausgezeichnet. Komm her, Junge.«

Massimo hatte die Gittertür geöffnet und stand nun an der Anlegestelle, ein paar Stufen unterhalb seiner Füße schaukelte ein kleines Boot sacht auf den Wellen, mit einem ausgefransten Seil an einen Pfosten gebunden.

Die Sonne stand schon tief, in die Häuserschlucht dieses schmalen Canale reichte sie nicht mehr. Luca fröstelte in der schattigen Kühle.

»Mit dem Boot kannst du auf das Festland übersetzen. Halte dich mit Bekanntschaften zunächst zurück. Aber bevor du die Alpen überquerst, sieh zu, dass du dich einer Reisegesellschaft anschließen kannst. Für einen allein, zumal für einen unerfahrenen Reisenden wie dich, sind die Pässe zu gefährlich.« Massimo umfasste seine Schultern, zog Luca an sich. Dann drückte er ihn auf Armabstand von sich und sah ihn ernst an. »Mach dir keine Sorgen, ich werde mich hier um alles kümmern. Wenn es Neuigkeiten gibt, sende ich euch eine Nachricht. Ich bin sicher, du wirst mit Federico zurückkehren können, und wir werden dann gemeinsam dafür sorgen, dass dies die letzte Übeltat Pertuzzis war. Grüße mir Federico. Gute Reise und Gott mit dir, Junge. Ich werde für euch beten.«

»Danke, Signore Massimo. Für alles. Ich wünschte …«

Massimo drehte ihn an den Schultern um und stieß ihn Richtung Boot. »Mach, dass du fortkommst, Luca. Pass auf dich auf!«

Luca wäre fast auf den schlüpfrigen Steinen ausgerutscht, als er die Stufen hinabstieg, an deren unterster schon das Wasser des Canale leckte. Das Boot schwankte beim Einsteigen.

Massimo löste die Vertäuung, reichte ihm den Staken. Luca stieß sich mit einer Hand ab und das Schiff glitt langsam in die Mitte des Canale, wo er es mit dem langen Stab vorwärtsschob.

Luca fühlte sich wie im Traum, nein, eher als wäre er soeben aus einem bösen Traum erwacht, nur um festzustellen, dass die Wirklichkeit noch grauenvoller war. Er straffte die Schultern, es half nichts, er musste sich seinem Schicksal stellen. Zum letzten Mal winkte er Massimo zu und trieb das Boot nun mit kräftigen Stößen vorwärts.

Die Reise begann und der Heilige Christophorus mochte ihm beistehen.

Federico

Harz, Ende Mai

Wäre nur nicht dieser ewige Regen. Wie an den letzten fünf Tagen hatte es auch heute den ganzen Morgen über wie aus Kübeln geschüttet, gegen Mittag klarte es endlich auf. Fürwahr, in diesem Jahr stand sein Aufenthalt im Harz unter keinem guten Stern, nicht einmal, was das Wetter betraf. Federico legte eine Pause ein, setzte sich auf einen Felsbrocken und schaute sich um.

Die Suche nach Paul führte ihn weitab von seiner geplanten Route, denn es war naheliegend, mit den Nachforschungen dort zu beginnen, wo Paul verschwunden war. Das hieß, er musste das Schürfen nach Kobalt und Mangan vorerst aufschieben, denn seine jüngsten Fundplätze lagen am südöstlichen Hang des Brockens, in der entgegengesetzten Richtung. Sei es drum, dann würden eben die Nachrichten aus deutschen Landen, die zu sammeln die Serenissima ebenfalls von ihm erwartete, in diesem Jahr dürftiger ausfallen.

Bis zu dem Weiler war es nicht mehr weit, auf dem Weg dorthin hatte er Seitentäler und Schluchten abgeschritten, zahllose Höhlen, stillgelegte Stollen inspiziert, steile Klippen, reißende Bäche abgesucht, die nicht nur im Herbst zur Gefahr werden konnten. Falls Paul auf dem Rückweg irgendwo dort verunglückt war, hätte Federico seinen Leichnam an den Stellen gefunden, die im Herbst und Winter unzugänglich gewesen waren.

Wind kam auf und fuhr zwischen die Falten seines Mantels. Federico barg das Kinn im Kragen. Es ging auf Mittag zu, aber noch stieg die Sonne nicht so hoch, dass ihre wärmenden Strahlen die Sohle des Tales erreichten. Federico sah sich um, er hatte vergessen, wie schön es hier war und wie einsam noch immer. Das hatte ihm seine Arbeit leicht gemacht, sowohl das Erz unbemerkt zu fördern als auch es nach Italien zu schaffen. In Deutschland beachtete niemand die unscheinbaren Steine und als Händler konnte er die mit ihnen gefüllten Kisten, die er Venedig liefern musste, zwischen anderen Waren verbergen. Federico erinnerte sich gern an seine ersten Jahre im Dienste der Serenissima. Gerade hier, in diesem Gebiet nördlich der alten Ost-West-Straße, hatte er sein erstes Mangan gefunden. Da war er zusammen mit einem erfahrenen Prospektor unterwegs gewesen. Schon bald aber musste Federico eigene Erfahrungen sammeln. Nun, die ersten Jahre waren einfach gewesen.

Er brauchte nur ein altes Bergwerk zu finden, in dem früher Eisenstein abgebaut worden war. Im aufgehäuften Abraum fand er genug Mangan, das die alten Bergleute achtlos weggeworfen hatten.

Aber von Jahr zu Jahr wurde es mühsamer, bestenfalls brauchte er nur ein paar Fuß tief zu graben. Versprach aber der Berg reiche Ausbeute, dann hieß es, einen Stollen anzulegen, immer der Erzader folgend. Wie elend langsam war der Vortrieb mit Schlägel und Eisen, wie eng der Gang, in dem er nur kriechend vorankam, weil er kaum mehr als das reine Erz herausschlug. Zu viel blindes Gestein herauszuhauen, kostete Kraft und Zeit. Allesamt schmal und eng, würden die Leute später vermutlich kaum glauben, dass die Stollen Menschenwerk waren, sie würden sie wohl Zwergen zuschreiben.

Seit einigen Jahren nun arbeitete er in einem Seitental des Brockens und die Ausbeute dort ließ sich vielversprechend an. Wie viele Stollen im Harz zeugten wohl von seiner Arbeit? Er hatte alle in seinem Büchlein verzeichnet, hoffentlich war es nicht verloren, es wäre sehr mühsam, alle Fundorte erneut zusammenzutragen.

Federico hielt seine Nase in den Wind, atmete den würzigen Duft der Tannen, lauschte dem Zwitschern einer Amsel. Ja, dort, hinter dem Tal, weiter im Norden, da wusste er weitere gewinnträchtige Plätze, aber dort begannen der Herzog von Braunschweig und die Harz-Grafen bereits damit, die alten Bergwerke neu zu beleben.

Federico ließ seinen Blick über die Hügelketten und Bergzüge schweifen. Wie lange war er nicht mehr hier gewesen? Er suchte die Gruben auf, die der Straße am nächsten lagen und ein gutes Versteck abgaben. Doch bis jetzt waren alle Stollen leer oder verfallen gewesen.

Er lauschte den Geräuschen des Waldes, kein menschlicher Laut war zu hören. Dass ihn niemand bemerkte, wenn er es nicht wollte, war eine Sache, aber dass Paul niemandem begegnet sein sollte, war merkwürdig.

In der Einsamkeit der Wälder dachte Federico oft an seinen Bruder. Ob seine Genesung wohl weiter voranschritt? Er dachte an Laura, Mimmo und an Luca. Unweigerlich kamen ihm auch die Schwierigkeiten in den Sinn, in denen sie steckten. Pertuzzi, dieser Hurenbastard – der Teufel sollte ihn holen! Der Kerl saß ihm im Nacken wie eine Zecke. Aber irgendwann, das schwor er sich, würde er ihn zu fassen bekommen! Wider Willen sorgte er sich, dessen Verlangen nach Mangan und Kobalt nicht befriedigen zu können. Unsinn, sein neues Bergwerk versprach reiche Ausbeute, er würde den Auftrag leicht bewältigen können.

Ein paar Schritte voraus tauchte ein verkohlter Baum auf. In Gedanken versunken hatte er nicht bemerkt, wie weit er schon gegangen war. Ein Blitz hatte die Buche, deren Äste sich nun schwarz in den Himmel reckten und deren Stamm von Pilzen überwuchert war, aus dem Leben gerissen und zu einem Mahnmal göttlichen Waltens werden lassen. Für Federico jedoch war der Brandbaum nicht nur ein Fingerzeig Gottes, sondern auch Wegzeichen. Ein Stück weiter oben wusste er eine Suhle von Wildschweinen. Ihr Merkmal war wiederum ein blutrot glänzender, blanker Baumstamm, an dem die Schweine sich rieben.

Hinter ihm, ein Stück den Hang hinauf, kam er zu drei von der Witterung abgeschliffenen Steinstelen, sechsunddreißig Schritte weiter links lag rechterhand ein kleiner, von ihm einst angelegter Stollen. Allein aus Gewohnheit und wohl auch, weil der Gedanke an Pertuzzi noch in ihm nachhallte, inspizierte Federico ihn und wurde fündig. Fündig, ein zu großes Wort für eine kaum fingerbreite Manganschicht, die Federico im Licht des von ihm einst angelegten Bewetterungsschachtes erkannte. Normalerweise hätte er dafür Schlägel und Eisen nicht gezückt, aber die Sorge um das Schicksal seiner Familie nötigte ihn dazu. Was er hatte, brauchte er nicht mehr zu suchen, und wer konnte wissen, wohin ihn die Suche nach Paul führte, wie lange sie ihn aufhielt.

Er kroch bäuchlings in den Stollen, für eine Fackel oder Kerze war kein Platz, außerdem würde er sich bei der Arbeit nur daran verbrennen. Das einzige Licht fiel durch den Schacht herein, erreichte aber kaum die Ortsbrust. So war er mehr auf Gefühl und Erfahrung angewiesen, anfangs hatte er oft genug seine Hand statt des Schlägels malträtiert. Eine harte Schule war es gewesen, doch ihr hatte er seine Kunstfertigkeit zu verdanken.

Einige Schläge mit dem Eisen und schon spürte er, es war nur noch taubes Gestein, die Ader war erschöpft. Nicht ohne Grund hatte er einst den Stollen aufgegeben. Federico kehrte seine magere Ausbeute mit einem reich verzweigten Ast, der ihm als Kratze diente, nach draußen. Im Tageslicht begutachtete er die kleinen Bröckchen Mangan, der Rest bestand nur aus Felsbrocken und Steinsplittern, die Erzquelle war erschöpft, sein Gefühl hatte ihn nicht getrogen.

Federico stand auf einem Bergkamm und schaute in das Tal hinunter. Drei Häuser konnte er von seinem Standpunkt ausmachen, die sich an die Hänge schmiegten, dazwischen formten tiefe Karrenspuren einen Weg, auf dem hier und da noch Pfützen standen.

In diesem kleinen Weiler, in jenem Haus dort hatte Paul mit einem Mann gesprochen. Später dann, an der nächsten Wegkreuzung, hatte sich Federico von ihm getrennt.

Es war ein trüber Tag und die Schatten hoher Tannen schluckten das ohnedies spärliche Licht, das die Talsohle niemals zu erreichen schien. Federico schob die Kapuze aus der Stirn und beobachtete das Dorf. Niemand war zu sehen, nur ein Hund bellte.

Eine Windböe wehte ihm die Kapuze vom Kopf. Plötzlich riss die Wolkendecke auf und ein breiter Sonnenstrahl ergoss sich über das Tal. Federico schulterte seine Kiepe, mit der er das erbärmliche Häufchen Mangan zu einem Versteck nahe der Straße transportiert hatte. Jetzt war der Tragekorb nur noch mit Pomeranzen, Bändern und Schnallen gefüllt, die er verhökerte, wenn die Notwendigkeit einen Besuch in einem Dorf erforderte. Bei den Einheimischen galt er als fahrender Händler aus dem Süden und bei manchen Dörflern schaute er sogar jedes Jahr vorbei, um seinen Proviant aufzufüllen und Neuigkeiten zu erfahren. In einigen Siedlungen kannte er mittlerweile einige wenige Leute besser, so manche junge Frau erwartete ihn sehnlichst, um mit neuen Borten und Bändern Kleid und Frisur neuen Schliff zu geben. Doch eine Freundschaft, wie die zu Paul und Anna, verband ihn zu sonst niemandem.

Langsam stieg er den schlüpfrigen Pfad bergab, bei jedem Schritt knirschten die Kiesel unter den Sohlen oder kollerten vor ihm den Hang hinunter. Da vorne rechts, im Schatten des Waldsaumes, hatte er im letzten Jahr auf Paul gewartet, ihn beobachtet. Bei dem vorderen Haus hatte sein Freund angeklopft, ein Mann in Federicos Alter, mit gestutztem Bart, hatte geöffnet und Paul hereingelassen. Von ihm musste er eben das erfahren haben, was ihn so wütend hatte werden lassen.

Federico schritt zielstrebig auf das Haus zu. Alles war still, eine Rauchsäule schraubte sich in den Himmel, also musste jemand da sein.

»Hallo?«, rief er, um auf sich aufmerksam zu machen. Es war nie von Vorteil, die Menschen zu überraschen. Er klopfte ein paar Mal gegen die Tür. Nichts rührte sich. Federico schlenderte ein Stück den Weg entlang, auf das nächste Haus zu. Das bot ein anderes Bild, eines, das er im Harz nur zu oft gesehen hatte: Es war eine Ruine. An einer Seite hing das Dach herunter, Schindeln lagen zwischen Brombeerranken und Unkraut, die Tür hing schief in den Angeln, Lehm bröckelte von der Wand. Erneut bellte ein Hund, Federico wandte sich um. Siehe da, ein Mann kam aus dem letzten Gehöft, einen Filzhut tief in die Stirn gedrückt, einen Stock in der Hand, der ihm als Stütze diente, aber auch als Waffe zu gebrauchen war. So schwerfällig wie er ging, benötigte er ihn jedoch eher als Krücke. Drei Schritte vor Federico blieb er stehen und sah ihn mit zusammengekniffenem rechten Auge und geneigtem Kopf abschätzend an.

»Gott grüße Euch«, sagte Federico.

Der Mann nickte verhalten. »Was wollt Ihr?«

»Ich habe allerlei Gewürze, aber auch Bänder, Paspeln, Perlen aus Italien. Pomeranzen, Pfeffer, Safran … Ist Eure Frau daheim, vielleicht benötigt sie etwas?«

Der Mann stieß die Luft geräuschvoll aus. »Nein.«

»Eure Siedlung liegt recht abgelegen, da ist es sicher nicht einfach …«

Der Alte schüttelte den Stock. »Schert Euch weg, Ihr habt hier nichts verloren.«

In diesem Tal waren Besucher nicht willkommen, jedenfalls was diesen Menschen betraf. Federico lächelte. »Natürlich. Aber vielleicht besteht ja bei den anderen Bewohnern Bedarf. Ist hier niemand zu Hause?« Federico deutete auf die Tür, an die er soeben vergeblich geklopft hatte.

»Hier ist niemand, der Euer Zeug will.«

»Ach, meint Ihr? Nun, dann habe ich meinen Freund Paul wohl falsch verstanden und mich im Ort geirrt. Aber …«, Federico schaute zurück, die Berghänge hinauf, den lehmigen Pfad entlang, der sich durch das Tal zog, »… an anderen Siedlungen bin ich nicht vorbeigekommen. Ihr kennt den Paul Barth also nicht?«

Der Alte sah ihn misstrauisch an. »Paul Barth? Ich weiß nicht …«

»Nun ja, dann bin ich offenbar vom Wege abgekommen. Oder Paul irrte …« Noch einmal ließ Federico seinen Blick über die Siedlung schweifen, entdeckte jedoch nirgendwo ein Lebenszeichen. »Andererseits warten womöglich Eure Nachbarn sehnlichst auf die Waren. Ich werde in diesem Jahr hier nicht mehr vorbeikommen …« Federico schulterte seine Kiepe. »Aber das soll mich nicht weiter kümmern, ich habe ohnehin stets zu wenige Waren für zu viele Käufer. Nichts für ungut, werter Herr. Bitte richtet Euren Nachbarn aus, dass ich da war. Nicht dass es am Ende heißt, ich sei unzuverlässig.«

»Hm«, machte der Alte und rieb sich den Bart. Er stampfte

kurz mit seinem Stab auf den Boden, so als müsse er sich im wahrsten Sinne des Wortes einen Stoß geben. Federicos Worte hatten ihn verunsichert, mit seinen Nachbarn wollte er es sich offenbar nicht verscherzen.

»Wie heißt Ihr überhaupt?«, fragte der Alte und schob sich den Hut in den Nacken. Sein Gesicht war von Runzeln durchzogen, seine Augen leuchteten himmelblau unter buschigen schneeweißen Brauen hervor. Eigentlich wirkte er recht sympathisch, jetzt, da er Federico nicht mehr ganz so argwöhnisch anstarrte.

Auf seinen Reisen nannte er sich seit geraumer Weile auf Deutsch Friedrich, weil er festgestellt hatte, dass die Menschen ihm viel offener gegenübertraten, hörten sie einen vertrauten Namen. Und da er wusste, dass ferne Länder Neugier und Ehrfurcht weckten, fügte er hinzu: »Ich komme aus dem fernen Italien.«

Der Alte nickte, kniff erneut sein Auge misstrauisch zusammen. »Weiter Weg für ein paar Bänder und – was sagtet Ihr noch gleich, verkauft Ihr? Po…?«

Federico lachte, schnallte seine Kiepe ab und stellte sie auf den Boden, kramte darin und holte eine der orangefarbenen Früchte heraus. »Hier, das ist eine Pomeranze, ich schenke sie Euch. Auch als Beweis, dass ich wirklich hier war.«

Der Alte nahm die Frucht zögernd entgegen, besah sie sich, rieb an der Schale, roch daran. »Eigenartiges Ding. Und wozu soll das gut sein?«

»Ihre Schale und der Saft dienen zum Beispiel als Würze für süße Backwaren. Eure Frau weiß bestimmt etwas damit anzufangen.« Federico deutete mit dem Kinn auf das nächstliegende Haus. »Wo sind denn Eure Nachbarn? Wohnt außer Euch niemand hier?«

Der Alte zuckte mit den Achseln. »Schlechter Zeitpunkt. Der Gernot Lambacher«, er wies mit dem Stock zum vorderen Haus hinüber, »ist Hirte. Um diese Zeit treibt er die Kühe zum Molkenhaus. Seine Frau sollte eigentlich da sein, ich habe sie aber heute noch nicht gesehen. Und die Kinder streunen in der Gegend herum. Weiß der Henker, wo die sind.«

»Und was ist mit denen geschehen?« Federico deutete auf das mittlere Haus.

Der Alte drehte sich um, kratzte sich den Bart. »Traurige Geschichte. Alle tot, schon eine ganze Weile. Die Pest. Uns hat sie verschont, aber die Mehlerschen segneten alle das Zeitliche. Die ganze Familie, Mann, Frau, zwei Söhne, die Tochter, einer nach dem anderen schied dahin, der Herr sei ihrer Seele gnädig.« Er räusperte sich. »Gute Leute, schade drum.«

Federico nickte. »Und jetzt steht das Haus leer? Gibt es keine Erben?«

»Das weiß ich nicht. Der Vogt müsste sich drum kümmern, macht er aber nicht. Der ist schon lange nicht mehr hier gewesen. Wird Zeit, dass jemand Neues hier einzieht, sonst kann man nur noch abreißen und neu bauen. Wenn überhaupt jemand in dieses gottverlassene Tal ziehen will.« Er spuckte aus.

»Es ist doch sehr schön hier«, meinte Federico.

»Schön! Was wisst Ihr schon!«

»Da mögt Ihr recht haben, ich weiß es nicht. Na, ich will dann mal weiter.« Federico schulterte seine Kiepe, wandte sich zum Gehen. Nach ein paar Schritten drehte er sich um. »Ach, kennt Ihr nun den Paul Barth? Wenn nicht, dann muss es hier in der Gegend noch eine andere Siedlung geben.«

Der Alte nickte. »Doch, doch, Ihr seid schon richtig hier. Der Paul ist ein alter Freund vom Lambacher. Nun ja, Freund ist vielleicht zu viel gesagt, er hat früher bei dem Vater vom Paul gearbeitet, von daher …«

»Und die Frau Lambacher? Ihr sagtet doch, sie müsste da sein. Meint Ihr, ich könnte einmal nachsehen? Oder Ihr könntet … Womöglich habe ich Paul doch falsch verstanden.«

»Kommt, schauen wir nach.« Der Alte humpelte auf seinen Stock gestützt zum vorderen Haus hinüber, hämmerte mit seinem Stock an die Tür, klopfte zarter an den Fensterladen, schaute hinein.

»Sophia!«, brüllte er schließlich. »Wo steckst du?«

Eine Frau um die fünfzig kam mit energischen Schritten um die Hausecke, ein Tuch um den Kopf gewickelt wie einer der Araber, die man gelegentlich in Venedig sah und die mit ihren Turbanen und flatternden weißen Burnussen zwischen den Venezianern herausstachen wie Möwen unter Krähen. Im Gegensatz zu den hochgewachsenen Wüstensöhnen war diese Frau jedoch klein und rund wie ein Kürbis.

»Was brüllst du so, Barthold?« Sie trat näher, rieb sich die erdverkrusteten Hände, dass der Staub zu Boden rieselte und musterte Federico neugierig. »Besuch in unserem abgelegenen Tal?«

»Ist ein Freund von deinem Mann, sagt er.«

»Nein, nicht direkt«, widersprach Federico. »Ich bin ein Freund von Paul und der ist wiederum mit Eurem Mann befreundet.«

»Paul?« Sophia betrachtete ihn misstrauisch. »Paul ist doch tot.«

»Tot?« Nun, das war natürlich ein verbreitetes Gerücht, wie Anna bereits angekündigt hatte, erstaunlich, wie schnell sich solches Gerede auch in den abgelegenen Tälern verbreitete. Vermutlich waren die Männer des Grafen inzwischen doch hier gewesen.

»Aber ja.«

»Ach! Aber Ihr kanntet Ihn gleichwohl?«

Sophia wiegte den Kopf. »Mein Mann, der Gernot, der kannte ihn, aber ... nun, über die Toten soll man nicht schlecht reden, heißt es doch. Und überhaupt, wer seid Ihr denn, dass Ihr solche Fragen stellt?«

»Ich bin Friedrich und handele mit Waren aus dem fernen Italien.«

»Pomeranzen, hier!«, rief der alte Barthold, der ihnen zugehört hatte, und hielt die orangefarbene Frucht hoch.

»Ah, du gehst jetzt schön nach Hause, Barthold. Hilf deiner Frau mit den Kühen, damit Gernot sie mitnehmen kann, wenn er kommt!« Sophia wedelte den Alten fort wie eine lästige Fliege. Sie winkte Federico, ihr zu folgen. »Dann kommt mal herein und zeigt, was Ihr habt.«

Sophia wusch sich an dem Brunnen neben dem Haus die Hände und führte ihn in die gute Stube, nicht ohne ihn darauf aufmerksam zu machen, sich die Schuhe abzustreifen. »Ohnehin verlorene Liebesmüh, von früh bis spät schufte ich und am Ende ist alles so schmutzig wie zuvor. Dieser Regen, dieser Schlamm, dieser Dreck, eine Teufelsplage, wenn Ihr mich fragt«, murmelte sie wie ein Bächlein stetig vor sich hin.

»Wahrhaftig, dieser Tage ist das Wetter eher wie im November als wie im Mai«, streute Federico in einer Atempause ein.

Die Stube war klein, die Decke niedrig und mit dicken Balken durchzogen. Zwei kleine Fenster, die zur Straße gingen, waren geöffnet und Licht fiel herein. Unterdessen hatte sich die Sonne durch die Wolkendecke gekämpft, ihre Strahlen fanden den Weg bis hinunter in das Tal und malten nun helle Flecken auf den Dielenboden. Neben der Tür brannte Feuer in einem gusseisernen Ofen, der vermutlich nur wenige Tage im Jahr kalt blieb. Federico sah sich um, die Stube blitzte vor Sauberkeit, auf der Anrichte stand das Geschirr, übersichtlich und zweckmäßig, vor dem Schrank lag ein Kuhfell, es glänzte rötlich im Licht. Unter Armut hatte ein Hirte offenbar nicht zu leiden.

Sophia führte ihn zum Tisch, deutete auf die Bank. »Endlich Sonne, wurde auch Zeit. Also gut, lasst sehen, was Ihr habt.«

Federico setzte sich und breitete den Inhalt seiner Kiepe vor ihr aus. »Schlichte Leinenbänder, einfarbig oder gemustert, kostbare, mit Silber- oder Golddraht bestickt, ganz edle, die überdies noch Perlen zieren. Natürlich Schnallen und Gewandnadeln, außerdem Gewürze. Schaut in Ruhe.«

»Oh!« Sophia reagierte auf seine Schätze wie alle Frauen, bei denen es ihm gelungen war, seine Preziosen auszupacken – manche wimmelten ihn ja von vornherein ab. Aber wenn er so weit vorgedrungen war wie hier, hatte er in der Regel gewonnen, dann bekam er alles von den Weibsbildern an Informationen, was er brauchte und noch mehr. Und verdiente zudem etliche Taler.

Sophia besah sich eines der goldbestickten Bänder. »Sehr schön, aber viel zu … nun, wann sollte ich so etwas jemals tragen?«

»In der Kirche?«

»Ja, wohnten wir in einem richtigen Dorf, in der Stadt gar, das wäre was! Aber hier? Seht Euch doch um. Habt Ihr eine Kirche gesehen? Wir müssen zwei Stunden zur Messe laufen, im Winter drei, daran ist gar nicht zu denken.«

»Das ist ja furchtbar.« Federico konnte sich vorstellen, dass die Leute hier auf andere Weise für ihr Seelenheil vorsorgten.

»Nun ja, der Pfarrer ist alt, seine Predigt kennen wir auswendig. Außerdem habe ich dies hier …« Sie ging zu der Anrichte, auf der sie vermutlich ihr gesamtes Geschirr präsentierte, öffnete einen Laden und holte ein Holzkästchen heraus. Wie einen Span vom Kreuz des Herrn trug sie es zum Tisch und stellte es ab. Sie schloss es mit einem kleinen Schlüssel auf, den sie um den Hals trug, öffnete es so, dass Federico nicht hineinsehen konnte, und holte ein Stück Papier heraus. Federico konnte sich denken, um was es sich handelte.

»Seht, das habe ich von einem reisenden Mönch gekauft. Das ist unser Beitrag an Gottes Werk! Keiner soll sagen, die Sophia sei zu geizig oder zu arm für das Himmelreich.«

»Ein wandernder Mönch?« Das erklärte, woher sie von Pauls Tod wusste.

»O ja, Bruder Johannes, er kommt auf seinem Weg über den Harz mehrmals im Jahr hier vorbei, ich versorge ihn mit Essen und Trinken und er erzählt mir dafür Neuigkeiten.«

»Und verkauft Euch solche Ablässe.«

»Was sonst können wir tun, um einen Platz im Himmel zu erlangen, außer zu beten natürlich. Aber so etwas«, sie deutete auf das bedruckte Papier, »ist doch viel sicherer.« Wie eine Reliquie bettete sie den Zettel wieder in seinen Kasten und trug ihn zurück zur Anrichte.

»Hat er Euch auch von den Ketzern erzählt, die hier in der Gegend umtriebig sein sollen?«

Sophias Hände fuhren gen Himmel. »Gütiger Gott, brennen sollen sie, so, wie weiland der alte Herr Graf schon etliche ihrer Art auf dem Marktplatz von Stolberg zum Teufel jagte!«

»Ihr seid bei dem Spektakel damals dabei gewesen?«

Sophia seufzte. »Nein, leider nicht, es mag ja nun auch schon dreißig, vierzig Jahre her sein, Himmel, wie jung ich damals noch war! Aber Bruder Johannes erzählt mir oft davon und schildert alles so farbenprächtig, dass mir immer ist, als hätte ich es mit eigenen Augen gesehen. Aber die Ketzer, ja, die sind mir einmal begegnet, im vergangenen Jahr erst, oben, an der Straße. Bestimmt hundert Menschen, Männer, Frauen, Kinder gar, zogen des Weges. Gegeißelt haben sie sich, dass das Blut nur so spritzte, das war ein Geschrei! Das Klatschen der Riemen, das Fleisch, das ihnen in Fetzen vom Körper hing … Hier«, sie zeigte auf ihre Wange, »habe ich etwas von ihrem satanischen Seim abbekommen. Die Stelle brannte wie Höllenfeuer, das könnt Ihr mir glauben. Der gute Johannes hat mir gottlob ein Fläschchen mit geweihtem Wasser überlassen, um den Schandfleck zu reinigen.«

Sophia würde ein Vermögen für das Fläschchen bezahlt und der Mönch ein Lob von seinem Abt erhalten haben. Auch Federicos Schwägerin Laura erwarb gelegentlich Ablässe. Als Kaufmann müsse man immer um sein Seelenheil fürchten, so ihre Meinung, da konnte man nicht großzügig genug sein. Vermutlich hatte sie in Rom schon eine ganze Kirche samt Ausstattung gestiftet, so dick war der Packen dieser Blätter mittlerweile.

»Wisst Ihr zufällig, ob Paul zu den Ketzern gehört hat?«

»Was? Paul?«, Sophias Stimme wurde schrill. »Natürlich nicht! Sonst hätte der Gernot doch nicht … Nein, nein.« Sie beruhigte sich wieder, schüttelte aber den Kopf und bedachte ihn mit einem finsteren Blick.

»Entschuldigt, aber ich frage mich, was meinem Freund zugestoßen sein könnte. Da dachte ich, vielleicht hätten ihn die Ketzer zu sich gelockt. Es wird viel erzählt ...«

Sophia winkte ab. »Es gibt viel Geschwätz unter den Leuten. Mich interessiert das nicht. Aber der Barthold hat einiges aufgeschnappt ...«, sie nickte vage in Richtung Fenster. »Ständig faselt er vom nahenden Weltuntergang.«

»Tatsächlich?«

Sophia nahm ein rotes Seidenband auf, ließ es durch die Finger gleiten. »Wie zart. Aber habt Ihr nichts Robustes, aus Leinen oder Wolle vielleicht?«

Nun, sie lenkte ab, aber er würde sie schon wieder auf das Thema zurückleiten. »Wolle und Leinen, schaut einmal diese hier. Braucht Ihr auch Gewürze? Oder gar Pomeranzen?«

»Zeigt her. Ja, Pfeffer wäre gut ... Safran, habt Ihr Safran? – Gut. Ja, davon nehme ich etwas. Und eine Unze Pfeffer, ach was, drei Unzen nehme ich. Aber diese Dinger ...« Sie wog eine Pomeranze in der Hand und roch ebenso daran wie Barthold vorhin. »Nein, damit weiß ich nichts anzufangen.«

Federico verstaute die Pomeranze in der Kiepe und förderte stattdessen eine kleine Waage zutage, mit der er drei Unzen von den Pfefferkörnern abmaß. Den Safran hatte er fertig portioniert in kleinen Spanschachteln. Eine für fünf Pfennige.

»Halsabschneider«, murmelte Sophia empört.

»Ihr könnt gern bei jemand anderem kaufen«, sagte Federico und wollte den Safran schon wieder einstecken.

Sophia griff danach. »Nein, nein, schon gut. Und so ein Leinenband.«

»Das ist erste Qualität und die dunkelgrüne Farbe schmückt Euch ungemein.«

»Meint Ihr?« Sophia hielt sich das Band vor die Brust und musterte es.

»Ja, ich habe vor Jahren Pauls Frau ein ebensolches verkauft, allerdings in Blau, sie trägt es noch immer, und die Farbe sei in all den Jahren nicht verblichen, bestätigte sie mir neulich. Meint Ihr nicht, Paul lebt und hat die Anna und den Sohn verlassen?«

Federico schlug den Ton an, von dem er wusste, dass er Frauen anrührte.

»Wie kommt Ihr darauf? Unsinn. Paul ist tot, daran gibt es nichts zu rütteln. Er muss umgekommen sein, nachdem er hier weg ist.«

»Ach? Er war bei Euch?«

»Ja, aber ich war hinten im Stall und habe nicht alles mitbekommen. Nur, dass Paul dachte, die Anna hätte ihm Hörner aufgesetzt. Na, hat sie ja auch.«

Mit welcher Leichtigkeit dem Weib diese Ungeheuerlichkeit über die Lippen ging. Allerdings bestätigte Sophia seinen Verdacht, dass Paul an Annas Treue gezweifelt hatte. Federico spürte, wie angesichts Sophias Behauptung der Zahn des Zweifels auch an ihm zu nagen begann. Nein, das ist nur Geschwätz, übles Gerede! Er presste die Zähne aufeinander. »Aber mit wem sollte sie das denn?«

Sophia zuckte die Schultern. »Vor allem ging es ihm wohl um den Sohn, Lukas heißt er, der war nämlich nicht von ihm.«

Das war eine Neuigkeit, die Federicos Ahnung noch weit übertraf!

Sophia schüttelte den Kopf. »Paul hegte Zweifel an seiner Vaterschaft und hat Gernot gebeten, sich umzuhören. Als Hirte kennt mein Mann viele Leute, kommt weit herum. Damals erkundigte Paul sich bei Gernot, ob er etwas in Erfahrung gebracht hatte.«

»Und?« Federicos Herz klopfte spürbar.

»Er hat ihm gesagt, dieser Fremdling, der immer bei ihnen einkehrt, sei der Vater.« Sie sah ihn an. »Sagtet Ihr nicht, Ihr kämt aus dem Süden? Ihr seid doch nicht etwa derjenige, welcher?« Sie drohte ihm scherzhaft mit dem Finger.

»Glaubt Ihr wirklich, ich würde Euch dann danach fragen?« Es kostete Federico viel Kraft, auf ihren Scherz einzugehen, nach Lachen war ihm nicht zumute. »Wie ist Paul überhaupt auf diesen Gedanken gekommen?«

»Dass er nicht der Vater ist, meint Ihr?« Sophia schüttelte

den Kopf. »Weil sein Sohn ihm so gar nicht ähnelt? Weil es Gerede gab? Ich weiß es nicht, irgendwer wird Paul etwas gesteckt haben.«

Die nächste Frage fiel ihm schwer, aber er musste Gewissheit haben. »Und dein Mann wusste zweifelsfrei, dass Paul nicht der Vater von Lukas ist?«

»Aber ja.«

»Und woher hat Euer Mann diese Kunde?«

»Genau das fragte Paul ihn damals auch. Es war eine Freundin von Anna, die es Gernot gesagt hatte. Damit bestand für Paul kein Grund mehr zu zweifeln.«

Es schien keine besonders gute Freundin zu sein, wenn sie solch niederträchtige Lügen streute. Um wen mochte es sich handeln? »Ihr kennt sie?«

»Nein. Aber Paul offenbar, jedenfalls fragte er nicht weiter nach.«

»Und woher will diese Freundin so ein Geheimnis wissen?«

»Gernot meinte, sie wisse es von Anna selbst.«

Von Anna selbst! So stimmte es also. Der Himmel schien sich zu verdüstern, der Boden unter seinen Füßen zu schwanken. Madonna, Anna, was hast du nur getan? Er weigerte sich, ihr solch eine Untat zuzutrauen. Er wollte es nicht glauben – vielleicht, weil er sich dann eingestehen musste, dass sie jemand anderem das geschenkt hatte, was er zu erlangen sich versagte. Er musste mit Anna sprechen, es aus ihrem eigenen Munde hören. Aber nein, dann würde er ihr und sich selbst eingestehen, dass er dergleichen glaubte. Nein, nein, nein, Anna hätte doch nie … Er musste sich zusammennehmen, durfte sich nicht von seinen Gefühlen hinreißen lassen.

»Geht es Euch nicht gut?«, fragte Sophia besorgt.

»Der Weg war doch recht anstrengend, vielleicht habt Ihr ein Glas Wasser für mich?« Das gab Federico Zeit, sich zu sammeln. Er trank den Becher, den Sophia ihm brachte, in zwei Zügen leer. »Ich danke Euch. Der Herr im Himmel möge Euch diese Wohltat vergelten.«

Sophia winkte ab.

»Doch, solch gutherzige Menschen wie Euch gibt es nicht oft. Ich sage Euch, es ist erschreckend, auf wie viel Schlechtigkeit ich bei den Menschen treffe. Dennoch staune ich, dass Anna dieser Frau, ihrer Freundin, ihren Fehltritt anvertraut und diese das Geheimnis so leichten Herzens weitererzählt.«

»Nun ja, Gernot behauptete, Paul wisse längst Bescheid, da hat sie es ihm halt bestätigt.«

Federico nickte, er kannte diese Vorgehensweise. »Und Anna hat dieser – Freundin – auch den Namen des wahren Vaters genannt, den dieses Ausländers?«

Sophia wiegte den Kopf. »So genau weiß ich das nicht. Gernot jedenfalls meinte, es sei ganz offensichtlich, dass nur dieser Fremdling dafür infrage kommt. Da sei er sich mit dieser Frau sehr einig gewesen.«

Sophia ordnete zwei Bänder nebeneinander an, strich sie glatt und nahm noch einmal das mit der Goldstickerei zur Hand. »Tja, und jetzt ist er tot, der Paul«, murmelte sie. Plötzlich streifte sie ihn mit einem eindringlichen Blick. »Man könnte meinen, seiner Frau käme sein Hinscheiden sehr zupass.«

Um ein Haar wäre Federico aufgesprungen. »Was wollt Ihr damit andeuten?«, fragte er und zwang sich zur Ruhe. Allmächtiger! Hatte er denn nicht selbst diesen Gedanken gehegt? Das Gespräch zerrte an seinen Nerven, er atmete tief ein. Wenn bereits Gerüchte von solcher Tragweite die Runde machten, stand es nicht gut um Anna.

»Ach nichts, guter Mann. Ich kenne die Frau nicht einmal. Und den Leichnam von Paul hat man ja nie gefunden, heißt es. Er war ein feiner Mensch, traurig, dass er mit dem Wissen, ein Hahnrei zu sein, in den Tod gehen musste. Aber der Herr wird es ihm vergelten. So wie der Himmlische auch um die Schuld oder Unschuld seiner Frau weiß. Mein ist die Rache, spricht der Herr, predigt unser Herr Pfarrer immer. Es ist nicht unsere Sache, über Mitmenschen zu richten.« Sophia bekreuzigte sich und rollte die beiden Bänder, die sie sich ausgesucht hatte, zu

Schnecken auf. Das bestickte Seidenband schob sie mit einem Seufzer zurück. »Die beiden sollen es sein. Und der Pfeffer und der Safran. Was bin ich Euch schuldig?«

Federico beschloss, ihr trotz allem ihre Auskunftsfreude mit einem guten Preis zu vergelten. »Einen Groschen für alles zusammen, gute Frau.«

Sophia hatte mit mehr gerechnet, so wie sie lächelte. »Wartet, ich hole eben das Geld.«

Federico stand auf, ging ein paar Schritte auf und ab. Ein Kruzifix fiel ihm ins Auge, das über der Tür hing, daneben das Bildnis einer Madonna. Kaum zu erkennen in dem schlechten Licht, obwohl auf einem Regal darunter eine kleine Kerze brannte. Offenbar das Werk eines heimischen Künstlers, nicht zu vergleichen mit den Bildnissen der Gottesmutter, die in den venezianischen Kirchen hingen und in deren Antlitz er immer das von Anna erkannte. Ach, könnte die Gottesmutter ihm nur helfen, Licht in das Dunkel zu bringen, ihm sagen, was er glauben konnte und was nicht. Madonna!

Federico trat an das Fenster und schaute hinaus. Er konnte das ganze Tal überblicken. In der Richtung, aus der er gekommen war, sah er den Pfad im Wald verschwinden. Vogelgezwitscher in den Bäumen, grüne Blätter an den Ästen. Auf einmal war der Frühling mit Macht erwacht, aber Federico fühlte sich müde. Wenn Sophia die Wahrheit sprach, dann hütete Anna seit Jahren ein Geheimnis, vor Paul und vor ihm. Die Einsicht schmerzte.

Sophia kehrte zurück. »Hier, Euer Geld!« Sie legte die Münzen auf den Tisch und trat neben ihn. »Was schaut Ihr denn da?«

»Ach, nichts. Ich fragte mich nur, was Paul vorhatte, nachdem er die schreckliche Wahrheit erfuhr.«

»Na, was wohl? Er wollte Anna zur Rede stellen und natürlich diesen Kapaun, den Fremdling, diesen Hurenbastard.«

Ja, Letzteres hatte Paul tatsächlich, nur war Federico Pauls Rede damals gänzlich unverständlich geblieben. Der nächste

Gedanke jagte ihm einen kalten Schauer über den Rücken. War Paul anschließend zu Anna geeilt, um sie mit seinem Wissen zu konfrontieren? Das hieße, Annas Sorge um Paul wäre nur Lug und Trug gewesen. Und er hatte wegen ihres ungewohnt zurückhaltenden Benehmens gedacht, sie verdächtige ihn, jetzt hingegen schien es sogar möglich, dass sie selbst schuldig war. Wenn dem nicht das Faktum, dass niemand Paul begegnet sein wollte, widerspräche. Denn wäre er ins Gasthaus zurückgekehrt, hätte ihn spätestens dort jemand sehen müssen.

Sophia fuhr fort: »Ihr interessiert Euch aber sehr für Pauls Wohl und Wehe …«

Federico zwang sich, alle persönlichen Befindlichkeiten auszuschalten. »Ich kenne ihn schon lange, komme immer auf meinen Wegen bei ihm und seiner Frau vorbei. Es ist das einzige Gasthaus in der Gegend, müsst Ihr wissen, das verbindet. Und nun ist Paul also tot, so ein Jammer. Ihr wisst es, nehme ich an, von diesem Mönch? Bruder Johannes? Er kannte Paul?«

»Natürlich, wie fast jeden hier im Harz, er verkauft überall seine Ablässe.« Sophias Augen bekamen einen träumerischen Glanz. »Er handelt auch mit Reliquien. Ich spare schon seit geraumer Weile auf ein Fingerknöchelchen der heiligen Barbara. Es sei wundertätig. Nenne ich das erst einmal mein Eigen, werden sich meine Wünsche endlich erfüllen! Raus aus diesem Tal, für Gernot eine auskömmliche Stellung in der Stadt … Bruder Johannes will es mir zurückhalten, das versprach er mir erst dieser Tage, als er auf seinen Frühjahrsbesuch hereinschaute.«

Ganz sicher tat er das, schließlich hatte er in Sophia eine dankbare Kundin, die durfte man nicht enttäuschen. Federico begann, seine Sachen einzupacken. Es war Zeit zu gehen, viel mehr würde er hier nicht erfahren.

Sophia nahm die Bänder und verstaute sie in der Anrichte. Als sie sich wieder setzte, meinte sie beiläufig: »Nachdem Paul von uns fortgegangen war, hat Johannes ihn noch gesehen.«

»Er hat ihn gesehen? Wie kann er dann behaupten, Paul sei tot? Oder hat er dessen Leichnam gefunden?«

»Nun, das nicht. Johannes beobachtete aus der Ferne, wie Paul mit einem Mann zusammenstand. Sie stritten, das sei ganz deutlich zu erkennen gewesen.«

»Mehr hat er nicht gesehen?« War Johannes vielleicht nur Zeuge seiner Auseinandersetzung mit Paul geworden?

Sophia schürzte die Lippen, schüttelte den Kopf. Jetzt, da sie es erzählte, fiel offenbar auch ihr auf, dass die Geschichte mehr als dürftig war. »Nun, es war wohl eine veritable Prügelei. Als Bruder Johannes an dem entsprechenden Ort eintraf, war niemand mehr zu sehen, aber er fand Blut am Boden, viel Blut. Erst als ihm später die Mär von Pauls Verschwinden zu Ohren kam, war ihm klar, dass Paul tot sein musste und dieser Mensch ihn auf sein Pferd geladen und weggeschafft hatte.« Sie bekreuzigte sich.

»Also hatte der Mann ein Pferd dabei«, murmelte Federico. Er hatte damals ein Maultier mitgeführt, das seine Erzausbeute schleppte. Federico stutzte. »Wo hat er Paul denn gesehen?«

Sophia fegte mit der Hand ein Staubkörnchen vom Tisch. »Das hat er mir nicht so genau gesagt. Irgendwo nördlich wahrscheinlich, an einem der Hangwege entlang des Brockens.« Sie beschrieb ihm die Route, die der Mönch aus dem Kloster Ilsenburg Jahr um Jahr bereiste, um die Dörfer, Weiler und Flecken der Gegend mit Gottes Wort zu erleuchten, so gut sie es vermochte.

Federicos Hoffnung schmolz aufgrund ihrer ungenauen Angaben dahin. So viel jedoch wurde deutlich: Sein Streit mit ihm hatte westlich von hier stattgefunden, nicht annähernd an dem Weg, den der Mönch genommen hatte. Eine Prügelei, Blut war geflossen … Plötzlich begann Federicos Gesicht zu glühen, als ihm die Ohrfeige einfiel, die Paul ihm zum Abschied verpasst hatte. Sei es, geblutet hatte jedenfalls keiner von ihnen … Vielleicht entsprangen die Ungereimtheiten schlicht Johannes' oder Sophias Einbildung. »Konnte Bruder Johannes denjenigen näher beschreiben? War es womöglich gar besagter Fremdling, den Paul traf und gleich an Ort und Stelle zur Rede stellte?«

Sophia zuckte mit den Schultern. »Hm, meint Ihr nicht, es wäre ein großer Zufall gewesen, hätten sie sich gerade an diesem Tag dort getroffen? Aber nun, die Wege des Herrn sind unergründlich. Nein, mehr weiß ich beim besten Willen nicht.«

»Wie auch immer, es scheint, als wäre Bruder Johannes Zeuge eines Verbrechens geworden. Hat er seine Beobachtung dem Grafen angezeigt?«

Sophia hob die Hände. »Ich denke es. Aber es ist doch so klar wie der Frühlingshimmel, dass der besagte Ausländer Paul beseitigte, um seine Todsünde zu verschleiern.«

Nun, dies zumindest konnte Federico ausschließen. Aber der Kern der Geschichte, dass Paul womöglich noch jemand anders getroffen und mit seinem Verdacht konfrontiert hatte, der die Anschuldigung nicht so besonnen hingenommen hatte wie Federico, war nicht von der Hand zu weisen. Und damit drängte sich jetzt eine neue Frage immer stärker auf, die Federico sich bislang noch nicht gestellt hatte. Wenn Paul tatsächlich nicht Lucas Vater war und er selbst als Vater ebenfalls nicht infrage kam … Wer war es dann?

LUCA

Zwischen Venedig und Verona, Anfang Juni

Luca konnte Massimo nicht genug für seine Großzügigkeit danken. Wie nützlich dessen Münzen waren, hatte er schnell festgestellt. Allein einen halben Dukaten kostete es, einen Fischer dazu zu bewegen, ihn auf das Festland überzusetzen, denn das alte Boot, das er bei Massimo bestiegen hatte, war binnen Kurzem voll Wasser gelaufen. Mit Glück war er auf einer der Inseln gestrandet, mit noch mehr Glück hatte sich das Wagnis, einen dort arbeitenden Fischer anzusprechen und ihm für die Überfahrt eine Entlohnung anzubieten, als vorteilhaft herausgestellt. Gut investiertes Geld, denn der Mann erwies sich als gleichermaßen kundig in den venezianischen Gewässern wie schweigsam.

Auf dem Festland mied Luca fortan jegliche Gesellschaft und ging stets abseits der ausgetretenen Pfade. Nach etlichen Meilen, die er nordwärts gewandert war, änderte er die Richtung, hielt sich westlicher, gen Padua. Als Unterschlupf für die Nacht dienten ihm ein paar Büsche, eine Hecke, ein Verschlag. Mit Grauen erinnerte er sich an die erste Nacht im Freien. An harte Erde und Dornen, die ihn in den Rücken stachen.

Padua umrundete er weiträumig. Die Sonne brannte vom Himmel wie im Hochsommer, sein Hemd war verschwitzt, seine Füße schmerzten und noch immer rechnete er damit, eingeholt und verhaftet zu werden. Tag und Nacht saß ihm die Furcht im Nacken, hing wie Blei an seinen Füßen. Es kostete ihn alle Kraft, auf mögliche Gefahren und Verfolger zu achten und bei aller Vorsicht nicht die Richtung zu verlieren. Schwer genug, da er sich noch immer querfeldein oder auf einsamen Seitenpfaden fortbewegte. Einmal hatte er sich gründlich verirrt und etliche Tage verschwendet.

Zahllose Wochen später, so schien es ihm, erreichte er endlich die Gegend von Verona, tatsächlich, so überschlug er, waren es wohl knapp zwei gewesen. Verona, das Tor zum Brenner, die Pforte über die Alpen. Hier würden die Schergen des Rates der Zehn auf ihn warten. Pertuzzi würde wissen, wohin Luca wollte, und da lag es auf der Hand, die Verfolger nach Verona zu schicken, denn spätestens auf dem Weg über den Brenner ergäbe sich ein unbeobachteter Augenblick zum Zugriff. Natürlich hätte Luca auch einen der anderen Pässe wählen können, doch würde Pertuzzi diese Strecken ebenso überwachen lassen. So war die Entscheidung trotz aller Risiken für den wegsamen Brenner ausgefallen, eine bei Kaufleuten beliebte und daher belebte Strecke. Luca würde eben noch wachsamer und vorsichtiger sein müssen als bisher.

Um eine Reisegesellschaft zu finden, die ihn mitnahm, blieb ihm nichts anderes übrig, als seine Deckung zu verlassen und sich in die Stadt zu wagen. Wenige Meilen vor Verona stieß er auf einen Weg, der dem Ufer der Etsch folgte, und er mischte sich unter die Leute, die wie er in die Stadt zogen.

Plötzlich war er von einem Pulk bunt gekleideter Menschen umgeben, die lachten und scherzten und ihn sofort in ihre Späße einbezogen. Der Anführer des Trupps, ein großer, dunkler, in eine farbenprächtige Weste gekleideter Mann, stellte sich als Antonello vor. Er erwies sich als kunstvoller Sänger mit einem schier unerschöpflichen Vorrat an Liedern. Eine üppige, groß gewachsene Rothaarige, Luca hielt sie für seine Frau, begleitete ihn auf einem Tamburin. Zunächst fürchtete Luca, dass er mit diesen Leuten zu viel Aufmerksamkeit erregte, dann aber kam er zu dem Schluss, dass ihn niemand in einer so auffälligen Gruppe vermuten würde.

Eine winzige Frau tänzelte an ihm vorbei, er staunte, wie sie auf einmal ein Bündel Messer hervorzog – fünf zählte er –, mit leichter Hand damit zu jonglieren begann und trotz ihrer kurzen Beine mit den anderen leicht Schritt hielt. Unterdessen schleuderte sie ihre Messer unermüdlich in die Luft. Als sie schließlich stehen blieb, um sie wieder in ihrer Tasche zu verstauen, bemerkte er im Vorübergehen, dass sie älter sein musste, als er zunächst gedacht hatte. Ihr Blick streifte ihn erneut, sie lächelte, zeigte makellose Zähne. Ihr Mund war, gemessen an ihrer kleinen Gestalt, erstaunlich breit, die Nase dafür ein wenig kurz und knollig geraten, übersät mit Sommersprossen, die auch ihre Wangen zierten. Ihre dunklen, rötlich schimmernden Haare hatte sie zu einem Zopf geflochten, der ihr bis über die Schulter hing und in der Sonne golden aufblitzte. Bekrönt wurde die ganze Gestalt von einer übergroßen roten Samtmütze. Woher mochte sie stammen? Mit ihrem breiten Gesicht und den hohen Wangenknochen erinnerte sie Luca an die Slawen, die er aus Venedig kannte. Diese hellen Augen hingegen – waren sie grau oder blau, vielleicht auch grün? – wiesen eher auf den Norden. Aber am Äußeren ließ sich die Herkunft heutzutage nicht feststellen, auch in Venedig mischten sich die Nationen inzwischen untereinander. Er kannte viele deutsche Handwerker, die venezianische Frauen geehelicht hatten und mal deutsch, mal südländisch anmutenden Nachwuchs produzierten.

Unter diesem farbenfrohen, lärmenden Gauklervölkchen war die Zwergin zweifellos die auffälligste Erscheinung. Luca fühlte sich leicht und heiter, fast vergaß er seine Blasen an den Füßen und die Erschöpfung, die ihn am Morgen noch gelähmt hatte. In der Gesellschaft von Antonello und seinen Leuten wurden die letzten Meilen recht kurzweilig.

Vor der Stadt, nahe der großen Brücke, trennten sich ihre Wege. Die Gaukler wollten sich das Geld für eine Unterkunft in der Stadt sparen und die Nacht vor den Toren im Freien verbringen. Am nächsten Morgen, so ihre Pläne, würden sie auf den Plätzen der Stadt ihr Programm darbieten. Luca zögerte, beschloss dann aber, keine Zeit zu vergeuden, je eher er eine Reisegruppe fand, desto besser. Sie verabschiedeten sich herzlich, die große Rothaarige drückte ihn an ihren wogenden Busen, die Zwergin nickte ihm zu, der Rest knuffte und tätschelte ihn. Die überbordende Herzlichkeit rührte Luca. »Vielleicht treffen wir uns ja morgen wieder, ich werde jedenfalls nach euch Ausschau halten.«

Luca marschierte auf die riesige Brücke zu, die sich in vier Bögen über den Fluss spannte. Er hatte sie schon einmal gesehen, als Kind, damals in Federicos Begleitung auf der Reise nach Venedig. An die Stadt selbst erinnerte er sich kaum noch, doch dieses Bauwerk hatte sich in sein Gedächtnis gegraben. Etwas Vergleichbares gab es nicht einmal in Venedig.

Der Lauf der Etsch führte ihn geradewegs in das Zentrum von Verona. Ein Platz öffnete sich vor ihm und Luca erschrak, als er auf einer Säule den Löwen erblickte. Es war noch nicht geschafft, auch hier in Verona lauerte die Serenissima, wenn auch nur in Gestalt ihres Wahrzeichens. Was sollte das bedeuten? Eine Mahnung? Eine Drohung? Pah, und wenn schon. Aus Venedig war er bereits entkommen.

Wäre nur der Löwe nicht, der von seiner Säule grimmig auf ihn herunterschaute … Unter den Gauklern hatte er sich sicher gefühlt, doch hier auf dem Platz musterte er jeden Passanten, fliegenden Händler, die Frauen, Männer, spielenden Kinder. Niemand erschien ihm auffällig. Abrupt blieb er stehen und wandte sich um, kein Verfolger sprang hinter eine Säule, verbarg sich im Schatten. Überall herrschte nur die typische Betriebsamkeit einer italienischen Stadt. Hoch über sich vernahm er eine Glocke und erst jetzt – erstaunlich genug – gewahrte er den Uhrturm. Fünf Schläge dröhnten über den Platz. Fünf Uhr, nun, das hatte er anhand des Sonnenstandes geschätzt, dafür brauchte er kein solches mechanisches Wunderwerk. Ein wenig beunruhigten ihn diese Geräte sogar, die die Zeit maßen. Zeit, die doch allein Gott gehörte, dürfe nicht auf diese Weise dem Menschen Untertan gemacht werden, behaupteten manche. War es wirklich Teufelswerk, sie in ein Gehäuse zu zwingen, um sie durch eine ausgeklügelte Mechanik messen zu lassen? Luca zuckte die Achseln und wandte sich um, Zeit war jetzt seine geringste Sorge, auch wenn die geheimnisvolle Technik ihn trotz aller Vorbehalte sehr begeisterte.

Eine Straße markierte das Ende des Platzes. Er schlenderte an Häusern und Geschäften entlang und überlegte, wo er eine Reisegruppe fände, die wie er den Brenner überqueren wollte. In einem Gasthaus sicherlich. Er würde sich erkundigen, wo die deutschen Reisenden abzusteigen pflegten.

Am Ende der Straße versperrte eine Kirche den Blick. War dies ein Fingerzeig des Herrn? Sein Gewissen meldete sich, es war längst angebracht, Gott für die gelungene Flucht zu danken und um einen weiteren glücklichen Verlauf der Reise zu bitten. Nur ein Gebet des Morgens und ein paar Worte des Abends, im Halbschlaf gestammelt, war für seine Unternehmung gewiss nicht ausreichend. Zumal vor der Überquerung der Alpen der Beistand des Herrn so nötig war wie nie. Auch sollte er die

Gelegenheit nutzen und eine Kerze für Carlo spenden. Luca beschleunigte seine Schritte, auf einmal drängte es ihn, sich dem Herrn anzuvertrauen, etwas, das ihm in Venedig nicht in den Sinn gekommen wäre. Nun, da hatte er ja auch noch nicht um sein Leben gefürchtet. Er drängte sich zwischen ein paar Verkaufsbuden hindurch, die Heiligenstatuetten feilboten. Er kam zum Eingang, streckte die Hand aus, um die Tür zu öffnen. In dem Augenblick rempelte ihn ein Mann an, traf ihn an der Schulter und stieß ihn beiseite, Luca taumelte gegen den Mittelpfeiler des Portals, stieß sich den Kopf, sein Beutel fiel zu Boden.

In seinen Ohren rauschte das Blut, vor den Augen wurde es schwarz. – Sie hatten ihn erwischt. Luca schloss die Lider und erwartete den Todesstoß.

Federico

Harz, Anfang Juni

Ein leichter Windzug, der durch den Stollen strich, ließ Federico frösteln. Er zog seinen Mantel enger um sich und starrte in die Finsternis. Der Fels unter ihm drückte in den Rücken, das Liegen war unbequem, aber immerhin bot das alte Bergwerk Schutz vor den immer wieder niedergehenden Regengüssen. In seinen Anfangsjahren hatte er von dessen Hauptstollen aus einen Suchgang gegraben, harte Arbeit, die sich nach einem Jahr als verschwendete Zeit erwiesen hatte. Aber das Bergwerk lag günstig, weitab jeglicher Besiedelung, und der Stollen verfügte über eine geräumige Weitung, in der er sich zusammenrollen konnte. Ein Wetterschacht sorgte zudem für ausreichende Belüftung. Er konnte sogar ein Feuer entfachen, um sich zu wärmen und einen Gerstenbrei zuzubereiten.

Davon zeugte jetzt allerdings nur noch der leichte Rauchgeruch, der in der Luft hing.

Der Tag war anstrengend gewesen, Federico war sterbensmüde und doch wälzte er sich nur von einer Seite auf die andere. Er suchte Antworten auf die Fragen, die Sophias Bericht aufgeworfen hatte. Nein, Anna war nicht leichtfertig, sie war keine Ehebrecherin, sonst müsste er an seiner Menschenkenntnis zweifeln, die ihn noch nie getrogen hatte. Wenn also in Sophias Geschichte ein Funken Wahrheit steckte, so gab es nur eine Erklärung: Anna war Gewalt angetan worden und um die eigene Schande – und die Schwangerschaft – zu verbergen, hatte sie Paul geheiratet. Tatsächlich war Luca ungewöhnlich schnell nach der Hochzeit auf der Welt gewesen, es hatte damals Gerede gegeben, erinnerte sich Federico, aber es kam vor, dass Kinder vor der Zeit das Licht der Welt erblickten.

Er musste mit Anna sprechen ... Anna. Ihre Lippen wie Rosenblüten, ihre Haut wie frisch gebleichtes Leinen, ihr Haar, duftend nach Kamille und Minze ... Fast zwanzig Jahre lang hatte er diese Sehnsucht, diese Gefühle unter Verschluss gehalten, niemand hatte je in die Tiefen seines Herzens geschaut – nicht einmal er selbst.

Warum übermannte ihn auf einmal eine derartige Sehnsucht nach dieser Frau? Heilige Madonna, was war nur los mit ihm? Ach, als wüsste er es nicht! Es war die Hoffnung, die in ihm erwacht war, als er von Pauls Verschwinden erfahren hatte. Aber nur, wenn Pauls Tod bewiesen war, durfte er auf ein gemeinsames Leben mit Anna hoffen. Ein gemeinsames Leben ... Kränkte es ihn deshalb zutiefst, dass Anna sich ihm nicht anvertraut hatte?

Am Morgen stand er vor dem Eingang des Bergwerks. Hier am Hang wehte ein kräftiger Wind, Federico strich sich eine Haarsträhne aus den Augen und atmete tief durch. In der Nacht hatte der Regen aufgehört, das Tal zu seinen Füßen hüllte sich in silbrigen Dunst. An den gegenüberliegenden Hängen leuchtete kräftiges Grün zwischen dem Dunkel der Fichten und Tannen. Alles wirkte friedlich.

Es half nichts, er musste weiter. Seine Kiepe ließ er im Stollen, die brauchte er nicht mehr, die wenigen Siedlungen in dieser Gegend würde er fortan meiden. Auf dem Rückweg nähme er sie wieder mit, dann würde er auch die Säcke mit Erz einsammeln, die er entlang der Strecke deponiert hatte. Viele waren es ohnehin noch nicht. Seine Ausrüstung, Schlegel, Eisen, ein scharfes Messer, fand Platz in seiner großen Ledertasche, die Hacke steckte er unter den Gürtel. Hm, sein Probierkästchen hatte er lange nicht gebraucht. Er wog es in der Hand, sollte er sich damit belasten? Doch, es musste mit, man konnte nicht wissen. Damit war die Tasche prall gefüllt, kaum dass noch die Wegzehrung Platz fand, etwas Brot, Käse, hart gekochte Eier, ein Dank von Sophia, da er ihr versprochen hatte, in der nächsten Kirche für sie ein Gebet zu sprechen.

Er starrte in die Ferne und dachte an das Gespräch mit ihr. Was hätte er an Pauls Stelle getan? Mit Anna gesprochen natürlich und wie er Paul kannte, hätte der ebenso gehandelt, wäre sein Zorn erst verraucht gewesen. Federico presste die Lippen aufeinander. Ja, und Anna? Hätte sie ihm auf seine Fragen geantwortet? Oder hätte sie geleugnet, weiter geschwiegen, wie sie all die Jahre geschwiegen hatte? Federico schloss die Augen, spürte seinem Herzschlag nach, der seine Brust zu sprengen drohte.

Schluss, er brauchte einen kühlen Kopf. Was hatte er an Hinweisen? Nicht viel. Seine einzige wirkliche Spur war dieser Mönch Johannes, den Sophia so verehrte. Im Falle, dass der Mönch wirklich den Mord an Paul beobachtet hatte: Wo war dann der Leichnam geblieben? Weggeschleppt auf einem Pferderücken? Ohne Zeugen? Eher hatte der Mörder den Leichnam irgendwo in der Nähe verborgen.

Nein, das war zu wenig, um allein auf diesen Hinweis zu bauen. Woher war Pauls Verdacht überhaupt gekommen? Durch Zufall, wie Sophia behauptete? Hatte Anna etwas gesagt oder getan? Oder diese Freundin? Hatte sie oder irgendjemand anders bei Paul Misstrauen gesät? Doch zu welchem Zweck? Um Anna und Paul zu schaden? Hatte es jemand auf das Gasthaus abgesehen? Das wäre ein gänzlich anderer Ansatz. Wie dem auch sei, zunächst musste er diesen Bruder Johannes finden. Und da der Mönch im Gegensatz zu Federico die Nähe der Menschen suchte, dürfte es ein Leichtes sein, ihn aufzuspüren.

Und er sollte auch Anhänger von dieser Sekte des Doktor Schmidt auftreiben, die immer wieder genannt wurde. Laut Sophia wanderten sie ständig im Harz herum, vielleicht hatte von denen jemand etwas gehört oder gesehen.

Ein weiterer Anhaltspunkt war sein verschwundenes Buch. Trug Paul es bei sich und suchte damit nach Federicos vermeintlichen Schätzen? War Paul in Schwierigkeiten geraten, brauchte er Geld? Dann könnte er auch aus diesem Grund mit jemandem in Streit geraten sein. Und wäre er auf Federicos einsamen Pfaden unterwegs gewesen, bräuchte es nicht zu verwundern, dass ihn – außer Johannes – niemand gesehen hatte.

Federico sandte ein Stoßgebet zum Himmel. Ob der Herr ihm Hilfe zuteil werden ließ? Einem Sünder wie ihm? Er sollte sehen, dass er allein zurechtkam. Nun, vielleicht war es eine Fügung des Himmels, dass alle Hinweise in den Norden wiesen, sowohl die Fährte des Johannes als auch die Spur seiner Notizen. Dahin müsste er ohnehin, wollte er vor Oktober auch seine eigentliche Aufgabe erfüllen.

Also gut, vorausgesetzt, Paul folgte wirklich dem Buch, wohin wäre er gegangen? Federico rief sich seine Aufzeichnungen ins Gedächtnis ... An erster Stelle das Morgenbrodttal, der Name wäre Paul sofort ins Auge gesprungen. In den ersten Jahren waren sie oft gemeinsam dort gewesen, Paul hatte ihm dort einige alte Bergwerke gezeigt. Federico hatte sie – bis auf zwei, und die waren schwer zu finden – bald aufgegeben, all das wusste auch Paul. Wahrscheinlicher war seine neuste Stelle, die Federico als äußerst ergiebig notiert hatte, auch die würde Paul ohne große Schwierigkeiten erkannt haben ... Weiter nordöstlich von hier, von Pauls Gasthof nur einen guten Tagesmarsch entfernt, lag sie an den Hängen des Brockens. Von hier aus deckte sich der Weg dorthin mit der voraussichtlichen Route des Johannes. Diese neue These fügte sich wenigstens gut in Federicos Pläne.

Ein Rotkehlchen begleitete Federico eine Weile, die Sonne durchdrang das Wolkendickicht immer öfter. Federico ließ sich das Gesicht von ihren Strahlen wärmen. Und endlich wurde seine Brust ein wenig weiter, der Atem leichter.

Die Nacht verbrachte er in einer Senke, die das Wurzelwerk eines umgestürzten Baumes geschaffen hatte, geschützt durch eine überhängende Felsnase. Nach den vielen mit Grübeln durchwachten Nächten, schlief er endlich wieder tief und fest. Federico erwachte ausgeruht und spürte neue Zuversicht.

Seit dem Mittag nun erklomm Federico einen Bachlauf, den er als Aufstieg über den Berg nutzte. Nirgendwo konnte man besser prospektieren als in Flussbetten – gut, auch entwurzelte Bäume, sogar Maulwurfshügel boten mitunter gute Einsichten. Dort kam ans Licht, was sonst unter der Erde verborgen war. Bestimmte Steinsorten, die Farbigkeit der Erde, ihre Beschaffenheit, all dies lieferte Erkenntnisse über unterirdische Schätze. Viele Erzadern hatte Federico auf diese Weise schon entdeckt. In Flüssen und Bächen hatte er sogar hin und wieder Gold gefunden, winzige Körnchen, nicht der Rede wert. Dennoch nahm er das Edelmetall mit, hatte er genug beisammen, ließ er Schmuckstücke daraus fertigen, einen Ring für Carlo, einen Kreuzanhänger für Laura – und einen für Anna, den er ihr jedoch nie gegeben hatte. Er ruhte seit Langem tief unten in seiner Tasche.

Langsam stieg er im Bachbett den Hang hinauf, suchte bei jedem Schritt mit dem Fuß nach sicherem Stand, ließ gleichzeitig seinen Blick über die Böschung rechts und links schweifen. Wo der Fluss die Bodenschichten freigespült hatte, musterte er Art und Farbe von Gestein und Erde. Das moorige Wasser war kalt und strudelte um seine Waden. Irgendwo oberhalb von ihm rauschte ein Wasserfall. Federico spürte seine Füße kaum noch, er glitt auf dem rutschigen Grund aus, stützte sich mit der Hand an der Böschung ab, suchte mit den Füßen neuen Halt zwischen den Steinen. Immer größere Felsbrocken türmten sich vor ihm auf, vor Hunderten von Jahren von den Berghängen herabgestürzt, hatte ihr Weg in diesem Bach sein Ende gefunden. Rundgeschliffen von den Fluten, bewachsen von Flechten und Moosen. Algen wogten zwischen ihnen wie Feenhaar.

Es hatte keinen Zweck, ab hier war der Flusslauf unpassierbar. Er wehrte die Mücken ab, die aufstoben und über ihn herfielen, als sei er ihre erste Beute in diesem Jahr. Nun, wahrscheinlich war er das. Er kletterte die Böschung hinauf und bahnte sich einen Weg durch wucherndes Farnkraut, das in der Nähe des Gewässers üppig gedieh. Tief sog er die Luft ein, spürte dem besonderen Geruch nach. Ganz sicher, hier war etwas zu finden. Er hätte nicht sagen können, woher er diese Gewissheit nahm, aber bisher hatte er sich nur selten geirrt.

Dort drüben war eine einladende Stelle für eine Rast, gepolstert durch einen Moosteppich, der sogar leidlich trocken war. Von Sophias Proviant war nicht mehr viel übrig, aber es musste noch ein Stück geräucherter Wurst da sein, richtig, einen Kanten Brot und ein Ei fand er ebenfalls in den Tiefen seines Beutels.

Den Rücken an einen Baumstamm gelehnt, die Beine ausgestreckt, ließ er seine Blicke über die Lichtung schweifen, gewohnheitsmäßig unterzog er die Pflanzen auf der Wiese einer eingehenden Betrachtung. Ah, sieh an! An einer besonders sonnigen Stelle die Frühlingsmiere, daneben die Blätter des Taubenkropfs, der erste Knospen zeigte. Federico rückte näher und betrachtete auch die übrigen Pflanzen. Hm, Schafgarbe, ein weiterer Hinweis … Federicos Herz schlug heftiger. All diese Pflanzen wiesen auf Metall im Boden, Blei wahrscheinlich, und in der Gesellschaft von Blei fände sich in der Regel auch Silber. Jetzt, wo er genauer hinsah, erkannte er, dass der hintere Teil der Lichtung großflächig mit Taubenkropf bewachsen war, und nicht nur diese Nelke sah er, auch der rote Schwingel stand hoch und drüben am Bach spross der Wiesensauerampfer prächtig. Ausgezeichnet. Federico legte sich flach auf den Boden prüfte Höhe und Farbe der Gräser und Blumen. Er stand auf, kletterte auf einen Felsbrocken und betrachtete die Lichtung aus der Höhe. Hier und da wuchsen und blühten die Pflanzen üppiger, an anderen Stellen darbten sie.

Blei im Boden ließ Pflanzen kümmern. Dass er hier etwas finden würde, dessen war er sich jetzt gewiss.

Federico steckte sich seinen Schlägel unter den Gürtel und ging nah am Bachufer entlang, fünf, sechs Schritte weiter und er konnte in das Flussbett steigen. Drei, vier Schritte tastete er sich voran. Da! Sein erfahrener Prospektorenblick erkannte sie sofort, diese auffälligen hellen Steine zwischen dem sonst grauen oder schwarzen Flussgeröll. Selbst im moorigen Wasser zeichneten sie sich deutlich ab. Ja, tatsächlich, das war Quarz. Wo es diesen milchigen Stein gab, war gutes Erz selten weit. Federico sammelte einen vom Grund und besah ihn sich genauer. Die Brocken hatten eine raue Oberfläche, waren auffällig kantig, also nur kurz von den Wellen mitgeschleppt worden, im Gegensatz zu dem glatt polierten Geröll ringsum. Nicht weit entfernt, irgendwo weiter oben, musste es eine Ader geben, dort waren diese Steine von Hochwassern herausgerissen und hierhergespült worden.

Vorsichtig balancierte er vorwärts. Ständig schwärmten Mücken aus den Büschen hervor, Federico wedelte sie sich aus dem Gesicht, doch im Nacken juckte es bereits.

Hinter einer Windung verengten Felsen rechts und links den Bachlauf, das Wasser brodelte um seine Schenkel. Er suchte Halt am Gestein, eine Platte brach ab. Schiefer, hier und da rötlich gefärbt. Plötzlich dachte er an Luca, daran, wie oft sie gemeinsam durch die Wälder gestreift waren, wie wissbegierig der Junge ihn mit Fragen traktiert hatte. Solch eine Stelle wie diese fand man nicht alle Tage, so deutliche Einblicke ließ die Natur nur selten zu. Wie gern hätte er sie dem Jungen gezeigt.

Federico suchte jede Vertiefung ab, die das tobende Wasser aus dem Gestein gegraben und teilweise wieder mit Geröll gefüllt hatte. Tatsächlich, am Fuß einer kleinen Gefällestufe schimmerte es weißgrau. Keine einzelnen Quarzbrocken diesmal, sondern eine mächtige Ader zog sich quer durch das Bachbett. Rechts und links am Ufer verschwand sie unter bemoostem Geröll, Farnwedeln und Buschwerk.

Federico kratzte an einem Mückenstich am Handgelenk, während er die beste Stelle auswählte. Am anderen Ufer, unter dem freiliegenden Wurzelteppich einer mächtigen Fichte, konnte es gelingen, den Gang freizulegen.

Die Schultern schmerzten ihn von der ungewohnten Arbeit, die Mücken stachen unerbittlich in jede nackte Stelle seines Fleisches, doch er spürte es kaum.

Eine scheinbare Ewigkeit später wischte er sich den Schweiß von der Stirn, seine Arme fühlten sich an, wie mit Blei ausgegossen, aber er hatte einen rund drei Ellen mächtigen Gang freigelegt. Zwischen dem hellen Quarz sah Federico teils ockerbraune, teils graue Schnüre mit einer eigentümlichen Oberfläche. Das war doch … Hastig zog Federico den Schlägel unter dem Gürtel hervor. Kurz hielt er inne, dieser Augenblick war immer etwas Besonderes, fast Heiliges. Er holte aus, schlug zu und nach wenigen Hieben platzte die schmutzig graue Verwitterungskruste weg. Darunter – sein Gefühl hatte ihn nicht getäuscht – funkelte es silbrig. Er zerrieb einige Krümel des Gesteins zwischen den Fingern, kleine glänzende Würfelchen zeigten sich, sie rochen nach Schwefel. Bleireiches Glanzerz! Er hatte diesen Fund erwartet, dennoch befriedigte ihn der Beweis.

Mit einem letzten Schlag vollendete Federico den etwa vier Zoll breiten Schram quer durch die Ader. Vor sich sah er nun einen Spann Glanzerz, das in der Nachmittagssonne schimmerte. Er atmete tief durch. Mit bloßem Auge war nicht zu erkennen, ob es Silber enthielt, er musste es im Feuer probieren. Das war schon zu Hause, mit einer guten Ausrüstung nicht leicht. Andererseits hatte er dergleichen früher oft genug gemacht und er hätte sein Probierkästchen nicht umsonst mitgeschleppt ... Federico zögerte. Untersuchte er die Erzader nach allen Regeln der Kunst, wäre er damit bis zum nächsten Abend beschäftigt. Das hieße, er verlöre einen weiteren Tag. Er sollte die Stelle markieren, sich Wegmarken notieren und weiterziehen.

Andererseits, nicht auszudenken, wenn hier tatsächlich Silber ... Er spürte wieder die längst vergessene Erregung, die er an seinem Beruf so liebte. War es nun ein böses Spiel des Teufels, das er ihn gerade jetzt mit diesem Köder lockte und von seinem Ziel ablenkte? Oder ganz im Gegenteil, eine Fügung des Himmels, dessen Sinn sich ihm nur noch nicht erschloss?

Nur ein einziger weiterer Tag – er musste es versuchen. Auf der Lichtung richtete er sich im Schutz einer Felsmauer einen Lagerplatz ein. Ein paar trockene Fichtenäste waren schnell gefunden. Sie gaben eine lang anhaltende Glut und auf die kam es beim Schmelzen an.

Als Nächstes baute er einen Probierherd aus Steinen und Uferlehm, wie sein Meister es ihn gelehrt hatte. Federico dachte mit gemischten Gefühlen an Segmundo Carracci, dessen Hand so locker gesessen hatte. Ganz am Boden seiner Tasche fand er das Holzkästchen mit dem Feuerzeug, den in Salpeter getränkten Zunderschwamm samt Anschlagstein. Bald loderten die Flammen zwischen Birkenrinde und Fichtenreiser. Das Feuer musste zunächst den Lehm aushärten und die Steine erwärmen, die später die Glut aufnehmen sollten.

Inzwischen schlug er einige Stücke von der Erzader ab, fand einen muldenförmigen Stein, auf dem er die Splitter weiter zerkleinerte und anschließend Quarz und andere Verunreinigungen so gut es ging entfernte. Den gewonnenen weizenkornfeinen Schlieg verstaute er vorsichtig in einem kleinen Ledersäckchen.

Endlich holte er sein Probierkästchen hervor, strich mit den Fingern über die glatte Oberfläche. Lange schon hatte er es nicht mehr benutzt, für Gelegenheiten wie diese hatte er es stets mitgenommen. Er öffnete es, schob das trockene Moos beiseite, in das verschiedene Tiegel verpackt waren. Gerührt betrachtete er das Anblasrohr, ein Geschenk Carlos, der es ihm nach seinen Angaben hatte fertigen lassen, als Anerkennung zum Abschluss seiner Ausbildung. Es war in drei Teile zerlegbar und besaß ein schön geformtes Messingmundstück.

Als Erstes nahm er den größten der Tiegel heraus. Er war aus dem gleichen feuerfesten Ton gebrannt, wie ihn auch die Glashütten von Murano verwendeten. Außerdem legte er den Beutel mit zerstoßener Lindenholzkohle und das Fläschchen mit Pottasche neben sich. Vorsichtig löste er den Bienenwachsverschluss ab. Mit seinem Probierlöffel maß er jeweils ein Quantum Erzpulver, Holzkohle und Pottasche in den Tiegel ab und mischte alle Substanzen.

Federico prüfte die Glut im Herd. Gut sah sie aus. Mit einer improvisierten Tiegelzange aus einem frischen Birkenzweig setzte er das Probiergefäß in den Herd, über dem schon die Hitze waberte.

Als hätte er die Handgriffe in den letzten Jahren täglich vollzogen, steckte er die drei Teile des Blasrohrs ineinander und begann, das Feuer anzufachen. Die Hitze ließ den Tiegel hellrot glühen, Schwefel stach ihm in die Nase. Wie er diese Arbeit, diesen Geruch liebte, den andere für den Hauch der Hölle hielten. Da! Weißer Rauch entwich, deutete auf Antimon. Das Spießglaserz war ein häufiger Begleiter von Silber. Federico schnupperte, nein, kein Knoblauchgeruch, der wäre ein untrügliches Zeichen für Arsenik, der den Hüttenmann krank macht. Gleichmäßig Luft holend und ausstoßend blies er in die Glut, bis ihm schwarz vor Augen wurde. Die Schatten waren bereits lang, als sich der Brennstoff im Herd in Asche verwandelt hatte.

Nur einen Schluck Wasser trinken und weiter. Die Hand mit seinem in Bachwasser getränkten Hemd umwickelt, holte er mit einem beherzten Griff den Tiegel heraus und stellte ihn auf eine angewärmte Steinplatte neben dem Herd. Der Inhalt war zu einer schlackigen Masse geschrumpft. Federico zog sein Messer und kratzte mit der Spitze daran, darunter zeigte sich ein fester glänzender Klumpen: der König! Gleich beim ersten Versuch, Meister Carracci wäre stolz auf ihn. Keine Zeit verlieren, es galt das letzte Tageslicht noch auszunutzen. Federico setzte das Feuer wieder in Gang. Den König gab er in einen kleineren Probierbecher, mischte etwas Borax hinzu und schmolz alles zu einer glänzenden, weichen Metallkugel. Blei, eine Ritzprobe, Erfahrung, aber mehr noch ein Gefühl sagten ihm, dass Silber darin steckte. Im schwindenden Licht zeichnete er den Umfang der Kugel auf und verwahrte sie dann, eingeschlagen in ein Leintuch, in seinem Holzkästchen.

Im ersten Morgengrauen fachte er den Herd erneut an. Wo war die Knochenasche? Ah, in der Holzdose. Federico kannte Kollegen, die auf Asche aus Menschenknochen schworen, am besten von Knochen aus den Katakomben von Rom – natürlich unglaublich selten und teuer. Federico genügte die Asche aus Ochsenknochen, er hatte daran nichts auszusetzen. Er füllte sie in eine kleine eiserne Form und presste sie zu einer flachen Mulde, in die er die gestern gewonnene Bleikugel legte. Am Bachufer füllte er den kleineren Tontiegel zur Hälfte mit Lehm und setzte die Eisenform hinein. Ein Birkenzweig diente wieder als Zange, um das Gefäß mitten in die Glut zu befördern. Als der Tiegel zu glühen begann, blies Federico Luft auf die sich bildende Metallpfütze in der Mulde. Das Abtreiben des Bleikönigs begann, dieser wundersame Augenblick, in dem sich das flüssige Blei in Bleiglätte wandelte, die die Knochenasche sogleich aufsog.

Unter dem anhaltenden Luftstrom, den Federico in den Herd blies, schrumpfte der Metallsee wie Schnee in der Sonne. Übrig blieb ein gleißend heller Fleck, trotz der wabernden Luft zu erkennen – Silber!

Federico verglich den Durchmesser der ursprünglichen Bleikugel mit dem der Silberkugel und schätzte anhand der Differenz deren Silbergehalt. Herr im Himmel, diese Silberader war ein Vermögen wert, so viel war sicher.

Luca

Verona, Anfang Juni

Der erwartete Todesstoß blieb aus. Irgendwo läuteten Glocken, erschallte Stimmengewirr, rumpelten Räder. Auch Lucas Herz schlug weiter. Und einige tiefe Atemzüge später setzte auch sein Verstand wieder ein. Hier, vor einer Kirche mitten in Verona, würde man ihn schwerlich umbringen. Dennoch fuhr er zusammen, als ihn jemand an der Schulter berührte.

»Himmel! Verzeiht, junger Herr! Habt Ihr Euch verletzt? Ihr seid so bleich!«

Das klang wahrlich nicht nach einem Attentäter. Luca öffnete die Augen und sah sich einem Jüngling gegenüber, der kaum älter war als er selbst. Er trug eine Strumpfhose aus rotem, seidigen Stoff, mit einer aufgestickten Blütenranke an der Seite. Darüber wippte ein Mäntelchen aus grünem Samt, das kaum den Hintern bedeckte und dennoch viel zu warm war. Ebenso wie das farblich passende, pelzbewehrte Samtbarett mit einer funkelnden Brosche und einer langen Feder über der Stirn, die sich gegen den Wind bäumte. Alles schien neu, war vermutlich dieser Tage von einem italienischen Schneider angefertigt worden. Kostbar gekleidet, elegant frisiert, glatt rasiert – kein Mann, von dem eine größere Gefahr ausging als rüde beiseitegestoßen zu werden. Dennoch sollte er Vorsicht walten lassen und vor allem zu großes Aufsehen vermeiden. Einige Passanten waren bereits stehen geblieben, tuschelten, spekulierten auf eine handfeste Auseinandersetzung.

»Nein, es ist nichts, entschuldigt«, sagte Luca.

Der junge Mann hob die Brauen und verbeugte sich leicht, seine Feder wogte vor und zurück. »Ihr? Ihr entschuldigt

Euch? Ich bin derjenige, der um Vergebung bitten muss.« Er klopfte Luca den Staub von den Schultern, hob seinen Beutel auf. »Hier, Euer Gepäck. Was müsst Ihr nur von mir denken? Eigentlich bin ich kein solcher Rüpel.«

Jetzt hörte Luca einen Akzent heraus, der Mann schien Deutscher zu sein wie er selbst, wenngleich aus einem anderen Landstrich. Augsburg vermutete Luca, in Venedig gab es viele Kaufleute aus der deutschen Handelsmetropole, von daher war ihm deren Zungenschlag vertraut. »Ihr seid ein Landsmann?«, fragte er auf Deutsch und zog den jungen Herrn beiseite, denn sie versperrten den Eingang in die Kirche.

Der Jüngling strahlte bei Lucas Worten und folgte ihm willig. »Ihr seid ebenfalls aus deutschen Landen, wie wundervoll! Ja, aus Augsburg komme ich.«

Sollte es der Allmächtige wirklich so gut mit ihm meinen und ihn schon belohnen, obwohl er es nicht einmal bis in die Kirche hinein geschafft hatte? »Ihr seid in Geschäften in Verona?«

»Auf der Durchreise. Ich bin mit einer ganzen Gruppe unterwegs. Wir kommen aus Venedig. Mein Vater hat einen Vertreter im dortigen Deutschen Haus. Kennt Ihr Venedig?«

»Ja, ich war ebenfalls dort. Jetzt will ich heim.« Heim, das Wort schmeckte seltsam auf der Zunge, sein Heim war Venedig. »In Verona war ich mit Gefährten verabredet. Ich bin etliche Tage verspätet, hatte aber gehofft, sie würden auf mich warten. Offenbar ist dem nicht so. Jetzt muss ich wohl sehen, wie ich allein über die Alpen komme.«

Der Jüngling neigte den Kopf, breitete die Arme aus. »Dann denke ich, ist Eure Sorge nunmehr unbegründet. Selbstverständlich werdet Ihr mit uns reisen.«

»Aber …«

Er verneigte sich tiefer. »Ich verstehe Euer Zögern, habe ich mich doch wahrlich wie ein Tölpel benommen, nicht einmal meinen Namen habe ich genannt. Jakob von Gernsheim, im Auftrag meines Vaters Nikolaus von Gernsheim unterwegs, Kaufherr in Augsburg.«

»Ich bin mehr als erfreut, Euch kennenzulernen, Jakob von Gernsheim. Mein Name ist Luca …«, er räusperte sich. »Lukas Barth aus Elbingerode.«

»Elbingerode?«, Jakob runzelte die Stirn.

»Es ist ein kleiner Flecken im Harz.«

»Harz?«, fragte der junge Mann und errötete.

Luca lachte. »So weit in den Norden verschlägt es Euch Augsburger vermutlich nicht. Der Harz liegt im Osten des Reiches, ist teils dem Gebiet des Markgrafen von Brandenburg und teils des von Thüringen zugehörig.«

»Ah, verstehe«, erwiderte Jakob von Gernsheim und deutete dann auf das Portal. »Aber Ihr gingt gerade in die Kirche, bevor ich Euch – aufhielt.« Er lächelte. »Auch ich wollte eine Andacht verrichten, dafür kam ich eigens her, obwohl der Dom viel näher an unserem Quartier liegt. Aber dieses Gotteshaus ist der heiligen Anastasia geweiht, sie ist die Schutzpatronin unserer Familie. Wart Ihr schon darin?«

Luca verneinte. Sieh an, nun auch noch die Nothelferin Anastasia, besser hätte er es nicht treffen können.

»Wenn Ihr erlaubt, schließe ich mich Euch an.«

»Gern, gehen wir.« Luca fühlte sich am Arm genommen und in die Kirche geführt. Schon im Hauptschiff blieb er stehen und spürte dem unbestimmten Gefühl nach, das von ihm Besitz ergriff. Die Pracht der Kirche war es nicht, die ihn sonderlich beeindruckte. Aus Venedig kannte er ebensolche, mit ähnlichen Malereien an Wänden und Decke. Dennoch empfand er hier die Stimmung heiterer. Die Sonne warf bunte Lichter auf den Boden, dessen rote, blaue und weiße Fliesen zur Farbigkeit ebenso beitrugen, wie die in lichtem Grün strahlenden Wandmalereien.

Luca atmete durch. Auf einmal schien ihm das Leben leicht, bar jeglicher Gefahr. Wenn er nur vertraute und glaubte, würde sich alles zum Guten wenden. Vielleicht war es aber auch der besondere Geruch dieser Kirche, er roch Weihrauch, Marmor, Holz, darüber fein gesponnen die Fäulnis welkender Blumen. Nicht nur hier, in der ganzen Stadt fehlte ihm der von Venedig so vertraute, dort allgegenwärtige Geruch des Wassers, eine Mischung aus Algen, Salz, feuchten Steinen, Moder und Schimmel. Der venezianische Hauch der Vergänglichkeit.

Jakob war neben ihm stehen geblieben und wartete geduldig. »Möchtest Du jetzt beten?«

»Ja, das wäre mir ein Bedürfnis.«

Jakob nickte und sie knieten sich nebeneinander in einer Bank nieder. Von hier aus konnte Luca den Mittelgang entlang bis zum Altar blicken. Ihm war sehr feierlich zumute.

Er betete mit einer Inbrunst, die ihm fremd war. Sonst leierte er das Paternoster sogar im Stillen nur herunter, ohne den Sinn der Worte zu erfassen. Heute, da ihm schon so viel Gutes widerfahren war, vergegenwärtigte er sich seit Langem wieder den Sinn dieses Gebetes. Er schickte noch einen Mariengruß für Carlo nach und einen zweiten für Federico.

Jakob neben ihm bekreuzigte sich und lehnte sich in der Bank zurück. Die Arme vor der Brust verschränkt, den Kopf in den Nacken gelegt, schaute er nach oben. Luca folgte seinem Blick. Bögen und Decke überzog ein Geflecht aus Ranken, die aussahen, als wüchsen sie seit Jahren hier zur Freude des Betrachters. Plötzlich kam ihm ein Psalm in den Sinn und wie von selbst formten seine Lippen leise die Worte: »Der Herr ist mein Hirte, mir wird nichts mangeln. Er weidet mich auf grünen Auen und führt mich zu stillen Wassern. Er erquickt meine Seele, er führt mich auf rechter Straße um seines Namens willen. Und wenn ich auch wanderte durchs Tal der Todesschatten, so fürchte ich kein Unglück, denn Du bist bei mir, Dein Stecken und Dein Stab trösten mich. Du bereitest vor mir einen Tisch angesichts meiner Feinde, Du hast mein Haupt mit Öl gesalbt, mein Becher fließt über. Nur Güte und Gnade werden mir folgen mein Leben lang, und ich werde bleiben im Haus des Herrn immerdar.« Luca lächelte. Der Herr ist mein Hirte, wenn dieser Psalm nicht gerade für ihn gedichtet worden war …

Er stand auf und nickte Jakob zu.

»Pressiert es dich?«, fragte sein Begleiter. »Ich würde sonst gern noch eine Kerze anzünden, vor dem Marienbildnis. Und eine weitere bei dem heiligen Christophorus dort drüben, vielleicht auch noch ein kurzes Gebet.«

»Oh, da werde ich mich gern anschließen.«

Sie passierten ein Fresko, das Luca im Vorübergehen betrachtete. War der edle Ritter der heilige Georg? Gewiss, nur zeigte ihn das Bild nicht, wie er den Drachen tötete, sondern beim Aufbruch zu seiner Tat. Luca erinnerte sich gut an die Geschichte von dem Mann, der auszog, das Untier zu töten. Als Kind liebte er solche Rittergeschichten. Auch heute gäbe er einiges darum, noch einmal den stolzen Recken auf den edlen Rossen beim Kampfe zuzusehen. Sein erstes und einziges Turnier, das er erleben durfte, gehörte in das Reich seiner Kindheitserinnerungen und war kaum mehr wahr. Er dürfte fünf oder sechs Jahre alt gewesen sein, als er mit vor Aufregung schwitzenden Händen die Balustrade am Marktplatz – war es in Wernigerode gewesen? – umklammerte und seinen Favoriten, einen Ritter in schimmernder Rüstung mit braun-goldenem Wappen, zujubelte. Seine Begeisterung hatte ein jähes Ende gefunden: Er erinnerte sich, dass seine Mutter außer sich geraten war, ihn damals regelrecht von dem Platz weggezerrt hatte. Was sie an seiner Begeisterung so aufgebracht hatte? Er wusste es nicht, sie hatte es ihm nie erzählt. So große Aufregung, nur weil er für einen Ritter geschwärmt hatte, wie alle Jungen seines Alters.

Jakob hatte inzwischen eine Kerze angezündet und kniete vor der Marienstatue. Luca rutschte neben ihn, lauschte dem Gemurmel Jakobs, der das Ave-Maria betete, gut, warum nicht noch einmal? Luca stimmte ein: »… dominus tecum, benedicta tu in mulieribus, et benedictus fructus ventris tui, Iesus. Sancta Maria, Mater Dei, ora pro nobis peccatoribus, nunc et in hora mortis nostrae. Amen.«

Er stand auf und trat in den Gang. Jakob, der sich ebenfalls erhoben hatte, nickte in Richtung des Seitenschiffes, zum heiligen Christophorus. Zu Füßen des Schutzpatrons der Reisenden beteten sie im Stillen, baten um einen sicheren Weg und eine glückliche Heimkehr.

Mit dem Gefühl, jetzt auch dem Himmel genüge getan zu haben, verließ Luca die Kirche. Draußen auf dem Platz reckte er sein Gesicht den letzten warmen Sonnenstrahlen entgegen. Der Himmel verfärbte sich bereits purpurn, in der Ferne schlug eine Glocke, der sich nach und nach andere anschlossen, auch die vom Turm der Sant' Anastasia.

»Ihr kommt doch mit mir?«, rief Jakob, um das Geläute zu übertönen.

Nun, Luca würde sich Jakobs Reisegesellschaft ansehen und konnte dann immer noch entscheiden. Aber eine günstigere Gelegenheit böte sich wohl kaum und ein Begleiter, der in gewisser Weise in seiner Schuld stand, konnte nützlich sein. »Gern.«

Jakob bedeutete ihm zu folgen. Durch verwinkelte Gassen ging er zielsicher voran, bis er vor einem Gasthaus stehen blieb. Ein Schild über dem Eingang verriet, dass es sich um den *Schwarzen Adler* handelte. »Hier steigen wir auf unseren Venedigreisen immer ab«, erklärte Jakob. »Es ist die bei den deutschen Kaufleuten beliebteste Herberge.«

Im Gastraum empfing sie Stimmengewirr. Rauch von den Lampen und der Feuerstelle stand in der Luft, jemand hatte ein Fenster geöffnet und der Luftzug wirbelte die Schwaden durcheinander. Jakob sah sich um, ging dann auf einen Tisch zu, an dem fünf Herren vor Weingläsern saßen. Luca folgte ihm langsam. Hier und da schnappte er Satzfetzen auf, allesamt in seiner Muttersprache. Jakob, der mit einem der Herren geredet hatte, winkte ihn zu sich.

Luca folgte der Aufforderung und ließ sich neben seinem neuen Gefährten auf der Bank nieder. Der Mann, mit dem Jakob gesprochen hatte, schien der Älteste zu sein. Er war kräftig, ohne dick zu sein, die dünnen Haare standen ihm wirr vom Kopf, sein Bart wuchs umso üppiger, ein Netz roter Äderchen bedeckte die kühn gebogene Adlernase. Er musterte Luca aufmerksam, seine hellen Augen schwammen in ihren Höhlen. Er kratzte sich den Bart.

»Das ist Rudolf Auersperger, ein Freund und Geschäftspartner meines Vaters.«

Luca nickte ihm zu, der Alte grüßte zurück, doch seine Augen blickten wie die eines toten Fisches.

Jakob stellte ihm die anderen Herren der Reihe nach vor. »Das sind Siegfried Kerner und Ludewig Verbruggen und hier neben mir sitzt Ludewigs Sohn Kaspar.«

Luca wurde neugierig in Augenschein genommen. Der alte Verbruggen winkte sogleich nach einem weiteren Becher. Luca wusste nicht, wie ihm geschah, so freundlich nahmen die Herren ihn in ihrem Kreis auf. Allein dieser Auersperger gefiel ihm nicht.

»Unser Jakob hier hat Euch also umgerannt, das sieht ihm ähnlich, bist halt ein rechter Draufgänger, gell, ein wahrer Sturmwind!« Auersperger lachte, dass sein Bart bebte, doch die Heiterkeit erreichte seine Augen nicht.

Luca winkte ab. »Ja, förmlich umgeblasen hat er mich. Aber außer einem Schrecken ist nichts geschehen.«

»Gottlob nicht.« Kaspar, eine blonde, sommersprossige Bohnenstange, der ein wenig älter sein mochte als Luca, stieß mit ihm an. Alle schienen dem Wein schon rege zugesprochen zu haben, auch Kaspars Wangen leuchteten rot und seine Zunge bewegte sich träge. »Und welch Glück, dass sein fesches Höslein und Mäntelchen nicht malträtiert wurden, nicht auszudenken! Unser Jakob, der Geck, hat ein Vermögen dafür bezahlt. Der venezianische Schneider wird sich noch immer die Hände reiben, so wie er unseren Jackel ausgenommen hat.« Er lachte und knuffte Jakob gegen die Schulter. Der winkte ab, errötete jedoch, als auch noch der Vater Verbruggen ihn wegen seiner Hosen neckte. »Jedes Jahr verschafft unser Jakob dem Mann ein gutes Auskommen mit seinem Bestreben, stets nach der neusten Mode gekleidet daherzustolzieren. Ein rechter Gockel halt, unser Jackel.« Wieder brandete Gelächter auf, Jakob nahm es scheinbar gelassen, aber seine Wangen glühten.

Kerner fragte Luca nun nach seiner Heimat, woher er kam, was er mache. Da er diese Fragen erwartet hatte, erzählte Luca die Geschichte, die er sich zurechtgelegt hatte und die so nah es ging an der Wahrheit blieb. Seine Eltern lebten im Harz, dort sei das Leben hart und daher hätten sie ihn zu dem Bruder seines Vaters nach Venedig geschickt, der dort arbeite und ihm im Deutschen Haus einen Posten als Ballenbinder beschafft habe. Jetzt kehre er zurück in die alte Heimat, um eine Erbschaft anzutreten. Die Beileidswünsche wiegelte er ab, es sei nur ein entfernter Onkel gewesen, er kenne ihn nicht, wundere sich selbst, dass er bedacht worden sei. Nein, nein, er erwarte nichts Großes, ein Stück Land vielleicht, er werde es wohl verkaufen und dann nach Venedig zurückkehren. Dort sei das Leben doch sehr viel angenehmer als im finsteren Harz.

Man glaubte seine Geschichte, freute sich zu erfahren, dass er im Deutschen Haus arbeite, wunderte sich, dass sich ihre Wege dort nie gekreuzt hätten, denn auch sie waren natürlich dort gewesen, Auersperger habe dort sogar ein Zimmer angemietet. Luca spräche doch sicher Italienisch …?

Alle am Tisch fragten nach, erkundigten sich nach seiner Familie, erzählten Anekdoten. Alle, außer Auersperger, der sich schweigend darauf beschränkte, ihn mit seinen Wasseraugen zu ertränken.

Auersperger hin oder her, eine bessere Gesellschaft würde Luca so schnell nicht finden. Und als die Rede darauf kam, dass sie morgen in aller Frühe aufbrechen wollten, sah Luca den richtigen Zeitpunkt für gekommen. »Ich nehme an, Jakob hat Euch vorhin über sein Angebot unterrichtet, mich Eurer Gruppe bis Augsburg anzuschließen? Ich hoffe, Ihr habt keine Einwände dagegen?«

Auersperger sandte ihm einen schneidenden Blick, bedachte Jakob mit einem Stirnrunzeln. Langsam vertieften sich zwei Falten zwischen seinen Brauen, doch er nickte. Die anderen, die Auerspergers Mimik beobachtet hatten, schlossen sich seiner Zustimmung erleichtert an.

Gut, so einfach hatte es sich Luca nicht vorgestellt. Und den Auersperger würde er im Auge behalten, irgendetwas stimmte mit dem nicht. Er prostete in die Runde.

»Ihr übernachtet doch hier?«, fragte Jakob. »Fragen wir einmal, ob es noch ein Bett für Euch gibt.«

»Hm, das wird schwierig«, meinte der herbeigerufene Wirt und kratzte sich am Hinterkopf. Der Gasthof sei überfüllt, wie üblich um diese Zeit. Viele Reisende sammelten sich derzeit für den Alpenaufstieg oder rasteten nach der mühsamen Überquerung. Der Wirt bot Luca an, sich im Schankraum auf einer der Bänke auszustrecken, sobald Ruhe eingekehrt wäre, doch Jakob bestand darauf, in diesem Fall gern sein Bett mit Luca zu teilen.

Auersperger legte sich als Erster schlafen. Verbruggen aber wollte mit seinem Sohn noch das örtliche Frauenhaus aufsuchen und bot Jakob und Luca an, sie zu begleiten.

Luca lehnte dankend ab, nach einer Hure war ihm nicht zumute, er wollte sich bald hinlegen. Jakob, den das Angebot verlockte, wie Luca ihm ansah, blieb wahrscheinlich seinetwegen da.

Sie unterhielten sich noch eine Weile sehr angenehm mit Siegfried Kerner, der in Augsburg mit venezianischen Tuchen handelte und fast jedes Jahr in die Lagunenstadt reiste. Nach einem letzten Becher Wein gingen sie schlafen.

Die Kammer war klein, das Bett schmal und es gab nur ein Laken zum Zudecken. Es roch, als wäre ihr Vorgänger ein Händler für Käse gewesen, der sein Sortiment im Bett gelagert hatte. Nicht einmal das geöffnete Fenster schaffte Abhilfe.

Sie zogen sich aus. Jakob suchte noch etwas in seinem Gepäck.

Luca setzte sich derweil auf das Bett, legte seinen Fuß auf den Schenkel und begutachtete seine Blasen. Wie beiläufig fragte er: »Ihr kennt Rudolf Auersperger schon lange?«

»O ja, seit ich denken kann, arbeiten wir mit dem Handelshaus Auerspergers zusammen. Herr Auersperger besitzt die Vollmacht für unsere gesamten venezianischen Geschäfte, so können wir uns mit ihm die Kosten der Reise teilen. Mein Vater hält große Stücke auf ihn.«

Luca setzte den Fuß auf den Boden, spürte sofort Druck am Ballen, an der Ferse, seine Blasen würden ihm noch Probleme bereiten, zwei bluteten bereits. Er räusperte sich. »Herr Auersperger wirkte so ... Ich meine, im Vergleich zu Euch und den anderen war er eher ...«

»Ich weiß, worauf Ihr anspielt. Aber so ist er eben. Der Alte braucht eine Weile, er tut sich schwer mit Veränderungen, die Gruppe reist schon seit Jahren in der gleichen Formation, da gab es nie fremde Gesichter.«

»Ihr anderen schient mir froh zu sein, dass er zugestimmt hat, ich meine, dass ich mich Euch anschließe. Es wäre mir sehr unangenehm, wenn Ihr nur wegen dieses kleinen Missgeschickes ...«

Jakob winkte ab. »Unsinn! Auersperger ist ein misstrauischer Mann. Vielleicht argwöhnt er, Ihr würdet seinen Handelsbeziehungen nachspionieren. Vermutlich fürchtet er in Euch einen Agenten der Konkurrenz.«

»In mir, einem Ballenbinder?«

Jakob lachte, hob die Hände. »Wir haben schon Geschichten erlebt, das glaubt Ihr nicht. Zuletzt ein Spitzel, der sich als Bäcker verkleidet hatte.«

Luca lachte, Schweiß war ihm auf die Stirn getreten. Jakob ließ sich neben ihn auf das Bett sinken, streckte sich aus und seufzte wohlig. »Macht Euch über Auersperger keine Gedanken. Er ist ein guter, rechtschaffener Mann, der nur seinen und den Besitz meines Vaters schützen will. Und letztlich fragte ich ihn nur aus Höflichkeit und Respekt, mein Vater trägt den größeren Teil der Reisekosten.«

Bald waren nur noch regelmäßige Atemzüge zu hören. Luca kroch neben ihn unter das Laken, schloss die Augen, öffnete sie sogleich wieder. Sein Bettgenosse schnarchte. Luca rollte sich auf dem Rücken, starrte an die Decke und lauschte dem rasselnden Ein- und Ausatmen.

Seit Jahren schlief er allein. Jetzt stellte er fest, was für ein Segen ein eigenes Bett war. Der Palazzo der Manzonis verfügte über genug Räume und da Mimmo sich geweigert hatte, sein Reich mit einem Schmarotzer zu teilen, hatte Carlo ihm eine eigene Kammer richten lassen.

Er spürte Jakobs Arm, seinen Oberschenkel. Ihm wurde warm. Ein fremder nackter Körper rieb sich an seinem, diese Nähe behagte ihm nicht. Doch immer noch besser, als die Nacht auf dem harten Erdboden zu verbringen. Er sollte sich an die nächtliche Gesellschaft gewöhnen.

Er schwitzte, schob das Laken vorsichtig auf Jakobs Seite, der drehte sich um, wickelte sich dabei in die Decke. Luca schloss die Augen, dachte an die schneebedeckten Berge, die man in der Ferne schon sehen konnte, an den langen Weg bis Augsburg, von wo aus er allein weiterreisen würde. An seine Mutter – ob sie sich freuen würde, ihn zu sehen, nach all den Jahren? Er fürchtete sich vor der Begegnung.

Nach einer Weile klapperten Lucas Zähne, das Bettgestell drückte ihn in den Arm. Er rückte näher an Jakob heran, zerrte am Betttuch, Jakob hielt es fest.

Am Morgen, die Dämmerung ließ sich erahnen, erwachte er, eng an Jakob geschmiegt, Bauch an Rücken, Jakobs Arm auf seiner Hüfte, sein Arm auf dessen Schulter. Er rückte ab, soweit es die Bettstatt erlaubte. Jakob schnaufte leise, rekelte sich.

Luca fühlte sich wie zerschlagen. Was sollte es, einschlafen würde er nun nicht wieder. Er stand auf, zündete eine Lampe an. Eine Kanne mit Wasser nebst Schüssel standen auf der Anrichte. Er spritzte sich Wasser ins Gesicht, fuhr mit nassen Fingern durch die Haare. Er rieb sich das Kinn, sein Bart, obschon noch immer spärlich, war in den letzten Tagen gewachsen. Ob er in absehbarer Zeit ein Bad nehmen könnte, einen Barbier aufsuchen? Wohl kaum, wenn sie heute schon aufbrachen. Also würde er sich einen Bart wachsen lassen müssen.

Auersperger kam ihm in den Sinn. Vermutlich war er tatsächlich ein rechtschaffener Kaufmann und er selbst einfach zu misstrauisch. Er wusste, dass man als Geschäftsmann auf der Hut sein musste, Neider lauerten überall.

Luca zog sich an und ging hinunter. Der Gastraum war leer, eine einsame Lampe brannte auf einem der Tische. Dorthin setzte sich Luca und wartete. Vor ihm auf dem Tisch prangten noch eingetrocknete Abdrücke von Bechern und Lachen verschütteten Weines, dessen Odem die Schankstube erfüllte. Bald jedoch legte sich der Duft frisch gebackenen Brotes darüber.

Luca döste vor sich hin, bis endlich jemand kam.

»Ah, der Herr ist schon auf. Ich bringe Euch Brot, Wasser und Most, wenn es recht ist«, sagte der Wirt und wischte mit einem Lappen über den Tisch.

»Sehr recht.«

Neben ihm regte sich etwas, das er für einen vergessenen Mantel gehalten hatte. Aus dem Stoff schälte sich ein kastanienbrauner Schopf, dann kam eine kleine Gestalt in einem bunten Hemd zum Vorschein, eine rote Mütze fiel zu Boden. »Guten Morgen«, sagte sie und gähnte ausgiebig, reckte sich und streckte dabei die Fäuste in die Luft.

Der Wirt kam herein und stellte einige Becher und eine Kanne auf den Tisch. »Ah, der Zwerg ist auch schon wach.«

»Hüte deine Zunge, Wirt!« Die Kleine drohte mit dem Finger und lachte.

»Ts, dank dem Herrn lieber für meine unermessliche Güte«, meinte der Wirt und verteilte einen fruchtig duftenden Trunk. »Ich bringe Euch gleich das Brot, auch Käse dazu? Ja? Dann mache ich Euch etwas zurecht.«

»Was verschlägt dich denn hierher?«, fragte Luca, der in dem Wesen die kleine Gauklerin wiedererkannte, deren Messerkunststücke er auf dem Weg nach Verona bewundert hatte. »Wo sind denn deine Kollegen?«

Die Kleine sah ihn mit gerunzelter Stirn an, dann hellte sich ihr Gesicht auf. Ihre Augen blitzten. »Sieh an, unser Wanderer. Das ist ja ein Zufall!« Sie sammelte ihre Mütze auf, rutschte neben Luca auf die Bank. »Du erlaubst doch?«

»Natürlich. Und, sind deine Gesellen auch hier?« Luca schaute sich um, aber die anderen Bänke waren leer.

»Unsere Wege haben sich getrennt. Sie wollten nun doch lieber weiter nach Frankreich.«

»Und du? Wohin bist du unterwegs?«

Die Kleine trank ihren Becher in einem Zug leer. »Hm, heißer Traubenmost. So gut gewürzt habe ich ihn lange nicht mehr getrunken.« Sie schenkte sich nach. »Ich?«, fragte sie dann gedehnt. »Ich gehe nach Deutschland. Und du? Wie heißt du überhaupt?«

»Luca. Und wie ist dein Name?«

»Ich werde Lina genannt.«

»Und du gehst also nach Deutschland.«

»Ja. Ich nehme an, das ist auch dein Ziel?«

»Wie kommst du darauf?«

Lina schaute ihn mitleidig an. »Was solltest du sonst in Verona, in diesem Gasthof, wollen? Hier treffen sich die Deutschen, bevor sie die Alpen überqueren. Und da du Deutscher bist, ist es ist keine Kunst anzunehmen, dass auch du dorthin unterwegs bist.«

»Woher willst du wissen, dass ich Deutscher bin?«, fragte Luca. Er hatte immer gedacht, das Venezianische so gut wie die Einheimischen zu beherrschen.

»Das höre ich an deinem Akzent. Zugegeben, du sprichst sehr gut, aber dennoch, ein geübtes Ohr wie meines hört den Unterschied.«

»Du bist ja eine ganz Aufgeweckte.«

Linas Mundwinkel zuckten. »Für meinen Beruf ist das die Voraussetzung.« Ihr Mund dehnte sich in die Breite, ihre Augen blitzten.

»Ah, hier seid Ihr.« Jakob kam zu ihnen und setzte sich. Verschlafen blinzelte er in das fahle Morgenlicht, das durch die Fenster hereinfiel. Er gähnte und wandte sich dann an Lina. »Wer seid Ihr denn?«

Und zu Luca gewandt: »Ihr kennt sie?«

Luca nickte. »Das ist Lina. Ich habe sie unterwegs kennengelernt und hier zufällig wiedergetroffen.«

Jakob musterte sie. »Du bist aber …«

»… klein? Ach was! Danke für deinen Hinweis, das habe ich selbst noch gar nicht bemerkt«, knurrte sie und missachtete wie Jakob die höfliche Form, indem sie ihn duzte.

»Entschuldigt, ich, äh, ich wollte Euch nicht zu nahe treten.« Jakob füllte sich einen Becher und goss auch Lina und Luca nach.

Ein Friedensangebot, das Lina annahm. »Schon gut.«

Der Wirt brachte ein großes Brett mit Brot, Käsestücken und sogar ein paar Scheiben harter Wurst, in der weiße Speckstücke leuchteten.

»Das sieht gut aus!«, sagte Luca und griff zu.

Auch Lina nahm sich von dem Brot und eine dicke Scheibe Käse.

Sie aßen, dennoch war Luca das Schweigen, das nun eintrat, unangenehm. Gerade wollte er irgendetwas sagen, als Jakob fragte: »Auch auf dem Weg nach Deutschland, Lina?«

»Hm, ja«, antwortete sie.

Wieder Schweigen.

»Wohin denn dort? Deutschland ist groß.«

»Ja, fürwahr. Ich muss in einen kleinen Ort, den Ihr nicht kennen werdet. Dort wartet meine Truppe auf mich.«

»Ihr reist allein?«

»Wie es aussieht, ja. Es wäre nicht das erste Mal.«

»Aber …«

Luca konnte Jakob am Gesicht ablesen, in welcher Zwickmühle er saß. Der junge Mann war wirklich leicht zu durchschauen. Er würde aus Höflichkeit auch Lina anbieten, sich ihnen anzuschließen, fürchtete aber – berechtigt wahrscheinlich – Ärger mit Auersperger. Andererseits hatte er jetzt auch ihr gegenüber ein schlechtes Gewissen …

Aus der misslichen Lage befreite ihn Auersperger selbst. Der Alte erschien, nickte ihnen zu und setzte sich an den Nebentisch.

»Möchtet Ihr auch von dem Most oder lieber Wein?«, fragte Jakob, schon bereit, den Becher zu füllen.

Auersperger nickte knapp. Sein Blick fiel auf Lina. »Was ist das?«, fragte er und presste die Lippen zusammen.

»Das ist Lina. Sie will ebenfalls nach Deutschland«, erklärte Luca.

»Gehört das zu Euch?«, fragte Auersperger.

»Nein, ich bin ihr auf dem Weg nach Verona begegnet und nun haben wir uns zufällig ...«

»So so, zufällig«, unterbrach ihn Auersperger und musterte Lina wie eine besonders ekelerregende Kakerlake. »Ein Zwerg ... Gaukler, Akrobat, wie?«

Lina nickte und lächelte ihn an. »Ich jongliere, kann auf dem Seil gehen, derlei.«

»Lumpengesindel also.«

»Herr Auersperger!«, zischte Jakob.

»Was, will es sich uns etwa anschließen?«, fragte Auersperger, ohne auf Jakobs Ausruf zu achten.

»Ich?«, brachte Lina heraus, die auf beiden Backen kaute. Sie schluckte. »Mich Euch anschließen? Nicht doch. Wie kommt Ihr darauf?«

»Aber ...«, stammelte Jakob mit rotem Kopf. »Das ist ... also ...«

»Was?«, herrschte Auersperger ihn an.

Luca staunte über die Veränderung, die plötzlich bei Jakob zu beobachten war. Er ballte die Fäuste, straffte den Rücken. Sein Gesicht rötete sich, nun aber nicht vor Scham, wie seine zusammengezogenen Brauen zeigten. Jakob war ärgerlich, nein, wütend gar. Seine Augen wurden schmal, als er sich Auersperger zuneigte. Er räusperte sich. »Herr Auersperger, ich bestehe darauf, dass die Kleine, äh, Frau Lina sich uns anschließt. Wir können es vor Gott nicht verantworten, sie allein zurückzulassen, jetzt, da wir ihre Bekanntschaft gemacht haben. Zudem wäre es uns keine zusätzliche Mühe.«

Auerspergers Miene verfinsterte sich. Offenbar war er von

Jakob keine Widerworte gewöhnt. Er schnaufte ein paarmal schwer, dann begann er schweigend zu essen.

Jakob wuchs in Lucas Ansehen, der aber schien über sich am meisten überrascht, so, wie er sich nun wappnete, die Arme vor der Brust verschränkte, darauf lauernd, dass der Alte doch noch die Stimme erhob. Doch Auersperger aß, trank und schwieg.

Jakob entspannte sich und bestellte beim Wirt einen Krug Wein.

Den hatte er sich wahrlich verdient, das konnte Luca ihm nachempfinden.

Lina hatte die ganze Zeit mit interessiertem Blick von einem zum anderen gesehen. Ihre Augen waren grün, stellte Luca nun fest, da das Tageslicht den Gastraum erhellte. Grün, wie die Tannenwälder des Harzes – warum fiel ihm jetzt dieser Vergleich ein?

Die Kleine stieß geräuschvoll die Luft durch die Nase aus, griff kopfschüttelnd nach ihrem Becher und trank. »Mir ist es gleich. Ich brauche Eure Gesellschaft nicht, bin noch immer gut allein zurechtgekommen. Aber meinetwegen, Eure Begleitung soll mir ebenfalls recht sein, wenn Euch so viel daran liegt.« Gleichmütig brach sich Lina ein Stück Brot ab, nahm sich ein Stück Käse und schob beides in den Mund.

Auersperger sah von seinem Becher auf, den er gerade zum Mund führen wollte, hob an, etwas zu sagen, stellte stattdessen jedoch seinen Becher wieder ab und schob das Brot, das er sich gerade genommen hatte, von sich. »In Gottes Namen«, murmelte er nur.

Federico

Harz, Anfang Juni

Laute Männerstimmen, entferntes Schellengeläute und das Wiehern von Pferden durchbrach plötzlich den Frieden, in dem das Gurgeln und Plätschern des Baches, dessen Lauf Federico noch immer folgte, das einzige Geräusch gewesen war. Kuhschellen? Federico hatte nicht damit gerechnet, in dieser abgelegenen Gegend auf eine Herde zu stoßen. Allerdings wollte das Wiehern von Pferden nicht recht dazu passen. Erneut hörte er einen kurzen Ruf, wie ein Befehl.

Dort drüben, hinter der Felsnase auf der anderen Seite des Baches, musste es einen Weg geben. Der Lärm kam näher. Das konnte nicht nur ein Hirte mit seiner Herde sein. Er sollte sich diese merkwürdigen Reisenden einmal ansehen, sicher war sicher.

Federico watete durch das Wasser, kletterte auf der anderen Seite das steile Ufer empor und beeilte sich, um der Herde den Weg abzuschneiden. Nach etwa fünfzig Schritten stieß er auf den erwarteten Pfad. Federico sah sich nach einem Versteck um. Der Baum dort, dessen Stamm fünf Männer mit den Armen kaum hätten umspannen können, hinter dem konnte er sich verbergen.

Zwei, drei Rinder preschten an ihm vorüber, dann bemerkte er die Pferde. Ein dicklicher Mann in verschlissenem Wams führte sie an den Zügeln und band sie kaum einen Steinwurf von Federico entfernt an einen Baum. Die Tiere waren struppig, verschwitzt und starrten vor Dreck, die Satteldecken waren löchrig, ihre ursprüngliche Farbe nicht mehr erkennbar. Federico hielt Ausschau nach den übrigen Männern, die zu den

Zossen gehören mussten, und nach dem Hirten. Weitere Rinder trotteten vorüber.

»He! Wo bleibt ihr?«, rief der Mann über die Schulter, während er die Zügel festband.

Und da kamen sie schon. Ein großer, hagerer Bursche mit dichter schwarzer Mähne, gewappnet mit einer Brigantine, unter deren verschlissenem Stoff die Metallplättchen blitzten, stieß einen älteren Mann mit wettergegerbtem Gesicht vor sich her, offensichtlich der Rinderhirte. Wie alle Männer seines Berufes war er mit einem schweren Leinenkittel bekleidet, den Filzhut presste er mit beiden Händen vor die Brust. Ein Metallbeschlag seines Hirtenkoppels blitzte in einem Sonnenstrahl auf, ein Halbmond oder dergleichen, das Halfter, in dem die Axt stecken sollte, war leer. Der Hirte war sicher zu einem der Viehhöfe unterwegs gewesen, wo die Herde den Sommer verbringen würde. Ganz allein, ohne Gehilfen, ohne Hütehunde? Und um diese Zeit? Normalerweise waren die Herden längst auf der Sommerweide.

Ein weiterer Kerl mit eisgrauen Haaren eilte hinzu, ebenso verwahrlost wie seine Kumpane. Er trug eine Lanze wurfbereit in der Faust, mit der er auf den Hirten zielte. Von ihrer Spitze tropfte frisches Blut.

»Mach keine Schwierigkeiten, wenn du mit dem Leben davonkommen willst.« Der Geharnischte riss dem Hirten seinen Hut aus den Händen und schmiss ihn beiseite, dann versetzte er ihm einen Stoß, der ihn in Richtung der Pferde taumeln ließ.

»Was machen wir mit ihm?« Der Dicke nickte zum Hirten. »Bringen wir ihn zu …?«

»Schnauze, wir regeln das schon selbst!«, fiel ihm der Schwarzhaarige ins Wort.

Räuber, erkannte Federico, Räuber oder streunende Ritter, was auf das Gleiche hinauslief. Auf jeden Fall hatten sie es auf die Rinderherde abgesehen. Der Hirte sprach besser ein Paternoster, denn die drei Streuner ließen ihn niemals mit dem Leben davonkommen. Es sei denn, es geschah ein Wunder.

Angespannt lauschte Federico der Unterhaltung und beobachtete, wie einer der Männer dem Schwarzen einen Strick zuwarf, mit dem der den Hirten an einen dünnen Baum fesselte. Dann zog er einen stabilen Lederriemen vom Gürtel, schlang ihn dem Alten um den Hals und schnürte ihn damit eng an den Stamm. Der Hirte ächzte leise.

»Hängen wir ihn doch an dem Baum da auf«, schlug der Dicke vor und zeigte auf einen Ast, der sich über den Pfad reckte.

Der Hirte verdrehte die Augen in die gewiesene Richtung, Schweiß trat auf seine Stirn.

Der Geharnischte blickte kurz auf und winkte ab. »Kümmere dich lieber um die Rinder, die Viecher werden nicht weit sein. Nimm dein Pferd und treibe sie auf der Lichtung, an der wir ihn geschnappt haben, zusammen.

»Ich? Allein? Aber die Tiere sind bestimmt schon in alle Winde verstreut.« Die Stimme des Dicken bekam einen quengelnden Klang.

Der Schwarze gab ihm einen heftigen Stoß vor die Brust. »Reiß dich zusammen! Oder soll ich ihm berichten, wie dämlich du dich wieder angestellt hast? Dann blüht dir aber was.« Zu seinem Gefährten mit der Lanze sagte er: »Mach Feuer, wir bleiben hier, bis wir das Viehzeug beisammen haben.«

»Bis zum nächsten Jubeljahr?«, fragte der Lanzenträger mit einem schiefen Grinsen.

»Wenn es sein muss. Wir vergnügen uns derweil mit unserem Freund hier.« Er drehte sich zu dem Alten um.

Der Hirte starrte ihn mit aufgerissenen Augen an, schluckte. »Nehmt das Vieh und lasst mich gehen«, sagte er mit heiserer Stimme.

»Oh, wir nehmen das Vieh, keine Sorge«, der Schwarze nickte freundlich und zog ein Messer aus dem Gürtel. »Vorher wollen wir aber noch ein bisschen unseren Spaß haben.«

»O ja, das ist gut!«, rief der Grauhaarige.

»Du machst Feuer, habe ich gesagt.« Die Stimme des Schwarzen hatte die Schärfe einer frisch geschliffenen Messerklinge.

Der Grauhaarige tastete sein Wams ab. »Der Zunder … ich muss ihn bei der Lichtung verloren haben.« Er zog seinen Kopf zwischen die Schultern, als erwarte er Prügel für sein Missgeschick.

»Dann schaff ihn her«, blaffte der Schwarze.

»Ja, Konrad.« Der Graue straffte sich und rannte sichtlich erleichtert, dass er so glimpflich davonkam, den Weg hinunter und verschwand hinter einer Biegung.

Konrad war nun allein, abgesehen von dem bewegungsunfähigen Hirten. Federico schlich sich näher heran, zog mit der Linken sein Messer aus dem Gürtel, mit der Rechten nestelte er den langen, schmalen Dolch, den er vor Jahren einem Araber abgekauft hatte, aus dem Stiefelschaft.

Der Räuber hatte sich vor dem Wehrlosen aufgebaut, den er um einen halben Kopf überragte, und schaute auf ihn hinab. Die Augen schmale Schlitze, die Lippen geschürzt, setzte er dem gefesselten Mann sein Messer an die Brust. Federico sah, wie es sich mit Druck in den Stoff bohrte. Ein Blutfleck breitete sich aus. Der Hirte schloss die Augen.

»Keine Angst, so schnell stirbt es sich nicht, mein Lieber. Wenn dich erst unser Anführer in die Finger bekommt, dann gnade dir Gott. Aber vielleicht hast du Glück und es kommt nicht so weit. Wenn wir mit dir fertig sind, hat wohl kaum noch jemand Freude an dir.«

Der Hirte drehte seinen Kopf zu Seite, der Schwarze zwang ihn mit festem Griff wieder zurück. Mit zusammengekniffenen Augen ergab der Alte sich in sein Schicksal.

Ganz langsam streckte Konrad seinen Zeigefinger aus und bohrte ihn dem Alten in das linke Auge. Als der Hirte verzweifelt versuchte, den Kopf zurückzubiegen, lachte er.

Wer auch immer dieser Konrad war, Federico schien er der Teufel in Menschengestalt zu sein, es wurde Zeit, dass ihn jemand in seine Hölle zurückschickte. Lautlos, jeden Baum und Strauch als Deckung nutzend, pirschte sich Federico heran. Konrad, ganz auf sein wehrloses Opfer konzentriert, dessen

Hals er nun mit seinem Dolch kitzelte, kehrte ihm den Rücken zu. Wie leichtsinnig.

Kaum fünf Schritte trennten Federico von dem Räuber. Schon glaubte er dessen Ausdünstungen zu riechen. Deutlich sah er den Schweiß von der Stirn des Alten rinnen, noch immer hatte der die Augen geschlossen. Sehr gut, dann konnte er ihn nicht verraten. Federico steckte den arabischen Dolch zurück, den würde er nicht brauchen, er hatte einen anderen Plan gefasst.

Jetzt. Federico sprang vor, legte dem Mann von hinten den Arm um den Hals, drückte zu, gleichzeitig hieb er ihm den Messergriff an die Schläfe, während er sein Knie zwischen dessen Beine schnellen ließ. Im Zusammensacken ließ der Kerl den Dolch fallen. Federico rollte ihn auf dem Rücken, zog ihn am Halsausschnitt seiner Brigantine wieder hoch. Mit flatternden Lidern starrte ihn der Schwarze an, schon verpasste Federico ihm einen Faustschlag ans Kinn, einen zweiten an die Schläfe, der ihn bewusstlos zusammenbrechen ließ. Federico gab ihm noch einen Fußtritt, dass die Brigantine schepperte.

In der Nähe zupften die Pferde an den spärlichen Gräsern. In ihren Packtaschen fand Federico einen ausreichend langen Strick, zudem einige Fetzen Stoff, die gute Knebel abgeben würden. Sonst hätte er zum Fesseln die Zügel der Pferde genommen, aber die konnte er ebenso gut für die beiden anderen Räuber gebrauchen.

Federico schulterte den Bewusstlosen, trug ihn weit genug in den Wald, so dass man ihn vom Weg aus nicht bemerken würde. Wenige Augenblicke später saß Konrad gefesselt und geknebelt an einem Baum, der Kopf war ihm auf die Brust gesunken.

Ein handlicher Ast fiel Federico ins Auge, ja, der würde gute Dienste leisten. Mit dem Knüppel in der Hand schlich sich Federico zu dem Hirten zurück. Er lauschte, spähte vorsichtig zu ihm hinüber, der Mann erwiderte seinen Blick. Federico legte den Finger an die Lippen, gab ihm durch eine Geste mit der Hand zu verstehen, er solle sich gedulden. Der Alte schluckte, ächzte und nickte, soweit es seine Halsfessel zuließ.

Von den anderen war noch nichts zu hören und zu sehen, aber es konnte nicht mehr lange dauern, bis der Grauhaarige mit seinem Feuerzeug zurückkehrte. Federico löste die Zügel der Pferde, nahm sie an sich und scheuchte die Tiere in den Wald.

Als Nächstes würde Federico dem grauen Räuber einen angemessenen Empfang bereiten. Er schlich in die Richtung, in die der Kerl verschwunden war, und verbarg sich hinter einem Strauch. Gerade rechtzeitig, der Graue näherte sich, ein fröhliches Liedchen schmetternd.

Ein sonderbares Grüppchen bildeten die drei. Auf jeden Fall schien dieser Schwarze, Konrad, der Hellste unter ihnen zu sein, gut, dass er den als Erstes überwältigt hatte. Aus dem bisher Gehörten schloss Federico, dass sie zu einer größeren Schar gehören mussten, deren Anführer diesen Konrad an Liebenswürdigkeit offenbar noch übertraf. Hoffentlich waren die drei allein auf Beutezug. Nicht auszudenken, wenn ihr Hauptmann auftauchte, weil er ein Auge auf diese Nichtsnutze haben wollte.

Das Lied verstummte, als der Graue den Hirten zwar am Baum gefesselt sah, dessen Bewacher jedoch verschwunden war.

»Konrad?«, rief er, während er sich zögernd näherte. »Wo bist du?«

Als er vorüberging, hätte Federico ihn berühren können.

»Was hast du ausgeheckt? Wo steckst du? Konrad?«, schrie der. »Du Hurenbastard«, murmelte er hinterher und spuckte auf den Boden.

Ohne ein Geräusch trat Federico hinter ihn und zog ihm den Knüppel über den Kopf. Wenige Augenblicke später lag der Graue gefesselt an der Seite des Schwarzen. Die Zügel erwiesen sich als sehr belastbar.

Um den letzten der drei Räuber machte sich Federico keine Sorgen, der schien ihm von allen der größte Tölpel zu sein, es wäre ein Leichtes, ihn zu überwältigen.

Der Hirte rieb sich den Hals, als Federico ihn losband. »Danke!«, krächzte er.

»Bist du schwer verletzt?« Federico wies auf das blutige Loch in seinem Kittel.

Der Alte zupfte an dem Stoff. »Nein, nur ein Kratzer.«

»Und dein Auge?«

Der Hirte winkte ab. »Bei Gott, ich verdanke dir mein Leben! Das war sehr mutig von dir.«

»Das war Christenpflicht.«

Der Hirte nickte, sah ihn aber zweifelnd, fast ängstlich an. »Wer bist du, was treibst du hier in dieser abgelegenen Gegend?«

Der Mann glaubte doch nicht etwa, er, Federico, wollte jetzt die Herde an sich reißen? »Ich heiße Friedrich und du?«

»Josef.«

»Gut Josef, dann hoffen wir, dass der Dicke inzwischen deine Rinder zusammengetrieben hat.«

Der Alte nickte düster. »Das wäre ein Wunder!« Dann verstummte er, sah Federico mit einem Seitenblick an. »Ein Wunder«, wiederholte er.

»Gehen wir zu dieser Lichtung, von der sie sprachen, dann werden wir ja sehen.«

Trotz seines Alters – die tiefen Falten in seinem Gesicht zeugten davon, dass er die fünfzig schon hinter sich gelassen haben musste – schritt Josef kräftig aus.

»Diese Schweine haben meine Hunde hingemetzelt«, murmelte er.

Federico hatte ein Geräusch gehört und hob die Hand. »Still jetzt!«

Der Wind trieb die warmen würzig-herben Ausdünstungen der Tiere zu ihnen, bevor sie sie sahen. Dann tauchten die ersten Rinder vor ihnen auf, die Köpfe wippten, als begrüßten sie ihren Hirten. Auf der Lichtung war bereits eine stattliche Herde versammelt, an die fünfzig Tiere. Immerhin, so nutzlos schien der Dicke nicht zu sein. Doch zu sehen war von ihm weit und breit nichts.

»Du kümmerst dich um die Tiere, ich werde unseren Freund suchen. Weit kann er nicht sein.«

Der Hirte nickte und begutachtete seine Rinder, strich hier einem über das Maul, klopfte dort einem auf den Rist.

Federico umrundete die Lichtung im Schutz der Bäume. Auf der anderen Seite fand er den ersten Hund unter einem Busch. Das Fell, einst weiß wie frisch gefallener Schnee, war blutverschmiert, zahllose Fliegen summten um ihn herum. Nicht weit davon entfernt lag der zweite, so schwarz, wie der andere weiß war. Prächtige Burschen mussten es gewesen sein, mit langem Fell und spitzer Schnauze, die zubeißen konnte, wenn es Not tat. Natürlich hatten die Räuber sie töten müssen, mit diesen Hütehunden war nicht zu spaßen.

Hufgetrappel linker Hand, gedämpft vom Waldboden, ließ Federico hinter einen Baumstamm springen.

»Geh schon, du dummes Viech, vorwärts!«

Auf dem Pferderücken thronend wie ein Graf scheuchte der Dicke eines der rotbraunen Rinder vor sich her. Zu Pferde war er nicht so leicht zu überwältigen wie die anderen. Wenigstens brauchte Federico keine Entdeckung zu fürchten, der Dicke war nur mit dem Tier beschäftigt und machte Lärm wie hundert Mann. Federico schlich näher, verbarg sich hinter einer Buche, an der der Reiter vorüberkommen musste.

Er brauchte nur die Hand auszustrecken. Mit einem kräftigen Ruck am Bein brachte er ihn aus dem Gleichgewicht und schon stürzte der Dicke ihm entgegen. Wie ein Käfer lag er auf dem Rücken und zappelte am Boden.

»He!«, protestierte er keuchend.

Federico schlug ihm den Knüppel gegen den Kopf. Er würde den Dicken irgendwo auf der Lichtung festbinden, wo man ihn finden konnte. Selbst dieser Dummkopf dürfte dann in der Lage sein, seine Kumpanen zu befreien. Vermutlich war es ein Fehler, sie am Leben zu lassen, aber Federico wollte seine Seele nicht mit einer Bluttat belasten.

Er zog den Riemen fest, stopfte ihm den Fetzen Stoff in den Mund und verknotete das Tuch in seinem Nacken. Der Dicke kam zu sich, riss die Augen auf und starrte Federico an. Er zerrte an seinen Fesseln, erstickte Schreie drangen unter dem Knebel hervor.

»So, jetzt bete, dass jemand vorbeikommt.«

Federico fand Josef inmitten seiner Herde. Mit seinem Filzhut auf dem Kopf, eine Hand gestützt auf seinen Stab, die andere auf dem Beil ruhend, das jetzt an einem Ring am unteren Ende seines Koppels eingehängt war, ließ er seinen Blick über die Rinder schweifen.

»Ich habe alle meine Sachen wiedergefunden. Die Bastarde hatten sie ins Gestrüpp geworfen. Wie die Hunde«, Josef schluckte und wandte seinen Blick ab. »Bei Gottes weißem Bart, du hast mein Leben gerettet, ich weiß gar nicht, wie ich dir danken soll!«

»Nicht der Rede wert. Es waren Dummköpfe. Was hast du jetzt vor? Gehst du weiter zu dem Viehhof?«

»Ja.«

Dann könnten sie ein Stück Wegs gemeinsam wandern, Josef wäre sicher dankbar für seine Begleitung. Federico brannte darauf, ihn nach dem Mönch und den Ketzern zu fragen. Hirten kamen viel herum, womöglich kannte Josef sogar diesen Gernot Lambacher, Sophias Mann. Federico würde gern mehr über denjenigen in Erfahrung bringen, der das Leben einer Familie zerstört hatte.

Wie erwartet, freute sich Josef über seine Gesellschaft. Er hob einen Stecken auf, kürzte ihn auf handliches Maß, befreite ihn mit wenigen Axtschlägen von den Seitentrieben und gab ihn Federico. »Hier, der ist nützlich zum Treiben der Rinder.«

Federico stellte schnell fest, dass der Stecken auch zum Wandern angenehm war. »Schöne Tiere hast du da, eines prächtiger als das andere«, sagte er, nachdem sie eine Weile gegangen waren. Die Rinder waren etwas kleiner als die italienischen und von rotbrauner Farbe. Außerhalb des Harzes hatte er diese Rasse noch nirgends gesehen.

Josef nickte und ließ seinen Blick zufrieden über die wiegenden Hüften seiner Tiere schweifen.

»Bist du nicht spät dran? Normal sollten sie doch schon seit Wochen im Viehhof sein.«

Der Hirte drehte sich zu Federico. »Waren sie auch. Aber dort ist ein Blitz eingeschlagen, der Viehhof abgebrannt, die Rinder, die die Katastrophe überlebt haben, müssen nun umziehen.«

»Ihr seid aber vom Pech verfolgt, erst ein Feuer und nun auch noch Räuber. Kommen denn solche Überfälle häufiger vor?«

»Gelegentlich, ja, aber hier in der Gegend schon länger nicht. Es heißt, weiter östlich triebe eine Bande ihr Unwesen, vielleicht ist sie hierhergezogen.«

»Dann bleibt zu hoffen, dass der Graf sie schnell dingfest macht.«

»Ja, oder dass sie wieder verschwindet.« Josef starrte eine Weile vor sich hin, richtete umständlich seinen Gürtel. Dann fragte er: »Und was treibt dich in diese Gegend?«

»Ich suche jemanden.« Dass er zudem auch Mangan und Kobalt aufspürte, brauchte er Josef gegenüber nicht zu erwähnen. Er hätte es ihm ja ohnehin nicht geglaubt. Wahrscheinlich nutzte er ebenso wie alle Leute hier die wertvollen Brocken als Wurfgeschosse gegen die Wölfe, um die Herden zu schützen.

Der Hirte runzelte die Stirn. »Du bist nicht von hier.«

Federico nickte. »Aus dem Süden.« Das war seine übliche Auskunft.

»Aha. Und wen suchst du?«

»Einen Freund, Paul Barth.«

Josef schob seinen Hut in den Nacken und wischte sich den Schweiß vom Gesicht. »Nie gehört.«

Federico zuckte die Schultern. »Schade. Wie weit ist es noch zum Viehhof?«

Der Hirte deutete mit seinem Stab voraus. »Zum Sonnenuntergang sind wir da.«

Ein Fels war auf den Weg gestürzt und ein Rind blockierte den schmalen Durchgang, geruhsam zupfte es an den Halmen.

Sie scheuchten es mit ihren Stecken vorwärts. »Hast du eigentlich keinen Gehilfen? Ich hoffe nicht, dass die Räuber ihm ein Leid angetan haben?«

»Nein, er kümmert sich um die Kühe, die müssen ja am Abend zum Melken in den Ort zurückgetrieben werden.«

Wie Federico erwartet hatte, lockerte die Dankbarkeit Josef die Zunge, denn üblicherweise kannte Federico Hirten als schweigsam und misstrauisch. »Kennst du vielleicht einen Mönch namens Johannes?«, nutzte Federico seine Redseligkeit.

Josefs Kopf ruckte in Federicos Richtung. »Der Johannes, selbstredend, wer kennt den nicht?«

»Bist du ihm kürzlich begegnet?«

Josef schnalzte mit der Zunge. »Oh, gestern früh erst, am Molkenhaus.« Er nickte vage zurück. Federico kannte es, ein Unterstand und ringsum reichlich Platz für mehrere Viehherden. »Ich hörte, wie Johannes mit dem Herrn Knauth sprach, dem Marschall des Grafen zu Stolberg. Der fromme Bruder wollte ihm eine Reliquie verkaufen, einen Finger der heiligen Barbara, aber der Herr Knauth wollte ihn nicht.«

Soso, den Finger der Heiligen hatte der Bruder doch Sophia versprochen. Nun, auch Heilige besaßen zehn Finger … »Sprachen sie noch über etwas anderes? Vielleicht über einen Todesfall?«

Josef schwieg, auf seiner Stirn vertieften sich die Falten. Jetzt, da er sich allmählich wieder fasste, wurde er offenbar zurückhaltender.

»Ich hörte«, fuhr Federico fort, »dass Bruder Johannes meinen Freund gesehen hat, er hat vielleicht eine Mordtat beobachtet und sie womöglich dem Marschall angezeigt. Es ist sehr wichtig …«

Josef schüttelte langsam den Kopf. »Der Marschall hat Johannes weggescheucht wie eine Schmeißfliege. War mächtig schlecht gelaunt, der Herr Knauth zu Questenberg.«

»Wegen einer Reliquie?«, fragte Federico.

Josef schüttelte erneut den Kopf, schwieg, aber Federico war sicher, er würde den Grund für Knauths Missmut noch erfahren. Gerade als er begann, an dieser Gewissheit zu zweifeln, räusperte sich Josef.

»Der Pächter liegt mit dem Bezahlen im Rückstand. Der Graf scheint diesmal wirklich knapp zu sein, denn sonst gibt es nicht so ein Geschrei, nur weil einer nicht rechtzeitig zahlt.«

Federico nickte vage. Auch er wusste um die ständige Geldnot des Stolberger Grafen. Vor zwei Jahren hatte Federico erfahren, dass den Stolberger die Schulden so sehr drückten, dass er den Wernigeröder Forst an die Stadt verpfändet hatte, für eintausendvierhundert Gulden, hieß es. Ein Jahr später traf es dann die Dörfer Bachera und Bockeleben, die ihm zweitausendneunhundert Gulden einbrachten. Kein Graf trennt sich von Wäldern und Dörfern, wenn die Not ihn nicht zwingt. Und wenn der Stolberger sich sogar mit den Schwarzburger Grafen – seit Ewigkeiten engste Freunde – wegen rückständiger Zahlungen zerstritt, musste es wirklich arg stehen. Vielleicht ließe sich seiner Not abhelfen, Federico dachte an seine soeben entdeckte Silberader ... Die Unterstützung eines einflussreichen Mannes wie dem Stolberger konnte nützlich sein.

»Der Graf hat nach Leuten des Erzbischofs von Mainz schicken lassen, die ihm beim Rechnen helfen sollen.« Josef lachte. »Leute des Erzbischofs! Wenn er am Ende noch einen Leibrock besitzt, kann er sich freuen, der Herr Graf.«

Nicht nur ihn hatte der Graf um Hilfe gebeten, wusste Federico, sondern auch seinen Schwager, den Grafen Eberhard den Bärtigen von Württemberg, den Bruder seiner Frau. Deren Räte unterstützten ihn seit anderthalb Jahren beim Wirtschaften. Über den Erzbischof von Mainz hatte er im letzten Jahr genauere Kunde eingeholt. »Das Mainzer Bistum steht gut da, das weiß ich zufällig.«

»Natürlich, wenn es um das eigene Geld geht, dann will ich das gern glauben. Aber beim Geld des Grafen?« Josef zuckte mit den Schultern.

Der Weg wurde steiler, doch Josef schritt gleichmäßig aus. Nicht einmal sein Atem beschleunigte sich. »Knauth ärgerte sich nicht wegen der Schulden«, sagte er in die eingetretene Stille hinein.

»Nicht?«, fragte Federico.

Josef senkte seine Stimme, als stünden Lauscher hinter den Bäumen. »Er erkundigte sich nach den Ketzern.«

Ah, sehr gut, das ersparte Federico eine neuerliche Frage. »Sie seien hier in der Gegend umtriebig«, bestätigte er.

Josef nickte. »Der Graf lässt scharf gegen sie vorgehen.«

»Tatsächlich? Der hat doch ernstere Probleme, sollte man meinen.«

Josef schnaubte. »Ist ernst genug mit denen. Predigen allerhand Zeug. Weltuntergang fast jedes Jahr. Beten eine Hummel an. Tja, wer es glauben mag.«

»Eine Hummel? Sicher?«

»Hm.«

Federico wertete es als Zustimmung. »Und hat der Herr Knauth in Erfahrung bringen können, wo sie sich herumtreiben?«

»Hm.«

Federico ging mit gleichmäßigem Schritt an Josefs Seite, wartete ab.

»Irgendwo hier. Gott im Himmel, manchmal sehe ich sie. Meist in der Gegend von Brunenlohe. Jesus hilf, die peitschen sich das Fleisch von den Knochen, bluten wie die Schweine und singen dazu!« Aus Josef sprudelten jetzt die Worte nur so heraus. Wahrhaftig, Geißlerzüge waren immer ein beeindruckender Anblick. Und sie erregten die Gemüter. Auch in Italien, in Venedig tauchten sie hin und wieder auf. Die Meinungen über diese Art des Glaubensbekenntnisses waren geteilt. Manche sahen diese Prozessionen als Gegensatz zur Verkommenheit der Kirche. Andererseits drohte den Geißlern ständig, als Ketzer verbrannt zu werden. Wenn er sich recht erinnerte, tadelte sogar der strenge Mönch Savonarola diese Leute als anmaßend, es sei Sünde, sich durch die Selbstgeißelung auf eine Stufe mit dem gequälten Herrn zu stellen. Federico hatte eher den Eindruck, dass diese Leute beweisen wollten, dass sie anders waren als der Rest der Christenheit. Näher bei Gott, womöglich auserwählt, die Sünden der Welt auf diese Weise abzubüßen, eben Gottes Sohn im Leid zu folgen. Dass sie sich bis zur Besinnungslosigkeit auspeitschten, fand Federico allerdings übertrieben.

Die Ketzer waren also in der Nähe von Brunenlohe. Gestern jedenfalls, wo sie heute waren, wusste allein der Herr im Himmel. Wenn der nicht die Augen vor ihren Umtrieben verschlossen hatte.

»Es geht das Gerücht, sie wollten dieser Tage den Brocken hoch, das sei besonders mühsam, für die Büßer also gerade recht.«

Federico beabsichtigte ohnehin, sich am Hang des Brockens östlich zu halten.

»Könnte mir denken, dass auch Bruder Johannes dort hingeht. Will immer die Ketzer bekehren.«

Federico hatte es stets geahnt, es gab Tage der Fragen und Tage der Antworten. Heute schien ein Tag der Antworten zu sein, das galt es auszunutzen. »Gernot Lambacher, er ist auch Hirte, vielleicht kennst du ihn. Ich habe kürzlich seine Frau Sophia kennengelernt, eine große Verehrerin von Bruder Johannes.«

Josef zog die Brauen hoch. »Oh, den Lambacher kenne ich.«

Na bitte. »Ist er vertrauenswürdig?«

Der Hirte rieb sich über das stoppelige Kinn. »Meinst du, er ist ein Ketzer?«

Federico hob die Hände. »Nein, Allmächtiger, nicht doch! Von den beiden, also Sophia und Gernot, habe ich Nachricht über meinen Freund, es hätte einen Streit gegeben, eine Schlägerei … und jetzt wüsste ich gern … also, ich weiß nicht recht, was ich von ihren Erzählungen halten soll, was ich von den beiden halten soll.«

»Bartholomäus! Heiliger! Du willst sagen, dass womöglich Gernot deinem Paul ans Leder ging?« Er lachte lautlos, schüttelte dann aber den Kopf. »Der Gernot redet viel, wenn der Tag lang ist. Aber so was … nein.«

»Das wollte ich nicht sagen. Also der Gernot ist ein Redseliger, na dann …« Sophias Gatte schien in seinem Berufsstand eine Ausnahme zu sein. »Neigt er denn dazu, die Wahrheit ein wenig auszuschmücken?«

Josef neigte den Kopf. Während der nächsten fünfzig Schritte setzte Josef Fuß vor Fuß und schien gründlich über die Frage nachzudenken. »Der Gernot ist ein braver Mann. Er übertreibt vielleicht ein wenig. Aber lügen, nein.«

Wieder gingen sie ein gutes Stück schweigend nebeneinander her, Federico spürte, dass noch etwas kam.

»Es ist die Frau.«

»Seine Ehefrau?«

Josef nickte. Sein Blick streifte über die Hinterteile seiner Rinder, die gleichförmig vor ihnen herschaukelten.

»Was ist mit ihr?«

Josef sah ihn bedeutungsvoll an. »Gernot macht sich Sophias Worte zu Eigen. Aber ich kenne die beiden nicht weiter. Gernot ist gewissenhaft, hält sich an Weidegrenzen. Es gab nie Ärger.«

Federico fluchte im Stillen. Er hätte bei Sophia warten und mit ihrem Mann selbst sprechen müssen. Zu spät. »Weißt du, wo Gernot sich aufhält?«

»Ist auf dem Weg zu seinem Viehhof. Drüben.« Josef wandte sich um und deutete mit seinem Stab zur Rechten, wo die Herbststürme zahllose Bäume wie Strohhalme geknickt hatten. Erst jetzt, da die Schneise den Blick auf ein weites Tal freigab, das sich unterhalb von ihm bis zum Horizont erstreckte, erkannte er, wie hoch sie schon gestiegen waren. Unter ihnen rauschte ein Fluss, es könnte die Oder sein. Federico hatte den Anstieg, den sie bewältigt haben mussten, nicht bemerkt.

»Dort hinten, auf der Rückseite des Berges ist sein Gebiet.«

Das lag südöstlich von hier, zu weit ab von seinem Weg. Noch einmal fluchte er insgeheim, dass er nicht daran gedacht hatte, Sophias Angaben zu prüfen. Sophias angebliche Wahrheiten über Anna hatten ihn wirklich vollkommen aus der Bahn geworfen, so kannte er sich gar nicht.

Jetzt konnte er nur hoffen, dass er mit der Hilfe des Himmels in Gestalt des Bruder Johannes, oder eben, wenn es sein musste, mit Unterstützung der Hölle in Gestalt der Ketzer, der Wahrheit einen Schritt näher kam.

LINA

Zwischen Brenner und Augsburg, Mitte Juni

Lina lag unter dem Wagen und beobachtete, wie Luca die Plane lupfte und darunterkroch. Ein heller Kopf, der junge Deutsche, das hatte sie bereits festgestellt, als sie in Verona den Kontakt aufgenommen hatte. Vielleicht ein wenig zu vertrauensselig, wenngleich es ihm bislang zum Vorteil gereicht hatte. Nicht schlecht, sich einer Reisegruppe anzuschließen, die für ausreichenden Schutz sorgte. Außerdem war Gesellschaft bei solch langen Reisen immer angenehm. Lina wusste aus eigener Erfahrung, wie zermürbend Einsamkeit sein konnte und die ohnehin weiten Wege noch ins Unermessliche ausdehnen konnte …

Nur dieser Auersperger war ihr ein Dorn im Auge. Ihr und Luca. Es war ihr nicht entgangen, dass auch er vom ersten Augenblick an cin gewisses Misstrauen ihm gegenüber an den Tag legte. Zu Recht, wie Lina wusste. Letzte Nacht, sie mussten auf dem Brennerpass wegen eines Sturms schon mittags Schutz in einer Hütte suchen, hatte sie dessen Waren überprüft. Auersperger schmuggelte teure venezianische Gläser, gleichermaßen gut verpackt wie versteckt zwischen Ballen feinsten Brokats. In den Papieren, die sie später in Jakobs Tasche gefunden und eingesehen hatte, waren sie nicht aufgeführt, aber der junge Mann war grundanständig, wusste mit Sicherheit nichts von Auerspergers Machenschaften. Wenn überhaupt, dann war

Jakobs Vater mit dem Betrüger im Bunde. Welch nützliches Wissen …

Dass Luca ebenfalls den Einfall hatte, Auerspergers Waren zu durchsuchen, überraschte Lina nicht. Sie hatte eigentlich viel früher damit gerechnet, allerdings wich der junge Jakob seinem neuen Gefährten nicht von der Seite. Es sprach für Lucas Besonnenheit, dass er auf eine gute Gelegenheit gewartet hatte. In dieser Nacht nämlich verfügte er zum ersten Mal über eine eigene Kammer, er hatte darauf bestanden, als er in Erfahrung brachte, dass wegen des Sturms etliche Reisende ausgeblieben waren und somit etliche Zimmer leer standen. Lina war zuversichtlich gewesen, dass Luca diese Gelegenheit für eine Erkundung nutzen würde. Zumal die Wagen im Hof des Gasthauses standen, durch Tore vor Dieben geschützt, was eine Bewachung überflüssig machte. Allerbeste Voraussetzungen also.

Vorgeblich früh schlafen zu gehen, hatte Lina sich statt in ihr Bett unter Auerspergers Wagen auf die Lauer gelegt. Sie hatte nicht lange warten müssen. Kaum war der Mond aufgegangen, schon hatte sich Luca herangeschlichen und lautlos die Plane gelöst, um darunter zu verschwinden.

Lina lauschte. Ein Tier raschelte im Gebüsch, die große rote Katze wahrscheinlich, die bei ihrem Eintreffen auf dem Vordach gesessen und jede ihrer Bewegungen beobachtet hatte. In der Ferne bellte ein Hund, ein anderer stimmte ein. Ein weit entferntes mehrstimmiges Heulen antwortete, Wölfe. Sonst war alles ruhig, kein Rascheln, kein Knistern, nichts.

Respekt, Luca verstand sich auf lautlose Durchsuchung. Lina kroch unter dem Wagen heraus, verbarg sich in dessen Schatten. Sie spähte zum Gasthof hinüber, alles war dunkel. Aus einem der Fenster drang leises Schnarchen, daneben röchelndes Husten, wohl von Auersperger, er hatte sich in den letzten Tagen eine Erkältung zugezogen und darum heute einen heißen Stein erbeten. Noch vor Lina war er in seiner Schlafkammer verschwunden. Gut, der würde jedenfalls nicht unbemerkt herumschleichen können.

Lina duckte sich neben das Hinterrad und behielt die Stelle im Auge, wo die von Luca gelöste Verschnürung herabhing.

Da, die Plane bewegte sich, wurde angehoben. Im Mondlicht konnte Lina nur einen schmalen Streifen des Wageninneren sehen. Lucas Hemd leuchtete hell, leichtsinnig von ihm, bei einer solchen Unternehmung wie eine Laterne unterwegs zu sein. Lina presste sich eng an den Wagen, stellte sich auf die Zehenspitzen und beobachtete, wie Luca mit einer Hand die Plane hielt, mit der anderen einen Ballen auseinanderzerrte, dessen Verschnürung am Boden des Wagens lag. Schon sank die Plane wieder herab.

Jetzt war ein leises Schnaufen zu hören. Tja, der Brokat war schwer und die Gläser ganz im Innern, eine schweißtreibende Angelegenheit, zu ihnen vorzudringen. Wie Luca nur darauf gekommen war, gerade in diesem Bündel zu suchen ... Lina selbst war schon bei ihrer Abreise von Verona klar gewesen: Wenn es etwas zu finden gab, dann war es in dem Ballen mit dem Brokat versteckt. Denn gerade, als die Knechte Hand an den Stoff gelegt hatten, war Auersperger herbeigeeilt und hatte jeden Handgriff als zu grob gescholten. Gewiss, Brokat war ein empfindlicher Stoff, aber wahrlich nicht zerbrechlich. Diese übermäßige Besorgnis war offenbar auch Luca aufgefallen.

Leises Rascheln, ein unterdrückter Laut. Triumph, Luca war fündig geworden. Nicht schlecht der Bursche, bei richtiger Anleitung konnte aus ihm ein erstklassiger Spion werden, schade, dass sein Schicksal anderes für ihn beschlossen hatte.

Kurz darauf wurde die Plane wieder gelupft und Lina sah ein Kristallglas im Mondlicht funkeln: rubinrot und mit blauen Fäden verziert. Gestern war Lina versucht gewesen, es zu stehlen, Auersperger würde seinen Verlust kaum anzeigen ... Sie hatte sich beherrscht, eine Entdeckung war zu riskant. Pertuzzi sollte ihr ein solches Glas als Bonus geben, der besaß doch neuerdings eine Glashütte. Lina grinste.

Das Rascheln und Knistern im Wagen verstummte, stattdessen tobte im Gebüsch hinter ihr nun ein Sturm. Knacken,

Scharren, Blätterrauschen, dann Fiepen, Knurren. Kurz darauf sah Lina ein rotes Fellungetüm aus dem Gestrüpp springen und mit hoch aufgerichtetem Schwanz Richtung Gasthof davoneilen. Etwas Dunkles zappelte in seinem Maul.

Die Plane hob sich, Lina tauchte unter den Wagen. Lucas Füße landeten vor ihr, ein Knarren verriet, dass er die Plane festzurrte, dann schlich er davon. Erst als der Junge um die Ecke verschwunden war, folgte Lina. Vorsichtig, eng an die Hauswand gepresst, beobachtete sie, wie er sich an den Efeuranken hinaufhangelte und durch ein offenes Fenster verschwand.

Lina blieb in den Ranken der Kletterpflanze hängen, ihre graue Filzmütze verrutschte, unter der sie ihr auffallend rotbraunes Haar verbarg. Rasch stopfte sie ihren Zopf wieder darunter. Bald würde sie auf ihre leichte Wollkappe umsteigen müssen, die enger saß als diese. Eigentlich könnte sie sich bei Gelegenheit eine neue zulegen.

Auch sie sollte endlich in ihr Bett. Lina zögerte. Ob Luca das Bündel wieder ordnungsgemäß verschnürt hatte …? Was, wenn Auersperger bemerkte, dass sich jemand an seiner Ware zu schaffen gemacht hatte? Also zurück zum Wagen, die Plane aufgeschnürt und hinaufgeklettert. Der Ballen lag genau so da, wie sie ihn in der letzten Nacht vorgefunden hatte. Tadellos verschnürt, wie die Fachleute vom Fondaco es nicht besser konnten. Ein pfiffiger Junge, Madonna!

Schnell zurück, die Schlafstatt lockte. Sie schlich, hielt inne, lauschte, nichts. An der Hauswand verharrte sie erneut. Es war zu still. Sie huschte um die nächste Ecke und pries den Herrn für den üppigen Bewuchs des Hauses, in dem sie völlig verschwand. Im gleichen Moment knarrte hinter ihrem Rücken die Eingangstür. Lina wagte einen Blick. Mit einer abgeblendeten Laterne in der Hand bewegte sich eine Gestalt über den Hof, blickte sich nach allen Seiten um. Ein leises Husten, ein Beben des Körpers. Sieh an, Auersperger.

Der Alte machte sich an dem Wagen zu schaffen.

Eine Berührung an ihrem Bein ließ Lina zusammenzucken. Wie aus dem Boden gewachsen, stand die rote Katze vor ihr. Das Tier schnurrte vernehmlich. Mit dem Fuß schob Lina sie zurück. Sie hasste Katzen, wegen des unergründlichen, wissenden Blicks zweifelte sie keinen Augenblick daran, dass diese Tiere mit dem Teufel im Bunde waren. Gott, warum maunzte das Vieh nur so laut? Gerade jetzt! Sie lugte um die Ecke, der Kaufherr schien noch unter der Plane beschäftigt zu sein. Hin und wieder hörte sie unterdrücktes Husten.

Die Katze rieb sich an ihren Beinen, bohrte ihre Nase in das weiche Fleisch ihrer Wade. Energischer jetzt stieß sie die Katze von sich, die fauchte empört. Himmel, das hatte jetzt gerade noch gefehlt. In Gottes Namen, sie bückte sich und kraulte das Tier zwischen den Ohren. Das Vieh ließ sofort ein Gurren hören, das dem einer Taube in nichts nachstand. Lina grub ihre Finger in das weiche Fell, spürte die Wärme, die das Tier ausstrahlte. Da, Auersperger tauchte auf. Lina streichelte die Katze, während sie gleichzeitig den Alten beobachtete. Himmel, dieses Gebrumm der Katze musste meilenweit zu hören sein, Heiliger Franziskus, hilf! Ein unterdrücktes Husten bellte auf, als Auersperger kaum einen Steinwurf weit entfernt vorüberging, seine Schritte knirschten im Kies und übertönten jegliches andere Geräusch. Lina schickte ein Dankgebet an den Heiligen. Na ja, Auersperger hatte auch keinen Grund zu schleichen, im Zweifelsfall hatte er eben nach dem Rechten gesehen. Allein deswegen hätte der Kranke jedoch kaum sein warmes Bett verlassen. Nein, Auersperger hatte Verdacht geschöpft.

Als er im Haus verschwunden war, schob Lina die Katze weg und befreite sich von den Efeuranken. Als Erstes streckte sie sich, dieses Kauern am Boden, nur einer Katze wegen ... Sie gähnte. Ja, ins Bett, dahin wollte Lina ebenfalls. Sie sah sich um. Wo war die Katze geblieben? Erst wie aus dem Boden gewachsen erschienen, war sie nun wie vom Erdboden verschluckt. Teufelswerk.

Lina saß beim Frühstück und beobachtete ihren Schützling. Ihre Anspannung wuchs, als Auersperger erschien und sich zu ihnen an den Tisch setzte. Sie lehnte sich zurück und trank, den Blick über den Becherrand ließ sie die beiden keinen Lidschlag lang aus den Augen. Aber nichts, keiner von beiden zeigte die geringste Regung. Als hätte ihr in der Nacht ein Traumgespinst die Begegnung mit den beiden vorgegaukelt, wüsste sie es nicht besser.

Erstaunlich. Sie hatte vermutet, dass er viel Geschrei um Auerspergers Diebstahl anstimmen würde, um den jungen Herrn von Gernsheim vor Schlimmerem zu bewahren und den Übeltäter seiner gerechten Strafe zu überstellen. Was hatte der Junge nur vor?

Auf dem Weg nach Augsburg hielt Lina sich immer in Hörweite hinter Luca und somit auch Jakob auf, der an seinem neu gewonnenen Freund hing wie eine Klette an einem Wollmantel.

Sie gingen zu Fuß, um auf dem steinigen Weg die Pferde zu schonen. Lina jonglierte mit Bällen – sie durfte nicht aus der Übung kommen – und belauschte die Unterhaltung der jungen Herren, die bislang nur Belangloses bot. Beide bedauerten, sich nicht bereits in Venedig getroffen zu haben, dann hätte Luca ihm viele Sehenswürdigkeiten zeigen können, die nur Einheimische kannten. Die Geschäfte waren nur beiläufig behandelt worden, als Jakob von ihrem Haus in Nürnberg und von seinem Vater erzählte. Kurz klagte er über den zunehmenden Einfluss ihrer Konkurrenten, vor allem der Familie Fugger, deren Umtriebigkeit seinem Vater zunehmend ein Dorn im Auge war. Alles in allem verehrte Jakob seinen Vater, lobte ihn als harten, aber gerechten Herrn, geschätzt vom Rat der Stadt, und den Bürgern ein Wohltäter.

Lina schüttelte den Kopf. Solche Männer waren ihr verdächtig. Wer das Volk verwöhnte, tat dies in der Regel nur, um sein Gewissen zu beruhigen, das er mit üblen Machenschaften belastet hatte. Wenigstens waren diejenigen, die durch ihre Taten

Schaden davontrugen, nur in den seltensten Fällen Unschuldslämmer.

Jakob plauderte, plätschernd wie ein venezianischer Laufbrunnen, Lina hörte nur noch mit halbem Ohr zu. Sie freute sich, als sie die Berge gemeistert hatten und sich eine weite Ebene vor ihnen öffnete.

Die Sonne warf einen goldenen Schleier über die Wiesen und Wälder. Bald kämen sie nach Deutschland. Lina hielt sich gern dort auf, obwohl sie schon etliche Länder gesehen hatte und Deutschland darunter sicher nicht das Herrlichste zu nennen war. Aber vor allem im Sommer, wenn der Himmel klar und hoch war, der Horizont weit, die Wälder und Seen, Flüsse und Berge wie zur Lust ausgebreitet vor ihr lagen, zeigte sich die Schönheit dieses Landes. Zudem war es überschaubar, leidlich gut zu bereisen und im Vergleich zu anderen Ländern waren seine Städte nicht so überladen mit hochtrabenden Palästen und bunten Kirchen, allenfalls hier und da eine Burg oder eine Kathedrale. Kein Vergleich zu Venedig. Aber auch in diesem, von ihren Landsleuten zu unrecht als unwirtlich gescholtenen, Landstrich, erwachte allmählich der Wunsch nach Luxus und Prunk. Das hatte ihr letzter Aufenthalt in Nürnberg gezeigt, wo die ersten Häuser nach italienischer Mode gebaut wurden. Ts, Luxus! Für Lina waren Federbetten und Kachelöfen der Inbegriff von Luxus, alles andere war lästerliche Übertreibung. Was brauchte der Mensch schon? Ein Dach über dem Kopf, eine Mahlzeit, eine Decke …

Ganz und gar kostenlos zu haben und oft eine rechte Wohltat war dagegen die deutsche Unverblümtheit, jedenfalls im Vergleich zu anderen Völkern. Wenn sie da an die komplizierten Rituale sowohl mit Worten als auch Gesten zum Beispiel bei den Chinesen dachte, bei denen sie während ihrer Kindheit unterwegs war. Immerhin hatte sie in dieser Zeit vieles gelernt, das ihr fürderhin schon von großem Nutzen gewesen war. Nein, so unerfreulich die Zeit insgesamt gewesen war, missen wollte sie sie nicht.

Was hatte Luca gerade gesagt? Sie schloss dichter auf.

»Und dein Vater ist mit Herrn Auersperger gut befreundet, nehme ich an.«

»Oh, er ist eine Art Onkel für mich. Ich sagte dir ja schon, dass er sämtliche Vollmachten für unser Italiengeschäft besitzt, seit Jahren schon.«

»Ich glaube, du hattest gesagt, dies sei deine erste Italienreise. Hat dein Vater ihm denn früher jemand anderen zur Seite gestellt?«

Jakob verneinte. »Sonst reist Herr Auersperger immer allein. Ich meine ohne einen Vertreter unseres Hauses, aber immer in Gesellschaft derselben Handelsherren, wie ich dir ja schon sagte. Nein, er handelt vollkommen selbstständig, aber stets im Sinne meines Vaters. Der jedoch hat diesmal darauf bestanden, dass ich mitgehe. Ich sollte eigene Erfahrungen sammeln.«

»Bestimmt war Herr Auersperger beglückt, dass er in dir einen wissbegierigen Begleiter hat, an den er seine Kenntnisse weitergeben kann.«

»Ehrlich gesagt ...«, Jakob winkte ab, »... beim weiß gelockten Bart des Herrn, der hat mächtig gestöhnt, als mein Vater ihm seinen Wunsch kundtat. Aber was sollte er machen – wer bezahlt, der bestimmt.« Jakob grinste.

Luca nickte, zog die Unterlippe zwischen die Zähne und sah Jakob von der Seite an. Offenbar war auch ihm der Gedanke gekommen, dass der Alte von Gernsheim seinen Sohn mitgeschickt haben könnte, um Auersperger auf die Finger zu schauen. Dann hatte er leider versäumt, seinen Sohn von dieser Aufgabe zu unterrichten oder ihm nähere Anweisungen zu geben. Luca vertiefte das Thema nicht, sondern fragte Jakob nach seiner Heimatstadt Augsburg aus.

Es war ihre letzte gemeinsame Nacht, sie befanden sich nur noch eine Tagesreise von Augsburg entfernt. Lina saß vor einem Seiteneingang des Gasthauses auf der Treppe und beobachtete, wie Luca die Nähe des Auersperger suchte. Ah, es wurde interessant. Luca führte den Kaufherrn zu dem Laufbrunnen in der Mitte des Hofes. Luca redete, der Alte runzelte die Stirn, winkte ab, Luca ließ nicht locker.

Lina stand auf, ging ein paar Schritte auf die beiden zu und schleuderte unentwegt ihre Bälle in die Luft. Zu ärgerlich, dass sie kein Wort verstehen konnte, sie stand noch immer zu weit entfernt, der Brunnen plätscherte laut und keine Deckung weit und breit. Ein gut gewählter Platz für geheime Absprachen. Lina musste sich darauf beschränken, anhand von Mimik und Gestik den Gesprächsverlauf zu erahnen. Was Luca zu sagen hatte, wusste sie ohnehin, doch welche Forderungen stellte er?

Auersperger jedenfalls warf die Arme in die Höhe. »Du unverschämter Hurenbastard!«

Bis zu Lina schallten die Worte. Sein Kopf war rot wie der eines Truthahns, er bebte förmlich. »Was …« Abrupt brach er ab, sah sich um. Sein Blick streifte sie.

Lina warf Auersperger ein Lächeln zu und wandte sich ab. Erneut beförderte sie ihre Bälle in die Luft und beobachtete die Männer nur noch aus den Augenwinkeln.

Gut, der Alte beruhigte sich, rieb sein Kinn, neigte sich Luca zu. Lina drehte sich langsam um die eigene Achse, während ihre Hände die fünf Bälle in Bewegung hielten. Jetzt konnte sie Genaueres erkennen. Auersperger musterte Luca mit schmalen Augen, missmutig, aber auf eine gewisse Art auch anerkennend, wie es Lina schien. Was auch immer Luca von ihm wollte, er würde es bekommen.

Luca

Vor den Toren Augsburgs, Mitte Juni

Luca sagte Jakob nichts von Auerspergers Machenschaften. Nicht nur, weil sich bislang keine Gelegenheit dazu ergeben hatte, da Auersperger ihn kaum aus den Augen ließ, sondern auch weil er sich keinen Nutzen davon versprach. Außerdem wollte er nicht die Ehre und das Ansehen des Hauses von Gernsheim beschmutzen, und das wäre nicht ausgeblieben. Nein, Jakob war ihm in den letzten Tagen zu sehr ein Freund geworden, als dass er ihm hätte schaden wollen. Mit Auersperger verhielt es sich anders. Natürlich hatte der ihn zuerst nicht ernst genommen. Was denn ein Ballenbinder schon groß unternehmen könne, hatte er mit einem schmalen Lächeln gefragt. Daraufhin hatte Luca durchblicken lassen, dass es gelegentlich von Vorteil sei, als Ballenbinder durchzugehen, wenn man in wichtigen Geschäften unterwegs wäre. Auersperger hatte mit den Fingern seinen Bart gekämmt und ihn gemustert. »Ich habe mir gleich gedacht, dass mit Euch etwas nicht stimmt«, hatte er gemurmelt. »Woher soll ich wissen, dass Ihr mich nicht doch noch verratet?«

Luca hatte nur die Achseln gezuckt. »Ihr müsst mir vertrauen. Schließlich bin nicht ich der Betrüger, sondern Ihr seid es.«

»Vielleicht seid Ihr noch ein viel größerer Übeltäter«, hatte Auersperger herausgepresst.

»Und wenn, dann wäre das nur ein Grund mehr, Euch in Acht zu nehmen.«

Daraufhin war Auersperger laut geworden, Hurenbastard hatte er ihn geschimpft, so dass sogar Lina, die sich im Hof herumtrieb und wie immer völlig in sich versunken ihre Ballkünste übte, auf ihn aufmerksam geworden war. Schließlich jedoch hatte Luca sich durchgesetzt. Auersperger hatte geschworen, sich fortan von Venedig fernzuhalten. Außerdem würde er von Gernsheim den Wert der Gläser als Entschädigung zahlen, denn schließlich wäre bei der Entdeckung seines Zollbetruges ihr guter Ruf verloren gewesen. Als klugen Schachzug wertete Luca seine Drohung, er werde dank seiner guten Beziehungen zum Fondaco erfahren, falls Auersperger sich nicht an die Absprachen hielte. Aber zuallererst solle er sich beim Herrn von Gernsheim dafür verwenden, dass Jakob ab sofort die Italiengeschäfte seines Vaters allein vertreten könne, so dass in dieser Hinsicht eine Zusammenarbeit mit dem Handelshaus Auersperger nicht länger nötig sei.

Um seinen Forderungen größeren Nachdruck zu verleihen, hatte Luca behauptet, dass sein Einfluss in Venedig weitreichend genug sei, um dem Hause Auersperger gegebenenfalls jegliche Aktivitäten in Venedig und damit den Zugang zum gesamten Levantehandel ein für allemal zu verwehren. Das würde das Ende seines Handelshauses bedeuten.

Natürlich war Luca bewusst, dass Auersperger an seinen Worten zweifelte. Aber sicher sein konnte sich der Handelsherr nicht und so sagte er, wenngleich zähneknirschend, auch die geforderten zehn Dukaten und zwei Pferde zu. Alles in allem ein vorteilhafter Handel, fand Luca.

Es erfüllte ihn noch immer mit Befriedigung, wenn er an das Gespräch mit Auersperger dachte. Die Lehre im Hause Manzoni hatte Früchte getragen, Carlo, der von Anfang an Lucas Begabung zum Feilschen gefördert hatte, konnte stolz auf ihn sein. Der Gedanke an den siechen Carlo dämpfte sogleich Lucas Begeisterung und er war froh, als sie das Stadttor Augsburgs durchquerten und er Ablenkung fand.

Das Haus der von Gernsheims lag in der Nähe des Rindermarktes. Jakob hatte die anderen vorausgeschickt, er wollte Luca noch die Stadt zeigen. Auersperger hatte schweigend genickt und den vorderen Wagen des Trosses bestiegen. Die Zwergin Lina saß hinten auf dem letzten und ließ die Beine baumeln. Ihr Blick kreuzte Lucas, sie winkte ihm kurz, wandte sich dann um und rief einem der Burschen etwas zu, was Luca nicht verstand. Der lachte, antwortete ebenso Unverständliches.

Oben auf einem der Ballen, an die Lina sich lehnte, hatte sich die große rote Katze zusammengerollt, die nach ihrer Rast in dem Gasthof hinter den Alpen plötzlich in einem der Wagen zum Vorschein gekommen und seither ständig in Linas Nähe zu finden war. Allen außer Lina war das Tier willkommen, fing es doch nicht nur Mäuse, sondern auch Motten, die den kostbaren Stoffen Schaden zufügen konnten.

Luca sah den Wagen nach, bis auch der letzte hinter einer Straßenecke verschwand. Schon zog Jakob ihn in eine Seitenstraße.

Luca war ein wenig enttäuscht von dieser doch so bedeutenden Stadt. Er kannte sie von früher, damals hatten Federico und er auf dem Weg nach Venedig hier Station gemacht. In seiner Erinnerung sah er die Stadt als lebhafte Metropole. Aber damals war er aus dem Harz gekommen und Augsburg eine der wenigen Städte, die er bis dahin zu Gesicht bekommen hatte. Jetzt war er älter, an Erfahrung reicher, hatte einiges von der Welt gesehen, das seine Sicht auf die Dinge veränderte.

Augsburg bot sich ihnen als eine finstere, provinzielle Stadt dar, altertümliche Häuser drängten sich an den Gassen, als müssten sie sich Tag ein, Tag aus gegen den Sturm stemmen. Überkragende Giebel verdunkelten die Straßen, auf denen sich die Fuhrwerke und Fußgänger gegenseitig behinderten. Bei Regen würden die Räder bis zu den Naben im Schlamm versinken. Außerdem stank es. Rauch waberte durch die Gassen, Misthaufen gärten vor sich hin und an den Ecken und in engen Durchgängen hatten sich etliche Passanten Erleichterung verschafft. Hühner stoben gackernd auseinander, bei jedem Schritt versanken die Stiefel im Unrat. Kaum zu glauben, dass dies eine berühmte Handelsstadt sein sollte.

»Das ist der Weinmarkt, von da aus ist es nicht mehr weit«, sagte Jakob.

Er wies Luca auf einen imposanten Bau hin. »Das Haus der Fugger. Ehemalige Weber, die glauben, nur weil sie es zu Geld gebracht haben, könnten sie die Geschicke der Stadt bestimmen. Und nicht nur als Händler, nein! Sie machen Geldgeschäfte, stell dir vor, sogar mit dem Papst, heißt es.« Jakob lachte auf. »Dem Papst!«

Der Name Fugger war Luca in Venedig oft begegnet. Im vergangenen Jahr hatte er sich mit einem Mitarbeiter des Hauses Fugger unterhalten, während er auf Sandro wartete. Der Name war in Venedig kein unbekannter, das Handelshaus hatte nicht nur eine eigene Kammer im Fondaco inne, sondern diese noch dazu prächtig ausgestattet, wie man hörte. Auch Federico erwähnte den Namen hin und wieder, vor allem, weil Jakob Fugger in Tirol den Silberbergbau in seine Hand gebracht hatte und den dadurch gewonnenen Einfluss gut zu nutzen verstand. Neulich noch erwähnte Federico, Jakob Fugger beabsichtige, in die Bergwerke in Ungarn zu investieren und sich mit Johann Thurzo zusammenzuschließen, der ein ausgewiesener Experte war. Ausschließlich ihm traute Federico zu, die abgesoffenen Gruben in der Gegend wieder aufzuschließen. Außerdem, so Federico, wisse Jakob Fugger geschickt die jeweilige politische Lage zu seinem Vorteil auszunutzen. Derzeit setzte er wohl auf König Maximilian. Laut Federico würde es dem jungen Fugger gelingen, sogar dem knauserigen König, der bekanntermaßen stets seine Gläubiger im Regen stehen ließ, das Geld aus den Truhen zu ziehen.

Jakob blieb stehen und sah zu dem Gebäude hinüber. »Ja, der jüngste Fugger heißt wie ich. Aber er ist deutlich älter und wir haben nicht viel gemein. Ein rechter Halsabschneider und Intrigant ist er, weiß Gott! Kein Wunder, dass sein Bruder ihn nicht in die Geschäftsführung einbindet, obgleich er, das muss ich zugeben, der erfolgreichste der Familie ist.«

Luca nickte. Das war das übliche Gerede, hier nicht anders

als in Venedig. Jeder Konkurrent wurde misstrauisch beobachtet, jede seiner Handlungen, seiner Entscheidungen kritisch beäugt. Zweifellos war jeder ein Wegelagerer und Betrüger. Und dass die Fugger, allen voran Jakob, wohl einfach tüchtig waren und deswegen erfolgreich handelten, entfachte Neid. Sogar sein Freund Jakob war nicht frei davon, Luca wollte es ihm nachsehen.

Eine Weile beobachteten sie das lebhafte Treiben vor dem Fuggerhaus. Boten kamen und gingen, ein würdig gekleideter Herr mit Barett schritt mit hängenden Mundwinkeln durch das Tor. Bevor er im Haus verschwand, bemerkte er Jakob, seine Mundwinkel sanken ein gutes Stück tiefer, als er ihm zunickte.

»Der Vorsitzende des Rats, einer von Fuggers Schuldnern«, meinte Jakob und erwiderte den Gruß. »Der steht bei uns ebenfalls in der Kreide. Es ist ihm unangenehm, dass ich ihn habe zu den Fuggern gehen sehen. Als wüssten wir nicht, dass er auch dort Geld geliehen hat. Es bleibt abzuwarten, wer am Ende auf seinen Schulden sitzen bleibt, die Fugger oder wir.«

Langsam gingen sie an dem eindrucksvollen Gebäudekomplex entlang. Mit weiter Geste wies Jakob auf das Anwesen. »Sie haben es erst kürzlich erworben. Hier regiert der Älteste der Fuggerbrüder, Ulrich, offiziell jedenfalls. Unter der Hand weiß jeder, dass seine Mutter Barbara das Regiment bei den Geschäften führt. Sie wohnt dort.« Jakob deutete auf das eher bescheidene Haus auf der anderen Seite des Platzes. »Eine sehr energische und tatkräftige Frau. Und doch hat der Herr sie hart geprüft. Drei Söhne sind ihr in Venedig gestorben, deswegen hat Mutter Barbara ja auch darauf bestanden, Jakob, ihren jüngsten, aus dem Kloster zu nehmen.« Jakob hob die Hände zum Himmel. »Ihr Marcus hatte es ja sogar in den Vatikan geschafft, aber der Nähe des Heiligen Vaters zum Trotz ist er nur dreißig Jahre alt geworden, da kann man mal sehen … Der Herr wird schon seinen Grund haben, warum er die Fuggersöhne so zeitig zu sich holt.« Jakob rollte die Augen gen Himmel. Dann sah er Luca an, neigte sich ihm zu und raunte. »Die

Fugger haben überall Leute sitzen, jedes Ereignis scheinen sie im Voraus zu wissen und immer schlagen sie Kapital daraus.«

Jakobs Bericht erinnerte Luca an den Rat der Zehn, der ebenfalls seine Fäden spann, um alles ein wenig früher zu wissen als andere, um fördernd oder hindernd einzugreifen, so dass es der Serenissima diente.

Schade, gern hätte Luca den Fuggern einen Besuch abgestattet, von denen könnte er sicher einiges lernen. Aber sie würden ihn wohl kaum empfangen, nur weil er aus Venedig stammte. Am ehesten würden sie vermuten, dass er sich Geld leihen wollte. Wie es wohl zu Hause stand? Zu Hause in Venedig ... Allmählich dürften die ersten Einnahmen fließen. Wenn es Carlo besser ginge ... Andernfalls würde sich Massimo um alles kümmern, so, als wäre es sein eigenes Handelshaus, er hatte es versprochen und darauf konnte sich Luca verlassen.

»Da sind wir.«

Jakob riss ihn aus seinen Gedanken und Luca folgte seinem Blick. Das Haus der von Gernsheims war längst nicht so groß wie das Fugger'sche Anwesen, aber die von Schnitzwerk und Malereien verzierte Fassade zeugte ebenfalls von Vermögen.

Im Hof standen schon die Fuhrwerke und Auersperger begrüßte gerade einen Mann, der unverkennbar mit Jakob verwandt sein musste, sicher sein Vater. Obwohl er sie gesehen haben musste, unterhielt er sich weiter mit Auersperger, für seinen Sohn hatte er kaum ein Kopfnicken. Jakob blieb im Hof stehen. »Hier wohne ich«, sagte er kurz angebunden und zog die Schultern hoch.

Luca musterte seinen sonst so unbeschwerten Freund mit Befremden, weil Jakob keine Anstalten machte, seinen Vater zu begrüßen. Das Verhältnis zwischen den beiden schien nicht so rosig, wie er vorgegeben hatte.

Ohne Jakob weiter zu beachten, besprach Herr Gernsheim sich mit Auersperger. Endlos schien Luca das Gespräch zu dauern und gerade wollte er sich von Jakob verabschieden, da wandte sich Auersperger zum Gehen. Bevor er durch das Tor verschwand, gab er Luca mit einer Geste zu verstehen, dass er ihn erwarte.

»Ah, Jakob«, sagte der alte von Gernsheim endlich und winkte seinem Sohn, näher zu treten.

Diese Geste schien Luca wie die eines Königs, der einen Lakaien zu sich befiehlt. Widerstrebend folgte er Jakob, der mit schleppenden Schritten, als wate er durch zähen Morast, zu seinem Vater ging.

Jakob reichte seinem Vater die Hand. Der Alte nickte ihm zu, verschränkte die Arme vor der Brust und warf dann einen kurzen Blick auf Luca, bevor er seinen Sohn mit schmalen Augen musterte. »Und wer ist das?« Nur ein Finger seiner linken Hand zuckte in Lucas Richtung.

Jakob sah Luca unsicher an, zog seine Schultern noch ein Stück höher.

Luca bereute, mitgekommen zu sein. Er hätte gleich zu Auersperger gehen sollen, um seine Pferde und das Geld in Empfang zu nehmen. Seine Gegenwart hier verhieß dem Freund Schwierigkeiten, er musste ihm helfen. Luca setzte ein Lächeln auf. »Jakob und ich haben uns in Verona kennengelernt und ich kam in den Genuss seiner Begleitung und der seiner Gefährten natürlich. Mein Name ist Luca, ich arbeite für das Handelshaus Manzoni. Ich komme aus Venedig und bin auf dem Weg in den Norden.«

Jakob musterte ihn erstaunt, schwieg aber. Des alten Gernsheims Brauen zuckten, als Luca den Namen Manzoni und Venedig erwähnte.

»So, einer der Manzonis aus Venedig also«, sagte von Gernsheim. Ein kurzer Blick streifte seinen Sohn.

Stieg Jakob durch die Bekanntschaft mit einem Venezianer in seiner Achtung oder sank er? Von Gernsheim war es nicht anzusehen. Natürlich war es möglich, dass er die Familie kannte, bis vor Kurzem waren die Manzonis ja ein angesehenes Handelshaus gewesen. Jetzt hoffte Luca nur, dass sich ihr Bankrott noch nicht bis Augsburg herumgesprochen hatte.

»Ihr seid natürlich willkommen in meinem Haus.« Von Gernsheim räusperte sich. »Meine Frau wird sich freuen.« Er streckte seinen Arm in Richtung des Eingangs aus, es sollte einladend wirken.

Luca zögerte, nur ungern ließ er seinen neuen Freund allein in diesem unwirtlichen Heim zurück. »Herzlichen Dank, doch leider muss ich Euer Angebot ausschlagen. Ich muss weiter, bis zur Abenddämmerung kann ich noch ein gutes Stück Weges zurücklegen.«

Von Gernsheim nickte und sagte mit dem Anflug eines Lächelns. »Signore Luca, buon giorno e buon racolte.«

»Sie beherrschen das Italienische? Wart Ihr länger in Venedig, Herr von Gernsheim?«

»Es ist etliche Jahre her. Damals lebte mein Vater noch. Eine prächtige Zeit!«

Herr von Gernsheim schien plötzlich ein wenig aufzutauen. Luca hoffte, dass seine milde Stimmung das Leben seines Sohnes ein Stück weit wärmen würde. Nun fiel es ihm ein wenig leichter, sich von seinem Reisegefährten zu verabschieden.

Jakobs Hände waren eiskalt, Luca spürte es sogar durch seinen Mantel, als sie sich umarmten. »Ich hätte mich gefreut, wärst du noch eine Weile geblieben«, flüsterte Jakob in sein Ohr. »Und danke für deine wohlgemeinte Lüge, Signore Luca.«

Luca drückte ihm kurz die Schultern, nickte ihm zu und ging durch das Tor hinaus. Draußen auf der Straße schien ihm die Sonne heller, der Wind wärmer, die Luft leichter. Der arme Jakob.

»Hast du etwas gegen Begleitung einzuwenden?«

Luca erschrak, als Lina plötzlich vor ihm stand und zu ihm aufschaute, die Augen gegen die Sonne zusammengekniffen.

Nun, warum nicht, allein zu reisen, war für niemanden eine Freude, erst recht nicht für eine sonderbare Person wie Lina. Und so klein wie sie war, fände sie auf dem zweiten Pferd außer dem Gepäck mit Leichtigkeit Platz. »Meinetwegen.« Andererseits beschlich ihn manchmal in ihrer Gegenwart ein sonderbares Gefühl – für Bedenken war es nun zu spät, er hatte zugesagt. Aber zu Auersperger gedachte er sie nicht mitzunehmen, womöglich schnappte sie etwas auf und stellte Fragen.

Sie gingen schweigend ein paar Schritte die Straße entlang, vor ihnen lag ein Platz.

»Ich werde uns etwas Verpflegung besorgen«, meinte Lina und deutete auf einen Bäcker, der gerade frisch gebackene Brote in einen Korb stapelte. »Und du hast sicher auch noch etwas zu erledigen.«

Luca schwieg verblüfft. Linas Bemerkung war keine Frage gewesen, sondern eine Feststellung. Nun, es musste nichts bedeuten … Dennoch, diese Zwergin war ihm unheimlich. »Gut, treffen wir uns dort.« Er deutete auf einen Brunnen in der Mitte des Platzes, auf dessen gemauertem Rand zwei kleine Mädchen saßen, die gefüllten Eimer zu ihren Füßen.

Ihnen gegenüber bemerkte Luca einen Laden, vor dem Würste an Schnüren von einem Gestell hingen. »Sieh mal, dort ist auch ein Fleischer, vielleicht kaufst du auch geräucherte Wurst oder dergleichen. Hast du Geld?«

Lina nickte, ließ mit einem Handschlag den Lederbeutel, der an ihrem Gürtel hing, klingen und trippelte mit ihren kurzen Beinen davon. Ihre rote Mütze, die sie heute trug, leuchtete und war ihr ein wenig zu groß. Sie schien eine Vorliebe für auffallende Kopfbedeckungen zu haben, nun, sie gehörte zum fahrenden Volk, erwartete er da Schaube oder Schleier?

Er fragte einen Passanten nach Auerspergers Haus. Es sei nicht weit von dem der von Gernsheims. Der Mann deutete auf einen schmalen Durchgang, den Luca sonst nicht bemerkt hätte. »Da hindurch, dann gleich links, das große rote Haus zur Rechten, das mit dem Erker, da wohnt er, der Auersperger.«

Luca war ein wenig aufgeregt, als er in Auerspergers Hof trat. Was erwartete ihn? Würde der Mann zu seinem Wort stehen? Hier wäre Luca im Hintertreffen, falls Auersperger Niederträchtiges plante. Er schluckte und blieb vor einem Angestellten stehen, der mit einer Liste aus einer Seitentür kam. »Gott grüße Euch!«

Der Mann nickte ihm zerstreut zu, die Stirn in Falten gelegt. »Nun?«, drängte er, als Luca nicht sofort sein Anliegen hervorbrachte.

»Herr Auersperger hat zwei Pferde für mich.«

»Und Ihr seid?«

»Luca aus …«

»Ah, Ihr seid das.« Der Mann bedeutete ihm zu warten und verschwand wieder im Haus. Was mochte Auersperger ihm als Begründung genannt haben?

Ein junger Knecht erschien, etwas jünger als der erste. Er reichte ihm einen prallen Lederbeutel. »Dies gab Herr Auersperger mir für Euch. Und nun zu den Pferden. Wenn Ihr mir bitte folgen wollt. Dort drüben sind die Ställe.«

Er führte Luca zu zwei braunen Pferden. »Das sind sie. Nehmt Ihr sie gleich mit? Oder soll ich sie Euch in Eure Herberge bringen lassen?«

»Ich nehme sie gleich mit.« Wer konnte wissen, ob es sich Auersperger noch anders überlegte.

»Leonhard wird sie für Euch satteln. – Leonhard!«

Ein rothaariger Bursche erschien, Stroh in den Haaren, und nickte zu den Befehlen des Knechts.

Luca musste nicht lange warten, da führte der Junge die Tiere an den Zügeln heraus. Bei Licht machten die Pferde einen guten Eindruck, Auersperger hatte Wort gehalten, immerhin. Seine Furcht musste größer sein, als Luca gedacht hatte.

Lina erwartete ihn bereits, als er mit den beiden Tieren am Brunnen eintraf, zwei pralle Lederbeutel neben sich. Als sie ihn mit den Pferden kommen sah, stand sie auf.

»Schöne Tiere.«

Ohne ein weiteres Wort, ohne eine Frage, reichte sie ihm eine Tasche, damit Luca sie auf das Pferd packen konnte. Er nahm die zweite Tasche entgegen, sie fühlte sich seltsam weich und schwer an. Als er die Öffnung auseinanderzog, um einen kurzen Blick hineinzuwerfen, starrten ihn daraus zwei große, gelbe Augen an. »Gott im Himmel!« Fast hätte er die Tasche fallen gelassen. »Was ist das?«, fragte er und streckte den Beutel von sich.

Lina zuckte mit den Schultern. »Dieser dicke rote Kater. Ehe ich mich versah, hockte er in der Tasche und ließ sich nicht herauslocken. Er ist die Pest, hängt an mir wie eine Klette, dieses Teufelsvieh.« Ihre Stirn und ihr Nasenrücken runzelten sich einhellig, als sie auf den Kater hinuntersah, dessen Kopf wieder in dem Sack verschwand.

Luca war nicht nach einer Auseinandersetzung mit einer krallenbewehrten Tatze zumute. Wenn der Kater mit ihnen reisen wollte, in Gottes Namen, sollte er. »Dann kommt er halt mit.«

»Madonna!« Linas Hände durchpflügten die Luft. »Nur, wenn du diese Katzentasche auf dein Pferd nimmst. Und jetzt hilf mir hoch, wenn wir nicht trödeln, sind wir in einer Woche im Harz. Auf geht es!«

Es gefiel Luca gar nicht, wie Lina das Kommando übernahm. Aber noch weniger gefiel ihm, dass er ihr ohne Widerrede gehorchte.

Anna

Elbingerode, Mitte Juni

Anna beugte sich über das fast erloschene Herdfeuer und legte ein Holzscheit nach. Als die Flammen emporzüngelten, rückte sie den Kessel zurück auf die Kochstelle. Es gab nicht mehr viel, was sie ihren Gästen anbieten konnte. Ohnehin kehrten nur noch wenige Reisende für ein schnelles Mahl ein, kaum jemand blieb über Nacht.

Anna füllte etwas Gerstenbrei in einen Napf, um ihn dem reisenden Hufschmied zu bringen, der allein in der Gaststube saß. Die vier Händler, die von der Ostseeküste gekommen waren und auf dem Weg in den Süden bei ihr Rast zu machen pflegten, waren schon am frühen Morgen aufgebrochen. Gutes Geld hatten sie in den Kasten gebracht, immerhin. Den freundlichen Herren saß der Geldbeutel locker und offenbar hatte ihnen noch niemand Bescheid über sie gegeben. Anders als dem Hufschmied, den nur die Not in ihr Haus gezwungen hatte. Sichtlich unwohl fühlte er sich. Ida, die gute Seele, stand zwar nach wie vor zu ihr, doch die Arme plagte in diesen Tagen das Reißen derart, dass sie kaum laufen konnte. Anna besuchte sie, so oft sie konnte. Von den Bauern und Handwerkern, die früher des Abends einen Wein oder ein Bier in der Gaststube tranken oder wegen des guten Essens hereinschauten, ließ sich kaum noch jemand blicken. Anna seufzte. Die Gerüchte taten ihr Werk. Sie bräuchte mehr Gäste als nur ein paar Kaufherren dann und wann. Bald könnte sie niemanden mehr glauben machen, dass sie das Gasthaus *Zum Bären* auch allein zu führen imstande war. Schon gar nicht, wenn die Gerüchte weiterhin mit der Kraft einer Ackerwinde gediehen, die jede Wahrheit umschlang und erstickte. Irgendwann würde niemand mehr dieses Unkraut ausmerzen und die Wahrheit ans Licht bringen können. Wenn Lukas käme, wäre wenigstens die Sorge über das Lehen ausgeräumt. Ob er ihren Brief erhalten hatte? Längst müsste eine Antwort eingetroffen sein. War er sogleich aufgebrochen? Oder scheute er sich, ihr zu schreiben, ebenso wie sie sich mit ihrer Nachricht an ihn gescheut hatte? Er kam nicht, sie wusste es längst.

Anna richtete sich auf und streckte den Rücken. Trüge sie nicht die Verantwortung für Berta und Matthias, sie würde des Morgens nicht mehr aufstehen. So quälte sie sich aus dem Bett, verrichtete ihr Tagwerk, lauerte auf den einen Gast, dessen Eintreffen ihr einzig wichtig war. Sehnte ihn herbei, gleichzeitig fürchtete sie ihn und die Neuigkeiten, die er brachte.

Der Schmied nahm seinen Brei mit einem Brummen entgegen, schlang ihn hastig herunter, während sie noch einen Krug Bier hinstellte, die Tische abwischte und in den Laternen Öl nachfüllte. Früher entspannen sich schnell Fragen nach dem Befinden, dem Woher und Wohin, Gelächter schallte durch den Raum. Jetzt wirkte die Schankstube kalt.

Eilig verabschiedete sich der Schmied, zahlte den verlangten Betrag, keinen Heller zu viel, und ging.

Sie hatte kaum das Geld verstaut, da klopfte es an der Küchentür und Hanno Sievert, der Pfarrer, schob seine Leibesfülle in die Küche. »Gott zum Gruße!«, dröhnte seine Stimme, die sonst ein Kirchenschiff füllte, und ließ die Töpfe und Pfannen erzittern. Seine prallen Wangen glühten rot.

»Willkommen, Herr Pfarrer, setzt Euch!« Anna stand auf und schenkte ihm einen Becher Apfelmost ein, den der Pfarrer sehr schätzte, wie sie wusste.

»Danke, meine liebe Anna.« Der Pfarrer ließ sich auf die Bank am Herd sinken, die unter seinem Gewicht knackte, und rieb sich die Hände. »Für Juni ist es viel zu kalt. Mir will scheinen, dass uns der Herr dieses Jahr wahrlich mit Zähneklappern straft. Immerhin ließ sich gerade die Sonne blicken und bringt etwas Hoffnung.« Er nickte bedeutsam in Richtung Herdfeuer.

Was mochte den Pfarrer hergeführt haben? Nur für den Lohn Gottes nahm er den Fußmarsch nicht auf sich. Anna stand auf und rührte den Kohleintopf um, der auf dem Feuer köchelte.

»Anna, meine liebe Tochter, der Herr prüft dich schwer, das weiß ich wohl. Ich bin gekommen, dir Mut zu spenden, Mut und Hoffnung! Glaube an den Herrn und er wird deinen Mann zu dir zurückleiten.«

»Ich bete, wann immer ich kann, Herr Pfarrer, allein seit mehr als einem halben Jahr nun vergebens. Was sonst kann ich denn tun?« Natürlich, sie könnte fleißiger in die Kirche gehen, aber das hieße, Berta und Matthias mit dem Gasthaus allein zu lassen.

»Also gibt es nichts Neues von Paul? Da Eis und Schnee längst geschmolzen sind, hätten sich Hinweise finden können, so dachte ich.« Der Pfarrer seufzte schwer, mied aber Annas Blick. »Nun. Ich komme nicht allein dieser Frage wegen.« Er neigte den Kopf, faltete die Hände vor dem Bauch und heftete seinen Blick darauf. »Mir sind Gerüchte zu Ohren gekommen, die mich schaudern lassen.« Er hob den Kopf und sah Anna an, die Falte zwischen seinen Brauen vertiefte sich. »Du hast doch letztens alles gebeichtet, was deine Seele belastet?«

Anna ließ sich neben ihm auf den Stuhl sinken, ein saurer Geschmack brannte in ihrer Kehle, machte sich in ihrem Mund breit. »Aber ja! Was denkt Ihr?« Das Blut stieg ihr in den Kopf. So lange lastete die einzige schwere Sünde nun schon auf ihr und doch hob sich ihr Magen, schwindelte ihr bei dem leisesten Gedanken daran noch immer.

»Anna, Anna«, Sievert schüttelte den Kopf und klopfte mit den Daumenkuppen gegeneinander. Dann beugte er sich vor. »Es geht das Gerücht, du hättest deinem Gatten etwas angetan.«

Anna schloss für zwei Atemzüge die Augen. So lange der Pfarrer an ihre Unschuld glaubte, so war sie überzeugt gewesen, war noch nicht alles verloren. Wenn jetzt selbst dieser an ihr zweifelte, was hatte sie dann noch für Hoffnung?

»Lüge«, murmelte sie.

Sievert löste seine Hände aus ihrer Verschränkung und legte ihr die rechte auf den Arm. »Alles Geschwätz, ich weiß. In meiner nächsten Predigt werde ich ein mahnendes Wort an die Leute richten. Etwas anderes hingegen ist ärger, viel ärger … Ihr beherbergt seit Jahren diesen Fremden, ich habe ihn ja ein oder zwei Mal zu Gesicht bekommen. Wie hieß er gleich? Nun, einerlei. Mir wurde zugetragen, er sei der Vater deines Sohnes und fordere nun seine Rechte an dem Knaben.«

Des Pfarrers Hand lastete immer schwerer auf ihrem Arm. Die tröstende Geste erwies sich nun als Plage.

»Soll der Fremde, Friedrich, meinen Paul getötet haben? Wollt Ihr das damit andeuten?«

Der Pfarrer neigte den Kopf. »So reden die Leute. – Und? Ist dieser Friedrich der Vater deines Kindes?«

»Nein!« Oh, es konnte nur Berta gewesen sein, die dieses Gerücht in die Welt gesetzt hatte. Niemand sonst hatte je diesen Verdacht geäußert. Niemandem hatte sie sich anvertraut. – Doch, Hildegard, ihrer Freundin, die sie seit Monaten nicht gesehen hatte. Aber auch sie wusste nicht alles ... Vielleicht war gerade das der Fehler gewesen.

Anna stand auf. »Nein, Unsinn, Friedrich ist nicht der Vater von Lukas. Ihr wisst genau, dass Paul sein Vater ist, daran bestand nie der geringste Zweifel. Oder ...« Bei allen Heiligen, warum hatte sie daran nie gedacht, »... oder hat Paul Euch gegenüber jemals einen Zweifel geäußert?« Anna hielt den Atem an.

»Nein, das hat er nicht.«

Anna atmete aus.

»Aber ihm lag etwas auf der Seele, das war unverkennbar«, fuhr der Pfarrer fort.

»Ja, das stimmt. Wir haben nie darüber gesprochen. Aber irgendwann hätte er sich mir anvertraut, ganz sicher, wenn er nicht ...«

»Mag sein. Dennoch, jeder kannte Paul als ruhigen, stets freundlichen Menschen. Allen ist die Veränderung aufgefallen, er war letzthin gereizt, jähzornig und leicht erregbar. Man wundert sich, sucht Erklärungen, verständlicherweise.«

»Natürlich«, warf Anna in. »Ich auch, ich suche auch eine Erklärung, Tag für Tag, vergebens.«

Sievert lehnte sich zurück, was die Lehne der Bank ächzen ließ. »Wie dem auch sei, Anna, du darfst diesen Gerüchten keine weitere Nahrung geben. Gerade war dieser Friedrich noch hier, ich weiß es, und das geht nicht an! Verweise diesen Fremden künftig des Hauses. So einer fordert das Gerede der Leute doch heraus. Weißt du überhaupt, was er hier macht? Er sucht Erze, sagt man. Was für Erze? Gold und Silber? Natürlich, was sonst! Keiner reist so weit, um mit Zitronen und bunten Bändern zu handeln. Gold und Silber gehört der Herrschaft, du musst ihn bei dem Grafen anzeigen.« Sievert presste die Lippen zusammen und runzelte die Stirn. Der Grimm dieser Mimik wurde nur wenig durch seine rosigen Apfelbäckchen gemildert. Man durfte sich in dem behäbigen Geistlichen nicht täuschen, wenn er eines nicht war, dann harmlos. Anna wusste genau, dass ihr Wohl und Wehe zu einem guten Teil in seiner Hand lag.

»Du hast mich verstanden, mit den Besuchen dieses Fremden muss ein für alle Mal Schluss sein. Wir wollen ihn hier nicht mehr sehen, sorge dafür. Und ich werde meine Herde mahnen, keine Gerüchte zu streuen, aber wir wissen ja beide, wie das ist.« Sievert breitete die Arme aus, als wollte er sie segnen, während in seinen Augen die Drohung blitzte. »Was ist denn nun mit deinem Sohn, Lukas ist sein Name, nicht wahr? Du weißt, dass seit Jahren geredet wird, der Fremde habe ihn verschleppt? Das zumindest ist Unfug. Paul erzählte mir, ihr habt ihn bei einem entfernten Verwandten in die Lehre gegeben. Er muss doch mittlerweile seit Jahren fort sein, warum kommt er nicht zurück, um wenigstens dieses Gerücht aus der Welt zu schaffen und seiner Mutter beizustehen?«

»Ich habe ihm bereits mitgeteilt, dass er hier gebraucht wird.«

»Gut. Eine Frau allein, das erregt immer Argwohn.« Sievert trank einen Schluck und stellte den Becher mit Nachdruck wieder ab. Er räusperte sich. »Außerdem gibt es noch etwas weitaus Gewichtigeres zu klären. All das bisher Gesagte ist dagegen ein geringes Übel. Du sollst dich mit diesen Ketzern gemein machen, sagt man. Diesen, diesen …« Sievert erhob seine Stimme immer mehr, Speichel sprühte aus seinem Mund und er fuchtelte mit den Händen in der Luft herum, als wollte er den Ketzern hier und jetzt den Garaus machen. »… diesen Anhängern eines Doktor Schmidt.« Er schnaufte. »Doktor! Der Mann ist mehr als hundert Jahre tot und war mit Sicherheit nicht studiert. Ein Scharlatan! Der Teufel allein weiß, wie es ihm gelungen ist, über seinen Tod hinaus Anhänger für seine gottlosen Machenschaften zu finden. Also sprich: Ist es wahr, dass du zu diesen Sündern gehörst? Beichte, dann ist deine Seele nicht gänzlich verloren«, dröhnte er.

Berta war hereingekommen, hatte seine letzten Worte gehört. Hastig machte sie kehrt.

Anna spürte, wie sämtliche Farbe aus ihrem Gesicht wich. Sie fühlte sich wie ein Eisblock. Wenn ein solcher Verdacht bestand, dann könnte sie schon bald auf dem Scheiterhaufen brennen. Gnade ihr Gott, wenn der Marschall des Grafen oder der Graf selbst auch nur von dem Gerücht erführen ... Sie stand auf, stützte ihre Hände auf dem Tisch ab, beugte sich zum Pfarrer hinunter. »Seit Jahren gehe ich zu Euch in die Kirche, komme zur Beichte, Ihr kennt meine finstersten Gedanken, meine Sünden, ich habe sie Euch anvertraut. Ich bete alle Paternoster, die Ihr mir auftragt, und sogar Mariengrüße, Psalmen obendrein. Aber ja, es stimmt, diese Leute waren ein-, zweimal hier. Sie haben nach Labung gefragt und als Christenmensch habe ich ihnen etwas gegeben, da wusste ich noch nicht, dass sie Ketzer sind. Seitdem habe ich sie nur noch ein Mal gesehen. Ich kenne diese Leute nicht!«

Sievert hatte ihr mit unverändert finsterem Gesicht gelauscht. »Nun gut. Du hast Glück, dass niemand etwas Genaueres dazu sagen kann und man dieser Leute nicht habhaft geworden ist. Aber, mein liebes Kind, ich warne dich! Hüte dich vor diesem Ketzervolk und hüte dich vor dem Fremden. Eines ist so übel wie das andere. Und bedenke, falls mir noch mehr über dich zu Ohren kommt, dann kann auch ich dir nicht mehr helfen.«

Sieverts Stimme dröhnte Anna wie Glockenschläge in den Ohren, noch lange, nachdem er gegangen war.

Eine Hand legte sich auf ihre Schulter, strich ihr leicht über den Arm. »Wie kommt der Herr Pfarrer nur auf solche Gedanken?«, fragte Berta. »Das sagt er nur, um dich zu ängstigen.«

»Meinst du?« Anna klammerte sich an diese Hoffnung. »Berta, hast du jemandem erzählt, dass du Federico für Lukas' Vater hältst? Womöglich Paul?«

Berta schüttelte den Kopf. »Aber was denkst du, natürlich nicht. Ich hätte es nicht einmal getan, wenn er gefragt hätte, aber das tat er nicht. Jedenfalls nicht mich.«

»Nicht dich.« Anna ließ sich auf die Bank sinken, auf der eben noch Sievert gesessen hatte, spürte noch dessen Wärme. »Dann Hildegard«, murmelte sie.

»Was sagst du?«

Anna griff die Hand der Magd. »Es geht die Rede um, Federico sei der Vater von Lukas. Und wenn du nichts darüber gesagt hast, dann kann es nur Hildegard gewesen sein. Ich muss zu ihr, jetzt gleich.«

Berta nickte. »Ja, mir scheint auch, dass da etwas vorgefallen ist. Ein schlechtes Gewissen würde erklären, warum sie dich nicht mehr besucht.«

Anna nickte. »Ich entschuldigte es mit dem strengen Winter, dem Wetter, dachte auch, ihr Mann hätte es verboten. Jetzt allerdings …«

»Geh nur zu Hildegard. Matthias und ich kommen allein zurecht. Viele Gäste haben wir ja nicht zu erwarten.«

Anna presste die Lippen zusammen, dann stand sie auf. Der Besuch würde kein angenehmer sein, so viel war sicher.

Der Weg in das nahe Städtchen war heute ein Vergnügen. Wie Sievert gesagt hatte, war endlich die Sonne herausgekommen, und im Gegensatz zu ihm spürte sie durchaus die Wärme, als sie ihr ins Gesicht schien.

Hildegard wohnte mitten in Elbingerode. Ihr Mann war einer von zwei Schuhmachern und besaß ein Haus in der Nähe der Kirche.

Die Straßen waren bevölkert, wie Anna genossen die Menschen das lang ersehnte schöne Wetter. Sie grüßte eine Bekannte, die zurücknickte, aber nicht stehen blieb. Mied man sie auch hier? Anna sah der Frau nach, vielleicht war sie nur in Eile.

Die Tür des Schuhmacherhauses stand offen. Welch ein Glück, denn sie quietschte in den Angeln. Jetzt musste nur noch die Tür zur Werkstatt geschlossen sein … Wenn der Allmächtige Erbarmen mit ihr hatte, dann würde er es fügen, dass sie nicht mit Bernhard zusammentraf. Hildegards Mann missbilligte ihre Freundschaft. Wohl auch ihrer Herkunft wegen, als Tochter eines Köhlers war Anna kein angemessener Umgang. Aber Bernhard missgönnte seiner Frau überhaupt jede Art von Gesellschaft. Er war eifersüchtig. Anna konnte es sogar verstehen. Hildegard war schon als Mädchen eine Schönheit gewesen, mit den Jahren war sie eher gereift, denn welk geworden. Alles an ihr war fein und zart, das schmale Gesicht, die Linien der Brauen, die schmale Nase, die geschwungenen Lippen. Die ganze Gestalt war von einer Anmut und Zartheit, die die Jungen seinerzeit um den Verstand gebracht hatte. Auch Bernhard. Damals ein stattlicher Handwerksmeister, der ihr etwas bieten konnte, Werkstatt und Haus vom Vater geerbt, genoss er allerseits großes Ansehen. Damals. Vielleicht wäre er nicht so hartherzig geworden, hätte der Herr dem Paar Kinder geschenkt. Hildegard hatte Lukas immer verhätschelt und geherzt, so dass Anna früher vermutet hatte, die Freundin käme nur wegen ihres Sohnes.

Seit Jahren witterte Bernhard überall Versuchungen für die Treue seiner Frau, prügelte Hildegard wegen jeder Nichtigkeit, erst recht wenn er getrunken hatte. Bier floss bei ihm stets reichlich und wehe seiner Frau, stand nicht des Morgens ein frischer Krug neben seinem Leisten. Wegen der Schläge weinte Hildegard sich bei Anna aus. Denn die Kehrseite der Münze war, dass Hildegard sich davonstehlen konnte, während Bernhard seinen Rausch ausschlief. Sein Jähzorn und die Prügel, die er ihr verabreichte, wenn er sie erwischte, hatten sie nie hindern können, immer war es ihr geglückt, Anna regelmäßig zu besuchen oder sich mit ihr zu treffen. Im Übrigen ertrug sie die Launen ihres Mannes mit einer Langmut, die Anna stets bewundert hatte. Vielleicht hatten Bernhards Schläge endlich gefruchtet?

Sie schlich zum Fenster neben der Tür, sah zwei Schemen, hörte Bernhards Stimme. Er schien nüchtern und bediente

Kundschaft, wunderbar, dann wäre er abgelenkt. Anna huschte in den winzigen Flur, von dem links die Tür in die Werkstatt führte. Sie war geschlossen, der Himmel meinte es gut mir ihr. Geradeaus, hinter der Stiege, die in das Obergeschoss führte, lag die Küche, dahinter der Hof. Irgendwo dort vermutete sie die Freundin, am Herd oder bei den Kühen. Sie lauschte, leises Reden und kurzes Hämmern drangen aus der Werkstatt und zeigten an, dass Bernhard beschäftigt war.

Die Küchentür war nur angelehnt, leises Summen war zu hören. Anna trat ein, Federn stoben auf.

Eine Schüssel fiel zu Boden und zersprang in tausend Scherben. »Bei der heiligen Barbara, du?«, rief Hildegard aus. Ihre Hände umklammerten einen Lappen, wrangen ihn wie den Hals einer Gans.

Der Geruch von Blut stieg Anna in die Nase, sie roch rohes Fleisch. Federn quollen aus einem Sack. Langsam senkte sich der weiße Flaum zu Boden, den der Luftzug bei Annas Eintreten aufgewirbelt hatte. Auf dem Herd ragten die bleichen Beine des Huhns über den Topfrand, das Hildegard eben geschlachtet und gerupft haben musste. Ihr Kittel war vorne blutbefleckt.

Hildegard rückte sich ihre Haube gerade, fingerte an den Bändern. »Anna«, murmelte sie und wandte sich ab, den Blick gesenkt. »Du hast mich erschreckt. Mit dir hatte ich nicht gerechnet.«

»Ach nein? Ich wollte sehen, wie es dir geht. Ob du krank bist, dir etwas fehlt. Es ist schließlich nicht deine Art, dich dermaßen rar zu machen.«

Hildegard hob die Hände vor die Brust und drehte sich zu Anna um. »Ich konnte nicht«, flüsterte sie, neigte den Kopf und lauschte. »Hat er dich gesehen?«

Anna verneinte. »Dann stünde ich wohl kaum vor dir.«

Hildegard nickte. Eine blonde Locke lugte unter ihrer Haube hervor und ringelte sich über ihre Schulter. Fahrig stopfte Hildegard sie zurück.

Anna blickte sich um, die Küche war klein und dunkel. Im

hinteren Teil ging eine Rampe nach unten, dort verbrachten die Kühe den Winter. Sie waren längst auf der Weide, dennoch lag der Geruch der Tiere in der Luft. Oft war sie nicht hier gewesen, aber wie es schien, hatte sich nichts verändert. Allmählich stieg vom Topf der Geruch nach kochendem Fleisch auf und mischte sich mit dem der Kühe.

Anna trat ganz dicht an ihre Freundin heran, legte die Arme um sie und drückte sie an sich. Wie sehr hatte sie die Nähe der Freundin vermisst. Das Herz wurde ihr schwer, aber sie sollte die Aussprache nicht länger vor sich herschieben. »Du weißt, dass Paul verschwunden ist?«

Hildegard löste sich aus der Umarmung. »Ja, ich hörte davon. Es ist entsetzlich.« Sie deutete auf einen Hocker und zog sich einen zweiten heran. »Ich hätte dich besuchen sollen …«

»Ja, ich hätte deinen Zuspruch gebraucht.«

Durch die zarte Gestalt von Hildegard ging ein Ruck. Sie hob den Kopf, ihre Haut war blass, fast durchscheinend. »Du? Du brauchtest mich? Was redest du da. Du hast mich nie gebraucht. Immer war ich es, die dich um Hilfe bat, dich, die du so stark bist und immer Rat weißt!« Hildegards Stimme war immer mehr angeschwollen, als sie es merkte, schlug sie sich auf den Mund und verstummte.

Anna schüttelte den Kopf. »Sind nicht Freundinnen dazu da, sich beizustehen in schweren Zeiten? Das galt für mich und ich glaubte, es gelte ebenfalls für dich. Was denkst du denn von mir?« Anna spürte, wie Ärger in ihr hochkroch. Mit einer solchen Erklärung hatte sie wahrhaftig nicht gerechnet.

»Du hattest eigene Sorgen, da wollte ich nicht noch mit meinen zu dir …«

»Jetzt sei still, dumme Gans. Es wäre das erste Mal gewesen, dass ich deinen Zuspruch gebraucht hätte. Du hättest deine ewig gleichen Sorgen auch einmal hintanstellen können. Ein offenes Ohr hätte mir schon gereicht. Aber Hildegard lässt sich gar nicht mehr sehen, lässt mich grübeln, mich ängstigen, ihr sei etwas zugestoßen oder ihr Bernhard hätte sie endlich totgeschlagen. Doch nein, putzmunter steht sie hier vor mir und behauptet, sie hätte mich nicht behelligen wollen!« Annas Herz schlug wie eine Trommel. Niemals hätte sie von Hildegard gedacht, dass sie so selbstgerecht war. Hatte sie sich so in ihrer besten Freundin getäuscht? Sie faltete ihre zitternden Hände im Schoß, zwang sich zur Ruhe. Es fehlte noch, dass Bernhard jetzt auftauchte. »Dann bist du also diejenige, die herumerzählt, Paul sei nicht Lukas' Vater.« Sie stellte es mit ruhiger Stimme fest, ohne Vorwurf. Die Enttäuschung jedoch konnte sie nicht bezwingen.

Hildegards schmaler Körper, ihr zartes Gesicht schienen unter Annas Blick zu schwinden, sich aufzulösen. Sie brauchte nichts zu sagen, Anna sah ihr die Wahrheit an. Bis zuletzt hatte sie ihrer Freundin vertraut, hatte auf irgendeine Erklärung gehofft. »Warum?«, presste sie heraus.

Hildegard sah sie an, ihre Augen schwammen in Tränen.

Späte Reue, zu spät. Schweigend sah sie die Frau an, die sie für ihre beste Freundin gehalten hatte.

Hildegard schniefte. »Mir ist Bernhard gegenüber eine Andeutung herausgerutscht. Zunächst dachte ich, er hätte sie nicht verstanden. Doch dann kam Paul und fragte mich aus. Ich habe geschwiegen und Paul ist gegangen. Aber Bernhard kehrte zurück – du kennst ihn und seine Methoden ... Ich habe ihm alles erzählt und er hat es Paul weitergesagt. Danach zu dir zu kommen, wagte ich nicht. O Gott, ich bin so feige! Ich schäme mich so.« Hildegard schluchzte, ihre Augen bettelten um Verzeihung.

Anna starrte vor sich hin. Natürlich konnte sie sich vorstellen, dass Bernhard alles aus Hildegard herausgeprügelt hatte. Aber warum nur hasste Bernhard sie so? Warum wollte er ihr Leben zerstören? »Was genau hast du Bernhard erzählt?«

Hildegard schluckte. »Dass Paul nicht der Vater von Lukas ist.«

»Weiter nichts?«

Hildegard zögerte, flüsterte: »Doch. Bernhard wollte wissen, wer dann der Vater ist.« Sie schluchzte lauter. »Ich wollte doch nur, dass er aufhört, dass er endlich aufhört!« Tränen liefen über ihre Wangen, tropften von ihrem Kinn herab und nässten ihre Brust.

»Und da hast du ihm gesagt, Federico sei der Vater.«

Hildegard senkte den Blick. »Ja«, flüsterte sie endlich. Dann sah sie auf, langsam hoben sich ihre Brauen. »Ja, ist er es denn nicht?«

Federico

Harz, Mitte Juni

Federico hielt das Gesicht in die Mittagssonne. Am Morgen hatte sich der Himmel wie eine graue Marmorkuppel über ihn gewölbt, doch jetzt glich er einem der kobaltblauen venezianischen Glaspokale.

Seit er sich entschlossen hatte, unerschütterlich an Annas Aufrichtigkeit und Ehre zu glauben, auf seine Menschenkenntnis, seine Erfahrung zu vertrauen, wusste er, was er tun musste. Der Schlüssel lag in Lucas Herkunft, die musste er klären. Paul war der Schandtat, die Anna angetan worden war, auf der Spur gewesen, und das geriet ihm zum Verhängnis. So weit Federicos Theorie, die er nun auf den Prüfstein legen wollte.

Gestern hatte er den Weg gen Osten eingeschlagen, der zum Brocken führte, in der Erwartung, entweder Johannes oder den Ketzern zu begegnen. Und wenn er sie verfehlte oder sie nichts Neues beitragen konnten, so würde er weiter zu seinem Markierstein gehen, der dem Kundigen den Weg zu reichen Erzvorkommen wies und den Paul sicher gefunden haben würde. Brachte ihn das alles nicht weiter, musste er mit Anna sprechen.

Allerdings hatte er Grund zu der Annahme, dass er Bruder

Johannes, dem Reliquienhändler, dicht auf den Fersen war. Gestern, am frühen Abend, war er nämlich auf einen Köhler gestoßen. Aus dessen Meiler war Rauch in die Höhe gestiegen, weithin sichtbar. Der noch junge Mann war einer der ersten, der in dieser Gegend wieder Köhlerei betrieb. In der Nähe war eine vormals verlassene Grube erneut in Betrieb genommen worden, dadurch stieg der Bedarf an Holzkohle für die Verhüttung. Bald, so war der junge Mann sich sicher, würden weitere Köhler ihre Meiler wieder anbrennen. Der tot geglaubte Bergbau im Harz erwachte zu neuem Leben, eine erfreuliche Entwicklung für die Region, die Federico allerdings darin bestärkte, seine Tätigkeit für Venedig, für den Rat der Zehn, zu beenden. Unmöglich würde er unter diesen Umständen weiter seiner verbotenen Arbeit nachgehen können. Andererseits konnte sich Federico vorstellen, dass dem Grafen zu Stolberg Federicos Wissen bei der Erschließung neuer Reviere willkommen sein könnte.

Doch nicht nur dies erfuhr er von dem Köhler. Der junge Mann wusste Neuigkeiten über Bruder Johannes. Gestern erst hätte der bei ihm hereingeschaut, somit betrug sein Vorsprung kaum einen halben Tag.

Federico hatte dem Köhler zum Abschied ein Säckchen Salz geschenkt und im Gegenzug einen Brotfladen und ein Stück Speck erhalten. Seit dem frühen Morgen war er nun unterwegs, steten Schrittes ging er voran, aß und trank während des Wanderns, um keine Zeit zu verlieren, und ließ seine Gedanken schweifen.

Der Fund der Silberader war wirklich ein Geschenk des Himmels. Damit dürfte ihm die Unterstützung des Grafen sicher sein. Falls der nicht Vorbehalte gegen Ausländer wie ihn hegte. Soweit er wusste, war der Graf vor Jahren anlässlich einer Pilgerreise in Venedig gewesen, um dort ein Schiff nach Jerusalem zu besteigen. Und im letzten Jahr hieß es, dass auch seine Söhne bald eine Reise in das gelobte Land anträten, womöglich waren sie bereits unterwegs. Botho und Heinrich, wie bei den

Stolbergern Usus nach Vater und Großvater benannt, Zwillingsbrüder, die es beide schon zu einigem Ruhm gebracht hatten. Sie seien jedoch von sehr verschiedenem Charakter und der Graf seinen Söhnen auch nicht gleichermaßen zugetan. Botho stünde dem Vater näher als Heinrich. Auch Grafenfamilien blieben wohl von Verwandtschaftssorgen nicht verschont.

Federico trank einen Schluck Wasser. Ob es Carlo wohl besser ging? Wann hatte er zuletzt für ihn gebetet, geschweige denn, eine Kirche aufgesucht, eine Kerze gestiftet? Ewig schien es ihm zurückzuliegen.

Kam Luca wohl zurecht? Und Mimmo? Federico trat gegen einen rundlichen Stein, trieb ihn ein Stück den Weg entlang vor sich her, bis der eine Biegung nach links beschrieb und der Stein den Hang hinabkollerte. Mimmo! Federico kamen Lucas Auseinandersetzungen mit dem missratenen Sohn seines Bruders in den Sinn. Stürbe Carlo, würde dieser Teufel in Engelsgestalt den Nebenbuhler wohl kaum in seinem Hause dulden. Federico hielt kurz inne, wandte die Augen gen Himmel und sprach ein kurzes Gebet an die Madonna Maria, bat sie, ihren schützenden Mantel über seinen Ziehsohn auszubreiten, ihn vor der Bosheit seines jungen Neffen zu bewahren, bat sie um Gesundheit für seinen Bruder, um Geduld und Kraft für seine Schwägerin, die gerade in schweren Zeiten Stärke und Umsicht bewies. Ach, Laura, die Arme hätte es sich bei der Hochzeit mit Carlo auch nicht träumen lassen, dass sie derart geprüft werden würde. Diese sorgenfrei aufgewachsene Tochter einer angesehenen Kaufmannsfamilie, die nach der Hochzeit viele Schicksalsschläge erdulden musste. Erst raffte ein letztes Aufbäumen der Pest ihre Eltern und bis auf einen Bruder alle Geschwister dahin, der letzte ihr Anverwandte verschleuderte das ererbte Vermögen, stürzte in einen Kanal und ertrank. Wahrscheinlich hatte er sein Versagen in der Handelswelt mithilfe übermäßigen Weingenusses bewältigen wollen und war im Rausch ins Wasser gefallen, so die allgemeine Meinung. Federico glaubte als Einziger, dass sich Lorenzo im vollen Bewusstsein, verzweifelt über seine

Schande, ertränkt hatte, würde dies aber Laura gegenüber niemals erwähnen.

Federico hielt inne, lauschte. In den Baumwipfeln wisperte der Wind, im Unterholz raschelte es. Niemand war zu sehen, kein Geräusch zu hören, das nicht der Wald und sein Getier hervorbrachten. Er zog seinen Dolch aus der Scheide, verließ den Pfad und schlich im Schutz der Bäume langsam weiter. Das feuchte Laub am Boden dämpfte seine Schritte, Federico dankte dem heiligen Petrus, dass er entgegen seiner Bitten in den letzten Tagen für ausdauernden Regen gesorgt hatte. An solchen Kleinigkeiten erkannte er den Sinn hinter dem planlos wirkenden Walten Gottes.

Ein Sonnenstrahl drang durch die Baumwipfel, zeichnete Schatten auf den Boden vor ihm. Federico fühlte sich wie in einer Kathedrale, wenn das Licht durch die farbigen Glasfenster fiel und bunte Reflexe auf Boden und Wände malte. Dabei hatte er die alten, scheinbar die Schwerkraft außer Kraft setzenden gotischen Bauwerke des Nordens im Sinn, deren aufstrebende Pfeiler und lichtdurchflutete Höhe auch den Geist mit sich emporzuziehen schienen. Er liebte diese Kirchen mehr als die modernen seiner italienischen Heimat.

Federico hielt inne. Ungewohnte Klänge wehten herüber, schwollen an und ab.

»Tret herzu, wer büßen will, Luzifer ist ein bös Gesell.«

Er verstand in dem fernen Singsang nur diesen einen Vers. Weitere Silben drangen zwischen den Baumstämmen hindurch, ein unverständliches Gesumm, wieder und wieder schallte nur der eine Satz deutlich an sein Ohr. Zu sehen war niemand, dennoch mussten die Sänger ein Stück vor ihm unterwegs sein. Vielleicht im Tal unterhalb von ihm. Zu seiner Rechten fiel ein Hang steil ab, Bäume verstellten die Sicht.

»Tret herzu, wer büßen will, Luzifer ist ein bös Gesell!«

Jetzt hörte er zudem ein Geräusch, als schlüge man eine Weidenrute auf eine Wasserfläche, nein, nicht eine, zahllose Ruten mussten es sein. Dann ein Sirren, lauter werdend, wie von einem heranrauschenden Bienenschwarm, bis ein mehrstimmiges Schnalzen von Riemen die Luft durchschnitt, und wieder dieses Geräusch, als trieben Hirten eine hundertköpfige Rinderschar mit Peitschenschlägen vor sich her. Kein Zweifel, der Geißlerzug der Ketzer näherte sich. Früher als erhofft kreuzten sie seinen Weg.

Langsam ging Federico weiter. Immer lauter werdender Gesang und Peitschenhiebe im Takt des Liedes begleiteten seine Schritte. Tatsächlich hatten die Büßer ihren Plan, zum Brocken hinaufzupilgern, in die Tat umgesetzt.

Nach einer Kehre kreuzte rund dreißig Schritte voraus ein Pfad seinen Weg. Federico versteckte sich hinter einem Felsbrocken und wartete ab. Gleich würden sie auftauchen, so laut wie der Gesang mittlerweile erschallte.

Da kamen sie. Der Erste, der sichtbar wurde, trug nur einen Lendenschurz um die Hüften, sein Oberkörper war nackt – und blutüberströmt. In den Händen, hoch erhoben, hielt er ein Holzkreuz, es musste schwer sein, der Mann glänzte von Schweiß, seine Armmuskeln spielten. Das Gesicht geradeaus gerichtet, barfuß, stetig einen Schritt vor den anderen setzend, führte er die Prozession der Geißler an. Singend folgte ihm die Schar der Büßer, ebenfalls halb nackt, blutend und schwitzend, eine endlose Reihe an Menschen, Männer und Frauen, sogar ein paar Kinder befanden sich darunter. Gehen, singen, geißeln, ein beängstigender Rhythmus. Blutstropfen markierten ihren Weg.

Wie damals in Venedig bemerkte Federico auch hier bei einem jeden der Beteiligten die gleiche Entrücktheit, den Blick auf ein fernes Ziel gerichtet, ein fast selig zu nennendes Lächeln auf den Lippen, während die dornenbewehrte Geißel ihre Haut in Fetzen riss. Kein Laut der Klage, des Schmerzes war zu hören, nur dieser Gesang, dieses Lied, von dessen Text Federico noch immer nur die eine Zeile verstehen konnte, der Rest war Gemurmel, ging im Sirren der Riemen, im Klatschen der Geißeln, im Gleichschritt der Füße unter.

Bei jedem Hieb glaubte Federico, den Schmerz am eigenen

Leib zu spüren, allein das Geräusch verursachte ihm Gänsehaut. Diese Leute jedoch jubilierten, schienen ganz mit sich im Reinen, ganz bei Gott zu sein. Nein, diese Leute bedurften der Vermittlung durch die Kirche und ihrer Priester nicht.

Er sah die Menschen vorüberziehen, Paul machte er nicht unter ihnen aus. Zwar könnte er sich auch einer anderen Gruppe angeschlossen haben, aber Federico glaubte ohnehin nicht, dass Paul bei diesen Ketzern war. Da er sie aber nun mit Gottes Hilfe getroffen hatte, würde er diese Frage endgültig klären. Irgendwann würden auch diese Beseelten einmal eine Pause einlegen müssen. Federico folgte ihnen in einigem Abstand, verlieren konnte er sie schwerlich.

Die Sonne war ein gutes Stück gesunken, als die Gruppe endlich eine Rast einlegte. Federico schlich sich näher heran.

Die Ketzer hatten sich auf einer Lichtung niedergelassen, reichten Getränke herum, unterhielten sich leise. Einige lagen bäuchlings auf dem Boden, die Arme kreuzförmig ausgebreitet wie Mönche vor dem Altar. Der Anführer stieg über sie und schien sie zu segnen. Alle waren über und über mit Blut bedeckt. Wischten sie sich den Schweiß von der Stirn, erhielten auch die Gesichter Blutmale ihrer Buße.

Federico schien die Luft ringsum zu vibrieren wie die Saite einer Laute. Etwas war um diese Menschen, eine Kraft, eine Stärke. Je näher er ihnen kam, desto mehr schien ihm, als spürte er die Anwesenheit Gottes. In Venedig hatten ihn solche Geißler abgestoßen, Verständnis für jegliche Art dieser Selbstkasteiung lag ihm fern. Jetzt war er überrascht, dass ihn der Anblick dieser Büßer hier so berührte. Die tagelangen einsamen Wanderungen in den Wäldern mochten seine Sinne empfänglicher gemacht haben. Hatten diese Ketzer tatsächlich den wahren Weg zu Gott beschritten, wie sie behaupteten?

Federico teilte ihre Ansicht, dass einige Geistliche mehr Einsatz dafür zeigten, Macht und Einfluss zu mehren, als ihren Mitmenschen geistige Inspiration zu bieten. Andere indes schonten sich nicht, Elende zu trösten, Armen und Kranken zu helfen. Verdammte die Kirche diese Geißler nur, weil deren Selbstopferung die eigenen Verfehlungen umso deutlicher hervorstechen ließ? Weil sie dadurch ihre Macht schwinden sah? Oder wussten die Kleriker es tatsächlich besser? Federico hatte sich mit diesen Fragen nie befasst. Er glaubte, was ihn die Priester von klein auf gelehrt hatten.

Vorsichtig schlich sich Federico näher, musterte die unweit Rastenden. Endlich erhob sich einer, verschwand zwischen den Bäumen. Auf diesen Moment hatte Federico spekuliert, er folgte ihm.

Ein Stück abseits fand er den Mann zwischen den Bäumen stehen, sich erleichternd. Federico schluckte beim Anblick seines Rückens. Blut, alles war voller Blut, rann herab, sickerte in das Lendentuch. »Gott zum Gruße!«, sprach Federico ihn leise an.

Der Mann fuhr herum, sah ihn an wie eine Erscheinung. »Wer bist du?« Mit einer Hand vertrieb er die Fliegen, die der Geruch des Blutes anlockte, mit der anderen richtete er seinen Lendenschurz.

Federico war froh, den Anblick dieses zerfetzten Rückens nicht länger ertragen zu müssen. Aus der Nähe sah Federico dem jungen Mann an, dass er unter seinen Wunden litt.

»Warum lauerst du mir auf?« Langsam schwand die Entrückung aus seinen Augen und machte Misstrauen Platz. Furcht las Federico nicht aus seinem Blick, obgleich er wissen musste, dass ihnen die Männer des Grafen nachstellten.

»Ich wollte eure – Andacht – nicht stören. Jetzt schien mir die Gelegenheit günstig. Ich hoffte, du könntest mir bei der Suche nach einem Freund helfen. Es hieß, er habe sich euch angeschlossen.«

»So?« Das Misstrauen wich nicht, aber immerhin hörte er Federico zu. »Es kommen viele zu uns.« Der Büßer schrieb mit den Händen Kreise in die Luft. »Von überall her.«

»Sein Name ist Paul, er ist Wirt in der Nähe von Elbingerode, östlich von hier.«

»Ah, ich kenne den Ort, wir sind dort gewesen.« Der Mann überlegte, den Blick zum Himmel gekehrt. »Paul, sagtest du? Ich kenne einen Paul. Er betreibt das Gasthaus *Zum Bären*, glaube ich. Meinst du den?«

Federico nickte.

»Wir hörten von seinem Verschwinden.« Der Mann rieb seinen linken Fuß an der rechten Wade. Getrockneter Schlamm rieselte herunter. »Nein, bei uns ist er nicht.«

»Bist du sicher? Könnte er sich nicht einer anderen Gruppe angeschlossen haben?«

Der Mann schüttelte den Kopf. »Nein, er gehört nicht zu uns. Bestimmt nicht, sonst wüsste seine Frau davon. Er hätte versucht, auch sie von unserem Glauben zu überzeugen.«

»Meinst du? Er hätte Anna eingeweiht …?«

Der Mann nickte. »Aber ja, wir lassen unsere teuren Angehörigen niemals im Angesicht der Hölle zurück, ohne ihnen die Hand zur Erlösung zu reichen. Unser Meister hat Paul die Hand gereicht, er hat sie ausgeschlagen.« Er hielt inne, sah verklärt in die Ferne. »Es wird eben nicht jedem die Erleuchtung zuteil.«

Federico atmete tief durch, wie erwartet lief diese Spur ins Leere. Jetzt blieb nur noch Bruder Johannes. »Seid ihr auf eurem Weg vielleicht einem Mönch begegnet?«

Der Mann neigte den Kopf, kratzte sich an der Wange. Ein roter Streifen blieb zurück. »Dem Wilden Mönch aus dem Märchen etwa?«

Federico winkte ab. »Nein, ich meine einen wahrhaftigen Mönch, Bruder Johannes heißt er, er handelt mit …«

»Ha, Bruder Johannes …!« Der Mann lachte auf. »Oh, der ist hinter uns her, wie Luzifer hinter den armen Seelen. Dieser Hökerer, Leichenfledderer, der wird dereinst auf ewig in der Hölle brennen, dieser Lumpengesell!« Sein Gesicht lief so rot an wie die Blutspur über dem Auge, hastig schlug er ein Kreuz. »Der Herr möge mir verzeihen.« Seine Hand krampfte zur Faust, als fasste er seine Geißel fester.

»Seid ihr ihm kürzlich begegnet?«

Der Mann scharrte mit dem Fuß über den Boden, lachte leise. »Davor hat der Herr uns bewahrt. Nein, ich habe ihn länger nicht gesehen. Und glaub mir, wäre er uns begegnet, hätte ich es bemerkt. Du kennst Bruder Johannes nicht, scheint mir.«

»Nein.«

Der Mann richtete sein Gesicht gen Himmel. »Dann bete, dass der Herr ein Zusammentreffen mit ihm verhütet. Wahrlich, sein Frevel bleibt nicht mehr lange ungesühnt. Wenn das himmlische Schwert zuschlägt, ist es nicht ratsam, in Johannes' Nähe zu sein.« Der Hauch von Heiligkeit war verflogen. Auch Geißler schienen ganz profanen Gefühlen ausgeliefert und sei es nur hinsichtlich der Abneigung gegen Johannes.

Federico wollte sich verabschieden, aber dann sagte er doch: »Man hört eigenartige Dinge von euch.«

Der Mann nickte, Falten erschienen auf seiner Stirn. »Ich weiß. Diejenigen, die uns fürchten, erzählen Lügen über uns. Es hieß schon, dass wir eine Hummel anbeten.«

»Ich hörte davon.«

Der Mann nickte zerstreut. »Wie eben geredet wird, die einen schlachten Kinder, die anderen stehlen Tiere und opfern sie ihrem Herrn, wir beten eine Hummel an, solcherlei verbreitet man allenthalben, über die Hussiten, die Waldenser und über uns. Und das Volk glaubt das gern, der Graf zumal.«

»Ich hörte nur, dass ihr einem Doktor Schmidt folgt. Ist das der Anführer?« Federico nickte mit dem Kinn in die Richtung, in der die anderen Büßer saßen.

Der junge Mann schüttelte den Kopf. »Doktor Schmidt ist lange tot. Nein, Magister Dietrich führt das Werk des Doktors fort. Er verkündigt, dass der Jüngste Tag nicht mehr fern ist. Oft wurden die Zeichen falsch gedeutet, doch jetzt sind wir gewiss, dass das Ende kurz bevorsteht. Es ist noch Zeit für dich, umzukehren, zu büßen. Willst du mit uns gehen? Ein Platz im Himmel wäre dann für dich bereit!« Er wies einladend mit der Hand zur Lichtung.

Federico schürzte die Lippen. »Ich weiß nicht. Fürchtet ihr euch nicht vor Strafe? Ich hörte, der Graf lässt euch suchen.«

Der junge Mann reckte das Kinn. »In seinen Augen sind wir Ketzer ... Natürlich, da wir gegen die Lehren der Kirche antreten! Wir sagen: Ein jeder, der an Christus glaubt und seine Lehre lebt, jeder, der reinen Herzens ist, kann sich an den Herrn Jesus wenden und wird erhört werden. Natürlich schimpfen sie uns Ketzer, all die geistlichen Herren, weil sie genau wissen, dass man ihrer nicht bedarf. Und der Graf, der steht ja mit den Herren im Kloster auf bestem Fuße, Geld lässt er ihnen zukommen, damit sie ihm sein Seelenheil sichern. Und die Mönche lassen ihn in diesem Glauben, schüren seine Furcht, in der Hölle zu brennen, um immer mehr Geld von ihm abzupressen. Er tut uns leid, der Herr Graf, wie arm ist er, dort in seiner Burg, wie kalt ist es unter dem Eismantel der Kirche, so ganz ohne die Liebe Gottes, die Wärme des Glaubens. – Und du fragst, ob wir uns fürchten?« Der Mann sah ihn mitleidig an. »Wenn wir brennen, folgen wir dem Weg, den Christus vor uns beschritten hat. Welche Qualen kann er uns denn zufügen, die der Herr nicht schon vor uns erlitten hat? Und wären wir seiner würdig, wenn uns diese Qualen schreckten? Wir werden verfolgt, weil wir den Zweifel säen. Der Graf selbst ist der Sünder, er muss sich vor seinem Ende fürchten. Soll er nur am Tag des Jüngsten Gerichts den Dämonen der Hölle seine Ablässe in den Schlund werfen, sie werden damit jubelnd sein Höllenfeuer entfachen. Wir hingegen werden sitzen zur Rechten des Vaters, werden uns sonnen im Licht seiner Gnade. Wovor, frage ich dich, sollten wir uns fürchten?«

Der Glanz, der dem Mann bei seinen letzten Worten in die Augen trat, ließ Federico schaudern. »Ich danke dir für deine Auskunft. Möge der Herr mit dir sein, mit euch!«

»O ja, das ist er.«

Eilig machte sich Federico auf den Rückweg. Bergab war der Weg leichter zu bewältigen als zuvor bergauf. Die Sonne sank hinter seinem Rücken, sein Schatten wurde länger.

Was nun? Bruder Johannes musste in der Nähe sein. Andererseits hoffte er, bei seinem Stein einen Hinweis auf Paul zu entdecken. Sein Mönchsstein – aus einer Laune heraus hatte er das Abbild eines Mönchs in den Felsbrocken geritzt, um den Zisterziensermönchen aus Walkenried Respekt zu zollen, die die Ersten waren, die im Harz Bergbau betrieben. Ein zufälliger Entdecker mochte den Stein für ein Werk dieser weißen Mönche halten, die sich mittlerweile aus dem Bergbau zurückgezogen hatten und mehr und mehr vergeblich versuchten, den Niedergang ihres Klosters aufzuhalten. Sie waren zu gierig geworden und nun strafte sie der Herr … Herrgott, was befasste er sich mit solcherlei? Diese Begegnung mit den Ketzern hatte wirklich seine Grundfesten ins Wanken gebracht.

Lina

Kurz vor Elbingerode, Ende Juni

Der Kater starrte sie an. Lina ließ ihr Pferd zurückfallen, diese allwissend scheinenden Bernsteinaugen jagten ihr immer noch Schauer über den Rücken. Mistvieh, Teufelsbrut. Die Reise war bislang gut verlaufen, wäre nur dieses Höllentier nicht. Diesen Kater, der sich an sie geheftet hatte, wurden sie nicht los. Bei jeder Rast sprang er aus der Tasche, reckte sich, verschwand spurlos. Stets weckte er in ihr die Hoffnung, sich endlich davongemacht zu haben, und tauchte gerade dann wieder auf, wenn sie aufbrechen wollten. Als könnte er ihre Gedanken lesen – nun, wahrscheinlich konnte er das.

Noch nie war es ihr gelungen, die Tasche schnell genug auf das Pferd zu werfen, um zu verhindern, dass das Vieh es sich in ihr bequem machte. Und sich mit Krallen und Zähnen gegen jeden Versuch zu wehren, es hinauszubefördern. Verschorfte

Kratzer an ihren Armen zeugten von ihren sinnlosen, längst aufgegebenen Bemühungen.

Katzen waren ihr schon immer ein Gräuel, das Böse wohnte in ihnen, ganz sicher. Am liebsten hätte sie den Kater mit Steinwürfen verscheucht. Aber angesichts der Ungewissheit über die wahre Natur des Tieres konnte man nicht wissen, welches Unheil so eine Tat nach sich zog.

Und Luca? Der hatte einen Narren an dem Viech gefressen, ihm auch noch einen Namen gegeben. Alexander, nach Alexander dem Großen oder dem Papst.

Wenigstens war es nicht mehr weit, sie zogen gerade durch das südliche Vorland des Harzes. Ein kleiner Umweg, den sie gewählt hatten, weil die Gegend hier nur spärlich besiedelt war. Naturgemäß erregte ihre Gesellschaft Aufmerksamkeit und diese versuchten sie weitgehend zu vermeiden. Trotzdem waren sie gut vorangekommen und morgen wäre Luca zu Hause.

»Wo triffst du dich mit deinen Gefährten?«

Luca hatte sein Pferd gezügelt und ritt wieder neben ihr. Schon am Morgen war ihr aufgefallen, dass ihr sonst so munterer, fröhlicher Reisegefährte verschlossener war als sonst. Dabei hätte sie gedacht, die Aussicht, seine Heimat und seine Familie nach all den Jahren wiederzusehen, erfüllte ihn mit freudiger Erregung. Weit gefehlt. »In Wernigerode.«

Luca nickte abwesend. Schweigend ritten sie nebeneinanderher. Der Kater hatte sich offenbar in der Tasche zusammengerollt, Lina konnte ihn nicht mehr sehen. »Dein Ziel ist Elbingerode, sagtest du mal, das ist nicht weit von Wernigerode entfernt. Deine Eltern wohnen dort, nicht wahr?«

Luca starrte geradeaus, zog seine Unterlippe zwischen die Zähne, nickte langsam. »In der Nähe.« Plötzlich wandte er sich zu Lina um, seine dunkelbraunen Augen leuchteten. »Wie kommt es, dass du dich in dieser Gegend so gut auskennst? In Italien sind die Städte des Harzes eher unbekannt.«

Der Weg wurde schmaler, unwegsamer und erforderte Linas ganze Aufmerksamkeit. Zeit, um nachzudenken, wie viel sie preisgeben, was sie ihm antworten wollte. Das Pferd wich den tiefen Schlaglöchern und herumliegenden Ästen aus, die der letzte Sturm abgerissen hatte. Bei solch unwegsamen Strecken kostete es Lina viel Mühe, sich auf dem Pferd zu halten. Sie rutschte weiter nach vorn, versuchte, einen bequemeren Sitz im Sattel zu finden, der zu groß für sie war. »Ich komme ursprünglich aus dieser Gegend«, sagte sie schließlich.

Luca richtete sich im Sattel auf. »Tatsächlich? Davon hast du nie etwas gesagt.«

»Du hast mich nicht danach gefragt.«

»Wohnen deine Eltern hier?«

Lina schüttelte den Kopf. Selbst wenn sie es könnte, würde sie Luca gewiss nichts über ihre Eltern erzählen.

Kurz verschwand Lucas Unterlippe wieder zwischen seinen Zähnen, dann, den Blick wieder nach vorn gerichtet, sagte er: »Ich habe dich tanzen sehen.«

Lina neigte den Kopf. »Ich weiß.« Sie hatte bemerkt, dass er sie einmal bei ihren morgendlichen Übungen beobachtet hatte. Sein Schlaf war leicht, das hatte sie schon zu Anfang ihrer gemeinsamen Reise herausgefunden. Und als sie sich am ersten Morgen vor Sonnenaufgang vom Lager fortgeschlichen hatte, war er ihr gefolgt und hatte ihr zugesehen. Einerlei, mochte er das, was er gesehen hatte, nur für einen merkwürdigen Tanz halten.

»Warum machst du das?«

Lina zuckte die Schultern.

Luca widmete seine Aufmerksamkeit dem holprigen Pfad. »Es sah eigenartig aus«, sagte er dann. »So ist kein Tanz, den ich kenne. Aber es sind jedes Mal die gleichen Bewegungen …«

Ah, er hatte ihr also mehrmals zugeschaut, das war ihr entgangen. War sie zu nachlässig geworden? Oder hatte sie den Jungen falsch eingeschätzt? Nein, ihr war schnell klar gewesen, dass Luca ein kluger Bursche war und Fähigkeiten besaß, von denen er selbst wahrscheinlich gar nichts ahnte. Sie lachte. »Du bist ein guter Beobachter, dir entgeht offenbar nichts. Dann wird dir ebenso wenig entgangen sein, dass ich anders aussehe als andere Leute.«

»Natürlich, du bist klein.«

»Richtig, ich bin ein Zwerg. Eine Zwergin, genau genommen.« Sie kicherte.

»Und? War das der Tanz der Zwerginnen, den du jeden Morgen absolvieren musst? Ist das ein besonderer Brauch bei euch kleinen Leuten?«

Wollte Luca sie verspotten? Das war eigentlich nicht seine Natur. Nein, aus seinen Augen sprach reine Neugierde. Sie lachte erneut. »Das könnte man meinen, ja.« Lina ergriff die Zügel fester, das Lachen versickerte. »Mein Körper ist klein und fügt sich anders zusammen, als bei euch Großen.«

»Verstehe«, meinte Luca.

Nein, Lina glaubte nicht, dass er verstand.

»Du tanzt, damit alles seine Ordnung hat. Alles in deinem Körper, meine ich.«

Da war etwas dran. Lina nickte.

»Es sind viele verschiedene Bewegungen, aber am Ende ist alles ein Kreis, ein Bogenschlag, das Ende mündet im Anfang.«

»Ausgezeichnet beobachtet. Diese Bewegungen halten meinen Körper geschmeidig.«

»Oh, hast du denn Schmerzen?«

Lina sah Mitleid in Lucas Augen. Und plötzlich wusste sie, was ihr an dem Jungen von Anfang an gefallen hatte, ja, was sie so für ihn eingenommen hatte, und was ihr – und so etwas war ihr im ganzen Leben noch nie widerfahren – diesen Auftrag an manchen Tagen geradezu verleidet hatte: Er hatte sie behandelt wie seinesgleichen.

Und jetzt dieser Blick. Wie eine Schwertschneide rammte sich die Enttäuschung in ihre Eingeweide. »Nein«, sagte sie und hämmerte ihre Fersen dem Pferd in die Seiten, so dass es ein paar Sprünge vorausmachte.

Nun würde sie ihren Auftrag leichteren Herzens ausführen.

Bis auf das Nötigste hatten sie nicht mehr miteinander gesprochen. Die Stimmung zwischen ihnen war merklich abgekühlt. Luca begriff augenscheinlich nicht, womit er Lina verärgert hatte. Ab und an warf er ihr einen Blick zu, öffnete den Mund, wie um etwas zu sagen, schwieg aber dann doch. Lina entging nicht, dass etwas anderes ihn mehr bedrückte als die Missstimmung zwischen ihnen. Denn je näher sie seinem Heimatort kamen, desto langsamer ritt Luca, desto öfter beschloss er eine Rast.

Sie befanden sich auf einer Anhöhe, unten, an einer befestigten Straße, die sich durch das Tal zog, lag ein Gasthof. In der Ferne stiegen Rauchsäulen auf.

Luca war abgesessen, hielt das Pferd am Zügel und starrte nun schon eine geraume Weile dort hinunter. Seine Eltern betrieben einen Gasthof, hatte er ihr unterwegs erzählt, so war es keine Magie zu schließen, dass es der dort unten sein musste. Freude, seine Familie wiederzusehen, empfand Luca jedenfalls nicht. Warum zögerte er? Luca hatte erwähnt, dass seinem Vater etwas zugestoßen war, er nahm sogar an, dass er tot sei. Aus den spärlichen Berichten über seine Familie hatte Lina geschlossen, dass er sehr an seinem Vater gehangen hatte und er jetzt zurückkehrte, um seiner Mutter beizustehen. Also war sie es, die seinen Schritt hemmte. »Willst du nicht hinuntergehen?«, fragte sie und legte in ihre Stimme ein Angebot zur Versöhnung.

»Doch, sicher«, antwortete Luca abwesend, seine Unterlippe schob sich zwischen seine Zähne, wie immer, wenn ihn etwas beschäftigte oder verunsicherte. Heftiger als sonst traktierte er sie jetzt. Luca stieg wieder auf das Pferd, machte jedoch keine Anstalten, weiterzureiten.

Lina verschränkte die Arme vor der Brust. »Und? Sollen wir Wurzeln schlagen? Was ist jetzt? Tatenlos herumzustehen und die Landschaft zu begaffen, liegt mir nicht. Wenn du hierbleiben willst, reite ich eben allein weiter, ich muss schließlich noch nach Wernigerode.«

Luca zuckte zusammen. »Natürlich.« Seine Stimme klang

entschlossen, doch er regte sich noch immer nicht. Plötzlich wandte er sich zu ihr um. »Willst du nicht mitkommen? Meine Mutter … äh … Gäste sind bei uns immer willkommen.«

»Natürlich«, erwiderte Lina, »denn wenn ich nicht irre, ist das dort unten ein Gasthaus.«

Luca versuchte ein Lächeln, das ihm eher zur Grimasse geriet. »Du hast recht, aber ich meine es ernst. Der Weg nach Wernigerode ist weit, heute wirst du die Stadt nicht mehr erreichen. Du könntest bei meinen Eltern, äh, du könntest hier übernachten und morgen früh weiterreiten.«

Oh, er suchte Linas Unterstützung, damit er seiner Mutter nicht allein gegenübertreten musste. Madonna! Sie erwog seinen Vorschlag. Doch nein, für ihre Zwecke wäre es besser, er träfe erst einmal allein mit seiner Mutter zusammen. Als unsichtbare Beobachterin würde sie mehr erfahren. »Danke für das Angebot. Aber wenn ich mich beeile, könnte ich es schaffen, es bleibt ja noch eine Weile hell.« Sie zwinkerte in die Sonne, die noch hoch am Himmel stand.

»Schade.«

Lucas Hand streichelte abwesend das Katzentier, das sofort seinen Kopf weiter aus der Tasche streckte, das Kinn auf den Rand legte und die Augen schloss. Ein tiefes Gurren dröhnte zu ihr herüber, wie das einer ekstatischen Taube. Die Luft schien förmlich zu vibrieren, als habe der Teufel einen Gong geschlagen. Schauerlich.

»Vielleicht, ich meine, wenn du deine Gefährten nicht antriffst oder du Zeit erübrigen kannst, vielleicht magst du mich ja besuchen. Wie gesagt, du wärst sehr willkommen …«

Ein guter Vorschlag, doch Lina schwieg, sollte Luca ruhig glauben, es wäre ihr unbequem.

»Oder reist ihr gleich weiter?«

»Hm, ich glaube nicht. Also gut, meinetwegen, wenn dir so daran gelegen ist.« Lina nickte langsam. »Dann werde ich es einrichten. In ein paar Tagen komme ich wieder her. Ich bin sehr neugierig darauf, deine Mutter kennenzulernen.«

Lucas Hand erstarrte in der Bewegung, der Kater öffnete empört seine Augen und reckte den Hals. »Dann sei Gott mit dir auf deinen Wegen! Bis bald!«

»Bis bald!« Lina trieb das Pferd an und ritt bergab.

Der Pfad mündete ein Stück hinter dem Gasthof auf die Straße, so dass sie von dort nicht gesehen wurde. Unten angelangt, sah sie zurück, ließ ihren Blick über den Hang schweifen und tatsächlich starrte Luca noch immer reglos auf den Gasthof hinunter. Auch gut, so würde sie in aller Ruhe ein geeignetes Versteck finden können.

Kurze Zeit später, Lina hatte das Pferd auf einer Lichtung angebunden, wo es genug Gras zu fressen fand, stand sie hinter der Herberge und lugte durch ein Fenster in die Küche. Eine ältere Frau stocherte im Feuer herum, verschwand in einen angrenzenden Raum und kehrte mit einem Korb zurück. Sie setzte sich an den Tisch und schnippelte an irgendetwas herum. Die Frau wirkte zu alt, um Lucas Mutter zu sein. Vielleicht eine Magd ... Eine andere Frau kam herein, ein schmales, bleiches Gesicht, dunkle, etwas schräg stehende Augen, hohe Wangenknochen und so volle Haare, dass die Haube sie nicht zu fassen vermochte und dicke Locken hervorschauten. Sie waren dunkelbraun mit einem roten Schimmer, bemerkte Lina, eine Farbe, die sie mochte. Eine schöne Frau, ein wenig fahrig wirkte sie, müde, niedergeschlagen. Lina verfolgte jede Bewegung, kam so nah an das Fenster wie möglich. Ihre dunklen, traurigen Augen schienen schon allen Kummer der Welt mit angesehen zu haben. Natürlich litt sie wegen ihres verschwundenen Mannes, es war nicht einfach, ein großes Haus wie dieses allein zu bewirtschaften. Viele Gäste schien es allerdings nicht zu beherbergen. Lina hatte nur zwei Pferde und eine Kutsche draußen gesehen.

Was hatte die Alte gerade gesagt? Lina brachte ihr Ohr näher und versuchte, die Küche so gut es ging aus den Augenwinkeln im Blick zu behalten.

»Was ist nun, kommt er? Wussten die Kaufleute drinnen Neues zu berichten? Hatten sie eine Nachricht dabei?«

Die jüngere Frau, Lucas Mutter Anna sicherlich, schüttelte den Kopf.

»Lukas muss doch auf deinen Brief geantwortet haben?« Die Alte sah die jüngere Frau misstrauisch an. »Oder hast du ihm etwa nicht geschrieben?« Ihre Stimme war lauter geworden, Lina konnte sie mühelos verstehen.

»Doch! Natürlich habe ich ihm geschrieben, ich habe es dir doch gesagt. Schon vor Monaten. Ein Kaufmann hat den Brief mitgenommen, er versprach, ihn weiterzugeben. Das weißt du genau.«

Die Alte brummte etwas, das Lina nicht verstehen konnte.

»Berta, Lukas wird nicht kommen.« Die Junge zeigte bei ihren Worten nicht die zu erwartende Enttäuschung, tatsächlich wirkte sie eher erleichtert. Plötzlich wandte sie sich um, kehrte der Alten den Rücken zu, hob die Arme, eine Geste der hilflosen Resignation, die Lina ihr nicht abnahm.

Berta schnaubte. »Es wäre ihm wahrhaftig auch nicht zu verdenken.« Die Alte richtete sich auf, eine Braue emporgezogen, die Lippen zusammengepresst. Sehr energisch für eine Magd. Die beiden mussten sich schon lange, sehr lange kennen und ähnliche Dispute schon oft geführt haben. Beim Allmächtigen, wenn die beiden wüssten, dass der Erwartete keine fünfhundert Schritte von ihnen entfernt stand und sich nicht herwagte … Lina lächelte. Aber die Bemerkung der Alten hallte in ihrem Kopf nach. Es wäre ihm nicht zu verdenken … Nun, dann hatte Luca also einen guten Grund für sein Zögern.

Lucas Mutter drehte sich langsam zu der Magd um, schlang die Arme um den Körper, als müsse sie ihren Leib vor Schlägen schützen. »Ja, ich weiß, ich bin schuld, dass er nicht kommt, ich bin schuld!«

Ihre Stimme war leise, kaum zu verstehen. Heilige Madonna, was lag da nur so im Argen? Beide, Mutter und Sohn, schienen aneinander und untereinander zu leiden.

»Quäle dich nicht so«, fuhr die Magd dazwischen, trat auf Anna zu, breitete die Arme aus und zog sie an sich. Ob dieser

Geste ging eine Wandlung in Anna vor. Ihr Gesicht wurde weich, ihre Augen hellten sich auf. Sie lächelte warm. Ja, die beiden waren sich innig zugetan, zweifellos.

»Ach, Berta.«

»Anna, du hast getan, was du konntest. Wer aus dieser Gegend hatte schon die Möglichkeit, sein Glück in Venedig zu finden? Du hast die Gelegenheit, die sich bot, genutzt, dem Jungen zum Wohle.«

Anna löste sich aus Bertas Umarmung, streichelte ihr aber sanft die Wange und lächelte traurig. »Ich habe ihn in die Welt geschickt, aber du hast ihn geliebt wie einen Sohn.«

Die Alte nickte. »Du liebst ihn auch, das weiß ich. Lukas ist ein guter Junge und er wird kommen. – Wenn du geschrieben hast.«

»Ja, das habe ich.« Die Stimme von Lucas Mutter wurde leiser.

»Dann kommt er gewiss.«

Wo der gute Junge nur blieb? Er würde doch nicht bis Einbruch der Dunkelheit auf dem Hügel stehen. Madonna! Am liebsten würde Lina ihre Deckung aufgeben, hineingehen und den beiden sagen: Herr im Himmel, dort oben ist er, geht hin, zerrt ihn runter. Doch da flog die Tür auf und Luca stand auf der Schwelle.

Seine Mutter sah ihn an wie einen Geist. Die Magd hingegen hatte sich schnell gefasst, stürzte auf Luca zu und drückte ihn an ihre üppige Brust. »Lukas!«, rief sie. Dann hielt sie ihn auf Armeslänge von sich. »Mein Junge, gut siehst du aus! Groß bist du geworden, stattlich. Sieh, Anna, ein Bart wächst ihm schon, dem Milchgesicht! Mein lieber Herr Jesus!« Berta strahlte das Glück aus jeder Falte ihres Gesichts, während sie Luca die Wangen tätschelte. Der stand still und sah nur seine Mutter an.

Lina beobachtete, wie Anna sich in einen Eisklotz verwandelte.

Langsam ging Luca auf seine Mutter zu und Lina schien es, als würde sie zurückweichen, nicht tatsächlich, aber die Kälte, die von ihr ausging, jagte selbst Lina eine Gänsehaut über den Rücken. O je, der arme Junge, jetzt verstand sie sein Verhalten.

Schwerfällig löste sich Anna aus ihrer Erstarrung und ging auf ihren Sohn zu, sie bewegte sich so mühevoll, als müsse sie sich einen Weg durch meterhohe Schneewehen bahnen. »Lukas, mein Sohn. Du bist wirklich gekommen.«

Lukas nickte stumm, stand wie auf dem Sprung, bereit, sich seiner Mutter in die Arme zu werfen oder zu flüchten.

Anna wandte sich ab. »Setz dich, du bist bestimmt hungrig nach der langen Reise. Berta wird dir das Zimmer richten. Hätten wir nur gewusst, dass du kommst, wir hätten …«

»Danke, aber ich bin nicht hungrig.« Lucas Stimme klang heiser, er räusperte sich, die Unterlippe verschwand zwischen den Zähnen. Er räusperte sich erneut. »Wo ist Federico? Ist er hier?«

»Nein, er ist unterwegs.« Anna stocherte im Feuer herum. Funken flogen auf.

Die beiden hatten sich zehn Jahre nicht gesehen und jetzt? Keine Frage, wie es Luca ergangen war, nach seinem Wohl und Wehe in Venedig … Heilige Madonna, Jesus Christus und alle Heiligen, hier täte die Hilfe all dieser Wundertätigen Not.

Luca nickte gedankenverloren. »Gibt es Neuigkeiten von Vater?«

Anna schüttelte den Kopf.

»Nein, nichts«, sagte Berta und strich Luca eine Haarsträhne aus der Stirn, wozu die kleine Alte sich recken musste. »Nun setz dich doch, Junge.« Sie ließ sich auf der Bank nieder und zog ihn neben sich.

»Du schriebst nur, dass Vater verschwunden ist …« Er sprach gegen den Rücken seiner Mutter, die sich am Feuer zu schaffen machte. »Was ist denn eigentlich passiert?«

Endlich drehte sich Anna um. »Ach, Lukas, ich weiß es doch nicht.«

Berta mischte sich ein und berichtete. Viel war es tatsächlich nicht, was die beiden wussten. Federico suchte Lucas Vater Paul. Seltsam eigentlich, dass er sich mit solch einer marginalen Sache befasste, er hatte Wichtigeres zu tun. Zweifellos lag dieser Paul irgendwo tot herum, Witterung und wilden Tieren preisgegeben, und selbst wenn Federico ihn fand, wären seine Überreste vermutlich kaum mehr als menschliches Wesen zu erkennen, geschweige denn als ein Mann namens Paul. Allerdings schien etwas in Annas Gesicht auf, wenn der Name Federico fiel … Ah, hatte sie nicht läuten hören, Federico wollte aus dem Dienst ausscheiden? Konnte es sein, dass ihm das Verschwinden von Annas Ehemann sehr zupasskam? Hatte Federico Manzoni gar selbst nachgeholfen …?

Huch, was war das? An ihrer Wade strich der rote Kater vorbei, kehrte um, ein kurzer Stups mit der Nase gegen ihr Knie, und er verschwand mit aufgerichtetem Schwanz um die Hausecke. Lina atmete auf.

Inzwischen hatte Anna sich ihrem Sohn gegenüber niedergelassen. Ach, sieh an, jetzt griff sie nach seiner Hand.

»Ich bin froh, dass du da bist. Gerade noch hatten wir über dich gesprochen.« Anna wechselte einen Blick mit Berta, ein Lächeln erschien auf ihrem Gesicht und Lina ahnte, was für eine Schönheit sie noch immer wäre, drückte nicht eine furchtbare Last auf ihr Gemüt. Ganz sicher handelte es sich nicht allein um das Verschwinden ihres Gatten.

Das Lächeln auf Annas Lippen verkrampfte sich, als sie sich wieder an Luca wandte. »Wie gut du aussiehst! Ein richtiger Mann bist du geworden.«

»Nun, zehn Jahre sind eine lange Zeit.« Luca räusperte sich lautstark.

Anna nickte, senkte den Blick.

Luca zog seine Hand zurück, ließ sie aber einen Fingerbreit von der seiner Mutter entfernt auf dem Tisch liegen. Die wirkte erleichtert, als sie ihre Hände vor der Brust verschränken konnte.

Luca bemerkte es ebenfalls, das sah Lina ihm an.

Er fragte: »Und von Federico hast du in der Zwischenzeit nichts gehört?«

»Alles, was wir haben, sind Gerüchte über einen Fremden, der durch die Wälder zieht. Genaueres berichtete eine Kiepenfrau. Sie hörte von einem Köhler etwas über Federico, der will nämlich mit ihm gesprochen haben. Die Frau kenne ich gut, sie kehrt regelmäßig bei mir ein, weil ich ihr für ihre Nachrichten immer einen Becher Bier spendiere. Sie ist vertrauenswürdig. Wenn es wirklich Federico ist, den man gesehen haben will, so ist er am Fuße des Brockens unterwegs, es scheint, als wäre er auf dem Rückweg. Aber ob er Paul gefunden hat …« Anna zuckte die Schultern und rieb sich dann mit beiden Händen über die Augen.

Ihre Brust hob und senkte sich. »Außerdem geht die Kunde, dass neuerdings eine Räuberbande die Gegend unsicher macht … Dem Himmel sei Dank, dass dir nichts zugestoßen ist. Ich hoffe, Federico …« Ihre Stimme verhallte.

»Und wie geht es dir?«, fragte Luca endlich.

Anna schwieg lange, schüttelte langsam den Kopf. »Es wird immer schwieriger. Gott sei Dank, dass du hier bist, das allein ist schon Hilfe genug.« Sie konnte dem Blick ihres Sohnes nicht lange standhalten, musterte die Tischplatte, als seien alle Probleme darauf aufgehäuft.

Berta neigte sich Luca zu. »Du musst zum Hauptmann von Arnswald oder zum Marschall Knauth selbst und erklären, dass du dich um den Gasthof kümmern wirst.« Dann stand sie auf und rührte in einem Topf auf dem Feuer.

Luca nickte. »War denn schon jemand hier?«

Anna nickte. »Der Marschall Heinrich Knauth persönlich. Er meinte, der Graf wird uns den Gasthof wegnehmen, wenn er fürchten muss, wir könnten den Zehnt nicht zahlen.«

»Aber Federico berichtete immer, der Gasthof liefe gut, ihr hättet keine Not.«

»So war es ja auch. Aber jetzt, da Paul seit über einem halben Jahr verschwunden ist, fangen die Leute an, sich das Maul zu zerreißen.«

»Das heißt, die Gäste bleiben aus.«

»Und das Geld wird immer knapper.«

Luca hob die Hand, die die ganze Zeit auf dem Tisch gelegen

hatte wie ein vergessener Gegenstand. »Was reden sie denn, die Leute?«

Anna senkte den Kopf. »Es geht das Gerücht ...«

Berta stellte sich hinter Luca und legte ihre Hände auf seine Schultern. »Sie denken, deine Mutter hätte etwas mit Pauls Verschwinden zu tun.«

»Und, hast du das?«, fragte Luca.

Anna sah langsam auf, wich aber dem Blick ihres Sohnes aus.

»Lukas!« Berta hatte die Stimme erhoben. »Bei der Barmherzigkeit des Herrn, wie kannst du so etwas fragen? Selbstverständlich hat sie das nicht!«

Luca nagte an seiner Unterlippe, schließlich legte er seine Hände auf Bertas, die noch immer auf seinen Schultern ruhten. »Nein, natürlich nicht.« Er schwieg mehrere Augenblicke lang. »Hat Federico ... etwas damit zu tun?«, fragte er endlich.

Anna schüttelte stumm den Kopf.

»Aber du hast es gedacht.«

Anna hob die Hände, ließ sie wieder sinken. »Nein, ja, vielleicht. Schließlich war er der Letzte, der mit ihm zusammen war. Ich fragte mich, ob er ... Ob er etwas weiß, ob Paul ihm etwas gesagt hat. Doch das hat er nicht. Federico wusste nur von einer Begegnung mit einem Mann, den er aufsuchte. In dessen Dorf wollte Federico seine Suche beginnen, sagte er.«

»Sagte er ...« Das jedenfalls glaubte Lina zu verstehen, so leise sprach Luca.

Aus Lucas Gesicht war die Farbe gewichen, die die Sonne der langen Reise hinterlassen hatte. Im diffusen Licht der Küche wirkte es fahl. Kein Wunder, wenn Federico wirklich das große Vorbild war, wie Lina aus seinen Erzählungen geschlossen hatte, musste sich ein solcher Verdacht wie ein Dolchstoß anfühlen. Doch nach allem, was Lina über Federico wusste, konnte sie das nicht glauben. Die einhellige Meinung über ihn lautete, dass Federico zu den Besten gehörte, dass seine Informationen stets sehr nützlich waren, die Erze, die er brachte, von ausgezeichneter Qualität. Aber das Wesentliche war, dass Federico wohl niemanden ohne Skrupel töten würde, schon gar nicht aus persönlichem Grund. Ja, soweit sie wusste, hatte Federico im Dienste oder Auftrag des Rates der Zehn bislang noch nie jemanden beseitigen müssen, bei seiner Tätigkeit bemerkenswert genug, und darum hatte sie überhaupt nur davon gehört. Es gab nicht viele von seiner Art, Lina hätte ihn gern kennengelernt.

»Hättest du ihn gesehen, als ich mit ihm sprach, hättest du ihm geglaubt«, entgegnete Anna heftig.

»Du hast ihm geglaubt.«

Luca sah seine Mutter mit schmalen Augen an. Auch er konnte die Zeichen lesen und sie deuten. Und offensichtlich kam er zu dem gleichen Schluss wie Lina vorhin.

»Nun gut. Ich soll also zum Hauptmann nach Wernigerode oder am besten nach Stolberg zum Marschall Knauth gehen und erklären, dass ich bereit bin, die Nachfolge meines Vaters anzutreten, erwartet ihr das von mir?«

Jetzt, wie er dort so bleich in der Küche saß, wirkte Luca plötzlich um Jahre gealtert, wie ein erwachsener Mann, der bereit war, eine Bürde zu tragen, die nicht die seine war.

Lucas Mutter rang die Hände, doch Berta nickte freudig.

»Ich soll also hierbleiben.« Er zögerte, sammelte sich. »Für immer hierbleiben, meine ich.«

Anna seufzte, Berta strahlte ihn an.

»Ja, und ich wäre sehr glücklich, mein Junge«, sagte die Magd.

Du vielleicht, dachte Lina und beobachtete Anna. Eine sonderbare Mutter gab sie ab. Als sie noch geglaubt hatte, Luca würde nicht kommen, hatte sie trotz aller Niedergeschlagenheit so warmherzig gewirkt, jetzt, da der Sohn da war, von dem immerhin ihre Existenz abzuhängen schien, war sie förmlich erstarrt. Und über Luca hatte sich eine dunkle Wolke gesenkt, in der der vormals so fröhliche Junge gänzlich verschwunden war.

Luca erhob sich, nahm sein Gepäck auf. »Gut, gleich morgen werde ich beim Hauptmann in Wernigerode vorsprechen. Dann werden wir sehen. Jetzt möchte ich mich hinlegen, die Reise war anstrengend.«

»Willst du nicht erst noch ein wenig essen, wir haben ...«

»Nein, später vielleicht. Ach ja, in ein paar Tagen, übermorgen wahrscheinlich, erwarte ich einen Gast, eine Reisegefährtin. Lina ist – ungewöhnlich. Seid bitte freundlich zu ihr.«

»Eine Reisegefährtin? Lukas, sag bloß ...« Bertas Augen funkelten.

Luca zeigte die Andeutung eines Lächelns. »Nein, wie ich sagte, sie ist eine Reisegefährtin ...« Er zögerte. »Lina ist mir während der Reise eine gute Freundin geworden.«

Über Linas Rücken flog eine Gänsehaut. Oh, solche Gefühle waren nicht gut, gar nicht gut. Sie konzentrierte sich auf die Befriedigung, den ersten Teil ihrer Aufgabe, Lucas Vertrauen zu gewinnen, somit nachweislich erledigt zu haben.

Als Luca den Raum verlassen hatte, straffte Anna die Schultern. Sie schien förmlich aufzuatmen.

»Warum bist du so abweisend? Du bist seine Mutter!«, fuhr Berta sie an, so dass Anna zusammenzuckte. »Nach all den Jahren seht ihr euch zum ersten Mal wieder und statt ihn in deine Arme zu schließen, stehst du da wie Lots Frau nach dem Untergang von Sodom. Das hat der Junge nicht verdient, Anna, das hat er nicht verdient!«

»Nein, du hast recht, das hat er nicht. Ich weiß es und doch kann ich es nicht ändern.« Anna verschränkte die Arme vor der Brust, das Kinn gereckt, bot sie der Magd die Stirn. Dennoch sah man ihr an, wie unglücklich sie selbst darüber war.

»Du hast alles für ihn getan, was eine Mutter für ihr Kind tun kann, nur ...« Berta schüttelte den Kopf und begann, in dem Topf zu rühren. Kurz darauf hielt sie inne und drehte sich, den tropfenden Löffel in der Hand, zu ihr um. »Anna, manchmal kenne ich dich nicht. Seit Paul fort ist, wirst du immer seltsamer, kein Wunder, dass die Leute reden. Wenigstens hört jetzt, wo der Junge hier ist, endlich das Geschwätz auf, Federico habe deinen Sohn verschleppt.« Sie grunzte empört.

»Ich gehe zu ihm.« Anna erhob sich wie eine alte Frau.

»Gut. Du bist seine Mutter, zeig es ihm auch«, raunzte Berta ihr hinterher. Kopfschüttelnd schmiss sie den Rührlöffel in eine Schüssel, dass es spritzte.

Lina zog sich zurück. Das war ein sehr aufschlussreiches Gespräch gewesen. Anna litt unter ihrem Sohn, ihr Sohn litt unter seiner Mutter. Federico sollte Luca verschleppt haben ... nun, für die Leute hier war der Gedanke wahrscheinlich naheliegend. Lina wusste auch um die Geschichten, die über die Venediger in Umlauf waren, es wurde nicht nur hier im Harz erzählt, dass sie Gold suchten und Leute entführten. Venezianer waren schließlich überall in Deutschland unterwegs. Schwerwiegender war, dass man Lucas Mutter offenbar verdächtigte, eine Gattenmörderin zu sein. Daraus konnten sich Probleme ergeben, die Linas Aufgabe erschwerten. Es sei denn ... natürlich! Und dieser Eiskeller, in den der Gasthof sich seit Lucas Rückkehr verwandelt hatte, war ihrem Plan sogar förderlich.

Aber jetzt hieß es erst einmal zu warten. Vor morgen Abend, nein, besser übermorgen Abend konnte sie sich hier nicht zeigen, so lange würde sie jedoch die Ohren offen halten und versuchen, so viel wie möglich aufzuschnappen.

Hoppla, wer war das? Ein Mann kam um die Ecke und Lina versank tiefer in dem Strauch, dessen Zweige das Fenster halb überwucherten. Der Mann trug einen Eimer in jeder Hand, etwas schwappte auf den Boden. Die Gefäße mussten voll sein, doch der Mann trug sie, als wären es Flohbeutel.

Er verschwand in einem Seitengebäude, dem Stall vermutlich. Der Mann war jung, ein Verwandter von Anna oder Paul vielleicht.

Berta trat auf die Schwelle. »Matthias!«

Daraufhin schaute der Mann aus der Stalltür. »Was gibt es?«

Seine Stimme schallte über den Hof, tief wie der Gong der chinesischen Mönche, der sie zur Meditation rief, der Klang weckte angenehme Erinnerungen in Lina.

Einen Tag später glaubte Lina, fürs Erste genug erfahren zu haben. Es gab noch mehr zu erledigen. So kletterte sie auf ihr Pferd und galoppierte nach Wernigerode, man konnte nicht wissen ... Die Strapazen des Rittes erwiesen sich als äußerst gewinnbringend, denn kaum hatte Lina die Stadt erreicht und sich ein wenig in den Gassen und auf den Plätzen umgeschaut, erfuhr sie schon, dass die Söhne des Grafen, Heinrich und Botho, demnächst erwartet würden und Sohn Heinrich sich derzeit auf einer Pilgerreise im Heiligen Land befände. Wo Botho derweil war, konnte sie nicht abschließend klären, bei seinem Onkel in Württemberg oder bei dem Herzog in Friesland ... Im Spätsommer jedenfalls erwartete man beide zurück und die Leute schwärmten schon jetzt von dem Spektakel, das der Graf anlässlich Heinrichs gesegneter Rückkehr veranstalten würde. Wernigerode würde sich im Glanz der gräflichen Feierlichkeiten sonnen können, aber natürlich wäre der Stammsitz in Stolberg der Hauptschauplatz der Festlichkeiten. In der ganzen Grafschaft herrschte schon jetzt freudige Erwartung, auf die Darbietungen der Gaukler und Schausteller und ein reichhaltiges Angebot der Händler und Gastwirte. Viele würden sich nach Stolberg aufmachen, um den jungen Herren persönlich zuzujubeln, in der Hoffnung, dass etwas von dem göttlichen Odem des Heiligen Landes auch auf sie abstrahlen würde.

Feierlichkeiten, herrlich! All die erwarteten Gaukler und Schausteller, in Wernigerode oder Stolberg ... Daraus ließe sich doch, ganz nach Gusto, eine glaubhafte Geschichte spinnen.

Als Lina nach Elbingerode zurückkehrte und ihre Beobachtung am Gasthaus *Zum Bären* wieder aufnahm, schien sie nichts versäumt zu haben. Immerhin, Mutter und Sohn mussten miteinander gesprochen haben, die Kälte war nicht mehr ganz so spürbar wie zu Anfang, doch lag nach wie vor eine tiefe Kluft zwischen ihnen.

Luca wirkte noch immer niedergeschlagen, obwohl sein Besuch beim Hauptmann glücklich verlaufen war, wie Lina gehört hatte. Ein paar Gäste waren gekommen und gegangen, sonst blieb es ruhig. Zu ruhig für einen Gasthof dieser Größe und Lage.

Der Abend nahte, in einem Baum jubilierte eine Nachtigall, ein Käuzchen rief schrill dazwischen. Im Geäst einer Buche flatterten Tauben auf der Suche nach einem Schlafplatz. Die rechte Zeit, in Erscheinung zu treten.

Lina setzte ihre beste Mütze auf, das dunkelrote Samtbarett, klopfte ihren Mantel ab, der während der letzten beiden Nächte mehr gelitten hatte als auf der ganzen Reise zuvor, schulterte ihren Mantelsack und betrat das Gasthaus.

Berta war allein im Raum und sah sie überrascht an.

»Gott zum Gruße, werte Frau«, sagte Lina mit einer leichten Neigung des Kopfes.

»Ui!«

Lina lächelte freundlich, sie nahm der Alten die Reaktion nicht übel, sie war Schlimmeres gewohnt.

Die Alte kam ein paar Schritte näher, rieb sich die Hände an einem Tuch ab, dessen Zipfel an ihrem Gürtel befestigt war. »Wen haben wir denn da?«

Lina sah sich um, im Schein der Lampen wirkte der Gastraum sauber und behaglich. Auch das Tuch, mit dem Berta sich noch immer die Hände rieb, war leidlich sauber. Nirgendwo lag etwas herum, der Boden war gekehrt, alles machte einen ordentlichen Eindruck. Der einzige Mangel, der herrschte, war der an Gästen.

Berta musterte sie und lächelte dann zurück, ein wenig verhalten, nun es war ihr nicht zu verdenken.

»Beim Barte des Allmächtigen, Ihr seid aber … äh … Möchtet Ihr etwas essen, einen Platz für die Nacht?« Hoffnung klang in Bertas Stimme auf. Die Not war offenbar so groß, dass die Alte sich selbst durch die Bewirtung von einer wie Lina Linderung versprach.

»Möglicherweise …«, antwortete sie, stellte ihr Gepäck auf einer Bank ab und kletterte hoch, um sich zu setzen. »Ein Becher Bier wäre schön, herzlichen Dank. Sagt, ist Luca – Lukas meine ich –, ist er hier?«

Lina wusste, dass er irgendetwas im Stall reparierte. Und seine Mutter war beim Schmied.

»Ah!« Berta betrachtete sie aufmerksam, auch ein wenig erleichtert. »Ihr seid der angekündigte Gast, Lukas' Reisegefährtin! Wie ist noch gleich Euer Name? Ich habe ihn vergessen, verzeiht.«

»Ich heiße Lina. Ja, Luca und ich sind gemeinsam gereist und er hat mich gedrängt herzukommen, wenn ich in der Nähe wäre. Nun, jetzt war ich in der Nähe, die Nacht brach an und ich erinnerte mich an seine Worte.«

»Gut, gut.« Berta wandte sich zur Küchentür. »Ich hole Euch erst das Bier, wir haben es frisch gebraut, dann sage ich Lukas Bescheid.«

»Fein.« Lina lehnte sich zurück, den Kopf an das Holz der Wandtäfelung, schloss die Augen und lauschte. Doch nichts Besonderes war zu hören. Schnell kehrte Berta zurück und stellte einen überschäumenden Krug vor ihr ab. »Lasst es Euch schmecken!« Dann ging sie hinaus und Lina hörte sie schon im Hof nach Luca rufen.

Kurz darauf stürmte ihr Reisegefährte herein und hätte sie fast umarmt. Kurz vor ihr blieb er stehen und strahlte sie an, teils aus Freude, teils aus Erleichterung, da machte sich Lina nichts vor.

»Du bist tatsächlich gekommen!«

»Das sagte ich doch.«

»Schon, aber … ich dachte, du wärst froh, mich los zu sein.«

Lina nickte. »Zuletzt warst du wirklich eine ziemliche Last.«

»Möchtest du etwas essen? Ah, Bier hast du schon.«

Lukas deutete auf die Magd, die hinter ihm hereingekommen war. »Du hast Berta schon kennengelernt, sie ist unsere gute Seele, sie arbeitet schon immer hier.« Luca legte einen Arm um Bertas Schultern und erzählte dabei unentwegt, vom *Bären*, von Berta, von ihrem Neffen Matthias, dem Mann, den Lina schon gesehen hatte. Nur seine Mutter erwähnte er mit keinem Wort. Berta hingegen tupfte sich vor Rührung über Lucas Zuneigung unentwegt mit dem Tuch die Augen.

Berta bewirtete sie mit frisch gekochtem Eintopf und Fischpastete aus gesalzenem Hering. Berta war eine freundliche Frau, die nach der ersten Verblüffung Linas kleinen Wuchs nicht mehr erwähnenswert fand. Sie unterhielten sich, Zeit genug hatten sie ja, da kein weiterer Reisender die Gastfreundschaft dieses Hauses in Anspruch nahm. Die gesellige Stimmung, die sich schnell unter ihnen verbreitet hatte und in die auch Matthias schnell aufgenommen wurde, als er hereinkam, endete abrupt mit Annas Rückkehr.

»Was ist das?« Sie blieb auf der Schwelle stehen und beobachtete das fröhliche Treiben.

»Mutter, das ist Lina, mit der ich seit Italien gemeinsam gereist bin.«

»Dann sei willkommen in meinem Haus«, sagte Anna ein wenig steif, aber nicht so unfreundlich, wie Lina erwartet hatte. »Wie ich sehe, fehlt es euch an nichts, sehr gut.«

»Willst du dich nicht zu uns setzen?«, fragte Luca.

»Später, ich habe noch zu tun.«

Anna verschwand in der Küche und Lina sah ihr nachdenklich hinterher. »Ich freue mich, deine Mutter kennenzulernen. Sie scheint eine beschäftigte Frau zu sein. Nun, dieser Gasthof macht bestimmt viel Arbeit.« Lina trank einen Schluck. »Sicher ist sie bekümmert wegen des Verschwindens deines Vaters. Du hast ja bereits angedeutet, dass … Gibt es denn Neuigkeiten?«

Das meiste, das Luca nun erzählte, wusste Lina bereits. »Und jetzt ist dieser Federico auf der Suche nach dem Verbleib deines Vaters und du willst ihm helfen, ihn zu finden?«

Luca rollte seinen Becher zwischen den Händen. »Ich werde hier gebraucht.«

»Natürlich, du hast recht. Berta, das Bier ist ganz herrlich!« Lina nahm einen weiteren Zug, wischte sich mit dem Handrücken den Schaum vom Mund. »Ich fragte mich nur, ob es nicht besser aussähe, wenn der Sohn Nachrichten über den Verbleib des Vaters überbrächte? Ich meine, dieser Federico ist ein Fremder, ein Ausländer.«

Berta sah Lina nachdenklich an. »Das ist nicht von der Hand zu weisen.« An Luca gewandt, setzte sie hinzu: »Du weißt selbst, was über ihn geredet wird. Womöglich wird man ihm keinen Glauben schenken …«

Luca nickte.

»Wenn du willst, kann ich dich eine Weile begleiten«, meinte Lina beiläufig. »Meine Gefährten sind noch beschäftigt, ich habe eine Nachricht von ihnen in Wernigerode vorgefunden, dass sie frühestens in einer Woche dort eintreffen werden.«

»Das würdest du?«

Lina nickte leichthin. »Natürlich, ich habe im Augenblick nichts Besseres vor.«

Federico

Harz, Anfang Juli

Das unbeständige Regenwetter hatte endlich ein Ende gefunden. Plötzlich war es warm geworden, aber statt milder Frühlingssonne brütete sommerliche Hitze. Federico wischte sich den Schweiß von der Stirn und verlangsamte seinen Schritt. Es war nicht mehr weit bis zu seinem Mönchsstein, der die Richtung zu einer der ergiebigsten Gruben wies, die er je aufgetan hatte. Schon eine gute Weile wanderte Federico auf dem einsamen Pfad, der sich am Hang des Brockens entlangwand. Außer einer Kiepenfrau, mit der er gestern ein paar Worte gewechselt hatte, war ihm keine Menschenseele begegnet. Die Reisenden wählten die gut befahrbare Straße, die sich unterhalb des Höhenpfades durch das Tal zog. Federico war es recht, er bevorzugte diesen Pfad und wie er hörte, pflegte auch Bruder Johannes ihn stets zu gehen. Und falls der doch die Hauptstraße gewählt hatte, würde Federico ihn auf dieser Abkürzung überholen und dort, wo der Pfad auf die Straße traf, auf ihn warten.

Ein Geräusch riss Federico aus seinen Gedanken. Ein Stück voraus zweigte rechts ein Trampelpfad ab, verschwand zwischen den Bäumen. War es von dort gekommen? Federico ließ seinen Blick schweifen, registrierte jede Bewegung, lauschte auf jedes Geräusch. Blätter rauschten, Vögel zwitscherten, flatterten kreischend auf, als er näher kam. Leise plätscherte der Bach am Wegesrand.

Erneut ein Rascheln, lauter diesmal, beunruhigend. Federico suchte mit gezogenem Messer Deckung im Gebüsch neben dem Weg. Wölfe? Die wilden Tiere scheuten den Menschen meist. Die Räuberbande, der er neulich den Raubzug vergällt hatte? Oder stolperte nur der Mönch Johannes im Unterholz herum? So oder so, Vorsicht war angebracht, mit üblem Gelichter war überall zu rechnen. Federico schlich weiter, setzte lautlos einen Fuß vor den anderen, horchte. Madonna, undurchdringliches Brombeergebüsch vor ihm versperrte Sicht und Durchgang. Bevor er seine Deckung aufgab, blieb er stehen und spähte im Schutz des Blattwerks den Weg voraus. Wieder ein Knacken, ganz nah jetzt. Federico zog auch den Damaszenerdolch aus seinem Stiefel.

Eine Gestalt kämpfte sich laut keuchend durch das Unterholz. Federico verließ seine Deckung, hastete ein Stück weiter und suchte Schutz hinter den ausladenden Zweigen einer Fichte. Er drückte einen Ast herunter und konnte sehen, wie sich ein Mann in Mönchskutte durch das Gestrüpp an der Böschung zwängte, schließlich schwer atmend auf dem Weg stand, einen großen Beutel vor die Brust gedrückt. Die Schuhe strotzten vor Schlamm, die Kutte war an der Schulter zerrissen, der Saum feucht und verdreckt. Ein schwarzer Streifen Schmutz zog sich über des Mannes Wange. Kein Zweifel, das musste Bruder Johannes sein. Was mochte der Mönch dort im Unterholz gesucht haben? Weitere Reliquien vielleicht? Ein Vogelknöchelchen gäbe gut einen Finger der heiligen Barbara ab, ein Fuchsgebein ließ sich ebenfalls als Heilsbringer verkaufen, Splitter vom heiligen Kreuz, der heiligen Lanze, alles gab es im Wald im Überfluss.

Schon wieder hegte er lästerliche Gedanken, trugen die Worte des Ketzers schon Früchte? Wahrscheinlich hatte der Mönch nur sein Geschäft abseits des Weges verrichtet. Federico verließ seine Deckung, blieb jedoch auf Abstand, um ihm nicht zu bedrohlich zu erscheinen. »Gott schütze Euch, ehrwürdiger Bruder!«

Der Mönch fuhr herum, sein Beutel glitt ihm aus den Händen und fiel zu Boden. »Allmächtiger! Was? – Bei allen Heiligen, habt Ihr mich erschreckt!« Hastig hob der Mönch seinen Beutel wieder auf, warf einen besorgten Blick hinein und wich dann vor Federico zurück, sein Hab und Gut wie das Allerheiligste vor die Brust gepresst. Ah, die Reliquien, hoffentlich waren sie bei dem Sturz nicht zerbrochen.

Federico musterte den Mönch. Man sah ihm an, dass er viel bei Wind und Wetter unterwegs war. Er war hager, das Gesicht zerfurcht wie eine Walnuss, das Haar, trotz seines Alters noch schwarz und voll, glänzte wie das Gefieder eines Raben. Einzig die Lippen passten nicht zu dem Bild des asketischen Mönchs, rot und fleischig, ein wenig aufgeworfen, erinnerten sie an einen Karpfen.

»Wer seid Ihr? Was macht Ihr hier, in dieser gottverlassenen Gegend?« Der Mönch sprach undeutlich, ihm schienen etliche Zähne zu fehlen.

»Gleiches kann ich Euch fragen. Ein Mönch, allein unterwegs, fernab klösterlichen Schutzes, mitten im Wald? Nun, mein Name ist Friedrich. Und Ihr seid, nehme ich an, Bruder Johannes.«

Der Mönch zog die Brauen hoch und leckte sich über die Lippen. »Woher wisst Ihr meinen Namen?«

»Nun, Ihr seid ein bekannter Mann.«

Johannes legte den Kopf schräg. »Was wollt Ihr?«

»Ich suche Euch.«

»Mich?« Er schürzte die Lippen, seine Augen verengten sich, als er Federico ansah.

Federico beobachtete ihn. Wenn der Bruder damals ihn, Federico, im Streit mit Paul beobachtet hatte, würde er ihn nach der langen Zeit wiedererkennen? Doch nichts an der Miene des Mönchs deutete darauf hin.

»Ihr sucht mich doch nicht in den Tiefen des Harzer Waldes, um eine Reliquie von mir zu kaufen. Was also wollt Ihr, warum verfolgt Ihr mich? Reichtümer besitze ich nicht, falls Ihr daran denkt. Und meine Kutte«, er wies mit einer Hand an sich hinab, »ist auch nichts mehr wert, wie Ihr seht. Also?«

»Reliquien? Nein, danke. Auch bin ich kein Räuber, dessen seid versichert. Sophia, eine gemeinsame Bekannte, erzählte mir von Euch.«

»Sophia!« Die Miene des Mönchs entspannte sich. Ein Lächeln erschien auf seinen Lippen, das Federico nicht an dem besonderen Verhältnis zweifeln ließ, das zwischen den beiden bestand.

»Na dann. Wie kann ich Euch helfen?«

»Es ist eine längere Geschichte. Wenn Ihr Euch die Zeit nehmen wolltet, sie anzuhören, wäre ich sehr dankbar, es ist wichtig.«

»Eigentlich ...« Zögernd nickte der Mönch.

»Vielleicht suchen wir uns ein angenehmes Plätzchen für eine Rast, ich teile gern Brot und Speck mit Euch.«

»Speck? Also gut, warum nicht.« Johannes zeigte den Weg entlang. »Dort hinten weiß ich einen umgestürzten Baumstamm, darauf können wir uns setzen.«

»Gut.« Federico folgte dem Mönch, der vorausging. Jetzt fiel ihm auf, dass er hinkte. »Habt Ihr Schmerzen?«

»Schmerzen? Ihr scherzt. Das Reißen plagt mich, als zerrte der Leibhaftige an mir, um mich in die Hölle zu verschleppen.

Heilige Mutter Maria, das Wandern in den Wäldern setzt mir von Jahr zu Jahr mehr zu. Ich werde meinen Abt bitten, mich von dieser Aufgabe zu entbinden, sollen Jüngere den Heiden in den finsteren Tälern das Licht des Glaubens bringen.«

»Heiden?«

»Nun ja, natürlich sind alle aufrechte Christenmenschen, die meisten wenigstens. Aber in Gegenden, wo der Weg zur Kirche weit ist, gerät der rechte Glaube leicht ins Hintertreffen, nicht allein durch Trägheit, das will ich gern zugestehen. Doch machen wir uns nichts vor, der alte Glaube ist immer noch präsent, dagegen anzukämpfen, ist unerquickliches Bemühen.« Johannes rülpste verhalten, eine Weinfahne wehte Federico an.

Tatsächlich, in manchen einsamen Gegenden wurden seltsame Rituale abgehalten, deren Bedeutung Federico nicht kannte, oft schon hatte er Opfergaben an irgendwelche Waldwesen unter einem Baum gefunden, Eier, Brot, Käse, manchmal eine Schale Milch. Er hatte sich immer gefragt, was die Geistlichkeit zu diesem Treiben sagte. Er nickte Johannes aufmunternd zu. »Ach, wirklich?«

Johannes wandte die Augen gen Himmel, hob die Hände zur Klage. »Runen! Überall bringen sie Schutzrunen an und glauben, wir Männer der Kirche würden es nicht bemerken.«

»Runen? Davon weiß ich nichts.«

»Das ehrt Euch und zeigt, dass Ihr ein aufrechter Christenmensch seid. Ja, wahrhaftig, schaut Euch nur einmal die Balken ihrer Fachwerkhäuser an. Dachtet Ihr, die Anordnung der Balken folge der Notwendigkeit? Oder dem Zufall? Weit gefehlt! Heidentum ist das. Finsterer Aberglaube! Und spreche ich sie darauf an, leugnen sie es dreist. Lüge, Todsünde! Die Harzer werden dafür sehr, sehr lange im Fegefeuer büßen müssen, wenn sie nicht allesamt sogleich in die Hölle fahren und darin für ewig schmoren. Mit meinen Reliquien könnte ich ihnen die Zeit im Fegefeuer verkürzen und manchem vielleicht sogar die Hölle ersparen.« Johannes schloss verzweifelt die Augen. »Ein halsstarriges Volk!«

»Du bist nicht von hier?«

»Gott bewahre! Ich komme aus der Gegend von Mainz. Dort wohnen wahre Christenmenschen. Der Herr prüft mich, da er mich hierherschickte.«

»Und Sophia? Ist die auch halsstarrig?«

»Sophia? Nicht doch.« In Johannes Augen trat milder Glanz. »Sie ist eine gute Seele, wahrhaftig, das ist sie. Wenn sie nicht wäre ... Sophia gibt mir den Glauben an die Menschheit zurück. Diesem heidnischen Treiben ist sie abhold, der Jungfrau sei Dank.«

»Und sie ist eine gute Kundin?«

»Oh, auch das, auch das. Weil es ihr großen Kummer bereitet, nicht regelmäßig an den Gnaden der Kirche teilhaben zu können. Sie ist oft allein, der Weg ist weit, eine halbe Tagesreise zur Kirche, in der dunklen Jahreszeit hieße das, im Finstern zu wandern, da hat auch der Herrgott ein Einsehen. Solchen Menschen verhelfen wir zur Erleuchtung, indem wir sie aufsuchen, mit ihnen beten, ihnen Reliquien überlassen, so dass ein Abglanz der Heiligkeit auch ihren Geist erfüllt, ihnen einen Platz im Himmelreich zuteil wird.«

»Und Ablassbriefe?«

»Auch die, natürlich. Für jeden armen Sünder – und sind wir das nicht alle? – ist ein Ablassbrief die Versicherung auf das Himmelreich. Je mehr wir davon besitzen, desto kürzer ist die Zeit im Fegefeuer bemessen, desto eher kehren wir ein in das Paradies. Das sollte doch einem jeden ein Ansporn sein.« Johannes lächelte Federico aufmunternd an.

Vielleicht sollte er doch erwägen, dem Mönch eine Reliquie, wenigstens einen Ablass abzukaufen. »Ich verstehe. Ein wirklich segensreiches Werk, das Ihr vollbringt.«

»Ja, wahrhaftig, Friedrich, wahrhaftig, so ist es.« Johannes lächelte breiter, seine Lippen glänzten feucht von Speichel. »Ihr seid ebenfalls nicht von hier, wie ich an Eurem Zungenschlag höre«, fragte der Bruder nach einem Augenblick des Schweigens.

»Ich komme aus dem Süden, bin aber regelmäßig in dieser Gegend. Ich handele mit allerlei Waren.«

»Waren? Ich sehe nichts derlei …« Wieder erwachte das Misstrauen in des Bruders Augen, als er ihn prüfend musterte. Sein Lächeln verblasste.

»Nein, jetzt bin ich in einer anderen Angelegenheit unterwegs.«

»Sicher der, weswegen Ihr mich sprechen wollt, ich sehe schon. Guter Mann, Ihr macht mich neugierig. – Ah, dort ist der Baumstamm, lasset uns niedersetzen.«

Federico nahm neben dem Mönch Platz und streckte die Beine aus. Erst jetzt spürte er die Anstrengung des rastlosen Wanderns. Er holte Brot und Speck heraus, auch die Feldflasche, die er zwischen ihnen auf den Boden stellte. Er brach das Brot in zwei Hälften, eine reichte er Johannes. Von dem Speck schnitt er Streifen ab und bot sie ihm ebenfalls an. »Bedient Euch.«

»Gott segne Euch, guter Mann. Aber gebt mir doch Euer Messer, damit ich kleinere Stücke abschneiden kann, sonst kann ich ihn nicht kauen, die Zähne, Ihr versteht.«

Federico reichte ihm sein Messer und der Mönch schnitt dünne Streifen vom Fleisch, schob sich einen in den Mund und mümmelte auf ihm herum. »Aber nun haben wir lange genug geplaudert, um was geht es Euch?«

In das Schmatzen des Bruders hinein erzählte Federico ihm kurz von seiner Suche. »Und von Sophia weiß ich, dass Ihr Paul gesehen habt. Ich vermute als Letzter, denn seither ist er verschwunden.«

Johannes hielt mit Kauen inne. »Eine tragische Geschichte«, murmelte er mit vollem Mund.

Federico nickte, griff zu seiner Flasche, trank einen Schluck, bot sie anschließend Johannes an.

»Was ist darin?«

»Wasser.«

Johannes winkte ab. »Was habt Ihr, ein Fremder, denn mit Paul zu schaffen?«

»Ich kenne Paul schon seit zwanzig Jahren, so lange komme ich her und verkaufe im Harz meine Waren. Gewürze, Bänder, Borten …«

Johannes brach von dem Brot ein Stück ab und schob es in den Mund. Beim Sprechen stoben ihm Krümel von den Lippen. »Mit derlei Tand pflege ich mich nicht zu befassen. Nun gut, wenn Ihr den Mann so lange kennt … Hat seine Frau Euch geschickt?« Johannes blickte ihn streng an. »Ihr kennt sie wohl gut?«

Federico bemerkte den lauernden Unterton. Entsprechend beiläufig antwortete er: »Als langjähriger Freund war es für mich eine Ehrensache. Ich bin es Paul schuldig herauszufinden, welches Schicksal ihn ereilt hat.«

Johannes nickte langsam, seine Augen ruhten wieder wohlwollend auf Federico. »Das ist sehr löblich, Gottes Segen wird Euch für diese gute Tat gewiss sein. Also schön, was also wollt Ihr wissen?«

»Erzählt mir, wann und wo genau Ihr Paul gesehen habt.«

Der Bruder hob die Hand, um sich ein Stück Speck in den Mund zu stecken, da ließ er sie plötzlich sinken. »Hm. Jetzt wo Ihr mich so fragt, fällt mir ein, dass ich ihn gar zweimal gesehen habe.«

Federico hielt ebenfalls inne: Das war mal eine Neuigkeit.

»Herr im Himmel! Das erste Mal habe ich ganz vergessen! Nun ja, es war eine flüchtige Begegnung, ich treffe ja viele Menschen. Kennt Ihr die Siedlung bei der ehemaligen Eisenhütte, die man Brunenlohe nennt?«

Federico nickte. Es gab dort nur ein paar Häuser, Hütten eher.

»Ja, dort haust eine alte Witwe, bei der ich immer hereinschaue. Und zwischen Brunenlohe und der neuen Mühle im Elendstal sah ich Paul auf der Straße nach Osten gehen, Richtung Schierke, Wernigerode also. Er bemerkte mich nicht und ich vergaß es sofort wieder. Die Stelle ist ungefähr eine halbe Tageswanderung von der großen Wegkreuzung entfernt. Ihr wisst schon, da, wo die Straße, die von Goslar aus nach Nordhausen führt, und die, die von Wernigerode aus gen Westen führt, sich schneiden.«

»Und Ihr seid ganz sicher, dass es Paul war.«

»Aber ja, ganz sicher. Ich hatte ihn ja noch ein paar Tage zuvor in der Nähe seines Wirtshauses getroffen, da trug er haargenau denselben Mantel, sehr auffällig, ich glaube, seine Frau hat ihn gefertigt. Mit einem Kragen aus Eichhörnchenfell.«

Federico kannte den Mantel, Anna hatte ihm einen ähnlichen genäht, den er aber in Venedig ließ, er trug ihn nur selten, um ihn zu schonen.

»Und da war Paul allein?«

Der Bruder riss sich ein Stück Brot ab, steckte es in den Mund, nickte.

Federico atmete tief ein. Damit war so gut wie sicher, dass sich Paul auf dem Rückweg zu Anna befunden hatte. Warum nur war ihm sonst niemand begegnet? »Und das zweite Mal?«

»Oh, es wird eine gute Woche später gewesen sein, richtig, es war der erste November, Allerheiligen, der letzte schöne Tag des Jahres, daran erinnere ich mich noch gut. Danach setzten Kälte und Regen ein.« Johannes stopfte den Rest Speck in den Mund und zermalmte ihn nach Kräften zwischen den Kiefern, schluckte ihn endlich herunter. »Es wird irgendwo hier in der Nähe gewesen sein.« Er deutete vage den Berg hinauf. »Ich gehe diesen Weg, weil er zu einigen abgelegenen Dörfern führt, in denen ich ein gern gesehener Gast bin. Und weil damals noch so ein schöner warmer Tag war, wollte ich das gute Wetter ausnutzen und bin bis zum Gipfel hinaufgewandert. Nichts weitet Geist und Seele wie der Ausblick von dort oben, nirgends ist man dem Herrn so nah und kann seine Schöpfung gebührend verehren. – Aber sagt meinem Abt nichts davon, er hat dafür keinen Sinn und würde es nicht billigen.« Johannes spitzte die fleischigen Lippen, nickte trotzig. »Es war herrlich und ich werde hinaufsteigen, solange ich es noch kann.«

Federico nickte ungeduldig. »Wo genau habt Ihr Paul gesehen, erinnert Ihr Euch?«

»Nun, ja. Ein Stück weiter trefft Ihr auf einen Pfad«, Johannes deutete gen Osten. »Den kam ich vom Gipfel herab. Gerade rastete ich auf einer Höhe – ich raste stets dort, ein wunderbarer Platz mit schönem Ausblick. Dort steht ein mächtiger abgestorbener Baum, Gottes Mahnung an die eigene Vergänglichkeit …« Johannes seufzte, rülpste und ließ wieder seine Weinfahne wehen. »Ich rastete, blickte in das Tal zu meinen Füßen und dort sah ich Paul mit diesem anderen Mann streiten.«

Federicos Herz schlug schneller. So war Paul zuletzt gar nicht weit von zu Hause entfernt gewesen. Federico trank einen Schluck. Aber wer war der Unbekannte? »Habt Ihr auch etwas gehört?«

»Einzelne Rufe schallten zu mir herauf, verstehen konnte ich jedoch kein Wort.«

»War der Unbekannte allein, hatte er keine Helfer?«

Johannes wiegte den Kopf. »Ich habe sonst niemanden gesehen, nun, die Sonne stand ungünstig und die Bäume ringsum … natürlich hätten da auch weitere versteckt sein können.«

»Es war auch die Rede von einem Pferd.«

»Ja, ein schwarzes Ross, ganz stattlich, es stand etwas abseits.«

»Ihr saht nur ein einziges Pferd?«

Johannes nickte nachdenklich. »Natürlich eilte ich Paul zu Hilfe, aber als ich ankam, war niemand mehr da. Ich brauchte eine Weile, um eine günstige Stelle für den Abstieg zu finden, der Hang war sehr steil. Außerdem hatte ich mir noch einen Knüppel gesucht, angesichts der Brutalität dieses Unbekannten hielt ich das für angebracht. Jedenfalls fand ich nur eine Blutlache am Boden. Ein paar verschmierte Tropfen lockten mich auf einen Trampelpfad. Ich folgte der Fährte, gab dann aber auf, weil es zu dämmern begann. Und da keine Rufe und Schreie mehr zu hören waren, dachte ich in dem Moment, Paul hätte die Flucht ergriffen oder die beiden hätten sich versöhnt und wären friedlich auseinandergegangen.«

Federico nickte. »Habt Ihr das alles den Männern des Grafen erzählt?«

»Aber ja. Nachdem ich von Pauls Verschwinden wusste, teilte ich bei der ersten Gelegenheit einem seiner Leute meine Beobachtungen mit. Da ich ihnen nicht oft begegne, mag es aber ein paar Wochen später gewesen sein.«

Federico ahnte, warum niemand von dieser Begegnung erfahren hatte. »Nun gut«, sagte er schließlich. »Wisst Ihr noch den Namen desjenigen, dem Ihr Eure Beobachtung meldetet?«

Die Stirn in Falten schüttelte Johannes den Kopf. »Er war groß und blond, ein sehr ansehnlicher Ritter, das weiß ich noch.«

Federico nickte. »Und diesen Mann, mit dem Paul sich stritt, könnt Ihr ihn auch beschreiben?«

Johannes spitzte seine Fischlippen. »Tja, er war ziemlich weit entfernt.«

»Trug er vielleicht auffällige Kleidung, bewegte er sich auf besondere Art? Irgendetwas?«

»Enge Hosen, ja, er trug enge Hosen von dunkler Farbe, braun vielleicht oder dunkelblau. Etwas Gelbes war auch an ihm, glaube ich, am Hemd oder Mantel.«

»Sophia erwähnte eine Rüstung?«, half Federico der Erinnerung des Mönchs auf die Sprünge.

»Möglich, dass es eine Rüstung war, die in der Sonne funkelte, vielleicht nur eine Schnalle. Ich weiß es wirklich nicht.« Johannes hob die Hände. »Nein, hätte er eine Rüstung getragen, dann hätte er sich behäbiger bewegt. Wenn, dann Kettenhemd oder Harnisch. Ja, doch, ein Kettenhemd, das könnte sein. Und er war etwas größer als Paul, stattlicher. Aber flink, er wirkte auf mich wie ein erprobter Kämpfer. Mehr weiß ich wirklich nicht.«

»Ihr wart mir eine große Hilfe, guter Bruder.« Federico beschloss, ihm wenigstens eine Kleinigkeit abzukaufen, es konnte nicht schaden, auch für das eigene Seelenheil vorzusorgen. Vielleicht halfen die Ablassbriefe doch und womöglich genügte schon der Besitz einer Reliquie und der Glaube an deren Heiligkeit spielte gar keine Rolle. Nötig hätte er es allemal, allein wegen seiner unzüchtigen Gedanken, die schon von ihm Besitz ergriffen, sobald er nur an Anna dachte. Ganz zu schweigen von seiner sündhaften Tätigkeit. »Verkaufst du mir einen Ablassbrief? Ich hätte Vergebung meiner Sünden bitter nötig.«

Johannes sah ihn an, den Kopf geneigt. »Ist das Eure Art, mir zu danken? Das ist nicht nötig.«

»Doch, ich bestehe darauf. Einen Ablassbrief oder auch eine Reliquie, wenn Ihr überhaupt eine habt, die mein Vermögen nicht übersteigt …«

Johannes hob seinen Beutel vom Boden auf und kramte eine Weile darin herum, zog ein Teil heraus, besah es und legte es zurück. »Wo ist es denn, wo ist es denn … Ah, hier.«

Er reichte Federico einen Beutel aus verblichenem rotem Samt, der kaum seine Handfläche füllte und sich anfühlte, als enthielte er Sand.

»Erde von Golgatha, lieber Friedrich. Erde, die Jesu Blut gekostet hat, sie ist äußerst selten und wundertätig.«

»Sehr gut, ausgezeichnet. Wie viel schulde ich Euch dafür?«

Johannes wiegte den Kopf. »Hm, sagen wir, vier Gulden, weil Ihr ein guter, ein barmherziger Mensch seid.«

Vier Gulden, Donnerwetter, ein stolzer Preis! Johannes war ein gewiefter Geschäftsmann, er hatte es wirklich klug eingefädelt, vorzugeben, Federico bereits einen großzügigen Rabatt eingeräumt zu haben. Aber auch Federico hatte in all den Jahren das Feilschen gelernt. »Ich gebe Dir einen Gulden und ein Säckchen voll Salz.« Nur gut, dass er immer einen Vorrat des kostbaren Gutes dabei hatte, es hatte ihm schon so manche Tür geöffnet, Wege geebnet und wichtige Informationen verschafft.

»Gut«, meinte Johannes sofort. Federico hatte sich auf ein längeres Verhandeln eingestellt.

»Und wohin führt Euer Weg Euch jetzt? Hoch auf den Brocken?«

Johannes seufzte. »Dieser Tage wird es nichts, das Reißen verschont mich in letzter Zeit kaum einen Tag, zudem muss ich zurück nach Ilsenburg, in mein Kloster.«

Federico erhob sich. »Dann wünsche ich Euch Gottes Segen auf Euren weiteren Wegen. Aber seht Euch vor, Räuber treiben hier ihr Unwesen, vielleicht geht Ihr deswegen lieber auf belebteren Wegen weiter.«

»Tatsächlich? Ja, ich hörte ebenfalls davon. Streunende Ritter, heißt es, Heimatlose. Ein übles Pack. Ihr habt recht, man soll die Güte Gottes nicht über Gebühr strapazieren, ich werde Eurem Rat folgen. Alles Gute für Euch und Eure Mission! Ich werde für das Gelingen beten, lieber Friedrich.«

»Das ist sehr freundlich von Euch.« Federico nickte noch einmal zum Abschied und ging. Bevor der Weg eine Biegung beschrieb, sandte er einen letzten Blick zurück und sah Bruder Johannes noch immer auf dem Baumstamm sitzen, nun eine Flasche in der Hand, aus der er einen tiefen Zug nahm. Kein Wunder, dass ihm Wasser nicht gut genug war, wenn er einen Weinvorrat mit sich herumtrug.

Die Sonne brannte von einem strahlend blauen Himmel herab, als Federico den von Johannes genannten steilen Pfad erklomm. Die Luft war stickig, der Schweiß lief ihm über den Rücken, auch vor Anstrengung, weil der Weg streckenweise unwegsam und steil war. Ein Wunder, dass der gichtgeplagte Mönch ihn bezwingen konnte.

Federico hatte bei Johannes' Beschreibung gleich gewusst, welche Stelle er meinte. Dorthin wollte er ohnehin, denn der erwähnte Baum diente ihm ebenso wie sein Mönchsstein als Orientierungspunkt, um sein jüngstes Bergwerk wiederzufinden. Der Stollen lag in äußerst unwegsamem Gelände. Und solange er noch über andere, leichter erreichbare Erzlager verfügt hatte, lohnte dessen Ausbeute nicht. Aber seit in den letzten Jahren alle besser zugänglichen Stollen ausgebeutet waren und die hiesigen Grafen wieder Interesse am Bergbau bekundeten, hatte er dieser abgeschiedenen Lagerstätte größere Aufmerksamkeit geschenkt. Anfangs hatte er die Brocken nur von der Oberfläche aufzulesen brauchen, aber in den letzten Jahren musste Federico einen Stollen graben, den er mittlerweile auf beachtliche hundertdreißig Fuß Länge vorgetrieben hatte. Eine schweißtreibende, kräftezehrende Arbeit. Und doch lohnend, denn obwohl er in den letzten Jahren die verlangte Menge an Mangan ausschließlich aus diesem Bergwerk förderte, war die Ader noch so mächtig wie am ersten Tag. Als besonderer Vorteil stellte sich überdies heraus, dass es in der Nähe auch eine gute Stelle für Kobalt gab, so dass er keine langen Wege zurücklegen musste, um alle geforderten Erze in ausreichender Menge zu fördern. Eine große Erleichterung, die die Mühsal des schwierigen Geländes aufwog.

Der Zugang zum Stollen erfolgte über ein trockengefallenes Flussbett aus Geröll und Felsbrocken, das steil abfiel und durch ein Moorgebiet führte. Darin hinaufzuklettern war auch bei schönem Wetter nicht ungefährlich. Gerade jetzt besonders heikel, da dunkle Wolken aufzogen, kaum dass er den verkohlten Baum vor sich auftauchen sah, und der schwierigste Streckenabschnitt just bevorstand. Ein Windstoß wehte ihm ins Gesicht, ließ sein Gewand flattern. Vorboten eines Unwetters. Federico wagte einen kurzen Blick hinab in das Tal, in dem der Mönch Paul und den Unbekannten gesehen hatte. Sollte er den Abstieg wagen? Oder oben in seinem Stollen Schutz vor dem Unwetter suchen? Beide Wege waren riskant, doch auf dem zum Stollen kannte er wenigstens jeden Kiesel.

Federico lief an dem schwarz aufragenden Baumskelett vorüber, wandte sich dreißig Schritt weiter nach links, erklomm eine kleine Anhöhe und sah das trockene Bachbett vor sich, das sich den Hang hinunterschlängelte. Federico wusste, dass gut tausend Schritte vor ihm lagen, die äußerste Aufmerksamkeit verlangten. Nicht nur, dass das umliegende Hochmoor jedes Ausweichen zu einem Glücksspiel werden ließ. Auf dem Weg selbst bildeten freigespülte Baumwurzeln gefährliche Stolperfallen, Findlinge mussten umrundet, kleinere Steinbrocken überwunden werden, die, schlüpfrig durch Moose und Flechten, selbst für den erprobten Wanderer eine Herausforderung waren.

Ringsum wurde es immer dunkler. Ein Wetterumschwung im Gebirge barg viele Gefahren, nicht von ungefähr hatte Federico vermutet, Paul hätte ein solcher das Leben gekostet. Es fehlte noch, wenn ein Gewitterguss nun sein eigenes forderte. Über ihm rauschten die Baumkronen, in der Ferne donnerte es. Federico kletterte aufwärts, so schnell es das unwegsame Gelände erlaubte.

Schwefelgelbes Licht verwandelte den Wald in einen Höllenschlund, in der Ferne zuckten Blitze, Donner grummelte, rollte näher. Von Westen flog die schwarze Front wie ein Krähenschwarm heran.

»Heiliger Petrus, halte das Unwetter auf!«, stieß Federico hervor, während er einen Felsbrocken umrundete und fast auf einem rundgeschliffenen Stein ausgerutscht wäre. Er suchte Halt an einem Ast, der von der Böschung in das Bachbett ragte, als der Regen einsetzte. Kein Tröpfeln, das sich langsam steigerte, nein, der Himmel öffnete all seine Schleusen zugleich, das Wasser prasselte sintflutartig auf ihn nieder. Federico tastete mit dem Fuß nach einem sicheren Stand auf den nun spiegelglatten Steinen, zog mit einer Hand die Kapuze über den Kopf, während er mit der anderen versuchte, das Gleichgewicht zu halten. Gut die Hälfte des Bachbettes hatte er schon hinter sich, weiter jetzt! Alle Sinne auf den Weg gerichtet, stieg Federico so schnell wie möglich voran.

Vor ihm schälte sich ein Hindernis aus dem Regenvorhang, Steine und Geröll blockierten das Bachbett, bildeten einen natürlichen Damm. Federico suchte noch nach einem Durchgang, da hörte er außer dem Prasseln des Regens und dem ohrenbetäubenden Tosen des Blätterdaches ein Knirschen. Federico glitt aus, schlug hin, zog sich wieder hoch. Der Geröllhaufen vor ihm geriet in Bewegung, Rinnsale sickerten heraus, strudelten heftiger. Dann, als schlüge der Herr eine Axt in den Damm, stob er auseinander, die aufgestauten Wassermassen rissen Federico von den Füßen, rauschten über ihn hinweg. Er ruderte mit den Armen, den Füßen. Ein Ast, eine Wurzel, irgendetwas! Wo war oben, wo unten? Er rang nach Luft, überall nur Wasser. Er prallte gegen Felsen, gegen Wurzeln, ohne irgendwo Halt zu finden. Er keuchte, schluckte Wasser, hustete, da traf ihn die Faust Gottes.

Anna

Elbingerode, Anfang Juli

Die Messe ging dem Ende zu. Anna sang mit, aus Gewohnheit und ohne die Worte zu begreifen. Ihre Gedanken schweiften zu der Kiepenfrau, die wegen des Unwetters bei ihnen Schutz gesucht hatte. Marta kam regelmäßig vorbei, noch immer, obwohl sie bestimmt von den Gerüchten gehört hatte. Sie brachte Lebensmittel aus dem Harzer Vorland, Anna kaufte bei ihr gelegentlich Gemüse. Die Kiepenfrauen transportierten Waren, erledigten Botengänge und ernährten damit ihre Familie. Wie jedes Mal bei ihrer Einkehr hatte Marta sich auch diesmal gewundert, dass keine der Frauen, die wie sie Tag für Tag, winters wie sommers kreuz und quer im Harz unterwegs waren, Paul gesehen haben wollte.

Aber Federico hatte Marta gesehen, sogar mit ihm geredet. Ja, ihrer Beschreibung nach war er es wirklich gewesen.

Und nun, da sie eine grobe Richtung hatten, war ihr Sohn zusammen mit dieser Lina unterwegs, Federico zu suchen. Anna schämte sich dafür, wie erleichtert sie darüber war. So ein guter Junge, stolz sollte sie auf ihn sein. Berta hatte recht. Hübsch war er, mit seinen Locken, der glatten Stirn, dem fein geschwungenen Mund. Wären die Haare blond statt braun, wäre er das exakte Abbild seines Vaters.

Übelkeit stieg in ihr auf, sie schluckte. Schweiß trat auf ihre Stirn, in ihrer Kehle schien ein Kloß zu stecken, der sie zu ersticken drohte. Sie rang nach Luft, dachte an Federico, atmete ein, aus, ächzte.

»Geht es Euch nicht gut?«, flüsterte eine Frau neben Anna und berührte sie sachte am Arm. Die Nähe der Frau, die Wärme der Hand, die durch ihr Kleid drang, waren Anna widerlich. Natürlich meinte die Frau es gut, sie musste sich zusammenreißen.

Lukas – er hätte eine bessere Mutter verdient. Sie litt mit ihm und konnte doch nichts daran ändern. Und dann hatte er noch diese Lina mitgebracht. Diese Frau war ihr unheimlich, nicht allein weil sie ein Zwerg war. Sie war Lukas' Reisegefährtin und er mochte sie, das sollte ihr genug sein ... Aber seit diese Lina bei ihnen war, fühlte sich Anna beobachtet. Ertappt hatte sie die Zwergin nie, aber sie war sich ganz sicher. Und gemeinsam mit Lina war dieses Gefühl verschwunden.

Geblieben war die Befürchtung, dieses kleinwüchsige Wesen namens Lina würde noch mehr Unheil über sie bringen. Als hätte sie nicht schon Sorgen genug.

Heute Morgen war sie zur Kirche gegangen, schon lange hatte sie das vorgehabt. Während der Beichte, auf den Steinen kniend, hatte sich die Kälte des Bodens Sünde für Sünde durch ihr Fleisch bis zu den Knochen durchgenagt. Anna nahm es als Teil ihrer Buße. In der Messe hatte sie gesungen, gebetet, die Finger ineinandergeflochten vor Inbrunst, bis jetzt. Sie schaute sich um, die Messe war vorüber, die Kirche hatte sich geleert. Drei Frauen beteten den Rosenkranz, ihr Gemurmel wisperte zwischen den Säulen hindurch. Anna ging nach vorn, kniete sich vor der Figur der Gottesmutter Maria nieder und sprach erneut die vom Pfarrer aufgetragenen Gebete, zweimal, dreimal hintereinander. Jetzt war sie allein im Halbdunkel und starrte zur gnädigen Mutter Maria hinauf, flehte sie um Hilfe an.

Es war vergeblich, sie wusste es ohnehin. Eine Schuld zog eine weitere nach und die eine, die furchtbarste Schuld blieb ohnehin an ihr hängen, für immer und ewig. Ob wenigstens der Erzengel Gabriel beim Jüngsten Gericht anerkennen würde, dass sie keine Wahl gehabt hatte? Oder ob er sie in die Hölle stieße, zu den anderen Sündern, den Dieben, Räubern und Mördern, weil sie ihre schwerste Sünde nie gebeichtet hatte? War Gott im Himmel so unbarmherzig? Sie wollte es nicht glauben und doch wurden ihre Hände feucht, die Kehle eng. Sie dachte an das Bild vom Jüngsten Tag, das seitlich im Kirchenschiff hing, allen Sündern zur Mahnung. Jedes Mal zog es sie an, jedes Mal versetzte es sie in Angst und Schrecken, obwohl es alt und vom Rauch der Kerzen geschwärzt war, so dass man kaum etwas darauf erkennen konnte. Die Grimasse eines Dämons, glühende Schlünde, lodernde Flammen, grauenvoll.

Alles schien so einfach: Sie musste nur beichten, alles beichten. Oh, wie oft hatte sie sich vorgenommen, dem Pfarrer auch ihre letzten Geheimnisse anzuvertrauen. Jedes Mal, wenn sie dazu anhob, versagte ihre Stimme, so auch heute. Der Geruch von Weihrauch, Staub und Holz, die ernste Miene, das leise Rascheln des Leinens, als er den Vorhang zuzog, das Knistern seines Gewandes beim Setzen, schon verengte sich ihre Kehle, allen Höllenfeuern und Dämonen zum Trotz. Ganz sicher war es der Teufel, der ihre Zunge lähmte, in Sorge, eine sichere Seele zu verlieren. Immerhin, heute hatte sie dem Pfarrer ihr vergebliches Bemühen, für ihren Sohn mütterliche Zuneigung aufzubringen, anvertraut. Doch das hatte den Pfarrer nicht gekümmert. Er zeigte sich viel mehr überrascht darüber, dass Lukas tatsächlich eingetroffen war, und kündigte an, mit ihm sprechen zu wollen. Dass sie ihm hatte antworten müssen, ihr Sohn sei schon wieder fort, hatte er mit einem schweren Nicken quittiert. Drei oder vier Atemzüge später hatte er dann erklärt, ihre Sorge sei nichtig, lehrte sie ihren Sohn nur Furcht und Gehorsam vor Gott und seinen Dienern, so hätte sie ihre Pflicht als Mutter mehr als erfüllt. Drei Ave-Maria und für ihre anderen Sünden, lässliche allesamt, drei Paternoster waren ihre Buße.

Seine letzten Worte jedoch hallten noch in Anna nach: Sie möge in sich gehen und prüfen, ob sich nicht etwa weitere Sünden in dem verborgenen Sumpf ihrer Seele suhlten.

Sie starrte auf das Marienbildnis, ohne es in all den Höllengräueln, die vor ihrem inneren Auge tobten, wahrzunehmen, und betete ein weiteres Vaterunser: »Pater noster, qui es in caelis, sanctificetur nomen tuum. Adveniat regnum tuum«, murmelte sie gerade, als sie ein Brennen im Rücken spürte. Sie erschrak und wandte sich um. Pfarrer Sievert stand hinter ihr und sah auf sie herab.

»Du weißt, was die Worte bedeuten: Dein Reich komme. Das Reich unseres Herrn. Fürchtest du dich nicht davor?« Er schloss die Augen und schüttelte den Kopf. Dann fasste er sie ins Auge. »Anna, Anna, ich bin enttäuscht. Versuchst du jetzt und hier, lange Versäumtes nachzuholen?«

Anna senkte demütig das Haupt, dennoch spürte sie den Blick des Pfarrers auf sich, er schien ihren Scheitel zu versengen.

»Ich fürchte, es ist ein wenig spät für deine Reue.«

Etwas im Klang seiner Stimme ließ Anna aufhorchen. »Wie meint Ihr das?« Sie hob den Blick und schaute zu ihm auf. Der Pfarrer stand vor ihr, den Bauch vorgewölbt, die Hände hinter dem Rücken verschränkt.

»Nun«, fuhr Pfarrer Sievert fort und ließ seine Stimme durch die Kirche hallen, als redete er zu seiner Gemeinde. »Habe ich dich nicht vor Wochen aufgesucht, dir gesagt, besuche die Messe, erleichtere deine Seele bei der Beichte?«

»Aber das habe ich doch … Ich …«

»Erst jetzt kommst du. Erst jetzt!« Sieverts Stimme dröhnte wie die Posaunen von Jericho. »Immer neue üble Kunde höre ich über dich. Und was ist denn nun mit deinem Sohn? Ist er hier oder nicht? Oh, ich wollte die Mär nicht glauben, dass er als Kind von diesem Ausländer verschleppt wurde, aber ich habe mich erkundigt, und was ich allenthalben höre, beunruhigt mich zutiefst. Wo ist dein Sohn also hin, kaum dass er zurück ist?«

Anna senkte den Kopf. »Lukas ist aufgebrochen, um nach seinem Vater zu suchen. Er ist seit gestern fort.«

»Hm. Es wird ihn hoffentlich jemand gesehen haben und seine Rückkehr bezeugen.«

»Er war beim Hauptmann in Wernigerode, wegen des Gasthofs …«

»Soso, gut, gut. Wie ich hörte, treibt sich dieser Ausländer, dieser Venediger, wieder in der Gegend herum, eben der, der deinen Sohn mitgenommen haben soll. Hat er womöglich deinen Mann ebenso verschleppt wie deinen Sohn …?«

»Aber nein, nein, was denkt Ihr nur?« Anna knetete ihre Hände.

»Hat er deinen Mann denn gefunden?« Sievert nickte mit schmalen Augen, wippte auf den Zehen. Leiser jetzt fuhr er fort: »Natürlich nicht. Böse, ganz böse. Mahnte ich dich nicht, dich von diesem Manne fernzuhalten und Buße zu tun, fleißig die Messe zu besuchen, damit nicht auch nur der Schatten eines Verdachtes auf dich fällt?« Er hob die Hände und ließ sie wieder sinken. »Und jetzt, Anna? Jetzt kommt es, wie es kommen musste. Zu allem Übel fällt dein Name, wann immer von Ketzern die Rede ist. Die Anna geißelt sich, heißt es, sie betet Götzen an, läuft diesen Sektierern nach. Davon, Anna, von diesen schweren Sünden habe ich in deiner Beichte kein Wort gehört.« Seine roten Apfelbäckchen glühten, während er auf den Zehen wippte.

Wäre es nicht so ernst, so bedrohlich, hätte Anna gelacht, sowohl über seinen Anblick als auch über seine Worte. Sie spürte, wie ihr das Blut in die Wangen stieg und unter der Haut pochte. »Aber Herr Pfarrer, was redet Ihr? Wie könnte ich denn so etwas beichten? Ich habe doch mit diesen Ketzern nichts zu schaffen!«

»Unterlass den trotzigen Ton.« Sievert schüttelte den Kopf, seufzte tief. »So viel Starrsinn, so viel Widerspenstigkeit … Vor zwei Wochen noch hätte ich dir geglaubt, doch jetzt …«

»Was ist jetzt?«, flüstert Anna.

»Kürzlich erst wurde eine … äh, eine Missgeburt bei euch gesehen. Es heißt schon, ihr beherbergt einen Zwerg, einen Dämon.«

Anna hatte es ja gewusst, diese Lina brachte Schwierigkeiten. »Nur eine Reisegefährtin meines Sohnes, auch sie ist fort.«

Der Pfarrer brachte sie mit einem Schwenk seiner Hand zum Schweigen. »Wie dem auch sei, solche Gäste bringen nur Unglück, ziehen das Unheil förmlich an. Anna, ich bin enttäuscht. Es schmerzt, ein Schaf aus meiner Herde zu verlieren, es schmerzt mich wirklich!« Seine Stimme klang jedoch nicht nach Schmerz, sondern nach Zorn.

Anna kroch es kalt den Rücken hinauf, Dunkelheit senkte sich über sie, das Flackern der Kerzen, deren Flammen sich plötzlich rot zu färben schienen, wandelte sich in Boten des Höllenfeuers, der ewigen Verdammnis. »Aber Ihr könnt mir glauben, ich schwöre …«

»Untersteh dich! Wage es nicht zu schwören!« Der Pfarrer ließ eine Hand in die Höhe schnellen, den Zeigefinger gen Himmel gestreckt. »Schwören beim Herrn gar, wie? Du törichte Eva, du Gottlose, Unselige! Schwöre, wo du willst, auf was du willst, jedoch nicht hier, vor dem Angesicht Gottes. Zeige vielmehr Demut und Reue, die stünden dir gut zu Gesicht. Jetzt geh! Geh nach Hause, erforsche dein Gewissen. Bete, bereue und büße auf Knien, und dann komm zu mir und beichte, auf dass dir der Herr in seiner grenzenlosen Güte deine Sünden vergeben wird. Beichte die wirklichen Sünden, will ich sagen, die, die du zu beichten bislang versäumtest. Andernfalls …« Sievert deutet auf das Bild zu seiner Rechten, das Jüngste Gericht, auf dem Dämonen die Sünder in die Hölle zwangen, aus der die Flammen hellrot loderten.

Anna war übel, in ihrer Kehle brannte es. Sieverts Schritte hallten zwischen den Steinwänden wider, als er hinausging, dröhnten in ihren Ohren, als bräche das Jüngste Gericht hier und jetzt über sie herein. Ihr wurde schwarz vor Augen. Irgendwann spürte sie die kalten Fliesen des Kirchenbodens unter ihren Händen. Erleichtert stellte sie fest, dass die Kirche noch stand, die Kerzen flackerten und sie sich noch immer vor der Marienstatue befand.

Alles ringsum war an seinem Platz, allein in ihrem Innern schien alles von unten nach oben gekehrt. Die Stimme des Pfarrers tönte noch in ihrem Kopf, seine Worte wanden sich wie Schlangen. Allmächtiger Vater, was hatte er gesagt? O Gott, der Pfarrer wusste Bescheid! Aber wie konnte er davon erfahren haben? Hildegard! Sollte sie sich derart in ihrer Freundin getäuscht haben?

Anna erhob sich von den Knien, straffte ihren Rücken. Jeder ihrer Schritte hallte nach, vervielfältigte sich zwischen den steinernen Wänden. Warum ließ sie sich vom Pfarrer derart einschüchtern? Waren die Stärke, der Mut, den sie gerade wiedergewonnen glaubte, so schnell verflogen? Ja, Lukas' Eintreffen, seine Nähe hatten ihr viel Kraft abverlangt. Sie mochte nicht daran denken, dass er von nun an hierbleiben würde.

Langsam ging sie hinaus, sie hörte die Kirchentür hinter sich zuschlagen, als sie die Stufen hinunterstieg. Eine dunkle Wolke zog über die Sonne und hüllte die gegenüberliegenden Häuser in Schatten. Niemand war zu sehen, aber sie fühlte sich beobachtet, fast so wie in den letzten Tagen.

Diese Zwergin indes konnte es nicht sein, es waren die Elbingeröder, die hinter den Fenstern hockten und sie mit ihren Blicken verfolgten.

Ausgerechnet Hanno Sievert schwang eine solche Rede! Anna war sich sicher, dass nicht nur ihr bekannt war, dass der Herr Pfarrer ein gern gesehener Gast bei den Hübschlerinnen war. Allen anderen leiblichen Genüssen gegenüber war er ebenso wenig abgeneigt, das wusste sie genau. Sie hätte ihm eine Flasche guten Weines mitbringen sollen, vielleicht war ja nur dieses Versäumnis schuld an seiner Tirade gewesen. Gut, den Wein konnte er haben, dazu noch eine geräucherte Wurst, ein paar Eier, vielleicht gönnte er ihr dann ihr Seelenheil. Sie spürte, wie der Zorn in ihr wuchs, auf diesen Mann, der sich anmaßte, über sie zu urteilen. Jetzt, mit wachsendem Mut, sah sie die Sache schon anders. Pfarrergeschwätz, nichts weiter war es gewesen. Und wenn Sievert die Rückkehr ihres Sohnes bezweifelte, sollte er doch zum Hauptmann gehen und ihn fragen. Daraus konnte ihr keiner einen Strick drehen. Blieb nur Paul. Schnell noch ein

Stoßgebet an den heiligen Joseph, ein weiteres an den heiligen Eustachius.

Federico, wenn er doch nur käme, mit Neuigkeiten, guten Nachrichten. Sie hinterfragte indes nicht, was eine gute Nachricht wäre ...

Schnellen Schrittes begab sie sich nach Hause. Berta würde verstimmt sein, dass sie so spät zurückkehrte. Etwas hatte der Kirchgang doch bewirkt, sie spürte neue Zuversicht. Nein, sie brauchte sich nicht zu fürchten, alles lag in Gottes Hand. Und Gott war gnädig, kannte ihre Not und würde seine Hand schützend über sie halten. Ganz gewiss.

Ein paar Männer kamen ihr entgegen, als sie die Hauptstraße entlangschritt. In lebhaftem Gespräch ruderten sie mit den Armen, redeten laut aufeinander ein, ohne dass Anna sie verstehen konnte. Im Vorübergehen verstummten sie, ihre Körper versteiften, Anna bemerkte ihre Blicke.

»So allein unterwegs, gute Frau?«, rief ihr einer zu, die Mütze tief in die Stirn gezogen.

Freundliche Worte, sollte man meinen, doch in seiner Stimme schwang ein bedrohlicher Ton, in seiner Haltung Ablehnung. Anna zog ihr Tuch enger; obwohl der Wind wehte, rann ihr kalter Schweiß den Rücken hinab. Als sie an den Männern vorüberkam, wandte sie ihr Gesicht ab, zwang sich, schneller zu gehen. Jede Faser ihres Körpers angespannt, lauschte sie hinter sich.

Waren die Männer stehen geblieben, sahen sie ihr womöglich nach? Sie wagte nicht, sich umzudrehen und zu vergewissern. Nur weg, schnell, schnell. Kurz schloss sie die Augen, stieß den Atem aus, den sie angehalten hatte, und zwang sich, weiter gleichmäßig auszuschreiten.

Ein Vogel zwitscherte, eine Gabelweihe zog kreischend ihre Kreise am Himmel, sonst war nichts zu hören, niemand folgte ihr.

Weitere Leute kamen ihr entgegen, starrten sie an. Bildete sie sich das ein oder begafften die Menschen sie tatsächlich? Sie senkte den Kopf, ging unbeirrt weiter, es war nicht mehr weit. Eine Frau, Anna bemerkte es aus den Augenwinkeln, sah sie abschätzend an. Mit zusammengepressten Lippen stieß sie ihren Begleiter in die Seite, deutete mit dem Kinn in Annas Richtung. Der Mann griff ihren Arm und zerrte sie weiter.

Der Wind wehte den Geruch von Holzfeuer durch das Tal, hinter der nächsten Biegung würde sie den Gasthof sehen.

Da, knapp hundert Schritte weiter lag das Haus, das ihr in den letzten Jahren so lieb geworden war, das derart untrennbar mit Paul verbunden war. Doch nicht nur an Paul, auch an Federico musste sie bei seinem Anblick denken und Wärme stieg in ihr auf. Ohne Federico säßen sie vermutlich noch immer in der Köhlerhütte ihres Vaters und fristeten mit Mühe ihren Lebensunterhalt. Wahrscheinlich wären sie gar verhungert, hätte ihnen Federico nicht mit Rat und Geld zur Seite gestanden. Ihm verdankten sie, dass der Graf Paul den *Bären* überlassen hatte und ihnen damit ein neues Leben ermöglichte, ein neues und besseres. Alles war so gut gewesen …

Hundegebell riss sie aus ihren Gedanken. Sie gewahrte einige geharnischte Männer vor dem Haus, am Straßenrand wieherten Pferde. Ein paar Hunde sprangen herum, die Schwänze wedelnd in die Luft gereckt. Verwundert blieb Anna stehen, so viele edle Leute hatte sie auch in guten Zeiten nur selten vor ihrem Haus gesehen. Gefolge des Grafen etwa? Der Stolberger hatte sein Recht zu Einkehr und Labung noch nie in Anspruch genommen. Anna wagte kaum zu hoffen, dass die edle Ritterschar bei ihnen Quartier nehmen würde.

Großer Gott! Sie überschlug die Zahl der Reiter, sieben oder acht, ja, acht, nein zehn, zwei kamen soeben aus dem Haus. Allein wenn sie bei ihnen Speise und Trank zu sich nähmen, wären sie für den Rest des Monats ohne Sorgen, Berta und Matthias bekämen wieder ihren Lohn. Anna strebte der Gruppe zu, ihr Herz klopfte. Vielleicht war das ein Zeichen, dass die Zeit der Schmach vorüber war. Wenn so edle Herren bei ihnen einkehrten, würde bald alles wie früher.

Berta trat langsam aus der Tür, rang die Hände. Ihr Haar war zerzaust, die Haube hing ihr über den Rücken, die Bänder schnitten in ihr Kinn. Vom Hof her kam Matthias. Anna gefror das Blut in den Adern, als sie deren Gesichtsausdruck gewahrte. Tränen stiegen ihr in die Augen, sie wischte sie hastig mit dem Handrücken weg. Zögernd ging sie auf die Ritter zu. Drei kamen ihr entgegen, ihre Rüstungen klirrten leise. Anna blieb stehen, keinen Schritt konnte sie weitergehen. Das Entsetzen kroch ihren Rücken hinauf, lähmte ihre Beine. Sie brachte keinen Ton hervor, räusperte sich. »Was hat das zu bedeuten?«, fragte sie, in ihren Ohren krachte ihre Stimme wie ein brechender Ast.

Die Männer stellten sich vor sie, einer sagte: »Du bist Anna Barth?«

»Ja, was gibt es? Bringt Ihr Neuigkeiten von meinem Mann?« Ihre Stimme wurde schrill. »Habt Ihr ihn gefunden, lebt er?« Ein Blick in die Gesichter der Männer, Bertas sichtliche Verzweiflung, Matthias hängende Schultern ließen sie Schlimmes ahnen. »Er ist tot ...«

»Das wirst du besser wissen als wir. Anna Barth, du bist der Ketzerei beschuldigt und des Gattenmordes. Auf dich wartet der Kerker.«

»Was?« Anna starrte den Mann an, hörte seine Worte, erkannte jedoch keinen Sinn darin.

Schon trat der Mann neben sie, fasste sie an den Schultern und stieß sie vorwärts, ein anderer hielt sie fest, fesselte ihre Hände mit einem langen Lederriemen auf dem Rücken, ein Ende band er am Sattel seines Pferdes fest. Die Männer saßen auf.

Längst war man auf das Geschehen aufmerksam geworden, der Schmied, der Stellmacher, die Frau des Bäckers hatten sich versammelt, weitere Schaulustige kamen herbei, johlten und klatschten. »Brennen soll die Ketzerin!«, rief einer.

Was hatte diese Menschen nur derart gegen sie aufgebracht, was hatte sie ihnen getan? »Berta!«, schrie Anna und zerrte an den Fesseln, die sich sofort in ihre Handgelenke fraßen.

Die alte Magd lief auf sie zu, Tränen rannen ihr über die Wangen. Sie schüttelte den Kopf in ohnmächtigem Entsetzen. »Anna, ich weiß, du bist unschuldig, ich gehe zum Grafen!« Berta klammerte sich an sie, doch der Reiter gab seinem Pferd die Sporen, so dass es einen Satz vorwärts sprang und sie aus Bertas Armen riss.

Das konnte doch nicht wahr sein, es war ein schrecklicher Irrtum. »Federico, er kann ... er wird ...«

»Schweig, Weib, los jetzt«, raunzte der Anführer der Ritter und sie trabten an. Anna blieb nichts übrig, als hinter seinem Pferd herzustolpern.

Berta schrie: »Wir werden ihn suchen, er wird dir helfen.«

Eine Erinnerung blitzte in Anna auf, diese vornehme Dame hatte ihr doch Hilfe angeboten. Hilfe, von der sie niemals geglaubt hatte, sie zu bedürfen. Sie verrenkte ihren Hals, wo war Berta? Da stand Matthias, sein Gesicht war bleich, seine Kiefer mahlten, einen Arm hatte er um seine Tante gelegt. Berta rang die Hände. Ringsum jubelte die Menge.

»Berta, geh zu dieser Frau«, schrie sie gegen das Geschrei, das Hufgeklapper und Hundegebell an, vorwärtsgezogen von dem ausschreitenden Pferd. »Diese Frau, Kuni...«, keuchte sie, bemüht nicht zu stürzen. »Du weißt ... Vielleicht kann sie ...«

Das Pferd sprang vorwärts, ihre Fesseln zogen sich enger, der Schmerz, der durch ihre Handgelenke fuhr, ließ Anna verstummen. Sie biss die Zähne zusammen, hielt die Tränen zurück. Nicht weinen. Nicht jetzt.

Federico

Harz, Anfang Juli

Madonna, Federicos ganzer Körper schien gespickt von Lanzen, überdies drückte ihn etwas in den Rücken, verursachte ein zusätzliches, dumpfes Pochen. Er öffnete die Augen, doch ringsum war es dunkel. Wo war er? Er versuchte, sich auf die Seite zu drehen, sank jedoch sofort zurück. Hinter seinen geschlossenen Lidern zuckten Blitze, in seinen Ohren dröhnten Schmiedehämmer auf eisernen Ambossen.

Eine Weile lag er nur da, forschte nach einer unverletzten Stelle an seinem Körper. Tatsächlich, seine Beine konnte er leidlich bewegen, die Finger der rechten Hand ebenfalls. Die linke allerdings spürte er nicht, das war weitaus besorgniserregender.

Federico hielt den Atem an und rückte ein Stück zur Seite, um eine bequemere Lage zu finden. Diesmal kam der Schmerz nicht überraschend. Auf dem Rücken liegend japste er nach Luft, langsam nur ließ der bohrende Druck im Rücken nach.

Er versuchte, die Dunkelheit zu durchdringen. War es Tag oder Nacht? Kein Lichtschimmer weit und breit. Wo war er wohl? In einer Höhle, einem Stollen oder dergleichen, das konnte er riechen. Überdies meinte er, den Fels um sich zu spüren.

Wie war er hierhergekommen? Das Unwetter, der Wasserschwall, der Sturz – Santa Madonna!

Was war das? Ein schnelles, regelmäßiges Geräusch, als schlüge jemand einen schnellen Takt mit einem Holzlöffel auf den Rand einer Schüssel … Er brauchte eine Weile, um zu erkennen, dass das Geräusch vom Klappern seiner Zähne herrührte. An dem Hall konnte er immerhin abschätzen, dass er in einem nicht besonders großen Raum lag. Aber auf jeden Fall in einem kalten. Wo war sein Mantel? Mit seiner rechten Hand tastete er über seinen Körper, er trug nur ein Hemd, aber wenigstens hatte jemand eine Decke über ihn ausgebreitet. Sie kratzte und spendete kaum Wärme, und sie stank, als hätte sie zuvor einem Ziegenbock als Schlafstatt gedient. Federico hielt den Atem an, als er sie enger um sich zog und ein Schwall Stallgeruch und Staub in seine Nase stieg.

Wer mochte ihn gerettet haben? Er tastete nach seiner linken Hand, die wie leblos an ihm herabhing. Sie war verbunden, er fühlte raues Leinen. Ja, nicht nur das, jemand hatte die Hand mit Stoffstreifen auf einem Holzstück fixiert. Offenbar war sie gebrochen. Wer hatte sie so fachkundig versorgt, ein Bergmann? Die waren vertraut mit solcherlei Verletzungen. Aber Bergleute gab es kaum im Harz. Ein Wanderer? Der hätte ihn wohl kaum in eine Höhle geschleppt, sondern Hilfe geholt. So weit war die nächste Siedlung von der Unglücksstelle auch wieder nicht entfernt, die nächste Straße sogar noch näher. Warum hatte es sein Retter auf sich genommen, ihn hierherzuschleppen? Das konnte der gute Samariter nur selbst beantworten, doch außer Federico war niemand da. Nichts war zu hören, abgesehen von gelegentlich herabtropfendem Wasser.

Er sammelte seine Kräfte, wappnete sich gegen den Schmerz und das wachsende Unbehagen. Mit zusammengebissenen Zähnen stützte er sich auf seine rechte Hand, stemmte sich hoch, rutschte näher an die Wand, lehnte sich an. Übelkeit stieg in ihm auf, Schmerz durchflutete ihn wie eine Feuerwalze. Nach einer Weile ebbte er ab und Federico atmete auf. An Aufstehen war nicht zu denken, er konnte ja kaum aufrecht sitzen, ohne dass sich sein Magen hob. Statt die Gegebenheiten zu erkunden und herauszufinden, wer sein Retter war, blieb ihm nichts anderes übrig, als abzuwarten. Nun, sei es, wenn man ihm übel gesinnt wäre, hätte man sich wohl kaum die Mühe gemacht, ihn zu retten.

Er schloss die Augen, sein Kinn sank auf die Brust. Ein Geräusch schreckte ihn auf. Jemand kam, nicht einmal besonders um Lautlosigkeit bemüht, war er aber dennoch kaum wahrzunehmen.

Ein Summen ertönte, Stoff strich an der Felswand entlang, jetzt knirschte ein Kiesel unter der Sohle. Etwas Schweres, dennoch Weiches rieb an der Felswand, ein Sack oder dergleichen. Die Geräusche kamen näher.

Einen Lidschlag lang war alles ruhig, dann erklang das vertraute Geräusch von aneinanderschlagenden Steinen, Funken stoben. Der harzige Geruch eines brennenden Kienspans zog an ihm vorüber, eine Flamme flackerte. Als Erstes sah Federico einen grotesk großen Schatten über eine unebene Wand zucken, verursacht von einem hageren Mann in einem langen Gewand. Als der sich zu Federico niederbeugte, fiel ihm seine Kapuze tiefer in die Stirn. Unverkennbar handelte es sich bei dem Mann um den Eigentümer der Wolldecke, beide einte derselbe Gestank. Die zog der Mann nun beiseite und tastete mit kundigen Händen Federicos Leib ab, befühlte seine geschiente Hand, Finger strichen über sein Gesicht. Federico roch den Duft von Wiesenblumen, kurz nur, schnell überwog wieder der nach Ziegenstall.

Vor seinen Augen erschien ein bärtiges Gesicht. Es sah aus, als hätte es zuvor schon zehn anderen Männern als Antlitz gedient, so verschlissen und durchfurcht von Kratern, Rinnen und Furchen war es. Madonna, ein wirklicher Waldschrat!

»Wer seid Ihr?«, fragte Federico.

Der Alte brummte, nickte, breitete wieder die Decke über ihn und wandte sich ab. Die Fackel steckte er in eine Höhlung in der Wand, dann machte er sich an etwas zu schaffen, wahrscheinlich dem Sack, den Federico vorhin gehört zu haben glaubte.

»Mein Name ist Friedrich.« Federico folgte jeder Bewegung des Mannes mit den Augen, bis der sich mit einem seufzenden Stöhnen neben ihm niederließ. Nach einem weiteren Seufzen, noch tiefer und länger, drückte der Mann ihm einen Kanten Brot in die gesunde rechte Hand. Federico hörte ein Plätschern neben seinem rechten Ohr und der Alte reichte ihm einen Becher. Sein Inhalt roch ein wenig modrig, stammte sicher aus einem der Harzbäche, die durch das Hochmoor flossen und deren Wasser trübe war und erdig schmeckte.

Federico trank in großen Zügen. »Gott möge es Euch vergelten.«

Der Alte brummte nur.

»Sprecht Ihr nicht?«, fragte Federico. Handelte es sich um einen Einsiedler, der Schweigen gelobt hatte? Aber Federico wusste von keinem Eremiten, der sich im Harz zurückgezogen hatte, obwohl sich dieses Gebirge für eine Abkehr von weltlichen Versuchungen trefflich eignen würde. Eremiten sorgten schnell in der Umgebung für Aufsehen, sie zogen Gläubige an, die mit den heiligen Männern beten wollten und auf ihre Fürsprache bei dem Allmächtigen hofften. Sie brachten ihnen Speisen und Wein, Kleidung und dergleichen.

War dieser Mann hier überhaupt ein Mönch? Federico musterte den Alten im spärlichen Licht des Kiens. Nun gut, sein Gewand könnte als Kutte durchgehen, der Strick um den Leib, aus kurzen Resten aneinandergeknotet … »Lebt Ihr in diesem Stollen?« Dass er sich in einem Bergwerk befand, hatte Federico erkannt, kaum dass der Kienspan entzündet war. Sie saßen in der Weitung eines Stollens, einer kleinen, halbrunden Höhlung. Federico kannte die Anlage nicht, also befand sich das Bergwerk nahe einer Siedlung oder Straße, solche Gegenden hatte er immer gemieden. »Ihr seid ein Mönch, nicht war?«, fragte er, ohne eine Antwort zu erwarten, nachdem er nun zu der Überzeugung gelangt war, einen Eremiten mit Schweigegelübde vor sich zu haben.

»Ja.«

Ha, er sprach. Die Stimme des Alten knarzte. »Wie ist Euer Name, edler Retter? Wem habe ich zu danken?«

»Dankt Gott!«

»O ja, das will ich gern tun. Doch erlaubt mir, auch Euch und vor allem Euch zu danken, immerhin habt Ihr mein Leben gerettet.«

Der Alte winkte ab, schwieg. Vielleicht hatte er seinen Vorrat an Wörtern bereits erschöpft. Spröde, wie seine Stimme klang, benutzte er sie nicht oft. Wie der Alte saß, die Hände in die Ärmel geschoben, den Kopf geneigt – Gewohnheiten, die man umso schwerer ablegte, je länger man sie ausgeführt hatte. Dieser Mann musste lange Zeit Mönch gewesen sein. Federico durchforstete sein Gedächtnis nach den Klöstern des Harzes, denen der Alte zugehören könnte. Ilsenburg, das von Bruder Johannes, kam nicht in Betracht, der war Benediktiner, dessen Kutte war schwarz. Die des Mannes neben ihm hier grau. Oh, könnte es nicht sein, dass sie ursprünglich weiß gewesen war? Schwer zu sagen, in dem Licht und bei dem anzunehmenden Grad der Verschmutzung. Jedenfalls könnte er in diesem Fall zum Kloster Walkenried gehören ... Federico musste lächeln. Die Zisterzienser! Ihnen verdankte er seinen eigenen Erfolg. Ihnen zu Ehren hatte er einen Mönch in seinen Stein geritzt. Federico kannte viele ihrer aufgelassenen Bergwerke, etliche davon hatten ihm gute Erträge gebracht. Die Zisterzienser waren die Pioniere des Harzer Eisensteinbergbaus gewesen, kein Wunder, dass dieser Mönch ein Bergwerk als Rückzugsort gewählt hatte. Und jetzt verdankte er einem der weißen Mönche auch noch sein Leben.

»Ihr stammt aus Walkenried«, unternahm Federico einen Vorstoß. Der Mönch fuhr zu ihm herum, Federico sah seine funkelnden Augen, konnte aber nicht ausmachen, ob Ärger darin lag oder Interesse. Er wertete den Blick als Zustimmung. Also ein abtrünniger Mönch, der allein im Wald lebte, gänzlich unbemerkt. – Nein, unbemerkt wohl nicht, plötzlich wusste er, wen er vor sich hatte ... Kaum zu glauben! Er lachte auf. »Ihr seid der Wilde Mönch!« Kaum war es heraus, bedauerte Federico seine Bemerkung. Gut möglich, dass der Alte von seinem Spitznamen nichts wusste oder ihn nicht gern hörte. Doch der Mönch lachte krächzend und tätschelte seine Schulter. Das konnte außer Zustimmung ebenso gut ein Zeichen von Schwachsinn sein. Im Fackellicht bemerkte Federico ein Grinsen, das zwischen all den Falten dämonisch wirkte.

Gab es ihn also wirklich! Der Wilde Mönch, von dem er so oft gehört und den er für eine Sagengestalt gehalten hatte, hatte ihn gerettet, teilte gar Wasser und Brot mit ihm.

»Ja, ich war einst im Kloster Walkenried«, antwortete der Mönch schließlich. »Ich war Bruder Joseph, als Heilkundiger betreute ich die Kranken.«

»Und warum seid Ihr fort?«

»Ihr kennt das Kloster nicht, scheint mir«, sagte Bruder Joseph, Unglaube schwang in seiner Stimme mit.

»Doch, natürlich. Walkenried ist berühmt. Seine Zisterzienser haben den Harz urbar gemacht, den Bergbau zur Blüte gebracht.«

Der Bruder nickte unwillig. »Und es als Halsabschneider, Wucherer und Geldverleiher zu unermesslichem Reichtum gebracht.«

»Ja, sie verliehen Geld, aber immer im Rahmen der Gesetze, glaube ich.«

Der Mönch pfiff abfällig durch die Zähne. »Gesetze! Pah, der Kaiser hat es erlaubt, rechtmäßig nach irdischem Maßstab gewiss, aber was ist mit unserem wahren Herrn? Bei seinem Barte, gottgefällig waren die Machenschaften dieses Klosters nicht.« Er hustete trocken und schwieg. Dann erhob er sich. »Ihr müsst ruhen. Ich werde gehen.«

»Nein, noch nicht! Ich habe …«, rief Federico ihm nach, doch Bruder Joseph nahm den Kienspan und ging hinaus, ohne sein Rufen zu beachten.

Federico lehnte sich gegen den Fels, lauschte dem Klappern seiner Zähne und spürte seinen Verletzungen nach. Der Schmerz war fort. Seltsam, dass man dem Ausbleiben von etwas so Unangenehmem wie Schmerz so viel weniger Aufmerksamkeit schenkte als dem Schmerz selbst … Federico betastete seine Hand, sie war nicht gebrochen, wohl nur verstaucht. Durch den Stoff drang eine übel riechende Salbe, seine ganze Hand war fettig. Jetzt stützte er sich versuchsweise auf, erstaunlich, es war auszuhalten. Wäre da nur nicht diese lähmende Müdigkeit, ständig fielen ihm die Augen zu. Er riss sich zusammen, kämpfte sich hoch. »Pater noster, qui es in caelis, sanctificetur nomen tuum …« Erst nach dem letzten Wort des Gebetes ließ der Schwindel nach.

Licht, er brauchte Licht. Wo war seine Tasche? Inzwischen konnte Federico die nähere Umgebung zumindest schemenhaft erkennen. Ah, da hing sein Beutel, nur wenige Schritte entfernt hatte der Mönch ihn an einen Haken gehängt. Federico fand darin sein Feuerzeug, doch einen Kienspan, geschweige denn eine Fackel suchte er vergebens. Er packte den Zunder wieder ein und hängte sich die Tasche über die Schulter. Musste es eben so gehen. Langsam tastete er sich an der Felswand entlang, bis er mit dem Fuß an etwas stieß. Eine niedrige Kiste. Der Deckel war nicht verschlossen, stellte Federico fest, als er ihn versuchsweise anhob. Die Scharniere quietschten, ein Schwall abgestandener Luft quoll heraus, durchmischt mit herbem, bitterem Kräuterduft. In der Dunkelheit konnte er kaum erkennen, ob etwas darin lag, also langte er hinein, um den Inhalt zu ertasten. Unter seinen Händen spürte er Stoff, feinen Wollstoff. Sieh an, der Alte hatte doch Besseres zu bieten als eine stinkende Decke. Er tastete weiter, was war das? Ah, Fell, vielleicht ein Mantelkragen. Darunter ein Becher, eine Kanne und ein Teller. Ein Sack mit getrockneten Kräutern, die leise knisterten, als Federico ihn bewegte, er roch nach Wasserminze. Und ein verkorktes Fläschchen aus Ton. Federico zog den Stopfen heraus und erschnupperte eine Art Blütenessenz. Er legte es zurück. Federico schloss den Deckel wieder und erforschte den Rest des kleinen Gelasses. Bis auf einen Wasserbottich und das dürftige Lager, auf dem er gelegen hatte, war es leer.

Die kurze Erkundung hatte ihn angestrengt, Federico spürte, wie sein Herz klopfte. Er wollte nur noch wissen, wo es hinausging. Nach rechts war der Mönch verschwunden. War dort nicht ein Lichtschein? Er könnte einfach gehen. Später würde er sich dem Retter gegenüber erkenntlich zeigen. Federico machte einige Schritte, stolperte mit schweren Beinen, alles drehte sich. In seinem Kopf begann das Hämmern mit neuer Kraft. Er schleppte sich zurück und ließ sich auf das Lager sinken. Hätte er wenigstens den Mantel an sich genommen, es war so kalt hier, so kalt. Das Fell, der Stoff, so weich, so warm. Wie sein eigener Mantel in Venedig. Wie Pauls Mantel, auch der mit einem Kragen aus braunem Eichhörnchenfell ... Konnte es sein? Federico wollte aufstehen, nachsehen. Doch seine Glieder waren wie gelähmt, seine Augen fielen zu, ohne dass er es verhindern konnte.

Luca

Nahe Schierke, Anfang Juli

Wie sollte er vorgehen, wie fand man jemanden, der darin geübt war, unsichtbar zu bleiben? Luca setzte einen Schritt vor den anderen, nicht zu schnell, damit Lina mit ihren kurzen Beinen folgen konnte.

Er war froh, der Nähe seiner Mutter vorerst entflohen zu sein. Doch wie sah seine Zukunft aus? Sollte er für immer bei ihr bleiben, wie es der Hauptmann des Grafen neulich vorgeschlagen hatte? Unvorstellbar! Nicht allein für ihn, auch für seine Mutter, da war er sich gewiss. Ja, sie bemühte sich, doch jedem anderen brachte sie mehr Zuneigung entgegen als ihm, ihrem Sohn. Schon die wenigen Tage im Gasthaus waren die Hölle gewesen. In raren Momenten hatte er den Eindruck, seine Mutter wollte sich ihm endlich erklären, so an seinem ersten Abend, als sie in seine Kammer gekommen war. Sie hatte lange schweigend am Fenster gestanden und hinausgeblickt. Schließlich hatte sie Luft geholt, als wolle sie beginnen, doch dann hatte sie fast unmerklich den Kopf geschüttelt und etwas Belangloses gesagt. – Warum vertraute sie ihm nicht? Warum nur liebte sie ihn nicht? All die Jahre hatte er sich diese Fragen gestellt und nie eine Antwort darauf gefunden. Federico meinte, er bilde sich das ein, seine Mutter sei eine wunderbare Frau, voller Wärme, Anmut, sie liebe ihn, ihren Sohn, wie ihren Augapfel, daran dürfe er nicht zweifeln ... Hätte Luca es nicht besser gewusst, er hätte geglaubt, Federico spräche von jemand anderem.

Bis zum Jahresende musste er in jedem Falle im *Bären* bleiben, der Hauptmann Claus von Arnswald hatte ihm die Verantwortung übertragen. Der Hauptmann hatte keinen Zweifel daran gelassen, dass der Graf Luca als Erbe seines Vaters das Lehen übertragen würde, wäre dessen Tod zweifelsfrei erwiesen. Das hieße für ihn, er müsste für immer bleiben. Luca hatte keine Wahl, wo sollte seine Mutter denn leben, ohne das Gasthaus? In Venedig etwa? Immer enger wurde Luca die Brust. Ein leises Räuspern riss ihn aus seinen Gedanken.

»Luca, du weißt hoffentlich, wohin wir gehen?«, fragte Lina beiläufig.

»O ja, gewiss.« Luca sah sich um, verdammt, wo waren sie? Das Tal war breit, die Bäume licht, der Weg wirkte vertraut. Könnte dies das Elendstal sein? Sicher war er sich nicht, aber Lina gegenüber würde er sich keine Blöße geben.

Die Zwergin blieb abrupt stehen, bedeutete mit der Hand einen Halbkreis. »Du hast keine Ahnung, wo wir sind, habe ich recht? Weil du einfach deiner Nase nach läufst und mit den Gedanken ganz woanders bist.« Es war nur eine Feststellung, kein Vorwurf. Dennoch.

Luca hob die Arme, ließ sie langsam wieder sinken. »Ich weiß es sehr wohl«, behauptete er trotzig. Es ärgerte ihn, dass Lina ihn durchschaut hatte. Als würde die kleine Füchsin ihm seine Gedanken von der Stirn ablesen.

Lina ging auf seine Laune nicht ein. »Es hat keinen Sinn weiterzugehen, solange wir nicht wissen, wohin. Wir müssen uns unsere Vorgehensweise überlegen.«

Natürlich wäre das klug und dieses erzwungene Eingeständnis ärgerte ihn. »Aber ein trockenes Plätzchen, um in Ruhe darüber nachzudenken, werden wir nach dem schrecklichen Unwetter wohl kaum finden.« Er zeigte in die Runde. Noch immer standen Pfützen auf dem schattigen Weg, umgefallene Bäume behinderten das Weiterkommen, durchweichte Wiesen, übersät mit abgerissenen Ästen, waren unpassierbar. Selbst heute, da die Sonne von einem blauen Himmel strahlte, als wäre es nie anders gewesen, war die Gegend alles andere als lieblich.

»Egal. Wohin könnte der Weg führen, was glaubst du?« Lina ging langsam weiter und deutete voraus, wo der Pfad in einiger Entfernung unter der Krone einer umgestürzten Eiche verschwand, die ihn wie ein frisch aufgeschütteltes grünes Federbett bedeckte. »Mist!«

Einer nach dem anderen schoben sie sich durch das Geäst, Luca hielt für die nachfolgende Lina die Zweige fest, damit sie nicht zurückschnellten. Die Eiche war ein mächtiger Baum mit einer ausladenden Krone, wie ausladend, das erkannten sie erst, als sie sich auf der anderen Seite herausgekämpft hatten.

»Jesus im Himmel!«, staunte Lina, als sie einen Blick zurückwarf. »Welche Kräfte bei einem Unwetter toben können, wird einem erst bewusst, wenn man so etwas sieht.« Sie wandte sich Luca zu, der abwartend stehen geblieben war. Dann strich sie sich über das Kinn. »Das Unwetter … Wo hätte Federico in dieser Gegend Schutz vor Sturm und Regen gesucht?«

»Wenn es stimmt, was diese Kiepengängerin gesagt hat …«

Lina vollführte mit beiden Händen Kreise in der Luft. »Wenn, wenn, wenn … Wenn nicht, Pech. Aber wir haben nichts anderes, Luca. Hoffen wir es einfach.« Lina setzte sich langsam in Bewegung und winkte Luca, zu ihr aufzuschließen. »Also, Federico kam aus dem Westen und ging nach Osten, weiter nördlich natürlich.« Lina beschrieb mit der Hand eine

Bewegung von links nach rechts. »Wir bewegen uns Richtung Norden. Wenn ich mich nicht irre, werden wir früher oder später seinen Weg kreuzen. Also, Luca, wo hätte Federico das Unwetter abgewartet? Hm?«

Luca sah sich ratlos um. Dort der verdorrte Baum, aus dem Pilze wie weiße Schüsseln wuchsen, dieser seltsam bucklige Stein neben dem Weg ... Als ob ein Vorhang vor seinen Augen zerriss, erkannte er die Gegend. Natürlich war dies das Elendstal! Bilder aus Kindertagen stiegen in ihm auf, die Wanderungen mit Federico, mit seinem Vater Paul. Unbewusst hatte er die Richtung gewählt, aus der Federico üblicherweise kam. Durch dieses Tal gelangte man an den Fuß des Brockens und von dort führten zwei Wege zum Gipfel hinauf.

Also gut, Lina hatte recht, irgendwo mussten sie die Suche schließlich beginnen und in diese Richtung deutete ihre einzige Spur. Luca beschloss, den beschwerlichen der beiden Aufstiege zu wählen, denn dieser traf auf halber Höhe auf den Saumpfad, den Federico laut der Kiepenfrau gegangen war. Dieser Pfad führte an Federicos Mönchsstein vorbei, der auf ein Erzlager verwies. Richtig, Federico hatte dort in der Wildnis einen Stollen angelegt. Vor zwei, drei Jahren hatte er Luca davon berichtet. In diesem Bergwerk hätte er vor Wind und Wetter Zuflucht suchen können.

Luca rang mit sich, Lina von dem Mönchsstein auch nur zu erzählen. Warum diese Bedenken? Sie hatte doch bewiesen, dass er ihr trauen konnte. Außerdem lag der Felsbrocken abseits des Pfades, niemand fand ihn so ohne Weiteres, und das Erzlager, das er markierte, war ohne Federicos Aufzeichnungen nicht zu finden. Und selbst mit seinen Notizen konnte ein Unkundiger den Hinweis nicht entschlüsseln.

Luca vertraute seiner Gefährtin nicht. Warum ging sie mit ihm? Auf der Reise von Italien in den Harz, gut, das war in ihrem eigenen Interesse. Aber warum half sie ihm so bereitwillig bei der Suche nach seinem Vater? Andererseits, warum sollte er an ihr zweifeln? Sie hatte glaubhaft erzählt, dass sie in Wernigerode von dem Wirt ihrer Herberge, des verabredeten Treffpunktes mit ihren Leuten, erfahren hatte, dass ihre Truppe überraschend vom Grafen von Schwarzburg angeworben worden sei und sie in Wernigerode auf deren Rückkehr warten sollte.

Den Teufel würde sie tun, hatte Lina geflucht, als sie Luca unter vier Augen davon erzählte. Zurückgelassen habe man sie! Und ihren Leuten nachzulaufen, kam nicht infrage; zu warten, bis ihr Trupp sich wieder auf sie besann, empfand sie erst recht als Zumutung. Allerdings hätte sie in Erfahrung gebracht, dass sich demnächst weitere Möglichkeiten für sie böten und irgendetwas über die Söhne des Grafen Stolberg gemurmelt, irgendein Fest, das bevorstünde.

Außerdem wäre es für Luca gefährlich, allein in den Wäldern des Harzes herumzuschweifen. Luca grinste bei der Vorstellung, eine Zwergin als Schutz an seiner Seite zu haben. Nun, dann wäre die einer Bedrohung durch die Kleine ebenso lächerlich. Und bislang war sie ihm eine zuverlässige Gesellschaft gewesen. Gut, er würde Lina so weit wie nötig einweihen. »Es gibt da einen Stollen«, begann er und erzählte ihr von Federicos Mönchsstein.

»Gut«, sagte Lina. »Du kennst diesen Stein, aber wo der Stollen ist, weißt du nicht?«

»Nicht genau. Ich war noch klein, als Federico mir den Ort gezeigt hat. Den Stollen grub er erst später, ihn habe ich nie gesehen. Bestimmt erkenne ich den Weg, wenn wir dort sind.«

Linas linke Braue hob sich fast unmerklich, aber sie nickte. »Möglich.«

»Allerdings …« Luca durchzuckte ein Gedanke. »Wenn Federico schon hier in der Gegend gesehen worden ist, vermute ich eher, dass er dort nur das Unwetter abgewartet hat und bereits auf dem Rückweg ist, um meiner Mutter von seinen Ergebnissen zu berichten …«

»Würde er dann diesen Weg wählen?«

Luca sah sich um, zuckte die Achseln. »Ja, ich denke schon.«

Lina ruckte mit dem Kinn, stieß geräuschvoll den Atem aus.

Langsam gingen sie weiter. Durch die Baumwipfel tanzten die Sonnenstrahlen und streuten Lichtflecke auf den Waldboden.

»Am Ende des Tals liegt eine Siedlung. Dahinter führt ein Weg zum Brocken hinauf. Etwas abseits gibt es noch einen weiteren und den werden wir nehmen.«

»Das ist der, der zu dem Stein führt.«

»Ja.«

Seine feste Stimme täuschte. Denn während die eine, aus gutem Grund rege begangene Strecke sich in gemächlicher Steigung am Hang entlangwand und einen leidlich bequemen Aufstieg ermöglichte, war der von Luca auserkorene Pfad schmal, steil und unwegsam, teilweise sogar gefährlich. Folglich wurde er wenig genutzt und war schon zu Lucas Kinderzeiten oft derart zugewachsen, dass er nur schwer zu finden war. Luca hoffte, dass sein Orientierungssinn ihn nicht im Stich ließ.

Einige Zeit gingen sie schweigend nebeneinanderher. Dann räusperte sich Lina. »Sag mal, Luca, weißt du, was deiner Mutter so auf dem Herzen liegt?«

Luca zuckte zusammen und streifte Lina mit einem Blick. »Wie kommst du darauf?«

»Mir ist, als bedrücke sie etwas ... Sie ist so freundlich und liebenswürdig und im nächsten Augenblick ist sie wie erstarrt, als lebe sie in immerwährendem Winter.«

Ja, und zwar immer dann, wenn er in ihre Nähe kam. Ob Lina dieses Detail auch aufgefallen war?

»Ich weiß es nicht«, sagte er.

Lina nickte versonnen und schwieg den Rest des Weges.

Die Siedlung am Fuße des Brockens war größer, als Luca sie in Erinnerung hatte. In den letzten zehn Jahren waren einige Häuser neu gebaut worden, früher wohnte hier nur eine Handvoll Leute. Jetzt zog sich eine ganze Häuserreihe durch das Tal, schmiegte sich an die schmale Straße.

Sogar einen Richtplatz gab es inzwischen, einen Steinwurf weit hinter den letzten Häusern erhoben sich zwei Galgen. Und dass die Gerichtsbarkeit am Ort nicht untätig war, bewiesen die beiden Gehenkten, die daran baumelten. Auf der Schulter des Linken hockte eine Krähe und sah sich wachsam um. Dann pickte sie an dem Kopf herum, etwas fiel herunter.

Im Näherkommen erkannte Luca, dass die Galgen recht grob gezimmert waren und der Richtplatz eingezäunt und von Kuhfladen übersät war. Die Männer des Ortes hatten offenbar selbst Hand angelegt. Der Graf wäre sicher nicht erbaut, erführe er von der Eigenmächtigkeit seiner Untertanen.

Für die Kinder des Ortes war die Hinrichtung jedenfalls eine willkommene Abwechslung. Vier hatten sich vor dem Galgen aufgebaut, die Köpfe in den Nacken gelegt, schauten sie zu den Gehenkten auf.

Luca und Lina gingen langsam an der Richtstätte vorbei, Luca schlug ein Kreuz.

Aus Richtung der Kinder erschallte Lachen. Ein kleiner blonder Junge hüpfte von einem Bein auf das andere. »Ich sage dir, Henner, es ist der Rechte, der Rechte!«

Henner, ein Bursche von etwa zwölf Jahren, hob stolz sein breites Kinn und schob die Haartolle, die ihm verwegen über die Augen hing, aus der Stirn. Nachsichtig blickte er auf den Kleinen hinunter, die Tolle fiel zurück. »Was du immer redest, Nickelchen, warte es ab, du wirst schon sehen! Der Linke ist es, wenn ich es doch sage.«

Der Kleine sprang höher, seine Stimme wurde schriller. »Da, sieh, er hat sich bewegt! Er hat sich bewegt!«

Konnte es sein, dass einer der an den Strang verurteilten noch am Leben war? Luca wollte hineilen, doch Lina hielt ihn an der Hand fest. Sie hatte einen Griff wie ein Schraubstock.

»Das war der Vogel, sieh nur.«

Die anderen drei Jungen lachten und klatschten in die Hände, so dass die Krähe aufflog, um sich dann auf dem Kopf des anderen niederzulassen. Krächzend flog ein ganzer Schwarm der schwarzen Vögel herbei, die flügelschlagend nun die übrigen freien Plätze auf Kopf und Schultern der Toten besetzten.

Ein Rotschopf lief hinzu, warf etwas Glänzendes in die Luft.

Der kleine Blonde beobachtete ihn besorgt. »Das ist meine! Gib sie her!« Sein pausbackiges Gesicht glühte. Drohend baute er sich vor dem einen guten Kopf größeren Rothaarigen auf, stemmte seine Ärmchen in die Seite. Der Rote stieß ihn gegen die Brust, so dass er zurückstolperte und hinfiel.

»Nichts da, die Wette gilt, so haben wir es beschlossen. Fällt deiner zuerst, darfst du die Münze behalten, fällt meiner, bekomme ich sie«, stellte der dunkle Henner fest. »So ist es doch, Ernst, nicht wahr?«

»So ist es gerecht«, bestätigte der Rothaarige mit blitzenden Augen.

Der Vierte, ein schmächtiger Junge im gleichen Alter wie Henner, nickte halbherzig dazu. Im Gegensatz zu den anderen machte er nicht den Eindruck, als hätte er sonderlich Spaß daran, den kleinen Nickel zu foppen.

Der Kleine hatte sich aufgerappelt und sprang wieder zurück. »Das kann doch ewig dauern«, nörgelte er und musterte die Gehenkten. »Sie hängen doch erst seit drei Tagen da und mein Vater sagt, manche halten eine Woche durch. So lange können wir doch nicht hier stehen und warten. Also gib mir solange meinen Taler zurück.«

»Hast du das gesehen?«, fragte Lina leise und nickte in Richtung der Gehenkten.

»Dass der Rechte keine Augen mehr hat? Und dem Linken die Zunge schwarz wie die Hölle aus dem Schlund hängt und sein Hals von der Schlinge fast durchtrennt ist? Ja, das habe ich gesehen. Und ich für meinen Teil würde auch auf den Linken wetten.«

»Scharf beobachtet, aber ich meine diese Münze, sie glänzt wie ein Goldstück. Woher sollten die Blagen so etwas Kostbares wohl haben, was meinst du?«

»Ein Geschenk?«

»Gefunden, vermute ich. Und wer verliert in dieser Gegend Goldmünzen? An der Hauptstraße, wo allenthalben Ritter oder

Händler vorbeikommen, da mag es angehen, aber hier? Na?« Zwischen den Kindern war der Streit heftiger geworden. Der Kleine schrie wie am Spieß und zerrte an dem Rothaarigen, verlangte, dass der ihm seinen Taler wiedergebe. Der Rote jedoch streckte seinen Arm gen Himmel und ließ den Kleinen vergeblich in die Höhe hüpfen.

»Du meinst …? Nein, Federico hätte die Münze nicht verloren, der hätte sie verschenkt oder einem der Jungen als Belohnung für was auch immer gegeben.«

»Gut, dann geh hin und frag den Buben, woher der Schatz stammt.«

»Ich?«

»Ich kann auch gehen, aber mich werden sie nicht ernst nehmen. Und es aus ihnen herauszuprügeln, danach steht mir heute nicht der Sinn.«

Lina sah nicht aus, als würde sie scherzen. Dennoch versuchte Luca ein Lächeln, das unerwidert blieb. Linas grüne Augen sahen ihn ernst, fast grimmig an. »Du hast doch noch Geld übrig? Denn der einfachste Weg, um an eine Information zu kommen, ist, sie zu kaufen. Los jetzt.«

Luca ging zu den Burschen, griff sich den Schmächtigen heraus und zog ihn ein Stück abseits. »He, Junge, wie heißt du?«

»Lasst mich los!«, krächzte der mit kippender Stimme. »Was soll das? Mein Vater kommt gleich, der wird Euch was erzählen. Au, das tut weh!« Empört rieb der Junge sich den Arm, als Luca ihn losließ.

»Entschuldige, das wollte ich nicht.« Das war ja ein guter Anfang für ein vertrauliches Gespräch.

Jetzt aus der Nähe bemerkte Luca, dass das Gesicht des Jungen voller eiternder Furunkel war, obwohl der Junge kaum zwölf sein konnte. O je, Luca wusste aus eigener Erfahrung, welch schreckliche Zeit der Bursche gerade durchmachte.

»Also, wie ist dein Name? Wenn du mir behilflich bist, wird es dein Schade nicht sein, versprochen.«

Misstrauisch blinzelte der Junge ihn an. »Wie meint Ihr

das?«, fragte er mit tiefem Bass, nur das letzte Wort kiekste in die Höhe. Der Junge schnitt eine Grimasse.

»Diese Münze, um die ihr wettet …«

»Was ist damit?«, unterbrach ihn der Junge. »Die gehört dem Kleinen da! Dem Nickel.« Er deutete auf den Blonden, dem jetzt die Tränen über das Gesicht liefen.

»Woher hat er die?«

»Was geht es Euch an?« Der Schmächtige bemühte sich um einen finsteren Blick. »Wollt Ihr sie ihm wegnehmen? Seid Ihr ein Räuber?«

»Räuber?«

Der Junge blinzelte zu den Gehenkten hinüber. »Hier in der Gegend treibt sich nämlich eine Räuberbande herum, hat mein Vater gesagt. Seid Ihr einer von denen? Ihr Anführer gar?«, fragte er mit gesenkter Stimme. In seinen Augen funkelte es bei der Aussicht, einem Räuberhauptmann gegenüberzustehen. Fast kam es Luca vor, als betrachte er ihn jetzt mit gewissem Respekt.

»Kommt Ihr, sie zu rächen?«, flüsterte der Junge ehrfürchtig.

»Wen, um Himmels willen?«

»Na, die da«, der Junge deutete auf die Galgen. »Eure Räuberkumpane! Ich habe meinem Vater geholfen, sie zu fangen!« Das Pickelgesicht nickte stolz. »Also, seid Ihr nun ihr Anführer?« Der Junge streckte den Rücken, bereit, Luca höchstselbst zu überwältigen.

»Nein, ich bin kein Räuber, geschweige denn ein Räuberhauptmann.«

»Ach so.« Die Schultern des Jungen sanken nach unten, die Hände baumelten neben den Schenkeln, seine Arme wirkten zu lang für seinen Körper.

»Es tut mir leid, wenn ich dich enttäusche, aber ich bin nur ein Reisender, der einen Freund sucht. Ein Freund, der solche Münzen mit sich führt, wie der Kleine dort sie hat. Wenn ich wüsste, dass der Taler ihm gehörte, würde ich wissen, wo ich ihn suchen muss.«

»Hm. Nickel behauptet, dass ein Mann sie ihm geschenkt hat. Ich denke, er wird sie gefunden haben. Aber wer weiß, vielleicht hat er sie auch gestohlen. Nickel erzählt gern Geschichten, wisst Ihr, Ihr dürft ihm nicht alles glauben.«

»Du scheinst mir jedoch ein aufgeweckter Bursche zu sein, kannst du ihm nicht entlocken, woher er das Geld hat?«

Der Junge zögerte, beobachtete eine Weile seine Freunde, die sich wieder einträchtig unter den Galgen aufgereiht hatten und zu den Toten hinaufsahen. Der schwarz verfärbte Fuß eines der Gehenkten schaukelte im Wind, schwang knapp über dem Kopf des Rothaarigen, des Größten der vier, kaum ein Haar passte noch dazwischen, schien es Luca. Er schluckte.

»Au weh, meine Mutter!«, rief der Rothaarige plötzlich.

Der kleine Nickel presste die Münze an die Brust, die ihm der Rotschopf in der Zwischenzeit offenbar zurückgegeben hatte. Wie auf einen stillen Befehl hin stoben alle in Richtung der Häuser davon.

Jetzt bemerkte auch Luca die Frau, die sich dem Anger näherte. Der Schmächtige suchte Schutz hinter einem Holzstapel.

»Sie wird nach Alraunen suchen«, murmelte der picklige Junge, dessen Namen Luca noch immer nicht wusste. »Wäre gut, sie würde mich nicht sehen …«

»Hier«, Luca kramte eilig eine Münze aus seinem Beutel und hielt sie dem Pickelgesicht vor die Nase. »Die wartet auf dich, wenn du herausfindest, woher Nickels Goldtaler stammt. Ich werde dort auf dich warten.« Er zeigte in Richtung des Waldrandes, wo sich der Pfad zwischen den Bäumen hindurchwand. »Kurz vor Sonnenuntergang, so lange gebe ich dir Zeit. Wenn du das Geld willst, weißt du, was du zu tun hast.«

Der Junge starrte auf die Münze, kratzte versonnen an einem Pickel, der zu bluten begann, und nickte. Dann rannte er seinen Freunden hinterher.

»Nun?«, fragte Lina, als Luca zurückkehrte. Sie wartete, an einen Baum gelehnt, unsichtbar für jeden, der zufällig in ihre Richtung schaute.

»Wir warten«, sagte Luca und klärte sie über sein Vorgehen auf.

»Pfff.«

»Wenn er es nicht herausfindet, einerlei, bald wird es dunkel und es ist ohnehin besser, den Aufstieg auf den Berg erst morgen früh bei Tageslicht zu wagen. Wir sollten hier im Ort nach einer Unterkunft fragen. Sonst wird die Nacht bei der Nässe ziemlich ungemütlich.«

»Ja, kümmere dich darum. Ich behalte derweil die Richtstätte im Auge, vielleicht kommen die Blagen zurück.«

Lina verabscheute offenbar nicht nur Katzen, sondern auch Kinder. Aber sie hatte wohl recht, am unauffälligsten wäre es, wenn er selbst bei einem der Häuser anklopfte.

Schon beim zweiten Versuch hatte er Erfolg. Ein alter Mann öffnete und hörte sich seine Bitte um Quartier geduldig an. »Nicht allein für Gotteslohn«, versicherte Luca und gab ihm ein paar Heller. Auerspergers Geld ging langsam zur Neige, war aber von großem Nutzen gewesen.

»Na gut«, sagte der Alte und ließ die Münzen in der hohlen Hand klingen. »Ihr seht ja ganz rechtschaffen aus. Meinetwegen also. Ihr könnt im Stall schlafen.« Er führte ihn hinter das Haus, wo in einem Anbau seine Kühe überwinterten. Jetzt war er leer, die Tiere auf der Weide, das Stroh herausgefegt, nur der schwere Geruch nach Kuhdung hatte sich nicht vertreiben lassen.

»Drinnen gibt es noch etwas Heu, macht es Euch bequem damit«, meinte der Alte. »Mehr kann ich Euch nicht bieten.«

»Das ist auch nicht nötig, wir haben alles.«

Der Alte brummte etwas, schüttelte seinen Stock zum Abschied und humpelte ins Haus.

Der Richtplatz lag still, als Luca zurückkehrte. Nur die Gehenkten baumelten unverändert von ihren Galgen, die Krähen waren außer Luca die einzigen sichtbaren Lebewesen. Hin und wieder störten ihre krächzenden Rufe die Ruhe. Von den Kindern war weit und breit nichts zu sehen und auch die Frau war fort.

»Sie hat nichts gefunden«, stellte Lina fest und schüttelte den Kopf. »Alraunen und heilkräftig, ts, dummes Zeug.«

Luca hob den Zeigefinger. »Heilkräftig nur, wenn sie unter Gehenkten wuchsen. Sie ist wahrscheinlich die örtliche Hebamme oder Kräuterfrau.«

Lina zuckte die Achseln. »Meinetwegen. Wo hast du uns untergebracht?«

Luca beschrieb ihr den Weg zum Quartier und Lina verschwand dorthin. Luca suchte sich ein Versteck am Waldrand, einen von Gebüsch verdeckten Baum. Er lehnte sich an den Stamm, schlug die Arme übereinander und beobachtete das Dorf. Leute kamen und gingen über die Straße. Hammerschläge schallten über den Anger bis zu ihm, irgendwo brannte qualmend feuchtes Holz.

Hinter ihm ein Geräusch, jemand kam aus Richtung des Brockens den Weg herunter. Luca presste sich an den Stamm.

Zuerst gewahrte er den leuchtend roten Rock. Die Frau hatte ihn geschürzt, um bequemer ausschreiten zu können. Ihrer Haltung, ihren Beinen sah man an, dass sie es gewohnt war, bei jedem Wetter bergauf und bergab unterwegs zu sein. Sie hatte kräftige, braun gebrannte Waden, stark wie Säulen. Der Korb auf ihrem Rücken schien leer zu sein. Festen Schrittes lief die Kiepenfrau an ihm vorüber, ohne ihn zu bemerken. Luca sah ihr nach, wie sie an den Galgen vorüberging, den Blick gesenkt, bis sie zwischen den Häusern verschwand.

Die Sonne stand tief und Luca glaubte kaum noch daran, dass der Junge erscheinen würde, da sah er von fern zwei Gestalten, eine kleine und eine größere, die Straße herunterkommen. Sieh an, der Bursche brachte den kleinen Blondschopf, diesen Nickel, gleich mit. Luca ging ihnen ein Stück entgegen.

Außer Atem blieben die Jungen vor ihm stehen. Der Kleine musterte Luca, während er auf den Zehenspitzen wippte. Seine roten Wangen glühten und die dunkelblauen Augen blickten aufgeweckt in die Welt. »Du hast nach dem Taler gefragt?«

»Stimmt.«

»Was kriege ich dafür, wenn ich dir sage, woher ich ihn habe?«

»Nun, einen Heller gebe ich dir.«

»Den Taler behalte ich aber.« Der Kleine schob seine Unterlippe vor und ballte seine Hände zu Fäusten.

Luca nickte. »Natürlich behältst du ihn. Also, was ist mit dem Taler?«

»Ich habe ihn gefunden.«

»Kannst du mir denn sagen, wo genau?«

Erneut nickte der Junge, während er sich am Kopf kratzte, dass es Luca allein vom Zusehen schmerzte.

»Da irgendwo oben.« Nickel unterbrach das Kratzen, um den Weg hochzuzeigen.

»Hier in der Nähe?«

»Nein, nein. Weit weg von hier. Man muss eine ganze Weile laufen.«

Jetzt mischte sich der Ältere ein. »Er weiß es nicht, habe ich ja gleich gesagt.«

»Wohl, Ludwig, ich weiß es wohl! Da oben war es, ganz nah bei einem Bach ohne Wasser, da habe ich ihn gefunden. Gleich nach dem großen Regen. Gestern erst.«

»Gestern warst du daheim, hat deine Mutter gesagt.« An Luca gewandt, fügte er hinzu: »Wie gesagt, der Nickel ist noch klein und erzählt viel, wenn der Tag lang ist.«

»Ich bin nicht klein!«, schrie der Kleine und zerrte den Älteren am Arm. »Ich bin nicht klein!«

»Schon gut, Großer, nein, bist du nicht.«

»Gestern war es. Und ich weiß genau, wo.«

Luca atmete durch. »Dort oben, ganz weit, ist also ein Bachlauf ohne Wasser.«

Nickel nickte mit glänzenden Augen. »Da geht es ganz steil runter, ui!«

»Und du warst ganz allein dort oben?«

Nickel schob die Unterlippe vor, sie zitterte. Dann schüttelte er den Kopf. »Ich war mit meiner Mutter dort. Sie geht da immer hoch und runter, immerzu. Und manchmal muss ich mit.

Jetzt, wo wir hier wohnen, nicht mehr so oft. Aber gestern schon.« Er nickte, schaute dann zu Ludwig hoch. »Und ich weiß es doch!«

»Ich kenne diesen Bachlauf, glaube ich«, sagte Ludwig nachdenklich.

»Ja, ich auch«, bestätigte Luca. »Und diesen gefährlichen Weg ist deine Mutter mit dir gegangen?«

Der Kleine lief rot an, zog die Schultern hoch und hüpfte um Ludwig herum. »Na ja …«

»Du bist fortgelaufen und warst allein dort, nicht wahr?«, fragte Luca.

»Hm. Mutter hat geschimpft. Sie sagte, das nächste Mal kommt der Wilde Mönch und nimmt mich mit.« Tränen traten ihm in die Augen, er schluckte und stand für einen Augenblick still. »Ich will aber nicht mit dem Mönch gehen. Darum habe ich ihr auch nichts von dem Taler gesagt. Du darfst es ihr auch nicht sagen.« Er starrte Luca misstrauisch an, streckte ihm eine schmuddelige Handfläche entgegen. »Jetzt gib den Heller!«

Luca gab ihm die Münze. Schon strahlte Nickel wieder. »Siehst du, Ludwig, du wolltest es nicht glauben. Hier«, der Kleine hielt ihm den Heller unter die Nase. »Siehst du?«

»Ja.« Ludwig klopfte seinem Schützling gönnerhaft auf die Schulter. »Du verstehst es, zu Geld zu kommen, Nikolaus, wahrhaftig.«

Nickel hüpfte auf und ab, die Münze in die Höhe gestreckt, ließ er sie in der Abendsonne funkeln. »Ich bin reich«, erklärte er stolz.

»Als du dort oben warst, hast du da jemanden gesehen? Einen Mann vielleicht? Oder mehrere?«

Nickel schüttelte den Kopf. »Da war niemand.« Er hüpfte vor Luca herum wie eine Bachstelze. Plötzlich jedoch blieb er wie angewurzelt stehen, legte den Kopf schräg und die Kinderstirn in Falten. Er dachte nach, Luca sah förmlich, wie die Gedanken in seinem Kopf Gestalt annahmen. Dann grinste der Kleine und musterte Luca mit zusammengekniffenen Augen.

»Da war niemand. Aber lange vorher, da habe ich mal fremde Männer gesehen.«

»So?«, fragte Luca, ganz offensichtlich begann Nickel nun, Märchen zu erzählen. »Wann war das denn?«

»Gib noch einen Heller!«

Ludwig grinste, nickte Luca zu. »Er versteht es, Leute auszunehmen, sag ich doch.«

Luca nickte und musterte den kleinen Irrwisch, der ohne Unterlass vor ihm herumsprang. »Ich gebe dir nur einen Heller, wenn du mir etwas Wichtiges erzählst.«

Nach kurzem Sträuben entschloss Nickel sich, das Risiko einzugehen. »Zwei Männer sah ich.«

»Was für Männer? Räuber?«, fragte Luca mit einem Blick auf die beiden Gehenkten.

Nickel zuckte mit den Schultern. »Zwei Männer eben, sie zankten, einer ging herum, schaute immer in ein Buch.«

Ludwig lachte auf. »Ein Buch! Du weißt doch gar nicht, was das ist.«

»Wohl weiß ich das, der Herr Pfarrer hat auch eins. Gerade so war das auch, nur anders. Ohne die Bilder und kleiner, viel, viel kleiner.« Nickel hüpfte auf und ab. »Der Mann blätterte, wie der Herr Pfarrer, wenn er nicht weiterweiß, erst schaute der Mann, dann ging er so«, und Nickel stolzierte mit steifen Beinen auf und ab, hielt die Hände wie eine Schale vor der Brust, als trüge er ein unsichtbares Buch vor sich her und schaute mit gerunzelter Stirn erst hinein, dann um sich. »Genau so war es.«

Ludwig tippte sich an den Kopf. »Gesehen! Was der gesehen hat! Er macht sich nur wichtig.«

»Lass ihn«, sagte Luca und legte dem Kleinen, der schon wieder aufbrausen wollte, eine Hand auf die Schulter. »Du bist oft auf dem Berg unterwegs, scheint mir.«

»Ja, früher. Seit wir hier wohnen, also seit Himmelfahrt, nicht mehr, sag ich doch.«

Seine Mutter, so erzählte Nickel, sei eine Kiepengängerin. Er begleitete sie oft und kannte deswegen an den Hängen des

Brockens jeden Stein und jede Baumwurzel. Und auf einem dieser Gänge hatte Nickel besagte Männer beobachtet.

»Und plötzlich hat der eine Mann sich mit dem anderen gezankt.« Er schüttelte die Hand, als hinge etwas Klebriges daran. »Uiuiui, hat den Mann geschubst, dann umgehauen, schlimm!«

Lucas Herz klopfte wie ein Hammerwerk in seiner Brust. »Wann war das?«

»Im letzten Jahr.« Alarmiert sah der Kleine auf. »Ist das zu lange her?«

»Wann im letzten Jahr?«, fragte Luca mit wachsender Aufregung.

»An Allerheiligen«, sagte Nickel mit fester Stimme, ohne zu zögern.

An diesem Tag bekam er von seiner Mutter nämlich immer einen süßen Kuchen geschenkt. Und den hatte er verzehrt, just als er die Beobachtung machte.

»Wo? Weißt du das noch?«

Nickel dachte nach und deutete vage in Richtung Brocken. »Ich weiß nicht mehr, doch, auch irgendwo da, aber weiter oben, glaube ich.«

»Hat deine Mutter die Männer auch gesehen?«

»Gewiss, das hat sie. Gib mir den Heller, du hast es versprochen!«

»Ja.« Luca zog eine weitere Münze heraus.

»Nickel?«, tönte eine schrille Stimme zu ihnen herüber. Sie gehörte der Kiepenfrau, die Luca vorhin beobachtet hatte, Nickels Mutter offenbar. Misstrauisch musterte sie Luca. »Nickel? Wer ist der Mann?«

Sie kam näher, ihr roter Rock bedeckte nun züchtig ihre Beine. Luca bemerkte, dass sie jünger sein musste, als er zunächst gedacht hatte. Und nun, da sie vor ihm stand, sah er, dass sie die gleichen dunkelblauen Augen hatte wie ihr Sohn und das gleiche Blondhaar.

»Ludwig, deine Mutter sucht dich überall, geh nach Hause!«, schalt sie den Großen.

Eilig machte sich das Pickelgesicht auf den Heimweg.

»Und du, Bürschchen, kommst jetzt auch nach Hause. Hat er Euch belästigt?«, fragte sie Luca.

»Nein, ganz im Gegenteil, gute Frau. Nickel war mir eine große Hilfe.«

»So?«, sie musterte ihren kleinen Sohn zweifelnd.

»Er hat mir zwei Heller gegeben«, flüsterte Nickel in einer Lautstärke, so dass Luca ihn mühelos hören konnte. Die Frau lächelte. »Gib dem Mann das Geld zurück, mein Junge.«

Nickel runzelte die Stirn.

»O nein«, erwiderte Luca, »er hat sich die Heller redlich verdient. Und Euch wollte ich ohnehin aufsuchen. Euer Sohn erzählte mir nämlich von einer Beobachtung, die er im letzten Herbst an Allerheiligen gemacht hat, zwei Männer, die sich stritten. Ihr hättet sie auch gesehen, behauptet er. Stimmt das?«

Die Frau rückte ihre Haube zurecht und wickelte dann das Band um ihren Zeigefinger. »Diese beiden Streithähne meint er wohl, oben am Saumpfad.« Sie nickte langsam. »Was ist mit denen? Warum wollt Ihr das überhaupt wissen?«

Luca erzählte ihr kurz von seinem vermissten Vater.

»Meint Ihr, einer der Männer war Euer Vater?«

Die Frau bestätigte das, was ihr Sohn zuvor erzählt hatte. Nickel wäre vorausgelaufen, und als sie ihn erreicht hatte, beobachtete er die Männer bereits eine Weile. Allerdings war wegen der Bäume in dem schattigen Tal nicht viel zu sehen gewesen. Nur einmal hätte ein Kettenhemd in der Sonne aufgeblitzt, aber der Geharnischte hatte vermutlich eine Gugel getragen, die den Kopf bedeckte. Den anderen hatte sie besser sehen können, der hatte einen Mantel angehabt, einen mit rötlichem Pelzkragen, der war recht auffällig gewesen. Die Männer hätten heftig gestritten und geschrien. Der mit dem Kettenhemd hatte immer etwas gerufen, das sich wie »Wo? Wo?« angehört hätte. Dann hatte er sich auf den armen Mann gestürzt, mit ihm gerungen. Irgendwann waren dem Gewappneten weitere Männer zu Hilfe gekommen, gemeinsam hätten sie auf ihn eingeprügelt und ihn schließlich blutüberströmt und mit verrenkten Gliedern zurückgelassen. Es bestünde kein Zweifel an seinem Tod, war sich die Kiepenfrau sicher. Aus Angst vor Entdeckung und Sorge um ihren Sohn hatte sie sich mit ihm davongemacht. »Könnte das Euer Vater gewesen sein?«, fragte die Frau zögernd.

Luca, dem während ihrer Schilderung der Hals immer enger geworden war, brachte kein Wort heraus. Er senkte den Kopf, zuckte mit den Schultern.

»Aber nein, es kann ja gar nicht Euer Vater gewesen sein.« Die Frau lachte erleichtert auf.

Luca sah sie überrascht an. »Wieso nicht?«

»Ich meldete meine Beobachtung natürlich.«

Lucas Hände wurden feucht, er wischte sie an seinem Kittel ab. »Wem? Wem berichtetet Ihr davon?«

»Einem der Männer des Grafen.« Sie schaute auf den Boden, die Lippen geschürzt. »Wie hieß er noch? Busso, glaube ich, Busso von Hardenberg, von Hardensleben, Haldensleben oder so ähnlich. Nun, wenn es sich um Euren Vater gehandelt hätte, hätte er Euch doch Bescheid gegeben.«

Federico

Harz, Anfang Juli

Federico schlug die Augen auf, er brauchte eine Weile, um sich zu vergegenwärtigen, wo er sich befand. Leise Schritte näherten sich, dieses Geräusch musste ihn geweckt haben. »Bruder Joseph?«, rief er in die Dunkelheit hinein.

Ein trockener Husten kündigte den Mönch an. Ein Kienspan flammte auf, warmes Licht fiel in die Weitung des Stollens. »Habt Ihr gut geschlafen? Ja, ja, schlafen heilt.« Joseph ließ sich ächzend bei ihm nieder, nahm Federicos Hand, legte die Fingerkuppen auf das Gelenk. Einige Zeit verharrte er reglos, dann nickte er zufrieden und ließ ihn los.

Federico hätte ihn gern sogleich nach dem Mantel in der Kiste gefragt. Aber wie sollte er dem Mönch erklären, woher er von dem Kleidungsstück wusste? Geduld, er musste auf die richtige Gelegenheit warten.

Joseph rappelte sich auf, humpelte zu der Stelle mit dem Wasserbottich. Federico hörte erst das Rascheln von Stoff, dann ein Klappern, ein Plätschern und kurz darauf stellte der Alte einen Krug vor ihm ab, aus dem der inzwischen vertraute Modergeruch aufstieg.

Als Nächstes holte der Mönch seinen Sack, in dem er offenbar Lebensmittel sammelte. Er zog etwas Weißes daraus hervor und streckte es Federico entgegen, woraufhin ihn der vertraute Wiesenblumenduft umwehte.

»Schaut, schaut, welche Köstlichkeit ich diesmal bringe. Hier, für Euch.«

Federico nahm ein Ei entgegen und plötzlich knurrte sein Magen. »Woher bekommt Ihr das alles?« Federicos unbestimmte Geste umfasste den ganzen Stollen samt dem kargen Inventar, samt der Kiste.

»Die Leute fürchten den Wilden Mönch.« Der Alte nickte, sein Schatten zuckte an der Wand. »Furcht macht freigiebig, mal mehr, mal weniger. Nach einem Unwetter sind sie es mehr, sie fürchten sich; glauben, der Zorn des Herrn zeige sich auf diese Weise. – Narren! Nun, mir verschafft es ein Auskommen, ich brauche ja nicht viel.«

»Nein, Ihr braucht nicht viel, wenn Ihr nicht gerade einen Gast beherbergt.«

Joseph ließ sich neben ihm nieder, begleitet von Husten und Keuchen, Ächzen und Stöhnen. »Ihr seid mein erster Gast.«

War Federico der Erste, den er in dieser unwirtlichen Gegend retten musste? Oder zählte das allein noch nicht als Gastfreundschaft? Federico trank einen Schluck, wieder schmeckte das Wasser moorig.

Federico schlug das Ei auf dem Felsboden an und begann, es zu pellen. »Hat es Euch nie nach Gesellschaft verlangt?«

»Aber ich habe doch Gesellschaft.« Der Mönch klang erstaunt. »Der Herr ist allezeit bei mir. Mit ihm halte ich ständig Zwiesprache, stille Zwiesprache, deswegen«, er hustete, »ist meine Stimme auch ein wenig eingerostet.«

»Ihr seid krank, scheint mir.«

Bruder Joseph lachte rasselnd. »Habt Ihr vergessen? Ich bin heilkundig. Ich weiß mir sehr gut zu helfen.«

Angesichts des stolzen Alters, das der Mönch trotz jahrelangen Ausharrens in einem kalten Stollen, bei so karger Verpflegung erreicht hatte, schien Bruder Joseph sein Husten ein zu vernachlässigendes Übel zu sein. Außerdem war er ja noch immer in der Lage, in den Harzer Wäldern herumzuwandern.

Joseph winkte aufmunternd. »Nun los, esst, esst nur! Und trinkt, Ihr müsst viel trinken.«

Nach der dürftigen Kost der letzten Wochen, schmeckte Federico das Ei herrlich. Erst als er es bis auf den letzten Krümel vertilgt hatte, bemerkte Federico, dass Joseph selbst nur an einem Kanten Brot nagte. »Esst Ihr kein Ei?«

»Es gab nur eins.«

Federico spürte, wie ihm vor Scham die Wangen glühten. »Ihr rettet mir mein Leben, und ich verzehre Euer einziges Ei! Und Eure Vorräte! Wie kann ich meine Gedankenlosigkeit nur wiedergutmachen?«

»Ach was, hiervon gibt es doch reichlich«, Joseph hob seinen Kanten Brot hoch.

»Dennoch!«

»Dann betet für mich, das kann nie schaden.«

»Das werde ich. Aber ich möchte Euch zudem eine Gefälligkeit erweisen, eine irdische sozusagen.« Federico beschrieb mit dem gesunden Arm einen Halbkreis. »Ihr lebt nicht gerade in großem Luxus. Der nächste Winter kommt gewiss, da wird Euch dieses Fähnchen von keinem großen Nutzen sein.« Er zupfte an der Wolldecke. »Ich möchte Euch gern mit einem

Mantel eine Freude bereiten und einer Decke, aus Fuchsfell vielleicht.«

»Ihr friert, warum sagt Ihr das nicht?«, sagte der Mönch. Ächzend erhob er sich, humpelte in Richtung der Kiste.

Perfekt! Der Deckel klappte auf, polterte gegen die Felswand. Gemurmel, Quietschen und Knirschen und der Deckel fiel mit einem dumpfen Knall zu. Sogleich tauchte der Mönch wieder im Lichtschein auf, ein Stoffbündel vor die Brust gedrückt, das er über Federico ausbreitete. Mit der Hand auf Federicos Schulter stützte er sich ab, während er sich wieder niederließ.

Federico strich über den feinen Stoff.

»Ihr seht, ich besitze alles, was ich brauche, mehr sogar. Den Mantel brauche ich nicht. Behaltet ihn, wenn Ihr wollt.«

Im Schein des Kienspans prüfte Federico den Stoff genauer, ja, wie er dachte, eine sehr fein gesponnene Wolle. Der Kragen mit ähnlichem Fell besetzt wie seiner in Venedig. War sein Gedanke gestern also nicht nur den Schmerzen, der Müdigkeit geschuldet, Santa Madonna! Paul hatte einen solchen Mantel getragen, als Federico sich von ihm verabschiedet hatte, Bruder Johannes hatte ihn damit gesehen. Konnte es sein, dass dies …? Federico hielt das Kleidungsstück ins Licht, schwer zu sagen, welche Farbe er hatte. Aber der Stoff, dieses Fell … Die Machart … »Woher habt Ihr ihn?«, fragte Federico, um einen gleichgültigen Tonfall bemüht. In seinem Inneren spürte er die Unruhe des Jägers, der seinem Wild auf der Spur ist.

»Einerlei. Gefunden. Geschenkt. Eine Gabe des Herrn, der sich so um mich sorgt wie ich mich um ihn.«

Oder Joseph, der Mönch, hatte ihn jemandem gewaltsam abgenommen … Nein, das glaubte Federico nicht ernsthaft. »Bitte, sagt mir, woher Ihr ihn habt, es ist wichtig.« Jemanden zu bedrängen, führte selten zum Ziel, doch jetzt die Ruhe zu bewahren, fiel Federico schwer. Er sah Anna vor sich, fühlte sich ihr so nah wie noch nie … Schnell schob er die Imagination beiseite.

»Denkt Ihr etwa, ich hätte den Mantel gestohlen?« Joseph musterte Federico argwöhnisch.

»Aber nein«, antwortete Federico eilig. »Es ist nur – dieser Mantel gleicht aufs Haar dem eines guten Freundes.«

Die Falte, die über der Nase von Bruder Joseph entstand, übertraf alle übrigen an Schärfe und Tiefe.

»Ach, ein Freund?«, fragte er gedehnt.

Federico wollte Joseph von Paul erzählen, doch das Sprechen fiel ihm zunehmend schwer, er hatte das Gefühl, als hätte er zu viel Wein genossen, Schwindel ergriff ihn. Er gähnte, brachte kaum ein paar Worte heraus, die in seinen Ohren wirr klangen.

Der Mönch hingegen schien sein Gestammel zu verstehen, er nickte langsam. »Ich denke, ich kann Euch helfen. Doch jetzt schlaft! Morgen, wenn Ihr wieder bei Kräften seid, zeige ich Euch etwas.«

»Aber ...«, Federicos Augen fielen zu. Was war los mit ihm? Eben noch so voller Tatendrang, fühlte er sich nun schon wieder wie gelähmt. Der Mönch hatte etwas in den Trank gemischt, Kräuter wahrscheinlich, irgendwelche Heilkräuter ...

Die Rückkehr des Alten am nächsten Tag schien Federico schon wie ein lieb gewordenes Ritual. Seine Schritte, sein Keuchen ... Die Finger an Federicos Handgelenk, das Reichen eines Bechers, eines Brotstücks, dann das vertraute Ächzen und Stöhnen, welches das Niedersetzen des Alten begleitete und in einem tiefen zufriedenen Seufzer gipfelte, wenn er endlich neben ihm auf dem Boden saß.

Langsam drang die wohlige Wärme seines Körpers an Federicos Leib; der inzwischen vertraut gewordene Geruch nach Ziege verstärkte sich. Es folgte eine Weile des Schweigens, hin und wieder unterbrochen von bellendem Husten. Endlich jedoch ein Räuspern.

»Gut, ich werde Euch jetzt erzählen, was ich über die Geschehnisse im vergangenen Herbst weiß.«

Ja, es handelte sich um Pauls Mantel. Federico zog ihn enger an sich, genoss die Wärme des Wollstoffes, grub seine Nase in den Fellkragen, der jetzt, wo er es wusste, sogar nach dem Rauch des Gasthauses roch.

Jedes einzelne von Josephs Worten ergab einen Sinn. Federico wiederholte im Stillen den Satz, mit dem der Mönch seinen Bericht eingeleitet hatte: Paul war tot.

Es musste irgendwann im November gewesen sein, der Winter war plötzlich hereingebrochen. Richtig, Allerheiligen war der letzte schöne Tag im Jahr gewesen, daran erinnerte sich Joseph noch, aber an dem besagten Tag hatte es am Abend begonnen zu schneien. Damals war er zu einem Dorf in der Nähe unterwegs gewesen, dort legten ihm die Bewohner Lebensmittel unter einen Baum. Wie früher die Gaben an die Götter. Sein eigener Vergleich löste bei dem Mönch einen Anfall aus, von dem Federico nicht wusste, ob es Lachen, Empörung, Husten oder alles zugleich war.

Genau genommen, war Joseph sich nicht sicher, ob die Gaben wirklich für ihn bestimmt waren oder nicht doch für irgendeinen Waldgeist.

Auf dem Weg dorthin, etwas versteckt, wäre er an einem großen Felsblock mit dem Bildnis eines Mönchs vorbeigekommen. »Wer das wohl eingeritzt haben mag?« Joseph schüttelte den Kopf. Dort in der Nähe jedenfalls, auf einer Lichtung, hatte er zwei Männer beobachtet. »Einer mit auf den Rücken gefesselten Händen, einer im Kettenhemd. Ein schwarzes Pferd stand am Waldrand. Der eine Mann, ein Ritter wohl, ging auf und ab, ein Buch in der Hand schrie er den Gefesselten an. Wo die Schätze seien, brüllte er wieder und wieder. Der Befragte, Paul, wie ich jetzt weiß, schwieg. Der Ritter geriet außer sich, zückte ein Schwert, fuchtelte damit vor Paul herum, dann warf er es weg und schlug mit den Fäusten auf den Wehrlosen ein, wieder und wieder, bis der am Boden lag. Weitere Männer tauchten auf, in zerschlissenen Kleidern, heruntergekommene Pferde am Zügel führend, und feuerten den Ritter noch an. Der zog Paul zu sich hoch, was er da zu ihm sagte, konnte ich nicht verstehen, sah nur, dass Paul den Kopf schüttelte, die Achseln zuckte, woraufhin der Ritter nur umso heftiger auf ihn einprügelte.« Bruder Joseph knirschte während seiner Schilderung immer wieder mit den Zähnen. Was hätte er allein gegen die Überzahl an Männern, alle deutlich jünger und kräftiger als er, ausrichten können? Er habe um Hilfe gebetet, um Beistand gefleht, sagte er, doch gekommen sei niemand.

»Ihr konntet nichts tun«, beruhigte ihn Federico, wusste jedoch, dass dieser Trost Joseph nicht half. Er hatte mit ansehen müssen, wie die Raubritter Paul langsam totschlugen. Am Ende waren sie verschwunden. Paul hatten sie reglos am Boden liegend zurückgelassen.

Federico ließ sich die Männer beschreiben. Der Anführer, so erinnerte sich Bruder Joseph, war ein kräftig gebauter Ritter mit blondem, vollem Haar, das über der Stirn in zwei Zipfeln keck in die Höhe stand. »Wie der Teufel höchstselbst sah er aus«, keuchte der Mönch, noch immer erschüttert. Viel mehr habe er nicht erkennen können, er hätte ja in einiger Entfernung gestanden und in der Aufregung ... nun, in den Bewegungen des Mannes hätte eine gewisse Anmut gelegen. Und ja, er hatte ein Kettenhemd getragen, ganz sicher. Darüber einen Mantel, er wäre bräunlich gewesen, braun-gelb, braun-gold ... Die Gefährten des blutrünstigen Ritters waren Joseph noch weniger im Gedächtnis geblieben. Allgemein konnte er nur angeben, dass sie allesamt einen verwahrlosten, armseligen Eindruck gemacht hatten.

Ein Eindruck, der Federico sehr bekannt war. Außerdem war es mehr als unwahrscheinlich, dass sich in diesem Gebiet mehr als eine Räuberbande herumtrieb.

»Werdet Ihr diesen Unholden den Garaus machen?«, fragte der Mönch.

»Ich werde alles daransetzen.«

Joseph nickte. »Dann kommt mit.« Er winkte, als Federico nicht sofort folgte. »Kommt schon, kommt!« Joseph humpelte voraus, dem Schein des Tageslichts entgegen.

Blumen wuchsen auf Pauls Grab. Eine wilde Rose, mit zahllosen roten Blütenkelchen, in die die Bienen eintauchten und gleich darauf mit gelben Pollen bepudert davonflogen. Daneben Nelken, ein wippendes Hirtentäschel, gelbe Ringelblumen und Löwenzahn. Federico starrte auf das rührende Beet.

Im Streit waren sie auseinandergegangen, so viel war ungesagt geblieben … Ach, Paul, wer hatte es ahnen können … Ein Unglück hatte Federico vermutet, einen Unfall … Nein, ein grausamer, kaltblütiger Ritter hatte Paul ermordet, ihn aus dem Leben gerissen. Das Blut auf Pauls Mantel, den Joseph später im Gestrüpp gefunden hatte, erinnerte noch an die grausame Tat.

Mit dreien seiner Gesellen hatte Federico bereits Bekanntschaft gemacht. Keine Frage, es waren die drei Räuber, die er vor einiger Zeit daran gehindert hatte, eine Rinderherde zu stehlen. Kein Wunder, dass sogar seine eigenen Männer Todesangst vor ihrem Anführer hatten.

Anna

Stolberg, Anfang Juli

Anna erwachte und wünschte sogleich die barmherzige Bewusstlosigkeit zurück. Ihr Körper schmerzte wie eine einzige Wunde, ihre Füße brannten wie Feuer, die Knie waren blutig aufgeschürft, die Handgelenke schieres, blutiges Fleisch. Ihre Finger konnte sie nur unter Qualen bewegen. Der Gestank von Fäulnis ließ sie würgen. Der Kerker, o Gott, sie saß im Kerker. Oder war dies doch nur ein Traum? Nein, ihre Schmerzen waren allzu wirklich.

Ketzer! Gattenmörderin! Die Anschuldigungen hallten in ihrem Kopf. Anna hielt sich die Ohren zu, vergeblich. Sie ließ die

Hände sinken, lehnte den Kopf an die Wand, schloss die Augen. Sterben, nur sterben.

Nein, so schnell durfte sie nicht aufgeben. Solange sie lebte, gab es Hoffnung! Anna riss die Augen auf. Sie würde fliehen, vielleicht fand sie einen Weg …

Eine Fackel steckte in einem eisernen Halter hoch oben an der Wand, aber das Wenige, das sie in dem unsteten Lichtschein sehen konnte, ließ ihren aufkeimenden Mut verdorren. Verstreutes Stroh, in einer Ecke ein Bündel, kaum mehr als ein Schemen. Ein Mensch? Huschende Schatten verschwanden in der Dunkelheit, das Stroh raschelte. Allmächtiger, Ratten! Allein der Gedanke lähmte ihre Glieder. Sie lauschte. Stille. Sie waren verschwunden. Niemand war da, außer ihr, sie war allein.

O Gott, wie erbärmlich es stank. Die Ausdünstungen der einst hier Eingekerkerten hingen schwer in der Luft, drangen in ihre Kleider, sickerten in jede Pore. Doch schlimmer noch war die Angst. Stumm, körperlos, unsichtbar und doch fast greifbar.

Der Morgen graute, als endlich jemand kam. Ein Mann reichte Anna einen Teller mit dünner Suppe und ein Stück Brot in ihr Verlies, dazu einen Krug mit Wasser. Niemand sprach mit ihr, niemand antwortete auf ihre Fragen. Ihre Handgelenke schmerzten, Anna goss von dem Wasser darüber, es brannte, kühlte aber auch. Mit einem Streifen Stoff, den sie vom Saum ihres Kleides abriss, verband sie ihre Wunden notdürftig. Immerhin lenkte sie die Tätigkeit kurz von ihrer traurigen Lage ab, viel zu schnell waren ihre Wunden versorgt.

Am Abend des ersten Tages war sie zu der Überzeugung gelangt, dass Federico früher oder später ihre Unschuld beweisen würde. Er würde sie retten, ganz sicher. Wo er nur blieb?

Am nächsten Morgen reckte Anna das Gesicht in Richtung des Fensters hoch oben an der Wand, als könnte sie in der Tiefe ihres Verlieses ein Sonnenstrahl erreichen. Ihre Gedanken drehten sich im Kreis und je weiter die Sonne wanderte, desto verwirrter wurde sie. Da es doch offenbar Neuigkeiten über Paul gab, die zu ihrer Verhaftung geführt hatten, konnten sie nur von Federico stammen. Wenn jemand nach so langer Zeit noch etwas zu Tage hatte fördern können, dann er. Das bedeutete, er war zurückgekehrt. Aber das war unmöglich. Da sie ja unschuldig war, säße sie nicht in diesem Loch, man hätte sie freilassen oder wenigstens befragen müssen. Wenn also nicht Federico etwas über Paul erfahren hatte – wer dann? Und was mochte es sein?

Sie musste mit dem Grafen sprechen und, ja, er würde ihr glauben, sie sagte doch die Wahrheit. Alle hatten ihr berichtet, der Graf sei kein Unmensch. Anna ging zur Tür, hämmerte mit den Fäusten gegen das Holz, spähte durch das kleine vergitterte Loch in die Dunkelheit des Ganges. »Führt mich zum Grafen!«, schrie sie hindurch. »Hört ihr? Kommt her! Hört mich denn keiner?« Ihre Schreie verhallten in der Finsternis. Niemand kam.

Ohne auf die Wunden an ihren Händen zu achten, trommelte sie mit den Fäusten gegen das Holz, bis sie brannten, schrie sie, bis sie krächzte. Nichts tat sich.

Ein letzter Schlag mit den Handflächen und sie ließ ihre Stirn gegen das Holz sinken. Sie war allein.

Ihr blieb nichts übrig, als sich zu gedulden. Sie zwang sich zur Ruhe, setzte sich auf das stinkende Stroh, schlang die Arme um die Knie und wartete. Jedes Mal, wenn sie das Geraschel und Getrippel der Ratten hörte, erstarrte sie. Irgendwann gelang es ihr, die Angst zu bezwingen und die Tiere sogar mit den Füßen von sich zu stoßen, als sie dreist an ihren Zehen schnupperten.

Anna starrte in den schmalen Lichtstreif, der durch das winzige Fenster unterhalb der Decke hereinfiel und mit seinem Erscheinen den Tag von der Nacht schied. Niemals erreichte ein Sonnenstrahl den Boden ihrer Gruft. Die Fackel war längst erloschen.

Dieses Warten! Anna sprang auf, marschierte auf und ab, hin und her. Sechs Schritte zählte sie von der Tür zur Wand mit dem Fenster, acht Schritte von links nach rechts. Sie versuchte, nicht auf die Ringe an den Wänden zu starren. Vergeblich. Neben der Tür hingen je zwei, an den Wänden links und rechts je drei, gegenüber, unter dem Fensterloch, weitere vier. Es waren große eiserne Ringe, fest in die Wände eingemauert. An zweien hingen Ketten herab, die bis zum Boden reichten.

Erst hundert, dann tausend Schritte zählte sie ab, begann wieder von vorn. Dann betete sie zehn Vaterunser, hin und zurück in der Längsrichtung, je einen Schritt pro Silbe, danach zehn Mariengrüße in die Quere und wieder längs das Vaterunser.

Erschöpft sank sie auf das Stroh. Es dämmerte, bald wäre es Nacht. Wenn doch endlich jemand käme, irgendwer mit ihr spräche ... Als sie zu Atem gekommen war, nahm sie ihre Wanderung wieder auf.

Irgendwann schmerzten ihre Füße, sie zitterte am ganzen Leib, ihre Zähne klapperten, bei dem leisesten Geräusch fuhr sie zusammen. Sie fürchtete sich, wie noch nie in ihrem Leben. Sie verscheuchte die Ratten, deren Barthaare ihre Hände kitzelten, die ängstigten sie nicht mehr.

Ihr war klar geworden, was ihr bevorstand. Und was sie anfangs herbeigesehnt hatte, fürchtete sie nun: dass man sie holte und befragte. Nie hatte sie etwas Genaues über die Vorgänge in den Kerkern gehört, die Verhöre dort – das Wenige, das man erzählte, hatte sie nicht hören wollen. Nun verfügte sie über alle Zeit der Welt, um sich die Schrecken auszumalen. Von Stunde zu Stunde wurden die Bilder dunkler, furchterregender.

Der Gedanke an die Folter war während ihres Marsches über sie hergefallen wie ein hungriger Wolf und seither zerrte er an ihren Eingeweiden. Geradeso mussten die Verdammten auf dem Bild des Jüngsten Gerichts leiden, sie sah jede Einzelheit wieder vor sich: die Zangen, glühenden Eisen, das blutende Fleisch, die Lust, mit der die Dämonen und Höllenwesen die Sünder quälten.

Anna kauerte sich auf dem Boden zusammen, wischte sich mit dem Handrücken die Tränen aus dem Gesicht und schlotterte wie Espenlaub. Trotz der kargen Kost verspürte sie keinen Hunger. Sie schob Suppe und Brot von sich, allein der Anblick ließ sie würgen.

Die Ratten machten sich darüber her.

Gegen Morgen musste sie eingeschlafen sein, als sie erwachte, begrüßte sie das Tageslicht, das ihre Gruft noch trostloser erscheinen ließ.

Wieder hieß es warten. Nichts als warten, zu lange schon. Erst auf Paul, dann auf Federico, es war genug. Über Nacht schienen Unruhe und Angst von ihr abgefallen zu sein. Auf einmal fühlte sie sich ruhig, ganz ruhig.

Stürbe sie, wäre es nur gerecht, auch wenn sie das, was man ihr hier und jetzt vorwarf, nicht getan hatte. Der Herr wusste um ihre Sünde, um ihre Schuld und wenn er ihr nun seine Strafe zukommen lassen wollte, half kein Jammern. Sie war bereit. Wenn nur dieses Warten, dieses Schweigen endlich ein Ende hatte.

Sie dachte an Berta. Wie gern hätte sie von ihr Abschied genommen, auch von Matthias. Ja, Abschied auch von Lukas, vor allem von ihm, ihrem Sohn.

Und von Federico. Ein Stich bohrte sich in ihren Magen. Sie alle sollte sie nie wiedersehen …

Was aber, wenn sie sich irrte und der Herr von ihr erwartete, dass sie sich bemühte, dass sie kämpfte? Kämpfen? Sie lachte, das Geräusch hallte schauerlich in dem hohen Gemäuer. Was konnte sie schon ausrichten? Eingesperrt, allein, wehrlos?

Schritte näherten sich, Anna konnte sie durch die Bohlen der Tür hören. Die Ratten verzogen sich raschelnd im Stroh.

Die Tür öffnete sich, der geharnischte Mann reichte ihr wie immer schweigend Suppe, Brot und Wasser herein, nahm den leeren Napf und den Krug an sich. Hinter ihm hörte Anna leise Stimmen. Natürlich war er nicht allein. Selbst wenn sie ihm den Krug über den Schädel gezogen hätte, wie sie kurz in Erwägung gezogen hatte, sie wäre nicht weit gekommen.

Knarrend schloss sich die Tür, der Riegel fiel ins Schloss.

Herr im Himmel, was konnte sie tun? Schon steckten die mutigsten Ratten ihre zitternden Nasen aus dem Stroh. Anna erkannte die dicke mit dem zerfetzten Ohr, immer die erste, wenn es etwas zu erkunden gab. Dann erschien die kleine, zierliche mit dem unförmigen Bauch. Wie es aussah, würde ihre Gruft bald zur Kinderstube, Anna lächelte. Zum ersten Mal, seit sie eingekerkert war, knurrte ihr Magen und sie biss in das Brot. Es war altbacken, aber nicht schimmelig. Der Graf sorgte gut für seine Gefangenen.

Nach dem Essen sah ihr Schicksal nicht mehr ganz so verzweifelt aus. Sie holte sich die Decke, das Bündel, das jemand zurückgelassen hatte, streckte sich auf dem Stroh aus und deckte sich zu. Der schimmelige Modergeruch störte sie nicht mehr. Gleichmütig sah sie den Ratten zu, die sich unter lautem Quieken um die Brotkrumen balgten.

Plötzlich vernahm sie Stimmen und Geschrei, Türen knarrten, Ketten klirrten. Befehle wurden gebellt.

Der Graf hatte weitere Gefangene gemacht, es mussten viele sein.

»Tret herzu, wer büßen will, Luzifer ist ein bös Gesell.«

Sie sangen. Die Stimmen drangen zu ihr herein, als kämen sie direkt aus der Hölle. Dumpf und doch schrill. Anna standen die Haare zu Berge, eine Gänsehaut flog über ihren Rücken.

Sie sangen ohne Unterlass, das Lied musste unendlich viele Strophen haben. Nein, sie sangen es wieder und wieder.

»Die Ketzer«, flüsterte Anna und erschrak über den rauen Klang ihrer Stimme. Tagelang hatte sie nicht gesprochen. Oder war sie erst einen einzigen Tag hier eingekerkert? Sie hätte es nicht mit Gewissheit sagen können. Doch dieser Gesang, dieser immerwährende Gesang, war unerträglich. Sie kannte das Lied nicht, die Prozessionen, bei denen sie sangen und sich geißelten, hatte sie nie gesehen. Doch ihre Gäste hatten davon erzählt. Mit Schaudern hatte Anna die Geschichten gehört, von strömendem Blut und Gesängen.

»Tret herzu, wer büßen will, Luzifer ist ein bös Gesell.«

Wie hielt der Graf zu Stolberg es mit den Ketzern? Er galt als barmherzig, als wohltätig und tiefgläubig. Ließ er Milde walten? Oder verfolgte er die Sünder auf Erden mit unnachgiebiger Strenge?

Ihr fiel Pfarrer Sievert ein – hatte er sie etwa beim Grafen angezeigt? Jeder hätte es gewesen sein können, der je bei ihr zu Gast gewesen war. Und doch, ein ganz bestimmtes Gesicht trat ihr vor Augen, ein Gesicht, das sie immer an eine Ratte erinnert hatte. Jetzt, da sie in enger Nachbarschaft mit diesen Tieren lebte, galt dieser Vergleich nicht mehr.

Hans Wedige, der Bote des Grafen zu Stolberg, mit Ohren wie Rhabarberblätter lag er stets auf der Lauer. Dieser Heuchler! Schnüffelte herum, hatte immer eine passende Erklärung parat, nie bekam man ihn zu greifen und doch hatte Anna stets eine Beklemmung gespürt, kaum dass er eingetreten war. Auch Berta war er unangenehm, dennoch pflegte sie zu sagen, dass man dem Geld, das er zahlte – und er zahlte großzügig! –, den Heuchler nicht ansah.

Ob Berta zu dieser Frau, dieser Kunigunde, gegangen war? Oh, Berta würde Himmel und Hölle für sie in Bewegung setzen, ob die fremde Frau ihr Wort einlösen würde, war eine andere Sache. Aber irgendwie hatte Anna Vertrauen zu ihr. Nun, worauf konnte sie auch schon hoffen?

Was war das? Der Gesang war verstummt. Die plötzliche Stille war ebenso grauslich wie zuvor der Gesang. Anna hielt den Atem an, lauschte. Waren das Schritte? Das Geräusch kam näher, ja, Schritte, zweifellos.

Die Tür knarrte auf und diesmal standen drei fremde Männer davor. Der Vorderste winkte sie heraus. »Los, mach schon!«, herrschte er sie an, als sie nicht sogleich aufsprang. »Es ist so weit, wir sollen dir unsere Schätze zeigen.«

Der hinter ihm stehende Mann lachte und entblößte einen einzelnen schwarz verfärbten Zahn.

Anna spürte ihren Herzschlag gegen ihre Rippen hämmern.

In ihrer Kehle wuchs ein Kloß, sie schluckte, musste würgen. Ihre Beine waren wie aus Wachs, ihre Füße wund von den Märschen durch ihr Verließ. Ihre Schuhe hatte sie irgendwann ausgezogen, in der Eile fand sie sie nicht. Ungeduldig zerrte der Kerl sie hinaus aus dem Kerker.

Die Steinplatten fühlten sich eiskalt unter ihren Füßen an, als sie hinter dem Mann herstolperte, gefolgt von den anderen beiden, die mit ihren Lanzen fuchtelten und sie vor sich her trieben. Einer von ihnen stank nach Vogelkot, als schliefe er im Taubenturm.

»Es ist schon alles für dich bereit …« Er grinste.

O Gott! Hektisch sah Anna sich um, nein, nirgends eine Möglichkeit zur Flucht. Der Gang war eng, Pechfackeln spendeten zuckendes Licht.

»Du kannst uns nicht entkommen.« Der Stinkende stach sie kurz mit der Lanzenspitze in den Rücken, als bräuchte sie eine Ermunterung. Anna spürte keinen Schmerz, vielleicht, weil die Angst in ihren Eingeweiden weit heftiger wühlte.

Der Mann holte auf, ging neben ihr, so dass sein Gestank in Annas Nase kroch.

Sie stolperte an einer Holztür vorbei, die der ihrer Zelle glich. Leiser Gesang sickerte heraus, während sie vorübergingen. Die Ketzer. Ihre Bewacher beschleunigten ihre Schritte, Anna schien, als schauderten selbst sie in der Nähe solch teuflischen Natterngezüchts.

Der stinkende Mann griff ihren Arm und stieß sie eine Treppe hinauf, Sonnenlicht schien ihr ins Gesicht, blendete sie. Blind taumelte sie vorwärts, am Rücken geschoben, an den Armen gezogen. Sie atmete die Luft ein, wie Samt und Seide schien sie ihr nach dem Gestank im Kerker. Sie spürte Sand und Sägemehl unter den Füßen, trat in etwas Weiches, Pferdedung. Blutrote Kreise tanzten vor ihren Augen. Schemen kamen auf sie zu, Hufklappern, ein Reiter trabte vorbei. Hühner gackerten, ein Pferd wieherte, irgendwo bellte ein Hund, als würde er ersticken.

Am Ende des Burghofs erhob sich ein Turm, jetzt umkränzt von blauen und roten Strahlen. Anna blinzelte, allmählich schärfte sich das Bild.

Der Turm, in dem wohnte der Graf. Anna erinnerte sich noch gut daran, wie sie damals wegen des Lehens in die Burg gekommen waren. Irgendwo dort oben hatte der Graf sie empfangen. Sie erinnerte sich an weiche Polster, die sie nicht zu berühren gewagt hatte, geschweige denn, sich daraufzusetzen, und diesen Blütenduft, den ein Blumenstrauß in einer Fensternische verströmte. Darin hatte Anna damals die Hand der Gräfin Elisabeth erkennen wollen. Später hatte sie erfahren, dass die Gräfin zu der Zeit gar nicht in der Burg weilte, sondern in Württemberg, bei ihrem Bruder. Warum dachte sie jetzt an die Gräfin? Bildete sie sich etwa ein, der Graf urteilte milder in Anwesenheit seiner Gattin?

Ein Stoß in den Rücken riss sie aus ihren Gedanken. Die Männer schubsten sie zu einer Treppe, die von außen zu einer Galerie im ersten Stock eines Nebengebäudes führte. Beim Hinaufgehen spürte Anna das warme Holz unter den Fußsohlen. Oben gingen sie ein Stück die Galerie entlang und blieben vor einer Tür stehen. Einer hantierte mit einem Schlüsselbund, es klimperte.

Anna lehnte an der Balustrade, schöpfte Atem, versuchte, das Zittern ihrer Knie zu beherrschen. Noch immer tanzten Lichtpunkte vor ihren Augen.

Eine Gruppe schlicht gekleideter Männer kam soeben durch das Tor. Ein bärtiger Mann ging ihnen entgegen. Stimmengemurmel drang zu ihr hoch. Neben dem Tor warteten gerüstete Männer, Knechte führten Pferde in den Hof. Offenbar waren es Ritter des Grafen, die in seinen Diensten für ihn kämpfen sollten, vielleicht bei einem Markgrafen, einem Herzog oder gar dem König Maximilian.

Endlich hatte sie sich an das Licht gewöhnt. Sie schaute über die Mauer und die Dächer hinweg auf zum Himmel. Hinter sich hörte sie ihren Bewacher fluchen und an der klemmenden

Tür rütteln. Froh, dass sich ihr Verhör noch hinauszögerte, saugte sie mit den Augen die Bilder auf, die sich ihr boten, versuchte, nicht an das zu denken, was ihr bevorstand.

»Na also!«, sagte der Wächter, als die Tür knarrend nachgab.

Der zweite riss sie vom Geländer los und stieß sie in den Raum. Anna stolperte ein paar Schritte hinein. Die Tür schwang zurück, blieb aber einen Spalt offen stehen und die einzige Fackel flackerte im Luftzug. Einer der Männer stellte sich neben Anna in Positur, der zweite entzündete eine Laterne, die auf einer hohen Holzbank stand.

Anna hielt den Kopf gesenkt und doch konnte sie aus den Augenwinkeln verschiedene Gerätschaften ausmachen, die herumstanden oder an Haken an den Wänden hingen. Es roch nach Blut und Tränen. Ihr trat kalter Schweiß auf die Stirn.

Der stinkende Mann schob einen Hocker vor die Holzbank. »Setz dich da hin.« Für sich selbst zog er einen Scherensessel heran. Der Dritte machte sich im Hintergrund an etwas zu schaffen. Der vor ihr sitzende Mann schien jedenfalls das Sagen zu haben. Er musterte sie jetzt schweigend. Nach einer Weile reichte ihm der Mann im Hintergrund ein längliches Werkzeug. Ihr Gegenüber wog es in der Hand, bevor er es Anna entgegenstreckte. »Kennst du diese Sorte Zangen, mit denen man die Fingernägel herausreißt? Schau sie dir ruhig an.«

Anna wich zurück. Der Mann lachte und beugte sich vor. »Finger sind sehr empfindliche Glieder. Aber so richtig schmerzt es, wenn wir die Zange erhitzen, bis sie glüht. Du glaubst nicht, wie das Fleisch dann brutzelt und stinkt … Aber vielleicht hast du ja Glück und das bleibt dir erspart.« Er kicherte. »Als verfügten wir nicht über weitere Wunderwerke!« Er sah sie von der Seite an, die Augen zu schmalen Schlitzen verengt. Dann zog er die Lippen zurück und entblößte zwei schwarze Eckzähne. War das ein Grinsen?

»Hier, dies ist eines davon.« Er legte die Zange beiseite und ergriff einen der kleinen Gegenstände, die der andere Mann unterdessen schon auf der Holzbank bereitgelegt hatte.

»Gib mir deine Hand«, befahl er in scharfem Ton. Und als sie nicht sofort gehorchte, beugte er sich vor und zog ihre Rechte zu sich. Ehe sie sich versah, hatte er ihre Finger zwischen zwei Holzstücke gesteckt, die an jedem Ende durch eine Schraube miteinander verbunden waren. Er nickte. »Ausgezeichnet. Schöne Hände, starke Hände, da braucht es ordentlich Druck, ah, endlich ist einmal etwas Handwerkskunst gefordert.« Er deutete auf die Schrauben. »Hiermit werden wir die beiden Hölzer zusammenziehen. Deine Finger werden gequetscht. – Sagte ich schon, dass Finger sehr schmerzempfindlich sind?« Er lachte keckernd.

Anna presste die Lippen aufeinander. Sollten sie ihr doch Schmerzen zufügen. »Ich habe nichts getan«, stieß sie hervor, bemüht, nicht auf das Werkzeug zu starren, in dem ihre Finger steckten.

»O ja. Ein jeder, der bei uns im Verlies saß, war bislang unschuldig. So lange, bis wir ihn befragt haben. Und die meisten, das sage ich dir, haben schon bei diesem kleinen Gerät angefangen zu winseln.« Er nickte befriedigt. »Jetzt denkst du sicher, ach, das kann ich leicht ertragen, so schlimm wird das nicht sein. Aber glaub mir, es ist schlimmer als alles, was du dir in deinen fürchterlichsten Träumen ausgemalt hast, schlimmer als jeder Schmerz, den du bisher erlitten hast. Am Ende wirst du alles sagen, was es zu sagen gibt.«

Er winkte dem Mann im Hintergrund, der sich dem entfernten Ende der Bank zuwandte, erst jetzt erkannte Anna, dass sich dort eine Haspel befand, an der er jetzt drehte. Der kalte Schweiß rann ihr den Rücken hinunter. Das musste eine Streckbank sein, davon hatte sie schon gehört. Ein Zimmermann aus Wernigerode hatte einmal eine angefertigt und ihrem Vater davon erzählt. Sie hatte das Gespräch unbemerkt mit angehört und sich damals keinen rechten Reim darauf machen können. Allmächtiger, sie war damals zehn, vielleicht elf Jahre alt gewesen.

Ein leises Knirschen war zu hören. Anna schluckte.

»Ich sehe schon, du weißt, was wir hier haben. Gut. Also bitte, schau dich um, es gibt eine schöne Auswahl an Dingen, die wir bei Bedarf benutzen werden. Die Formel ist einfach: je halsstarriger, desto schmerzhafter. Wir können Dinge mit dir anstellen, die würden dir im Traum nicht einfallen.« Er griff zu einem birnenförmigen Eisen mit einer Flügelschraube am dünnen Ende. Wie in Gedanken drehte er an der Schraube und das dickere Ende öffnete sich wie eine Blüte.

Anna starrte auf das Gerät, in ihrem Kopf rauschte es. Sie war unschuldig, das musste der Graf einsehen. Und wenn nicht, der Herr gäbe ihr die Kraft, alles zu ertragen, bis zum Tod.

»Du ahnst nicht, wo man dieses Prachtstück überall hineinstecken kann ... Und was es dort alles anrichtet ...« Der Hauptmann blies ihr seinen stinkenden Atem ins Gesicht. »Ich rate dir: Gib alles zu, dann kommst du vielleicht mit ein oder zwei Fingern davon. Wenn nicht, werden wir dafür sorgen, dass du dich schon auf Erden in der Hölle wähnst ...« Der Mann lächelte nicht mehr, er näherte sich ihrem Gesicht, sah sie eindringlich an. Der Geruch nach Vogelkot ließ Anna würgen, sein Atem schien ihr wie der Pesthauch des Todes.

»Ich habe nichts getan«, krächzte sie.

Der Mann stand auf, nickte seinen Kollegen zu. »Jetzt weißt du, was dir bald bevorsteht, also geh in dich.« Zu seinen Männern gewandt, sagte er: »Zurück mit ihr!«

Anna schloss die Augen. Barmherziger! Der Kelch war an ihr vorübergegangen.

Der Wächter öffnete die Tür, Licht fiel herein. Für Anna war es wie ein Ausblick ins Paradies. Zwei nahmen sie zwischen sich und führten sie hinaus. An der Balustrade blieben sie stehen, warteten auf ihren Befehlshaber. Anna warf einen Blick zurück auf all die schrecklichen Dinge, die sich in diesem unscheinbaren Raum befanden.

Als sie an die Menschen dachte, die darin Höllenqualen erlitten hatten, deren Blut die Dielen getränkt hatte, schwindelte ihr.

Auch diesmal gab es Schwierigkeiten mit der Tür. »Hilf mir schon«, befahl der Anführer einem seiner Männer.

Der eine ließ Anna los, der zweite lockerte seinen Griff, wich jedoch nicht von ihrer Seite. Nein, es gab kein Entkommen.

Anna lehnte sich an die Balustrade, genoss die Wärme auf dem Gesicht. Von hier sah sie auf den Burghof hinab wie eine Gräfin auf ein Turnier. Dazu passten die gerüsteten Männer dort unten, die schönen Pferde. Ein hübscher Kerl war der rechte. So jung noch, kaum zwanzig – wie Lukas – und doch schon eines Grafen Ritter, wohl eher nur ein Knappe, vielleicht des anderen, der mit dem Rücken zu ihr stand. Blondes volles Haar hatte der, eine stattliche Figur, das Kettenhemd funkelte.

Neben ihr quietschte die Tür in den Angeln, ihr Bewacher brummte etwas. Anna umklammerte die Brüstung mit aller Kraft, als könne sie so ihrem Schicksal entrinnen.

Ihr Wächter zerrte sie los.

Ein letzter Blick hinunter. Würden ihr die Männer dort unten helfen? Edle Herren waren sie doch, Ritter sollten wehrlose Frauen schützen, sie vor Unbill bewahren. Der Blonde wandte sich um. Der Ruf erstarb auf ihren Lippen. Das kantige Kinn, die hohen Wangen, der Wirbel über der Stirn, der die blonden, dichten Haare unbezähmbar in die Höhe stehen ließ. Sie spürte, wie ihre Hände feucht wurden.

Sie roch Moos, warme Erde, verdorbenen Fisch und Eisen. Etwas rann an ihren Schenkeln hinunter. Sie taumelte, ihre Hand suchte Halt, griff ins Leere.

Lina

Schierke, Anfang Juli

Seit Luca mit diesen Kindern gesprochen hatte, war er nicht mehr wiederzuerkennen. Wie ein Schatten seiner selbst lag er auf dem Stroh. Die ganze Nacht hatte er sich herumgewälzt, Lina war davon erwacht und hatte ihn stöhnen hören. Jetzt schlief er endlich.

Sie suchte ein paar Zweige für ein Feuer, aber wegen des vom Morgentau feuchten Holzes dauerte es eine Ewigkeit, bis es brannte und sie etwas Most erwärmen konnte. Der würde den Jungen aufmuntern. Den Holundermost hatte Anna ihnen mitgegeben, dazu eine Kasserolle zum Kochen. Beides war ihnen jetzt sehr nützlich.

Lina ging mit dem gefüllten Becher zurück in den Stall. Luca schlief noch immer. Wie ein kleiner Junge lag er da, das Haar zerzaust, der Mund leicht geöffnet. Die Decke hatte er hochgezogen, seine Füße lagen bloß. Was war das? Dergleichen hatte sie noch nie gesehen. Sein zweiter Zeh krümmte sich über den großen. Erstaunlich, dass der Junge mit einem solchen Fuß so ausdauernd laufen konnte. Sie deckte Luca zu und setzte sich neben ihn.

Zu schade, jetzt hatten sie eine Spur, nur leider nicht von Federico. Nein, wider Erwarten hatte er Neuigkeiten von seinem Vater aufgetan. Man hatte ihn überfallen und verschleppt, wahrscheinlich getötet. Nun ja, etwas anderes, als dass sein Vater tot war, hatte Luca auch nicht annehmen können.

Um den Schlafenden nicht zu stören, setzte sich Lina nach draußen und stocherte mit einem Zweig im Feuer herum, dass die Funken stoben.

Natürlich war Paul unterwegs gesehen worden, er war auf einer belebten Straße gelaufen und hatte sich wohl kaum in Luft aufgelöst. Aber dass angeblich kein Zeuge offiziell in Erscheinung getreten war – irgendetwas war da faul.

Luca würde sich bestimmt an diesen Männern rächen wollen, am besten auf der Stelle, ohne nachzudenken. Wie konnte ein so kluger Junge in wesentlichen Dingen stets so bar jeder Vernunft handeln? – Andererseits, warum sollte er sich zurückhalten? Und die Männer zu finden, wäre kein Mirakel, dieser Busso musste aufzutreiben sein. Lina wollte sich die rechte Hand abhacken, wenn nicht die Männer des Grafen hinter Pauls Verschwinden steckten, womöglich der Graf höchstselbst. Hm. Der Graf? Lina schürzte die Lippen, wiegte den Kopf. Nach allem, was sie wusste, war der Stolberger ein aufrichtiger, gottesfürchtiger Mann. Bei den Herzögen, seinen Lehnsherren, stand er in hohem Ansehen, sie schätzten seinen Rat, sogar bis hin zu König und Papst war sein Ruhm gedrungen. Nur in Geldangelegenheiten war er vollkommen unbedarft. So einer verschleppte keine Menschen.

Verdammt! Hoffentlich änderte Luca jetzt nicht ihren Plan, Federico zu suchen, um lieber die Mörder seines Vaters zu stellen. Sie waren Federico jetzt so nah, Lina spürte es. Die Münze war ein eindeutiger Hinweis. Sie stammte von Federico. Doch wann hatte er sie verloren? Vor dem Unwetter? Währenddessen? Danach?

Nun, eine Münze hüpfte einem nicht einfach so aus der Tasche. Lina trank einen Schluck Most, spürte dem Geschmack der Kräuter nach, die Anna ihm beimischte.

Luca vermutete wahrscheinlich zu Recht, dass Federico auf dem Weg zu seiner Mutter gewesen war, sicher mit der Nachricht über Pauls Tod. Unterwegs auf unwegsamem Gelände wurde er vom Unwetter überrascht, suchte einen Unterschlupf … und verlor die Münze. Hätte er Schutz gefunden, wäre er längst zurück gewesen. Innerhalb zweier Tage war der Weg vom Brocken bis Elbingerode für einen geübten Wanderer wie Federico leicht zu schaffen. Andernfalls hätten sie ihm unterwegs begegnen müssen. Hm. Entweder sie hatten ihn verfehlt, was Lina zwar nicht ausschloss, aber bezweifelte, oder ihm war etwas zugestoßen. Lina schaute zum Brocken hinüber, der aus der Nähe als hügeliges Wäldchen erschien, weil der Morgennebel seine Kuppe umhüllte.

Alles sprach dafür, dass Federico verunglückt war und verletzt irgendwo dort oben am Hang des Berges lag. Oder er war tot. So oder so wäre es ein Leichtes, an seine Aufzeichnungen zu kommen. Wenn sie ihn fänden und er sie bei sich trug. Es wurde frisch, Lina schenkte sich noch einmal nach und ging zurück in den Stall. Schnell mischte sich der Duft des warmen Holundersaftes mit dem Geruch der Tiere.

Der Gedanke, dass Federico irgendwo am Hang des Brockens verletzt in seinem Blute lag, stimmte sie heiter. Luca würde die Suche nach den Mördern seines Vaters zurückstellen und dem väterlichen Freund zu Hilfe eilen wollen. Wenn schon nicht seinem Vater, so könnte er womöglich Federico das Leben retten.

Als Luca endlich erwachte, stand die Sonne schon hoch am Himmel. Er freute sich über den Most, den Lina ihm reichte, und sie ermunterte ihn, noch einmal genau zu berichten, was er von den Jungen erfahren hatte. Vielleicht gab es ja noch wichtige Gesichtspunkte, die berücksichtigt werden wollten. Tatsächlich! Denn wie es aussah, hatte Paul Federicos Notizbuch bei sich gehabt. Und die Räuber, die Paul wahrscheinlich nur seiner Wertsachen und Kleider berauben wollten, hatten es zufällig gefunden. Über den Venediger gab es genügend Geschichten, so dass sie den Nutzen der Aufzeichnungen schnell erkannten. Natürlich hatten sie das Büchlein an sich genommen, das hieß, es war verloren.

Verdammt! Blieb nur zu hoffen, dass Lina Federico lebend fand, in dem Fall würde sie die Informationen schon aus ihm herausbekommen.

Jetzt galt es erst einmal, Luca auf den richtigen Weg zu lenken. Denn schon stand der Junge mit blitzenden Augen vor ihr. »Ich werde diesen Busso finden und ihn zur Rede stellen.«

Genauso hatte sie es sich gedacht. Dieser ungestüme Junge.

Luca starrte sie finster an. »Du wirst mich nicht davon abhalten, den Tod meines Vaters zu rächen.«

»Nein, wenn du willst, helfe ich dir sogar dabei.«

Luca lachte auf. »Du? Was kannst du mir schon für eine Hilfe sein?«

Lina zuckte mit den Achseln. »Ganz wie du willst. Aber wie du weißt, gibt es derzeit Wichtigeres zu tun. Die Mörder deines Vaters laufen uns nicht davon, da kommt es auf einen Tag mehr oder weniger nicht an.« Mit einem Blick und dem Wink ihrer Hand wischte sie das Thema beiseite. »Hör mir zu!«

Luca unterbrach sie nicht, doch seine Kiefer mahlten unentwegt, und als sie ihre Überlegungen erläutert hatte, trat er hinaus ins Freie und sah zum nebelverhangenen Brocken.

»Madonna«, murmelte er vor sich hin. »Madonna, ich fürchte, sie hat recht.«

Lina unterdrückte den Drang zu nicken, packte stattdessen schon einmal die wenigen Sachen zusammen.

Was war denn da draußen los? Irgendwo gab es lautstarken Streit, aber vom Stall aus war nicht zu sehen, was auf der Straße vor sich ging.

»Ich schaue einmal nach«, sagte Luca.

Lina warf sich ihren Mantel über, zog die Kapuze über den Kopf und folgte ihm. Hunde bellten, als sei der Teufel in sie gefahren, ein Hahn krähte und auf dem Dorfplatz mitten im Ort lärmten die Schierker Bürger. Sie redeten, ruderten mit den Armen, wie es sonst nur in Italien gang und gäbe war.

Es hieß, Ketzer seien gefangen genommen worden. Lina atmete auf. Nichts, was ihre Pläne gefährden würde. Die Leute waren aufgeregt, natürlich. Fast freudig erregt, wie es schien. Wahrscheinlich sahen sie schon ungeduldig der Verbrennung der Gottlosen entgegen. Ein Spektakel, wofür die Leute sogar bis nach Stolberg pilgern würden. Aber vielleicht mussten sie gar nicht so weit, wenn die Ketzer in Wernigerode saßen. Schon wollte sie zurückgehen, da wurden neben ihr Stimmen laut.

»Sie haben auch eine aus Elbingerode geholt«, hörte sie einen Mann sagen, dessen Vollbart fast bis zur Brust reichte und in schöne Locken gelegt war. Lina ahnte nichts Gutes und rückte näher an ihn heran. Niemand beachtete sie in dem Trubel.

»Wen?«, fragte eine ältere Frau im grünen Kleid.

»Was? Was hat er gesagt?«, schrie eine Alte und hielt sich die Hand ans Ohr, drehte den Kopf, um aufzufangen, wo immer sich etwas regte.

Der Bärtige, offensichtlich ein wohlhabender Mann, dessen dunkles Gewand von einer Tassel zusammengehalten wurde, schien der Wortführer. Wichtigtuerisch strich er sich den Bart, bevor er antwortete. »Die Gastwirtsfrau vom *Bären* haben sie geholt.«

»Ah! Ich wusste, sie ist eine Ketzerin!«, schrie triumphierend eine Frauenstimme von hinten.

Bei Luzifers Schwanz, wie ärgerlich. Lina erkannte Luca links von sich, sah, wie er einen Schritt zurückwich, kreidebleich im Gesicht. Hoffentlich bewahrte der Junge die Ruhe …

Eine rothaarige Frau drängte sich durch die Menge zu dem Bärtigen vor. »Habt ihr gehört? Die Anna Barth ist unter den Abtrünnigen, deswegen ist ihr der Mann weggelaufen. Brennen soll sie!«

»Ja, brennen!«, stimmten andere ein. »Brennen soll sie!«

Ein Mann mit der Lederschürze eines Schmieds ruderte mit den Armen, in der einen Hand hielt er seinen Hammer wie ein Spielzeug. Er hob das Kinn, stolz, auch etwas beitragen zu können. »Ich wusste, sie führt Übles im Schilde, so freundlich wie sie immer war«, sagte er mit gewichtiger Stimme. »Der Teufel spricht so, um unsere Seelen zu verführen. Der Hans Wedige sagt das auch und der muss es wissen, er arbeitet für den Grafen.«

Eifriges Nicken ringsum. Nur eine Frau mit einem Kopftuch schüttelte zweifelnd den Kopf. Lina hatte sie gestern Abend mit ihrer Kiepe auf dem Rücken durch den Ort gehen sehen. Vermutlich die Mutter des kleinen Jungen, mit der Luca gesprochen hatte.

Ein Alter, der mit gebeugtem Rücken in der vordersten Reihe stand, schnaubte wie ein Ackergaul. »Das ist doch Unfug«, krächzte er.

Der große Mann vor Lina, dessen Schädel nur ein Kranz silberner Haare zierte, die indes lang über den Kragen hingen, schüttelte aufgebracht den Kopf. Hinter dem Hünen hatte sich Lina gut versteckt geglaubt, doch als der jetzt zu sprechen anfing, suchte sie vorsichtshalber Schutz in dem breiten Schatten des Schmieds.

»Die Elbingeröder Anna sagst du? Eine Ketzerin? Was für Lügen erzählst du Hurenbankert da? Die Anna ist so gottesfürchtig wie ein jeder hier.« Seine wässrigen hellblauen Augen blitzten aufgebracht in die Runde und nahmen dann den Bärtigen ins Visier. »Meine Schwester Ida hält große Stücke auf sie.«

Der mit dem Bart ging steifen Schrittes auf den Hünen zu, der ihn um einen Kopf überragte. Er straffte den Rücken, reckte sein Kinn empor, in dem vergeblichen Versuch, den Größenunterschied auszugleichen. »So, Andreas, du behauptest also, ich lüge? Beschimpfst mich gar?« Er wandte sich an die Umstehenden, hob die Arme. »Ihr habt gehört, wie er mich genannt hat. Ihr könnte es bezeugen.«

Der Alte hinkte zu ihm hinüber. »Lügenbankert«, krächzte er und grinste zahnlos. »Es stimmt doch. Und, was ist, Günther, willst du uns nun beim Grafen anzeigen?« Er bohrte dem Bärtigen den Zeigefinger in die Brust.

Günther der Bärtige schnaufte und stieß den Alten von sich. »Es ist, wie es ist. Die Anna vom Gasthof *Zum Bären* in Elbingerode ist von den Knechten des Grafen zu Stolberg verhaftet worden. Wenn ihr mir nicht glaubt, dann geht doch zum Amtmann Storz und fragt ihn. Er selbst hat es mir erzählt und er muss es wissen.«

Der Alte schürzte die Lippen. »Dass die Anna verhaftet wurde, mag ich ja glauben, aber dass sie eine Ketzerin ist, ist doch nur Geschwätz.«

»Ja«, rief der große Andreas. »Es ist nur eine Frage der Zeit, dann lässt der Graf sie frei.«

Die Kiepenfrau stand Lina genau gegenüber, sie nickte zu Andreas' Worten.

So haben ein paar Leute doch noch ihren Verstand beisammen. Lina ließ ihren Blick über die Menge schweifen. Allerdings waren es nur dieser Andreas, der Alte und die Kiepenfrau, wie es aussah. Alle Übrigen standen nun hinter dem Bärtigen, als wollten sie ihm den Rücken stärken, finster stierten sie auf den Alten.

Zeit, den Rückzug anzutreten, bevor das Wortgefecht in eine Schlägerei ausartete. Madonna sei Dank, auch Luca hatte die Gefahr erkannt und war offenbar gegangen.

Sie traf ihn am Stall. Er lehnte an der Tür, die Unterlippe zwischen die Zähne gesaugt. Das hatte er lange nicht mehr getan. Lina trat auf ihn zu. »Es muss ein Irrtum sein. Warum sollte der Graf …«

»Du hast es doch gehört. Sie sagten sogar ihren Namen«, presste Luca heraus, sein Kopf war jetzt so rot, als wolle er bersten, die Ader am Hals trat hervor und pulsierte. »Wir müssen nach Stolberg, sofort.«

Mist. Mist, Mist, Mist, verdammter Bockmist. Lina wandte sich ab, damit Luca ihren Ärger nicht sah. All ihre Überlegungen – nichtig! Sie hasste es, wenn nicht vorherzusehende Umstände ihre Pläne durchkreuzten. Lina kramte in ihrer Tasche, überdachte die neuen Gegebenheiten, während Luca draußen auf und ab ging.

»Hast du schon einen Plan, um deine Mutter zu befreien?«, rief sie ihm zu, um ihn abzulenken. Nur mit halbem Ohr hörte sie, dass er mit dem Grafen sprechen wolle, denn sie überlegte indessen, was die Neuigkeiten für ihre eigenen Ziele bedeuteten.

Sie musste an Federicos Wissen herankommen. Er selbst lag tot oder verletzt am Brocken, sein Schatzbuch befand sich wahrscheinlich in den Händen von Räubern. Die waren allem Anschein nach Männer des Grafen, wenn auch nicht in dessen Auftrag unterwegs. Somit bestand Hoffnung, das Buch in der Nähe des Grafen zu finden. Die Spur führte jedenfalls nach Stolberg. Nur gut, dass dort wegen der anstehenden Festlichkeiten Gaukler gesucht sein würden und Leute wie sie nicht auffielen. Sie schulterte ihre Tasche. »Auf geht es.«

»Wohin?«, fragte Lukas abwesend.

»Na, nach Stolberg, denke ich, deine Mutter befreien!« Lina sah mit erhobenen Brauen zu ihm auf.

Luca schüttelte langsam den Kopf.

»Du willst nicht?« Wenn er nun doch Federico suchen wollte, ebenso gut.

Luca zog die Unterlippe zwischen die Zähne, schwieg eine Weile. »Doch, natürlich«, sagte er schließlich. »Aber erst muss ich zurück ins Gasthaus. Bislang gibt es ja nur Gerüchte, darum will ich mich vergewissern, was tatsächlich geschehen ist. Vielleicht ist es ja gar nicht wahr. Und wenn doch, so wird Berta wissen, was man meiner Mutter eigentlich vorwirft.«

Diese Umsicht hätte Lina dem Jungen gar nicht zugetraut. Nun gut, kehrten sie eben zurück, Lina war es ebenso recht.

Federico

Nahe Elbingerode, Anfang Juli

Federico blinzelte in die Sonne. Den Gasthof *Zum Bären* würde er noch am Nachmittag erreichen. Er war nicht so schnell vorangekommen, wie gedacht, in seiner Hand pulsierte es und den Knöchel hatte er sich zu guter Letzt auch noch verstaucht. Ein plötzlicher Schwindel, ein unbedachter Tritt, wohl noch eine Folge des Sturzes, hatte der Mönch ihm erklärt.

»Teufel auch«, fluchte Federico zum wohl tausendsten Mal, als er schon wieder pausieren musste und mit seiner unverletzten Hand den Knöchel knetete. Früher hatte er nicht so lange an Verletzungen herumlaboriert. Er hätte doch den angenehmen Weg durch das Elendstal gehen sollen, statt der Abkürzung auf diesem schmalen Wildpfad. Das letzte Stück verlief ohnehin auf der Hauptstraße, da wäre es auf ein paar weitere Meilen auch nicht angekommen. Die Hauptstraße wäre angenehmer zu gehen gewesen und wegen der vielen Reisenden hätte man ihn wohl kaum beachtet.

Nun war es zu spät für Klagen, er hatte sich nun einmal für die kürzere und sichere, dafür aber beschwerliche Alternative entschieden. Madonna, hoffentlich erreichte er bald die alte Heerstraße, dann wäre es so gut wie geschafft.

Hinter der nächsten Kehre führte der Weg auf die Hauptstraße zu, dann links den Hang hinunter, ein paar Kurven noch und rechterhand läge der Gasthof *Zum Bären*.

Nun, da er seinem ersehnten Ziel im wahrsten Sinn nah war, wurde seine Kehle mit jedem Atemzug enger. Aber was wollte er denn? Paul war tot, Anna Witwe, der Weg zu einem gemeinsamen Leben frei. Grund genug, die Zähne zusammenzubeißen und zu ihr zu eilen. Aber es fiel ihm unendlich schwer. Nicht, weil er der Überbringer einer Todesbotschaft war, viel mehr fürchtete er sich vor Annas Tränen, vor ihrem Kummer. Ihm graute vor der Erkenntnis, dass Anna ihren Mann geliebt hatte, ihn noch immer liebte. Und es war bitter, die Erfüllung seiner Hoffnung auf den Tod des Freundes zu gründen. Eines guten Freundes, dessen Verlust ihn schmerzte. Und dessen Zorn er nun verstand, wahrscheinlich hätte er in Pauls Lage das Gleiche gedacht.

Federico atmete noch einmal tief aus, nahm seine Tasche auf und erhob sich. Es war Zeit, auch die letzten Fragen zu klären.

Er hätte kaum ein Vaterunser sprechen können, als er schon auf die Straße traf. Von Ferne hörte er ein Fuhrwerk, es kam aus Richtung Elbingerode und zuckelte um die lang gezogene

Kurve. Federico wich auf den Pfad zurück, ließ es vorüberziehen. Die Staubwolke hatte sich noch nicht gesenkt, da ertönte aus der Gegenrichtung Hufgeklapper. Eilige Reiter, Ritter vielleicht, mit denen war nicht zu spaßen. Zu oft schon hatten Geharnischte einen Wanderer über den Haufen geritten. Darum wartete Federico ab.

Vor ihm wand sich die Straße zwischen den Bäumen hindurch, die die Sicht versperrten. Das Hufklappern verstummte. Plötzlich herrschte Stille, nichts war mehr zu hören. Nicht einmal das Schnauben eines Pferdes. Als hätte sich ein Schlund aufgetan und Pferd und Reiter vertilgt, merkwürdig. Federico lockerte den Messergriff in der Scheide. Langsam näherte er sich der Straße. Eine Elster keckerte irgendwo in den Bäumen, ein Bussard zog seine Kreise und stieß durchdringende Schreie aus, sonst war kein Vogel zu hören.

Er lehnte sich an einen Baum, holte seine Flasche heraus und gab vor zu trinken. Tatsächlich versuchte er, den Wald ringsum zu durchdringen. Er hörte das leise Surren und sank in die Knie. Über ihm vibrierte der Schaft einer Lanze, deren Spitze in dem Stamm steckte, an dem er eben noch gelehnt hatte.

Federico schnellte in die Höhe, als er Schritte nahen hörte, sprang zurück, den Pfad entlang, ins Unterholz. Zu spät sah er die Baumwurzel, Schmerz zuckte durch seinen Knöchel, sein Messer flog in die Büsche, als er zu Boden stürzte. Schon war ein Mann über ihm, setzte den Fuß auf seine Brust und nagelte ihn damit fest. Sein Gegner war nicht einmal besonders groß, aber schwer wie eine Bleiplatte. Federico bekam kaum Luft.

»Ei, wen hast du denn da?«, rief ein großer Mann, den Federico aus den Augenwinkeln herankommen sah. Er trug die Kapuze seiner Gugel über den Kopf gezogen, obwohl es ein warmer Tag war, eine weizenblonde Haarsträhne stand hervor. Unter der Gugel trug er ein braunes Wams mit ausgefranstem Rand. Der Mann war im gleichen Alter wie Federico, obwohl er sehr jugendlich wirkte. Angesichts seines Auftretens hatte Federico hier einen Ritter vor sich.

Eigenartig, ganz sicher hatte er ihn nie zuvor gesehen, dennoch kam er ihm bekannt vor. Hinter dem Blonden bemerkte Federico jetzt weitere Männer, die Pferde am Halfter, die meisten zerlumpt und verdreckt. Der Dicke rechts und der Grauhaarige dahinter – zwei der Räuber, denen er vor ein paar Wochen den Raub der Rinder vereitelt hatte, und da näherte sich auch der Dritte, Konrad, der hellste Kopf der Viehdiebe. Beim Heiligen Cornelius, hoffentlich waren die Burschen vergesslicher als er oder wenigstens nicht nachtragend.

Das Atmen fiel Federico immer schwerer, der Kerl lastete wie ein Berg auf ihm. Arme und Beine jedoch konnte er bewegen, wie leichtsinnig von dem Burschen. Federico spannte seine Muskeln an, blitzschnell holte er aus und ein gezielter Schlag mit der rechten Hand traf das Bein des Kerls kurz unterhalb des Knies. Wie erwartet, zuckte der Unterschenkel, der Druck ließ augenblicklich nach und verschaffte Federico die Möglichkeit, den Mann mit einem weiteren Schlag aus dem Gleichgewicht zu bringen.

Federico sprang auf, zog den arabischen Dolch aus dem Stiefel und verschaffte sich Rückendeckung durch eine Eiche. Als er sich umblickte, musste er erkennen, dass seine Lage aussichtslos war.

Ein knappes Dutzend Männer umringte ihn bereits, alle mit einem Schwert bewaffnet. Allein würde er sie nur mit dem Dolch nicht lange auf Abstand halten können. Sein Messer sah er in einigen Schritten Entfernung unter dem Busch glänzen. Gleich daneben stand ein rothaariger Mann mit großen Füßen, die in ausgetretenen Schnabelschuhen steckten.

Aussichtslos sich zu wehren, sinnlos an Flucht zu denken. Seine Rippen schmerzten bei jedem Atemzug, sein Fuß schwoll immer dicker an, er würde nicht weit kommen.

Der Blonde näherte sich ihm. Er zog die Kapuze der Gugel vom Kopf, steckte sein Schwert in die Scheide. Federico erkannte die Stolberger Farben an seinem Wams, Braun und Gold.

»Wen haben wir denn da?« Er grinste Federico an und schlug ihm mit einer geübten Geste das Messer aus der Hand. »Heb es auf«, befahl er einem seiner Männer. »Ein Mann von edlem Geblüt, wie es scheint.«

Mit einem Handgriff hatte der Blonde Federico seinen Mantel – Pauls Mantel – heruntergerissen und ließ den Stoff zwischen den Fingern hindurchgleiten, bevor er ihn einem Dunkelhaarigen zuwarf. »Gute Ware! Ein lohnender Fang. Siegfried, den Beutel!«

Der Angesprochene, ein Mann mit einer schlecht verheilten Narbe über der Wange, zerrte Federico die Tasche von der Schulter, so dass der Riemen in seinen Hals schnitt.

»Busso, Herr, ich kenne den Mann! Wenn Ihr erlaubt ...« Es war der Dicke, der zwar einen Schritt vortrat, aber mit gesenktem Blick abwartete, dass sein Herr ihm gestattete, fortzufahren.

»So, Peter? Wie das?« Busso ließ seine Hand kreisen, um Peter zum Sprechen zu ermuntern, ließ jedoch Federico nicht aus den Augen. Dabei verzog er ganz langsam seine Lippen zu einer Art Lächeln, das eher als Zähnefletschen geriet.

Woher kannte er den Mann nur? Busso, weder hier noch in Italien war Federico jemals ein Edler mit diesem Namen begegnet. Obgleich er in Busso eher einen dieser streunenden Ritter ohne Land und Burg vermutete, einen Söldner, der sich und seine Mannen an Krieg führende Fürsten verdingte. Für fremde Herren sein Leben einzusetzen, erforderte ein großes Maß an Rücksichtslosigkeit. Denen war nichts heilig, ein Menschenleben galt ihnen nicht viel, nicht einmal ihr eigenes.

Alles in allem sah es für Federico nicht gut aus.

»Ja, neulich, also, äh, da war diese Rinderherde ...«

Ganz offensichtlich hatte der Dicke seinem Herrn nichts von dem gescheiterten Überfall berichtet. Und erst jetzt, während er sprach, wurde ihm klar, in welche Zwangslage ihn seine unbedachte Äußerung gebracht hatte.

»Ach?« Busso wandte sich langsam zu ihm um. »Und was ist mit dieser Herde? Wo ist sie?« Der Ritter lächelte nach wie vor, doch wie er Peter nun mit funkelnden Augen ansah, glich er mehr und mehr einem lauernden Wolf.

»Äh, Konrad hat ihn auch gesehen.« Dem Dicken standen Schweißperlen auf der Stirn, Hilfe suchend sah er sich um, bis sein Blick auf den Besagten traf. »Äh, Konrad, sag du doch auch mal was.«

Der Schwarze bedachte Peter mit einem vernichtenden Blick. »Äh, ja. Also. Es schien eine leichte Sache, aber dann kamen die Hunde. Die hatten wir gerade erledigt und wollten uns den Hirten vornehmen, da tauchte dieser Kerl auf.«

»Und ihr habt ihn nicht überwältigt? Ihn und den Hirten?«

»Äh. Nein, es schien uns nicht angeraten. Der Mann war bewaffnet.«

»Soso, bewaffnet war er. Und wie viele wart ihr? Drei Männer? Vier?« Der Blonde bleckte die Oberlippe.

Der neulich noch so selbstherrliche Konrad nickte, während sein Kopf immer tiefer zwischen die Schultern sank. »Ja, wir waren in der Überzahl, aber das konnten wir nicht wissen. Der Mann hätte die Vorhut eines größeren Trupps sein können. Außerdem befanden wir uns nahe an einer Siedlung …« Konrad schien erleichtert, dass ihm diese Erklärung eingefallen war. »Wir wollten keine Aufmerksamkeit erregen«, schob er hinterher.

Busso schüttelte den Kopf und wandte sich direkt an Federico. »Wie heißt du?«

»Friedrich.«

Der Ritter winkte dem Mann, der Federicos Tasche hielt. »Gib her.« Er wühlte darin herum, musterte die Feldflasche, die Utensilien zum Feuermachen, nahm den Lederbeutel mit den wenigen Münzen, die Federico verblieben waren, heraus. Viel Geld war nicht mehr darin, eine Goldmünze hatte er bei dem Unwetter verloren. Nur ein oder zwei Dukaten und ein paar Groschen waren noch übrig. Viel härter als der Verlust des Geldes hatte ihn getroffen, dass er bei seinem Sturz offenbar auch sein Probierkästchen verloren hatte und das goldene

Kreuz, das er für Anna hatte machen lassen, ihr aber nie zu geben gewagt hatte.

Mit einem Knurren schmiss Busso die Tasche in die Büsche, hob den Geldbeutel vor sein Ohr und schüttelte ihn. Seine Miene hellte sich auf. »Na, dann wollen wir doch mal sehen ...« Er kippte sich den Inhalt in die hohle Hand. »Ach schau, was haben wir denn da?« Er nahm einen Dukaten zwischen Daumen und Zeigefinger und betrachtete ihn. »Das ist eine italienische Münze, wenn mich nicht alles täuscht. Was steht da?« Busso studierte eingehend sowohl die Vorder- als auch die Rückseite. »Ah, eine venezianische Münze.« Der Ritter trat vor Federico hin, musterte ihn. »Friedrich heißt du? Wie das? Du bist doch Venezianer. Oder sollte ich besser sagen: Du bist der Venezianer, eben der, der Schätze finden kann ...« Busso drehte sich zu seinen Leuten um und breitete die Arme aus. »Männer, diesmal haben wir ein Juwel! Dieser Mann hier ist der Venediger, der in unseren Bergen seit Jahren das Gold und Silber stiehlt.« Busso trat an Federico heran. »Beim Barte unseres Herrn, wenn das kein Glück ist ...«

»Du meinst, diesmal ist es der Richtige?«, fragte Konrad.

»O ja.«

»Und er versteht, das Buch zu lesen?«

Busso nickte langsam. »Er kann es nicht nur lesen ... Vor uns steht der Verfasser der Niederschrift in Persona. Nicht wahr?« Busso hob Federicos Kinn und presste ihm mit Daumen und Zeigefinger seine Wangen zusammen. »Es ist doch dein Schatzbuch? Hast du es noch nicht vermisst?«

Das Schicksal hielt wirklich seltsame Kapriolen für ihn bereit. Da hatte Federico so lange nach Pauls Mörder gesucht und am Ende lief er ihm selbst in die Arme.

»Was denn für ein Buch?«, presste Federico heraus. Zunächst galt es, Zeit zu schinden. Und solange Busso darauf spekulierte, dass Federico ihm zu Reichtümern verhalf, war er nicht in Lebensgefahr.

Der Ritter grinste diabolisch und fasste Federico ins Auge.

»Früher oder später wirst du mit mir zusammenarbeiten. Denn was gut für uns ist, ist auch gut für dich.«

Bussos Männer feixten.

»Ich weiß nicht, wovon du sprichst«, sagte Federico und hielt Bussos Blick stand.

»Oh, das wirst du sehr schnell herausfinden.« Busso winkte Konrad und Peter. »Los, bindet ihm die Hände hinter den Rücken, wir nehmen ihn mit. Lasst ihn nicht aus den Augen, ich habe das Gefühl, der Mann ist gefährlicher, als er aussieht.«

Mit scharfem Blick kontrollierte Busso jeden Handgriff seiner Leute. »Wenn er entkommt, reiße ich euch in Stücke.«

Federico sah den beiden an, dass sie die Drohung durchaus ernst nahmen.

Hinter ihnen wieherte ein Pferd und trampelte mit den Hufen auf den Boden. Busso horchte auf. »Was ist da los?«

Federico hatte außer dem Wiehern noch ein Rascheln gehört. Doch in der bezeichneten Richtung war nichts auszumachen.

»Sieh nach«, befahl er einem Hünen und schickte dann einen hageren Mann mit Lederhut hinterher. »Du auch, sicher ist sicher.« Die beiden verschwanden im Unterholz. Busso wartete zwei Atemzüge, dann scharte er seine Männer um sich.

Verdammt, Busso sprach zu leise, als dass Federico etwas verstehen konnte. Er zerrte an seinen Fesseln. Der Lederriemen, den Konrad vom Gürtel gezogen hatte, glich verdächtig dem Zügel, mit dem er selbst ihn seinerzeit gefesselt hatte. Wie passend. Die Situation wäre komisch, wenn sie nicht so ausweglos wäre, jedenfalls momentan.

Nun gut, er befand sich nicht zum ersten Mal in einer solchen Lage, irgendwann hatte sich immer die Möglichkeit zur Flucht geboten. Nur Geduld. Ohne Gegenwehr ließ Federico sich zu den Pferden führen. Sie wollten ihn gerade auf einen Schimmel hieven, als die beiden Kundschafter zurückkehrten. Offenbar war ihnen nichts Verdächtiges begegnet.

»Eine Biene hat das Pferd wohl erschreckt. Drüben im Wald ist ein Bienenstock in einem hohlen Baum.«

»Gut, dann los. Aufgesessen«, rief Busso und alle beeilten sich, seinem Befehl Folge zu leisten.

»Sollen wir ihm die Augen verbinden?«, fragte Konrad über die Schulter in Bussos Richtung.

Der Ritter schob wieder die Kapuze zurück, das blonde, strohige Haar wurde sichtbar. »Nicht nötig, aber knebelt ihn, damit er nicht herumschreit. Um keine Aufmerksamkeit zu erregen, vermummt ihn so, als sei er krank.«

Konrad zog ein Stück Stoff aus seinem Wams und Federico stieg es schon bei dessen Anblick brennend die Kehle hinauf. So wie der Lappen aussah, hatte er dem Burschen seit Jahren als Schnupftuch gedient, wenn Federico Glück hatte, nur als Schnupftuch. Als Konrad den Stoff zu einem Strick zwirbelte und Federico zwischen die Lippen zwang, würgte er.

»Nimm den Italiener vor dich aufs Pferd«, wies Busso Siegfried an. Der winkte noch zwei Männer heran und gemeinsam hoben sie Federico hinauf.

Busso selbst bestieg einen stattlichen Rappen, der nicht nur wegen seiner Größe aus der Pferdeschar hervorragte, sein Tier war auch am saubersten. Busso ließ es im Kreise tänzeln. »Fertig? Dann los.«

Sie trabten an, setzten den Weg in Richtung Elbingerode fort.

Ein Karren begegnete ihnen. Federico suchte Augenkontakt mit dem Kutscher, doch der döste vor sich hin, hob nur kurz die Peitsche zum Gruß, als sie an ihm vorüberritten. Die Kiepenfrau, die ihnen entgegenkam, sprang vom Weg und verschwand zwischen den Bäumen.

Wenig später drängte Konrad einen Bauern samt Handkarren in den Graben ab. »Pfaffenbastarde allesamt, bei Luzifers Arsch«, brüllte der Landmann ihnen hinterher.

An einer Weggabelung ging es nach rechts, Richtung Königshütte. Bald jedoch zügelten sie ihre Pferde in den Schritt und bogen wenig später in einen zugewachsenen Pfad ein, den Federico noch nie gegangen war. Paul hatte ihm einmal von einer stillgelegten Sägemühle in dieser Gegend erzählt, ob die Ruine den Raubrittern als Unterschlupf diente? Der Ort wurde gemieden, weil alle Bewohner einst der Seuche zum Opfer gefallen waren. Und seit der Graf am Elendstal eine neue Sägemühle hatte bauen lassen, bestand auch für Unerschrockene keine Notwendigkeit, hier nach dem Rechten zu sehen, geschweige denn, den Betrieb wieder aufzunehmen.

Der Pfad mündete in eine Lichtung. Das Gras war hier von Pferdehufen niedergetrampelt, an einigen Stellen war der Boden vollkommen kahl, die Erde aufgewühlt und schlammig. Ganz hinten, vor einem Wall von Gestrüpp, duckte sich ein Fachwerkhaus zwischen Brombeeren und Heckenrosen. Das Dach reichte tief herunter, so als drücke es die Last des grau verhangenen Himmels zu Boden. Das Haus schien sich dem Buschwerk ringsum zwar tapfer zu erwehren, aber die windschief vor dem Fenster hängenden Läden zeigten, dass seine Kraft zunehmend schwand. Dennoch, trotz aller Verwahrlosung war nicht zu übersehen, dass kürzlich einige Reparaturarbeiten in Angriff genommen worden waren. Lehmspuren und herumfliegendes Stroh zeugten von dem Verputz der Wände, neben einer Wassertonne hatte jemand Dachziegel gestapelt.

Federico lauschte. Der Mühlbach war zwar nicht zu hören, aber vermutlich markierte der wallartige Bewuchs rechts und links hinter dem Haus seinen Verlauf.

Busso gab den Befehl zum Absitzen. Federico wurde unsanft vom Pferderücken gerissen. Mühsam rappelte er sich auf, lehnte sich an die Flanke des Pferdes und prüfte den Ort hinsichtlich einer Fluchtmöglichkeit.

Herrgott und alle Heiligen, was für ein vermaledeites Pech! Ein ausgezeichneter Ort, auch mit wenigen Männern leicht zu bewachen. Busso verstand sein Handwerk. Sei es, jeder machte Fehler.

Es begann zu nieseln, als sie auf das Haus zugingen, kaum hatten sie sich vor der Tür versammelt, schüttete es schon. Regentropfen prasselten auf die Schindeln, das Wasser rann vom Dach und pladderte in Pfützen, die die Sonne seit dem letzten Schauer noch nicht getrocknet hatte.

»Konrad, du kümmerst dich um die Pferde«, wies Busso an und suchte Schutz unter dem vorkragenden Dach. Alle drängten sich neben Busso an die Hauswand, Federico zwischen ihnen. Er zog den Kopf ein und blinzelte die Tropfen aus den Augen.

»Nun mach endlich auf, Gisbert, oder sollen wir hier draußen ersaufen!«, raunzte Busso den Mann mit dem Lederhut an, der neben ihm stand. Widerwillig knarrte die Tür in den Angeln, als sie aufschwang.

Schlammige Abdrücke hinterlassend, drängten sich die Männer in den Raum. Einer zog Federico mit sich und schubste ihn in die Dunkelheit des Hauses.

»Sperrt ihn weg«, kommandierte Busso, bevor Federicos Augen sich an das Dämmerlicht gewöhnt hatten.

Der Lederhut stieß ihn nach hinten und beinahe hätte Federico die steinerne Treppe übersehen, die in einen Keller führte. Der Lederhut, Gisbert, hielt ihn am Gürtel und schob ihn vor sich her die Treppe hinunter in ein dunkles Gelass. Plötzlich drang Licht herab, oben hatte man wohl die Fensterläden geöffnet.

Gisbert kontrollierte die Fesseln an Federicos Händen und schnürte auch seine Füße mit Lederriemen zusammen. Im Dämmerlicht erkannte Federico, dass es sich um einen Keller, oder einen der hier üblichen Erdställe handeln musste, der wegen des nahen Mühlbachs feucht und modrig war. Stroh raschelte an seinen Füßen, man war offenbar auf Gefangene eingerichtet.

Drei Atemzüge später spendete eine Laterne mildes Licht, in dem Federico das Strohlager sah, die fest gefügten steinernen Wände, bedeckt von Moos und Flechten.

Endlich nahm Gisbert ihm den stinkenden Lappen aus dem Mund. »Mach es dir bequem. Dort ist dein Lager und in der Nische da ein Krug mit Wasser. Falls du den Einfall bekommst,

Hilfe herbeizurufen: Hier wird dich niemand hören. Aber ich rate dir, halte den Mund. Mit Busso ist nicht zu spaßen.«

Ja, das glaubte Federico ihm aufs Wort. »Was habt ihr mit mir vor?«

Gisbert zuckte die Schultern. »Hast du doch gehört. Du sollst Schätze für uns finden.«

»Was denn für Schätze, ich habe keine Ahnung, wovon ihr sprecht.«

»Dann hast du verdammtes Pech, würde ich meinen.« Gisbert grinste, als er die Laterne nahm und hinaufstieg. »Aber vorerst hast du ausreichend Gelegenheit, darüber nachzusinnen, ob du nicht doch irgendwo Gold und Silber gehortet hast.«

Die Klappe, die nun mit einem dumpfen Dröhnen den Treppenaufgang verschloss, musste an der Wand gelehnt haben. Federico umgab schwarze Nacht.

LUCA

Elbingerode, Anfang Juli

Berta sah Luca unglücklich an. »Lukas, mein Junge, kaum bist du wieder zu Hause, schon geschehen schreckliche Dinge!«

Ja, Bertas Worte stimmten mehr, als sie selbst ahnte. Der Teufel schien seine Geschicke zu lenken, seine Welt aus den Fugen zu bringen. Sein Vater war tot, seine Mutter von den Schergen des Grafen zu Stolberg verschleppt, Federico in der Hand des Mörders seines Vaters. Dachte er an die letzten Stunden, schienen ihm die Ereignisse aus dem Leben eines Fremden zu stammen. Alles war so unwirklich. Doch er, Luca, hatte Federicos Gefangennahme mit eigenen Augen beobachtet. Gefangen genommen von Busso, dem Mörder seines Vaters, denn dass es in dieser Gegend einen zweiten Ritter namens Busso gab, bezweifelte Luca. Er hatte sich auf den Kerl stürzen wollen, um ihn zu töten, und wäre jetzt wohl selbst tot. Nur zu wirklich spürte er noch immer Linas eisenharten Griff auf seinem Arm, mit dem sie ihn festgehalten und in ein Gebüsch gezogen hatte. Er hatte sie mit einer erstaunlichen Vielfalt an Verwünschungen überhäuft. Im Nachhinein bewunderte er die Ruhe, mit der sie seinen Wutausbruch abgewartet hatte. Am Ende hatte er eingesehen, dass es besser war, die Räuber nur zu beobachten. Oh, eine Ewigkeit hatten sie an der Mühle im Gestrüpp gelegen, nicht einmal pinkeln konnte er. Lina dagegen schien nie irgendwelche menschlichen Bedürfnisse zu verspüren. Schließlich war Busso auf sein Pferd gestiegen und fortgeritten und erneut waren Lina und er uneins gewesen. Luca hatte Federico so schnell wie möglich befreien wollen. Lina hingegen war angesichts der Überzahl der Räuber und ihres leicht zu verteidigenden Quartiers am helllichten Tag dafür gewesen, erst einmal abzuwarten. Außerdem drohe Federico keine Gefahr, schließlich waren sie auf seine Schätze aus.

»Mein armer Junge!«, jammerte Berta und drückte ihm die Hand.

Sie hatten sich im Gastraum zusammengesetzt, Berta und Matthias, Lina und er. Wie im Traum war Luca in die Küche gegangen, hatte Bier geholt und allen eingeschenkt. Er legte der Magd den Arm um die Schulter, um sie zu beruhigen. »Berichte uns erst einmal der Reihe nach, was mit meiner Mutter geschehen ist.«

Berta räusperte sich. »Am Sonntag war es, da kommen zwei Soldaten herein und fragen nach deiner Mutter. In der Kirche ist sie, sag ich so, denke, sie sind Gäste. Sie sollten sich doch setzen, biete ich ihnen an. Sie würden lieber draußen warten, sagt einer und sie gehen hinaus. Ich wundere mich, will sehen, was es mit diesen Soldaten auf sich hat. Draußen stehen noch mehr, ein halbes Dutzend, und mir wird unbehaglich. Ich konnte doch nicht ahnen …! Und da kam sie auch schon die Straße herunter, die Anna, und lief ihnen geradewegs in die Arme. Geradewegs! ... Du hättest sie sehen sollen, deine Mutter! Wie die Hoffnung in ihrem Gesicht aufschien, sie dachte wohl, man habe Paul gefunden, es folgte sogleich die Düsternis der Erkenntnis, dass es wohl keine guten Nachrichten sein konnten. Schließlich das Entsetzen, als sie erkannte, dass man sie holen kam.« Ein Schluchzen unterbrach die Magd. Sie schnäuzte sich. »Sie haben Anna an ein Pferd gebunden und sind mit ihr weg.«

Luca nickte langsam, während sich ihm seine Kehle zuschnürte. »Haben die Männer gesagt, was sie meiner Mutter vorwerfen?«

Berta rang die Hände. »Gattenmord und Ketzerei, denkt euch nur!«

Matthias saß neben ihr und hielt Bertas faltige Hand in seiner. »Ich verstehe das nicht«, murmelte er ein ums andere Mal. »Ich hätte sie warnen müssen ...«

»Du konntest nichts tun.« Lina tätschelte tröstend seinen Arm.

Luca lehnte sich zurück, umschloss den Becher mit beiden Händen und starrte hinein. Kaum wussten sie, was mit seinem Vater geschehen war und konnten beweisen, dass seine Mutter mit seinem Tod nichts zu tun hatte, warf man ihr Ketzerei vor. Ein Teufelskreis.

Berta schluchzte auf. »Es muss der Marschall gewesen sein, der Anna hat holen lassen, der Graf ist doch wegen einer Fehde im Braunschweigischen, das hat der Wedige vor ein paar Tagen gesagt.« Berta schüttelte den Kopf. »Was ist das nur für eine Welt?«

Kurz schloss Luca die Augen, atmete tief durch. Der Graf war fort, das bedeutete Zeit. »Hat meine Mutter etwas zu ihrer Verteidigung vorgebracht?«

Matthias sah Berta verzweifelt an. »Ich habe in dem Lärm kein Wort verstanden ...«

Berta merkte auf. »Ja, die Pferde, das Geschrei ringsum. Doch ich hörte, dass Anna den Namen einer Frau rief, die wohl bei uns zu Gast war, Kuni...«, ihr Blick wurde trübe. »Ich weiß nicht, wen sie meinen könnte.«

Matthias blickte nachdenklich auf. »Kuni... Ja, doch! Ich erinnere mich an eine Frau, die Anna Hilfe anbot. Ihr Name ist Kunigunde. Ein Ehepaar war das, er hieß, äh, ja, Hans von Bleicherode, genau. Die Leute hatten Schwierigkeiten mit ihrem Pferd, ich habe es kuriert. Dabei bekam ich mit, dass die Frau ihre Schwester in Blankenburg besuchen wollte. Vielleicht ist sie noch dort oder man weiß wenigstens, wo man sie finden kann? Der Ort liegt nicht weit von Wernigerode entfernt.«

Alle sahen ihn an und Matthias senkte den Blick.

Berta tätschelte seine Hand. »Sehr gut, Matthias. Dann werde ich die Dame suchen, es kann nicht schaden, wenn solch vornehme Leute für Anna ein gutes Wort einlegen.«

Luca bezweifelte zwar, dass sich eine edle Dame auch nur an seine Mutter erinnern würde, wollte aber Berta ihren Glauben lassen.

»Was wirst du unternehmen?«, fragte die Magd.

Sie sah ihn derart vertrauensvoll an, dass Luca sie um nichts in der Welt enttäuschen wollte. Eine zusätzliche Last sank auf seine Schultern.

»Da wegen der Abwesenheit des Grafen deiner Mutter nicht so bald der Prozess gemacht wird, sollten wir zunächst Federico befreien«, schlug Lina vor.

Luca atmete tief durch. Und wenn der Wedige gelogen hatte, der Graf doch in Stolberg wäre? Dann kämen sie zu spät ...

»Federico?«, fragte Berta in seine Überlegungen hinein und sah mit runden Augen von einem zum anderen. »Ja, wo steckt der? Warum habt ihr ihn nicht mitgebracht?«

Luca erzählte von den Räubern, ließ aber aus, dass ihr Anführer der Mörder seines Vaters war. Er hoffte dabei auch auf Linas Verschwiegenheit.

Berta seufzte und presste Lucas Hand, als er schilderte, wie sie den Räubern um ein Haar selbst in die Hände gefallen wären, hätten die nicht vor einem wilden Bienenschwarm Reißaus genommen. »Welch ein Glück!«, sagte die Magd und seufzte tiefer.

»Obwohl sie zu Pferde waren und wir zu Fuß, bereitete es keine Mühe, ihnen zu folgen. Ein jeder erinnerte sich nur zu gut an die Reiter und wies uns den Weg. Außerdem ahnte ich bald, dass sie in der alten Sägemühle Quartier bezogen haben«, erzählte Luca. »Früher war ich mit meinem Vater dort. Wir haben im Bach herrliche Forellen gefangen. Jetzt allerdings scheint er völlig zugewachsen zu sein. Ein guter Platz für ein Versteck, sehr verrufen.«

Lina nickte. »Niemand kann sich ungesehen nähern, ein, zwei Männer reichen aus, um den Zugang zu bewachen.«

Berta sah von Luca zu Lina. »Solltet ihr das nicht dem Grafen anzeigen? Der muss doch dagegen einschreiten!«

»Das können wir nicht, die Räuber stehen in seinen Diensten, Berta.«

Die Magd schlug die Hände vor den Mund. »Was sagt ihr da?«, murmelte sie ungläubig.

Lina nickte erneut. »Ja, Luca erkannte die Stolberger Farben am Wams ihres Anführers.«

Berta schüttelte den Kopf. »Du lieber Gott, der Herr Graf! Heilige Maria und Josef! Wohin sind wir gekommen, wenn sogar der Graf schon unter die Räuber geht.«

»Es ist nicht erwiesen, dass der Graf überhaupt etwas davon weiß«, wandte Lina ein.

Die Magd rang die Hände. »Was sind das für Zeiten? Man glaubt, das Jüngste Gericht sei nah!«

Matthias räusperte sich. »Wenn sie so viele sind, wie wollt ihr beide allein Federico denn befreien?«

»Luca wird schon etwas einfallen, nicht wahr?«, meinte Lina.

Luca fühlte sich, als zerrten zwei Riesen an seinen Armen, ein jeder in eine andere Richtung. Wen sollte er zuerst retten? Den Mann, den er wie einen Vater liebte, oder seine Mutter? Er atmete tief durch, bemühte sich, seiner Stimme einen entschlossenen Klang zu verleihen.

»Berta, du könntest dich um die von Bleicherode kümmern.«

Berta nickte. »Ich werde keine Ruhe geben, bis ich sie gefunden habe.«

Lina nickte der Magd zu. »Eine Frau kommt sicher leichter in ihre Nähe als ein unbekannter Mann.«

Berta schnäuzte sich geräuschvoll. »Auf Knien rutsche ich vor der Dame, wenn es sein muss. Mein Bruder Ludwig wird mich hinbringen.«

Luca wurde die Kehle eng, angesichts Bertas bedingungsloser Aufopferungsbereitschaft für seine Mutter. »Matthias hütet das Gasthaus. Und Lina und ich kümmern uns um Federico.«

Lina trommelte mit ihren kurzen dicken Fingern auf die Tischplatte. Mit einem Ruck setzte sie sich auf. »Ich ziehe mich jetzt eine Weile zurück und denke nach. Später besprechen wir dann unsere Vorgehensweise.«

Im selben Moment schwang die Tür auf, jemand hatte sie offen stehen lassen. Hereinspaziert kam der rote Kater Alexander, der das Gasthaus schnell als neue Heimat anerkannt hatte. Etwas zappelte in seinem Maul, Alexander maunzte gedämpft, sah sich um und entschied sich dann für den Nachbartisch, unter dem er seine Beute, eine Haselmaus, absetzte. Abwartend kauerte der Kater sich daneben. Nichts tat sich, sein Opfer lag wie benommen da. Ein Stupser mit der Pfote sollte es wohl zur Flucht ermuntern. Kaum war die Maus unter der Bank verschwunden, setzte Alexander ihr nach.

»Warum tut denn keiner etwas? Setzt das Viech vor die Tür!«, rief Lina mit schriller Stimme und zog die Beine hoch.

Luca sah ihr an, dass sie am liebsten auf den Stuhl gesprungen wäre, um sich vor der Katze in Sicherheit zu bringen. Warum nur fürchtete sie sich derartig vor dem Tier?

Berta, offensichtlich froh, etwas anderes tun zu können, als zu grübeln und zu jammern, kam mit einem Besen aus der Küche zurück und kehrte Katze und Maus resolut zur Tür hinaus, die sie mit einem Knall zuschlug. »Tiere haben in einem ordentlichen Gasthaus nichts zu suchen.«

Lina verschwand im oberen Stockwerk. Auch Luca wusste, dass er sich hinlegen sollte, doch die Unruhe, die in seinem Innern tobte, würde ihn nicht ruhen lassen. Die Einsicht, dass jede Entscheidung, die er traf, zu wessen Gunsten auch immer, stets die falsche sein würde, drückte seine Brust zusammen wie eine Zwinge.

Also blieb er sitzen und ließ sich von Berta einen neuen Krug Bier bringen. Mit halbem Ohr nur bekam er mit, dass Berta gleich morgen früh nach Blankenburg aufbrechen wollte. Berta und Matthias, welch ein Segen, dass er die beiden an seiner Seite hatte. Wenn jemand die edle Dame dazu bewegen konnte, ihnen zu helfen, dann Berta. Gut, aber was konnte er zur Befreiung Federicos unternehmen …?

Wieder und wieder ließ sich Luca die Beobachtungen der letzten Stunden durch den Kopf gehen. Während ihn draußen im Gebüsch bei der Mühle Kälte, Mücken und Dornen gleichermaßen gepiesackt hatten, sangen und prahlten die Räuber derart ausgelassen, dass es bis zu ihnen herübergeschallt war. Busso hatte seinen Männern vollmundig versprochen, ihnen morgen noch ein ganzes Fass Bier zu spendieren, und schien dem Alkohol stark zugesprochen zu haben, als er schließlich davonritt.

Betrunkene Räuber waren leichter zu überwältigen. Aber was half es, sie brauchten Busso, ihn vor allem. Lina war wie er der Meinung, dass er nach Wernigerode geritten sei. Wahrscheinlich besaß der Ritter dort ein Haus. Dort oder in Stolberg, in der Nähe des Grafen, der sich seiner Dienste befleißigte. Nun, einiges sprach für Wernigerode, Stolberg wäre wohl des Nachts schwerlich zu erreichen gewesen. Ob der Graf zu Stolberg ahnungslos war, was der ihm untergebene Ritter trieb? Oder hatte er ihn gerade wegen seiner Skrupellosigkeit in seine Dienste genommen?

Luca saß noch immer an dem Tisch am Fenster, an dem sie auch ihren Rat abgehalten hatten. Berta hatte ihm Essen hingestellt, aber er hatte nichts davon angerührt. Das Feuer knisterte hinter ihm, ein Scheit polterte herunter. Nachts wurde es auf dieser Höhe, so nah am Wald zudem, manchmal auch im Sommer kühl. Daher hatte Matthias den Ofen angefacht. Das wusste auch Kater Alexander zu würdigen. Der hatte sich hinter Bertas Rücken zurück in die Wirtsstube geschlichen und lag jetzt zusammengerollt in der obersten der gusseisernen Nischen des Ofens. Ab und an schnaufte er leise.

Luca goss sich Bier nach. Wie es seiner Mutter wohl erging? Darbte sie im Kerker? Wenn der Graf zurückkehrte, stünde ihr der Prozess bevor. Bei einer Anklage wegen Ketzerei müsste er einen Inquisitor bestellen. Man würde sie foltern … Luca rieb sich mit den Händen über das Gesicht.

Schritte kamen die Treppe herunter. Ohne den Kater zu bemerken, der sie von oben herab schläfrig beobachtete, ging Lina ganz nah an ihm vorbei.

»Ich habe mir etwas ausgedacht«, sagte sie und kletterte neben ihn auf die Bank.

»Und?«

Lina goss sich von dem Bier ein. »Busso – ihn brauchen wir. Wir müssen herausfinden, wo er sich aufhält. Haben wir ihn, droht Federico keine Gefahr und wir können ihn leicht befreien. Anschließend kümmern wir uns um deine Mutter.«

»Wenn er ihnen morgen Abend wieder eine Extraration Bier spendiert, wäre das eine gute Gelegenheit. Schon heute waren sie bester Laune …«

Lina nickte und schenkte sich nach. »Möge der Biergenuss ihnen zum Verhängnis werden.« Sie grinste, als sie Luca zuprostete. Mit Appetit aß sie ein Stück von Bertas selbst gemachtem Käse. »Und heute Nacht wirst du zur Mühle zurückgehen und sie beobachten.«

»Ich?«, fragte Luca, nicht erfreut über die Aussicht, wieder auf dem kalten Waldboden auszuharren.

»Ganz recht. Du wirst jetzt gleich aufbrechen. Und keine unüberlegten Aktivitäten, hörst du? Nur beobachten! Wir müssen so viel wie möglich herausfinden. Wie viele Wachen sie abstellen, wie ernst sie ihre Aufgabe nehmen, ob noch weitere

Leute kommen in der Nacht, ob wer geht, was sie tun, wann Ruhe einkehrt. Vor allem natürlich versuche herauszufinden, wo sie Federico gefangen halten.«

»Und du? Was machst du?«

Lina kaute vernehmlich, spülte den Bissen mit Bier hinunter und nahm sich noch ein Stück Käse. »Ich werde nach Wernigerode reiten und versuchen, etwas über unseren edlen Ritter herauszufinden.«

Das schien Luca die angenehmere Aufgabe, die er ebenso gut hätte erledigen können.

»Keine Widerrede! Dich könnte man erkennen, als Sohn einer Ketzerin würdest du mehr Aufsehen erregen, als uns lieb sein kann. Also, es bleibt dabei, ich übernehme das. Außerdem meinte Berta vorhin, in Wernigerode wären die Vorbereitungen für den großen Jahrmarkt in vollem Gange. Du weißt schon, der zu Ehren des Grafensohnes Heinrich abgehalten wird, zum Dank für seine gesunde Rückkehr von der Pilgerreise. Da wird genug seltsames Volk unterwegs sein und eine Zwergin wie ich fällt nicht weiter auf. Vor Sonnenaufgang werde ich aufbrechen.«

Also gut, der Tag war nach dem kurzen Regenschauer noch einigermaßen warm und sonnig gewesen, es versprach eine laue Nacht zu werden, da gab es Schlimmeres, als ein Räubernest zu beobachten. »Ich sage Matthias, dass er das Pferd bereithalten soll. Wann wirst du zurück sein?«

»Es kommt darauf an, spätestens morgen Abend, denke ich.«

Luca nickte. »Gut, dann mache ich mich jetzt mal auf den Weg.«

Vor der Tür sah er den roten Kater im Wald verschwinden. »Gute Jagd!«, wünschte Luca ihm leise und schulterte den Beutel mit Proviant, den ihm Berta noch aufgedrängt hatte.

Es war nicht weit bis zu dem Abzweig nach Königshütte. Aber Luca war froh, dass es so lange hell blieb, im Dunkeln hätte er den unauffälligen Pfad wahrscheinlich verfehlt. Als er ihn entlangpirschte, wunderte er sich, wie geübt er mittlerweile im Anschleichen war.

Am Rande der Lichtung kroch er wie eine Schlange vorwärts. Vermutlich hatten sie eine Wache postiert, der wollte er nicht in die Arme laufen. Angestrengt lauschte er, kroch ein Stück vorwärts, lauschte erneut. Stimmen, rechts von ihm. Sehen konnte er nichts. Vorsichtig, mit angehaltenem Atem, kroch er näher. Da, am Waldrand saßen zwei Männer unter einem Baum, würfelten und unterhielten sich leise.

In sicherer Entfernung suchte sich Luca einen trockenen Fleck zwischen zwei Brombeersträuchern, die sich immer wieder in seinen Kleidern verfingen. Nur gut, dass die Bewacher selbst so viel Lärm machten.

Luca ließ sich nieder. Von hier aus hatte er einen guten Überblick. Rechts die beiden Spieler, geradeaus die Mühle, dazwischen der Platz. Ein Haselstrauch vor ihm, dessen Zweige ihm weitere Deckung gaben, die er jedoch unauffällig anheben konnte, um das ganze Panorama zu überblicken.

Gesang schallte aus dem Haus zu ihm herüber, Lichter flackerten durch das Fenster, einzelne Schemen tanzten hin und her. Weiter geschah vorerst nichts.

Ein Stein drückte ihn in den Oberschenkel, Luca drehte sich auf die Seite und wollte ihn wegschieben. Hinter ihm raschelte es, ein Tier wahrscheinlich. Die Männer saßen noch unter dem Baum. Er hörte das Klappern der Würfel. Keine Gefahr von ihrer Seite.

Unvermittelt erstarb der Gesang. Nein, da war doch etwas! Luca erstarrte. Nur ruhig. Jemand rüttelte an der Tür, Poltern, ein breiter Lichtstreif fiel über den Vorplatz. Einer der Männer trat aus dem Haus.

Für einen Augenblick sah er einen Mann mit spitzem Hut, der sogleich am Waldrand im Schatten verschwand. Kurz darauf plätscherte es. Luca ahnte das Federn in den Knien, durch das er das Wasser abschüttelte, hörte das Rascheln seines Gewandes.

»Na, Gisbert? Sauft ihr unsere Biervorräte aus?«

»Kommt doch rein! Busso wird nicht vor Morgen zurück sein, eher wird es sogar Mittag. Und Jochen hat gerade seine

Sackpfeife herausgeholt. Na los.« Gisbert schob seinen Hut aus der Stirn und winkte den beiden.

Die erhoben sich langsam. »Und wenn er doch kommt?«

Gisbert machte eine Geste, die Luca nicht erkennen konnte. »*Davon* hat er so schnell nicht genug, das wisst ihr doch.« Er lachte.

»Und wenn uns einer verpfeift?«

»Wenn wir uns gegenseitig nicht vertrauen, dann kann ich dir auch nicht helfen. Los! Heute Nacht kommt sicher keiner her.«

»Und wenn gerade jetzt jemand unseren Gefangenen befreien will?«, fragte der Kleinere der beiden Wachen.

Die beiden anderen lachten und schlugen ihm auf die Schulter. »Bei Luzifers Arsch! Wer sollte *den* wohl vermissen? Der Papst vielleicht?«

Sie lachten.

»Wo bleibt ihr?«, rief jemand von drinnen.

»Na, macht was ihr wollt.« Gisbert zog sich seinen Hut in die Stirn und schlenderte steifbeinig zum Haus zurück, ein Liedchen pfeifend. Die beiden Wächter wechselten einen Blick, einer nickte und eilig folgten sie ihm.

Luca atmete auf.

Vor dem Haus zögerte Gisbert, sein Pfeifen verstummte. Er wandte sich um, sagte leise etwas zu den beiden anderen, winkte mit der Hand. Der Kleinere ging zum Fenster, schloss die Läden mit Gepolter, während die anderen an der Tür auf ihn warteten und schließlich gemeinsam im Haus verschwanden. Die Tür fiel zu und über die Lichtung senkte sich Finsternis.

Kurz darauf hörte Luca, wie die Fensterläden von innen verriegelt wurden. Der Gesang begann von Neuem, gedämpfter jetzt, aber dennoch vielstimmig und voller Inbrunst. Eine Sackpfeife stimmte in die Melodie ein, schlug abenteuerliche Volten, schräg und schrill. Ach, die Räuber ließen es sich gut gehen, während Luca sich schon wieder die Dornen der Brombeeren aus dem Fleisch pulte. Heiliger Hieronymus! Wenigstens bestand nun keinerlei Gefahr mehr, entdeckt zu werden. Unglaublich, in welcher Sicherheit die Räuber sich wiegten. Gnade ihnen Gott, wenn Busso herausfand, dass sich die zur Wache abgestellten Männer im Haus bei Bier und Gesang vergnügten.

Der Mond ging auf, er war fast voll, wanderte über den Himmel, ringsum funkelten die Sterne. Es war eine schöne Nacht, wenigstens das. Die Sägemühle war im silbrigen Licht deutlich zu erkennen.

Es schien ihm eine Ewigkeit vergangen, als der Gesang verstummte. Luca wartete noch eine weitere ab, Wolken zogen auf. Er nutzte die eintretende Finsternis, pirschte sich an die Mühle heran und presste sich eng an die Mauer. Was war das für ein seltsames Geräusch? Er atmete auf, als er es als das Schnarchen der Männer erkannte. Er schlich an der Vorderseite des Hauses entlang, Fenster und Tür waren verriegelt, wie zu erwarten war. Er umrundete die Regentonne, die an der Ecke unter der Traufe stand. Zwei Schritte später ein Stoß am Knie, dumpfer Schmerz, ein Poltern. Der Stapel Dachziegel schwankte. Mit angehaltenem Atem und beiden Händen brachte Luca ihn wieder ins Lot.

Lauschen ... Stille ... Aufatmen.

Los, hinüber zum Waldrand. Der Hackklotz, in der Dunkelheit nicht zu sehen, brachte ihn zu Fall. Luca drohte das Blut in den Adern zu gefrieren, hektisch blickte er sich um. Vor ihm der freie Platz, Dornengestrüpp – das einzige erreichbare Versteck bot sich nahe am Haus, so rannte er zurück und hockte sich hinter die Regentonne.

Sein Herzschlag dröhnte in seinen Ohren. Angestrengt horchte er in die Stille ... Um Himmels willen! Nichts war zu hören, kein Schnarchen, gar nichts.

Luca schloss die Augen, in Erwartung, dass gleich die Tür aufgestoßen würde, man ihn finden und ergreifen würde.

Federico

Sägemühle bei Königshütte, Anfang Juli

Vor einer ganzen Weile hatten sie Federico von den Fußfesseln befreit und aus seinem Verlies geholt. Oben setzten sie ihn auf einen Schemel und Gisbert drückte ihm ein Stück Brot in die Hand. Federicos Magen knurrte, er konnte nicht sagen, wie lange er in dem Keller in der Dunkelheit gesessen hatte.

Ein schöner Tag kündigte sich an, der Himmel war blau und die Sonne ging auf. Durch das Fenster wehte eine kühle Brise herein. Alle waren wortkarg. Sie warteten auf Busso, so viel hatte man ihm mitgeteilt. Vier Männer, Konrad, Siegmund, Gisbert, den Namen des vierten kannte Federico noch nicht, hatte Busso hier zurückgelassen, sicher hielt draußen noch jemand Wache, zwei Leute wären dafür ausreichend. Federico vermutete, dass Bussos Horde noch mehr Mitglieder umfasste, als die, die er bereits kennengelernt hatte.

Seit sie ihn aus dem Keller geholt hatten, hoffte Federico darauf, dass die Männer in der Abwesenheit ihres Anführers unaufmerksam wurden. Er hatte sie schließlich schon einmal überwältigt, was allerdings bedeutete, dass sie durch diese Erfahrung besonders auf der Hut waren. Und solange ihn niemand von den Handfesseln befreite, konnte er ohnehin nichts unternehmen.

Federico biss in das Brot und trank Wasser, mühsam mit den gefesselten Händen. Die Männer sprachen bereits – oder noch immer – dem Bier zu, das in mehreren Krügen auf dem Tisch stand. Gut so, trinkt nur tüchtig, ermunterte Federico sie im Stillen.

»Busso scheint ein tapferer Ritter zu sein …«, warf Federico in die Runde.

Allgemeines Grunzen antwortete ihm, es klang wie Zustimmung. »Und ihr? Seid ihr schon lange seine Gefolgsleute?«

Konrad sah ihn mit zusammengezogen Brauen an. »Quatsch nicht so viel.«

Federico hob die Hand und griff zu seinem Becher. »Schon gut. Ich dachte nur, der Graf ist bestimmt froh, so einen tüchtigen Recken zu seinen Leuten zu zählen.«

Federico erntete einen verächtlichen Blick.

Die beiden waren nicht sehr gesprächig. Er musste es anders anfangen. »Unter Busso zu dienen, ist bestimmt kein leichtes Los …«

»Was soll diese Fragerei, Mann?«, knurrte Konrad.

Federico schien jedoch, dass er auf diesem Weg weiterkommen könnte. Busso war kein gnädiger Herr, das war auch dem flüchtigen Beobachter schnell klar. Und dass weder Konrad noch Siegmund dem Ritter besonders zugeneigt waren, dazu gehörte keine besondere Menschenkenntnis. Wenn es ihm gelang, die Männer gegen ihren Anführer aufzuhetzen …

»Woher kommt ihr denn? Euer Dialekt klingt andersartig in meinen Ohren.« Wenn es um die Heimat ging, so hatte Federico oft erlebt, wurde die Zunge locker und das Herz weit.

»Aus der Nähe von Magdeburg«, antwortete Konrad

»Ich aus einem Dorf bei Haldensleben«, sagte Gisbert.

Die beiden anderen schwiegen.

»Und was hat euch in diese Gegend verschlagen?«

»Busso«, antworteten alle wie aus einem Munde.

»Natürlich. Ich nehme an, er hat hier irgendwo eine Burg? Er ist doch sicher Vasall eines der Harzer Grafen? Sicher des Herrn von Stolberg, sein Wams zeigt ja dessen Farben.«

Konrad lachte auf. »Busso und eine Burg! Nein, der ist ein Heimatloser! Eine Burg! Ts. Schön wäre es, dann bräuchten wir nicht in dieser Kaschemme herumzulungern, sondern hätten Heim und Herd.«

»Ach? Steht er denn nicht bei dem Grafen in Diensten?«, fragte Federico scheinheilig.

»Er dient niemandem als sich selbst. In den Krieg zieht er für jeden, der ihn bezahlt. Ritter haben ausgedient in diesen Zeiten, sagt er immer. Jetzt geht es ums nackte Überleben. Jeder hergelaufene Händler zählt doch mehr als einer wie wir. Wir haben nichts anderes gelernt, als zu kämpfen, was sollen wir also sonst? Wir verkaufen uns und unser Leben und nicht selten bleiben die hohen Herren uns unseren Lohn schuldig, manchmal wurden wir schon zum Dank davongejagt. Man muss sehen, wo man bleibt.« Konrad sah ihn nachdenklich an.

»Was ist?«, fragte Federico, der ahnte, was im Kopf des Mannes vor sich ging.

»Du hast doch bestimmt Familie, da unten, in Italien?«

Federico hielt seinem forschenden Blick stand. »Niemanden, der auch nur einen Dukaten für mich bezahlen könnte.«

»Wer weiß«, mischte sich der Vierte ein, der bislang schweigend dabeigesessen hatte. »Du bist doch ein vermögender Mann, allein deine Kleidung ist kostbar genug, um dich dafür in die Hölle zu schicken.«

»Unsere Familie steht vor dem Ruin, glaube mir. Bei uns ist nichts zu holen. Meinst du denn, in meinem Alter ziehe ich zum Vergnügen hier in den Wäldern herum? Das Einzige, was ihr machen könnt, ist, mich dem Grafen auszuliefern. Vielleicht zahlt der eine Belohnung.«

»Belohnung? Der Graf?« Sigmund spuckte aus. »Der ist so blank wie der Arsch des Teufels, das weiß doch jedes Kind. Deswegen hat er uns doch erst zum Herzog von Braunschweig geschickt und dann zum Bischof von Magdeburg, seinem Schwager oder Onkel ... Weil er uns nämlich nicht bezahlen kann, aber auch der Herzog und der Pfaffe wollten uns nichts geben. Und jetzt halt das Maul, du italienischer Hurenbastard!«

Gisbert hob die Hand und lauschte. Konrad ging an das Fenster und spähte hinaus. Ein Pfiff ertönte, kurz darauf ein zweiter.

Lauter werdendes Hufgeklapper kündigte mehrere Reiter an. Busso kehrte zurück, zwei Männer im Gefolge. Federico konnte die Reiter durch das Fenster sehen.

Eine Böe schlug dem Anführer die Kapuze zurück, eine Haarsträhne wehte ihm ins Gesicht, die er mit einer Bewegung des Kopfes zurückwarf.

Immer stärker beschlich Federico dieses Gefühl, Busso zu kennen. Der winkte einem der Männer und gab Anweisungen. Der Angesprochene sprang vom Pferd und eilte zur Tür. Gisbert stülpte seinen Lederhut auf den Kopf und sprang auf, um dem Neuankömmling beim Öffnen der schwergängigen Tür behilflich zu sein. Kaum stand der Mann im Raum, nickte er in die Runde und zeigte auf Federico. »Zieht ihm was Unauffälliges an. Und macht euch auch fertig, es geht los.«

Siegmund warf Federico eine Gugel über.

Ungeduldig stand der Reiter dabei, blickte immer wieder durch die Tür nach draußen, wo Busso wartete. Dem hin und wieder zu hörenden Gelächter nach zu urteilen, war der Anführer bester Laune. Plötzlich drehte er sich zu ihnen um. »Und knebelt ihn, nicht dass er auf dumme Gedanken kommt!«, rief er herüber.

Schon stopfte ihm Konrad den noch immer feuchten Lappen in den Mund, band ihm zudem ein Wolltuch um, mit dem er Mund und Nase bedeckte, und zog ihm zuletzt noch die Kapuze der Gugel bis über die Augen.

»Ah, da bist du ja, Wertester! Gut siehst du aus«, begrüßte Busso Federico, als er an der Seite des Neuankömmlings ins Freie trat.

Federico spähte unter der Kapuze hervor und musterte den Mann in Bussos Begleitung. Er war dunkelhaarig, sein Gesicht beherrschte eine Adlernase, die eng beieinanderstehenden Augen unterstrichen das Vogelartige, und als sein Mantel in einem Windstoß flatterte, schien er sich in die Lüfte erheben zu wollen.

»Du, Christian, nimmst ihn vor dich aufs Pferd«, befahl Busso dem Adlernasigen. Der murrte, stieg aber ab, um erst Federico aufsteigen zu lassen, und schwang sich dann hinter ihm in den Sattel.

»Dann los.«

Sie ritten in Richtung Hauptstraße, folgten ihr ein kurzes Stück und bogen dann in einen Saumpfad ein. Nach einer Weile hatte Federico eine Vorstellung, wohin es ging, Richtung Brocken. Als die Sonne senkrecht vom Himmel schien, war er sicher, dass Busso mit ihnen zum Mönchsstein ritt. Sie folgten zunächst einem ausgetretenen Pfad, doch das letzte Stück mussten sie zu Fuß zurücklegen. Der Weg war sumpfig und sie stapften zwischen Heidekraut und Wasserpfützen hindurch, bis vor ihnen ein Hang steil abfiel, zum Bach hin.

»Da haben wir ihn ja«, bemerkte Busso zufrieden und tätschelte die Flanke des fast mannshohen Findlings. »Ich nehme an, du kennst ihn zur Genüge. Hast du diese sinnigen Zeichen hineingeschnitten? Diesen – was soll das darstellen? Einen Mönch?«

Federico trat näher an den Granitfelsen, beugte sich vor und musterte das Relief eines Mönchs, dessen ausgestreckte Hand den Bachlauf stromaufwärts wies. »Ein Mönch? Und das?« Er deutete auf eine kreisförmige, sonnenähnliche Gravur über der ausgestreckten Hand des Mönches. »Was soll das darstellen?«, fragte er gleichmütig und legte den Kopf schräg, als sähe er die Ritzung zum ersten Mal.

Busso schürzte die Lippen, trat auf ihn zu. Die tief sitzende Kapuze nahm Federico die Sicht, den Schlag sah er nicht kommen. Sein Kopf schleuderte zur Seite.

Busso lächelte und lehnte sich an den Stein, zu seinen Füßen sprudelte das Wasser des Bachs. »Nun gut, lass uns also noch einmal von vorn beginnen.« Er winkte seinen Männern, neben Federico Aufstellung zu nehmen und ein wachsames Auge auf ihn zu haben. Busso, Federico ebenfalls fest im Blick, zog unter seinem Wams das Buch hervor, das Federico nur zu gut kannte. »So weit, so gut. Bis hierher waren wir schon gekommen. Zu diesem Stein, von dem in diesen Notizen die Rede ist. In deinen

Notizen.« Busso wedelte mit dem Büchlein vor Federicos Nase herum. »Entweder du verrätst uns, wie die Angaben in deinem Buch zu lesen sind, oder du führst uns zu den Stellen.« Mit einem Blitzen in den Augen nickte Busso ihm zu. »Du hast die Wahl. Nun?«

Federico mied Bussos Blick. »Ich weiß es nicht. Ihr müsst mich mit jemandem verwechseln.«

»Oh, das glaube ich kaum.« Bussos Stimme war sanft, während er eine Hand an Federicos Kehle legte und zudrückte. Federico schien es, als quollen seine Augen aus ihren Höhlen, er ächzte, krächzte, zerrte an den Fesseln, trat um sich. Schon glaubte er zu ersticken, da lockerte Busso seinen Griff. Federico schloss die Augen vor Erleichterung, sog gierig die Luft ein. Deswegen traf ihn der Griff zwischen seine Beine völlig unvorbereitet. Wie ein Schraubstock drückte Busso zu.

Mit kalkulierter Präzision, so dachte Federico noch, bis der Schmerz übermächtig wurde. Ohne sein Zutun klappte sein Oberkörper nach vorn wie ein Schnappmesser. Sterne umkreisten ihn.

Im letzten Augenblick ließ Busso los.

Federico hustete, keuchte, sein Körper brannte, er wollte seine Hände auf den Leib pressen, doch bei dem Versuch schnitten die Lederriemen an den Gelenken nur tiefer in sein Fleisch, er spürte ein Brennen und warme Rinnsale an den Fingern herablaufen. Selten hatte er sich derartig hilflos, derartig ausgeliefert gefühlt. Er hätte sich übergeben mögen, hier auf der Stelle, aber dadurch hätte er seine Hilflosigkeit eingestanden, und diese Genugtuung würde er dem Raubritter nicht geben. Wenn Federico jedoch noch einen Beweis gebraucht hätte, dass dieser Mann vor nichts zurückschreckte, so wäre der nun erbracht.

Was also sollte er tun? Führte er Busso zu den Erzlagern, wäre er anschließend ein toter Mann. Weigerte er sich, wäre er ebenfalls ein toter Mann, und dies ziemlich bald. Damit wäre niemandem gedient. Zeit gewinnen war alles, worauf er im

Moment bauen konnte. Zeit schinden und auf einen Fehler, eine Nachlässigkeit warten.

Mit Hilfe war nicht zu rechnen, also musste ihm selber etwas einfallen. Nicht leicht, mit diesem Rauschen im Kopf und dem pulsierenden Schmerz im Schritt.

Hände zerrten ihn wieder hoch, Bussos Begleiter stützten ihn. Als Federico schließlich die Augen öffnete, sah er Bussos Gesicht dicht vor seinem. Der hob das Büchlein hoch, fächerte Federico damit Luft zu. Langsam neigte er den Kopf zur Seite und sagte honigsüß: »Nun, mein Bester, verstehst du wohl mein Anliegen. Also noch einmal: Wo sind deine Schätze verborgen?«

Federicos Magen hob sich, er schluckte, in seiner Kehle brannte es. »Ich werde dich hinführen«, keuchte er.

Busso nickte überrascht. Federico erkannte, dass er mit so einem leichten Sieg nicht gerechnet hatte.

»Ausgezeichnet!«

Federico hustete, noch immer schien er den Druck von Bussos Fingern an Kehle und Lenden zu spüren.

»Welche Richtung?«

Federico schüttelte den Kopf. »Ich habe die Stellen nicht im Kopf.«

Busso war vor ihn getreten, das Kinn gereckt, der Blick misstrauisch. »Du willst mir weißmachen, dass du die Orte nicht wiederfindest?«

»Es sind zu viele, deswegen habe ich ja meine Notizen … Und die Entfernungs- und Richtungsangaben zu entschlüsseln, ist kompliziert, dazu brauche ich …«

Busso fiel ihm ins Wort. »Also gut, sag schon, was brauchst du?«

»Ein Buch.«

»Ah, verstehe. Und welches Buch soll das sein?«

»Caesars *De bello gallico*. Ich hatte es dabei, aber bei einem Unfall verloren. In Wernigerode hoffte ich, ein neues Exemplar zu bekommen.«

Busso sah ihn nachdenklich an, ganz langsam zog er die Unterlippe zwischen die Zähne.

Lina

Wernigerode, Anfang Juli

Lina beschloss, das Pferd irgendwo vor der Stadt zu verstecken. Eine berittene Zwergin ohne Gesellschaft würde zu Recht Verdacht erregen.

Endlich wieder allein unterwegs ... Lina genoss die laue Luft, den Duft der Tannen, des feuchten Laubs. Die Leute, denen sie begegnete, beachteten sie nicht weiter, auf dem Pferderücken fiel ihre mangelnde Größe nicht auf. Ein schöner Tag hatte sich angekündigt, als sie vor Morgengrauen aufgebrochen war, bepackt mit einem prall gefüllten Proviantsack. Berta hatte übertrieben in ihrer Fürsorge, so weit war der Weg nun auch nicht und in Wernigerode lockten wegen des bevorstehenden Festes zahllose Stände mit Leckereien.

Je näher sie der Stadt kam, desto mehr Volk war auf der Straße unterwegs. Lina zügelte das Pferd in den Schritt, damit sie die Leute unauffällig mustern konnte. Boten, Händler, Bauern oder Halunken, gleichermaßen angezogen von dem bevorstehenden Fest. Ein jeder von ihnen witterte gute Geschäfte.

Es konnte nicht mehr weit sein, allmählich wurde es Zeit, einen Platz für das Pferd zu finden. Ein Stück weiter vorn schien es günstig zu sein. Der Wald rückte näher an die Straße, war aber licht.

Lina saß ab und führte das Pferd am Zügel die Straße entlang, ein prüfender Blick, und flugs hinein in den Wald.

Abseits vom Weg band sie das Pferd an einen Baum, ringsum wuchs sogar ein wenig Gras, das die Stute abzupfen konnte.

Lina klopfte ihr auf die Flanke, an die sie gerade heranreichte. »Warte hier, Braune, ich bin bald zurück.«

Auf der Straße schloss sie sich einem runden Dutzend Leute an, die angeregt Neuigkeiten aus dem Reich austauschten.

»Weißt du eigentlich, dass die Frau, die unserem König Maximilian versprochen war, ausgerechnet den französischen König geheiratet hat?«, zwitscherte eine Frau und rammte Lina ihre Kiepe in den Rücken, die den Geruch frisch gebackener Pasteten verströmte.

»Hoppla!«, meinte sie, ohne Lina zu beachten.

»Ja, aber das ist doch schon Jahre her!«, winkte die dürre Matrone an ihrer Seite ab.

»Aber stell dir vor ...!« Bedeutungsschweres Schweigen.

»Sag schon«, drängte die Dürre.

»Er hat jetzt eine andere! Eine Italienerin, heißt es.«

Kichern ringsum, sogar von einigen der Männer.

»Ach, der Arme!«, erklang heuchlerisches Bedauern.

»Wann er wohl endlich heiratet? Er wird ja wohl heiraten!«

»Ach, natürlich. Jetzt, wo sein Vater tot ist, Gott möge seiner Seele gnädig sein! Und wo er bald Kaiser wird, braucht er doch eine Frau. Und Geld soll sie haben, diese Mailänderin, und das braucht er ja noch viel dringender, unser freigiebiger König.«

»Was ihr immer zu tratschen habt«, mischte sich ein grauhaariger Mann ein und zog die Dürre an seine Seite. »Hilf mir lieber.« Er drückte ihr einen Korb in die Hand. »Hoffentlich begräbt der junge König endlich seine Fehde mit den Franzosen. Es sollte ihm eine Lehre sein, dass sie ihn in Flandern gefangen gesetzt haben. Es fehlt nicht viel und es geschieht Gleiches auch andernorts.«

»Aber doch jetzt nicht mehr, wo er unser Kaiser wird! O ja, aber das war schon eine tolle Sache!«, rief die Dürre erfreut aus. »Wann war das noch, diese Sache in Flandern?«

»Vor fünf, sechs Jahren ...«, brummte der grauhaarige Mann über die Schulter. »Gott schütze unseren König«, murmelte er resigniert. »Gerade geht alles so erfreulich seinen Gang ...«

Die Kiepengängerin schloss wieder zur Dürren auf. »Da ist doch jetzt diese ... wie heißt sie gleich ... Eine Freundin erzählte mir neulich ...«

Lina war überrascht, dass der König und seine Heiratspläne sogar hier in der Provinz für angeregten Gesprächsstoff sorgten. Aber es war auch eine spektakuläre Nachricht gewesen, dass Anna von der Bretagne, die Maximilian nach dem Tod seiner ersten Frau Maria heiraten wollte, sich geradewegs in die Arme seines Erzfeindes, des französischen Königs, flüchtete und ihn sogar inzwischen geheiratet hatte. Ihretwegen hatte der seine ihm eigentlich Anverlobte wieder heimgeschickt. Ein Skandal sondergleichen, der die Gemüter in allen Herrscherhäusern erregte. Auch in Venedig beobachtete man das Wohl und Wehe des deutschen Königs. Vor allem, seit ruchbar wurde, dass Maximilian sich für die Mailänderin Bianca Sforza interessierte. Die Waise lebte bei ihrem Onkel Ludovico, genannt Il Moro, und es würde Lina nicht wundern, förderte der diese Verbindung nach Kräften. Er hatte den Thron Mailands widerrechtlich an sich gebracht und ließe sich die Anerkennung als Herrscher sicherlich etwas kosten. Bianca galt als hübsch, so gesehen konnte Maximilian zufrieden sein, andererseits leuchte der Verstand des Mädchens nicht besonders hell, hatte Lina in Venedig jemanden sagen hören. Nun, es gab Schlimmeres.

Inzwischen hatte sich die Gruppe den lokalen Nachrichten zugewandt.

»Ob Botho und Heinrich auch nach Wernigerode kommen?«

»Der Herr schütze die beiden!«, tönte es von vorn.

»O ja, das werden sie. Der Graf kann dem Himmel nicht genug danken für solche prächtigen Söhne, einer wie der andere.«

»Wie Zwillinge eben sind.«

»Dabei gleichen sie sich gar nicht.«

»In ihrer Haltung schon. Und ihrer Redlichkeit. Fürwahr.«

»Du musste es wissen«, scherzte die Dürre und lachte laut auf. »Der Herr Graf schätzt seinen Sohn Botho mehr, das ist allgemein bekannt. Nicht von ungefähr schickte er Heinrich in den Norden. Wohin noch gleich? Natürlich, zu den Friesen! Himmel steh ihm bei! Bei den Nordländern fast!« Die Kiepenfrau schüttelte den Kopf vor so viel Ungemach.

»Unsinn«, meinte einer der Vorderen, »er ist bei dem sächsischen Kurfürsten Friedrich in Diensten.«

»Und wenn schon. Aber jetzt waren sie doch im Heiligen Land und sind gesund zurück.«

Die Dürre neigte sich ihrer Nachbarin zu und raunte: »Heinrich war dort, doch Botho? Ich hörte, das sei nur ein Gerücht.«

Die Mundwinkel der Kiepenfrau sanken nach unten. »Ach was? Der war gar nicht auf Pilgerreise? Na so etwas!«

Die Dürre hob die Schultern. »Es heißt, der Graf konnte sich die Ausstattung beider Söhne nicht leisten, daher reiste nur einer. Aber verlautbart wurde das nicht. Es heißt außerdem, dass ihm sogar für Heinrichs Reise ein Freund das Geld vorstrecken musste.« Sie zwinkerte vielsagend.

Die Kiepenfrau lachte auf. »Wer dem wohl noch etwas leiht. Der ist doch so blank wie ein Hühnerhintern. Aber gut, es gibt immer welche. Und wohlgelitten ist unser Graf, alles was recht ist. Man hört kein böses Wort.«

»Und was ist mit den Schmähschriften …?«

»Was soll damit sein? Allenthalben bringt irgendjemand solche unflätigen Flugblätter in Umlauf, nur weil ihm die Herrschaft nicht passt. Lumpenpack allesamt.« Die Kiepenfrau nickte wissend.

»Dem allgemeinen Gelächter preisgegeben zu sein, ist wahrhaftig keine Freude. Ich hab eines der Blätter gefunden: ein Esel, der auf das Wappen des Grafen scheißt … Allmächtiger!« Die Dürre bekreuzigte sich.

»Ich hab auch solch ein Flugblatt gesehen. Aber dann waren sie plötzlich wieder verschwunden. Wahrscheinlich hat der Graf flugs bezahlt. Wer hat die noch gleich unters Volk gebracht?«, fragte die Kiepenfrau eine Dicke mit Kopftuch.

Die Angesprochene hob wortlos die Hände.

»Ich hörte, er hat wieder ein Dorf verpfändet. Herrje, man

weiß ja dieser Tage gar nicht mehr, zu wessen Grafschaft man gerade gehört, so schnell wie der Stolberger seine Ländereien weggibt.«

»Na, na«, tadelte der grauhaarige Mann, der sich die ganze Zeit mit einem jungen Burschen gezankt hatte.

Sie warteten vor dem Stadttor darauf, durchgelassen zu werden. Lina hätte nicht sagen können, woher die vielen Menschen plötzlich gekommen waren. Einige strömten zur Stadt hinaus, viele wollten hinein, so kam es vor dem Engpass zwangsläufig zu einem Gedränge.

Jemand rempelte sie an. »Vorsicht!« Lina wandte sich um – und schaute dem Grobian direkt in die Augen. Ein Gegenüber auf Augenhöhe, dergleichen hatte sie nur selten erlebt.

»Bitte um Verzeihung, schöne Frau!«, sagte der Mann, kaum zwei Finger größer als sie selbst, und verneigte sich vor ihr. »Zu betrüblich, dass ich in diesem Gedränge nicht ein besserer Herr über meine Glieder sein konnte.«

Sieh an, er sprach wie ein Höfling. »Und sind die Glieder noch so klein, ein Hieb ins Kreuz schmerzt ungemein«, reimte Lina verdrossen. Was wollte dieser lächerliche Wicht von ihr, der zu allem Überfluss in einem rehbraunen Gewande steckte, das mit Goldbändern durchwebt war. Welch ein Geck, auffällig unterwegs wie ein Tanzbär. Einige der Umstehenden kicherten bereits. Das konnte sie nun wirklich nicht gebrauchen.

Lina versuchte, sich nach vorn durchzudrängen, vergeblich. Die umstehende Menge umgab sie wie eine Mauer. Und der eitle Zwerg klebte an ihr wie Honig. Barmherziger im Himmel, schon wieder verbeugte er sich vor ihr, zwinkerte ihr gar zu.

»Verzeiht, gnädiges Fräulein, ich säumte, mich vorzustellen. Karl ist mein Name. Und wenn ich so vermessen sein darf, nach dem Euren zu fragen?«

Erwartungsvoll schaute er sie an. In seinen braunen Augen blitzten goldene Funken. Lina musterte ihn von oben bis unten. »Ah, Karl! Natürlich benannt nach Karl dem Großen, wenn ich Euch so ansehe.«

Der Zwerg lächelte fein. »Ihr seid nicht nur eine Dichterin und schön von Angesicht, sondern auch klug und von herausragender Beobachtungsgabe. Denn Euch scheint bewusst, dass Größe keine Frage des Körpermaßes ist. Besagter Karl war ja auch nicht besonders groß von Wuchs.«

»Ach?«

»Aber nein!« Der Kerl hob die Arme ein Stück über den Kopf. »So groß, keinen Zoll mehr.«

»Tatsächlich?«

»Wenn ich es Euch sage! Seine eigentliche Größe lag in seinem Verstand!« Er tippte sich an die Stirn, über der sich buschige dunkelbraune Haare sträubten.

»Ah, und Ihr meint, darin bestünde die Ähnlichkeit zwischen Euch und dem verblichenen Kaiser. Verstehe.« Lina schürzte die Lippen und zähmte ihre Erheiterung. Etwas sagte ihr, dass es unklug wäre, diesen Karl zu beleidigen. Allein um weitere Aufmerksamkeit zu vermeiden, sollte sie sich auf ihn einlassen. Wer wusste schon, welche Teufel diesen Wicht sonst ritten, aufdringlich wie er war.

»Befindet Ihr mich nun der Kenntnis Eures Namens für würdig?« Er neigte den Kopf und sah sie an, als wolle er ihr Inneres aussaugen. Was sollte das, dieser Blick …

Überhaupt war sie einem Zwerg wie diesem Karl noch nie begegnet. Ohnehin kannte sie nur wenige ihrer Art und wenn, dann waren sie entweder missgünstig und spritzten Gift und Galle, oder sie waren so unterwürfig, dass ihr übel wurde in deren Gesellschaft. Allerdings traf Gleiches auch auf viele Großgewachsene zu.

»Ah, endlich! Die Namenlose lächelt! Mein ist das Paradies auf Erden!«

Er drehte sich um die eigene Achse, heischte den Jubel des Publikums, das ihrem Wortwechsel zunehmend interessiert gefolgt war. Frauen kicherten, vereinzelt kam Applaus auf, den Karl mit beiden Händen anfeuerte.

Lina rollte mit den Augen. An einen unauffälligen Aufenthalt in der Stadt war dank dieses Witzboldes wohl nicht mehr zu denken. Nun, sie sollte das Beste daraus machen.

»Erlaubt mir, Euch zu einem Frühstück einzuladen! Wie es scheint, seid Ihr ebenfalls den ganzen Morgen unterwegs, eine Atzung käme da doch sicher gelegen.«

Wo hatte der Wicht nur gelernt, solche Sätze zu drechseln? Gerade wollte sie ablehnen, da knurrte ihr Magen lautstark.

»Ah, dieser Laut enthebt Euch einer Antwort, Größte meines Herzens! Ihr gestattet?« Er nahm ihren Arm und schob sie durch eine Lücke, die sich gerade vor ihnen auftat.

»Was erlaubst du dir?«, empörte sich Lina, kaum dass sie das Tor durchschritten hatten. Wie ein störrisches Maultier blieb sie mitten auf der Straße stehen, Karl zwangsläufig ebenfalls. Schwer bepackte Leute umströmten sie wie eine Insel. Manche der Flüche, die an ihr Ohr drangen, kannte selbst Lina noch nicht.

Karl sah sie belustigt an. *»Du* sagt sie zu mir? Ja, sind wir denn schon derart vertraut?«

»Rede keinen Unsinn! Und lass mich los!« Sie zerrte ihren Arm aus seinen Fingern und strich ihr Gewand glatt. Lina hütete sich, auf sein Geschwätz einzugehen. Aber sie registrierte mit einem Stirnrunzeln, dass wieder einige Leute stehen blieben und sie anstarrten. Nun, sie boten auch ein bemerkenswertes Paar. Da dieser Karl offenbar nicht leicht loszuwerden war, sollte sie wenigstens weiteres Aufsehen vermeiden, schwer genug mit diesem Pfau.

»Also gut, ich komme mit, aber nur, wenn du mich nicht mehr anfasst. Und mir sagst, was dein alberner Aufzug soll.«

Karl zeigte zunächst ein Lächeln, hob die Hände, neigte den Kopf. Doch bei ihren letzten Worten verdüsterte sich die Miene des Zwerges. »Wie? Alberner Aufzug? Mein tadelloses, prächtiges Gewand nennst du albern?« Er sah an sich herab, strich mit den Händen über die Brust. »Ich trage die Farben des Grafen zu Stolberg, falls du es nicht bemerkt haben solltest. Und dies mit Stolz! Aber nun, einer Fremden will ich die Unkenntnis einmal nachsehen.«

»Da bin ich aber froh«, murmelte Lina mit einem Seufzen. »Wohin also?«

»Gelüstet es dich nach etwas Besonderem? Hast du einen Wunsch?«

»Nein.«

Das Strahlen kehrte in die Augen des Zwerges zurück. Die goldenen Flecken schienen zu tanzen. Wollte er sie etwa am Arm durch die Stadt führen? Als hätte er geahnt, dass sie ihm eine solche Dreistigkeit mit einer Ohrfeige gelohnt hätte, machte er keine derartigen Anstalten. – Andererseits, wenn er wirklich ein Hofzwerg des Grafen war, könnte er ihnen nützlich sein. Sie sollte ihn sich gewogen machen. Besser gesagt, gewogen halten, denn gewogen schien er ihr ja bereits zu sein.

Lina seufzte erneut. Ihre ganzen Pläne, mit einem Handstreich über den Haufen geworfen. Was hatte sie getan, dass der Herr sie so strafte? Mit so einem aufgeblasenen Gockel zudem. Sie musterte ihn von der Seite. Die Nase etwas knollig, der Mund breit und voll, die Stirn hoch, beschattet von dichtem, lockigen Haar, das vorne hochstand und sich hinten in den Nacken ringelte. Seine Beine waren krumm, daher glich sein Gang ein wenig dem Schaukeln eines Schiffs auf den Wellen. Lina kannte das, sie kämpfte mit ihren Übungen dagegen an. Sie könnte sie ihm zeigen ... Welch ein Einfall.

»Warst du schon einmal hier?«, fragte er nun.

»Nein.« Und wenn, sie würde es ihm gewiss nicht anvertrauen.

»Eine ausnehmend hübsche Stadt, du wirst sehen.«

»Ja, das kündigt sich bereits an.«

Sie hatten eine belebte Straße erreicht, der sie nun folgten. Rechts und links standen schmucke Fachwerkhäuser, auf der Straße boten Händler allerlei Waren feil. Zwischen ihren Ständen drängten sich Arbeiter mit ihren Karren, beladen mit Baumaterial, Säcken mit Getreide oder Stoffballen. Eine geschäftige Stadt, dieses Wernigerode.

»Wohin gehen wir?«, fragte sie.

»Ich kenne ein Gasthaus, nicht weit von hier. Es heißt *Zur*

Eiche. Als wäre es an einer Eiche erbaut. Ich fürchte, dort stand nie eine und wird auch nie eine stehen. – Ah, sieh an, der Herr Magister, auch wieder einmal in der Stadt?«

Gerade passierten sie ein Geschäft, das Schriften und sogar gebundene Bücher verkaufte, wie das Ladenschild pries. Der Mann, der Karls Aufmerksamkeit erregt hatte, schloss soeben die Tür hinter sich. Ein Barett auf dem Haupt, ein schwarzer Mantel, der bis zum Boden reichte – offenbar ein Gelehrter oder Geistlicher. Der Mann lüftete die Mütze und deutete eine Verneigung an. Nicht, weil es ihm Freude gemacht hätte, sondern nur, um die Form zu wahren, das sah man ihm an.

»Sieh an, der Hofzwerg Karl! In des Grafen Auftrag unterwegs?«

»O nein, ich genieße nur den Tag.«

»Nun denn, eine angenehme Zeit.« Sein Blick streifte Lina, seine Lippen umspielte ein abschätziges Lächeln. »In anmutiger Begleitung, wie ich sehe. Behüte Euch Gott, Wertester, die Dame.« Mit hoch erhobenem Haupt stolzierte er an ihnen vorbei.

Lina musterte ihn. Gälte es nicht, im Verborgenen zu bleiben, und hätte der Mann sie in diesem Ton angesprochen, hätte Gott den Kerl nicht behüten können, er hätte ihm gnädig sein müssen.

Allein Karl zuckte nicht mit der Wimper. »Euch ebenfalls, euch ebenfalls, Magister!«

Lina konnte aus Karls Stimme nicht heraushören, ob ihn die Worte des Geistlichen gekränkt hatten, ja, ob er die Kränkung überhaupt wahrgenommen hatte.

»Wer war das?«

»Oh, ein Herr Magister der Theologie von der Universität Leipzig, der hier auf eine Stelle als Vikar gehofft hatte. Aber wie das Schicksal so spielt, hatte der Graf andere Vorstellungen. Jetzt hofft der Herr auf jemanden, der ein gutes Wort bei der Gräfin Elisabeth für ihn einlegt, sie möchte eine Pfarrei in einem ihrer Dörfer gründen, darauf spekuliert er.«

»Und was hat er gegen dich?«

Er sah sie verschmitzt an. »Es ist dir also nicht entgangen. Tja, er wähnt mich schuld an seiner Misere, ich hätte den Grafen beeinflusst, so sagt er.«

»Und? Hast du?«

Karl schaute sie an, lächelte fein. »Das traust du mir zu?«

Lina schürzte die Lippen. »Ich kenne dich nicht, daher traue ich dir vorerst alles zu.«

Er nickte anerkennend. »Gut, aber warum sollte ich ihn anschwärzen? Er ist mir doch völlig gleichgültig. Mag sein, dass er ein dummer, ignoranter, missgünstiger Kleingeist ist. Aber ihm deswegen Steine in den Weg legen? Müsste ich dann nicht viele am Fortkommen hindern? Nein, jeder hat doch etwas Gutes, etwas, dass man mögen kann, sicher auch dieser bedauernswerte Wicht. Nein, nein, der Graf hat sich seine Meinung hübsch selbst gebildet. Bei den Predigten nämlich, die der Magister auf Wunsch des Grafen in der Johanniskirche hielt. Dreimal predigte er dort und der Graf ist während seiner Predigt eingenickt, jedes Mal.« Karl grinste. »Und allein diese Peinlichkeit führte dazu, dass der Magister die Anstellung nicht bekam. Niemand außer ihm selbst wundert sich darüber. Offiziell hieß es natürlich, dass der neu ernannte Vikar einen hochwohlgeborenen Fürsprecher hatte, dem sich der Graf nicht widersetzen konnte …«

Lina nickte. Bemerkenswert war, dass dieser Geistliche dem kleinen Mann an ihrer Seite allerhand zutraute, und ein solcher Ruf kam nicht von ungefähr. Vielleicht war die Begegnung mit ihm weniger Strafe als göttliche Fügung. Wie zur Bestätigung begann eine Kirchenglocke zu läuten, kurz darauf stimmte eine weiter entfernte ein.

»Die Liebfrauenkirche, sie ist gleich da drüben«, meinte Karl und zeigte voraus. Er lauschte, den Kopf in den Nacken gelegt, die Augen geschlossen. »Und die zweite dürfte eben selbige Johanniskirche sein, die dem Herrn Magister zum Verhängnis ward. Man hört sie so laut, als stünde sie in der Nachbargasse …« Nach einem kurzen Moment des Sinnens und Lauschens setzte sich Karl wieder in Bewegung.

Seite an Seite wanderten sie die Straße entlang, bogen irgendwann nach links ein und währenddessen wies Karl sie immer wieder auf Besonderheiten hin, mal ein Brunnen, mal eine Schnitzerei an einem Haus.

Nach einer Weile öffnete sich vor ihnen ein Platz, umgeben von prächtigen Bürgerhäusern. In seinem Zentrum erhob sich ein mächtiger Bau, um den Handwerker wimmelten wie in einem Ameisenhaufen. Das Dach war abgedeckt, neue Balken wurden herangeschafft, ein Gerüst verdeckte die Fassade. Männer schleppten pralle Säcke, Körbe mit Ziegeln oder anderem Baumaterial herbei und stapelten alles in der Nähe der Baustelle auf. Ein Kran blockierte den halben Platz, noch arbeitslos. Lina legte den Kopf in den Nacken, beschattete die Augen und sah sich um. Wahrhaft ein schöner Marktplatz wäre das ohne die Baustelle. Prächtige Häuser umstanden ihn, das imposanteste von allen aber war zweifellos der geschäftig umsummte Bau aus Bruchsteinen, den ein mächtiger Turm bekrönte.

Himmel, welch ein Trubel, welch ein Gewimmel ringsum! Und ein Lärm von dem unentwegten Hämmern, Sägen, Räderrollen, dazu das gewöhnliche Treiben auf einem Markt, irgendwo waren Musiker zugange, eine Flöte, eine Trommel, wohl auch eine Sackpfeife tönte bis zu ihnen. Man konnte sein eigenes Wort kaum verstehen.

»Das Wernigeröder Spelhus«, erklärte Karl und deutete auf das eingerüstete Bauwerk. »Seit Neustem auch Rathaus. Mittlerweile ist es zu klein geworden, sie stocken auf, siehst du?«, rief Karl ihr ins Ohr. »Oben wird ein großer Festsaal entstehen, hörte ich.«

»Spelhus?«, schrie Lina ihm ihre Frage ins Ohr, um den Lärm zu übertönen, der lauter wurde, je näher sie der Baustelle kamen.

»Ja, früher diente es dem Spiel und dem Tanz, erst nachdem der damalige Graf es der Stadt schenkte, tagt dort auch der Rat.

Aber es ist und bleibt das Spelhus und noch immer darf man sich nur dort am Dobbelspiel vergnügen.«

Lina zuckte die Schultern, da sie von einem Dobbelspiel noch nie gehört hatte. Sie ersparte sich, danach zu fragen.

»Ein Würfelspiel«, erläuterte ihr Karl dennoch.

Wie aus dem Nichts tauchte plötzlich ein junger Mann auf und wäre fast mit ihrem Begleiter zusammengestoßen. Der Eilige entschuldigte sich atemlos, sprang die Treppe zum Eingang hoch und verschwand zwischen den Balken des Gerüstes im Inneren.

Karl führte sie weiter, am Brunnen auf der Platzmitte vorüber. »Wenn man vom Teufel spricht ...«, murmelte er. »Das war Thomas Hilleborch.«

Er lachte lautlos. »Vermutlich muss er wieder einmal Buße leisten.«

»Buße? Auf der Baustelle?«

»Vielleicht will er seine Geldbuße abarbeiten. Der Bursche ist dem Laster des Glücksspiels verfallen, eben besagten Dobbelspiels.« Karl schüttelte den Kopf. »Statt sich darauf zu beschränken, seine Leidenschaft im Spielhaus auszuleben, treibt er sich in irgendwelchen Spelunken mit Gesindel herum. Das ist stadtbekannt – und mindestens einmal im Jahr wird er erwischt und muss Strafe zahlen. Schade, er ist ein heller Kopf und sehr begabter Baumeister. Er hat große Pläne mit dem Spielhaus und es würde mich nicht wundern, wenn er es eines Tages so umbaut, dass es im ganzen Land seinesgleichen sucht.«

Lina warf einen letzten Blick auf das Gebäude aus Bruchsteinmauerwerk. »Ein paar Türme vorne wären ganz schön, findest du nicht?«, fragte sie, bevor Karl in eine Gasse einbog.

Ihr Begleiter nickte flüchtig. »Da sind wir schon.« Er zeigte auf ein Gasthaus, dessen Schild eine Eiche schmückte.

Das Mädchen, das ihnen einen Tisch zuwies und sofort einen Krug Bier vor ihnen abstellte, grüßte sie mit einem breiten Lächeln. »Du warst lange nicht hier«, meinte sie zu Karl. »Hast du mich etwa vergessen?«

»Wie könnte ich die schönste Blume des Harzes vergessen!«, entgegnete Karl.

»Der kleine Gaukler des Grafen ist ein wahrhaft großer Redner, ja, das ist er«, raunte das Mädchen Lina zu und zwinkerte verschwörerisch. »Etwas zu essen?«, fügte sie dann geschäftsmäßig hinzu.

Karl übernahm die Bestellung und als das Mädchen fort war, prostete er Lina zu. »Sie brauen das Bier hier selbst, es ist köstlich.«

Lina probierte einen Schluck und nickte anerkennend. »Sie ist eine Freundin von dir?«, fragte sie und nickte dem Mädchen hinterher. »Du scheinst ja jeden in dieser Stadt zu kennen …«

Karl lächelte sichtlich erfreut über ihre Frage. »Ah, man ist interessiert … Das Mädchen ist Mathilda, meine Nichte. Aber sag selbst, ich habe nicht übertrieben, sie ist zweifellos sogar die schönste Blume der Welt!«

Er tauchte seinen Blick in Linas Augen. Hier, in dem Dämmerlicht der Schankstube waren sie schwarz wie die Nacht. Nur diese seltsamen Punkte funkelten.

»Du hingegen bist eine ganz besondere …«

»Hier ist der Braten.« Mathilda unterbrach ihn, indem sie geräuschvoll ein großes Holzbrett zwischen sie stellte, bedeckt mit einer dicken Scheibe Fleisch, das auf einer ebenso dicken Brotscheibe lag.

Lina kam nicht dazu, ihr Messer zu zücken, schon hatte Karl das seine zur Hand und schnitt ein Stück für sie ab.

»Du besuchst also deine Familie hier?«, fragte sie ihn, bevor er seinen begonnenen Satz zu Ende bringen konnte. Lina ahnte das Schlimmste und beabsichtigte, es nach Kräften zu verhindern. Nur keine weiteren Komplikationen.

»Hmhm«, grunzte Karl mit vollem Mund und wischte sich mit dem Ärmel über die Lippen.

»Dann bist du von hier?«

Karl schüttelte den Kopf. »Nur meine Nichte. Sie hat den Wirt geheiratet.«

»Aber du kennst viele Leute in dieser Stadt, scheint mir. Alles Bekanntschaften im Auftrag des Grafen?«

»Manche.« Karl lächelte, zeigte eine Reihe makelloser weißer Zähne, mit der Hand deutete er in die Runde. »Davon abgesehen, die Stadt ist ein Dorf, kennst du einen, kennst du alle. Überdies ist Mathilda eine gute Informationsquelle. Warum fragst du? Suchst du jemanden? Du hast dich allzeit so aufmerksam umgesehen, nichts ist deinem falkengleichen Blick entgangen, dünkt mich.«

Warum nur verfiel er wieder in diesen schwülstigen Ton? Auf dem Weg hierher war er noch so ein angenehmer Gesprächspartner gewesen und nun redete er schon wieder wie sein eigener Großvater.

»Kann sein«, gab sie zurück, jetzt wortkarg.

Karl schnitt ihr weitere mundgerechte Stücke von der Scheibe ab. »Greif zu!«

Das Mahl war wirklich schmackhaft, musste Lina zugeben. So guten Braten hatte sie lange nicht gegessen. Bei Lucas Mutter gab es dergleichen nicht mehr, die Gäste fehlten, das Geld mangelte. Früher war ihre Küche weithin bekannt, hatte Berta gerühmt. So schnell verblich ein guter Ruf. »Ich komme gerade vom Gasthof *Zum Bären,* er liegt in der Nähe von Elbingerode, du kennst ihn vielleicht.«

Karls Augen wurden schmal. »Ja«, sagte er zögernd, »allerdings.«

»Dort schmeckte es längst nicht so gut. Aber die Leute waren freundlich.«

»Das freut mich zu hören. Unsereins bekommt ja vielerlei zu hören …«

»Dort nicht, kein böses Wort. Aber jetzt ist großes Ungemach über sie hereingebrochen.«

Karl nickte.

»Du weißt Bescheid, nehme ich an.«

»Was hast du mit diesen Leuten zu schaffen? Bist du eine von denen? Ich sage es dir gleich, ich will mit Ketzern nichts zu schaffen haben. Da versteht der Herr Graf keinen Spaß und ich ebenfalls nicht.« Karl fasste sie scharf ins Auge.

»Ich?« Lina wehrte empört ab. »Was denkst du? Aber es ist doch schrecklich, man lebt mit jemandem jahrelang unter einem Dach und dann ist die Rede von Ketzerei. Glaubst du das? Ich meine, kennst du die Frau denn?«

»Kennen? Nein. Aber ich habe die Erfahrung gemacht, dass jemandem Ketzerei genauso wenig auf der Stirn geschrieben steht wie Bosheit.«

»Die Magd im *Bären* sagt, man habe ihre Herrin zu Unrecht verschleppt.«

»Sicher. Ist nicht ein jeder, der im Kerker sitzt, unschuldig?« Karls Lächeln war mitleidig. Lina begann, in seinem Ansehen zu sinken. Gut, aber jetzt nur nicht übertreiben, sonst hielt er sie doch noch für eine Ketzerin.

»Aber auch der Sohn bestätigt seine Mutter als wahre Christin. Sie kam von der Kirche, als man sie gefangennahm, heißt es.«

»Und? Zeigt das nicht, wie perfide diese Leute sind? Wie gut sie sogar engste Angehörige zu täuschen vermögen? Der Graf macht es sich nicht leicht, glaub mir. Er wird schon herausfinden, ob diese Anna – so heißt sie doch – unschuldig ist oder nicht.«

»Wird er sie foltern?«

Karl starrte sie an. »Natürlich! Wie sonst sollte er es wohl herausfinden?«

»Und? Hat sie ihr Vergehen schon gestanden?«

»Noch nicht. Der Graf ist unterwegs. Auch wird noch ein Inquisitor erwartet, ein Dominikaner aus Nordhausen, glaube ich. Ohne den gibt es keinen Prozess. Aber was fragst du danach, ich denke, du kennst die Leute gar nicht?«

Lina aß genüsslich weiter. »Nein«, murmelte sie mit vollem Mund. »Aber ich kenne derlei Anklagen ... Dann fürchte ich, irgendwann könnten diese Verfechter des rechten Glaubens auch gegen Leute wie uns vorgehen. Nur, weil wir anders aussehen als sie und sie darum glauben, wir dächten auch anders.«

Karl nahm einen tiefen Zug aus seinem Becher, langsam setzte er ihn wieder ab, wischte sich Schaum von den Lippen. »Hm. Das wird nicht geschehen. Niemals. Nicht hier. Unser Graf schätzt mich.«

»Mag der Herr Graf dich schätzen, aber er wird nicht ewig leben. Und was ist mit diesem Herrn Magister, eben gerade? Hast du seine Verachtung nicht gespürt?«

»Natürlich. Aber sind es nicht die dummen Menschen, die sich so gerieren? Was schert es mich, was solche Leute denken.« Karl winkte ab.

»Oh, glaube mir, auch dumme Menschen haben Gönner und Förderer. Gerade weil sie dumm sind. Denk an meine Worte! Ich jedenfalls fühle mich einem jeden gegenüber verpflichtet, allein weil ich hoffe, dass jemand auf meiner Seite steht, wenn ich einmal – der Allmächtige möge es verhüten – jemandes Wohlwollen brauche.« Sie schwieg, beobachtete das Treiben im Schankraum. Er war groß, mit Fenstern, die auf die Straße gingen. Bei dem schönen Wetter standen sie offen.

»Kennst du einen Busso von Haldensleben?«, wechselte Lina abrupt das Thema.

Karl wollte gerade einen Bissen zum Mund führen, ließ aber bei ihrer Frage die Hand wieder sinken. »Busso? Was willst du denn von dem? Ihm gehört das Haus neben der Apotheke, die Hauptstraße ein Stück weiter auf der rechten Seite.« Er stutzte. »Du kennst ihn?«

»Nein, aber ich glaube, er hat irgendetwas mit der Verhaftung von Anna Barth zu tun. Vielleicht könnte er …«

Karl lachte schallend. »Dann kennst du ihn wahrlich nicht, sonst kämest du gar nicht erst auf diesen Gedanken. Busso setzt sich für niemanden ein, außer es nützt ihm selbst.«

»Wieso wohnt er überhaupt hier und nicht in der Nähe des Grafen?«

»Er hat das Haus geerbt, als seine Frau starb, glaube ich. Er war an ihrem Tod nicht ganz unschuldig, raunt man in der Nachbarschaft hinter vorgehaltener Hand. Natürlich sagt es keiner laut, alle hüten sich vor ihm. Eine üble Geschichte. Jetzt hält er sich dort eine Mätresse, ein seltsames Mädchen, ich sah sie einmal. Niemand weiß, wo er sie herhat. Sie ist von einer, hm, ruppigen Schönheit, könnte man sagen, und ebensolchen Manieren. Inzwischen allerdings wirkt sie wie ein Schatten ihrer selbst. Wenn er in Wernigerode ist, dann nur, um der Lust zu frönen, wenn du verstehst … Und er hasst es sehr, so hörte ich, stört man ihn dabei.«

Das klang nicht gut. Lina ließ den Kopf sinken, fast berührte ihre Stirn die Tischplatte. Dann fasste sie ihr Gegenüber erneut ins Auge. »Einerlei. Ich muss wissen, ob er sich zurzeit hier aufhält oder in Stolberg.«

Karl spitzte die Lippen, hob eine Braue. »Du willst es wirklich versuchen? Ich sage dir, lass es sein. Für unsereinen macht der keinen Finger krumm. Ganz im Gegenteil, gingest du zu ihm, wäre dein Leben keinen Pfifferling mehr wert. Meide ihn! Glaub mir, ich weiß, wovon ich spreche …« Seine Miene verfinsterte sich. »Busso ist ein Mann ohne Ehre und Gewissen.«

»Und dann ist er ein Lehnsmann des Grafen, den du doch ob seiner Redlichkeit in den höchsten Tönen lobst?«

»Busso ist nicht sein Lehnsmann, aber der Graf hält große Stücke auf den Ritter, er schätzt seine Zuverlässigkeit. Der Graf nimmt seine Dienste gern in Anspruch, wenn es gilt, unter dem gold-braunen Banner das Schwert zu schwingen beispielsweise. Oder Busso überbringt eilige Nachrichten, kümmert sich um zahlungsunwillige Pächter und dergleichen unerfreuliche Aufgaben. Gerade noch kämpfte er bei einem Feldzug des Herzogs gegen die Braunschweiger, vor ein paar Tagen erst kehrte er nach Stolberg zurück. Von daher glaube ich kaum, dass er überhaupt hier in Wernigerode weilt.«

»Und wenn doch?«

»Dann ist dir mehr bekannt als mir.«

»Ich hatte gehofft, du wüsstest Günstigeres zu berichten. Aber …«

»Das Wohl und Wehe dieser Wirtsfrau kümmert dich, obwohl du sie nicht kennst … Wie magst du dich erst für Leute einsetzen, die dir am Herzen liegen?«

»Du solltest fragen, was ich bei Leuten unternehme, die ich nicht leiden kann«, entgegnete Lina mit einem Lächeln.

Karl zwinkerte ihr zu, beugte sich vor und raunte: »Du machst mir keine Angst.«

Beim Sprechen kräuselte er die Nase, dazu wieder dieser Blick. Lina wurde warm. Sie rutschte auf der Bank herum, spürte, wie ihr Hemd an der Haut klebte. Sie würde jetzt am liebsten gehen, aber nachdem sie nun die Einladung angenommen hatte, wäre es unhöflich, einfach aufzustehen. Also blieb sie sitzen und gab vor, nichts von Karls Annäherungen zu bemerken. Nicht einmal, dass seine behaarte Hand mit den kurzen Fingern immer näher an ihre herankroch. Sie faltete ihre Hände im Schoß, setzte ein Lächeln auf. Bemüht, Karls Worte zu überhören, konzentrierte sie sich stattdessen auf die Gespräche der Gäste am Nebentisch.

»Der Rat hat dem Grafen schon wieder Geld geliehen«, beschwerte sich ein älterer Mann in eleganter schwarzer Robe.

»Es wird unser Schade nicht sein, meint Ratsherr Wolrad, der ist mein Freund und muss es wissen. Dadurch hat sich der Graf verpflichtet, im Zweifelsfall in unserem Sinne zu entscheiden, was wollen wir mehr?«

Eine Hand lag auf ihrem Knie, drückte es sanft. Lina schreckte zusammen und stieß sie weg. »Was machst du da?«, zischte sie.

Karl lächelte. »Aber ich fragte dich um Erlaubnis und wertete dein Schweigen als Zustimmung. Du lächeltest, also fühlte ich mich ermutigt. Aber gut«, er rückte von ihr ab, »wenn es beliebt, so weiche ich.«

Es war wirklich Zeit, zu gehen. Doch sie saß auf der Bank wie angenagelt. Heilige Madonna, warum lächelte sie diesen Schaumschläger so dümmlich an? Warum brannte ihr Knie, das er berührt hatte, wie Feuer? Sie runzelte die Stirn, wandte den Kopf ab. Aber schon zog es ihre Blicke zurück zu ihm, wie von einem Magneten angezogen. Himmel, so etwas war ihr noch nie passiert.

Mit einem Ruck riss sie sich los. »Ich muss jetzt gehen.«

»Darf ich dich begleiten?« Karl erhob sich bereits.

»Das ist sehr freundlich, aber unnötig.«

»Oh, das weiß ich wohl, allein es wäre mir eine Freude.«

»Aber mir wäre es eine Last.« Lina war nicht geübt in freundlicher Abweisung. Kaum hatte sie die harschen Worte ausgesprochen, reute es sie. Sie wandte sich ab, zu allem Überfluss war sie zudem errötet.

»Wie du meinst«, entgegnete Karl knapp.

Sie hatte ihn verletzt. »Was ich zu tun habe, muss ich …«, versuchte sie abzuwiegeln, doch Karl winkte ab.

»Schon gut. Dann geh. Aber ich bin mir sicher, du bist nicht so hartherzig, wie du vorgibst. Irgendwann steht dir der Sinn nach einem Wiedersehen.« Seine Stimme war immer sanfter geworden. Er war nicht leicht zu entmutigen, das beeindruckte sie, auch wenn sie es sich nicht gern eingestand. Überdies schien er ehrlich und rechtschaffen zu sein. Umso übler, ihn zu hintergehen. Lina hoffte, dass es nicht so weit kommen würde. – Merkwürdig. Dieser Auftrag schien die lästigsten menschlichen Regungen in ihr zu wecken. Zuerst bedauerte sie das Schicksal Lucas, dessen Leben in ihrer Hand lag, und jetzt bekam sie Skrupel wegen eines Hofzwergs. Madonna, was sollte das? Womöglich zog sie bald noch in Betracht, Federico zu verschonen.

Karl hob die Hand. »Aber des einen sei dir gewiss: Du wirst mir stets willkommen sein.«

Nein, kein Lächeln zum Abschied, nur einen kurzen Händedruck, mehr hatte sie nicht im Sinn.

»Du solltest deine Gefährtin allmählich wieder loslassen!« Mathilda hatte den leeren Bierkrug in der Hand und grinste auf sie nieder. »Beim langen dichten Bart des Herrn, ihr seid ein selten hübsches Paar, fürwahr.« Sie schüttelte lachend den Kopf und ging.

»Was?« Lina sprang auf, um Abstand zwischen sich und ihn zu bringen. Ihr Gesicht brannte.

Karl folgte ihr nur einen Schritt, breitete die Arme aus. »Du findest mich hier oder in Stolberg. Aber ich bin sicher, genau wie ich dich, wirst auch du mich überall sonst finden, du Größte meines Herzens.«

Lina atmete auf, als sie draußen vor der Tür stand. Noch weitere drei Mal musste sie tief Luft holen, bis sie wieder einen klaren Kopf hatte.

Lina schlenderte zurück, überquerte den Markt und gelangte auf die Hauptstraße. Sie blieb stehen und blickte nach rechts. Ein Stück weiter neben der Apotheke wohnte also Busso. Gut, dann wollte sie einmal sehen, ob der edle Ritter zu Hause war. Die Blicke, die sie auf sich zog, beachtete sie nicht weiter. Doch sie registrierte, dass man sie hier eher neugierig musterte, nur ganz vereinzelt begegnete ihr der aus Venedig wohlbekannte Abscheu im Ausdruck. Abgesehen vom Herrn Vikar hatte es auch in Begleitung Karls keine Häme gegeben. Nur freundliches Interesse, dabei sollte man meinen, zwei ihresgleichen sorgten für genug Aufsehen. Aber so war es ihr in Deutschland oft ergangen.

Allerdings stellten hierzulande die Leute für ihren Geschmack viel zu schnell viel zu viele Fragen. Diese Neugier war ihr unangenehm. Und dass ihre Ablehnung jeglicher Annäherung zuerst Unverständnis, später Verdruss hervorrief, wusste sie sehr wohl, doch weder konnte noch wollte sie es ändern.

Das Haus dort musste es sein. Es war größer als erwartet, ein prächtiger Fachwerkbau, an dem die Zeit allerdings nicht spurlos vorübergegangen war. Von den Gefachen blätterte die Farbe ab, ebenso von der Haustür, in der sich der Holzbock eingenistet hatte.

Vorsichtshalber fragte Lina in der Apotheke nach dem Ritter. Der Mann kratzte sich am Kinn, musterte sie dabei und bestätigte, dass Busso dort wohne, aber vorhin gegangen sei.

Lina betätigte den Türklopfer und hätte sich nicht gewundert, zerbröselte die Tür unter den Schlägen zu einem Haufen Holzmehl.

Sie wartete, aber nichts tat sich. Noch einmal klopfte sie, fester jetzt.

Plötzlich wurde die Tür aufgerissen und eine Frau erschien mit nackten Füßen auf der Schwelle. Alles an ihr wirkte zerdrückt, wie ein Kleidungsstück, das man gerade aus einer vollgestopften Truhe gezogen hatte. Sie ähnelte dem Haus, beide waren verlebte, in die Jahre gekommene Schönheiten. Die Frau blinzelte in das Vormittagslicht, das blonde Haar hing ihr offen über die Schultern. Die Bänder ihres Hemdes ringelten sich herunter, statt ihrer hielt sie den Ausschnitt mit einer Hand zusammen, dennoch blitzten die üppigen Brüste hervor. Lina erahnte ihre noch immer vorhandene Schönheit, wohlgeformte Rundungen, eine Haut wie Milch und Honig, tiefblaue Augen, wenngleich die Müdigkeit ihren düsteren Schatten über sie geworfen hatte. Die Frau senkte den Blick auf Lina und ließ ihn auf ihr ruhen. Ihre Miene war ausdruckslos.

»Wer bist du?«, herrschte sie Lina schließlich an. Ihre Stimme war zwar heiser, klang aber so, als befehligte sie üblicherweise eine Soldatenschar.

»Gott zum Gruße. Ich suche Busso von Haldensleben. Man sagte mir, er wohnt hier?«

»Was?«

Entweder ihr Kopf war noch vom Schlaf getrübt oder sie war blöde.

»Nun, ich würde zunächst gern wissen, ob ich hier an der richtigen Adresse bin.«

Die Frau starrte sie an. »Du bist ein Zwerg«, stellte sie schließlich fest.

Lina blieb ruhig. »Ja, ich habe es auch bemerkt. Was ist nun, wohnt hier Busso von Haldensleben oder nicht?«

Die Frau räusperte sich. »Und wenn?«

»Dann würde ich ihn gern sprechen.«

»Warum?«

»Das sage ich ihm lieber selbst.«

Die Frau starrte schweigend auf sie herunter, ihr Gesicht zeigte noch immer keine sichtbare Regung. Lina war sich nicht sicher, ob sie einfach weggetreten war oder über ihre Worte nachdachte. Sie wollte schon gehen, da hob die Frau den Kopf ruckartig hoch, wie ein Truthahn. »Du hast es auch bemerkt. Das ist gut.« Ihre Sprache verschwamm, sobald sie mehrere Wörter hintereinandersetzte. Zu viel Wein des Abends, ja, das erklärte auch die schlechte Laune.

»Er ist gerade fort«, eröffnete sie Lina schließlich, schnaufte und schloss einen Atemzug lang die Augen. So als verschaffte ihr diese Auskunft innere Befriedigung. Vielleicht war es auch tatsächlich so.

»Kommt er heute noch zurück?«

»Na, ich will es doch nicht hoffen.« Sie lachte heiser, ein kurzes Zögern, dann hielt sie Lina die Tür auf, dabei entglitten ihr die Hemdzipfel und gaben den Blick auf ihre Brüste frei. Es schien sie nicht zu stören. Mit einem Kopfnicken forderte sie Lina auf, einzutreten.

»Ich heiße Lina. Und du?« Bevor die Frau sich abwandte, um vorauszugehen, gewahrte Lina einen Abdruck auf ihrer rechten Brust. Dunkelviolett zeichneten sich fünf einzelne Finger ab. Madonna!

»Ottilia.«

Lina folgte ihr durch einen dunklen Flur. Ottilia öffnete eine Tür an der Stirnseite. »Bitte schön!« Sie deutete auf einen Scherensessel, verziert mit prächtigen Schnitzereien und einem purpurfarbenen Kissen gepolstert, dessen Troddeln an allen vier Ecken tief herabhingen. Lina setzte sich und fand ihn so bequem, wie er aussah. Sie sah sich um. Das Zimmer wirkte unbenutzt. Nichts lag herum, die Möbel waren staubbedeckt, es roch muffig.

Ottilia ließ sich auf eine Sitzbank fallen, groß wie ein Bett und mit ähnlichen Polstern bedeckt wie der Sessel. Eine Staubwolke stieg auf, sie schien es nicht zu bemerken.

»Was ist nun mit Busso? Was willst du von ihm?«, fragte Ottilia mit schwerer Zunge, während sie umständlich ihr Hemd zuband. »Ah, magst du einen Wein?« Sie sah sich um, als befände sie sich zum ersten Mal in diesem Raum. »Margareta!« Ungeduldig schlug sie mit der Handfläche auf den Tisch. »Verdammt. Ah, natürlich, sie ist nicht da. Nun«, sie lachte auf, »wer kann es ihr verdenken. Sie kommt nur, wenn *er* nicht da ist. – Warte, dann hole ich ihn selbst.«

Bevor Lina dankend ablehnen konnte, hatte sie sich erhoben und war mit unsicherem Schritt hinausgewankt, um kurz darauf mit einer halb vollen Karaffe roten Weines zurückzukehren, die sie auf dem Tisch absetzte. Sie ging zu der Anrichte, die fast die ganze Seitenwand einnahm und prächtiges Geschirr beherbergte, lautstark kramte sie dazwischen herum. »Irgendwo waren da Gläser, ich weiß es genau.« Ein entschuldigender Blick streifte Lina.

Die winkte ab. »Nicht nötig …«

»Doch, doch«, beharrte Ottilia mit schwerer Zunge und stöberte weiter, ein Stapel Teller geriet ins Wanken, mit überraschender Umsicht richtete sie ihn wieder gerade. »Ich benutze die Stube nie, *er* mag es nicht. Aber scheiß drauf, er ist ja weg. Irgendwo hier müssen sie sein, hier irgendwo … ah …« Sie hielt zwei Glaskelche gegen das Licht. Wundervolle venezianische Pokale, das erkannte Lina sofort. Ottilia blies kurz hinein und stellte einen vor Lina ab, einen vor sich selbst. Mit unsteter Hand schenkte sie ein, ein Schwall ging daneben, ihr Glas schwankte. Sie schlug sich kichernd mit der Hand auf den Mund. »Huch! Gut, dass *er* das nicht sieht!« Mit großer Geste nahm Ottilia das Glas in eine Hand, mit der anderen fegte sie die Lache vom Tisch. Anschließend warf sie sich mit einem Räuspern in Pose, reckte die weinbenetzte Hand mit ausgestrecktem Zeigefinger in die Höhe. »Welche Verschwendung, Ottilia! Wer schafft das Geld herbei, das du zur Tür hinauswirfst?«, deklamierte sie mit tiefer Stimme und brach anschließend in Lachen aus. Es hatte einen bitteren Ton.

Lina mochte nicht darüber nachdenken, was diese Frau in Bussos Nähe hielt. Aber es dürfte ein Leichtes sein, Ottilia in diesem Zustand alle nötigen Informationen zu entlocken.

»Heute wird ein guter Tag!«, lallte Ottilia. »*Er* ist nicht da und kommt nicht wieder. Unterwegs in Geschäften!« Sie lachte krächzend. »Dafür danke ich dem Herrgott, seinem Sohn, seiner Mutter, allen Toten im Himmel. Allen danke ich! Ah, möge er verrecken, der Bastard.« Sie hob den Becher auf ihren Trinkspruch und leerte ihn in einem Zug.

Luca

Sägemühle bei Königshütte, Mitte Juli

Die Nacht hatte er unter Dornengestrüpp verbracht, ab und an fiel er in leichten Schlaf. Hufgeklapper weckte ihn. Busso war mit zwei anderen Reitern gekommen und kurz darauf mit Federico und weiteren vier seiner Männer wieder fortgeritten, vor einer ganzen Weile nun schon. Und gottlob war Federico, soweit Luca es beurteilen konnte, unversehrt gewesen.

Er döste vor sich hin. Wo sie Federico wohl gefangen hielten? Der Sockel des Hauses war gemauert, vermutlich verfügte es über einen Keller.

Er rollte sich lautlos auf den Rücken. Die Sonne wärmte seine linke Gesichtshälfte, die rechte lag im Schatten. Eine Mücke stach in seinen Handrücken. Nein, er durfte nicht klagen, wie mochte es erst seiner Mutter ergehen, im Kerker. Er schickte ein Stoßgebet zu den vierzehn Nothelfern, es konnte nicht schaden, ein möglichst großes Aufgebot an Heiligen an seiner Seite zu haben. Einem jeden würde er eine Kerze stiften – und zu Hause eine Messe lesen lassen … Zu Hause … Wie es wohl in Venedig stand? Lange hatte er nicht mehr an die Lagunenstadt gedacht. Jetzt vermisste Luca die lichte Wärme, den Trubel, das bunte Treiben auf den Gassen und Kanälen. Er vermisste Sandro. Wie ging es Laura und natürlich Carlo? Sicher war die Muda inzwischen eingetroffen und die Handelsgeschäfte wären mit Massimos Hilfe wieder im Gange. Auf ihn war Verlass, dem Herrn sei Dank.

Allmählich brannte der Durst, immer mehr Mücken stürzten sich auf die reglose Beute, Luca wurde schläfrig. Sonst geschah nicht viel. Zwei der Räuber waren losgezogen, um die Vorräte aufzufrischen, hatten auch ein Fässchen Bier besorgt, aber sonst ließ sich weiter keiner blicken.

Eine Mücke, die um seine Nase sirrte, kitzelte ihn wach. Oder hatten ihn Pferdehufe geweckt? Ja, die Reiter kehrten zurück.

Sie hievten Federico vom Pferd, zogen ihm die Gugel vom Kopf. Der Anblick von Federicos zerschundenem Gesicht entfachte eine unbändige Wut in ihm. Allein die drei bis an die Zähne bewaffneten Männer ernüchterten Luca rechtzeitig. Nein, Entschlossenheit allein würde gegen Busso und seine Leute nichts ausrichten.

Mit geballten Fäusten harrte Luca anschließend weiter aus. Erst, als Gejohle und Gesang aus der Mühle zu ihm nach draußen drangen, kehrte er nach Hause zurück.

Er legte sich ins Bett und wälzte sich von einer Seite auf die andere, rieb sich die brennenden Augen, kratzte sich die Mückenstiche blutig. Was würden sie Federico antun?

Luca war todmüde und fand dennoch keine Ruhe. So schnell wie möglich mussten sie den Freund befreien. Und Lina kam und kam nicht. Warum länger warten, womöglich hatte sie sich aus dem Staub gemacht …

Und wenn ihr etwas zugestoßen war? Mit gemischten Gefühlen dachte er daran, dass er selbst um ein Haar erwischt worden wäre. Er drehte sich auf die andere Seite, schlug das Laken zurück. Es war heiß im Raum. Er hasste es, zu warten.

Wo blieb sie nur? Allmählich begann er, sich wirklich um die Zwergin zu sorgen.

Die Flamme der Kerze auf der Kommode flackerte leicht, als ein Geräusch Luca hochfahren ließ. War er also doch eingeschlafen. Er lauschte, doch alles blieb still. Ein Traum hatte ihn getäuscht, weiter nichts. Halt, da waren doch leise Schritte auf der Treppe. Luca stand auf, schlich zum Fenster und öffnete vorsichtig den Laden, Morgensonne schien herein. Draußen im Hof stand ein Pferd, einen dampfenden Haufen unter sich.

Luca riss die Tür seiner Kammer auf. »Lina!«, rief er so laut, dass sie zusammenzuckte.

»Was machst du da?«, zischte sie unwirsch. »Lauerst du mir auf?«

»Ich habe mir Sorgen gemacht. Und? Was hast du herausgefunden?«

»Luca, ich bin seit gestern unterwegs …«

»Und ich war auch nicht untätig. Komm!« Luca zog Lina herein. »Busso wohnt in Wernigerode. Stimmt es? Und? Hast du etwas Nützliches herausgefunden?«

Lina trat näher, blieb aber vor der Tür stehen. Luca musterte sie eingehend, sie wirkte verändert, auf eine unbestimmte Weise. »Was ist mit dir?«

»Was soll sein?« Lina blickte mit gerunzelter Stirn zu ihm auf. Ihre Augen funkelten merkwürdig, ihre Stimme klang plötzlich versöhnlicher. Und war das ein Lächeln, das da um ihre Lippen spielte?

So hatte Luca sie noch nie gesehen, was mochte in Wernigerode nur geschehen sein? »Erzähl schon«, schmeichelte er.

Endlich ließ sie sich auf Lucas Bettstatt sinken. »Also gut.«

Aufmerksam lauschte er ihrem Bericht. Ja, Busso besaß ein Haus in Wernigerode und überdies noch eine Geliebte.

Als Lina zum Ende gekommen war, erzählte Luca kurz von seinen nächtlichen Beobachtungen. Ausführlich schilderte er, wie Busso Federico schließlich am Morgen mitgenommen hatte. Und dass Federico während des Ausflugs offensichtlich schwere Prügel hatte einstecken müssen.

»Weißt du, wo sie waren?«, fragte Lina.

»Da sie zu Pferde loszogen, konnte ich sie nicht verfolgen, habe aber mitbekommen, dass sie Richtung Brocken geritten sind. Nach allem, was ich aufgeschnappt habe, hat Federico Busso ein Buch genannt, mit dessen Hilfe die Angaben in seinen Notizen entschlüsselt werden können. Das will Busso in Wernigerode besorgen. Aber ich glaube kaum, dass er das geforderte Werk dort bekommen wird.«

Lina schlussfolgerte blitzschnell: »Ich denke mal, es wird ein überaus seltenes Exemplar sein und seine Beschaffung dient Federico nur zur Zeitgewinnung.«

Luca schwieg. Verdammt, Lina war wirklich aufgeweckt.

»Wie dem auch sei, auf eine bestimmte Weise müssen Federicos Angaben verschlüsselt sein. Du weißt, wie seine Aufzeichnungen zu lesen sind?«

Luca nickte und bemerkte Linas zweifelnden Blick. Nun, sollte sie doch glauben, was sie wollte. »Gestern muss Busso mit Federico am Mönchsstein gewesen sein, der liegt am nächsten. Wahrscheinlich war Busso zuvor mit meinem Vater dort, denn diese Stelle hätte der mit Sicherheit gefunden.«

»Die erwarteten Schätze offenkundig aber nicht.«

»Und aus Wut darüber hat Busso meinen Vater umgebracht.« Luca schluckte trocken und spürte, wie es in seinem Hals kratzte.

Lina nickte. »Mit Federico in seiner Gewalt erwartet sich Busso jetzt doch noch eine goldene Zukunft.«

Busso war zu allem fähig, Linas Neuigkeiten von Ottilia bestätigten dies einmal mehr. Eile war geboten. »Umso dringender müssen wir handeln.«

Lina starrte auf ihre Füße, die sie über den Boden schwingen ließ. Dann fragte sie: »Busso kam also am Vormittag zur Sägemühle, sagst du. Und im Laufe des Tages wurde Federico so zerschlagen, dass du bezweifelst, sie könnten mit ihm so bald wieder losziehen, aber gehört hast du nichts über seine Pläne, hm …« Lina winkte ab. »Einerlei. Ich denke, deine Befürchtungen sind angebracht. Ottilia erwartet ihren Liebsten in den nächsten Tagen nicht zurück. Das heißt, es bestehen gute Aussichten, dass er in der Mühle bei seinen Leuten bleibt und wir ihn in unsere Gewalt bringen können. Obgleich das Unterfangen dann ungleich gefährlicher wird. Gut, wir werden es riskieren, und zwar kommende Nacht. Das Licht des vollen Mondes wird uns zu Diensten sein wie auch das Fässchen Bier, das den Männern bestimmt auch heute Abend Labsal bieten wird. Aber jetzt lass mich eine Runde schlafen. Und so, wie du aussiehst, kannst du auch noch ein wenig Schlaf vertragen, wir sollten am Abend alle Sinne beieinanderhaben.«

Luca war erleichtert, dass Lina so bereitwillig bei der Sache war. Und nachdem der Plan beschlossen war, fand er tatsächlich Schlaf.

Am späten Nachmittag lag das Gasthaus still und verlassen, der Schankraum war kalt, die abgestandene Luft roch nach Asche und kaltem Rauch. Luca stieß die Fenster auf und ließ frische Luft herein. Draußen hörte er ein Hämmern aus Richtung des Stalls, das musste Matthias sein.

In der Küche fand Luca Gerstenbrei, den die Magd noch vorbereitet hatte. Unter einem Leintuch lagen ein Stück Brot, etwas Wurst und Käse. In der Vorratskammer füllte er sich einen Krug mit Most ab.

Beim Essen brütete Luca darüber, wie sie Federico trotz der Übermacht seiner Bewacher befreien konnten. Natürlich würden sie auf Widerstand stoßen, das war klar, aber sie würden die Bande überraschen und das betrachtete Luca als Vorteil. Wo Lina nur blieb? Er stand auf, wanderte herum. Eine Weile sah er aus dem Fenster, setzte sich wieder hin, schenkte sich von dem Most nach.

Endlich kam Lina, gefolgt von Matthias, der zum Gruß schweigend nickte und sofort zu essen begann.

Lina schenkte sich ein und trank einen großen Schluck. Genüsslich wischte sie sich mit dem Ärmel über den Mund. »Also gut, ich denke, Matthias kann ruhig hören, was wir vorhaben.«

»Ihr wollt erst Federico befreien und anschließend die Anna«, bemerkte der Knecht und nickte einvernehmlich.

»Genau«, bestätigte Luca.

Lina fuhr fort: »Und das werden wir heute Nacht in Angriff nehmen. Es ist Vollmond, das müssen wir ausnutzen, und es ist von Vorteil, dass von der Bande niemand ahnt, dass jemand Federico befreien will. Das ist gut für uns. Schlecht ist jedoch, dass wir in der Unterzahl sind. Wenn es hart auf hart kommt, sind wir zwei gegen ein Dutzend Räuber, wenn nicht mehr.«

»Aber wenn wir sie überraschen ...«

Lina winkte ab. »Auch wenn wir sie überraschen, sie bleiben in der Überzahl. Mehr als zwei oder drei können wir nicht überwältigen, dann sind die Übrigen gewarnt und werden sich wehren.«

Er musste Lina zustimmen. Zumal er bezweifelte, dass diese kleine Person es auch nur mit einem einzigen der kampferprobten Männer aufnehmen könnte. Nun, er hatte auch nicht erwartet, dass die Sache einfach werden würde.

»Ich komme mit euch.« Fast beiläufig hatte Matthias die Worte fallen lassen.

»Bist du sicher?« Luca musterte Matthias nachdenklich. Warum wollte der Knecht sein Leben aufs Spiel setzen für Menschen, die ihn im Grunde nichts angingen?

»Ja, das wird eine gefährliche Sache«, sagte Lina. »Aber eine helfende Faust ist natürlich immer willkommen.«

Luca nickte. Matthias war ein kräftiger Mann, somit sicherlich von Nutzen. »Also gut, es sei«, entschied Luca. »Das ändert aber nichts daran, dass wir in der Unterzahl sind. Ich habe mir gedacht, wir trennen die Räuber und überwältigen sie einzeln. Wenn wir uns als Erstes die Wachen vornehmen, hätten wir schon zwei ausgeschaltet.«

Lina grinste.

»Was erregt deine Heiterkeit?«, fragte Luca verständnislos.

»Ich hatte gedacht, du schlügest vor, dass wir eindringen und sie umhauen. Dein wohlüberlegter Plan überrascht mich.«

»Wie kommst du nur darauf?«, murmelte er.

Lina atmete tief ein, hielt einen Augenblick inne, so als wollte sie noch etwas hinzufügen, stieß dann aber die Luft nur in einem Stoß aus.

Natürlich, vor ein paar Monaten wäre er Lina nach solcher Rede noch an den Hals gegangen. Doch er würde sich nicht mehr so schnell hinreißen lassen.

»Dein Plan ist ausgezeichnet«, bestätigte Lina schließlich.

Luca hörte den versöhnlichen Ton in ihrer Stimme. »Es freut mich, dass er deine Zustimmung findet.«

Ein dumpfes Geräusch ließ ihn zusammenfahren. Der Kater Alexander war vom Dach auf den Fenstersims und von dort hinein in die Gaststube gesprungen. Mit hoch erhobenem Schwanz stolzierte er nun zum Ofen, kletterte in die oberste Nische, die er für sich auserkoren hatte, und rollte sich dort zusammen.

Lina behielt ihn die ganze Zeit im Auge. »Dann sollten wir keine Zeit verlieren. Alles Weitere entscheiden wir vor Ort.«

Matthias war schon aufgestanden. »Ich hole die Pferde.«

»Und ich packe ein paar Sachen zusammen, die wir vielleicht gebrauchen können«, sagte Luca. Ein paar Seile als Fesseln, Stoffstreifen zum Knebeln. Im Hof fand er noch einen Knüppel von handlicher Länger für Matthias. Dazu hatten sie ihre Messer, die sie ohnehin am Gürtel trugen. Ein Schwert wäre gut gewesen, aber das besaß er nicht.

Lina hingegen besaß sehr wohl eine Waffe, stellte Luca fest, als sie im honigfarbenen Licht der Abendsonne zur Mühle aufbrachen. Ein kleines Schwert, etwas gebogen, es schien eine spezielle Anfertigung eigens für ihre Größe zu sein, steckte jetzt in ihrem Gürtel.

Zu Lucas Überraschung tauchte der Kater Alexander auf, gerade als er seine Tasche auf dem Pferd verstaute und sie nur noch auf Matthias warteten. Alexander setzte sich vor ihn hin, schaute zu ihm hoch und maunzte auffordernd.

»O nein«, meinte Lina mit schmalen Augen. »Das Viech bleibt hier!«

»Da hörst du es«, sagte Luca zu dem Kater.

Alexander stand auf und strich um seine Beine. Luca seufzte und schubste ihn mit dem Fuß sachte von sich. Der Kater jedoch ließ nicht nach, stieg mit den Pfoten an seinem Bein hoch und als alles nichts fruchtete, rammte er ihm die Krallen in den Unterschenkel und zog sich hoch. »Au, verdammt! Lass das, du Drecksvieh!«, schrie Luca auf und zerrte den Kater von seinem Bein. Ihm schien, als risse er mit dem Tier auch Teile seines Fleisches heraus. Kaum auf dem Arm, nutzte Alexander die Gelegenheit, hinüber auf den Pferderücken zu wechseln und in der Tasche zu verschwinden, in der er schon so weit gereist war. Als hätte er genau dies bezweckt, schnurrte er nun wie ein Spinnrad.

»Er denkt, wir reisen weiter«, meinte Luca zu Lina und zuckte mit den Schultern. »Dann soll er halt mitkommen.«

»Und wenn er uns verrät? Nein, das Vieh bleibt hier.«

Luca sah zu dem Kater hinauf, der sich bereits zusammengerollt hatte und schläfrig auf ihn nieder sah. Nein, er würde ihn nicht aus der Tasche zerren, der brennende Schmerz in seinem Unterschenkel war ihm Warnung genug. »Wenn du darauf bestehst, musst du ihn selbst rausholen. Nein? Dann kommt er mit. Was soll er auch schon anrichten?«

Matthias kam hinzu, warf einen verwunderten Blick auf ihren vierbeinigen Begleiter, verlor aber kein Wort darüber.

»Dann los«, kommandierte Luca und sie trabten zum Tor hinaus. Eine knappe Meile vor der Mühle ließen sie ihre Pferde in einem Versteck zurück. Luca hob seine Tasche vorsichtig herunter und legte sie auf den Boden. Alexander verstand die Aufforderung und kletterte heraus. Neugierig stolzierte er über die Lichtung und ließ sich schließlich unter Lucas Pferd nieder.

Lina, bemüht, einen möglichst großen Abstand zwischen

sich und dem Kater zu halten, winkte Matthias und Luca zu sich. »Ich werde vorangehen und die Wächter auskundschaften. Luca und ich werden sie überwältigen. Falls es drei sind, wirst du, Matthias, uns helfen. Ich gebe dir dann ein Zeichen. Wenn es mehr als drei sind – was ich nicht glaube –, müssen wir uns zurückziehen und uns etwas anderes überlegen. Jetzt werde ich euch zeigen, wie wir die Wächter lautlos unschädlich machen.«

Als bräuchte Luca dazu ihre Anleitung. In Venedig hatte er mehr als einmal von seinen Fäusten Gebrauch gemacht.

»*Lautlos* unschädlich machen, Luca«, Lina schickte einen eindringlichen Blick in seine Richtung. Mit einem Wink hieß sie Matthias, sich auf den Boden zu setzen, näherte sich ihm von hinten, hielt ihm mit der linken Hand den Mund zu und deutete mit der rechten Faust einen Schlag gegen die Schläfe an. »Achtet darauf, mit dieser Fläche«, sie deutete mit dem Finger auf das Stück zwischen den Knöcheln und erstem Fingergelenk, »zuzuschlagen, und vergesst nicht, eurem Opfer den Mund zuzuhalten, sonst ist alles für die Katz.« Sie grinste und ihr Blick suchte den Kater, doch der hatte sich davongemacht. »Gut, jetzt versucht ihr es.« Sie setzte sich hin, versicherte, ihre Übungsschläge auszuhalten.

Dann hieß es warten. Der Mond ging auf, Fledermäuse flatterten über ihre Köpfe und endlich gab Lina das Zeichen zum Aufbruch.

Luca klopfte das Herz bis zum Hals. So sehr, wie er den Augenblick herbeigesehnt hatte, so sehr wünschte er nun, er wäre bereits überstanden.

Lina drehte sich zu ihnen um. »Ich habe auch Angst«, meinte sie, ohne einen von ihnen besonders anzusehen. »Angst ist eine gute Sache, solange sie nicht lähmt. Angst macht vorsichtig, Vorsicht ist vernünftig, und wer vernünftig ist, bleibt am Leben. Das beherzigt. Und jetzt weiter.«

Woher hatte sie nur diese Weisheiten? Luca dankte dem Herrn im Himmel und allen Heiligen, dass er jetzt Freunde wie Lina und Matthias an seiner Seite hatte. Und sei es auch nur eine großmäulige Zwergin und ein Knecht, mit denen er gegen einen skrupellosen Mörder und dessen Männer antrat.

Sie schlichen den Pfad zur Sägemühle entlang, einer hinter dem anderen, Lina vorweg. Luca staunte, wie lautlos sie sich bewegte, während er sich noch so sehr bemühen konnte und es dennoch unter seinen Füßen knackte und knirschte. Gut, dass ein stetiger Wind durch die Zweige strich und die Blätter rascheln ließ, dass Mäuse durch das Laub huschten und Insekten, die unter Borken und Rinden krochen, das Holz knistern ließen. Luca war noch nie aufgefallen, wie viele Geräusche im Wald zu hören waren.

Plötzlich blieb Lina stehen, hob ihre Hand. Achtung! Sie musste die Wächter ausgemacht haben. Luca stoppte. Hinter sich hörte er ein unterdrücktes Husten von Matthias. Allmächtiger! Schweiß drang ihm aus allen Poren.

Noch langsamer als zuvor bewegten sie sich vorwärts. Am Rand der Lichtung verharrten sie nebeneinanderliegend und erkundeten die Gegebenheiten. Lina stieß ihn an und nickte nach rechts zu dem Baum, unter dem auch heute Nacht wieder die Wächter lagerten.

Ausgezeichnet. Luca nickte. Wie erhofft, waren es nur zwei. Lina nahm ihr Schwert ab und legte es neben Matthias auf den Boden.

Ja, das wäre gewiss hinderlich und sie würde es wohl kaum benötigen, sofern alles planmäßig verlief …

Wie zwei Schnecken krochen Lina und er hinüber zu den Männern, kauerten sich hinter sie. Trotz des Vollmondes blieb es unter dem Blätterdach dunkel. Luca konnte die ausgemachte Geste Linas nur erahnen, sie hob einen Finger, zwei, drei.

Mit der linken Hand verschloss er seinem Opfer den Mund, während er seine rechte Faust voller Wucht gegen dessen Schläfe schmetterte. Im nächsten Augenblick durchzuckte ihn ein stechender Schmerz in der Hand, gleichzeitig spürte er den Mann, den er im Eifer an seine Brust gepresst hatte, in sich zusammensacken. In Wirklichkeit zuzuschlagen, war eben doch etwas anderes als nur zum Schein. Sachte rüttelte er an der Schulter des Mannes, doch der rührte sich nicht.

Als beide Wachtposten gefesselt und geknebelt waren, schleppten sie sie ein Stück tiefer in den Wald, damit niemand ihr Stöhnen hören konnte, wenn sie erwachten. Zur Vorsicht verpasste Lina beiden noch einen kräftigen Schlag.

Als sie zurück an Matthias' Seite krochen, schallte Stimmengewirr aus der Mühle, Musik ertönte. Lina streckte sich neben ihm aus und zog ihr Schwert näher. Luca spürte den kalten Stahl an seinem Arm. »Woher hast du eigentlich so eine seltsame Waffe?«, fragte er leise.

Sie zuckte bloß mit den Schultern. »Wir müssen herausfinden, wie viele Männer sich in der Mühle befinden.«

Der Vorplatz war im Mondschein gut zu überblicken. Lina spähte angestrengt zur Mühle hinüber. »Sich von hier zu nähern, ist leichtsinnig, wie sieht es auf der Rückseite aus?«

»Brombeergebüsch bis dicht an die Mauer. Kein Durchkommen von dort. Und an der Seite gibt es keine weiteren Fenster«, flüsterte Luca.

»Mist.« Lina legte sich flach auf die Erde, rutschte ein Stück vor. Ihr Kinn hob sich, ruckte nach rechts. »Was ist das für ein Ding da an der Ecke?«

Luca folgte ihrem Blick, erkannte den bezeichneten Schemen. »Ah, eine Regentonne.«

In diesem Moment schwollen die Stimmen im Inneren der Mühle an, ein unförmiger Schatten zuckte am Fenster vorbei, verdunkelte es zwei Lidschläge lang, dann ertönten einige schrille, unzusammenhängende Töne, die jemand einer Sackpfeife entlockte.

Sie warteten, doch nur die an- und abschwellende Musik und angeregtes Stimmengewirr waren zu hören. Sonst tat sich nichts.

»Gut. Ich werde mir einen Überblick verschaffen«, sagte Lina und kroch in Richtung Mühle.

»Pass auf, hinter dem Fass sind Dachziegel gestapelt …« Mit

angehaltenem Atem verfolgte Luca, wie sie über die Lichtung glitt, völlig lautlos. Wie machte sie das nur? Kurz verlor er sie aus den Augen, erst, als sie an der Regentonne hochkletterte, sah er sie im hellen Mondschein wieder. Das Dach hing tief genug herunter, so dass sie sich daran emporhangeln konnte. Wie ein Dieb, der täglich auf diese Weise in anderer Leute Häuser eindrang, schob sie sich nun in Richtung First. Nur gut, dass die da drinnen solchen Lärm machten, so bestand gute Aussicht, dass sie Lina nicht hörten. Dennoch hielt Luca den Atem an.

Plötzlich polterte es, die Tür flog auf und der Körper eines Mannes verdunkelte das hell erleuchtete Rechteck zu einem guten Teil. »Na, alles klar bei euch?«, rief der Mann mit schwerer Zunge.

Luca duckte sich, denn der Bursche kam, ein Liedchen pfeifend, geradewegs auf sie zu. Luca wischte sich mit dem Handrücken den Schweiß aus den Augen, der ihm plötzlich aus allen Poren herauszuquellen schien. Gleich würde der Räuber das Fehlen der Wachen bemerken, seine Leute alarmieren ... Das Pfeifen verstummte und wenige Schritte neben ihm nestelte jemand an seiner Kleidung. »Wo steckt ihr? Ihr seid ja so still!«, rief der Räuber jetzt in Richtung des Baumes, unter denen die Wachen üblicherweise ihren Posten bezogen.

Luca tauschte einen Blick mit Matthias. Sollten sie die Gelegenheit nutzen und einen weiteren Räuber aus dem Weg räumen? Dem Lärm nach zu urteilen, war noch ein gutes Dutzend in der Mühle versammelt, jeder Mann weniger war ein Gewinn. Und falls sie ausschwärmten, den vermissten Kumpan zu suchen, könnten sie zu dritt einen nach dem anderen überwältigen. Sofern Lina endlich zurückkehrte. Ein Blick bestätigte ihm, dass sie reglos auf dem Dach lag. Sie mussten es riskieren, allein schon deswegen, weil er sie auf dem Rückweg entdecken könnte.

Gütiger Gott! Der Mann musste ungeheuren Druck auf der Blase haben, so kraftvoll rauschte es mit einem Male.

Jetzt! Da spürte er ein Ziehen am Gewand, Matthias wollte den Kerl übernehmen. Gut, Luca nickte ihm zu.

Zugleich mit Matthias schien sich in Lucas Brust eine Ameisenarmee in Bewegung gesetzt zu haben, bis in die Kehle hinein kribbelte es.

Er schloss die Augen, atmete durch. Herr Jesus, er hätte selbst gehen sollen … Oben auf dem Dach lag noch immer Lina, wie eine Flunder an die Ziegel gedrückt. Irgendwo rechts von ihm ein leises Rascheln, in dem noch immer anhaltenden Rauschen kaum auszumachen.

»Kuno, Hans, seid ihr …?«

Stimme und Rauschen brachen so plötzlich ab, dass Luca zusammenfuhr. Einer Art Seufzen folgte ein leises Knistern, als huschte eine Maus vorüber. Dann Stille. Ein Vaterunser, ein zweites, ein drittes. Matthias tauchte neben ihm auf, nickte ihm zu. »Ich habe ihn ein Stück aus dem Weg gezogen, daher der Lärm«, flüsterte der Knecht entschuldigend. »Aber bei dem Gejohle, das die da drin veranstalten, dachte ich, ich könnte es wagen.«

Luca nickte und klopfte ihm auf die Schulter. Allmählich wich die Anspannung, auf Matthias konnte er bauen.

Dann brach das Jüngste Gericht herein. Prasseln und Knirschen, Knarren und Krachen dröhnten überlaut in seinen Ohren. Entsetzt starrte Luca hinüber zur Mühle. Dort, wo eben noch Lina gelegen hatte, kräuselte sich eine Staubwolke.

Herr im Himmel! Lina! Nur mit Mühe hielt er den Aufschrei zurück. Sein Blick klebte auf dem Loch im Dach, während er auf ein Wunder hoffte. Das Wunder, dass Lina auferstand wie der Herr am dritten Tage und die Öffnung sich schlösse.

Doch das Wunder blieb aus.

Im Innern der Mühle erhob sich aufgeregtes Stimmengewirr. Sehr laut, sehr harsch, sehr beunruhigend.

Luca versuchte, einen klaren Gedanken zu fassen. Matthias, der wie erstarrt neben ihm lag, war bleich wie frisch gefallener Schnee.

»Wir müssen rein«, murmelte Luca und nickte mit dem Kinn zur Mühle. »Wir müssen sie retten.«

»Ja. Verdammt.« Matthias' Stimme klang rau.

So hatten sie sich ihren Angriff nicht gedacht. Wie hatte das nur passieren können, warum war Lina so leichtsinnig gewesen? Hinfällige Gedanken, sie mussten handeln, sofort. Luca griff sich Linas Schwert, Matthias hatte den Knüppel bereits in der Hand, gebückt schlichen sie nebeneinander in Richtung Mühle. Luca hoffte, dass die Räuber nicht auf den naheliegenden Gedanken kamen, die Zwergin könnte womöglich nicht allein gewesen sein.

Sie krochen über den kahlen Vorplatz. Ein Gebet zu den Nothelfern, ein weiteres zu Judas Taddäus, denn wenn dies keine ausweglose Lage war, dann wusste Luca nicht, wann oder wem der Heilige sonst beistehen wollte.

Sie postierten sich neben dem Fenster und lugten durch einen Spalt des Ladens in die Mühle. Viel konnte Luca nicht erkennen, außer dass vier Männer mit dem Rücken zu ihm standen und ihm die Sicht versperrten. Sie sahen auf etwas hinunter, das am Boden lag, der übersät war mit Ziegeln und Holzsplittern. Es war nicht schwer zu erraten, was ihre Aufmerksamkeit fesselte.

»Ei, du bist ja ein seltenes Tierchen!«

Das war Busso, seine Stimme war ruhig, so ruhig, dass es Luca kalt über den Rücken lief.

Nach einem unverständlichen Wortwechsel wurde plötzlich die Tür aufgerissen und sie kamen heraus, drei, vier Räuber konnte Luca noch zählen, bevor er Matthias hinter die Hausecke drängte, weg aus dem Blickfeld. Hektisch sah Luca sich um, eine große Auswahl an Verstecken gab es hier nicht. Hinter ihnen der Bach, vor ihnen der kahle Platz, um sie herum undurchdringliches Brombeerdickicht und Gestrüpp. Ihnen blieb keine Wahl. Luca ließ sich auf alle viere nieder, Matthias tat es ihm gleich und sie schoben sich rückwärts in das Gebüsch. Luca biss die Zähne zusammen, als sich die Dornen in sein Fleisch bohrten. Knirschend zerriss der Stoff seines Hemdes. Neben ihm zischte Matthias vor Schmerz. Luca hoffte, dass die Geräusche in dem Lärm und Rufen der Räuber untergingen.

Er zog eine Ranke vor sich, hoffte, das spärliche Blattwerk böte zusätzlich zur Dunkelheit Schutz, presste sich an den Boden und schloss die Augen, wie ein Kind, das sich unsichtbar glaubt, wenn es selbst nichts sieht. Himmel steh uns bei, etwas stach in seine Wange. Sein Kopf war durch die Brombeerranke förmlich gefesselt, dennoch sah er, dass zwei Räuber geradewegs auf ihr Versteck zukamen, ein jeder sein Schwert gezückt.

LINA

Sägemühle bei Königshütte, Mitte Juli

»Seht nach, ob draußen noch mehr davon herumlungern.« Busso sprach sehr leise und beherrscht. Lina hörte Schritte, die sich entfernten.

Sie lag mit geschlossenen Augen auf dem Rücken. Gebrochen hatte sie sich durch den Sturz offenbar nichts. Sie blinzelte, unterdrückte den Schmerz in ihrem Rücken und versuchte, sich zu orientieren. Teufel auch, ein halbes Dutzend Männer umringte sie. Offenbar war sie mitten in ein Gelage gestürzt, denn außer Holzsplittern und zerbrochenen Ziegeln lagen Becher und Krüge auf dem Boden – nützliche Dinge, um sich zur Wehr zu setzen, nur leider alles außer Reichweite –, dazwischen verstreute Schuhe und Kleidungsstücke.

Wenn sie die Mienen der Männer richtig deutete, die auf sie herunterblickten, sah es nicht gut aus für sie. Nein, gar nicht gut. Gegen sechs gestandene Räuber konnte selbst sie nichts ausrichten. Jedenfalls nicht, solange sie am Boden lag. Obwohl – schwankten die Männer auf ihren Beinen oder hatte der

Sturz ihren Blick getrübt? Die herumliegenden Becher und Kannen, der in der Luft liegende Bierdunst sprachen für Ersteres.

Busso trat jetzt in ihr Blickfeld, schlenderte zu ihr, beugte sich über sie. Seltsam, vorgestern, als sie ihm zum ersten Mal begegnet war, hatte sie noch gedacht, wie ansehnlich er war, welch ebenmäßige Gestalt, welch dichtes Haar. Jetzt, aus der Nähe, sah sie sein vom Bier aufgedunsenes Gesicht, seine blutunterlaufenen Augen, am furchtbarsten war jedoch dieses dämonische Lächeln.

Madonna, wenn seine Männer Luca und Matthias erwischten, dann Gnade ihnen Gott ...

»Will meinen, das ist ein gar possierliches Tierchen!«

Sogar Busso schien, seiner schwammigen Stimme nach zu urteilen, dem Trunk eifrig zugesprochen zu haben. Das könnte ihr Glück sein.

Er war barfuß, bemerkte sie, seine Füße starrten vor Dreck. Ah, was war das ... ?

Aus heiterem Himmel trat er sie in die Seite und hinderte sie an weiteren Betrachtungen. Lina rang um Luft und dankte Gott, dass Busso seine Schuhe abgelegt hatte, nicht auszudenken, was Lederstiefel angerichtet hätten. Bussos Stimme drang leise durch das Rauschen in ihrem Kopf. Sie schüttelte sich wie ein nasser Hund, als könne sie sich des Schmerzes auf diese Weise entledigen, zwang sich, tief einzuatmen, obwohl sich jede Faser ihrer Brust dagegen sträubte.

»Fesselt das Ding, Arme und Beine hat es ja.«

Zwei Männer machten sich über sie her, einer band ihre Handgelenke zusammen, der andere verschnürte die Knöchel.

»Rüber mit ihr, dorthin!«

Lina konnte nicht erkennen, wohin er zeigte, aber seine Leute schienen verstanden zu haben. Sie trugen sie an Händen und Füßen ein paar Schritte und schmissen sie dann auf einen Strohsack, der am Boden lag. Busso kam langsam auf sie zu, und als er an seinem Gürtel nestelte, wusste sie, was auf sie zukam. Es wäre nicht das erste Mal und falls sie dieses Mal überlebte und ihre Arbeit für Pertuzzi anschließend fortsetzte, wäre es vermutlich nicht das letzte Mal. Auch jetzt wurde es in ihrem Inneren kalt und ihr Leib schien sich zusammenzuziehen. Dieser Busso würde ihr nichts anhaben können, ebenso wenig wie die anderen vor ihm.

Warum musste sie gerade jetzt an Karl denken?

»Du lächelst? Freust dich wohl schon? Tja, mal schauen, ob bei dir alles so ist, wie bei einer Großen ... Ich bin schon gespannt, was ich alles mit dir anstellen kann ...«

Die Tür knarrte, Schritte kamen näher. »Bu-, Busso?«

»Was?« Aufgebracht über die Störung wandte Busso sich um. Lina nutzte die Gelegenheit, ihre Fesseln zu prüfen, doch die Männer verstanden ihr Handwerk selbst in betrunkenem Zustand, nein, keine Aussicht auf Befreiung. Wenigstens hatten sie Luca und Matthias nicht entdeckt. Auch wenn die nun, da die Räuber gewarnt waren, die Befreiung nicht mehr wagen würden, könnten sie doch Hilfe holen ...

»Äh, hie-, hie-, hier ...«

»Was? Ah, du tumber Klotz, zum Teufel, wo sind die anderen, Arne, Randolf, Sigmund?«

»Die w-w-wollten noch bis zur Straße. In der Nä-, Nä-, Nähe ist jedenf-f-falls k-k-keiner. Es war wohl je-, jemand da, v-v-vielleicht nur s-s-sie. O-o-o-od-d-d...«

»Halt das Maul«, raunzte Busso lustlos und sah auf Lina herab. »Du glaubst doch selbst nicht, dass die allein war.« Mit schmalen Augen musterte er sie eingehend, zog dabei langsam die Unterlippe zwischen die Zähne.

Allmächtiger! Nein, das konnte nicht sein, unmöglich. Doch die Ähnlichkeit war nicht zu übersehen, die gleichen Gesten, der gleiche Jähzorn, vor allem aber dieser Zeh, der sich auf gleiche Weise über den großen Zeh krümmte, so viele Übereinstimmungen, das konnte kein Zufall sein. Aber war das möglich? Tausend Gedanken schossen Lina durch den Kopf. – Doch was nützte es ihr jetzt? Vermutlich wusste Busso selbst nichts davon und wenn, wäre es ihm wahrscheinlich gleichgültig.

Plötzlich wandte er sich um und ging mit seinem Gefolgsmann hinaus. Sie bekam eine Gnadenfrist. Madonna, wenn sie die Zeit nur nutzen könnte ... Im Stiefel steckte ihr Messer, gelangte sie daran, vielleicht ...

Die Zurückgebliebenen, ein großer Dicker und ein kleinerer mit langen fettigen Haaren, beschäftigten sich damit, die Trümmer zu beseitigen. Der Kleine stellte die Stühle wieder auf.

»Schade um das Bier«, hörte sie den Größeren murmeln. Irgendwo vor ihr goss jemand etwas in einen Becher und trank schmatzend.

Niemand beachtete sie. Für was auch immer sie Lina halten mochten, als gefährlich schätzten sie sie nicht ein. Pertuzzi hatte recht behalten – niemand vermutete in ihr eine venezianische Spionin.

Langsam hob sie den Kopf, um die beiden Räuber im Auge zu behalten, gleichzeitig lauschte sie, ob sich von draußen jemand näherte. Von Ferne waren nur Stimmen zu hören, hier drin bemühten sich die beiden Männer so lautstark wie vergeblich darum, Ordnung zu schaffen, der Dünnere lallte ein Lied.

Der Dicke horchte auf.

»Seid nicht in der Lage, ein paar Zwerge zu finden, ihr behaarten Ärsche von Pfaffenbastarden!« Es war unverkennbar Busso, der draußen herumschrie, so dass sie selbst drinnen jedes Wort verstanden.

»Mann, der hat wieder eine Laune ... Hoffentlich heitert die Zwergin unseren Herrn Ritter etwas auf. He«, der Dicke drehte sich zu seinem Kumpan um. »Meinst du, er lässt uns auch mal rüber? Wenn er fertig ist mit ihr? Ich würde ja schon gern. Ich meine, so was wie das da hat man ja nicht alle Tage.« Er taumelte gegen den Tisch, hielt sich mit einer Hand fest.

»Wenn du nett fragst«, lallte der Dünne und lachte boshaft.

»Ts«, stieß der Dicke Luft aus, wobei ihm ein Rülpser entwich. »Ich glaube nicht, dass dann noch viel übrig ist von ihr.«

Jeden Augenblick konnte Busso zurückkehren. Seine Stimme kam näher und beide Männer sahen gleichzeitig zur Tür. Sofort spannte sie sich wie ein Bogen, schnellte nach vorn, zog ihr Messer aus dem Stiefelschaft heraus und sank wieder zurück. Gerade noch gelang es ihr, die Waffe unter ihr Hemd zu schieben, als Busso auch schon eintrat.

»Ich kann nicht glauben, dass sie allein gekommen ist.« Er baute sich vor ihr auf. »Hör zu, Kleine, sag frei heraus: Wie viele lauern dort draußen noch. Sag es gleich, früher oder später bringe ich dich doch zum Reden, das kannst du mir glauben. Jetzt könntest du noch glimpflich davonkommen. Also?«

Im Gegensatz zu seinen Kumpanen schienen ihn die Vorkommnisse etwas ernüchtert zu haben. »Na?«, sagte er nun in dem leutseligen, aufmunternden Ton, der bei Lina äußerste Wachsamkeit hervorrief.

»Also? Sind draußen weitere Zwerge? Oder gar Riesen? Sag, mit wem bist du hier und was hattest du auf unserem Dach zu suchen?« Sein Ton wurde schärfer. Er neigte den Kopf und sah sie abwartend an. Der Dicke und der Dünne bezogen rechts und links von ihm Position. Drei Augenpaare sahen auf sie herunter.

Lina faltete die Hände vor der Brust, um bei der nächstbesten Gelegenheit das Messer zu zücken. Jetzt galt es zunächst, Zeit zu gewinnen und die anderen zu schützen. Aber er würde ihr wohl kaum glauben, dass sie ohne Gefährten gekommen war. Also gut. Sie stieß ein verächtliches Lachen aus. »Ha, meine Freunde sind abgehauen, kaum dass ich auf dem Dach war. Wie die Hasen sind sie davongelaufen.«

»Aha. Und du? Was hast du auf dem Dach gesucht?«

»Ich wollte euch belauschen.«

Busso trommelte mit den Fingern gegen sein Bein, sie sah ihm an, dass er sich nur mühsam zur Ruhe zwang. Von Ottilia wusste sie, dass Busso zwar eine Menge vertrug, dass aber zu viel Wein oder Bier ihn noch unberechenbarer werden ließen. Dann würde er sie ohne viel Federlesens erschlagen. Aber er stand vor ihr und wankte keinen Fingerbreit.

»Aha«, presste er schließlich heraus.

»Ja, ich habe euch belauscht. Aber nicht, um euch auszuspionieren oder zu verraten«, beeilte sich Lina hinzuzufügen, bevor Busso zuschlug, denn seine Hand zuckte schon verdächtig. »Nein, nein, ganz im Gegenteil.«

»Ah, im Gegenteil?« Busso schüttelte grinsend den Kopf, das Gespräch schien ihn plötzlich zu belustigen.

»Ja, wir wollten uns ein Bild von dir machen.« Lina sah Busso an, dass er ihr nicht glaubte. Sie überlegte fieberhaft, wie sie ihn überzeugen könnte. »Weil ... Also, wir dachten, ihr braucht vielleicht Leute ... Kürzlich kamen wir durch ein Dorf und dort baumelten zwei Männer am Galgen. Räuber, sagte man uns, von den Bewohnern eigenmächtig aufgeknüpft.«

Bussos Augen wurden schmal, er spitzte die Lippen.

»Zwei Männer, ich vermute, sie gehörten zu deinen Leuten.« Lina legte eine Pause ein, wartete ab. Busso musterte sie, als überlegte er, ob er sie verprügeln, aufhängen oder abstechen sollte. Hoffentlich ging das gut, aber jetzt galt: alles oder nichts. »Deswegen dachten wir, du könntest Verstärkung brauchen, und suchten dich. Wir verstehen unser Handwerk, schließlich haben wir dich und dein Versteck gefunden.«

Busso runzelte die Stirn, ihre Worte hatten ihn nachdenklich gemacht.

»Allerdings ...«

»Allerdings?«, wiederholte Busso aufmunternd.

»Allerdings hörten wir ebenfalls, dass mit dir nicht gut Kirschen essen ist.«

»Ach, solcherlei erzählt man sich?« Busso machte den Eindruck, als schmeichelte ihn diese Beurteilung.

»Ja, meine Freunde fürchteten dich, deswegen haben sie auch Fersengeld gegeben, als sie Schwierigkeiten heraufziehen sahen.« Wieder legte Lina eine Pause ein. »Ich gebe zu, uns lockte der Reichtum. Man sagt, du kennst Stellen, an denen Schätze zu finden sind. Und wenn du den Mann, der sie dir verraten hat, wirklich umgebracht hast, wirst du deine Gründe gehabt haben.« Das war riskant.

»Welcher Mann?«, fragte Busso dann auch, aber sein Tonfall war plötzlich lauernd.

Natürlich standen mehrere Männer zur Auswahl, denen er den Garaus gemacht hatte, und das wahrscheinlich gänzlich ohne Grund. – Ah, Teufel auch, dachte er etwa, sie spräche von Federico und witterte Verrat? »Na, unterwegs erzählte uns jemand von einem Mann, der im vergangenen Jahr verschwand, ein Gastwirt aus der Gegend, glaube ich. Den hast du doch aus dem Weg geräumt. Natürlich, wer sonst. Von dem hieß es doch, dass der Schätze finden konnte. Und? Hast du welche gefunden?«

Busso entspannte sich. »Ach, die Leute reden zu viel. Nein, der Mann konnte keine Schätze finden.«

»Und deswegen musste er sterben.«

»Nun, er war nutzlos und lästig.« Busso lächelte mit herabgezogenen Mundwinkeln. »Für meinen Geschmack weißt du zu viel und fragst zu viel, Kleine.«

»Mag sein. Deswegen suchte ich ja eine angemessene Gesellschaft. Aber ich gebe zu, unser Aufeinandertreffen hatte ich mir anders gedacht.«

»Oh, zweifellos.« Wieder grinste Busso. »Du willst also in meine Dienste treten.« Sein Grinsen wurde breiter.

»Ja. Ich werde euch auch helfen, meine Kumpanen zu finden, damit sie dich nicht verraten. Es wird nicht schwierig, sie sind nicht die Klügsten. Bindet ihr mich jetzt los?« Lina hob ihre Hände, hielt Bussos Blick stand.

Busso nickte langsam und wandte sich den anderen zu, die sich das Lachen kaum verkneifen konnten. »Tiezel, Peter, habt ihr das gehört?«

Bussos Kumpane nickten. »Schaut euch diese Zwergin an, ein rechtes Großmaul, was?« Der Dicke, Peter wohl, lachte dröhnend auf, sein fetter Bauch wogte.

»Na gut, wenn du nun also nur für dich sprichst, dann will ich mal überlegen, wozu ich dich gebrauchen kann. Und wenn ich recht überlege, so habe ich schon den ein oder anderen

Einfall.« Das Grinsen auf Bussos Gesicht ließ Lina nichts Gutes erwarten.

»Tiezel, Peter ...«

Die Angesprochenen sahen ihn unter hängenden Lidern abwartend an, der Kleine schwankte, musste sich an der Tischkante festhalten.

»Ihr habt zu viel gesoffen, Männer!« Busso rülpste.

»Du hast doch das Bier spendiert, Busso.«

»Kein Grund, sich besinnungslos zu saufen.« Er stellte sich vor den Dicken und verpasste ihm einen Satz Ohrfeigen. »Reißt euch zusammen.«

Der Dicke nickte verblüfft, seine Wangen glühten. Der Kleine räusperte sich und streckte den Rücken.

Busso löste langsam seinen Gürtel, lockerte die Hose. »So, dann werde ich mir dieses seltene Weibsstück einmal vornehmen.« Er stieg über Lina, setzte sich auf Bauch und Oberschenkel, beugte sich vor, näherte sich ihrem Gesicht. »Gleich werde ich dir wehtun. Ich hoffe, es macht dir nichts aus.« Er versuchte, sein Knie zwischen ihre Beine zu drängen, bemerkte dann aber ihre eng aneinandergefesselten Füße. »Verdammt, so geht das nicht, Peter, bist du blind? Los, Fettwanst, mach die Fußfesseln los, halte die Beine aber gut fest. Und du, Tiezel, auf was wartest du? Schnapp dir ihre Arme.« Er ließ von ihr ab, trat beiseite, während seine Männer sich an ihr zu schaffen machten.

»Teufel auch, von diesem Salbadern mit dem Winzling ist mir die Kehle trocken wie Pergament. Wo ist das Bier, Peter? Zum Henker! Habt ihr etwa schon alles ausgesoffen?«

Peter, der gerade sein Messer gezückt hatte, um ihr die Fußfesseln durchzuschneiden, erhob sich seufzend und ging mit Busso zum Tisch, jedenfalls vermutete Lina das, da Tiezel ihr die Sicht versperrte. Der kniete sich hinter ihren Kopf, sein Oberkörper schwankte wie ein Birkenschössling im Wind. Fahrig angelte er nach ihren Händen, sie war schneller, boxte ihm ihre Fäuste gegen die Brust, seine Augen weiteten sich überrascht, als er umfiel. Wenn sie jetzt an ihr Messer käme ...

Sie nutzte Tiezels Verwirrung und schob die Hände unter das Wams.

»Was ist, Tiezel, lässt du dich etwa von einer Zwergin übertölpeln?«, dröhnte Busso herüber und lachte. Lina hörte leises Gluckern. Langsam tastete sie nach dem Messer, spürte den Griff an den Fingerspitzen – und schon hatte der Dürre sich wieder gefangen. Überraschend zielsicher schnappte er sich ihre Handgelenke und drückte sie fest gegen ihren Körper. Auch Peter kehrte zurück und machte sich erneut an ihren Füßen zu schaffen.

Leichtsinnigerweise glaubte er, eine Hand reichte aus, ihre Beine zu bändigen. Ein Irrtum, vermutlich dem Biergenuss geschuldet. Kaum dass die Fußfesseln sich gelockert hatten, trat Lina den Burschen unter das fleischige Kinn, so dass der zurückstolperte.

Tiezel zog ihre Hände an den Fesseln über den Kopf. Lina zappelte, der Dürre hielt sie nur umso fester, wofür ihm wegen der Fesseln eine Hand genügte, mit der anderen verpasste er ihr eine schallende Ohrfeige, die sie auf den Strohsack zurückwarf.

»Ja, so ist es recht. Stimmt sie ruhig schon ein.« Busso näherte sich, beugte sich zu ihr nieder. »Wie niedlich die kleine Laus sich wehrt«, sagte er, während er ihr Wams und den Kittel entzweiriss.

Lina wurde heiß, Madonna, das Messer war zwar im Stoff stecken geblieben, aber jetzt unerreichbar. Und Busso stand über ihr und begutachtete sie. »Na, das ist wirklich einmal etwas anderes, etwas ganz Besonderes …« Er räusperte sich. »Knebelt sie, ich will nicht, dass sie mir etwas abbeißt.«

»Du könntest für sie viel Geld bekommen«, merkte Peter an, während Tiezel Lina einen Lumpen in den Mund stopfte. »Darf ich wohl auch mal, ich meine, wenn du fertig bist …?«

»Halt's Maul, Fettwanst«, brummte Busso. Er stieg aus seiner Hose, präsentierte Lina seine stattliche Bereitschaft und warf sich auf sie. Mit einer Hand stützte er sich auf dem Boden ab, die andere knetete ihre Brust. »Lasst sie ruhig los, ich mag es, wenn sie sich wehren.« Er schnaufte ihr seinen Atem ins Gesicht, dass Lina übel wurde und gegen den Knebel würgte. Aus den Augenwinkeln beobachtete sie, wie Peter und Tiezel bereits ihre Gürtel ablegten, hochrote Köpfe vor freudiger Erwartung.

Busso war nicht so betrunken, wie sie gehofft hatte, außerdem war er ihr an Körperkraft, erst recht an Gewicht weit überlegen und sich dessen sehr bewusst. Doch jeder machte Fehler und dann schlüge Lina zurück. Für das Erste musste genügen, dass der Dicke ihre Fußfesseln gelöst hatte.

Busso drängte ihre Beine weiter auseinander, zwang sich mit hämmernden Stößen in sie hinein. Es kostete sie Mühe, alle Kraft zu sammeln, um die neu gewonnene Freiheit auszunutzen. Jetzt! Der Stoß mit dem Knie brachte Busso aus dem Takt. »He, du kleine Dreckshure!«, brüllte der Raubritter. »Bei Luzifers Arsch! Gleich kommt es mir schon und ich bin noch gar nicht richtig zum Zuge gekommen!«

Lina wand sich unter ihm, trat ins Leere. Es war aussichtslos, Busso nagelte sie mit seinem Gewicht auf den Boden. Sie hatte ihre Gelegenheit voreilig vertan.

»Tiezel, Peter, was steht ihr da wie Lots Weib? Haltet sie fest.« An Lina gerichtet, zischte er: »Schluss jetzt mit diesen Spielchen, sonst schlage ich dich tot.«

Selbst wenn sie gewollt hätte, sie konnte sich nicht länger wehren. Tiezel umklammerte ihre Hände wie eine Zwinge, auf ihr lag Busso wie eine Bleiplatte und gleich würde sich Peter ihre Füße greifen.

Busso holte aus und schlug zu, ein Mal, zwei Mal, drei Mal. Linas Wangen brannten wie Feuer. Sie blinzelte die Tränen weg, ihr Blick streifte das zerstörte Dach. Einzelne Sparren ragten wie Rippen eines verrottenden Kadavers in den Nachthimmel. Mondlicht fiel durch die Lücke und mischte sich mit dem Licht der Fackeln und Kerzen. – Ein Schattenriss zeichnete sich vor dem Loch ab, zwei glühende grüne Punkte flammten auf. Madonna, der Satan! Er war gekommen, sie zu holen. Lina sträubten sich die Haare. Dennoch konnte sie den Blick nicht abwenden. Herr im Himmel, der Teufel ... Ein Teufel mit zwei spitzen Ohren und rötlichem Fell. Allmächtiger, dort oben saß das Mistviech Alexander und beobachtete ihre Schändung.

Im nächsten Augenblick spürte sie einen heftigen Zug an den Füßen, Peter hatte sich ihre Beine gegriffen und hielt sie fest. Durch den Ruck waren ihre Hände Tiezels schweißnassem Griff entglitten. Welche Gunst des Himmels! Lina sammelte sich, ihre Linke formte sie zur Faust, die Rechte schmiegte sie darüber, gerade rechtzeitig, Busso beugte sich nach vorn. Mit ihren verschränkten Fäusten kam sie seinem Gesicht entgegen, schlug ihm mit voller Wucht auf die Nase. Sein Schrei gellte in ihren Ohren wie der Gesang jubilierender Engel. Es war immer wieder erstaunlich, wie empfindlich die Nase war. Lina lächelte grimmig, während Busso sich zusammenkrümmte, die Hände vor das Gesicht presste. Jeder andere wäre umgefallen, Busso nicht, noch immer saß er auf ihr wie ein Felsblock. Und Tiezel hatte ihre Fäuste wieder eingefangen. Allmählich sah Lina kaum noch einen Ausweg.

Busso ließ die Hände sinken, bemerkte das Blut daran, seine Kiefer mahlten, seine Augen sprühten Blitze. Langsam beugte er sich zu ihr herunter, legte seine Hände um ihren Hals und drückte zu. In Linas Ohren rauschte es, ihre Brust krampfte, die Fesseln schnitten sich in ihre Handgelenke. Das war es wohl, dachte sie, während durchdringendes Gebrüll in ihr Bewusstsein drang. Was war das? Der Griff um ihren Hals lockerte sich. Sie öffnete die Augen und sah, wie Busso sich umdrehte. Zu Peter, der wie vom Veitstanz befallen herumsprang, sich um die eigene Achse drehte und vergeblich versuchte, etwas Rotes, das an seinem Rücken hing, abzuschütteln. Seine Schmerzensschreie gellten in ihren Ohren. Lina rang nach Atem, entriss Tiezel ihre Hände und versetzte ihm einen laschen Faustschlag unter das Kinn. Immerhin taumelte der Räuber zurück.

Busso bemerkte ihre wiedererwachende Kampfbereitschaft,

drehte sich zu ihr um und schmetterte ihr seine Faust ins Gesicht, dass ihr Kopf auf den Boden prallte und ihr die Sinne schwanden. Busso schlug wieder und wieder zu. Plötzlich hörten die Schläge auf. Durch das Rauschen und Pochen in ihrem Kopf hörte sie Rumpeln, Krachen, dumpfe Stöße, dann Schritte. Träumte sie? Nein, die Geräusche kamen näher, und als Lina die Augen immerhin einen Spalt aufbrachte, fiel ein Schatten über sie. Madonna! Waren Bussos Leute zurück? Dann wäre es vorbei.

Bussos Gesicht näherte sich ihrem, er beugte sich über sie, legte seine Hände um ihren Hals. Seine weißen Zähne leuchteten, er lächelte, bäumte sich auf, zuckte, stürzte wie ein nasser Mehlsack auf sie und rührte sich nicht mehr. Lina wand sich mit letzter Kraft unter ihm heraus.

Eine Fackel blendete sie. Langsam zeichnete sich ein Gesicht vor dem Lichtschein ab, erschien wie mit einem Heiligenschein umkränzt. Luca! Der Junge beugte sich mit sorgenvoller Miene über sie, eine blutenden Schramme quer über der Wange, und zog als Erstes das zerfetzte Hemd über ihre Blöße, dann nahm er ihr den Knebel aus dem Mund. Gott sei Dank!

»Alles gut?«, fragte Luca.

»Gut wäre geprahlt«, ächzte sie und schluckte, um sich die Erleichterung nicht anmerken zu lassen. Zum ersten Mal in ihrem Leben hatte sie Hilfe gebraucht und ausgerechnet Luca war zur Stelle. Ausgerechnet ihm verdankte sie ihr Leben. Ihm und diesem Mistviech, dieser Höllenbrut, diesem verdammten Kater. Der Teufel hätte es nicht günstiger einrichten können. »Danke, aber ich wäre schon zurechtgekommen.«

»So sah es aus«, meinte Luca und half ihr auf. Prüfend sah er sie an. »Geht es dir wirklich gut?«, fragte er zweifelnd.

»Ihr habt euch viel Zeit gelassen.« Lina verdrängte das soeben Erlebte, froh, mit leichten Blessuren davongekommen zu sein. Gegen das, was Busso vorgehabt und Luca im letzten Augenblick verhindert hatte, waren die Striemen, Blutergüsse und wund gescheuerten Gelenke eine Nichtigkeit. »Ja, alles gut, natürlich.« Sie ging mit steifen Beinen zu den beiden anderen Räubern, die bewusstlos am Boden lagen. Alle Achtung! Auch Matthias hatte ganze Arbeit geleistet. »Laufen draußen noch welche herum?«

Luca lächelte grimmig. »Sämtlich niedergeschlagen und verschnürt. Übrig waren nur noch diese drei hier. Komm Matthias, lass uns unser Werk beenden«, meinte er zu dem Knecht.

»Wenn mich einer von euch davon befreit«, Lina hielt ihnen die gefesselten Hände hin, »würde ich gern Busso übernehmen.« Matthias zückte sein Messer und Lina war erlöst. Bevor sie sich dem Gefangenen widmete, warf sie sich ein herumliegendes Hemd über, das ihr bis zu den Knöcheln reichte. Alles war besser als ihre Fetzen.

Busso stöhnte auf, als sie den Lederriemen um seine Hände festzog. Unter ihm breitete sich eine Blutlache aus, wohl von einer Kopfverletzung. Ein Blutfaden rann ihm aus dem Mundwinkel. Er röchelte bei jedem Atemzug. Das sah nicht gut aus.

Luca blickte zu ihnen herüber. »Ich glaube, der zweite Schlag traf ihn unglücklich. Aber er kann froh sein, dass ich ihn nicht abgestochen habe wie ein Schwein.«

Lina schaute sich um. »Sind alle versorgt? Gut, dann sollten wir endlich Federico finden. Hier ist er nicht, also muss es irgendwo ein Versteck geben. Sonst wäre es mir eine Freude, unseren Ritter hier zu befragen.« Sie stieß Busso mit dem Fuß an, der stöhnte.

Matthias rumorte schon im Hintergrund. »Hier gibt es eine Klappe im Boden!«

Luca half Matthias, die Falltür hochzuheben. In dem Loch war es stockdunkel, kein Laut war zu hören, Gestank quoll heraus.

Madonna, war Federico überhaupt noch hier oder hatte ihn Busso bereits umgebracht? Lag er dort unten in seinem Blut …? »Licht, wir brauchen Licht!«

Matthias nahm eine von den Fackeln, die in den Eisenständern an den Wänden steckten, und hielt sie in das Verlies. Ein

Mann lag am Boden, verschnürt wie ein Stoffballen, geknebelt, voller Blut, aber lebend. Er blinzelte in die Helligkeit.

Federico, er lebte! Luca sprang hinunter, durchschnitt seine Fesseln und half ihm auf. »Ich bin so froh …!«

Federico zog Luca an sich und küsste ihn auf beide Wangen. »Mein Junge! Madonna, danke!«

Als er oben vor ihnen stand, musterte Lina den Befreiten. Das war also der berühmte Federico … Von dem verwahrlosten Zustand einmal abgesehen, dem Dreck, der zerlumpten Kleidung, dem struppigen Bart, hatten die Räuber diesen Mann wirklich übel zugerichtet. Nicht nur Hand- und Fußgelenke waren wund gescheuert, überall war verschmiertes Blut, sein Gesicht blau und verschorft, ein Knöchel zu einem formlosen blutigen Klumpen geschwollen. Aber wahrscheinlich stand sie ihm in nichts nach.

»Dass ihr die Kerle überwältigen konntet … Ragazzo! Bravo! Ich bin so froh!« Federicos Blick streifte den am Boden liegenden Busso. Einen Arm um den Jungen gelegt, wandte er sich zu Lina um. Auf ihr weilte sein Blick länger, nachdenklich, aber nicht abschätzig. »Und du, wer bist du?«

»Das ist Lina«, antwortete Luca an ihrer Stelle. »Ja, Federico, es ist Einiges geschehen in der Zwischenzeit. Wir haben uns eine Menge zu erzählen.«

Erneut drückte Federico den Jungen an die Brust. »Da hast du recht. Auch wenn es zweifellos ein schlimmes Zeichen ist, dass du in Deutschland bist, bin ich sehr, sehr froh, dich zu sehen. Dich wohlauf zu sehen!« Federico hielt Luca von sich und sah ihn an, voller Stolz und Wärme im Blick.

Lina beobachtete die beiden. Warum dachte sie jetzt an diesen Karl und wie gern sie in seinen Augen Ähnliches lesen würde, Madonna, warum klopfte jetzt ihr Herz hoch bis zum Hals? Verdammt, ihre Wunden brannten wie die Hölle.

Busso regte sich, jeder seiner Atemzüge rasselte, als schüttelte jemand rostige Ketten in seiner Brust. Luca ging zu ihm. »Wir sollten ihn mit uns nehmen, zum Grafen. Lina, hast du ihn auch gut verschnürt?« Luca beugte sich hinunter, um die Fesseln zu prüfen.

»Der Transport wird schwierig, in seinem Zustand …«, bemerkte Lina. Die Wunden an ihren Handgelenken bluteten, sie sollte sie verbinden. Ob Luca noch Stoffstreifen übrig hatte, die ihnen als Knebel gute Dienste geleistet hatten? Auch Federico würde Verbände brauchen können. »Luca?«

Der Junge kniete vor Bussos Füßen, seine Hände schwebten in der Bewegung erstarrt über ihnen in der Luft. Sein Gesicht war blass, als wäre sämtliches Leben aus seinem Körper entwichen. Scheinbar abwesend starrte er vor sich hin, aber als Lina seinem Blick folgte, war ihr alles klar.

Plötzlich drang ein Röcheln aus Bussos Mund, ein Zucken schüttelte seinen Leib, ein kurzes Aufbäumen, und Stille trat ein.

Luca ließ seine Hände sinken. Federico trat zu ihm, legte ihm schweigend eine Hand auf die Schulter. Luca streifte sie ab, seine Augen glänzten. »Geht, lasst mich!«

Federico wich nicht von der Stelle. Oh, auch er wusste Bescheid, Lina hatte es sich gedacht, obwohl sie ihn nicht kannte. Der Mann hatte seinen Ruf nicht umsonst.

Luca wandte sich zu Federico um, räusperte sich. »Bitte, ich komme gleich, lasst mich nur einen Augenblick allein – mit ihm.«

In gewisser Weise konnte Lina verstehen, dass er mit der furchtbaren Erkenntnis, der Sohn eines grausamen Raubritters zu sein, zunächst allein fertigwerden wollte. »Kommt!«

Federico seufzte. »Na gut, Luca, wie du willst.« Langsam schleppte er sich zur Tür, ein Bein nachziehend.

Matthias schaute ratlos von einem zum anderen, folgte ihnen aber wortlos nach draußen.

Da, auf dem Holzklotz hockte der Kater Alexander und putzte sich. Lina betrachtete ihn mit gemischten Gefühlen. Nicht nur Luca, auch ihm verdankte sie ihre Rettung. Ein zweifelhaftes Vergnügen.

Federico

Elbingerode, Mitte Juli

Wo blieb Anna?

Prustend tauchte Federicos Kopf aus dem Wasser auf. Er saß in der Küche des Gasthofs in einem Holzzuber und räkelte sich wohlig im warmen Bade. Auf dem Tisch hatte Berta schon das Frühstück bereitgestellt. Das Einzige, was ihm fehlte, war Annas Antlitz. Gestern Abend, bei ihrer Rückkehr, hatte sie natürlich schon geschlafen, aber jetzt sollte sie hier sein. Drängte es sie nicht zu hören, was er herausgefunden hatte?

Irgendetwas stimmte nicht, Federico überfiel plötzlich ein vages Unbehagen. Eigenartig. Vielleicht wusste sie von Pauls Tod und trauerte? Er wappnete sich vor der Enttäuschung.

Nun, er sollte das warme Bad genießen, das letzte Mal hatte er sich im Wasser der kalten Bode gewaschen, kaum zu glauben. Dieser Zuber war schier das Paradies, wenn Anna nun käme, wäre sein Glück vollkommen. Und wo steckte Luca?

Der arme Junge war zunächst wie betäubt gewesen, hatte kein Wort darüber verloren, dass Busso sehr wahrscheinlich sein Vater war, den er mit eigener Hand erschlagen hatte, eine bittere Erkenntnis. Wie auch Federico musste Luca in diesem Augenblick einiges klar geworden sein. Warum Anna sie angelogen hatte. Wie schwer musste ihr das all die Jahre auf dem Herzen gelastet haben. Und nicht einmal ihm hatte sie sich anvertrauen können … Ein bitterer Geschmack breitete sich in seinem Mund aus.

Der arme Luca. Am Morgen schien er sich jedoch gefasst zu haben. Wie hatte der Junge sich in den wenigen Monaten verändert. Erwachsen war er geworden. Kein Wunder, nach allem, was er ausgestanden hatte. In groben Zügen hatte ihn Luca gestern schon während des Rückwegs über die zurückliegenden Ereignisse, die ihn nach Deutschland zurückgeführt hatten, aufgeklärt. Wenigstens war Carlos Krankheit nicht mehr lebensbedrohlich, ein Lichtblick! Was Luca hingegen über das Verhör mit Pertuzzi berichtet hatte, war nicht dazu geeignet, ihn zu beruhigen. Natürlich hatte Mimmo ihn angezeigt. Höchste Zeit, ihn endlich ins Gebet zu nehmen.

Dass Luca in dieser Zwergin eine tüchtige Begleiterin gefunden hatte, schien auf den ersten Blick ein glücklicher Umstand zu sein. Sie schien sehr gewieft, mochte den Jungen und er sie. Luca war voll des Lobes für diese Lina.

Federico wusste nicht so recht, was er von Lina halten sollte. Einerseits gefiel ihm ihre selbstbewusste, direkte Art, mit der sie ihn schon während des Rittes zum Gasthaus ausfragen wollte. Andererseits machten ihn ihre geschickten Fragen misstrauisch und wie gleichmütig sie die Blessuren, die sie davongetragen hatte, wegsteckte. Sie erinnerte ihn an gewisse Leute im Rat der Zehn, denen er lieber aus dem Weg ging.

Gut, dass sich keine Gelegenheit für weitere Gespräche ergeben hatte. Im Gasthaus angekommen, mitten in der Nacht, hatte ihn die Erschöpfung der letzten Tage gelähmt. Berta, die gute Seele, hatte ihm noch einen Trank gegen die Schmerzen gebracht, dann hatte er nur noch geschlafen.

Unter einem Federbett zu liegen, auf einer Strohmatratze, auf kühlem Leinen, das nach Kamille duftete – im Garten Eden konnte es nicht angenehmer sein.

Die Sonne schien jetzt in die Küche, das Wasser kühlte allmählich ab. Endlich kam Luca, in der Hand ein Leintuch, um damit seinen Rücken abzureiben.

Federico seufzte wohlig. »Wo bleibt deine Mutter? Will sie den alten Federico nicht begrüßen?«, fragte er bemüht beiläufig.

Abrupt hielt Luca inne, seine Hände zitterten, Federico konnte es auf seinem Rücken spüren. Das Unbehagen gewann Gestalt. Federico richtete sich auf, drehte sich zu Luca um.

Wasser schwappte auf den Boden. »Junge, um Himmels willen, was ist los? Ist ihr etwas zugestoßen? Warum sagst du nichts?« Federico fasste ihn bei der Schulter, rüttelte ihn sanft.

»Sie haben sie geholt!« Die Worte sprudelten jetzt nur so aus Luca heraus, als er von seiner Mutter berichtete.

Madonna, warum hatte der Junge das nicht gleich gesagt? Er riss Luca das Tuch aus der Hand, begann, sich abzutrocknen, und unterbrach seinen Redestrom mit eben dieser Frage.

»Es war tiefe Nacht, du warst verletzt, völlig erschöpft, dem Zusammenbruch nah. Was hättest du denn ausrichten können? Wir wollten, ich wollte ...«

»Ihr wolltet mich nicht beunruhigen, weil ich sonst sogleich zum Grafen geeilt wäre.« Natürlich wäre er das! Federico sprang aus dem Bottich, Pfützen bildeten sich auf dem Boden. Welch vergeudete Zeit! Er suhlte sich hier im Bade, während Anna auf schimmeligem Stroh zwischen Flöhen und Ratten darbte. Nicht auszudenken, was ihr sonst noch alles widerfahren war.

»Lass Berta erst deine Wunden verbinden«, meinte Luca beherrscht.

Federico wehrte ihn ab wie eine lästige Fliege. Wo war sein Hemd? Er fand es, streifte es über, sofort klebte es an seiner feuchten Haut. Wie konnte der Junge ihm das antun? Wie konnte er ihn derart enttäuschen? Unter Aufbietung all seiner Kräfte versuchte er, sich zu beruhigen. Er bedeutete Luca, sich zu setzen, atmete tief durch und rief nach Berta.

Die Magd schlurfte herein, spürte offenbar sofort die Gewitterstimmung, denn schon in der Tür blieb sie stehen und sah ihn mit eingezogenem Kopf an.

Er winkte sie zum Tisch, hieß beide sich setzen, ließ sich selbst ihnen gegenüber nieder, so dass er ihnen in die Augen sehen konnte, ob sie ihm womöglich weitere Nachrichten vorenthielten.

»So sagt schon, was ist mit Anna?«

Berta traten Tränen in die Augen, als er sie derart anblaffte.

Ihre knotigen Finger kneteten unablässig das fadenscheinige Tuch, das sie unter ihrem Gürtel hervorgezogen hatte.

»Wer hat Anna geholt und wie lautete die Anklage?«

Die Antwort ließ Federico in seinem Stuhl zurücksinken.

Luca sah ihm in die Augen, nicht zornig, sondern ganz ruhig und auf eine eigenartige Weise durchdringend. »Federico, ich verstehe deine Erregung, aber wir waren der Meinung, dass wir beim Grafen überzeugender wirken, wenn wir Busso als Übeltäter vorweisen können. Außerdem hofften wir auf weitere Erkenntnisse durch dich. Deswegen wollten wir uns zuerst Busso greifen und dich befreien. Ich bin immer noch überzeugt, dass wir richtig gehandelt haben.«

Lucas besonnene Worte bohrten sich wie Eiszapfen in sein Herz. Wusste der Junge Bescheid über seine Gefühle für Anna? Erkannte er gar Verständnis in Lucas Augen? Unmöglich! Er war ein guter Freund seiner Eltern, nicht mehr und nicht weniger.

Erschöpft rieb Federico sich mit den Händen über das Gesicht. Die geschwollene Wange pochte, sein Kiefer schmerzte, plötzlich fühlte er sich uralt, krank und todmüde … Er atmete tief durch. Ausgerechnet sein eigener Zögling musste ihn belehren. Angesichts seiner eigenen Unbeherrschtheit bewies ihm der Junge erneut, dass er zu einem Mann herangereift war, der Entscheidungen traf, entschlossen zu ihnen stand und auch bei Schwierigkeiten einen kühlen Kopf bewahrte. Noch zu Jahresanfang hätte Luca sich nicht derart beherrschen können.

Federico neigte den Kopf mit einem entschuldigenden Lächeln. »Und, was schlägst du nun vor?«

Lucas rechtes Augenlid flatterte, einen Herzschlag lang nur, kaum sichtbar, aber Federico war der kurze Moment der Unsicherheit und Überraschung nicht entgangen.

Die Tür öffnete sich und Lina schlenderte herein. »Ah, hier seid ihr, dachte ich es doch.« Sie deutete hinter sich. »Luca, Matthias lässt fragen, ob du zum Hauptmann nach Wernigerode reiten wirst. Ewig können wir die Schurken ja nicht in ihrem eigenen Verlies schmoren lassen. Leider.« Lina grinste schmerzverzerrt und rieb ihre Handgelenke. Sie waren frisch verbunden. Ihr Gesicht leuchtete blau und grün und ihr linkes Auge war zugeschwollen. »Wenn es nach mir ginge, könntest du dir damit ruhig Zeit lassen. Sollen die Bastarde ruhig eine gute Weile in ihrem Loch schmoren. Ha, es war mir wirklich eine Freude, sie einen nach dem anderen hinunterzuwerfen. – Oh, Brot und Käse, herrlich!«

»Bevor ich zum Hauptmann reite, soll Federico uns über seine Erkenntnisse unterrichten.« Auffordernd sah Luca ihn an. »Sofern er mehr weiß als wir, denn dass Busso meinen Vater – Paul – ermordet hat, mussten wir bereits erfahren.«

Das hatte Federico schon vermutet. »Ja, ich habe an seinem Grab gestanden.«

Luca schloss bei der Nachricht kurz die Augen. Mit einer fahrigen Handbewegung strich er sich über die Stirn.

Federico berichtete von dem Wilden Mönch, bei dem sich Pauls letzte Ruhestätte in guten Händen befand.

Berta schüttelte mit großen Augen den Kopf. »So gibt es ihn wirklich? Dann stimmte es also, was der Nordhäuser Gefangene Anna damals sagte: Paul sei beim Wilden Mönch. Ob er es wirklich wusste oder es einfach nur dahinsagte?«

Federico wiegte den Kopf. »Das werden wir wohl nie erfahren. Aber ja, den Wilden Mönch gibt es wahrhaftig. Und in ihm haben wir sogar einen wichtigen Zeugen.«

»Ob der Graf so einem glauben wird?«, fragte Lina und wiegte den Kopf.

»Wir werden sehen. Es wird ohnehin schwierig, ihn davon zu überzeugen, dass sein Gefolgsmann Busso ein doppeltes Spiel spielte.«

»Doch, wir können es sogar beweisen«, sagte Luca. »Busso und seine Leute bildeten damals den Suchtrupp. Ihm oder einem seiner Männer erzählte eine Kiepenfrau von ihrer Beobachtung, dem Kampf zwischen Busso und meinem Vater nämlich. Und nur weil Busso damals durch Mantel und Kapuze vermummt gewesen war, hatte sie ihn nicht als einen der beiden

Kombattanten wiedererkannt. Busso behielt natürlich dergleichen Aussagen und Beobachtungen für sich.«

»Es gibt noch weitere Zeugen für andere Missetaten Bussos und seiner Bande, nämlich den Hirten Joseph«, fügte Federico hinzu.

»Diese Bastarde.« Lina lachte verächtlich und nahm sich noch ein Stück Käse. »Jetzt, da ihr Anführer tot ist, werden sie bestrebt sein, ihren Hals zu retten, und gegen ihn aussagen. Leider ist das nichts wert.« Sie durchpflügte mit ihrem Brot die Luft.

Der Kater Alexander, der gerade durch das offen stehende Fenster hereingesprungen war und nun in Richtung Tisch schlenderte, duckte sich vor Schreck über die heftige Geste. Luca lockte ihn mit einem Bröckchen Käse näher.

Die Zwergin bedachte das Tier mit einem zweifelnden Blick, obgleich sie ihm doch zu einem guten Teil ihre Rettung verdankte. Ein bemerkenswertes Tier, wie es schien.

Federico wandte sich wieder seinen Gefährten zu. »Nun, es ist Sache des Grafen und seiner Leute, die Räuber nach ihren Schandtaten zu befragen. Die werden dabei genug zu Tage fördern, dessen bin ich mir sicher.« Das wäre natürlich auch bei Annas Verteidigung von Vorteil, somit wäre die Anklage wegen Gattenmordes ausgeräumt. Blieb noch die der Ketzerei …

Berta mischte sich zum ersten Mal wieder in das Gespräch und berichtete von ihrem Besuch bei Kunigunde. »Es war leicht, sie in Blankenburg zu finden. Die Familie ist dort bekannt. Die Dame hat mir in die Hand versprochen, nach Stolberg zu fahren und sich beim Grafen für Anna zu verwenden.«

Luca drückte der Alten die Hand. »Ich kann dir nicht genug danken, dass du das erreicht hast.«

»Anna hat so viel für mich getan, das war das Mindeste.«

»Dass meine Mutter eine Ketzerin ist, wird der Graf unmöglich glauben«, sagte Luca und starrte düster in seinen Becher. »Üble Nachrede neidischer Leute. Mancher gönnt uns den Gasthof nicht.«

»Der Graf hat eine klare Haltung in diesen Dingen«, erklärte Lina. Sie lehnte sich zurück und ließ die Beine baumeln. »Vor etlichen Jahren hat der ehrwürdige Vater unseres Grafen schon einmal einigen Ketzern auf dem Markt in Stolberg einen Scheiterhaufen errichtet.«

»Du bist gut informiert über die Zustände hierzulande.« Federicos Überzeugung wuchs, dass das Jonglieren mit Bällen nicht die einzige Fähigkeit der kleinen Lina war. Auch wenn sie ihm bislang noch nie über den Weg gelaufen war, würde es ihn nicht wundern, wenn es sich bei dieser Frau um Pertuzzis Zwergin handelte, von der man sich im Dogenpalast hinter vorgehaltener Hand erzählte. Falls es sich dabei nicht, wie einige glaubten, um ein Gerücht handelte, wäre Vorsicht angebracht. Besser, er ließe Lina nicht aus den Augen.

»O ja«, antwortete die Zwergin. »Ihr glaubt nicht, was für Geschichten mir in Wernigerode zu Ohren kamen. Es hieß, als der Vater des jetzigen Grafen, der alte Botho, die Ketzer – darunter Frauen und Kinder – verhören ließ, hätte die gräfliche Familie nebenan gelacht und gespeist, während die Schreie der Gefolterten zu ihnen drangen. Und der junge Graf Heinrich hätte sich die Reliquien der Ketzer angeeignet.« Lina schnaubte. »Reliquien! Was soll das wohl gewesen sein, der Heilige Gral und die Dornenkrone?« Lina lachte auf, hielt sich aber sofort reuig die geschwollene Wange.

»Der Graf ist ein tapferer Streiter für den Herrn«, warf Federico ein. »Außerdem steht er beim Papst in der Pflicht, weil die Ehe mit seiner Cousine nur mit dem Dispens seiner Heiligkeit geschlossen werden konnte.«

»Ach.«

Hatte Lina das nicht gewusst? Kaum zu glauben. »Eine Anklage wegen Ketzerei ist nicht so leicht aus der Welt zu schaffen.« Federico schürzte die Lippen. Und wenn es ihnen gelänge, das Wohlwollen des Grafen zu gewinnen? Wie sich in der Vergangenheit oft gezeigt hatte, machte eines den Grafen zu einem schwer einzuschätzenden Landesherrn: seine ständige Geldnot.

Der könnte Federico abhelfen, denn wie es der Himmel fügte, wusste er, wo Reichtümer zu finden waren. Allein in der kürzlich von ihm entdeckten Silberader steckte ein Vermögen.

»Ist dir etwas eingefallen?« Luca unterbrach seine Überlegungen und sah ihn erwartungsvoll an.

Federico ließ eine Hand in der Luft kreisen, als suche er nach Worten, schüttelte dann den Kopf und winkte ab. Es bliebe die Schwierigkeit, den Grafen zu überzeugen, dass Federico ihm wirklich zu Schätzen verhelfen konnte. Und selbst wenn der Stolberger ihm glaubte und er ihn zu irgendwelchen Versprechungen bewegen könnte, so hieße das nichts. Denn dass der Graf seine politische Stellung schon so lange behaupten konnte, obwohl er drei verschiedenen Lehnsherren diente, die mitunter sehr konträre Ziele verfolgten, bewies nur sein beachtliches diplomatisches Geschick. Diese heikle politische Position zu halten, gelang dem Grafen zu Stolberg nämlich vor allem dadurch, dass er möglichen Konflikten aus dem Wege ging oder – und hier lag das Risiko von Federicos Plan – Zusagen gab, die er dann nicht einhielt.

Doch es half nichts, sie mussten auf die Überzeugungskraft des Silbers hoffen. »Also gut, Folgendes …« Kurz erklärte Federico ihnen seine Überlegungen, Anna freizukaufen. Dass er um eine Silbermine wusste, verschwieg er vorerst, Linas wegen.

Luca musterte ihn. »Wir haben kein Geld, wie du weißt.«

»Sorge dich nicht, mir fällt schon etwas ein.« Luca dachte sich seinen Teil, das sah Federico ihm an.

»Na gut, ich vertraue dir.« Luca nickte. »Dann reite ich jetzt nach Wernigerode zum Hauptmann Claus von Arnswald.«

Anna

Stolberg, Mitte Juli

»Gott, sei mir gnädig nach Deiner Huld, tilge meine Frevel nach Deinem reichen Erbarmen«, murmelte Anna die gewohnten Worte. Mit dem Herzen und ihren Gedanken indes war sie ganz woanders. Für einen jeden Menschen war der Weg in die Hölle um vieles kürzer als der zum Paradies ... Würde Gott ihr ihre Sünden vergeben? Zeigte der Herr Erbarmen, wie es in den alten Liedern hieß? Wusste er um ihre gute Absicht?

Was auch immer mit ihr geschah, es war Gottes Wille. Gottes Wille. War er denn wahrhaftig ein Gott der Rache, wie Pastor Sievert drohte? Dann erwartete sie die Verdammnis. Ach, ewiges Höllenfeuer schreckte sie nicht. Sie lebte doch längst in der Hölle. Seit dem Tag vor zwanzig Jahren, der alles in Trümmer legte. In einem Moment war das Leben noch aufregend und voller Hoffnung gewesen, im nächsten herrschten Winter und ewiger Frost. Sie sah ihn wieder vor sich – den stattlichen Mann, mit hohen Wangenknochen, dem dichten Haar und diesem Wolfslächeln.

Die Wunden waren verheilt und mit Paul, mit seiner Liebe, seiner Aufrichtigkeit, war sogar etwas Wärme in ihr Leben zurückgekehrt. ... Ach, Paul. Sie hatte ihm seine Liebe schlecht vergolten. Allein dafür, dass Federico ihr nie aus dem Kopf gegangen war, würde sie auf ewig in der Hölle schmoren.

Und wegen Lukas. Kaum auf der Welt, machte er die Hoffnung, Pein und Schmach je vergessen zu können, sogleich zunichte. Schon beim ersten Blick auf ihren Sohn, der winzige Leib blutverschmiert, das Gesicht zerfurcht wie das eines Greises, hatte sie sich wie gelähmt gefühlt. Sie war erstarrt, unfähig, ihn zu berühren. Als die Hebamme ihr das kleine Wesen in die Arme legte, waren ihre Gliedmaßen wie abgestorben, ihre Hände gehorchten ihr nicht. Der Säugling glitt neben ihr auf das Polster, die Windel, in die er gewickelt war, hatte sich gelöst und das Kind strampelte nackt mit den Beinen. Da hatte sie es gesehen. Sein Kainsmal. Ein verkrümmter Zeh, eine Verwachsung, die sie zum ersten Mal an jenem Morgen auf der Lichtung gesehen hatte, die Wange noch ins Gras gedrückt, kaum, dass ihre Sinne zurückgekehrt waren und sie sich gewünscht hatte, sie wäre tot. Schmerz und Schmach hatten Tränen in ihre Augen getrieben, als er sich neben sie stellte und sie seine Füße dicht vor sich sah. Noch jetzt, nach zwanzig Jahren, schnürte sich ihr allein bei dem Gedanken an dieses Teufelsmal die Kehle zu, wurden ihre Gliedmaßen wachsweich.

Sie hörte das Keuchen ihres Atems, als ihre Lebensgeister zurückkehrten. Lukas, wie sehr hatte sie sich gewünscht, ihn zu lieben. Paul war es mühelos gelungen. Ihr nicht. Ab dem Tag seiner Geburt war er ein Stachel in ihrem Fleisch gewesen. Ein Blick in sein Gesicht, das mit den Jahren dem seines Vaters – seines wirklichen Vaters – immer ähnlicher geworden war, erfüllte sie wieder und wieder mit Entsetzen. Nun, da er im gleichen Alter war wie der damals, erst recht. Und natürlich spürte der Junge ihr Grauen, das sie in seiner Gegenwart überkam.

Alles wurde besser, als Lukas fort war. Während seiner Abwesenheit war die Erinnerung verblasst, sogar die Albträume verschwanden. Sie spürte Zuversicht und Mut. Selbst als Paul verschwunden war, wollte sie die Hoffnung nicht aufgeben, und zuletzt war es ihr sogar gelegentlich gelungen, in Lukas den Sohn, statt den Peiniger zu erkennen.

Zwanzig Jahre hatte sie dafür gebraucht. Und nun, nach dieser langen Zeit, hatte allein der Anblick dieses Mannes genügt und ihr war, als wäre sie innerlich zerbrochen.

Musste sie dem Jungen nicht jetzt, so kurz vor ihrem Tod, seine Herkunft enthüllen? – Nein, ihr Sohn durfte nie erfahren, wer sein Vater war. Das hatte er nicht verdient, er war ein guter Junge. Sie würde das Geheimnis mit in ihr Grab nehmen und dafür in der Hölle büßen.

Nein, sie konnte einfach nicht glauben, was Pastor Sievert predigte. Bei dir ist Vergebung, so hieß es doch in den Psalmen, Gott ist die Liebe, vor allem doch die Liebe. Aber galt das auch für sie? Und für – das Ungeheuer?

Es war so still, nur im Stroh knisterte es leise. Sie lauschte, die Ketzer schwiegen endlich. Ihr Gesang zermürbte sie. War deren Weg der rechte? Geißeln als Buße? Sie kratzte an dem Schorf an ihrem Handgelenk. Die unzähligen Flohbisse juckten. Ihre Knie schmerzten von der Kälte des Bodens, Anna presste die Handflächen nur fester aneinander.

»Aus der Tiefe, o Herr, rufe ich zu Dir.
Herr, höre meine Stimme!
Wende Dein Ohr mir zu, achte auf mein lautes Flehen!
Würdest Du, Herr, unsere Sünden beachten,
Herr, wer könnte bestehen?
Doch bei Dir ist Vergebung,
damit man in Ehrfurcht Dir dient ...«

Der Riegel bewegte sich, Anna schreckte aus ihrem Gebet. Brachte man ihr schon das Essen? Seltsam, ihr war, als hätte man ihr gerade erst den Napf hereingereicht. Ein Blick zum Fenster, ja, draußen war es noch hell, der Himmel war grau, aber es war zweifellos Tag. Vor ihr stand noch die Schüssel vom Morgen, eine Ratte hockte darin, vertilgte die Reste. Bei dem knarrenden Geräusch hatte sich das Tierchen auf den Hinterbeinen aufgerichtet, die Pfoten vor der Brust, die Barthaare zitterten.

Die Tür schwang auf, die Ratte floh unter das Stroh. In der Wand dahinter lag ihr Schlupfloch, Anna hatte anfangs einen Lumpen hineingestopft, um die Tiere fernzuhalten. Vergeblich. Mittlerweile war ihr gleichgültig, sogar ganz recht, dass die Ratten in ihrer Zelle ein- und ausgingen. Je länger sie sie beobachtete, desto lieber wurden ihr die klugen Tiere. Sie waren sehr geduldige Zuhörer, zwar schweigsam, doch in Gesten und Blicken sehr beredt. Nie hätte sie gedacht, wie zermürbend diese Einsamkeit, diese erzwungene Sprachlosigkeit war. Alles Teil einer grausamen Folter.

Ein Mann setzte einen Fuß in ihr Verlies, verzog das Gesicht, rümpfte die Nase bei ihrem Anblick. »Los, komm!«

Anna stand auf, klopfte sich das Stroh vom Rock, zupfte sich Halme aus dem Haar. Ihre Haube fand sie nicht. Was sollte es, alles starrte vor Schmutz, offenkundig stank sie, auch wenn sie selbst nichts roch. Anna schluckte schwer und setzte mit Mühe Schritt um Schritt. Ihre Glieder waren steif vom langen Knien. Aus den Augenwinkeln betrachtete sie den Wärter, diesen hatte sie noch nie gesehen. Er trug das braun-goldene Wams der Stolberger Knechte, aber im Gegensatz zu den glatt rasierten Wachen, die sonst vor der Tür standen, schmückte ihn ein sorgfältig gestutzter Bart.

»Du hast Besuch.«

Anna lauschte dem Klang seiner Stimme und begriff erst allmählich den Sinn seiner Worte. Besuch? Also nicht die Folter, dem Herrn sei Dank. Federico? Sie schloss kurz die Augen und sofort trat ihr sein Bild vor Augen, sein Mund, seine Hände, sein Blick, in ihrer Brust flatterte die Taube, wie immer, wenn sie an ihn dachte.

»Wer ist es denn?«, krächzte sie, die Enttäuschung fürchtend.

Der Wächter winkte ihr stumm, ihm zu folgen.

Ihr Herz klopfte schmerzhaft in ihrer Brust. Und wenn es Lukas war? Sie stolperte, ihr Atem stockte. Herr im Himmel … Anna geriet ins Taumeln, ihre Hand fand Halt an der feuchten Mauer.

»Was ist?«, blaffte der Wächter.

»Nichts, nichts«, murmelte Anna wie betäubt und raffte sich wieder auf. Plötzlich schmerzte die Narbe; die alte Wunde, die sie verheilt glaubte, klopfte und brannte. Nein, Busso konnte es nicht sein, unmöglich hatte der sie bemerkt. Und wenn, dann hätte der in ihr wohl kaum die Dreizehnjährige von damals wiedererkannt, falls er sich nach all den Jahren überhaupt noch an sie erinnerte.

»Los, geh zu«, mahnte der Wärter, als sie zurückblieb.

Sie atmete tief durch, reckte das Kinn, schloss zu ihm auf. Eine seltsame Unruhe ergriff sie.

»Dort hinein«, der Wächter wies auf eine schwere Holztür, die einen Spalt offen stand, dahinter zuckte Fackelschein.

Ihr Herz klopfte, als sie eintrat. »Kunigunde, Ihr?«

Damit hatte Anna nicht gerechnet. Angesichts der feinen Dame schämte sie sich für den Schmutz, der an ihr haftete, den Gestank, den sie ausdünstete.

Kunigunde hingegen verzog keine Miene, sie raffte ihren samtenen Rock, kam auf sie zu, lächelte mitleidig, in ihren Augen glänzte es. »Anna! Geht es Euch gut? – Welche Frage! Entschuldigt! Ich hatte gehofft …«

In Anna stiegen die Tränen auf, nur mit Mühe rang sie sie nieder, wahrte sie die Fassung. Warm umschlossen Kunigundes Hände Annas kalte Finger und in gleichem Maße, wie sich die Wärme in ihr ausbreitete, schien alle Kraft aus ihr herauszurinnen. Trotz ihrer Scham ließ sie es zu, dass Kunigunde sie an sich drückte, sie festhielt. Ihr Gesicht versank in dem Damast ihres Schleiers, feiner Duft hüllte sie ein, der grüne Samt des Kleides schmeichelte ihrer Wange und endlich brachen die Tränen aus ihr heraus.

Geduldig hielt Kunigunde sie in den Armen, wartete, dass sie sich beruhigte. Erst als die Dame sie von sich schob, bemerkte Anna durch den Tränenschleier die ungewohnt gewordenen Annehmlichkeiten, die der Raum aufwies. Zwei Stühle, ein Tisch, sogar ein Krug und zwei Becher.

»Ich habe Marschall Knauth darum gebeten, uns einen Raum zur Verfügung zu stellen, in dem wir ungestört sind.«

»Danke«, Anna räusperte sich. »Danke, dass Ihr gekommen seid.«

»Nun«, Kunigunde wich Annas Blick aus. »Als ich Euch anbot, Euch bei Schwierigkeiten beizustehen, dachte ich nicht, dass ich wieder von Euch hören würde. Ich sagte es dahin, wie man eben etwas sagt.« Kunigunde hüstelte, zog ein Tüchlein aus dem Beutel an ihrem Gürtel und betupfte ihre Nase. »Ich hatte Euch und Eure Not vergessen, kaum dass ich bei meiner Schwester eintraf.«

Dennoch war Kunigunde gekommen, das rechnete Anna ihr hoch an. Ebenso, dass sie ihr noch immer mit Respekt begegnete, nicht jeder würde eine Gefangene derart ansprechen.

»Als Eure Magd vorsprach, wollte ich sie zuerst abweisen lassen. Aber dann erinnerte ich mich eines Wortes unseres Herrn: Was ihr getan habt einem meiner geringsten Brüder, das habt ihr mir getan. Mein Gewissen begann zu nagen. Ich hatte meine Hilfe angeboten, das war so gut wie ein Versprechen. Außerdem muss ein jeder, und unsereiner besonders, auf sein Seelenheil bedacht sein, wie Ihr Euch denken könnt.«

Anna nickte, so ebnete sie der edlen Dame also den Weg ins Paradies. Sei es drum. Sie folgte Kunigunde zum Tisch und setzte sich ihr gegenüber.

»Zudem hatten mich Eure Entschlossenheit, Eure Tatkraft, Euer Mut beeindruckt«, fuhr Kunigunde fort. »Und ja, ich kam auch, weil Eure Magd einfach keine Ruhe gab.«

Die gute Berta! Wie viel hatte sie ihr schon zu verdanken!

»Die gute Frau war außer sich, insistierte so lange, bis ich nachgab.« Ein Lächeln erschien auf Kunigundes Lippen, kurz nur, schon senkte sie den Blick, knüllte das feine Spitzentaschentuch in den Händen. »Ich weiß nicht, was Ihr Eurer Magd erzählt habt, aber sie setzt offenbar große Hoffnung in mich.« Kunigunde richtete sich auf. »Wie ich hörte, wirft man Euch Gattenmord und Ketzerei vor. Das ist natürlich Unfug.«

»Wie könnt Ihr Euch so sicher sein?«, fragte Anna.

Kunigunde neigte langsam den Kopf. »Ach, haben wir nicht alle Schuld auf uns geladen, der eine mehr, der andere weniger? Ihr, ich, wir alle. Wer lebt, sündigt. Aber den eigenen Mann töten? Nein, nicht Ihr. Warum auch?« Kunigunde sah sie abwartend an, schüttelte den Kopf, weil Anna schwieg.

»Ganz recht, es gibt keinen vernünftigen Grund. Ihr hattet ein gutes Leben, das Gasthaus sicherte euer Auskommen. Allein Euer entschlossenes Auftreten bei unserer ersten Begegnung überzeugte mich, dass Ihr mit dem Verschwinden Eures Mannes nichts zu tun haben könnt.«

Jedes ihrer Worte entsprach der Wahrheit. »Pauls Leichnam ist nie gefunden worden. Gäbe es wenigstens ein Grab, an dem ich trauern könnte …«

»Da Ihr es nicht wart – verzeiht die Frage –, könnte Euer Sohn …?«

»Nein! Nein, er war nicht hier. Er ist …« Anna zögerte. »Er lebt seit Jahren in Italien. Er lernt in einem Handelshaus in Venedig und ist erst kürzlich zurückgekehrt. Er wusste nicht einmal vom Verschwinden seines – Vaters.«

»Ah?« Kunigunde schürzte die Lippen. »Na dann …« Kunigunde beugte sich über den Tisch, nahm Annas Hand und drückte sie. »Warten wir ab, was mein Gespräch mit dem Grafen ergibt. Natürlich wäre es hilfreich, wenn ich etwas zu Eurer Entlastung vorbringen könnte. Allein der Mord, so fürchte ich, ist nicht das Ärgste, die Anschuldigung ließe sich entkräften. Viel schwerer wiegt der Vorwurf der Ketzerei.«

Anna sprang auf, fast hätte sie den Stuhl umgeworfen. »Behauptet das dieser Hans Wedige? Er lügt! Ich bin keine Ketzerin! Das müsst Ihr mir glauben!«

»Setzt Euch, ich glaube Euch ja.«

Der Wärter steckte seinen Kopf herein, Kunigunde bedeutete ihm, er könne sie getrost wieder allein lassen.

Anna schluckte. Wenn sie auch noch immer fest glaubte, mit Federicos Hilfe die Mordanklage abwenden zu können, war dadurch nichts gewonnen. »Sie werden mich foltern«, flüsterte Anna mit einem Schaudern.

Kunigunde presste die Lippen aufeinander. »Gotteslästerung ist dem Grafen ein Gräuel«, murmelte sie dann. »Und jemanden der Ketzerei zu überführen, ist ein Leichtes, was Euch dann bevorsteht, wissen wir beide. – Ach, wenn ich nur meinen

Mann bewegen könnte ...« Kunigunde winkte ab. »Nein, daran ist gar nicht zu denken. Es muss eine andere Möglichkeit geben.«

Anna knetete ihre Hände. »Dieser Hans Wedige muss dazu gebracht werden, seine Lüge zu widerrufen.«

»Hm, hätten wir die geeigneten Mittel dazu, könnte man ihn vielleicht dazu bewegen«, sagte Kunigunde nachdenklich. »Allerdings wissen wir nicht, ob wirklich er die Gerüchte in die Welt gesetzt hat. Wenn ich mich recht erinnere, machten sie schon länger die Runde.«

»Er war es. Er und der Pastor Sievert.« Noch immer klangen Anna die Worte des Pastors in den Ohren, seine Verachtung, die Drohungen.

»Mag sein, aber gegen die beiden, einen Geistlichen und einen Gefolgsmann des Grafen, werden wir kaum etwas ausrichten können.« Kunigunde faltete die Hände, legte sie vor sich auf den Tisch und schwieg. Endlich murmelte sie: »Eine Möglichkeit besteht allerdings ...« Sie hob den Kopf und richtete ihren Blick auf Anna. »Habt Ihr Geld?«

»Geld?« Anna lachte bitter auf. »Zuletzt hatten wir nur noch das Nötigste zum Überleben. Es kam ja kaum jemand mehr in das Gasthaus. Ihr meint ...?«

»Ja, ein unerwarteter Geldsegen würde den Grafen vielleicht gnädiger stimmen. Könnten wir ihm wenigstens eine gewisse Summe in Aussicht stellen, hundert, zweihundert Gulden vielleicht ...? Fünfzig könnte ich für Euch aufbringen, aber das wird für Euer Leben nicht genügen. Denkt nach, Anna, kennt Ihr jemanden, der Euch Geld leihen würde?«

Fünfzig Gulden, ein Vermögen! Wie sollte sie Kunigunde das je zurückzahlen können? Ganz zu schweigen davon, zusätzlich eine vergleichbare Summe aufzutreiben. Anna schüttelte den Kopf, ihre Brust wurde enger und enger. War die Hoffnung gerade noch kurz aufgelodert, als sie den Glanz in Kunigundes Augen sah, erlosch sie jetzt zur Gänze. Geld! Wen könnte sie schon danach fragen? Lukas? Der besaß selbst nichts. Federico, ja, der war der Einzige, der reich genug war. Er würde nicht zögern zu zahlen, wenn er genügend Geld bei sich hätte, aber das hatte er nicht. Außerdem wusste sie nicht einmal, wo er sich aufhielt, wie sollte sie ihn also benachrichtigen? »Nein«, sie schüttelte nachdrücklicher den Kopf.

»Schade«, murmelte Kunigunde, hielt den Blick aber fest auf Anna gerichtet, den Kopf geneigt. »Täusche ich mich oder habt Ihr doch jemanden im Sinn?«

Anna verneinte erneut, jedoch mit weniger Überzeugung. Also gut, Kunigunde hatte wohl zur Genüge bewiesen, dass sie vertrauenswürdig war. In knappen Worten erklärte Anna ihr, an wen sie gedacht hatte und warum von seiner Seite mit Hilfe nicht zu rechnen war.

»Ihr meint, er würde dem Grafen das Geld geben? Dann müssen wir ihn finden! Der Graf hat Männer …«

»Der Graf darf von Federico nichts wissen, das sagte ich Euch doch. Und wer sonst könnte ihn finden? Nein«, Anna ließ den Kopf hängen.

»So schnell solltet Ihr die Hoffnung nicht aufgeben, Anna. Ich werde einen meiner Knechte losschicken.« Kunigundes Blick schweifte in die Ferne.

Es rührte Anna, wie sehr Kunigunde sich um eine Lösung bemühte, obwohl sie sie nicht näher kannte. Aber für Anna stand fest, dass sie Federico niemals an den Grafen verraten würde. »Er wird Federico nicht finden. Nicht, wenn er nicht gefunden werden will.«

Zweifelnd sah Kunigunde sie an. »Hm, na dann …«

»Es ist sinnlos, Ihr müht euch vergebens.« Anna stand auf, umrundete den Tisch und legte ihre Hand auf Kunigundes Schulter. »Ich danke Euch, Kunigunde, dass ihr die Mühe des Weges auf Euch genommen habt. Das Gespräch ist mir ein großer Trost. Aber es führt mir auch vor Augen, dass ich mein Schicksal in die Hände des Herrn legen muss. Ich werde für Euer Seelenheil beten, solange ich kann.«

Die edle Dame hörte ihr nicht zu. »Warte einmal«, Kunigunde schürzte die Lippen, hob langsam den Kopf und sah mit schmalen Augen zu ihr auf. Geräuschvoll blies sie den Atem aus. »Warte, warte! Ja, ich glaube, es gibt doch noch einen Ausweg … Komm, komm, setz dich hin und hör zu.«

Luca

Auf dem Weg nach Stolberg, Ende Juli

Er hatte seinen Vater erschlagen. Diese Worte gingen Luca seit seiner Tat nicht mehr aus dem Kopf. Den eigenen Vater … Er trieb sein Pferd an, unbemerkt war er zurückgefallen, die anderen ritten mittlerweile ein gutes Stück voraus.

Sein Vater. Als er vor Busso gestanden hatte, war ihm, als sähe er sein Spiegelbild … Wen hatte seine Mutter in ihm, ihrem Sohn, gesehen? Bei dem Gedanken, was dieser Bastard ihr angetan hatte, wurde ihm übel.

Je näher sie Stolberg kamen, desto enger wurde seine Brust. Schon ließ er die Zügel schleifen und das Pferd fiel wieder in einen langsamen Trott.

Würden sie den Grafen überzeugen können, seine Mutter freizulassen? Der Wernigeröder Hauptmann hatte zunächst gezweifelt, was Busso von Haldenslebens Räubereien betraf, am Ende überwog jedoch die Erleichterung darüber, die Übeltäter endlich dingfest machen zu können. Claus von Arnswald wollte sich um alles kümmern und hatte noch in Lucas Beisein ein Dutzend Männer zu der Mühle geschickt. Auch die Zeugen würde er einbestellen und befragen. So schnell wie möglich wollte er seinen Bericht an den Grafen senden. Träfen seine Mannen alles so an, wie Luca ausgesagt hatte, läge er ihm wahrscheinlich morgen bereits vor.

Die Ketzerei allerdings … Da wären ihm die Hände gebunden, hatte von Arnswald bedauert.

Luca hielt die Nase in den Wind, schloss zwei, drei Herzschläge lang die Augen und versuchte, sich abzulenken. Unter anderen Umständen hätte er den Ritt durch den sommerlichen Wald genossen. Nach dem Unwetter hatte es sich zunächst merklich abgekühlt, doch seit einigen Tagen war es wieder warm, heute sogar heiß. Überdies war einer dieser seltenen strahlenden Tage mit tiefblauem Himmel, klarer Luft und Sonnenstrahlen, die zwischen den lichten Buchen auf dem Waldboden tanzten. Es roch nach Baumharz, Pilzen und Moos. Nicht einmal der dunkle Fichtenwald, mit seinen dicht an dicht stehenden Nadelbäumen, vermochte, seine übliche Feindseligkeit zu behaupten, stattdessen leuchteten die Stämme tiefrot. Angesichts der heiteren Stimmung hob sich sogar der Schleier der Melancholie ein wenig, der seit der Begegnung mit Busso und dessen Tod auf Luca lag.

Als sie vor den Toren Stolbergs standen, waren die Schatten bis auf einen schmalen Streifen geschrumpft, es musste Mittag sein. Außer ihnen begehrte niemand Einlass in die Stadt und nur ein einsamer Wächter stand parat, fragte nach ihrem Woher und Wohin. »Wohl unter die Räuber gefallen«, scherzte der Mann bei Linas und Federicos Anblick. Schnell fragte ihn Luca nach dem Weg zur Burg.

Die sei ja nun wirklich nicht zu verfehlen, sagte der Mann, sie bräuchten nur der Straße zu folgen. Dabei deutete er in Richtung des Städtchens, das sich in einer Talsohle ausdehnte. So weit Luca sehen konnte, drängten sich rechts und links entlang der Straße die Fachwerkhäuser, einige so windschief, als stemmten sie sich gegen einen tosenden Sturm. Vereinzelt reckten sich Neubauten in die Höhe, die ihren Nachbarn Halt zu geben versprachen.

Heute konnte von tosendem Sturm jedoch nicht die Rede sein. Kein Lüftchen verschaffte Abkühlung in der Sommerhitze, die in dem Tal zu stehen schien. Luca wischte sich mit dem Handrücken den Schweiß ab, der seiner inneren Kälte zum Trotz auf seiner Stirn stand.

»Ihr habt Glück«, meinte der Torwächter, als er sie durchwinkte. »Der Herr Graf ist gestern zurückgekehrt. Somit werdet ihr ihn wohl antreffen.«

Seit gestern erst war der Graf in Stolberg. Also waren sie noch nicht zu spät! Luca schickte ein Dankgebet gen Himmel.

Als Lina an dem Wächter vorbeiritt, unterzog er sie einer eingehenden Musterung. Obwohl ihr kleiner Wuchs zu Pferde nicht auffiel, bemerkte er doch, dass etwas an ihr anders war.

Erwartungsgemäß herrschte auf der Straße reges Treiben. Die Leute, die ihnen begegneten, grüßten freundlich, ohne sie jedoch weiter zu beachten. Man war Fremde gewohnt, aus allen Teilen des Reiches trafen fast täglich Gesandte und Besucher ein, sie hätten viel zu tun, sich über jeden einzelnen das Maul zu zerreißen.

Am Markt duftete es nach Backwerk, daneben stand ein großes Gebäude, vor dem es nach Pferden roch. Wiehern und Schnauben drang heraus. Über dem Tor prangte das gräfliche Wappen. Ein paar Häuser weiter wurde Wolle abgeladen. Der Karren blockierte die Straße, davor und dahinter stauten sich bereits einige Fuhrwerke. Auf den Pferderücken konnten sie sich durch die verbliebene Gasse an der Kolonne vorbeidrücken. Die Arbeiter schufteten mit roten Gesichtern und zogen die Köpfe ein, sobald sie auf die Straße traten und die Wartenden Schimpfwörter auf sie niederprasseln ließen.

Hinter einer Kurve sahen sie ein gutes Stück voraus am Berg die Burg thronen. Der Weg wand sich den Hang entlang, hoch bis zum Tor. Der Wächter ließ sie ohne Schwierigkeiten passieren.

Der lichte Burghof war frisch mit Sand bestreut, Turm und Mauern hell getüncht. Sogleich eilten zwei Burschen herbei und nahmen ihnen die Pferde ab. In dem Geviert staute sich die Hitze wie in einem Schmelzofen, Hemd und Hose klebten Luca an der Haut. Die Hitze des Sandes drang sogar durch die Ledersohlen seiner Schuhe.

Auch Federico stand der Schweiß auf Stirn und Schläfen, wie Luca mit einem Seitenblick bemerkte. Zudem entdeckte er

Zeichen der Anspannung im Gesicht des väterlichen Freundes. Federico sorgte sich mehr um Anna als er, ihr Sohn. Immer, wenn die Rede auf sie kam, trat dieser Ausdruck in Federicos Augen und dieses seltsame Lächeln auf seine Lippen. Seit gestern war für Luca Gewissheit, was er seit Jahren vermutete, nämlich, dass Federico mehr für seine Mutter empfand als nur Freundschaft. An dessen Ehrenhaftigkeit indes hatte Luca nicht gezweifelt. Auch sein Vater, Paul, hatte dies ganz sicher nie. Nicht sicher hingegen war sich Luca, wie seine Mutter zu Federico stand.

Der Hof war groß, konnte leicht eine Menschenmenge aufnehmen, bei einem Turnier oder fürstlichen Empfang. Jetzt allerdings schmetterten keine Trompeten von den Zinnen, flatterten keine Banner von den Mauern, erfüllte den Hof nicht das Rufen des aufgeregten Volkes. Jetzt war nur das Wiehern einiger Pferde zu hören, Rufe, Schelte und Lachen der Knechte, die Säcke und Körbe herumtrugen, Fässer in den Keller rollten, den Hof kehrten, Strohballen schleppten.

Über ihren Köpfen kreisten zwei Gabelweihen, die abwechselnd schrille Schreie ausstießen. Pferdehufe klapperten, kamen näher.

Eine Kutsche hielt am Tor, sofort sprang ein Bursche hinzu, öffnete den Schlag und half einer Dame beim Aussteigen. Eine Zofe folgte ihr und schon umhüllte beide die Staubwolke, die der Wagen bei der Abfahrt aufwirbelte.

Auf einen Wink ihrer Herrin zückte die Zofe ein Tüchlein und reichte es der Dame. Die tupfte mit dem weißen Leinen Staub und Schweiß von Stirn und Nase, während sie sich umsah, eine Hand in die rundliche Hüfte gestemmt. Ihr Blick blieb auf Luca und seinen Leuten hängen. Sie richtete ihren Schleier und neigte den Kopf. Kurz schien sie über etwas nachzusinnen, kam dann aber geradewegs auf Luca zu.

»Gott zum Gruße!«, sagte er.

»Ja, ja, Gott zum Gruße, Gott zum Gruße!«, erwiderte die Dame zerstreut, deren Blick nun auf Lina ruhte.

»Wollt Ihr auch zum Grafen?«, fragte Lina und hielt ihrer Musterung, ohne mit der Wimper zu zucken, stand.

»Wie entzückend!« Die Dame verlor sogleich das Interesse an der Zwergin und wandte sich Federico zu. Ganz offensichtlich gefiel ihr, was sie sah. »Ihr seid …«

Ihre Zofe sprang eilfertig hinzu, wurde von der Dame jedoch weggewedelt. »Kümmere dich lieber um unser Quartier.« An Federico gewandt, beendete sie ihren Satz: »Ihr seid der Venediger.«

Luca zuckte zusammen.

Sogar Federico schien verblüfft. »Wie kommt Ihr darauf?«

Die Dame winkte ab, wandte sich an Luca. »Und du bist Annas Sohn. Lukas, nicht wahr?«

»Ja, aber woher …? Ach, natürlich! Frau Kunigunde von Bleicherode«, sagte Luca mit einer Neigung des Kopfes.

»Ganz recht.«

»Und dies sind Federico Manzoni und Lina Tozzi, Freunde unserer Familie.«

Kunigunde bedachte sie mit einem Nicken. »Federico, ich habe Euch suchen lassen. – Anna prophezeite mir gleich, dass ich Euch nur finden würde, wenn Ihr es zulasst. Wie ich sehe, habt Ihr Euch dazu entschlossen, Euch aus der Deckung zu wagen.«

Federicos Brauen trafen sich über der Nasenwurzel, doch er schwieg. Also übernahm Luca die Frage: »Was hat meine Mutter Euch erzählt?«

Kunigundes Blick schweifte in die Runde, sie legte kurz den Finger an die Lippen. »Nicht hier. – He! Du!« Sie winkte einem Burschen mit hochrotem Kopf und verschwitztem Haarschopf, aus dem Strohhalme ragten. Sofort eilte der herbei. »Sorge dafür, dass der Graf von meiner Ankunft unterrichtet wird. Kunigunde von Bleicherode und …« Sie hielt inne, sah von Luca zu Federico zu Lina. »Bis der Herr von Stolberg Zeit findet, mich und meine Begleiter zu empfangen, hoffen wir auf seine Gastfreundschaft. Ein kühler Trunk und ein schattiger

Raum wären angenehm. – Nun los doch, beeile dich!« Kunigunde gab dem Jungen einen leichten Schubs, als der sich nicht sofort in Bewegung setzte.

Mit einem Lächeln wandte sie sich wieder an Luca und seine Gefährten. »Eine Hitze ist das!« Sie fächelte sich mit dem Taschentuch Luft zu. Ihr Gesicht war gerötet, Falten umkränzten die Augen.

Sie musste einige Jahre älter sein als seine Mutter, schätzte Luca. Und die Dame war es gewohnt, Befehle zu erteilen.

Sie drängten sich in den wenigen Schatten, den die Mauern in der Mittagssonne spendeten, bis der Junge zurückkehrte und sie eine Treppe hinauf in einen Raum im ersten Stock des Turms führte.

Eine Magd brachte ihnen Getränke, dann waren sie allein.

Die dicken Mauern des Turms schirmten die Hitze ab und sorgten in seinem Innern für angenehme Kühle. Der runde Raum nahm fast das gesamte Stockwerk ein, ringsum standen Bänke an der Wand, mit Kissen gepolstert, es gab auch einen kleinen Tisch und ein paar Stühle.

Luca warf einen Blick aus dem winzigen Fenster hinab auf den Hof, auf den nun eine kleine Gruppe rot-weiß gekleideter Ritter Einzug hielt.

Lina schenkte allen ein, Luca trank gierig. Es war ein heller, süffiger Wein, der ihm sofort in den Kopf stieg. Er stand auf, fand eine Kanne mit Wasser und verdünnte ihn sich. Alle ließen sich nieder, labten sich an der Kühle und den Getränken, froh, der Hitze entkommen zu sein.

Kunigunde hatte den einzigen Lehnstuhl gewählt, in dem sie kerzengerade saß, den Becher in beiden Händen.

»Habt Ihr die Liebenswürdigkeit, uns über Eure Schritte aufzuklären?«, unterbrach Federico das Schweigen.

Kunigunde ließ sich von Lina den Becher noch einmal auffüllen und trank. Mit Bedacht stellte sie ihn dann ab. »Ich habe Anna vor einigen Tagen aufgesucht. Es geht ihr leidlich gut, den Umständen entsprechend.« Kunigunde lächelte gequält.

»Anna hat mir von Euch erzählt.« Sie sah in die Runde. »Von Euch allen.«

Sie berichtete von dem Gespräch, nahm zwischendurch immer wieder ihren Becher, nippte am Wein. »Ich versprach Anna, mich bei unserem Grafen für sie zu verwenden.« Sie lächelte Federico an. »Der Graf ist ja erst seit gestern wieder zurück«, fügte sie hinzu, es klang fast wie eine Entschuldigung. »Ich habe ihn noch nicht gesprochen. Sonst konnte ich nicht viel tun, außer Euch suchen zu lassen. Habt Ihr denn etwas zu Annas Entlastung gefunden?«

Federico stand auf und schenkte sich von dem Wasser ein. »Die Anklage wegen Gattenmordes sollte inzwischen ausgeräumt sein.« Ein Seitenblick streifte Luca. »Sofern auf den Wernigeröder Hauptmann Verlass ist.«

Luca nickte. »Das Beste wird sein, wenn Federico dem Grafen zunächst unsere Erkenntnisse darlegt«, sagte Luca.

Zu Lucas Erstaunen war Kunigunde einverstanden. »Ich werde mich nur dann einmischen, wenn es gilt, dem Grafen ins Gewissen zu reden.«

Luca schüttelte unmerklich den Kopf. Warum setzte sich diese Frau für seine Mutter ein? War es ein Spiel für sie? Ein Abenteuer, eine besondere Unterhaltung, die Abwechslung in ihrem eintönigen Tagesablauf versprach? Luca atmete tief ein, unterdrückte den Zorn, der in ihm aufstieg. Das Schicksal seiner Mutter war kein Spiel. Er biss die Zähne aufeinander, bis seine Kiefer schmerzten.

Dann trank er und wünschte sich, er hätte den Wein nicht verdünnt.

Lina

Stolberg, Ende Juli

Lina klopfte mit den Fingern den Takt eines Liedes an die Wand, starrte aus dem Fenster und verfolgte den Flug der Gabelweihen.

Wie sich herausgestellt hatte, waren sie Gefangene. Sie, Luca und Federico hatte der Graf in diesem, zugegebenermaßen geräumigen und komfortablen, Gemach im Erdgeschoss seines Turmes untergebracht, als seine Gäste, hieß es. Doch Lina war klar: Der Graf hatte sie festgesetzt, weil sie sich für Anna, eine Ketzerin, verwendeten und somit der Schatten des Verdachts nun auch auf sie fiel.

Immerhin hielt der Graf den Anschein der Gastfreundschaft aufrecht. Auch in diesem Raum war es angenehm kühl und der Graf hatte ihnen weitere Getränke und sogar einen Imbiss bringen lassen. Das änderte allerdings nichts an der Tatsache, dass sie nicht hinausdurften, ja, zur Sicherheit sogar Wachen vor der Tür standen. Nur Kunigunde schien über jeden Zweifel erhaben, der edlen Dame hatte der Graf erlaubt, sich in ihr Quartier in der Stadt zurückzuziehen.

»Was machen wir jetzt?«, fragte Luca in die herrschende Stille hinein.

Der Junge wirkte von Stunde zu Stunde mutloser, die Erlebnisse der letzten Tage setzten ihm noch immer zu, auch wenn er es nicht eingestand.

»Der Graf wird auf mein Angebot eingehen«, antwortete Federico.

»Welches Angebot?«, fragte Lina. »Was willst du ihm bieten? Du weckst Erwartungen, die wir unmöglich einhalten können.«

»Keine Sorge«, entgegnete Federico ruhig.

Lina zuckte die Schultern. Natürlich wusste Federico, wo sich auf des Grafen Gebiet die wertvollsten Bodenschätze befanden und würde ihm einen Handel vorschlagen. Ginge der Graf darauf ein, wären für sie alle Kenntnisse um die guten Erzquellen wertlos. Beschränkte der Graf sich mit seinen Bergbauunternehmungen nicht mehr auf das Vorland, sondern schürfte auch im tiefen Gebirge nach Erzen, gäbe es für die Venezianer nichts mehr zu holen. Nichtsdestotrotz musste sie ihren Auftrag erfüllen, sie brauchte das verdammte Notizbuch. Wo mochte Federico es aufbewahren? Zu ärgerlich, dass er ihr bei Busso zuvorgekommen war und es, kaum dass sie es auf dem Regalbrett hatte liegen sehen, bereits an sich genommen hatte. Im Gasthaus verwahrte er es nicht, sie hatte sowohl in seiner als auch in Annas Kammer nachgesehen. Folgerichtig musste er es in dieser Tasche bei sich tragen, die er nicht einen Atemzug lang aus den Augen ließ. Diese Tasche, die Luca ja unbedingt hatte mitnehmen müssen, als er sie unter dem verdammten Busch liegen sah. Wahrscheinlich als eine Art Andenken, weil er die Ermordung des Freundes befürchtete.

Lina lehnte sich mit dem Rücken an die Fensterlaibung und beobachtete ihre Gefährten. Luca hatte sich auf dem Boden ausgestreckt, den Kopf auf einem Polster, und döste, Federico saß auf einer Bank und kramte in besagter Tasche. Sofort bemerkte er, dass Lina ihn ansah. Er legte die Tasche beiseite, erhob sich und schlenderte zu ihr ans Fenster.

Leises Schnarchen tönte aus Lucas Ecke, der Junge war eingeschlafen, gut so.

Federico stellte sich neben sie, stützte die Ellenbogen auf das Fenstersims, schaute in die Ferne. »Nun, Lina Tozzi, für wen arbeitest du?«

Dass er gut war, hatte sie gewusst, und doch hatte sie ihn unterschätzt.

»Lass mich raten … ist es Signore Pertuzzi?«

Lina schwieg.

Federico lächelte wissend vor sich hin. »Ich gab bislang nicht viel auf die Gerüchte, dass Pertuzzi eine Zwergin in seinen Diensten hat.«

Lina konnte sich vorstellen, was die Leute dachten. Pertuzzi traute man alles zu.

Federico richtete sich auf und rieb sich abwesend die Handgelenke.

Auch Linas brannten und schmerzten noch bei gewissen Bewegungen. Sie unterdrückte das Bedürfnis, es ihm gleichzutun.

»Bist du meinetwegen hier?«, fragte Federico leise und wandte sich endlich zu ihr um.

Lina lauschte auf Lucas gleichförmige Atemzüge.

»Hast du Pertuzzi die Berichte aus Ungarn geliefert? Gibt es Neuigkeiten von Johann Thurzo, wie steht es um seine Bergwerke? Funktionieren seine Pumpen mittlerweile? Man erzählt sich ja wahre Wunderdinge über seine Fähigkeiten. Ich habe auch länger nichts mehr über Jakob Fugger gehört …«

Das Auskundschaften Thurzos in Ungarn war ein persönlicher Auftrag von Pertuzzi gewesen, niemand sonst wusste davon … Das bedeutete, Federico hatte Pertuzzi im Auge, nun, das konnte man ihm nicht verdenken. Ebenso wenig, dass er um die Ambitionen Jakob Fuggers wusste, mithilfe Thurzos den Bergbau in Ungarn und Böhmen zu beherrschen. »Thurzo? Die Fugger? Darüber weiß ich kaum mehr als du, fürchte ich.«

Federico beugte sich zu ihr nieder. »Wie lautet dein Auftrag?«

Lina schürzte die Lippen.

»Natürlich will Pertuzzi, die Laus im Pelze des Teufels, wissen, wo ich mein Mangan und Kobalt finde. Deswegen bist du hinter mir her.« Federico stutzte, warf einen Blick hinüber zu Luca, der leise schnaufte. Er nickte zu dem Schlafenden hinüber. »Oder hat er dich auch auf ihn angesetzt?«

Dieser Fuchs. Lina winkte ab. »Ich weiß gar nicht, wovon du sprichst.«

Federico sah sie an, die Augen schmale Schlitze. »Lina Tozzi, wenn du dem Jungen auch nur ein Haar krümmst, bist du tot.«

»Damit ist das ja geklärt.« Lina blickte aus dem Fenster. Sie erkannte, wenn leugnen sinnlos war, in so einem Fall hieß es, die Taktik zu ändern. »Womit hat Pertuzzi dich unter Druck gesetzt, für ihn zu stehlen?«

»Was geht es dich an?«

»Nichts. Aber mir scheint, wir ziehen derzeit am selben Strang. Außerdem hat sich die Sachlage verändert. Ich verdanke Luca mein Leben und auch wenn du es mir nicht zutraust, pflege ich mich in solchen Fällen erkenntlich zu zeigen. Meine Dankbarkeit schließt auch die Freunde meines Retters ein. Wenn ich also helfen kann …«

Federico stieß geräuschvoll die Luft aus. »Das glaube ich kaum. Wir haben Schulden bei ihm.«

Natürlich, die wirkungsvollsten Mittel, jemanden unter Druck zu setzen, sind immer einfach. Geld, Liebe, Ehre. In diesem Fall also Ersteres. »Ausgerechnet bei Pertuzzi? Ich hätte dich für klüger gehalten.«

»Wenn dieses verdammte Schiff nicht gewesen wäre … Der Teufel soll es holen – na, vielleicht hat er es ja schon.« Federico starrte mit zusammengezogenen Brauen aus dem Fenster. Lina war sicher, dass er nicht einmal bemerkte, dass draußen die beiden Gabelweihen von drei Krähen bedrängt wurden, die mit lautem Gekrächze auf die Raubvögel niederstießen.

»Was für ein Schiff?«, fragte Lina beiläufig, um ihn am Reden zu halten, vielleicht plauderte er dabei ja noch etwas Wissenswertes aus.

»Die *Guendolina.* Ein stolzes Schiff! Pah! Das Handelshaus Manzoni kaufte es und stürzte sich damit in den Ruin. Wenn Pertuzzi uns voller Gnade nicht die Tratte gestundet hätte, wären wir schon längst gepfändet.« Federico schnaubte.

Guendolina, Guendolina … Den Namen hatte sie doch schon einmal gehört? Ja, tatsächlich, auf ihr Gedächtnis war Verlass. »Die *Guendolina*? Ankert sie nicht vor Rhodos?«

Federico wandte sich langsam zu ihr um. »Was weißt du von unserem Schiff?«, sagte er gedehnt. »Nein, die *Guendolina* ist vor der Küste Istriens gesunken.« Federico wandte sich wieder zum Fenster und starrte finster hinaus.

»Aber sie …« Lina hielt inne.

»Was?« Federico drehte langsam den Kopf und warf ihr einen lauernden Blick zu.

»Ach nichts, ich dachte nur …« Dieser Brief, gerichtet an den Kapitän der *Guendolina* … Er steckte zwischen ihren Kleidern, unterwegs war er ihr wieder in die Hände geraten. Sie hatte ihn zurückgesteckt und vergessen. Er musste noch in dem Beutel sein, zwischen den paar Habseligkeiten, die sie auf Reisen immer bei sich hatte.

»Ah, hat Pertuzzi etwa auch dabei seine Hände im Spiel?« Federico schüttelte Lina an der Schulter, zwang sie, ihn anzusehen. »Ist das Schiff etwa nicht gesunken? Hält er es zurück? Ah, natürlich! Dieser Hurenbastard … Ich werde ihn mit meinen eigenen Händen erwürgen.« Er starrte Lina an, ihr fröstelte. »Seit Jahren versuche ich, Pertuzzis Machenschaften aufzudecken, vergeblich. Du steckst mit ihm unter einer Decke.«

Gleich würde er sie angreifen, Lina sah es in seinen Augen. Schon schnellten seine Hände zu ihrem Hals, sie riss ihre geballten Fäuste vor der Brust nach oben, fuhr zwischen seine ausgestreckten Hände und stieß sie seitlich auseinander. Den brennenden Schmerz an ihren Handgelenken ignorierend, richtete sie ihre Gedanken auf ihre Hände. In einer kreisförmigen Bewegung holte sie neuen Schwung und schmetterte beide Fäuste unter Federicos Kinn.

Seine Zähne schlugen aufeinander, sein Kopf flog zurück, in seine Augen trat ein überraschter Ausdruck. Er schüttelte sich. »Donnerwetter!«

Erst jetzt bemerkte Lina, dass Luca erwacht war. Die Unterlippe zwischen die Zähne gezogen, beobachtete er sie. »Federico! Lina! Hört auf!«, schrie er, die Wangen leuchteten rot im sonst bleichen Gesicht.

Federico hielt sich das Kinn. »Junge, du weißt doch gar nicht, wer sie wirklich ist.«

»Ich will es auch nicht wissen.« Luca stand auf und stellte sich vor Lina.

Es rührte sie, dass der Junge bereit war, für sie einzutreten, sogar gegenüber dem von ihm so verehrten Freund. »Lass nur, Luca.«

»Sie arbeitet für Pertuzzi«, sagte Federico, dem es sichtlich schwerfiel, sich zu beherrschen. »Er hat sie auf uns gehetzt, warum auch immer. Und gerade hat sie zugegeben, dass Pertuzzi uns voller Absicht und Kalkül in den Ruin getrieben hat.«

»Nichts habe ich zugegeben.« Ihr Leugnen geriet etwas zu lahm.

»Wahrscheinlich hat sie ihm sogar dabei geholfen, tut es noch.«

Luca hatte sich zu ihr umgedreht. Sein Blick verursachte Lina Unbehagen. »Stimmt das?«

»Na ja, nein, über dieses Schiff wusste ich nichts.«

»Aber du arbeitest für Pertuzzi?«

»Ja, schon.«

Luca setzte sich auf seinen Strohsack, drehte ihr den Rücken zu. Sie hörte, wie er tief Luft holte. Beim Barte Satans, verdammter Bockmist! Sie schlug die Handfläche gegen die Fensterbrüstung. »Also gut. Ja. Und nun?«

Federico zuckte die Schultern. »Überlege dir, ob du uns nicht helfen willst, Pertuzzi das Handwerk zu legen.«

Mehr sagte er nicht, sah sie nur eindringlich an. Auch gut. Lucas Blick wich sie aus, Allmächtiger, er sah aus wie ein waidwundes Reh, grässlich. Lina ließ sich auf den Boden sinken, besah ihre wunden Handgelenke, das rechte blutete wieder.

Es klopfte, die Tür flog auf. »Ah, ich hörte, eine Zwergin weilt in unserer schnöden Burg. Kaum wagte ich zu hoffen, dass Ihr es seid. Nun sehe ich voll grenzenlosen Entzückens, meine Hoffnung ward nicht enttäuscht.« Der Hofzwerg Karl trat herein, verneigte sich höflich vor Federico und Luca, die ihn erstaunt anblickten.

Lina fühlte, wie ihr das Blut zu Kopfe stieg, natürlich der Auseinandersetzung mit Federico geschuldet, aber was mochte der Kerl jetzt von ihr denken? Wenigstens wahrte er so viel Anstand, sie vor den anderen nicht zu duzen.

»Wenn Ihr erlaubt?« Karl trat näher, verneigte sich tiefer. »Mein Name ist Karl, in den Diensten des Grafen.«

»Sein Hofzwerg!«, erläuterte Lina, es sollte bissig klingen, misslang jedoch. »Das sind Federico und Luca.«

Karl lächelte sie an, bedachte ihr geschwollenes Auge mit einem kurzen besorgten Blick, sagte jedoch nichts. Sein Blick wanderte zu Luca und Federico, er musterte die beiden eindringlich, vor allem Federico. »Ihr seid also der berühmte Venediger … Man setzt große Hoffnungen in Euch.«

Ohne den Zwerg aus den Augen zu lassen, lehnte sich Federico an die Wand und verschränkte die Arme vor der Brust.

In gespielter Verlegenheit legte Karl die Hand auf die Lippen. »Oh, das hätte ich nicht verraten dürfen. Aber die Dame hier raubt mir jeglichen Verstand. Seit ich weiß, dass sie hier festgehalten wird, taumelt mein Denken wie eine Schneeflocke durch den Sturm.«

Federico beobachtete den Zwerg nachdenklich. Luca sandte ihr einen seltsamen Blick, vielsagend irgendwie.

»Macht Ihr mir die Freude, ein wenig im Burghof die Abendluft zu genießen und der Nachtigall zu lauschen, die stets bei Einbruch der Dämmerung ihr Liedlein zwitschert?«, säuselte Karl mit zuckenden Brauen.

Wie bitte? Nachtigall? Dämmerung? Es fehlte noch der schwermütige Blick in den Sonnenuntergang und all dieser neumodische Firlefanz, den die Dichter besangen … Andererseits käme es ihr mehr als gelegen, nicht länger mit Federico und Luca im selben Raum zu weilen. »Wir können nicht hinausgehen oder sind die Wachen verschwunden?«

Karl zwinkerte ihr zu. »Sie drücken ein Auge zu. Ich habe mein Wort gegeben, dass ich Euch wohlbehalten wieder zurückbringe. Und wenn nicht, so macht es auch nichts, denn dem Grafen, so sagte man mir, liegt ja hauptsächlich an ihm.« Karl nickte in Federicos Richtung.

»Also gut«, auf eine gewisse Weise genoss Lina die Blicke, die Federico und Luca ihr nachsandten, als sie Karl hinausfolgte.

Federico

Stolberg, Ende Juli

Schritte schreckten ihn aus seinen Gedanken. Die Tür flog auf, eine der gräflichen Wachen winkte ihnen und ein Diener verkündete, dass der Herr zu Stolberg sie nun erwarte. Gut, dass Lina mit diesem Zwerg fort war, so kam sie ihm nicht in die Quere.

Federico und Luca folgten der Wache in das oberste Stockwerk des Turmes, wo sie vor der Tür auf Kunigunde trafen, die soeben eintreten wollte.

Der Raum hier oben glich dem im ersten Geschoss, er war gleichermaßen groß und rund, mit gepolsterten Bänken ringsum. Hier bildete allerdings eine gewaltige Anrichte den Blickfang, die das Prunkgeschirr des Grafen präsentierte, und der riesige Kamin daneben, der jetzt natürlich ausgekehrt und kalt war. Trotzdem lag der Geruch von Holz, Feuer und Asche in der Luft, vielleicht verströmten ihn aber auch die Holztäfelung oder die dicken Teppiche am Boden, die jeden Schritt dämpften. Orientalische Teppiche – in Venedig handelten sie mit solchen Waren, hier hingegen hätte Federico sie nicht erwartet. Gewebte Wandbehänge zierten die Flächen zwischen den Fenstern, durch die Sonnenstrahlen flirrend hereinfielen, mit ihnen das zweifache »Wiiheeh«-Geschrei der Milane.

Die Raummitte markierte ein mächtiger Eichentisch, mit zahllosen Schriftstücken übersät, ringsum standen einige Scherensessel und Stühle. Der Graf saß ihnen gegenüber am Tisch und studierte ein Dokument. Als er Kunigunde gewahr wurde, erhob er sich, den Bogen Papier in der Hand, ging ihr ein paar Schritte entgegen, geleitete sie zu einem Sessel. Sie waren recht gute Bekannte, die Begrüßung war herzlich.

»Elisabeth wird sehr enttäuscht sein, wenn sie von Eurem Besuch hört. Zu schade, dass sie gerade jetzt bei ihrem Bruder in Württemberg weilt.«

Das feine braune Leinenwams saß dem Stolberger etwas eng um Bauch und Hüften, der Spitzenkragen lag welk über den Schultern. Hier oben war es deutlich wärmer als unten.

An die Seite des Grafen trat ein junger Mann, der bei Kunigundes Eintreten ebenfalls aufgestanden war, wahrscheinlich einer der Söhne des Grafen, Botho oder Heinrich. Ah, Botho musste es sein, der junge Heinrich weilte ja noch auf Pilgerreise. Federico hatte sie vor ein paar Jahren einmal zusammen gesehen. Botho war größer und schmaler als Heinrich, mit dunkleren Haaren als sein Bruder, beide ähnelten dem Vater, doch jeder auf andere Art. Obwohl Zwillinge, glichen sie sich auch untereinander nicht mehr als jedes andere Brüderpaar, das Federico kannte.

Graf zu Stolberg ließ sich nieder, Botho nahm an seiner Seite Platz. Außer den beiden Lanzenträgern an der Tür bemerkte Federico im Hintergrund noch einen dunkel gekleideten Mann, den er nicht kannte.

»Gott sei mit Euch!« Der Graf wedelte mit dem Dokument in ihre Richtung, auf dass sie näher treten sollten, und warf das Schreiben dann achtlos beiseite.

»Und mit Euch, Graf zu Stolberg!« Federico trat vor den Tisch und neigte das Haupt.

»Ihr seid also hier wegen … Knauth?«, der Graf sah sich Hilfe suchend nach dem stattlichen, älteren Herrn um, der aus dem Schatten herausgetreten war und nun hinter ihm stand.

»Anna, Paul Barths Frau, die im Kerker sitzt.«

»Angeklagt der Ketzerei …?« Wieder ein Blick hinter sich.

»… und des Gattenmordes«, ergänzte der Marschall und reichte dem Grafen ein Schriftstück, das zuoberst auf einem Stapel gelegen hatte.

Der Graf nahm es, ohne es eines Blickes zu würdigen, beugte sich vor, musterte Federico eindringlich. Als er nicht nur an ihm Blessuren entdeckte, sondern auch an Luca, wedelte er sich mit dem Schreiben Luft zu. »Um Himmels willen, wer hat Euch denn so zugerichtet?«, murmelte er und sah besorgt zu Kunigunde hinüber. Voller Erleichterung nahm er zur Kenntnis, dass sie unverletzt war.

Mit der Linken griff der Stolberger sich ans Kinn und begann, in seinem vollendet gestutzten Vollbart zu kraulen, ungeachtet dessen, dass er dadurch dessen wohlfrisierte Wellen zerstörte. »Gattenmord und Ketzerei also … Und Eure Namen?«, fragte er in Federicos Richtung.

»Ich bin Federico Manzoni und dies hier ist Lukas, der Sohn der beklagten Anna Barth.«

Der Graf fasste Luca ins Auge. »Der Sohn also. Und Ihr?« Er musterte Federico mit gerunzelter Stirn. »Wie war das? Manzoni? Italiener also. Woher?«

»Aus Venedig, Herr Graf.«

»Ah, Venedig!«, entfuhr es dem Stolberger, seine Stirn glättete sich und ein Lächeln glitt über sein Gesicht. »Welch herrliche Stadt!«

Auch die Miene seines Sohnes hellte sich auf.

»Ihr kennt meine Heimat, Herr Graf? Ach, natürlich, ich nehme an, in Venedig bestiegt Ihr das Schiff auf Eurem Weg ins Heilige Land.«

»Ja, so ist es. Mehr als dreißig Jahre liegt es jetzt zurück. Ha, was für eine Zeit damals. Was waren wir für eine tolle Truppe, wir Vasallen des Herzogs von Sachsen, ich sage es Euch! Allein die herrlichen Turniere und Gelage in Bayern! Nur dem Reinhard von Ebra bekam die Reise schlecht. Was sagte er noch? So etwas wie: Die See und ich, wir können uns nicht leiden … Ich sehe noch vor mir, wie er leichenbleich über der Reling hing …

bis er aufgab und zurückkehrte.« Der Stolberger lachte schallend, schüttelte den Kopf in seliger Erinnerung. »Auf Rhodos begegneten wir Landsleuten von Euch. – Es war doch auf Rhodos, Knauth, oder?«, fragte er über die Schulter.

»Auf Candia, Herr Graf, trafen wir die Venediger.«

»Das ist übrigens mein treuer Marschall Heinrich Knauth zu Questenberg. Ja, ja, die Venediger waren uns sehr nützlich, damals. Gaben uns gute Ratschläge, wie es mit den Seeräubern und den Türken zu halten sei. Halfen uns auch bei der Steuerung unserer Galeone, und dem Umgang mit der Besatzung. Störrisches Pack alle miteinander. Aber erst im Heiligen Land! Allmächtiger, nur Schikane allenthalben, Betrüger, wohin man kam. Die Türken lassen einen keinen Schritt allein unternehmen, und die meiste Zeit hießen sie uns irgendwo warten oder für irgendetwas bezahlen. Ganz so arg sei es nicht mehr, schrieb mir mein Sohn Heinrich jetzt, er befindet sich zurzeit dort. Aber vielleicht wollte er mich auch nur nicht beunruhigen, weil mein Botho hier demnächst ebenfalls nach Jerusalem aufbrechen soll.« Er klopfte seinem Sohn auf den Rücken.

Botho verzog keine Miene, nickte kaum merklich. »Was führt Euch nach Deutschland?«

»Aber so setzt Euch doch!«, enthob der Graf Federico einer Antwort und wies ihnen Plätze auf der gegenüberliegenden Seite des Tisches an. »Unter anderen Umständen wäre ich über Euren Besuch sehr entzückt gewesen, jetzt jedoch fürchte ich, dass er eher unerfreulich gerät.« Er tauschte einen Blick mit seinem Sohn.

»Wir sollten hören, was diese Leute in der Angelegenheit der Anna Barth vorzubringen haben, Vater«, übernahm Botho mit sanftem, aber dennoch entschiedenem Tonfall das Gespräch.

»Gut. Nun?«

Federico erhob sich. »Ja, ich befürchte ebenfalls, dass das, was wir zu sagen haben, Euch nicht gefallen wird. Es geht um Busso von Haldensleben.«

Der Kopf des Grafen ruckte vor wie der eines Vogels. Seine

Finger wanderten zum Kinn, wühlten wieder in seiner Manneszier. »Haldensleben? Was hat der mit der Sache zu schaffen?«

»Busso von Haldensleben hat Paul Barth, Annas Ehemann, getötet. Anna ist ohne jeden Zweifel unschuldig am Tod ihres Mannes.«

Der Graf war erbleicht, stand auf, sein Sohn erhob sich ebenfalls. Seite an Seite standen beide Federico gegenüber und starrten ihn finster an. »Das ist eine ungeheuerliche Beschuldigung!«

Luca trat neben Federico. »Jedes Wort ist wahr, wir können es beweisen.«

»Das hoffe ich doch sehr!«, zischte Botho.

»Bitte, hört ihn an und urteilt dann«, bemühte sich Kunigunde, die Grafen zu besänftigen.

»Herr Graf …«, versuchte der Marschall, die Aufmerksamkeit des Stolbergers zu gewinnen.

Der beachtete ihn nicht. »Auf Busso von Haldensleben lasse ich nichts kommen. Er ist mir ein treuer Diener. Seit Jahren steht er in meinen Diensten, zuvor war er Lehnsmann des Herzogs von Braunschweig. Er stammt hier aus der Gegend, ist ein angesehener Rittersmann. Wenn Ihr ihm etwas vorzuwerfen habt, dann soll er sich rechtfertigen können. Botho«, wandte er sich an seinen Sohn, »schicke einen Boten nach Wernigerode und lass Busso holen.«

»Herr Graf«, fiel ihm Federico ins Wort, »das wird nicht möglich sein. Busso von Haldensleben ist tot.«

»Was sagt Ihr?« Graf Stolbergs Miene verfinsterte sich, seine Augen funkelten. »Ah, Ihr habt ihn ermordet! Daher Eure Verletzungen. Ich verstehe«, er sah von Federico zu Luca. »Ihr belastet also einen Toten mit der Mordtat an diesem … Wie hieß er noch? Ach, einerlei.« Er schüttelte den Kopf, schnaufte. »Und Ihr habt die Stirn, herzukommen und mir diese Lügen aufzutischen? Wachen!«

Luca trat einen Schritt vor. »Wir haben Zeugen, dass Busso von Haldensleben meinen Vater tötete. Wir wissen, dass er und seine Leute raubend durch den Harz zogen. Zuletzt nahm er

Federico gefangen; meine Freunde und ich haben ihn befreit. Busso starb im Kampf, seine Mannen konnten wir dingfest machen.«

Federico beeilte sich, fortzufahren. »Hauptmann Claus von Arnswald hat bereits die nötigen Maßnahmen veranlasst.«

Der Graf schüttelte den Kopf. »Das klingt unglaublich. Ihr behauptet, es gäbe Zeugen für diesen Mord an Eurem Vater?« Als Luca nickte, fuhr er fort. »Gut, dann werden wir alles klären. Berichtet der Reihe nach.«

Federico begann mit seiner Suche nach Paul, wie unglaublich es ihm erschienen war, dass ihn niemand gesehen haben wollte, erzählte von dem vereitelten Überfall auf den Hirten und endete schließlich mit dem Wilden Mönch und der Entdeckung von Pauls Grab.

»Der Hauptmann versprach mir, Euch zu unterrichten«, ergänzte Luca. »Er kennt die Namen der Zeugen, kann jedes unserer Worte bestätigen.«

»So ist es«, mischte sich nun der Marschall Knauth ein, der geduldig abgewartet hatte und nun auf das Schreiben deutete, das der Graf noch immer unbeachtet in der Hand hielt. Er beugte sich zu dem Grafen nieder und flüsterte ihm etwas ins Ohr, der Stolberger lauschte, nickte dann nachdenklich. Knauth richtet sich wieder auf und fuhr fort: »Der Bericht des Hauptmanns traf heute Morgen ein. Demnach haben seine Männer in dem Schlupfwinkel der Bande, einer verlassenen Sägemühle, alles so vorgefunden, wie die Leute hier beschrieben haben, darüber hinaus einiges an Beute und etliche Goldmünzen. Zwei von Bussos Bande hat er bereits verhört, alles, was die Männer hier vorbrachten, entspricht der Wahrheit.« Knauth schüttelte den Kopf. »Nun, auch wenn Busso uns stets den Ritter mit tadellosem Gebahren vorgaukelte, wussten wir doch alle, dass er beileibe kein Lautenschläger war, aber eine derart üble Gesinnung erstaunt mich doch.«

Der Graf schob seinen Becher von sich. »Busso von Haldensleben ein Räuber und Mörder ... Nun gut, warten wir ab, was der Hauptmann noch zu sagen hat. Er genießt mein volles Vertrauen, auch er kennt Busso von Haldensleben, seinem Wort glaube ich. Wie konnte uns Busso nur derart täuschen?« Er seufzte, trank einen Schluck, lehnte sich zurück. »Gut. Nun zur Anklage der Ketzerei. Wir sollten Anna persönlich dazu befragen und den Ankläger Hans Wedige. Johannes!«

Einer der Lanzenträger trat einen Schritt vor.

»Holt die Anna und bringt den Wedige. Der ist doch verständigt?«

»Er ist in der Burg«, bestätigte Knauth.

Der Graf fasste Federico ins Auge. »Ich fürchte, diese Anklage lässt sich nicht so leicht aus der Welt schaffen, wenngleich in diesem Fall einiges anders ist, als es scheint. Und was Euch betrifft, Federico Manzoni, seid Ihr wohl auch nicht der, der ihr vorgebt zu sein ... Ein Krämer für Bänder und Früchte.« Er hielt einen Augenblick inne und zog eine Braue empor. »Ihr seid doch dieser Venediger, von dem so allerhand erzählt wird ... Glaubt Ihr, ich wüsste das nicht?«

Nun gut, es galt. Federico hob die Hände, als kapituliere er. »Ihr habt recht und ich hoffe auf ein mildes Urteil, zumal es mir nie angelegen war, Euch zu schaden.«

»Was Ihr nicht sagt. Dann sollten wir keine Zeit verschwenden und diese Sache mitverhandeln. Auf eine gewisse Weise scheint ohnehin alles miteinander zusammenzuhängen. Dann widmen wir uns nun Euren – wie soll ich es nennen – Umtrieben.«

»Zunächst erlaubt mir, Euch einen Vorschlag zu unterbreiten. Einen für Euch überaus lohnenden Vorschlag vertraulicher Natur, der die zur Last gelegten Vergehen womöglich in einem anderen Licht erscheinen lässt.«

Der Graf lehnte sich zurück. Einen Moment besann er sich. »Nun gut. Da es sich nicht leugnen lässt, dass Ihr Euch, wie es scheint, in gewisser Weise um die Sicherheit in meiner Grafschaft verdient gemacht habt ... Knauth, Kunigunde, wenn Ihr so freundlich wäret, uns allein zu lassen? Was ist mit dir, Botho ... ich nehme an, du willst zugegen sein, oder hast du zu tun?«

Botho schlug die Arme übereinander und blieb sitzen.

»Und lasst uns etwas zu trinken bringen!«, rief der Graf niemandem bestimmten hinterher. Die Tür fiel ins Schloss und für einen Augenblick schwiegen alle. Ein paar Fliegen summten, draußen sangen Vögel, in der Ferne bellte ein Hund, ein anderer antwortete.

»Ich muss schon sagen, Ihr traut euch etwas«, sagte der Stolberger schließlich zu Federico. »Erst kommt Ihr mit einer Mordgeschichte, dann stellt sich heraus, dass Ihr seit Jahren in meiner Grafschaft Erze stehlt, und nun verwendet Ihr Euch für eine Ketzerin ...« Der Graf verstummte, Wein wurde gebracht.

Er winkte seinem Sohn. »Botho, schenk uns ein. Ah, diese Hitze! Furchtbar!« Er zerrte ein zerknülltes Leinentuch unter dem Wams heraus, trocknete sich damit den Schweiß von Gesicht und Nacken, stopfte es zurück und trank einen großen Schluck. »Was auch immer Ihr vorzubringen habt, eines seid Euch gewiss: Mag die Mordanklage gegen Anna auch getilgt sein, was die Ketzerei betrifft, werde ich nicht zögern, diese Frau bei dem geringsten Verdacht auf den Scheiterhaufen zu stellen. Also, lasst hören, Venediger!«

Federico trank einen Schluck. Der Wein war kühl und schmeckte angenehm säuerlich.

Der Graf wedelte ungeduldig mit der Hand in Federicos Richtung. »Sagt schon, was habt Ihr mir anzubieten?«

»Silber.«

Der Graf straffte sich, die Brauen seines Sohnes zuckten in die Höhe. Beide beugten sich vor.

»Ich habe auf Eurem Gebiet eine Silberader mit hohem Gehalt an dem edlen Metall gefunden.«

»So stimmt es also, Ihr stehlt bei uns die edlen Erze?«

»Nein. Deswegen bin ich jedenfalls nicht hier. Erlaubt mir, ein wenig auszuholen.« Federico erzählte dem Grafen seine Mission, für Venedig Mangan und Kobalt zu beschaffen.

»Mangan und Kobalt, was Ihr nicht sagt ... Nicht doch eher Gold, Silber, Edelsteine ...?«

»Nein, ich komme wegen des Braunsteins, diese Steine sind kostbarer als Ihr denkt. Die Glasseife, wie das Erz auch genannt wird, ermöglicht die Herstellung klaren Glases.«

Der Graf sah Federico zweifelnd an.

»Glasseife, ja, es stimmt Vater, ich hörte am Hof des Markgrafen davon«, bestätigte der junge Graf Botho sinnend, den Blick in die Ferne gerichtet. »Warum sucht Ihr das Erz ausgerechnet bei uns? Warum nicht in Italien? »

»Oh, in Italien sind die Möglichkeiten Venedigs begrenzt, das verfügbare Erz mangels Angebot teuer. Für die Serenissima ist es günstiger, das Mangan anderswo zu – äh, zu beschaffen. Venezianische Prospektoren sind überall dort unterwegs, wo diese Erze zu finden sind, so auch hier im Harz.«

»Ohne Wissen und Erlaubnis der Landesherrn ...«, warf der Graf ein.

Federico neigte den Kopf in einer Geste vager Zustimmung.

»Und nie hat Euch jemand verraten oder wegen Verrates angezeigt. Erstaunlich.« In der Bemerkung des jungen Botho schwang Respekt mit.

»Nein. Warum auch? Wenn ich auf Hilfe angewiesen war, habe ich die Leute, die mir behilflich waren, stets gut entlohnt. Manche kenne ich seit Jahren ...«

»Wie Anna und Paul Barth«, bemerkte der Grafensohn und nickte leicht.

»Ich habe Ihnen damals das Geld für das Gasthaus vorgestreckt.«

»Sie boten mehr als gefordert ...«, erinnerte sich der Graf und sah vor sich hin.

»Es gab wohl noch andere Interessenten?«, fragte Federico. Vermutlich war dieser Denunziant Wedige einer davon. Suchte er jetzt späte Rache?

Der Stolberger nickte. »Ihr sucht also Mangan, sprecht aber jetzt von Silber.«

»Ja, manchmal finde ich außer Mangan und Kobalt andere Erze ...«

»Silber«, murmelte der Graf und jetzt klang es fast ein wenig enttäuscht. »Hm, schön, schön …«

Botho beugte sich zu seinem Vater hinüber. »Wenn Ihr Euch wegen des Herzogs sorgt … Ich könnte …«

Der Graf winkte ab. »Das wird sich finden. Wo ist die Ader, wie prüftet Ihr deren Qualität?«

»Ich werde Euch alles sagen, wenn Ihr Anna gehen lasst.«

»Hm.« Der Graf kraulte sich mit den Fingern den Bart. »Nun, so einfach, wie Ihr es Euch vorstellt, ist es nicht.«

Botho hob an, als wollte er etwas anmerken, schwieg aber dann und beschränkte sich darauf, mit seinem Vater einen ernsten Blick zu tauschen.

»Nein.« Der Stolberger lehnte sich zurück, faltete die Hände vor sich auf dem Tisch. »Ich lasse mich nicht kaufen.«

Botho – oder war es der Herr Knauth hinter ihm? – stieß den Atem geräuschvoll aus.

»Vater!«, mahnte Botho.

»Du schweigst! Ich sagte, so einfach ist es nicht. Bevor ich etwas entscheide, muss Anna Barth von dem Vorwurf der Ketzerei entlastet werden. Also«, er klatschte in die Hände und ein Diener schaute herein. »Sag Johannes, er soll die Zeugen bringen.«

Anna

Stolberg, Ende Juli

Wie lange war sie schon eingekerkert? Anna wusste es nicht, sie hatte irgendwann aufgehört, die Sonnenaufgänge zu zählen. War es ein Tag, ein Jahr, waren es hundert Jahre? Die Zeit stand still, bis in alle Ewigkeit, schien es ihr.

Es war so dunkel, so kalt. Anna drückte sich tiefer in das stinkende Stroh, lauschte dem leisen Rascheln der Ratten, dem

Fiepen der Kleinen, die gestern – wirklich gestern? – das Licht der Welt erblickt hatten. Geburt, Tod, Werden und Vergehen. Was geschehen war und was auch immer noch geschehen mochte, alles lag in Gottes Hand.

Anna atmete tief ein, zog die wollene Decke enger um sich. Die verdankte sie sicherlich der Fürsprache Kunigundes. Auch den heißen Brei, den man ihr irgendwann gebracht hatte und der die Kälte in ihrem Inneren wenigstens für einige Augenblicke gemildert hatte. Ein Tag, ein Jahr, hundert Jahre, die Ewigkeit ... Anna lehnte sich an die Wand, die Augen halb geschlossen.

Die Sonne sandte ihre Strahlen in ihr Verlies, ein helles Rechteck zeichnete sich oben an der Wand ab und unterbrach die triste Dämmerung. In der Kammer mit den Ketzern verstummte plötzlich das Gemurmel, das sie schon gar nicht mehr wahrgenommen hatte, erst jetzt, da es fehlte, merkte sie auf.

Schritte kamen näher, der Riegel wurde zurückgeschoben. Anna überflog eine Gänsehaut. Nicht den Tod fürchtete sie – der erschien ihr inzwischen als Erlösung. Nein, was sie fürchtete, waren Folter und Schmerz.

Die Tür flog auf, zwei Wärter standen im Gang. »Der Graf will dich sehen.«

Der Wächter stieß sie die Treppe hinauf, hinein in den runden Raum, oben im Turm. Unter gesenkten Lidern sah sie sich um. Großer Gott – Federico! Oder sah sie nur ein Trugbild, das Werk böser Dämonen? Allmächtiger, er war verletzt! Am liebsten wäre sie zu ihm gelaufen, hätte sein lädiertes Gesicht liebkost, ihn ...

»Anna? Tritt näher.«

Erst jetzt nahm sie die übrigen Menschen wahr, die bereits im Raume warteten. Den Grafen kannte sie natürlich. Zuletzt hatte sie ihn gesehen, wie er durch Elbingerode geritten war. Welch eine Aufregung hatte im ganzen Ort geherrscht. Heute trug er ein Wams aus leichtem Stoff, damals einen dunkelbraunen samtenen Rock mit Pelzbesatz. Als wäre jetzt der rechte

Zeitpunkt für solcherlei Gedanken. Es mochte an Federicos Nähe liegen, die Angst und Zweifel in einem Handstreich hinweggefegt hatten.

Die Wachen zerrten sie weiter, vor dem Grafen blieben sie stehen, neigten den Kopf. Auch Anna blickte zu Boden, versuchte, aus den Augenwinkeln weitere bekannte Gesichter zu erkennen. Ah, Lukas natürlich, ihn hätte sie als Erstes bemerken müssen. Neben ihm stand Kunigunde. Sie lächelte ihr zuversichtlich zu. Der junge Mann neben dem Grafen war sein Sohn Botho, er und sein Bruder Heinrich hatten den Vater seinerzeit begleitet. Dahinter erkannte sie Marschall Knauth.

Und der kleine, dünne Mann im Hintergrund, im Schatten kaum zu sehen, war der Verräter, der Wedige. Als könne er kein Wässerchen trüben, schaute er harmlos wie ein Hundewelpe aus seinen wasserblauen Augen. Das gescheckte Haar, gescheitelt wie auf dem Messerrücken, glänzte feucht, das Gesicht war noch rot von der Rasur, die großen Ohren glühten.

Beschämt sah Anna an sich herab. Nicht einmal ihr Gesicht zu waschen, hatten ihr die Wachen Gelegenheit gegeben. Sie spürte, wie ihr das Blut in die Wangen stieg.

»Gut, setzen wir uns«, sagte der Graf und meinte damit nur sich und seinen Sohn, wie er mit einer Geste bedeutete.

Er selbst ließ sich auf einem Scherensessel nieder, die Polster in den gräflichen Farben gemustert. »Ketzerei ist eine schwerwiegende Anklage, über die ich nicht allein entscheiden kann – normalerweise. Darum ist ein Inquisitor erforderlich.«

Ein Inquisitor? Anna wankte. Der Graf schien ihre Schwäche nicht zu bemerken. Mit unbeteiligtem Gesicht lehnte er sich zurück, ließ seine Blicke von einem zum anderen schweifen, auf Federico verweilte er länger. »Nun denn, lasst uns sehen, ob es in diesem Fall nötig sein wird. Beginnen wir also mit der Befragung, nun, Wedige, lasst uns noch einmal Eure Anschuldigungen hören.«

Der Angesprochene neigte den Kopf, durch die schütteren Haare schimmerte rosig die Kopfhaut.

Anna versuchte, seinen Worten zu folgen. Was sagte Wedige da? Aber das waren doch alles nur Behauptungen, Lügen gar … »Nie! Niemals habe ich mit den Ketzern gemeinsame Sache …!«, rief sie entrüstet.

»Ruhe!«, donnerte der Graf.

Wie betäubt stand sie da, Wediges Beschuldigungen rauschten über sie hinweg.

Plötzlich deutete der Graf auf sie. »Was hast du zu den Anschuldigungen zu sagen?«

Ihr wurde kalt, ihre Hände zitterten, ihr Kopf war so leer gefegt wie eine Baumkrone nach einem Herbststurm. Was sollte sie schon sagen? Natürlich kannte sie die Ketzer aus dem Gasthaus, Wedige selbst kannte sie aber ebenso gut. Nie hatte sie mehr als nötig mit ihnen gesprochen, geschweige denn mit ihnen verkehrt oder gemeinsame Sache gemacht. Sie war eine gläubige Christin, betete, beichtete, büßte, Pfarrer Sievert könne das bezeugen. Sie zeigte auf Federico, auf Lukas. Möge er doch jene dort fragen oder ihre Magd Berta, den Knecht Matthias, die Gäste ihres Gasthauses oder Kunigunde … Sie suchte den Blick der edlen Dame, die ihr beruhigend zunickte.

Der Wedige drehte sich mal zum Grafen, mal zu ihr, lächelte überheblich, strich sich die dünnen Haare glatt.

Der Graf faltete die Hände vor dem Bauch und blickte zu seinem Sohn, seinem Marschall. »Wollt ihr noch etwas fragen? Nein? Gut. Dann holt jetzt diesen Ketzer. Der wird seine Leute ja kennen.«

Warum unternahmen sie nichts? Lukas, Federico … Kunigunde wollte doch …

Lina

Stolberg, Ende Juli

Manchmal muss man seinen Standpunkt verändern, um klarer zu sehen. Lina fand sich oben auf der Burgmauer wieder, saß neben Karl und ließ ihre Blicke über das Tal schweifen. Karl hatte nicht zu viel versprochen, der Ausblick war grandios. Lichter Dunst hing über den Bäumen, die die gegenüberliegenden Bergkuppen in allen möglichen Grüntönen färbten. Zu ihren Füßen wand sich das eng bebaute Tal mit seinen prächtigen Fachwerkhäusern. Aber so recht konnte sie sich nicht an der Kulisse erfreuen, das Gespräch mit Federico ging ihr noch immer durch den Kopf. Sie musste sich etwas einfallen lassen. Oder aber ... Ihr Blick folgte Karls Finger. Zwischen den Dächern erkannte man ein rundes Bauwerk. »Ein Turm der Stadtmauer«, erklärte Karl und überschattete die Augen mit der Hand. »Und der Rauch dort kommt von der Saigerhütte dahinter.«

Lina nickte abwesend. Glockenschlag tönte zu ihnen herauf. Etwas unterhalb der Burg, am Hang, entdeckte sie die Kirche. Ihr Läuten klang hell und tönte weit. Lina fröstelte. Warum schlug sie gerade jetzt, kaum dass Lina in Erwägung zog, die Seiten zu wechseln? Noch nie zuvor hatte sie daran gedacht. Wozu auch? Sie konnte ihren Neigungen frönen, Pertuzzi bezahlte gut und ließ ihr sonst freie Hand. Nie hatte es einen Grund gegeben, ihn zu hintergehen. Wieso schien es ihr überhaupt eine Überlegung wert?

Lina neigte den Kopf, lauschte.

»Sankt Martinis Glocken. Aber sie klingen nicht so rein wie üblich. Unser Gotteshaus ist zurzeit eine Baustelle, der Graf hat etliches an Geld für den Umbau gestiftet. Aber die Arbeiten ziehen sich in die Länge.« Karl schwang den Arm ins Rund, hielt inne, sein Finger wies nach links. »Und dahinter, siehst du das große Gebäude dort? Das ist unser Rathaus.« Obwohl es sie noch immer ärgerte, dass Karl ohne Umstände wieder in das vertrauliche Du verfallen war, kaum dass sie allein waren, reckte sie gehorsam den Hals und vermutete, dass Karl das Gebäude meinte, dessen rotes Ziegeldach sie gerade noch erkennen konnte.

»Was glaubst du, wie viele Fenster und Türen es hat?«, fragte er und sah sie gespannt an.

Machte er jetzt den Lehrmeister? Überhaupt führte er sich auf wie ein Reiseführer im Heiligen Land. Herrgott, woher sollte sie wissen, wie viele Fenster das Haus besaß, es interessierte sie nicht, sie sah es ja nicht einmal.

Karl schien ihre Gleichgültigkeit nicht zu bemerken, er fuhr mit vor Ehrfurcht bebender Stimme fort: »Es hat zwölf Türen, zweiundfünfzig Fenster und summa summarum dreihundertfünfundsechzig Fensterscheiben.«

Lina stutzte kurz. »Ah, zwölf Monate, zweiundfünfzig Wochen und dreihundertfünfundsechzig Tage – oder zwölf Tore wie das himmlische Jerusalem?«

Karl zuckte die Schultern. »Vielleicht heißt es aber auch nur, dass rund um das Jahr in Stolberg Wohlstand und Gerechtigkeit herrschen.«

»Wollen wir es hoffen«, murmelte Lina.

»Entzückend, wie du dein Näschen rümpfst«, raunte Karl und bedachte sie mit einem tiefen Blick.

Lina schloss die Augen – und riss sie wieder auf. Fassungslos starrte sie auf ihre Hand. Wie lange schon hielt der Kerl sie, drückte sie gar. Allmächtiger. Was fiel diesem Wicht ein? Er sollte sie loslassen, und zwar hurtig!

»Es ist sehr schön hier, nicht war …?«, raunte Karl in ihr Ohr. Sie spürte den Luftzug seines Atems, roch einen leichten Duft nach Veilchen und eine Gänsehaut kroch über ihren Rücken. Ihr war heiß, seltsam, wo doch die Sonne schon tief stand.

»Lina, leuchtende Blume in meinem lange verdorrten Garten, darf ich dich zu einem Mahl einladen? Nur wir beide? Heute auf die Nacht?« Karls Tonfall klang scherzend, aber sein Blick war ernst. Lina spürte den Druck seiner Hand. Mit einem Ruck riss sie sich los. »Lass das.« Sie sollte wieder zu den anderen gehen.

Karl fing ihre Hand ein. »Bedrückt dich etwas? Kann ich dir helfen?«

Lina sah ihn überrascht an. Er meinte diese Frage ernst. Seine Anteilnahme war echt. Kein Spott, kein Schmachten … Fast war sie versucht, sich ihm anzuvertrauen.

Karl wandte sich ab, behielt aber ihre Hand in seiner. Sie spürte seinen festen Griff, die Wärme seiner Finger.

»Wie mir scheint, hast du viel erlebt, seit wir uns trennten.«

Lina schaute in die entgegengesetzte Richtung.

»Wie auch dieser Venediger … Es stimmt schon, der Graf weiß natürlich, welche Fähigkeiten man ihm andichtet. Die Frage ist, ob der Fremde sie tatsächlich besitzt.«

Wollte Karl sie aushorchen? Es war zu erwarten gewesen, dass er nicht nur zum Süßholzraspeln bei ihr saß und ihre Hand hielt …

»Wenn ja, könnte euch das von Nutzen sein.«

Lina nickte, spürte dem Druck seiner Hand nach, die ihre wie selbstverständlich umschloss. Und es störte sie nicht mehr. Ihr war ganz leicht, als sie über die Baumwipfel, die nahen Dächer und fernen Bergrücken blickte, die im Schatten des Abendlichts an Kontur, an Klarheit gewannen.

Luca

Stolberg, Ende Juli

Die Nacht verblich, der Morgen graute. Luca rollte sich auf den Rücken, starrte an die Decke. Warten, immer warten, seit gestern Abend, seit der Graf sie hinausgeschickt hatte, um die Ketzer allein zu vernehmen. Was hatten sie wohl gesagt? O Gott, diese Ungewissheit!

Die Vögel begannen zu zwitschern und Männer trampelten mit schweren Stiefeln die Treppe erst hinauf, eine Weile später dann wieder hinunter. Kurz darauf kam der Türposten, um Federico und ihn zum Grafen zu bringen. Anna war bereits anwesend und auch Botho saß wieder an der Seite seines Vaters.

Johannes ließ Kunigunde eintreten, sie grüßte in die Runde und hielt sich im Hintergrund.

»Nun, dann wollen wir beginnen.« Der Graf nickte ihr zu, räusperte sich und nahm ein Dokument zur Hand, warf einen kurzen Blick darauf und ließ es wieder sinken. »Die Ketzer leugnen nichts, sie machen überhaupt keinen Hehl aus ihrer Gesinnung. Diese Leute sind mir ein Rätsel. Dieser Fanatismus, dieser Starrsinn, mit dem sie auf ihren Irrglauben beharren! Oh, ich werde dieses Gift ausmerzen, ein für alle Mal! Ich ...«

Botho legte seinem Vater eine Hand auf den Arm und sah ihn eindringlich an.

»Richtig, das gehört nicht hierher. Gut, äh, nun, der Anführer dieser Leute gibt zu, im Gasthof von Anna und Paul Barth mit seinen Glaubensgenossen eingekehrt zu sein. Aber er schwört, dass weder sie noch ihr Mann zu ihnen gehören oder jemals zu ihnen gehörten.«

»Dann ...!«

Der Graf hob die Hand und unterbrach Lucas freudigen Ausruf. »Noch steht die Beschuldigung Hans Wediges im Raume.« Der Graf ließ sich tiefer in seinen Sessel sinken. »Wedige hat uns in der Vergangenheit gute Dienste geleistet. Seiner Wachsamkeit ist es zu verdanken, dass wir mehrere Dutzend Ketzer im Kerker haben. Erwiesenermaßen Ketzer, wie gesagt, sie geben es zu. In der Sache der Anna Barth allerdings ist mithin eine Wende eingetreten.«

Der Wedige hatte eine unbewegte Miene aufgesetzt. Luca erinnerte sich an ihn, dieses Frettchen schnüffelte schon immer in fremden Angelegenheiten herum, bestrebt, sein Wissen zu seinem Vorteil zu verwenden. Er war berüchtigt und ein jeder ging ihm aus dem Weg. Man hatte gemunkelt, auch er hätte auf das Gasthaus spekuliert. Jetzt wollte er es sich also doch noch holen, der Wicht, der Verräter. Luca hätte gut Lust, ihm an die Kehle zu springen.

»Hans Wedige räumte ein, dass er im Fall der Anna Barth ein wenig übereifrig war. Ich bin geneigt, seine Ansicht zu teilen … Und so hört meine Entscheidung: Die Anklage des Gattenmordes konnte ausgeräumt werden. Zum Zweiten: Der Verdacht der Ketzerei ist entkräftet, Anna Barth ist somit frei. Zum Dritten: Wegen des erwiesenen Todes meines Lehnsmannes Paul Barth verleihe ich das Lehen des Gasthofes *Zum Bären* samt allen Zubehörs neu, und zwar an Hans Wedige, als Anerkennung seiner Dienste und Leistungen bei der Bekämpfung der Ketzerei in meiner Grafschaft.«

Luca sah zu Wedige hinüber, der konnte jetzt triumphieren. Doch dessen Miene zeigte noch immer keine Regung. So viel Anstand hätte er dem Mann nicht zugetraut. »Aber …«

Der Graf brachte Luca mit einer Handbewegung zum Schweigen, stieß dabei das Siegel um, das quer über den Tisch rollte und vor der brennenden Kerze zum Liegen kam, mit der er den Siegellack für die Urkunde geschmolzen hatte.

»Kein Aber, Lukas Barth. Da dein Vater Paul Barth nun zweifelsfrei tot ist, steht es mir frei, das Lehen neu zu vergeben.

An Sankt Silvester fällt der Gasthof an Wedige, richtet Euch darauf ein.«

Wie blass seine Mutter angesichts des Urteils geworden war. Luca erwartete einen Einwand, doch sie schwieg. Kunigunde nickte ihr aufmunternd zu. Ah, das war ihr Werk. Natürlich. Die edle Dame hatte die Wartezeit genutzt, um auf Wedige einzuwirken.

Das Gasthaus, die Erinnerungen seiner Kindheit, nun fiel es einem elenden Gernegroß in den Schoß. Seine Mutter stand bleich, aber gefasst neben Federico, der ihre Hand hielt.

Ob er sie nun mit nach Venedig nehmen würde? Der Gedanke, die Mutter vielleicht bald in seiner Nähe zu wissen, senkte sich wie ein Bleibarren auf sein Herz.

FEDERICO

Stolberg, Ende Juli

Federico drückte Annas Hand. Sie stand dicht neben ihm und er spürte ihre Erleichterung über den Freispruch, aber auch die Enttäuschung über die Aberkennung des Gasthofes fast körperlich. Der Gasthof war ihr Lebensinhalt gewesen, natürlich traf sie der Verlust. Auch wenn Anna von Kunigundes Handel gewusst haben musste, da war sich Federico sicher. Die edle Dame hatte es gut gemeint und doch, hätte sie sich nicht eingemischt, hätte Anna den Gasthof wahrscheinlich behalten können. Anna hatte nicht auf ihn, sondern auf Kunigunde vertraut. Nun, es gab ja noch mehr zu gewinnen, wohlan, die nächste Schlacht wollte geschlagen sein. Er umfasste Annas Hand fester, sie erwiderte den Druck.

Der Graf entließ Hans Wedige, der sich unter zahllosen tiefen Verbeugungen hinausbegab. Unterdessen kraulte der Graf zu Stolberg zufrieden seinen Bart. »Jetzt, Venediger, da ich meinen Teil der Absprachen einhielt und Anna frei ist, wie ich es hier«, er hob das Pergament mit der Linken in die Höhe, »mit Brief und Siegel niedergelegt habe, sagt mir nun, wo das Silber zu finden ist.«

Federico nickte langsam. »Ich werde es Euch sagen, ich kann die Stelle in einer Karte eintragen, wenn Ihr wollt. Aber zunächst möchte ich Euch noch um etwas bitten.«

Der Blick des Grafen wurde starr. »Seid Ihr noch recht bei Troste? Ihr stellt weitere Forderungen?« Der Stolberger beugte sich vor. »Ein Handgriff und das Dokument hier ist nichts weiter als ein Häufchen Asche. Und Euch lasse ich wegen Hochverrats in den Kerker werfen, samt Eurer Anna.« Drohend hielt der Graf das Papier über eine Kerzenflamme, die leicht flackerte.

Anna sprang einen Schritt vor, doch Federico hielt sie zurück. »Ich bitte Euch, Herr Graf, meine Wünsche sind bescheiden, Ihr könnt sie leicht erfüllen, dafür biete ich Euch weit mehr als das besagte Silber.«

Der Graf bedeutete ihm, fortzufahren.

»Ich möchte künftig in Eurer Grafschaft leben, unter Eurem Schutz, gemeinsam mit Anna als meiner Frau, wenn sie denn will.« Er suchte Annas Blick bei diesen Worten.

Natürlich hätte er vorher mit ihr sprechen, sie fragen sollen, aber dazu hatte es keine Gelegenheit gegeben. Jetzt konnte er nur hoffen, dass er sich in ihrer Zuneigung zu ihm nicht getäuscht hatte. O Gott, sie sah ihn an, als blase er die Posaunen von Jericho.

»Ein letztes Mal muss ich noch nach Venedig. Mit Eurer Erlaubnis werde ich so viel Mangan und Kobalt mitnehmen, wie ich transportieren kann. Um das benötigte Erz in der verbliebenen Zeit zu beschaffen, bitte ich um die Hilfe einiger Eurer Männer. Ihnen werde ich dann auch die Silberader zeigen. Sobald ich zu Hause meine Angelegenheit geregelt habe, kehre ich zurück. Spätestens im nächsten Frühjahr wäre ich wieder da und dann für immer. Ich werde mich niederlassen, wo Ihr es befehlt.«

Der Graf runzelte die Stirn. »Und Ihr wollt nur dieses Mangan mitnehmen?«

»Und Kobalt. Eure Männer können den Abtransport überwachen.«

Der Graf verständigte sich durch einen Blick mit seinem Sohn, nickte. »So sei es.«

»Allerdings«, Botho neigte sich vor, »muss mein Vater auf zweierlei bestehen.«

Graf Heinrich ermunterte seinen Sohn mit einem wohlwollenden Nicken, fortzufahren.

»Das wäre?«

»Anna Barth bleibt bis zu Eurer Rückkehr in unserer Grafschaft, in dem Gasthof *Zum Bären*. Und Ihr werdet uns fürderhin bei unseren Bergwerksunternehmungen unterstützen. Und in unserem Auftrag Erze suchen.«

Damit war Anna des Grafen Geisel, die seine Rückkehr garantieren sollte. Also schön. »Wie Ihr es befehlt.«

Luca

Stolberg, Ende Juli

Es war spät geworden, sie konnten erst am nächsten Morgen den Rückweg nach Elbingerode antreten. Der Graf erlaubte ihnen gnädig, im Erdgeschoss zu nächtigen, und ließ ihnen sogar ein Nachtmahl und ein paar Strohsäcke bringen.

Jetzt, da er endlich zur Ruhe kam, knurrte Lucas Magen, zumal die Speisen köstlichen Duft verströmten. Luca wählte sich ein Hühnerbein aus den gebratenen Leckereien aus. »Mich wundert, dass es dem Grafen wirklich eine Herzensangelegenheit gewesen zu sein scheint, den Verdacht der Ketzerei auszuräumen. Das war ihm ja sogar wichtiger, als der von dir in Aussicht gestellte Reichtum, Federico. Erstaunlich. Vielleicht, weil der Herzog von Braunschweig als des Grafen Lehnsherr einen Anteil an den edlen Erzen beansprucht?«

Federico schüttelte den Kopf. »Der Graf verfügt sicher über Mittel und Wege, diese Pflicht zu umgehen, außerdem werden die Bergwerksregelungen seit Jahren locker gehandhabt. Nein, der Graf will uns damit sagen, dass Annas Begnadigung letztlich ausschließlich seiner Güte und seinem guten Willen zu verdanken ist.« Er lächelte Anna an und wirkte auf Luca wie ein Jüngling.

Es war seltsam, ihn zu beobachten, wie er dasaß, seiner Mutter gegenüber, und sich ganz offensichtlich daran erfreute, ihr beim Essen zuzusehen. Nun ja, sie bot jetzt auch nicht mehr so einen jämmerlichen Anblick. Gebadet und dank der Hilfsbereitschaft einer Magd auch sauber gekleidet, genoss sie jeden Bissen, den sie in den Mund schob. Ihre Wangen waren gerötet und ihre Augen leuchteten heller, wenn ihr Blick Federicos kreuzte. So gelöst hatte er sie nur selten erlebt, wenn er darüber nachdachte, eigentlich nie.

Lina räusperte sich, schwieg aber. Seit ihrer Auseinandersetzung mit Federico hatte sie sich abgesondert. Oft starrte sie abwesend vor sich hin, trug gelegentlich sogar ein Lächeln auf den Lippen. Und das völlig grundlos ... Luca vermutete, Linas Wandlung hing mit ihrer neuen Bekanntschaft, diesem Hofzwerg Karl, zusammen. Ein undurchsichtiger Bursche, Lina sollte sich vorsehen, aber nun, sie war auch kein Unschuldslamm.

Jetzt räusperte sie sich erneut. »Ich, äh ...«

Federico sah sie mit erhobenen Brauen an, ließ seine Hand kreisen.

Luca nickte ihr zu. Ja, es war Zeit für eine Erklärung.

»Du hast von diesem Schiff gesprochen, eurem Schiff, das gesunken sei.«

Luca wurde der Mund trocken, als er jetzt Linas Worten lauschte. Federico hatte recht gehabt. Es war alles eine Intrige gewesen. Ihr Schiff war nicht gesunken, es lag wohlbehalten im Hafen von Rhodos, auf Pertuzzis Befehl hin. Er konnte es nicht glauben.

»Und du besitzt einen Brief mit den Befehlen, geschrieben von Pertuzzi persönlich?«, fragte Federico mit rauer Stimme.

Lina nickte und zog das Schreiben aus ihrem Beutel. »Mit seiner Unterschrift.«

Federico las es aufmerksam, dann ließ er es sinken.

Einige Atemzüge verstrichen. Luca wollte mit eigenen Augen sehen, was dort geschrieben stand. Bevor er die Hand ausstrecken konnte, hob Federico den Kopf, ein grimmiges Lächeln auf den Lippen. Er ballte die Faust und sagte: »Damit haben wir ihn!«

Luca hatte es immer gewusst, Lina war eine treue Gefährtin! Er ging zu ihr und drückte sie an sich.

Lina wand sich aus seiner Umarmung und zog ihre neue Filzmütze tiefer über die Ohren. »Und weil ich diesen Weg nun einmal beschritten habe, werde ich Euch auch erzählen, welchen Auftrag mir Pertuzzi gab.«

Luca war entsetzt. Über Pertuzzi, über Lina. Darüber, dass Federicos und sein eigener Tod in Linas Hand gelegen hatten. Und doch, ohne Pertuzzis Auftrag hätten sie sich nie kennengelernt, wären sie nie an den Beweis für Pertuzzis Betrug gelangt.

Federico zeigte sich nicht sonderlich überrascht über Linas wahres Gesicht. »Ich wundere mich allerdings über deine plötzliche Läuterung.«

Lina krauste die Nase, als wäre sie sich selbst über ihre Gründe nicht im Klaren. »Ich gehe mit euch nach Venedig. Wenn du willst, helfe ich dir, Pertuzzi in den Kerker zu bringen. Ein Ort, der ihm angemessen ist. Danach werde ich verschwinden.« Sie errötete. »Ich gehe mit Karl. Besser gesagt, Karl begleitet mich zunächst nach Venedig und dort suchen wir uns ein Schiff ...«

»Kürzlich hörte ich, dieser Cristoforo Colombo habe einen

neuen Seeweg nach Indien entdeckt«, sagte Federico. »Auf der Strecke lägen herrliche Eilande, auf denen es sich leben ließe wie im Paradies.«

»Dann werden wir herausfinden, ob das stimmt.« Es waren nicht nur die Strahlen der Abendsonne, die Linas Gesicht leuchten ließen.

FEDERICO

Stolberg, Ende Juli

Während Luca sich um ihre Pferde kümmerte, gingen Federico und Anna voraus. Im rosa Morgenlicht glich Anna einer Elfe. Sie schwebte an seiner Seite, staunte über jeden Baum, jede Blume, jeden Grashalm am Wegesrand, als sähe sie dergleichen zum ersten Mal.

Sie war so schön!

»Ich kann es gar nicht glauben«, sagte Anna mit belegter Stimme und betrachtete die blutroten Nelken zu ihren Füßen. »Hier zu sein, bei dir. In Freiheit.«

»Es tut mir leid, dass du das Gasthaus verlierst.«

Langsam wandte sie sich ihm zu, er musste sich zwingen, sie nicht an sich zu reißen. »Natürlich stimmt es mich wehmütig. Aber allein hätte ich den *Bären* schwerlich weiterführen können, außerdem war es eher Pauls Gasthof ... Kunigunde hatte den Einfall und ich brauchte nicht lange zu überlegen. Wie sich herausstellte, ging es dem Wedige ja einzig um das Lehen. Allein Bertas und Matthias' wegen bricht es mir das Herz. Ohne sie hätte ich nie so lange durchgehalten.«

»Wir werden etwas für sie finden.«

»Wir ...«, wiederholte Anna leise.

»Ja, wenn du willst.«

Anna nickte. »Kunigunde wird ihnen eine Stellung verschaffen. Die Gute, ich konnte mich gar nicht mehr gebührend von ihr verabschieden, so hastig brach sie auf.«

»Wir werden es nachholen.« Sanft strich Federico mit der Fingerspitze über ihre Wange.

Sie kamen bei Nacht im Gasthof an, Matthias und Berta waren noch wach und liefen ihnen mit tränenfeuchten Augen entgegen.

»Anna«, rief Berta und zog sie an ihre Brust.

In der Gaststube tischte die Magd auf, was Keller und Küche hergaben.

»Wo ist die kleine Lina?«, fragte Berta, als sie sich gefasst hatte.

»Sie hat in Stolberg einen Freund gefunden«, sagte Luca.

Berta sah auf.

»Einen Hofzwerg des Grafen. Karl heißt er. Auf seine Einladung hin ist sie in Stolberg geblieben. Aber wenn Federico nach Venedig zurückkehrt, werden die beiden sich ihm anschließen.«

Federico nickte, er hörte kaum zu. Neben ihm saß Anna, ganz nah, er roch ihren Duft, spürte ihre Wärme. Von jetzt an bis in alle Ewigkeit. »Sollen wir es ihnen sagen?«, fragte er sie leise. Anna nickte.

Berta saß ihnen mit großen Augen gegenüber, strahlend wie ein Osterfeuer.

Federico räusperte sich. »Anna und ich, wir haben uns die Ehe versprochen.«

Berta schüttelte den Kopf und strahlte noch heller. Matthias trank einen Schluck. »Allmächtiger!«, riefen sie abwechselnd. »Allmächtiger!«

Luca stand auf, in ihm rangen Freude und Hilflosigkeit. Federico drückte ihn an sich. »Stiefsohn«, raunte er ihm ins Ohr, um die Spannung zu lösen.

Anna stand neben ihnen, zog ihren Sohn an sich, küsste ihn auf die Wangen.

Anna bestand darauf, dass Pastor Sievert die Hochzeit segnen sollte. Ganz Elbingerode sollte sehen, dass sie frei war, dass sie wieder heiratete.

»Wir feiern Hochzeit, wenn ich zurück bin.«

»Du kommst zurück …«

Federico legte seinen Arm um ihre Schulter, zog sie an sich, Wange an Wange. »So schnell ich kann. Nicht einmal Eis und Schnee können mich aufhalten.«

Endlich waren alle Tränen getrocknet, alle Neuigkeiten ausgetauscht und er mit Anna allein. Er saß auf dem Bett und beobachtete sie, konnte den Blick nicht abwenden. Das Haar noch feucht vom Bade, in einer Hand den Spiegel, den er ihr vor Jahren mitgebracht hatte, kämmte sie sich. Federico konnte sich an ihr nicht sattsehen. In den Wochen seiner Abwesenheit war sie noch schmaler und blasser geworden und doch strahlte sie, dass jeder Raum heller zu werden schien, sobald sie ihn betrat.

Ja, sein Schicksal fügte sich zum Besten. So lange hatte er auf diesen Augenblick gewartet, hatte nicht zu hoffen gewagt, dass er je einträte. Und jetzt, da sein Traum in Erfüllung gegangen war, saß er still da und fühlte sich wie gelähmt; unfähig, auch nur den Finger nach ihr auszustrecken, konnte er nur schauen. Wie ein Lehrjunge vor seinem ersten großen Werk beschlich ihn der Zweifel, die Angst zu versagen, ja, und tatsächlich noch und immer wieder auch die Sorge, verschmäht zu werden.

Sie strich sich eine Locke aus dem Gesicht, wandte sich ihm zu, breitete die Arme aus. Wie mit einer unsichtbaren Schnur zog sie ihn zu sich hin. Seine Hände streichelten über ihre Schultern, ihre Arme, ihre Hüften. Er lauschte ihrem Atem an seinem Ohr, blies ihr sacht die Haare aus dem Gesicht, hielt ihre Wangen in seinen Händen, nur um sie zu betrachten. Wie oft hatte er sich genau das vorgestellt, sie in den Armen zu halten, sie an sich zu drücken; immer wieder hatte er sich ausgemalt, wie seidig sich ihre Haut unter seinen Händen anfühlte, wie sie duftete, wie ihr Haar zwischen seinen Fingern hindurchglitt.

Und jetzt, da er sie wirklich und leibhaftig in seinen Armen hielt, ihr Geruch ihn in seiner Nase kitzelte, konnte er es nicht glauben. Jetzt schien es mehr denn je ein Traum. Und doch ganz und gar lebendig und wahr.

Luca

Elbingerode, Ende Juli

Luca war der Letzte im Gastraum, Alexander, der oben auf dem Ofen lag und schlief, zählte nicht.

Nur noch einen Becher von dem Bier, dann sollte er ebenfalls schlafen gehen. Er fühlte sich noch immer wie benommen. Er erkannte seine Mutter nicht wieder, gestern noch bot sie einen jammervollen Anblick, der sein Herz gerührt hatte, dünn, schmutzig und zerlumpt, und dennoch, trotz allen Schmutzes und Elends leuchtete sie auf eine unbeschreibliche Weise von Innen heraus.

Und vorhin? Erst umarmte sie ihn, küsste ihn – das war bislang selten genug gewesen – und dann, Federico und sie wollten zu Bett, hatte sie sich am Fuße der Treppe noch einmal umgedreht und ihm einen Blick zugeworfen, einen Blick voller Liebe und Wärme, der ihn noch immer zutiefst verwirrte. Herr im Himmel, so hatte sie ihn noch nie angesehen. Das alles war Federicos Werk.

Federico würde sein Glück finden, seine Mutter ebenfalls, sogar Lina. Und er? Würde er bei den Manzonis bleiben können, wenn sein Fürsprecher Federico fortan im Harz blieb? Wie könnte er mit Mimmo unter einem Dach leben?

Alexander maunzte zum Steinerweichen. Luca quälte die Lider auseinander. Der letzte Becher Bier war doch zu viel gewesen. Sein Kopf lag zwischen zwei Mühlsteinen, vor seinen Augen drehte es sich. Wasser, einen Schluck Wasser … Warum schrie der Kater nur so erbärmlich? Als wären Dämonen in ihn gefahren, kratzte er plötzlich an der Haustür. Immer wieder sah er sich zum ihm um, schrie wie ein hungernder Säugling.

Luca quälte sich hoch. Musste das Tier sich derart gebärden, nur weil es auf die Pirsch wollte? Er öffnete die Haustür, ein Windstoß strich herein. Fackellicht leuchtete über den Hof, zwei Schatten verschwanden durch das Tor. Lachen drang herüber. Wer um Himmels willen war das? Was hatten die hier zu suchen, mitten in der Nacht?

Es roch angebrannt. Hinter ihm knisterte und knackte es. Rauch. Feuer, Herr im Himmel!

Wie angewachsen stand Luca auf der Türschwelle, wandte den Kopf und starrte fassungslos in den Gastraum.

»Ketzer! Brennen sollen die Ketzer! Der Herr verfluche sie! In die Hölle mit ihnen!«, erschallte es hinter der Mauer jenseits des Stalls.

Allmächtiger, jemand hatte Feuer gelegt, der Gasthof brannte!

Mutter, Federico, Berta, Matthias … O Gott! »Feuer!«, brüllte er endlich, schlagartig nüchtern. »Feuer!«

Luca stand am Fuß der Treppe und sah sich panisch um. Er hustete, Rauch biss ihm in die Kehle. Die Flammen wüteten in der Küche, unter der Tür flackerte roter Lichtschein. Himmel, Berta schlief dort.

»Berta!«, brüllte Luca. Er hielt sich den Arm vor Mund und Nase, stieß die Tür auf. Glühende Hitze schlug ihm entgegen, die Flammen loderten zischend auf, Luca trat ein paar Feuerzungen aus. Sinnlos, die Rückwand der Küche brannte lichterloh. Der Fensterladen krachte herunter, die Flammen rauschten erneut auf, der Tisch, die Anrichte gerieten in Brand. Rauch hüllte ihn ein, nahm ihm Sicht und Atem. Hastig tastete er sich voran. Irgendwo dort zur Linken wusste er Bertas Lager. Weiter, nur weiter! Der Rauch biss in Mund und Nase, ließ seine Augen tränen. Er konnte kaum etwas erkennen. Die Hitze wurde unerträglich, die Flammen schlugen höher. Fast fiel er über einen leblosen Körper. Berta! Madonna, war sie tot? Er packte sie am Hemd und zerrte sie mit sich. Wie schwer sie war. Und überall Flammen … Nur raus! Die Magd entglitt seinen Händen, er hustete, sank auf die Knie, keuchte. Berta? Der Stoff war gerissen, er suchte neuen Halt, zog und zerrte sie hinter sich her. Nur raus, in den Hof, Luft! Zur Hintertür! Mit dem Fuß schlug er die Küchentür zu, vielleicht konnte die das Feuer aufhalten …

Er keuchte, ächzte, zerrte Berta durch den Gang. Er konnte nichts mehr sehen, als wären seine Augäpfel verglüht … Heiliger Florian, wo war bloß die Hintertür? Da! … Luca fingerte am Riegel, verdammt … endlich sprang sie auf und er zog Berta in den Hof. Neben ihr sank er zu Boden. Sein Blick fiel auf den Brunnen in der Mitte des Hofs. Er füllte sich einen Eimer, übergoss sich und Berta mit Wasser, das kühle Nass war eine Wohltat.

»Berta?« Luca tätschelte die Wangen der Magd, lauschte an ihrem Mund, sie röchelte leise.

Madonna hilf! Er hob den Kopf und erst jetzt überblickte er das Ausmaß der Katastrophe. Nicht nur die Küche brannte, auch darüber schlugen Flammen aus den Fenstern, schon flogen die Funken in Richtung Stall, nicht mehr lange und alles würde ein Opfer der Flammen. »Matthias!«, rief er in Richtung des Nebengebäudes, in dem der Knecht sein Lager hatte. »Feuer!«, brüllte er. »Feuer! Schnell, kommt raus!«

Niemand antwortete. Er musste zurück, nach oben. Mit Glück konnte er es schaffen. Wenn nur die Treppe noch nicht brannte. Er füllte sich einen Eimer mit Wasser und rannte los. Noch bot die Küchentür den Flammen ein Hindernis, er schüttete das Wasser dagegen, wenn es das Feuer nur ein wenig aufhielt!

Weiter, schnell, stand erst die Treppe in Flammen, blieb nur noch der Sprung aus dem Fenster.

Oben sah er diffuses rotes Leuchten. »Feuer!«, krächzte er. »Wacht auf!«

Luft, er brauchte Luft! Hoffentlich kam er nicht zu spät. Der Rauch erfüllte das Treppenhaus wie eine Nebelwand, nahm ihm den Atem. Stufe für Stufe eilte er höher. Federicos Kammer lag einige Schritte vor ihm, die seiner Mutter am Ende des Ganges. Er öffnete die nächstliegende Tür, Rauch quoll ihm entgegen.

FEDERICO

Elbingerode, Ende Juli

Federico rieb sich die Augen. Irgendetwas hatte ihn geweckt. Neben ihm atmete Anna, das Kinn in die Hand geschmiegt, die Wange wie frisch gebleichtes Leinen im Mondschein. Federico zeichnete mit dem Finger ihre Narbe am Mund nach. Er konnte es nicht glauben, sie war sein.

Mitten in der Nacht war Anna plötzlich aufgestanden. Hinaus hatte sie gewollt, ins Freie, den Himmel wollte sie über sich sehen, die Erde unter ihren Füßen spüren. Barfuß und nur im Hemd waren sie zu der Lichtung gelaufen, nicht weit vom Gasthaus entfernt, aber dennoch einsam. Moos bildete ein dickes Polster unter ihnen, Arm in Arm, ihren Kopf auf seiner Schulter, seinen Blick in ihrem, bis sie eingeschlafen war.

Er rollte sich auf den Rücken und blickte in den Himmel. Es war eine laue Nacht, tausend Sterne funkelten, über den Baumwipfeln hing die Mondsichel, deren Licht den Wald in eine Märchenwelt verwandelte, in der Gnome und Riesen walteten. Federico lachte lautlos und musste an Lina denken. Welch sonderbaren Weg der Herr im Himmel oder das Schicksal für ihn bestimmt hatte. Alles schien verloren und am Ende hielt er nun das am meisten Ersehnte in seinen Armen. Federico legte seine Hand an Annas Wange. Sie kräuselte ihre Nase, seufzte im Schlaf, lächelte.

Etwas krachte, Federico richtete sich auf. Was war das? Durch die Bäume schien rötliches Licht. In dieser Richtung lag der Gasthof. Er stand auf, ging ein paar Schritte näher, konnte nicht glauben, was er sah. Um Gottes willen!

Anna rührte sich nicht, selig schlummerte sie auf dem Moospolster. Er rannte los.

Erst im Hof hielt er keuchend inne, sah sich um. Die Flammen hüllten den Platz in gespenstisches Licht. Dort, neben dem Brunnen lag etwas, ein Bündel.

Berta! Federico beugte sich zu ihr nieder. Die Alte sah ihn verwirrt an. »Der Junge, wo ist der Junge?«, schrie Federico gegen das Tosen der Flammen. Schweiß rann ihm schon von der Stirn. Allmächtiger Herr im Himmel, der halbe Gasthof brannte bereits. Wenn Luca noch darinnen war …

Funken flogen über den Hof, verglimmten in der Luft. Dort drüben stand der Schuppen und daneben der Stall, voller Heu und Stroh, eine leichte Beute für die Flammen. Nicht auszudenken, wenn der Wind drehte und die Flammen übergriffen. Dann wären sie in dem Hof gefangen. »Geh raus, auf die Straße!« Er zerrte Berta hoch und stieß sie in Richtung Tor. Sie taumelte weiter.

Ruhe bewahren. Dort der Brunnen, der Eimer hing im Schacht, neben dem Brunnen eine Wasserlache. Luca … Der Junge hatte sich in das Inferno gewagt, um Anna und ihn zu retten … Federico rann der Schweiß die Schläfen entlang, er wischte ihn sich aus den Augen. Er holte den Eimer ein und goss Wasser über sich. Er riss sich eine Handbreit vom Saum seines Hemdes ab, tränkte ihn mit Wasser und band ihn sich vor Mund und Nase. Los, zur Hintertür, mit Glück brannte die Treppe noch nicht.

Madonna! Die Flammen loderten turmhoch den Treppenschacht hinauf. Federico wich in den Hof zurück, riss sich den Mundschutz herunter und schnappte nach Luft. Irgendwie musste er hinauf … Er blickte am Haus empor. Der Efeu! Mit seinen Haftwurzeln klebte er an der Fassade. Das dort vorn war das Fenster seiner Kammer, der Efeu an der Stelle bildete aber nur ein dünnes Geflecht, unmöglich zu bezwingen. Er blickte die Mauer entlang. Weiter hinten war der emporstrebende Stamm armdick. An ihm würde er bis zu dem Fenster hinaufklettern können, das fast unsichtbar hinter dem Blattwerk lag. Die Läden waren geschlossen.

»Federico?« Matthias kam aus Richtung des Stalles. »Himmel hilf! Was ist mit den anderen?« Er warf einen angstvollen Blick auf das Flammenmeer.

»Berta ist gerettet, sie wartet draußen auf der Straße. Geh zu ihr!«

»Und Anna, Lukas?«

»Anna ist in Sicherheit, aber Lukas ist noch im Haus, ich werde ihn holen.«

»Ich helfe dir.«

»Kümmere dich um Berta!«

Federico rannte in den Schuppen, warf blind ein Werkzeug nach dem anderen ins Freie auf der Suche nach etwas Brauchbaren. Matthias ließ sich nicht abschütteln. »Da«, er reichte Federico ein armlanges Eisenteil, der Himmel mochte wissen, wozu es einst gedient hatte. Jetzt wäre es hilfreich, die Fensterläden aufzustemmen. Federico schob es unter den Gürtel, übergoss sich noch einmal mit frischem Wasser und machte sich an den Aufstieg.

Matthias beobachtete ihn.

»Mach schon, rette dich, Matthias!«, brüllte er zu dem Knecht hinunter. Federicos Hände brannten, seine Arme schienen aus den Gelenken zu reißen. Langsam, zu langsam, zogen Zweige und Blätter an seinen Augen vorbei. Noch eine Mannslänge, noch eine halbe, er streckte sich, fast erreichten seine Fingerspitzen das Fenster. Er zog sich noch ein Stück höher, hielt sich mit einer Hand am Efeustrang fest, mit der anderen zog er die Stange aus dem Gürtel.

Zwei Herzschläge später sprang ein Fensterflügel auf, dahinter schien ein Backofen zu liegen – oder die Hölle.

Federico schöpfte Luft, dann stemmte er sich hoch, zog sich durch das Fenster ins Haus. Der Luftzug wirbelte den Rauch durcheinander. Immerhin waren in diesen Teil des Hauses die Flammen noch nicht vorgedrungen. Beängstigend genug war allein dieses Tosen, ein Brausen, als tobe die Sintflut über ihn hinweg. Das alles übertönte plötzlich ein dumpfes Krachen, irgendwo musste eine Mauer eingestürzt sein. Beeilung!

Federico zog seinen Mundschutz wieder hoch und öffnete die Tür zum Gang einen Spalt. Rechts glühte der Treppenschacht wie ein Höllenschlund. Kurz davor lag seine Kammer, jeden Augenblick würden die Flammen sie erreichen. Federico presste sich den Lappen fester auf Nase und Mund und rannte die wenigen Schritte bis zu seiner Tür, sie stand offen.

Alles war voller Rauch, er konnte kaum etwas sehen. Vorsichtig tastete er sich vor. Nach zwei kurzen Schritten stieß sein Fuß gegen ein Hindernis. Luca, der Junge lag bäuchlings vor dem Bett, regte sich nicht.

Federico zog ihn hoch, nahm ihn auf die Arme und wollte zurück, da fuhr ein Raunen durch die Flammen und über den Gang rollte ihm eine Feuerwalze entgegen.

Federico sprang in seine Kammer zurück und drückte mit der Schulter die Tür zu. Der Junge glitt ihm aus den Armen, er war schwer wie Blei. Er keuchte, hustete, der Rauch legte sich auf seine Brust.

In seinen Ohren rauschte es, ihm wurde schwindelig. Sie mussten raus hier, auf der Stelle. Das Fenster. Kaum konnte er sich auf den Beinen halten, mit letzter Kraft stieß er die Läden auf, lehnte sich hinaus und japste wie ein Ertrinkender nach Luft. Er hetzte zum Bett, zog Luca ans Fenster und schüttelte ihn, tätschelte ihm die Wangen. Der Junge rührte sich nicht.

»Federico!«

Das war Matthias' Stimme. Sehen konnte Federico nichts, seine Augen tränten, er konnte kaum schlucken.

»Federico!«

Anna, irgendwo dort unten stand sie, schrie mit überschlagender Stimme seinen Namen. »Federico, Lukas, mein Gott!«

Federico beugte sich aus dem Fenster. Eine Armlänge unterhalb war ein Gesicht. Federico blinzelte. Das konnte nicht sein ... Ein Riese ...

»Los, schnell, schieb den Jungen durch das Fenster und dann komm raus!«

Es war Matthias, der ihm seine Hand entgegenstreckte. Federico holte tief Luft, dann presste er Luca an sich, zog ihn hoch und hievte ihn durch das Fenster. Er konnte nur hoffen, dass Matthias ihn auffing.

Federico zog sich mit lahmen Armen durch das Fenster, klammerte sich an eine dünne Efeuranke. Das ganze anhängende Geflecht löste sich von der Hauswand ab, er sackte ein Stück tiefer. Federico stieß zischend Luft zwischen die Zähne. Er konnte nichts sehen, seine Augen waren wie zugeschwollen, blind suchte er nach einem Halt. Eine Hand umschloss seinen Arm, leitete ihn.

»Den Fuß hierher«, etwas stieß gegen seinen Knöchel, führte ihn, tatsächlich, fester Halt unter dem Fuß. Holzsprossen, eine Leiter! Matthias, der Held, hatte tatsächlich eine Leiter herbeigeschafft.

Unten angekommen fiel Federico dem Knecht in die Arme. Der große Kerl schluchzte an seinem Ohr.

»Was ist mit Luca?«, krächzte Federico. Seine Stimme klang dumpf unter dem Tuch.

»Er lebt.« Anna kniete neben ihrem Sohn.

Dann rang er nach Luft, seine Beine sackten unter ihm weg.

Federico

Venedig, Dezember

Federico nahm Massimos schwarzen Turm vom Spielbrett und stellte seine Dame an dessen Platz. »Ja, um ein Haar wäre es um uns geschehen gewesen!« Die Spielfigur in der Hand lehnte er sich zurück und trank einen Schluck Wein. »Nur, weil ein paar Bürger der Ketzerei Einhalt bieten wollten, steckten sie den Gasthof in Brand. Welch ein Glück, dass wir alle mit dem Leben davonkamen.«

Massimo schüttelte den Kopf. »Was für eine Geschichte, Federico! Ich hoffe, man hat die Übeltäter zur Verantwortung gezogen?«

»O ja, der Hauptmann von Arnswald hat schnell herausgefunden, wer die Brandstifter waren. Vier, fünf Männer aus Elbingerode, darunter ein Schuster, ein Schmied, bislang alles unbescholtene Bürger. Sie müssen sich nun vor dem Grafen verantworten. Der Stolberger duldet dergleichen nicht. Allerdings ist er auch gegenüber den wahrhaftigen Ketzern gnadenlos. Von Lina erfuhren wir, dass der Graf die Sektierer, die mit Anna im Kerker schmachteten, allesamt verbrennen ließ.« Federico dachte an seine Begegnung mit den Ketzern, den blutüberströmten Mann, der solchen Eindruck auf ihn gemacht hatte. Ob er unter den Getöteten war? Dann blieb zu hoffen, dass ihn sein Glaube und seine Buße geradewegs an die Seite des Herrn befördert hatten.

»Der Scheiterhaufen, Himmel, welch schrecklicher Tod.« Massimo nickte düster. »Dem Herrn sei Dank, dass Lucas Mutter davongekommen ist. Luca ist bei ihr, sagtest du? Wo leben sie denn, da der Gasthof nicht mehr ist?«

Federico sah auf. »Ach, erwähnte ich es noch nicht? Der Hauptmann hat uns den verwaisten Besitz Bussos von Haldenslebens übereignet. Dort werden wir wohnen, Anna und ich. Vorerst. Allerdings wohnt dort auch noch Ottilia, Bussos Geliebte. Aber das Haus ist groß genug und Ottilia blüht förmlich auf, da sie Busso nicht mehr zu fürchten braucht.«

»Ich nehme an, auch dieser wundersame Kater ist bei euch eingezogen? Es ist ja wahrhaftig nicht zu glauben, was du mir von dem Tier erzählt hast. Und ehrlich, würde ich dich nicht so lange und gut kennen, ich würde es nicht glauben.«

Federico lachte und hob die Hand zum Schwur. »Wenn ich es sage, jedes Wort ist wahr. Und natürlich ist auch er in Wernigerode. Gut möglich, dass er Luca auf dem Rückweg wieder begleitet, zumindest bis in seine süddeutsche Heimat.«

»Seine Mission ist ja erfüllt.« Massimo lächelte kopfschüttelnd und widmete sich wieder dem Spiel. Mit gerunzelter Stirn beugte er sich über das Brett und schob zögernd seine Dame ein Feld vor.

Federico schürzte die Lippen und begutachtete den Zug.

Massimos Miene wurde ernst. »Hat Laura sich mittlerweile erholt? Madonna, solch ein Unglück! Tag für Tag werfe ich mir vor, dass ich es nicht verhindert habe!«

Federico schüttelte den Kopf. »Nein, Massimo, wir alle wussten, dass es mit Mimmo früher oder später ein schlimmes Ende nehmen würde. Indes, von den eigenen Freunden erschlagen zu werden …«

Massimo wiegte den Kopf und malte mit den Händen Kreise in die Luft. »Und warum? Madonna mia! Wegen Spielschulden!«

Federico schenkte ihnen nach, ließ dann den roten Wein in dem Glaspokal kreisen. Rote Lichtreflexe zuckten über die Holzpaneele.

»Carlo hat der Tod seines einzigen Sohnes schwer getroffen. Ein wirklicher Schlag! Dabei war er fast wieder genesen, als ihn die Nachricht erreichte. Ich hoffe, er fängt sich, wenn Luca zurückkehrt … Ich weiß, auch Laura vermisst den Jungen. Er wird wieder Sonne in ihr Leben und das Handelshaus Manzoni zum Blühen bringen.«

»Nun, da euch Pertuzzi Schadensersatz leisten muss, bekommt Luca ja Einiges zu tun. Habt ihr nicht auch seine Glaswerkstatt auf Murano zugesprochen bekommen?«

»Ja, jetzt ist Pertuzzi ruiniert. Und dir haben wir es zu verdanken, dass das Haus Manzoni vom gleichen Schicksal verschont blieb.« Federico hob sein Glas auf den Freund.

Massimo winkte ab. »Das Gleiche hättest du auch für mich getan. Du bist am Zug.«

Federico stellte seinen Weinpokal auf dem Tischchen ab und widmete sich wieder der Konstellation auf dem Spielbrett. Noch zwei Züge, vielleicht drei. Entschlossen schob er den Turm vor. »Schach.«

»Madonna!« Massimo knetete sein Kinn und schob seinen König aus der Gefahrenzone. »Weißt du, mein lieber Freund, das Unglaublichste an deiner unglaublichen Geschichte ist, dass dir in der Ferne geglückt ist, was uns hier in Venedig nicht gelang: Pertuzzi zur Strecke zu bringen. Endlich sitzt dieser Halunke da, wo er hingehört, im Kerker des Dogenpalastes.«

»Dabei hat er noch Glück, denn das Schicksal, das so viele seinetwegen ereilt hat, bleibt ihm wohl erspart, statt tot im Canale Orfano zu treiben, kommt er wahrscheinlich mit Verbannung davon.«

Massimo schnalzte mit der Zunge und leerte seinen noch halb vollen Pokal in einem Zug. »Glück? Das Leben ohne den Liebreiz der Serenissima zu bescheiden, ist ein wahrhaftig grauenvoller Gedanke!«

»Oh, im Gegenteil, mein lieber Massimo! Ganz im Gegenteil!« Federico wählte den Springer. »Schachmatt, mein Freund.«

»Man könnte meinen, der Herr ließe unentwegt die Sonne des Glücks über dir scheinen, mein bester Federico. Die wievielte Partie ist dies jetzt, die du gewonnen hast, seit du zurück bist?«

Federico lachte und sammelte die Spielfiguren ein. »Ja, die

Sonne des Glücks scheint wahrhaftig. Aber es hat zuvor auch lange genug geregnet!«

»Und nun willst du freiwillig den Dienst für die Serenissima gegen den Dienst für den Grafen zu Stolberg tauschen?«

»Nun, ich werde ihn gelegentlich beraten. Vielleicht fertige ich ihm auch ein neues Verzeichnis an, das alte ist ja mit dem Gasthof verbrannt. Für Venedig wäre es ohnehin nutzlos gewesen, jetzt, da die Harzgrafen ihre Bergbauaktivitäten auf den ganzen Harz ausdehnen. Die große Zeit der Venediger, wie sie uns dort nennen, ist wohl endgültig vorbei. Ah, hörst du? Die Glocke von San Giacomo, ich muss gehen. Komm doch nachher zu uns, es gibt ein bescheidenes Fest, zum Abschied von Lina und Karl. Es ist die letzte Gelegenheit, Pertuzzis Zwergin kennenzulernen.«

»Sie scheint ja eine ganz besondere Frau zu sein.«

»Ja, allerdings. Und in Karl hat sie einen ebenbürtigen Gefährten gefunden. Ich vermute, ihm haben wir Linas Gesinnungswandel zu verdanken. Ich glaube nämlich, der Verrat an Pertuzzi ist ihr nicht leichtgefallen, denn auf ihre Art ist sie durchaus treu.«

»Du kannst es beurteilen.«

Federico lehnte sich zurück, verschränkte die Arme vor der Brust. »Eben nicht. Hinter ihr Geheimnis bin ich nicht gekommen. Niemand weiß, wo Pertuzzi sie gefunden hat, warum sie für ihn arbeitete. Keiner konnte etwas über ihre Herkunft sagen. Es ist, als wäre sie vom Himmel gefallen.«

Massimo lachte. »Vielleicht ist sie das … Nun, du wirst es nicht mehr herausfinden, wenn sie erst fort ist.«

»Sehr bedauerlich. Auf eine gewisse Weise habe ich sie lieb gewonnen. Und ich gebe zu, es juckt mich, ihr Geheimnis zu lüften.«

»Nach allem, was du mir über sie erzählt hast, würde es dir nicht gelingen. Selbst dir nicht.«

Federico erhob sich. »Da magst du recht haben. Wie sieht es aus, kommst du also heute Abend? Mir wäre an deiner Meinung über sie wirklich gelegen.«

»Wenn dir darüber hinaus auch an meiner Gesellschaft gelegen ist, komme ich gern. Morgen schon schiffen die beiden sich ein, sagtest du?«

Federico nickte und erhob sich. »Ja, Lina und Karl machen sich auf ins Paradies.«

Massimo hob sein Glas. »Sind wir nicht alle dorthin unterwegs? Und wenn ich dich so ansehe, mein Freund, scheint es mir, du bist bereits dort angekommen.«

Nachwort

Dieses Buch ist zwar ein Roman, dennoch ist nicht alles erfunden. Aber Venezianer im Harz? Nun, etliche Sagen und Legenden ranken sich um die Aktivitäten der Südländer in deutschen Landen und in denen steckt ja meist ein Körnchen Wahrheit. Tatsächlich waren seit dem frühen Mittelalter nicht nur im Harz, sondern ebenso in den Alpen, im Schwarzwald und im Erzgebirge Südländer unterwegs, um heimlich – das Schürfrecht oblag dem jeweiligen Landesherrn – nach Erzen zu suchen. Walen oder Wahlen nannte man sie. Laut Wikipedia leitet sich diese Bezeichnung von ›Welsche‹ ab und wurde im Sinne von ›Ausländer‹ verwendet, der eine fremde (meist romanische) Sprache spricht.

Abgesehen von regionalen Anpassungen gleichen sich die Geschichten. Meist schildern sie die Fremden als ansehnlich, höflich und großzügig gegenüber ihren Helfern, auch als der deutschen Sprache mächtig und oft im Besitz magischer Kräfte: So können sie mithilfe eines Bergspiegels in den Fels hineinschauen, um Erze, Gold, Silber und Edelsteine zu finden, heißt es. Unterstützern gegenüber erweisen sich als großzügig, verschenken Blumen, die sich über Nacht in Gold verwandeln oder Töpfe mit Edelsteinen.

Als Tatsache gilt, dass die Walen Experten auf dem Gebiet des Bergbaus waren, der in Deutschland als Folge der Pest nahezu zum Erliegen gekommen war.

Der Oberharz war Mitte des vierzehnten Jahrhunderts fast vollständig entvölkert und erholte sich nur langsam von der Katastrophe. Im Oberharz erwachte der Eisensteinbergbau erst wieder um 1500, maßgeblich gefördert übrigens durch Heinrichs Schwester Elisabeth.

Mit dem Verschwinden des Bergbaus waren auch die bergmännischen Kenntnisse in Vergessenheit geraten. Kein Wunder, dass die kundigen Bergleute Italiens hierzulande als Magier galten.

In meinem Roman bezeichne ich Federico als ›Venediger‹. Dieser speziell im Harz verwendete Ausdruck leitet sich von dem vermeintlichen Herkunftsort Venedig ab. Venedig war damals ein weltberühmtes Zentrum der Gold- und Silberschmiedekunst, der Edelsteinschleifer und Glasmanufakturen – und für letztere waren Mangan und Kobalt nötig. Nur unter Zugabe von Mangan, auch Braunstein oder Glasseife genannt, konnte man kristallklares Glas herstellen – üblicherweise war es trüb und bläulich oder grünlich gefärbt, daher wurde es auch ›Waldglas‹ genannt. Kobalt diente zur Produktion des ›kobaltblau‹ gefärbten Glases. Der Name des chemischen Elementes Kobalt leitet sich übrigens von »Kobold« ab – ebenso wie ›Nickel‹ von dem bösen Geist ›Nigl/Nickel‹ stammt. In früherer Vorstellung verunreinigten diese Naturgeister Erze mit diesem damals nicht zu bearbeitenden Mineral. Es hieß sogar, dass sie Silber fräßen und an seiner Stelle silberfarbene Erze ausschieden. Nickel als Name, wie in diesem Roman, ist hingegen die Kurzform von Nikolaus.

Venedig setzte seine hervorragend ausgebildeten Erzsucher nicht ohne Grund der Gefahr einer Entdeckung und Bestrafung aus. Die Glashütten brauchten Mangan, aber Fundstätten waren noch kaum bekannt. Wahrscheinlich war es im dicht besiedelten Italien auch riskanter, auf fremdem Hoheitsgebiet zu prospektieren als in der Einsamkeit deutscher Wälder.

Alle Belange des Bergbaus, somit auch die Entsendung der Prospektoren, unterstanden dem Rat der Zehn. Der *Consiglio dei Dieci* war einst zum Schutz der Serenissima ins Leben gerufen worden, um gegen Hochverräter vorzugehen und Schaden vom Staate abzuwenden. Dazu unterhielt der Rat der Zehn ein ausgedehntes Netz an Spitzeln, Informanten und Attentätern, die in ganz Europa im Dienste der Lagunenstadt unterwegs waren und wenn nötig unliebsame Zeitgenossen auch beseitigten. Der venezianische Geheimdienst war berüchtigt. Und es scheint, als dienten in den Canale Orfano geworfene Leichen wirklich dazu, Angst und Schrecken im Volk zu verbreiten. Die Annahme, dass der Rat der Zehn die umtriebigen Prospektoren, die in der Welt herumkamen, ebenfalls zu Spitzeldiensten anhielt, liegt nahe.

Kenntnisse der deutschen Sprache sind dazu unerlässlich und diese konnte man zum Beispiel in einer Sprachschule erwerben. Wer je in Venedig war, kennt die Rialtobrücke. In ihrer Nähe befindet sich das Fondaco dei Tedeschi, heute die Hauptpost. Und in diesem Viertel, dem Handels- und Finanzzentrum der Stadt, befand sich die Sprachschule Georg von Nürnbergs. Von ihm stammt ein Sprachlehrbuch für Italiener, denn für die Angestellten des Fondaco waren Deutschkenntnisse Pflicht – allein, um die Händler bespitzeln zu können. Georgs Sprachlehrbuch aus dem fünfzehnten Jahrhundert hält sogar modernen pädagogischen Anforderungen stand. Es ist praxisorientiert, mit Vokabellisten rund um das Thema Handel, mit anschaulichen Beispieltexten und separatem Grammatikteil. Die darin enthaltenen Musterdialoge geben einen sehr unterhaltsamen Einblick in den Alltag der Kaufleute.

Gegen Ende des fünfzehnten Jahrhunderts waren die Aussichten für Handelsleute in Venedig allerdings nicht sehr rosig. Eine Krise kündigte sich an, sie sahen sich mit finanziellen Engpässen konfrontiert. Reiche Bürger investierten kaum mehr in Venedigs Zentrum, sondern eher auf dem Festland. Dieser Abfluss von Kapital muss immens gewesen sein, denn er führte 1499 zu dem Bankrott zahlreicher Großbanken.

Auf meiner Suche nach dem Körnchen Wahrheit weckten mehrere Sagen meine Aufmerksamkeit: In einer beispielsweise nimmt ein Venediger einen Einheimischen mit sich. Mit dem Zauberspruch »Im Morgenbrotstale wasch ich mich, und in Venedigen drög (trockne) ich mich«, zaubert der Venediger den Harzer in seine Heimatstadt. Bei seiner Rückkehr muss der Harzer feststellen, dass er nicht, wie er angenommen hatte, nur einen Tag, sondern etliche Jahre fort gewesen war. Das war Hintergrund der Idee, Lukas mit Federico nach Venedig zu schicken.

Die Venediger wurden gelegentlich auch als kleinwüchsig beschrieben und damit als Vorbild des deutschen Gartenzwergs gehandelt, dessen Wurzeln ja im Bergbau zu suchen sind. Die meisten Überlieferungen von Begegnungen mit den Fremden beschreiben die Ausländer jedoch als hochgewachsen und von ansehnlicher Gestalt. Zwerge tauchen jedoch im Zusammenhang mit dem Bergbau häufig auf. Wer einmal durch einen mittelalterlichen Stollen gekrochen ist, kann sich leicht erklären, wie es dazu kam. Die Ausgestaltung des Gartenzwerges mit Zipfelmütze und bergmännischem Gerät reicht in ihren Ursprüngen allerdings wohl bis in die späte Steinzeit zurück.

Außer vieler Sagen haben die Fremden uns die ›Venedigersteine‹ hinterlassen. Ja, es gibt sie wirklich. Der Mönchsstein aus diesem Roman steht ein wenig abseits des Weges, der von Schierke zum Brocken aufsteigt, im Schuppental. Der Mönch war dort stets gegenwärtig: Das Tal hieß zeitweise auch Mönchstal, in der Nähe befindet sich der Mönchsbruch, und der Bach, der an dem Venedigerstein entlangfließt, hieß zeitweise Mönchswasser. Und doch hatte ringsum niemals ein Kloster Besitzungen. Mehrere Artikel in der Zeitschrift des Harzvereins, beziehungsweise des Harzklubs, geben hierzu Auskunft.

Auch der Wilde Mönch war vielen ein Begriff, wie die kleine Figur im Museum des Klosters Walkenried beweist, das Zisterzienserkloster, das den Bergbau im Harz begründete.

Ein weiteres – allerdings fragwürdiges – Zeugnis der Venediger sind die sogenannten Walen- beziehungsweise Schatzbücher. Sie enthalten detaillierte Standortbestimmungen von Erzvorkommen. Das Wernigeröder Archiv verwahrt ein Schatzbuch aus dem Erzgebirge. Allerdings hörte man nie, dass jemandem die Lektüre eines solchen Buches zu Reichtümern verholfen hätte. Dennoch, allein die Aussicht verlockte auch später noch so manchen dazu, viel Geld für dieses geheime Wissen zu verschwenden. So auch den aufgeklärten Graf Christian zu Stolberg-Wernigerode, dessen Notiz auf dem ihm von einem Unbekannten übersandten Schatzbuch seinen Ärger spiegelt: »... hat mir 777 Thaler, 16 Groschen, 7 Pfennig baar Geld Schaden gebracht ... Auf diese Weise bin ich noch nie betrogen worden, soll auch durch Gottes Beistand nicht wieder geschehen.«

Vom Grafen Heinrich zu Stolberg ist nicht überliefert, dass er ein Schatzbuch besessen hätte. Dabei war Geldmangel Heinrichs größtes Problem. Dass er sich, nachdem er sein Unvermögen eingesehen hatte, kundige Unterstützung aus seiner Verwandtschaft holte, mutet fast modern an. Finsteres Mittelalter hingegen spiegelt sich in den aktenkundigen Ketzerverfolgungen. Die erwähnte Ketzerverbrennung von Anhängern der Doktor-Schmidt-Sekte hat es 1493 tatsächlich gegeben, ich habe mir einzig erlaubt, sie vom Oktober in den Spätsommer vorzuverlegen. Die Sekte des Doktor Schmidt gehörte offenbar zu den sogenannten Büßersekten, die Geißlerzüge veranstalteten. Diese Sekten, wohl in der Nachfolge der Hussiten oder Waldenser, nährten sich unter anderem aus der Unzufriedenheit der Bevölkerung mit ihren Kirchenfürsten, die Wasser predigten und Wein tranken, und die schließlich zur Reformation führte.

An der Doktor-Schmidt-Sekte bemerkenswert ist allerdings, dass sie auch nach dem Ableben ihres Gründers derart lange fortbestand. Doktor Schmidt war Ende des fünfzehnten Jahrhunderts bereits mehr als hundert Jahre tot und ist sehr wahrscheinlich eines natürlichen Todes gestorben.

Dies sind nur einige wenige Fakten zu diesem Roman, dessen Hintergründe vermutlich ein eigenes Buch füllen würden. Aber bei Interesse sind weitere Informationen unter www.ilkastitz.de zu finden.

Dank

Am Entstehen dieses Buches waren viele beteiligt, denen ich großen Dank schulde:

Als Erstes dem Grafit Verlag dafür, dass er mir seit etlichen Jahren die Treue hält. Ulrike Rodi und nun Jana Puppala machten aus meinen Manuskripten stets eine spannende Lektüre.

Ihr seid großartig!

Ferner gilt mein Dank Dr. Friedhart Knolle vom Nationalpark Harz. Er war der Erste, den ich zum Thema Venezianer ansprach. Er erwies sich als ein gleichermaßen interessierter und kundiger Fachmann und führte mich auf den Spuren der Venediger durch den Harz. In fruchtbaren Gesprächen erörterten wir die großen und kleinen Probleme, mit denen sich der Erzsucher konfrontiert gesehen haben musste. Darüber hinaus versorgte Herr Dr. Knolle mich mit Literaturtipps und Hinweisen, und führte mich nicht zuletzt noch zu einem *Armerietum halleri:* ein Schwermetallrasen, dessen Pflanzenbestand – nomen est omen! – auf Schwermetalle im Boden hinweist. Danke für die großartige Unterstützung!

Einen tiefen Eindruck ganz anderer Art verschaffte mir Dr. Wilfried Ließmann, denn mit ihm durfte ich in Sankt Andreasberg zwei Mal in mittelalterliche Stollen einfahren. Eine großartige Erfahrung, die noch mehr Gewicht dadurch erhält, dass die zu großen Teilen verstürzten Stollen und Schächte von Dr. Ließmann und seinen ehrenamtlichen Helfern in ihrer Freizeit freigeräumt werden. Außer meinen Einblicken unter Tage verdankt im Übrigen mein Held Federico Herrn Dr. Ließmann die Kunst der Silberprobe mit dem Lötrohr.

Herrn Dr. Jörg Brückner vom Landeshauptarchiv in Wernigerode möchte ich für das inspirierende Gespräch danken und den Hinweis auf die Regesten der Grafen zu Stolberg, denen ich nicht nur die Namen meiner Heldinnen und Helden entnehmen konnte, sondern auch viele Daten und Details aus dem Leben der Harzgrafen.

Unterstützung und Rückenstärkung erfuhr ich durch viele Kolleginnen, Freundinnen und Freunde. Wie zum Beispiel meine Kollegin Ulrike Rudolf, die mich immer wieder aufs Neue ermutigte, weiterzumachen. Oder Dorothee Müller und Alessa Schmelzer, die immer bereit waren, nach Steinen zu suchen, die ich meinen Helden in den Weg legen konnte. Sie beantworteten Fragen und versorgten mich kiloweise mit Literatur und Wissenswertem.

Nicht zuletzt möchte ich meinem Mann danken, der mir den wundervollen Beruf der Schriftstellerin ermöglicht. Er kroch mit mir durch mittelalterliche Stollen, wanderte selbst im Regen zu abgelegenen Venedigersteinen und holte mich immer dann in den Alltag zurück, wenn ich zu tief im Mittelalter zu versinken drohte.

Und natürlich möchte ich all meinen Freunden, Unterstützern und Helfern danken, ohne die kein Autor ein Buch schreiben könnte!

Und wenn sich trotz aller fachkundiger und freundschaftlicher Unterstützung Fehler eingestellt haben, und das haben sie gewiss, so sind sie natürlich allein meinem Unvermögen und meiner Unaufmerksamkeit geschuldet.

Köln, im Januar 2014

Glossar

Agraffe: Schmuckstück, Brosche, auch an Hüten und Mützen.
Bergeisen: Bergmännisches Werkzeug (Schlägel und Eisen), dem Laien als Meißel bekannt.
Brigantine: Eine Art Schuppenpanzer, seit dem 14. Jahrhundert gebräuchlich. Die Brigantine hat sich aus dem Lentner, einer späten Form des Plattenrocks, gebildet. Sie bestand aus zahlreichen Metallplättchen, oft zum Schutz verzinnt, die unter eine Lage Stoff, festes Leinen oder auch Samt, genietet wurde. Die Nietköpfe, die an der Außenseite des Oberstoffes sichtbar wurden, bilden das typische Aussehen der Brigantine. Oft waren diese Nietköpfe in Dreiergruppen angeordnet und verziert. Da die Plättchen in verschiedenen Größen gehalten waren und in unterschiedlicher Ausrichtung vernietet wurden, garantierte die Brigantine eine gute Kombination aus Beweglichkeit und Schutz – nicht so starr wie ein Plattenpanzer, aber auch nicht so durchlässig wie ein Kettenhemd.
Brunenlohe: Braunlage, seit dem 13. Jahrhundert eine Siedlung im Wald. 1253 taucht im Güterverzeichnis der Grafschaft Regenstein erstmals die ›holtmarke to dem brunenlohe‹ auf. Ab 1518 entsteht der eigentliche Berg- und Hüttenort Braunlage, zuvor scheint es dort aber bereits eine Eisenhütte gegeben zu haben.
Doge: Staatsoberhaupt von Venedig.
Fondaco dei Tedeschi: Palazzo nahe der Rialtobrücke, Handelszentrum und Gasthaus ausschließlich für Deutsche, die sich zu Handelszwecken in Venedig aufhielten. Nur dort vollzog sich der Handel mit deutschen Waren, unter ständiger Be-

obachtung eines Agenten des venezianischen Staates, der die Deutschen auf allen Wegen begleitete, Kontakte herstellte und dolmetschte.

Frühlingsmiere: *S. a. Zeigepflanze.*

Galeere: Wendiges Schiff, schnell, 200 Mann Besatzung, 150 Tonnen Ladekapazität, 150 Ruderer.

Gugel: Die Gugel, aus lat. *cucullus* (Kapuze), ist eine ab dem Hochmittelalter nachweisbare kapuzenartige Kopfbedeckung, die auch die Schultern bedeckte und meist aus verschiedenen Stoffen, vor allem aus Wolle, angefertigt wurde. Vergleichbar einem kurzen Poncho mit Kapuze. Die Gugel wurde vor allem von Männern getragen.

Hahnrei: Betrogener Ehemann. So vielfältig wie der Ehebruch selbst sind auch die Vermutungen über die Herkunft dieses Wortes: 1. Ein gehörnter Ehemann sei nur ein halber Mann, daher stamme das Wort vom bretonischen *hannerey* [d. i. die Hälfte] ab. 2. Eine Verballhornung des französischen Namens Henry, da Abraham de Santa Clara diesen Namen für einen betrogenen Ehemann verwendete. 3. Ein müder (im nordischen *-rehe*) Hahn.

Heilige: Sofern nicht anders angegeben, sind die Informationen zu einzelnen Heiligen der Internetseite heiligenlexikon.de entnommen.

Heiliger Balthasar: Schutzpatron des Gastgewerbes.

Heiliger Christophorus: Auf Deutsch Christusträger. Patron u. a. des Verkehrs, der Furten und Bergstraßen; der Fuhrleute, Schiffer, Flößer, Fährleute, Brückenbauer, Seeleute, Pilger, Reisenden, Straßenwärter, Bergleute, Zimmerleute, Schatzgräber; der Kinder; gegen Pest, Seuchen, Epilepsie, unerwarteten Tod, Blindheit, Zahnweh, Wunden; gegen Feuer- und Wassergefahren, Dürre, Sturm, Unwetter.

Heiliger Cornelius: Schutzpatron der Bauern und des Rindviehs.

Heiliger Eustachius: Schutzpatron u. a. bei traurigen Familienschicksalen.

Heiliger Joseph: Schutzpatron der Familie.
Heiliger Judas Thaddäus: Einer der zwölf Apostel, Helfer in verzweifelten Situationen.
Heiliger Laurentius: Der Tag des Laurentius von Rom ist der 10. August.
Heiliger Nikolaus: U. a. der Patron der Feuerwehr, der Pilger und Reisenden; der Gefangenen, der Kaufleute, Bankiers, Bierbrauer, Wirte, Weinhändler, Spitzen- und Tuchhändler; für glückliche Heirat und Wiedererlangung gestohlener Gegenstände.
Hübschlerin: Hure.
Hussiten: Unter dem Begriff Hussiten werden verschiedene reformatorische beziehungsweise revolutionäre Bewegungen im Böhmen des 15. Jahrhunderts zusammengefasst, die sich ab 1415 nach der Verbrennung des Theologen und Reformators Jan Hus herausbildeten. Hus beanstandete den Reichtum, den Ablasshandel sowie die Sittenlosigkeit der römisch-katholischen Kirche und ließ einzig die Bibel als gültig in Glaubensfragen gelten.
Jubeljahr: Das Jubeljahr (lat. *annus iubilaeus*) oder das heilige Jahr *(annus sanctus)* ist ein besonderes Jubiläumsjahr der römisch-katholischen Kirche, in dem der Papst den Gläubigen einen vollständigen Ablass gewährt. Bonifatius VIII rief 1300 erstmals ein solches Jahr für Pilger aus, die nach Rom kamen. Das nächste Jubeljahr sollte ursprünglich erst nach 100 Jahren folgen, der Abstand wurde aber immer weiter verringert. Ab 1475 war jedes 25. Jahr ein Jubeljahr.
Kapaun: Kastrierter Hahn, im Hochmittelalter der Ausdruck für einen Ehebrecher oder Kuppler.
Keilhaue: Bergmännisches Werkzeug, eine Art Spitzhacke, gelegentlich am anderen Ende hammerartig überstehend, der Stiel wurde in der Regel mit Holzkeilen daran befestigt.
Klafter: Das oder auch der Klafter ist in der Regel definiert als das Maß zwischen den ausgestreckten Armen eines erwachsenen Mannes, traditionell sechs Fuß, also etwa ein Meter achtzig.

Kratze: Bergmännisches Werkzeug, das zur Bearbeitung und zum Zusammenkratzen von lockeren Gesteinsbrocken dient.
Levantehandel: Der Handel mit den Ländern des östlichen Mittelmeerraumes, der unter der Oberhoheit der Byzantiner stand. Mit diesen waren die Venezianer verbündet, weswegen der Handel mit dieser Region fast ausschließlich über Venedig erfolgte.
Messer: Der Titel Messer ist gleichwertig mit dem lat. *dominus* (Herr) und war zunächst höheren Schichten wie Rittern und Richtern vorbehalten. Der Ursprung kommt aus dem alten Französisch, *missire (mio signore)*. Der Titel und die Anrede Messer *(messere)* finden sich häufig in italienischen Novellen und Geschichtswerken des späten Mittelalters und der Renaissance. Betont wird Messer auf der zweiten Silbe.
Molkenhaus: Dialekt. Molkenhus, Meierei. Jede Gemeinde hatte einen Viehhof *(siehe dort)* bzw. Rinderstall und ein Molkenhaus. Letzteres wurde ganzjährig bewohnt. Hier wurden die Kühe aus der fürstlichen oder kommunalen Herde gehalten und gemolken und die Milch zu Butter und Käse weiterverarbeitet. Aber es wurde hier auch Gastvieh zur Pflege angenommen.
Muda: Staatlicher Galeerenkonvoi von drei bis fünf Schiffen in der Handelsschifffahrt Venedigs, bewaffnet mit Wurfmaschinen, später Kanonen und Armbrustschützen, in Krisenzeiten zusätzlich von Kriegsgaleeren begleitet. Die Handelsgaleeren waren Eigentum der Republik Venedig, Patrizier konnten jedes Jahr das Kommando ersteigern, Kapitän und Mannschaft stellen, oft auch für eine Gruppe von Geldgebern.
Nothelfer: Vierzehn Heilige: Achatius, angerufen gegen Todesangst und Zweifel; Ägidius, angerufen zur Ablegung einer guten Beichte; Barbara, Patronin der Sterbenden; Blasius, angerufen gegen Halsleiden; Christophorus gegen unvorbereiteten Tod; Cyriacus gegen Anfechtung in der Todesstunde; Dionysius gegen Kopfschmerzen; Erasmus gegen Leibschmerzen; Eustachius in allen schwierigen Lebenslagen; Georg gegen Seuchen der Haustiere; Katharina gegen Leiden der Zunge und

schwere Sprache; Margareta, Patronin der Gebärenden; Pantaleon, Patron der Ärzte; Vitus (Veit), angerufen gegen Epilepsie.

Ortsbrust: Die Stelle, an der der Stollen vorangetrieben wird.

Piazza, Piazzetta San Marco: Der Markusplatz ist geprägt von der Fassade der Markuskirche (Basilica di San Marco) mit dem Campanile und wird umschlossen von den alten und neuen Prokuratien. Daran anschließend reicht die sogenannte Piazzetta bis vor den Dogenpalast und öffnet sich dort zum Wasser, dem Bacino di San Marco mit dem Beginn des Canale Grande. Dort befinden sich auch die Säulen der beiden Stadtpatrone Venedigs.

Pingen: Sie erscheinen als Bodensenken oder Mulden und verweisen auf Tagebau von Erzen. Historische Pingen sind oft nur anhand von Abraumresten oder Schlacken in der Umgebung zu erkennen.

Pochmühle: Mühle zum Zerkleinern von erzhaltigem Gestein, als Vorbereitung zum Schmelzvorgang.

Psalmen: Psalm bedeutet Lied, es handelt sich um die Gesänge Salomos im Alten Testament. Bei den im Roman verwendeten handelt es sich um sogenannte Bußpsalmen, hier stets in der modernen Einheitsübersetzung: Psalm 51, Miserere … Gott sei mir gnädig in deiner Huld …

Psalm 130, De profundis … Aus der Tiefe …

Rat der Zehn: Der Rat der Zehn (ital. *Consiglio dei Dieci*) ist seit seiner Gründung im Jahr 1310 eines der wichtigsten Gremien im Justiz- und Herrschaftssystem der Republik Venedig. Im Laufe des 15. Jahrhunderts wurde er zu einer Art Superministerium, in dem sich die politische Macht der Republik konzentrierte. Anfänglich war der Rat der Zehn der oberste Gerichtshof und (später) Hauptbehörde der Staatspolizei. Er hatte über die Staatssicherheit und die Einhaltung der öffentlichen Ordnung zu wachen, Verschwörungen und Spionagefälle aufzudecken, und er war für die Aburteilung in Fällen des Hochverrates zuständig. Der Rat besaß umfassende Verfolgungsrechte, die auch Folter, Attentat und Geheimkassen einschlossen. Im Laufe der Zeit kamen eine Fülle weiterer Kompetenzen hinzu. U. a. kontrollierte er die Kanzlei des Dogen, war die Oberbehörde von Forst- und Montangewerbe, damit also zuständig für den Bergbau, und hatte zudem die Oberaufsicht über die Glasbläsereien auf Murano, die öffentlichen Schauspiele, die Prostituierten und die Almosensammlungen.

Rialto: Den Namen Rialto hat die Gegend von ihrem hohen Ufer, *rivus altus.* Der Rialto war das Handels- und Finanzzentrum Venedigs. Dass hier die erste Brücke über den Canale Grande gebaut wurde, unterstreicht die Bedeutung des Viertels.

Rialtobrücke: Lange Zeit die einzige Brücke über den Canale Grande, eine Holzkonstruktion, deren Mittelteil beidseitig als Zugbrücke für höhere Schiffe hochgezogen werden konnte.

Riva del Ferro: Uferbereich nahe der Rialtobrücke, bei der sich auch das Fondaco dei Tedeschi befindet. Hier wurden die Schiffe mit Eisenerz *(ferro)* entladen, die meist aus Deutschland kamen.

Roter Schwingel: Grasart, *s. a. Zeigepflanze.*

San Polo: Stadtteil in Venedig rund um die Kirche San Polo.

Schafgarbe: *S. a. Zeigepflanze,* Teil des sogenannten Schwermetallrasens oder *Armerietum halleri*, zu dem u. a. auch Kleiner Sauerampfer, Sandthymian, scharfer Hahnenfuß, Spitzwegerich und Wiesenglockenblume gehören.

Schaube: Spätmittelhochdeutsch *sube, schube* (ital. *giubba*), Bezeichnung für den Überrock aus dunklem Stoff, als Teil der Männermode. Der Rock ist knie- oder knöchellang, vorne offen, manchmal mit Schalkragen und weiten kurzen oder bauschigen langen Ärmeln, bisweilen versehen mit einem vertikalen Armschlitz in der Höhe des Ellbogens. Die Schaube war oft mit Pelzwerk gefüttert oder verbrämt. Die Amtstracht der Richter, hoher Magistratsbeamter, Professoren und Geistlicher leitete sich von der Schaube ab und war zusammen mit dem Barett die typische Gewandung der Humanisten; Martin Luther wird zumeist in eine Schaube gekleidet dargestellt. Seit Ende des 15. Jahrhunderts diente die Schaube auch als Frauenkleidung.

Schram: Auch Schrämung, seitliche Vertiefung zum Ansetzen des Eisens oder eines Keils zum Zwecke des Vortriebs.

Sensal: Ital. *sensale* bzw. Plural *sensali*, dtsch. u. a. Sensal/Sensalen. Sie sind die Angestellten im Fondaco dei Tedeschi. Zuständig für die Betreuung der deutschen Kaufleute in vielerlei Hinsicht. Sie unterstützten die Händler bei ihren Geschäften, übersetzten, halfen bei den Zollformalitäten und knüpften Kontakte zu den einheimischen Kaufleuten. Außerdem überwachten sie die Einhaltung der venezianischen Gesetze. Alle Angestellten mussten die deutsche Sprache beherrschen. Der Ausdruck bezeichnet noch heute Handelsagenten.

Serenissima: Verkürzter Name für Venedig aus dem offiziellen Staatstitel *La Serenissima Repubblica di San Marco* (Die allerdurchlauchteste Republik des Heiligen Markus).

Studiolo: Ein kleiner Raum (Kabinett) für Studienzwecke, oft sind die Wände des Studiolo von oben bis unten mit Bildern behängt oder auch, wie das des Federico da Montefeltro in Urbino, mit Intarsien verkleidet.

Taubenkropf: Auch Taubenkopf, Nelkenart, *s. a. Zeigepflanze.*

Tratte: Schuldschein(e), gezogener Wechsel.

Viehhof: Jede Gemeinde hatte einen Viehhof bzw. Rinderstall und ein Molkenhaus *(siehe dort)*. Der Viehhof wurde für die Waldweide genutzt. Hier wurden über den Sommer (1. April bis Martini, 11. November) die jeweiligen kommunalen Herden zusammengetrieben.

Waldenser: Ursprünglich als Gemeinschaft religiöser Laien Ende des 12. Jahrhunderts durch den Lyoner Kaufmann Petrus Valdes in Südfrankreich gegründet, wurden die Waldenser zum Inbegriff der Ketzerei. U. a. wegen ihres Armutsgebots von der katholischen Kirche ausgeschlossen, wurden sie durch die Inquisition verfolgt. Im 15. Jahrhundert schlossen sich viele Waldenser den Hussiten an.

Zaddeln: Dekoratives zipfeliges Element der modischen Frauen- und Männerkleidung des 14. und 15. Jahrhunderts, z. B. an der Kapuze der Gugeln oder an Ärmeln.

Zeigepflanze: Pflanze, die auf spezielle Bodenbeschaffenheit hinweist, z. B. auf den Gehalt von Schwermetallen.

Mehr von Ilka Stitz

Ilka Stitz

Wer Fortuna trotzt

Historischer Kriminalroman
ISBN 978-3-89425-612-8
Auch als E-Book erhältlich

Der junge Curator Felix soll die Bergwerke Germaniens inspizieren. Doch als ein Mann im Stollen verschüttet wird, gerät ausgerechnet Felix unter Mordverdacht. Im letzten Moment kann er mithilfe des Sklaven Ateius fliehen. Die beiden machen sich auf den Weg in die Colonia Agrippinensis zu Felix' Onkel – immer auf der Hut vor den Verfolgern.

Felix' Bruder Victor plagen unterdessen andere Sorgen: Er hat Spielschulden, wovon seine geliebte Frau Lavinia nichts ahnt. Als der Onkel der Brüder stirbt, könnte sich Victor mit einem Schlag von seinen Problemen befreien – sofern Felix der Stadt fernbleibt. Und auch Lavinia hat ein Interesse daran, dass ihr Schwager die römische Provinzhauptstadt nie erreicht …

»Ein schön erzählter historischer Krimi, der seine Sache ernst nimmt – nämlich vom Leben und dem Lebenswandel seiner Zeit, 192 n. Chr., zu erzählen, und von den Verbrechen, die es damals gab.« Reinhard Jahn, WDR – Die telefonische Mordsberatung

»Spannend und authentisch.« Buchprofile

»Den Weg von Felix und Ateius … inszeniert Ilka Stitz in ihrem Roman ›Wer Fortuna trotzt‹ als antikes Roadmovie. Dazu sorgt noch eine ordentliche Portion Sandalenkino für richtige Abenteuerstimmung – oder die Lust, sich auch selbst einmal auf eine Entdeckungstour zu den Resten der Römer im Rheinland zu machen.«
FOCUS Online

»Anschaulich-fundierter Historienkrimi mit Seitenhieben auf die heutige Gesellschaft und Politik.« ekz-Informationsdienst

»Ein spannender ›Römerschmöker‹.« Kölnische Rundschau

Hochspannung im Mittelalter

Beate Sauer

Die Schwertkämpferin

ISBN 978-3-89425-613-5
Auch als E-Book erhältlich

Mitte des 13. Jhs.: Sizilianische Bauern finden eine schwer verletzte junge Frau, das Opfer eines Überfalls, und bringen sie in ein nahe gelegenes Kloster. Den Mönchen gelingt es, die Verwundete zu retten, doch sie hat keine Erinnerung daran, wer sie ist. Teresa, wie sie fortan genannt wird, erweist sich als heilkundig – und steht zugleich im Bann einer dunklen Macht, von der sie sich nicht befreien kann.

Fast zur selben Zeit versucht der kaiserliche Gefolgsmann Alessio, Verschwörern auf die Spur zu kommen, die den Tod Friedrichs II. planen. Aber immer wieder gelingt es Alessios Feinden, seine Nachforschungen zu behindern.

Währenddessen geht der frühere Templer Olivier widerstrebend einem mysteriösen Todesfall innerhalb des Ordens nach. Als er entdeckt, dass tatsächlich ein Mord vorliegt und jemand ein intrigantes Spiel treibt, sind seine Jagdinstinkte erwacht.

Weder Alessio noch Olivier ahnen, dass der Schlüssel zu all dem jene Frau namens Teresa ist. Als sie schließlich begreift, wer sie wirklich ist, bahnt sich eine Katastrophe an.

»Beate Sauers Ideenreichtum spinnt ein farbig-pralles Epochengemälde, das bis zur letzten Seite überrascht.«
Monika Willer, Westfalenpost

»Eine einzigartige Geschichte, ohne die üblichen Mittelalterklischees zu wiederholen, und sie verbindet Spannung mit sehr viel Gefühl. Sämtliche Figuren wirken neuartig und durchdacht, fantasievolle Handlungsstränge sind überzeugend miteinander verknüpft und das gesamte Buch strotzt nur so voll Atmosphäre.«
Sibylle Haseke, Taschenbuchtipp WDR

»Höchst empfehlenswert für alle Freunde historischer Romane, die gerne über Frauen in ungewöhnlichen Rollen lesen.«
Krimiforum.net

»Dieses Mittelalter-Epos hat alles, was ein Bestseller heute braucht.« Glaube und Leben

Deutschland im Vormärz

Gabriella Wollenhaupt & Friedemann Grenz

Blutiger Sommer

Historischer Kriminalroman

ISBN 978-3-89425-616-6
Auch als E-Book erhältlich

Berlin 1846: Gleich zwei Verbrechensserien erschüttern die Stadt. An der Havel geht ein Vergewaltiger um und im Scheunenviertel werden junge Frauen regelrecht abgeschlachtet.

Der leitende Ermittler Justus von Kleist steht gehörig unter Druck. Denn Polizeipräsident Eugen von Puttkamer geht es nicht nur um eine schnelle Aufklärung der Mordserie, er will den Fall auch für seine politischen Ziele nutzen. Deshalb passt es ihm gut, dass der erste Verdächtige ein Jude ist. Doch von Kleist glaubt nicht an dessen Schuld. Zufällig bringt ihn seine Frau Rachel auf eine Spur, die in eine ganz andere Richtung weist …

»Historisch, amüsant, spannend und informativ: So schön können Krimis sein!« stadtlichter.com

»Rasant konstruiert, flott geschrieben und eine lohnende Zeitreise in eine interessante Epoche.« WDR 2

»Ein facettenreiches und spannendes Zeitbild.« ekz-Informationsdienst

»Die Autoren verstehen ihr Fach, den Leser in Geschichte und Historie hineinzuziehen, sodass er sich den Figuren nahe und spannend unterhalten fühlt.« Nordkurier

»Ein tolles Werk mit interessanten Einblicken in die Mitte des 19. Jahrhunderts.« buchtipps.net

»Ein atmosphärischer Berlin-Krimi.« P.S. – Die linke Zürcher Zeitung (CH)

grafit